Fritz J. Krüger

MEIN LEBEN IN UNIFORM

und die erste Drohne der Bundeswehr

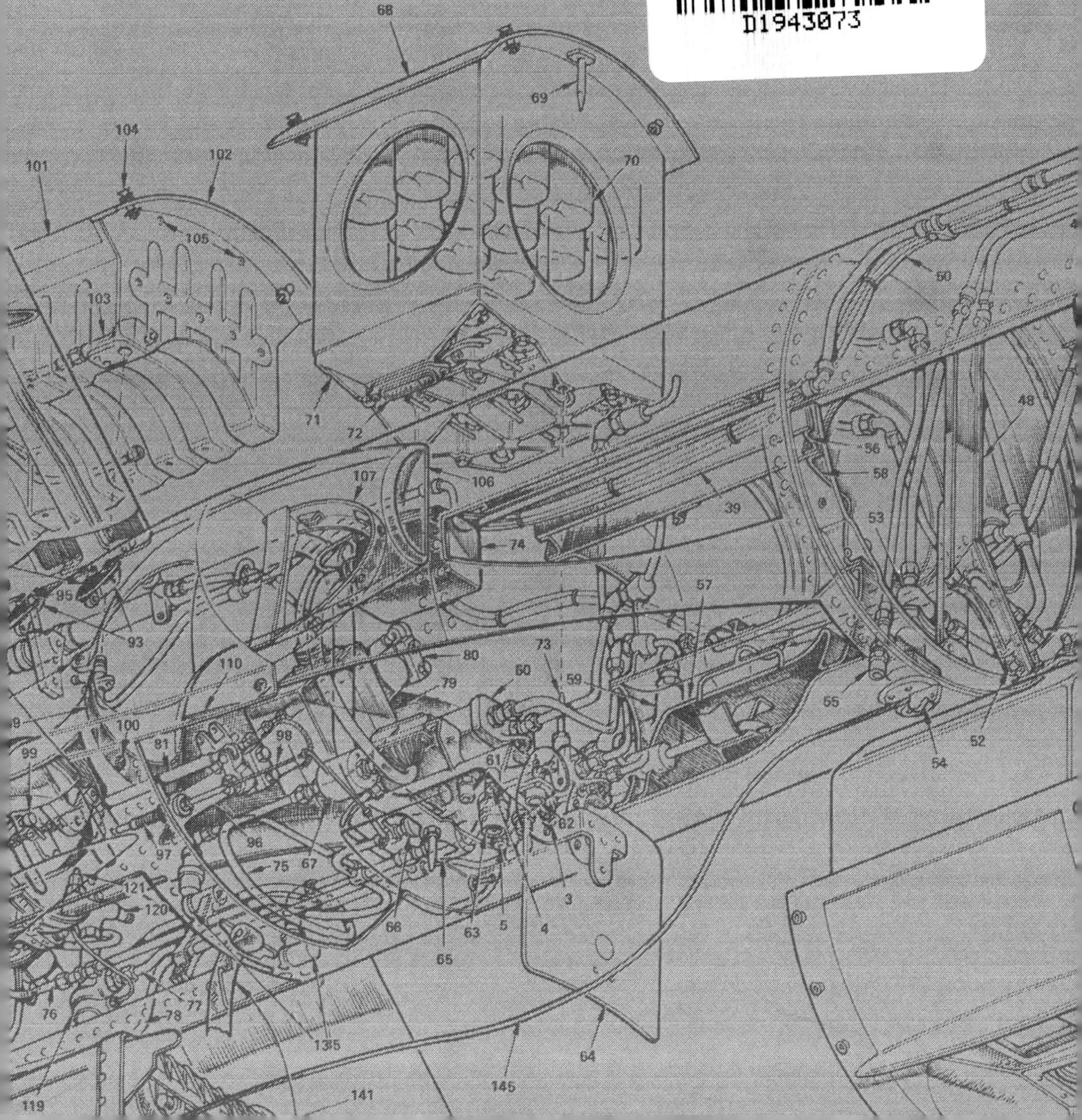

FRITZ J. KRÜGER

MEIN LEBEN IN UNI

und die erste Drohne der Bundeswehr

Das Buch

Drohnen sind heute nicht nur militärisch, sondern auch als ferngelenktes Spielzeug überall einsetzbar. Von der Geo-Erkundung und Luftbild-Archäologie bis hin zur Überwachung von Tierwanderungen oder Umweltschäden sind sie nicht mehr wegzudenken.
Auch die Aufklärende Artillerie der Bundeswehr erkannte schon früh die Möglichkeiten solcher Systeme. Als Soldat hat Fritz J. Krüger die Entwicklung und spätere Ausmusterung des ersten Drohnen-Aufklärungssystems der Bundeswehr, CL-89 und später CL-289, hautnah miterlebt. Von 1973 bis zum 2000. Übungsflug der Drohne CL-89 im Jahre 1987 war er als Luftbildauswerter tätig. In seiner Dienstzeit von 1966 bis 1994 erlebte er eine turbulente Ära, in der sich eine stetig verändernde Bundeswehr vor völlig neuen Herausforderungen gestellt sah: vom Kalten Krieg bis zum Mauerfall, dem Ende des Ostblocks und der Sowjetunion.
Fritz J. Krüger berichtet in seinen Erinnerungen von einem wechselhaften Leben als Berufssoldat, bei dem auch das Private nicht zu kurz kommt.

Der Autor

Fritz J. Krüger kam 1941 in Stettin zur Welt. Von dort musste er 1945 mit Mutter und Bruder fliehen. 1950 erfolgte die zweite Flucht aus der DDR. Nach dem Besuch der Volksschule in Bad Zwischenahn absolvierte er eine seemännische Ausbildung und fuhr bei der Hansa-Reederei. Im Anschluss daran wurde er in einem metallverarbeitenden Betrieb ausgebildet. Von 1966 bis 1994 war er unter anderem als Luftbildauswerter in Drohnenbatterien in der Bundeswehr tätig. Er wurde im Rang eines Stabsfeldwebels aus dem Dienst entlassen.
Danach arbeitete er als wissenschaftlicher Mitarbeiter am Staatlichen Naturhistorischen Museum in Braunschweig, wo er die paläontologische Sammlung aufgebaut und zehn Jahre lang die Fossilien-Arbeitsgemeinschaft der Gesellschaft für Naturkunde geleitet hatte.
Als freier Autor schrieb er für das *Mineralien-Magazin*, die Zeitschrift *Fossilien* und zahlreiche Sammlerzeitschriften.
Als Autor und Co-Autor veröffentlichte er diverse Bücher. Krüger entdeckte acht fossile Tierarten, die er selbst und mit anderen Autoren beschrieben hat. Zwei davon wurden nach ihm benannt. 2005 gelang ihm Erstfund und und Bergung des Ichthyosauriers Acamptonectes densus und 2007 war er an einer Museums-Expedition in Nordafrika beteiligt, auf der die Überreste des unbekannten Spinophorosaurus entdeckt und geborgen wurden.

Zur Erinnerung an meinen Vater
Unteroffizier Friedrich Wilhelm Krüger
(29. Januar 1918; † 16. Juli 1941, gefallen bei Witebsk, Russland)*

Fritz J. Krüger
MEIN LEBEN IN UNIFORM
und die erste Drohne der Bundeswehr

Printed in Germany 2024
Druck: epubli, Berlin
Layout & Covergestaltung: Karsten Weyershausen
Fotos: Privatarchiv des Verfassers,
Kontakt: Fritz J. Krüger, Braunschweig
Fritz.J.Krueger@web.de

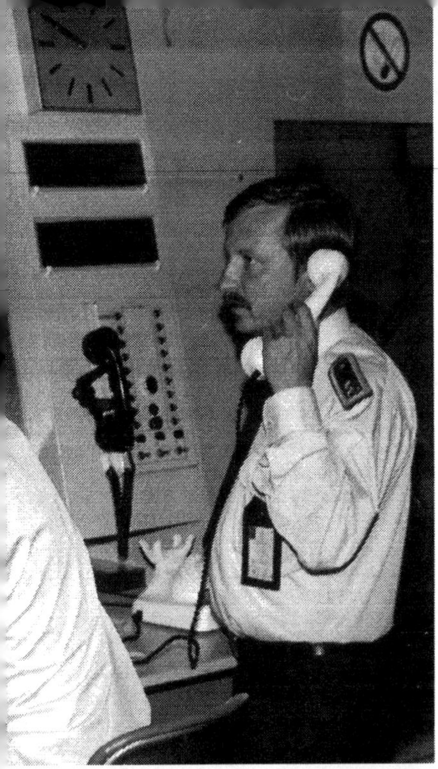

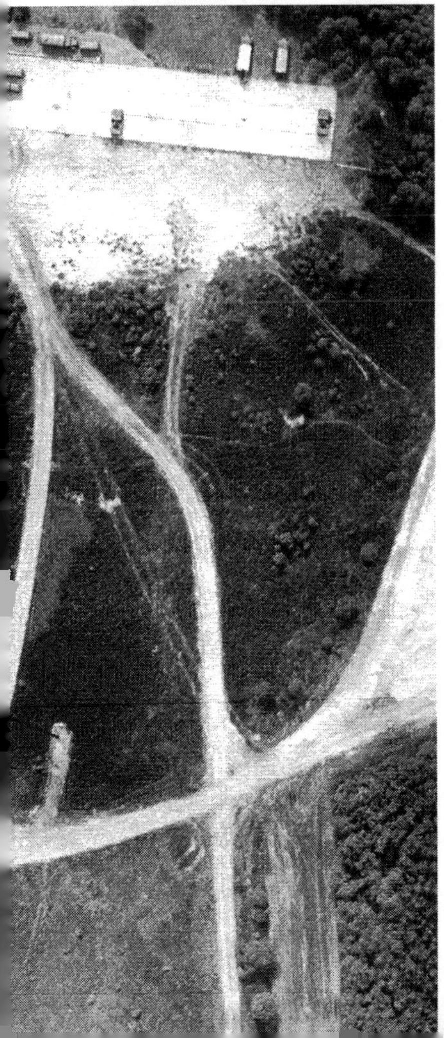

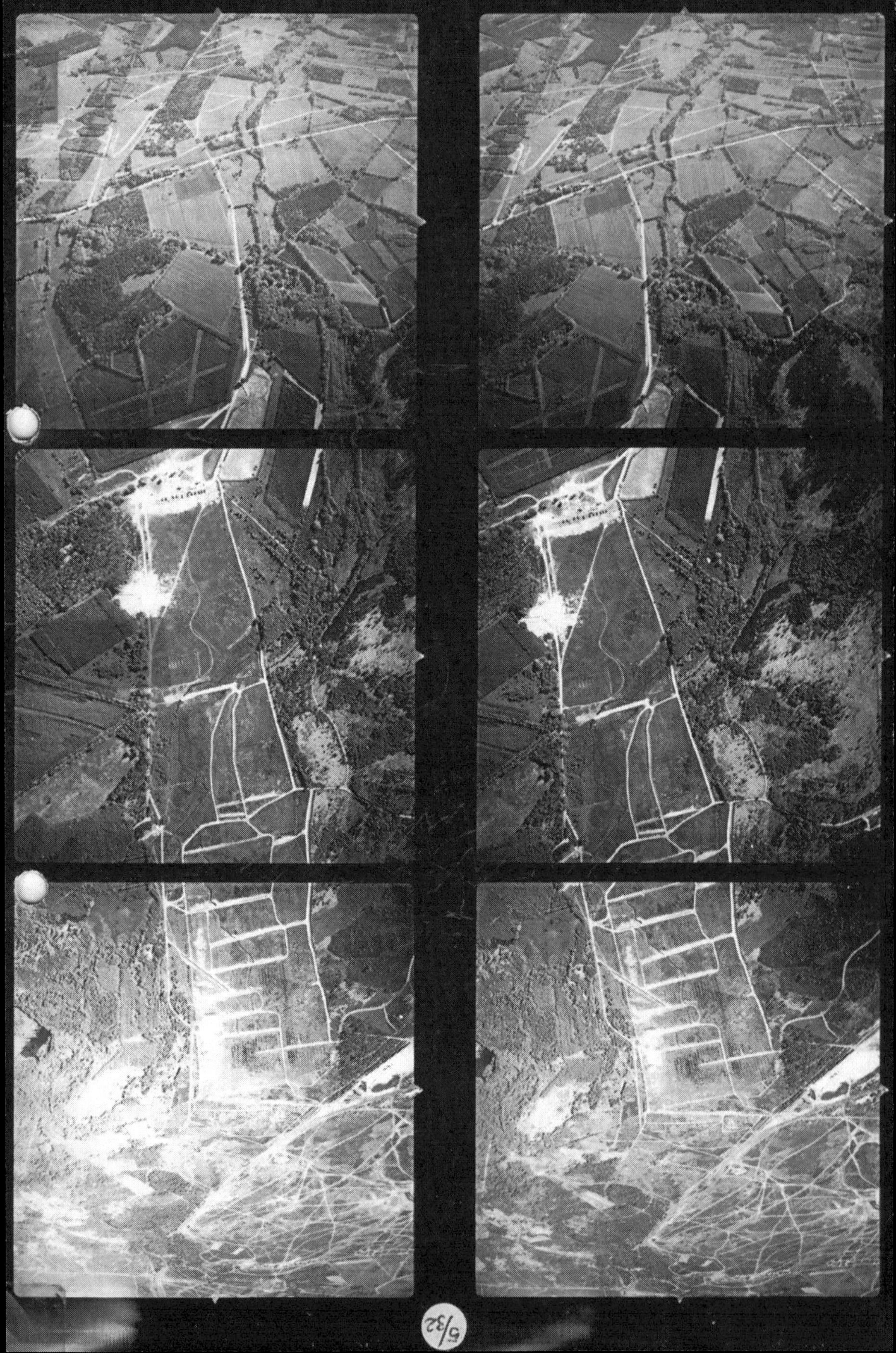
5/32

Einführung

Von 1972 bis 2009 verfügte die Bundeswehr über ihre ersten Drohnen-Aufklärungssysteme CL-89 und CL-289. Damals haben wir nicht im Traum daran gedacht, dass sie jemals in einer kriegerischen Auseinandersetzung zum Einsatz kommen könnten. Welch ein Irrtum! Die Realität hat uns überholt.

Intensive Erprobungen und Ausbildungen des Bedienpersonals in den USA waren nötig, um das technisch anspruchsvolle System in die aufklärende Artillerie der Bundeswehr zu integrieren. Es gab im Heer noch keine ausgebildeten Luftbildauswerter, wie im Ersten Weltkrieg.

Die während großer Manöver bei der Luftwaffe angeforderten und ausgewerteten Luftbilder hatten einen langen Meldeweg zu durchlaufen und waren somit an der Front zur unmittelbar wirksamen Bekämpfung des Feindes unbrauchbar.

Damit sich die benötigten zukünftigen Aufklärungsergebnisse direkt auswirken konnten, wurden die Aufklärungssysteme der Artillerie zugeordnet. Die aufklärende Artillerie verfügte in den Regimentern der Divisionen bereits über Lichtmess-, Schallmess- und Radarsysteme.

Diese ersten Drohnen-Aufklärungssysteme scheinen in den späteren Jahren bei der Bundeswehr-Führung weitgehend in Vergessenheit geraten zu sein und mit ihnen all die vielen Erprobungs- und Erfahrungsberichte aus zwanzig Jahren, in denen diese Systeme Bestandteile der aufklärenden Artillerie waren. Das hatte später weitreichende politische und militärische Konsequenzen.

Da ich in dieser Zeit von Anfang bis Ende des ersten Systems, der Drohne CL-89, die Ausbildung und Verwendung als Luftbildauswerter erlebt habe,

Drohnen-Luftbild: Schießbahn auf dem Truppenübungsplatz Bergen.

möchte ich nicht nur einen Erlebnisbericht veröffentlichen, sondern auch die technischen und taktischen Einsatzmöglichkeiten und Schwächen des Systems beschreiben. Die waffentechnische Entwicklung ist nicht zuletzt dank der technischen Erprobungen und Erfahrungen aus diesem Gemeinschaftsprojekt mit den USA rasch vorangeschritten.

Den Anstoß zu diesem Buch gab eine 2020 erschienene Veröffentlichung von einem renommierten Verlag. Darin werden die Drohnensysteme vieler Länder, deren Entwicklungen und Einsatzmöglichkeiten dargestellt. Eine Darstellung der ersten Drohnensysteme der Bundeswehr CL-89 und CL-289 sucht man hier jedoch vergebens. Die Herausforderung für mich war, diese Informationslücke zu schließen.

Fritz J. Krüger
Braunschweig, 2024

»WÄRE ICH NICHT ALS SOHN
EINES KÖNIGS GEBOREN WORDEN,
WÄRE ICH WOHL UNTEROFFIZIER
GEWORDEN.«
Kaiser Wilhelm I

OLDENBURG, HINDENBURG KASERNE u. EHRENMAL 1968

1. GARNISON

Unteroffizier in der StabBttr des ArtRgt 11 in Oldenburg

1966 bis 1972

Im Jahr 1964, gleich nach dem Wehrdienst, hatte ich Gisela, die Liebe meines Lebens geheiratet. Damit übernahm ich freiwillig die Verantwortung für unseren Sohn Hardy sowie ihre Kinder Angela, Wolfgang und Klaus aus erster Ehe. Ich hatte gute Pläne, die alle scheiterten. Wie sollte ich meine junge, aber große Familie versorgen? Eine gesicherte Stellung war nur im Staatsdienst möglich. Ich hatte aber nicht vor, mein Leben in einem Dienstzimmer, hinter Aktenbergen, zu verbringen. Also wollte ich Berufssoldat werden.

Nach zwei Jahren Bundeswehr arbeitete ich ein Jahr auf der Elsflether Werft, in der Bordmontage, dann ein Jahr als Montageschlosser, in den Giftküchen von Bayer-Leverkusen. Während dieser Zeit bezogen wir eine Neubauwohnung in Rostrup und ich betrieb meine Wiedereinstellung in die Bundeswehr. Am 1. Juni 1966 erfolgte meine Einstellung als Zeitsoldat, zu meiner alten Einheit in Oldenburg-Kreyenbrück.

Meine Frau Gisela und ich waren glücklich, endlich zusammen leben zu können. Für die Kinder war es ideal, sie konnten mit den vielen Nachbarskindern spielen; und bis zum Strand am Zwischenahner Meer war es nicht weit. Für mich war es weniger günstig, weil ich täglich mit dem Bus nach Oldenburg fahren musste und der Dienst pünktlich um 7.00 Uhr mit Antreten und Befehlsausgabe begann. So hatte ich einen langen Arbeitstag von dreizehn bis zu vierzehn Stunden täglich – bei Dienstbesprechungen auch mehr. Wenn die Wach- und UvD-Dienste dazu kamen, waren es sogar vierundzwanzig Stunden.

Aufnahme in das Uffz-Korps

Immer wenn ich ins Dienstzimmer des Spießes gerufen wurde, um einen Anschiss oder einen Auftrag zu empfangen, sah ich an der Wand einen alten Säbel hängen. Es war der Säbel eines Artillerie-Wachtmeisters mit Portepee. Was es damit auf sich hatte, sollte ich bald zu spüren bekommen.

Nach meiner Ernennung vom Reserveunteroffizier zum aktiven Unteroffizier am 1. Juni 1966 wurde ich, gemeinsam mit anderen Kandidaten, offiziell in das Uffz-Korps aufgenommen. Dafür gab es einige festgelegte Rituale. Es war an einem Unteroffizier-Abend. Die zuletzt aufgenommenen Uffze bereiteten für uns den Uffz-Trunk vor. Das war ein großes Weißbierglas, gefüllt mit Alkoholika und Bier. Da wurde zusammengemixt, was sich so fand: Rum, Weinbrand, Korn, Gin und Whisky. Diese hochprozentige braune Brühe wurde dann mit Bier aufgegossen. Dieser Stärkungstrunk musste nun von uns Kandidaten, ohne abzusetzen, in einem Zug ausgetrunken werden. Störtebeker lässt grüßen.

Danach erfolgte der Ritterschlag, das heißt der Schlag zum Unteroffizier durch den Spieß, den »Kantigen«. Hierbei versetzte er uns mit dem Säbel drei Schläge auf den Hosenboden. Dazu sprach er:

»Einen für das Vaterland!« – klatsch!

»Einen für Freiheit und Recht!« – klatsch!

»Und einen für das nicht aussterbende Unteroffizier-Geschlecht!« – klatsch!

Beim letzten Satz fasste der Spieß den Kandidaten mit eisernem Griff in den Nacken und schlug recht derbe mit der flachen Seite des Säbels auf das hosengestraffte Hinterteil, sodass es klatschte.

Natürlich durfte dem Uffz-Neuling kein Schmerzenslaut entweichen. In diesem Zustand der Hilflosigkeit – im Kopf wirbelte der Alkohol, der Magen rebellierte aufgrund der braunen Brühe und das Hinterteil brannte wie Feuer – kam die feierliche Ansage, man habe sich bewährt und würdig gezeigt, in das Uffz-Korps aufgenommen zu werden. Dann wurden uns die *Leitsätze für den Unteroffizier* in die Hand gedrückt und jeder Unteroffizier und Feldwebel wollte nun mit uns auf ein Bierchen anstoßen. Das alleine wären etwa 25 Glas Bier geworden, wenn ich nicht frühzeitig aus taktischen Gründen zur Toilette ausgewichen wäre.

Schwankend traute ich mich zurück. Doch da schlugen die Wogen bereits hoch, denn es wurde die *Hobelbank* gesungen, ein saudämliches Lied: »*Ist das nicht die Hobelbank, ja, das ist die Hobelbank, ist ein weniges zu lang, Hobelbank ist zu lang … Ist das nicht der Hauptfeldwebel, ja das ist der Hauptfeldwebel … hat er nicht 'nen langen Säbel …*«

Das alles in dreimaliger Wiederholung und dann kam ein improvisierter Text, den alle mitgrölten dazu, um dann wieder in den Refrain der Hobelbank zu verfallen, die »ein weniges zu lang« war.

Danach kam unweigerlich das: »*Ich hab ein Mägdelein, das hat ein Brüstelein, ich hab eine Mägdelein, das hat 'ne Brust … und alle … wenn ich darauf liege, wupp, wupp, wupp, gehts wie 'ne Wiege, wupp, wupp, wupp, woran ich meine Freude hab … Ich hab ein Mägdelein, das hat ein Bäuchelein, ich hab ein Mägdelein, das hat 'nen Bauch, wenn ich darauf liege …*«

Die letzte Strophe endete naturgemäß zwischen den Beinen des Mägdeleins. War die Zote abgesungen, wechselte das Uffz-Korps über zu den klassischen Marschliedern, den *Blauen Dragonern*, dem *Polenstädtchen* und der *Schwarzbraunen Haselnuss* bis zum ewig windigen *Westerwald.*

Für mich endete der Abend in einer trunkenen Bewusstlosigkeit, nach der ich anderntags niemandem hätte sagen können, wie alles zum Abschluss kam und ich mein Bett erreicht hatte.

Der folgende Tag war schlimm, aber blau machen gab's nicht, es wurde Dienst gemacht, gedient, nach Dienstplan und Vorschrift.

Die Aufnahme in das Uffz-Korps war ein Ritual mit Tradition, das dem Uffz-Korps als Gemeinschaft ein Zusammengehörigkeitsgefühl gab: Ich hatte das abscheuliche Gesöff getrunken, ich hatte den Uffz-Schlag erhalten ohne zu klagen, nun gehörte ich dazu, war akzeptiert und wollte mein Bestes geben, im Sinne der *Leitsätze für den Unteroffizier* zur Erfüllung unseres Auftrages, unserer Verpflichtung dem Vaterland treu zu dienen, kurz: »Ich dien«. In diesem Sinne trugen wir stolz unsere Litzen.

Wir sahen uns auch nicht als Erfüllungsgehilfen der Offiziere, sondern im Rahmen der Dienstordnung und unserer Dienststellung als Mitarbeiter und Kameraden. Immer dort, wo diese Grenzen nach oben oder nach unten überschritten wurden, war das Gleichgewicht gestört. Im Laufe meiner Schilderungen werde ich auf solche »Grenzverletzungen« zu sprechen kommen.

Unser Dienst war kein Job, wie jeder andere. Wir hatten einen Auftrag, eine Dienstverpflichtung, die im Grundgesetz festgeschrieben war, mit den nicht unerheblichen Einschränkungen, die uns das Soldatengesetz auferlegt hatte: wie dem Recht auf freie Meinungsäußerung, politische Betätigung, Versammlungsfreiheit, Freie Wahl des Arbeitsplatzes und, und, und ...

Zu diesen Einschränkungen kamen die Pflichten, die auch im Soldatengesetz vorgeschrieben waren. Mit einer Freiheit für alle lässt sich keine Armee aufbauen, Befehl und Gehorsam sind und bleiben die ehernen militärischen Grundsätze.

Meine neue, alte Einheit

Um damals Unteroffizier werden zu können, waren ein Realschulabschluss oder ein Volksschulabschluss mit abgeschlossener Lehre, sowie ein Freischwimmer-Zeugnis erforderlich. Das Sportabzeichen und die erforderlichen Führerscheine (für alle Fahrzeugtypen der Bttr) konnten in der Truppe abgelegt werden und waren Voraussetzungen für die Ausbildung zum Feldwebel.

Meine neue alte Einheit war die StabStBttr/ArtRgt 11, verständlich ausgedrückt, eine selbstständige Batterie, die dem Stab des Artillerie-Regiments 11 zu dienen hatte. Was es bedeutete, eine selbstständige Bttr zu sein, sollte ich bald erfahren.

Die Bttr lag noch im gleichen Kasernenblock, in der Hindenburg-Kaserne, in Oldenburg-Kreyenbrück. Im unteren Stockwerk befanden sich die Geschäftszimmer, im ersten Stock der Rgt-Stab mit dem RgtKdr und seinen Stabsoffizieren. Im 3. Stock waren die Mannschaften untergebracht.

Wenn der UvD auf seiner Trillerpfeife pfiff und seine Befehle brüllte, war das darauffolgende Getrappel der herausgerufenen Mannschaften auch im RgtStab lautstark zu vernehmen. Viele der alten Vorgesetzten und Kameraden aus meiner Wehrdienstzeit (1962 bis 1964) dienten noch in der Einheit. Ich glaubte, meine frühere Tätigkeit als Auswerter in der Feuerleitgruppe wieder aufnehmen zu

UNTEROFFIZIER

Sie sind heute in das Unteroffizierkorps unserer Einheit aufgenommen worden.
Sie werden künftig als Vorgesetzter

- Soldaten ausbilden und erziehen
- Soldaten führen
- vielerlei Spezialaufgaben übernehmen.

Diese Pflichten fordern ein hohes Maß an Selbstzucht, Selbständigkeit und staatsbürgerlichem Bewußtsein.
Haltung und Können bestimmen Ihr Ansehen mehr als Dienstgrad und Abzeichen

Beherzigen Sie deshalb folgende **LEITSÄTZE**

1 Das deutsche Unteroffizierkorps hat eine lange Tradition. Seine Leistungen waren für die Schlagkraft unserer Armee stets von großer Bedeutung. Diese Tradition verpflichtet!

2 Wer erziehen, ausbilden und führen will, muß auf seinem Gebiet mehr wissen, mehr können und mehr leisten als seine Untergebenen. Eine solide Allgemeinbildung, gründliche Fachkenntnisse und gewissenhafte Dienstvorbereitung geben dem Vorgesetzten die Überlegenheit, deren er bedarf, um seine Aufgabe zu erfüllen. Erhalten Sie sich hierfür Ihre geistige und körperliche Spannkraft!

3 Achten Sie in Ihrem Untergebenen stets den Menschen. Lernen Sie ihn gründlich kennen. Sorgen Sie für ihn, wo es geht, aber vergessen Sie nie den Respekt und den Abstand vor seinem eigensten menschlichen Bereich. Gerechtes Verteilen von Lob und Tadel schafft Vertrauen, fördert das Selbstgefühl Ihrer Untergebenen und steigert damit die Leistungen.

4 Sie haben zu befehlen. Damit übernehmen Sie Verantwortung. Nehmen Sie Rücksicht auf die Leistungsfähigkeit Ihrer Soldaten, denn Überforderung kann Schaden anrichten und den Diensteifer lähmen.

5 Achten Sie auf Disziplin! Sie zeigt sich in vollständigem, gewissenhaftem und unverzüglichem Gehorsam. Auch die kleinen Pflichten sind ernst zu nehmen. Weichliches Nachgeben ist ebenso falsch wie übertriebene Strenge.

6 Beherrschen Sie sich, auch in der Wahl Ihrer Worte! Unbeherrschtheit in Ton und Ausdruck verletzt und kann Vertrauen zerstören. Vor den Untergebenen geäußerte Kritik an Vorgesetzten und ihren Befehlen schadet der Autorität aller, auch Ihrer eigenen.

7 Offene Aussprache erleichtert es, Schwierigkeiten zu überwinden. Ihre Vorgesetzten sind bereit, Ihnen mit Rat und Hilfe zur Seite zu stehen.

8 Prüfen Sie kritisch, ob Ihr Verhalten den Soldaten als Beispiel treuen Dienens und gewissenhaften Gehorsams gelten kann, wie es das Soldatengesetz fordert.

9 Auch Ihr außerdienstliches Verhalten sei untadelig! Wählen Sie Ihren Umgang mit Bedacht. Halten Sie Ihre wirtschaftlichen Verhältnisse in Ordnung. Schuldenmachen und übertriebener Alkoholgenuß untergraben die Autorität.

10 Wenn Sie heiraten wollen, suchen Sie eine Lebensgefährtin, die zu Ihnen paßt und Verständnis für Ihren Beruf hat.

11 Halten Sie zu den anderen Unteroffizieren gute Kameradschaft! Ordnen Sie sich in das Unteroffizierkorps ein. Übertriebener Ehrgeiz und Unaufrichtigkeit zerstören die Kameradschaft.

12 Gehen Sie bescheiden und unbeirrt Ihren Weg! Ihr Ansehen hängt ab von Ihrer charakterlichen Haltung, Ihrer Pflichterfüllung und Leistung.

können. Leiter der Gruppe war immer noch der inzwischen beförderte Feldwebel Rump.

Ich musste mich beim Chef, Hptm Weinand, melden. Er eröffnete mir, dass ich als Versorgungs-Unteroffizier (VersUffz,VU) vorgesehen sei, da die Stelle unbesetzt war. Meine Bedenken und Gegenvorstellungen, ich hätte bisher mit der Versorgung nichts zu tun gehabt und wüsste gar nicht, was zu machen sei, wurden als Vorteil gesehen, denn dann könne ich mich unbelastet ganz der neuen Aufgabe zuwenden. Auch der Spieß, Hpt Fw Freiberg (der »Kantige«) war mit der Wahl zufrieden und gab erste Ratschläge.

Nun lernte ich kennen, was eine selbstständige Bttr war. Sie musste die Munitions- und Verbrauchsgüter anfordern, einlagern, überwachen und für die Munition einen genauen Nachweis führen. Bei Verlusten – und die gab es immer – war eine Schadenbearbeitung durchzuführen, das Material vom Bestand abzusetzen, neu anzufordern, dem Bestand wieder zubuchen und gegen Unterschrift erneut ausgegeben werden. Eine Unmenge Listen und Bestandsnachweise waren zu führen.

Da ich in Rostrup wohnte, fuhr ich etwa zwei Stunden mit dem Bus – und das morgens und abends. Das heißt, ich war täglich mindestens dreizehn Stunden unterwegs. Da der Bus von Oldenburg zurück nach Bad Zwischenahn-Rostrup nicht durchfuhr, musste ich von der Haltestelle der Kaserne Kreyenbrück zuerst nach Oldenburg fahren und dort bis 19 Uhr beim Theater auf den nächsten Bus warten.

Während dieser Wartezeit ging ich in eine winzige Kneipe in der Nähe der Bushaltestelle, in der es gerade Platz für eine Biertheke und mehrere Barhocker gab. Viel los war zu dieser Zeit nicht, doch der Wirt war freundlich. Auf der Theke stand ein großes Glas mit Soleiern und einem Kümmelzweig darin, ferner ein Glas mit Salzgurken. Täglich gab es frische Bouletten, die vorzüglich schmeckten. Also trank ich jeden Abend ein Glas Bier und nahm dazu eine Boulette.

Helmut Krock war 1964 als Kanonier zur StabStBttr gekommen und im Fernmeldezug tätig. Er kannte mich kurz vor meinem Ausscheiden aus der Bundeswehr als GUA. Ich hätte damals, wie er mir oft sagte, in dem Ruf eines »scharfen Hundes« gestanden. Nun, 1966 waren wir beide Unteroffiziere und wir verstanden uns sehr gut. Helmut teilte später auch mein Interesse für

Fossilien. Er war ledig und bewohnte als Kasernenpflichtiger ein eigenes Zimmer in unserem Kasernenblock. Häufig verbrachte ich meine Mittagspause bei ihm. Er hatte ein großes Aquarium, in dem viele bunte Zierfische schwammen: Segelflosser, Neonfische, Zierbarsche, Guppys und andere Arten. Es wirkte beruhigend, den gelassenen Bewegungen der Tiere zuzusehen.

Helmut und ich als Unteroffiziere.

Fahrt mit Helmut an Mosel und Rhein

Vom 5. bis 10. September unternahmen Helmut und ich eine Urlaubsfahrt an Mosel und Rhein. Eine geradezu klassische Reise, denn die Täler dieser Flüsse gehören zu den schönsten und romantischsten Landschaften Deutschlands.

Helmut hatte einen VW Käfer und ich ein kleines Hauszelt für zwei Personen. Was trieb uns dazu? Nun, wir waren beide jung und unternehmungslustig. Die Burgen an Mosel und Rhein begeisterten uns, wir wollten sie sehen und diese schöne und geschichtsträchtige Landschaft gemeinsam erleben.

Mit dem himmelblauen VW in die Römerzeit. Himmelblau ist natürlich übertrieben. Es war eher ein verblichenes Vergissmeinnichthellblau.

Wir hatten einen Campingplatz etwas außerhalb von Trier gewählt, der *Nells Ländchen* hieß. Unser kleines Zweimannzelt war schnell aufgebaut und die Luftmatratzen aufgeblasen. Dann hatten wir für uns den »Zapfenstreich« beschlossen. Ich schlief sofort ein, und zwar fest wie ein Stein. Doch nicht für lange: Plötzlich kratzte es von draußen an der dünnen Zeltwand. Die Schüsseln und Teller, die draußen lagen, wurden klappernd durcheinander geworfen. Ratten!

Ich rief: »Haut ab, elendes Rattenpack!« Keine Reaktion – bis auf Weiteres scheppern, poltern und kratzen.

Helmut schimpfte: »Weg mit euch, ihr Mistviecher, verschwindet!« und klatschte dabei in die Hände. Wieder keine Reaktion. Die Ratten ließen sich durch Rufen, Schimpfen, Beleidigungen oder laute Geräusche einfach nicht verjagen. Zum Glück hatte unser Zelt einen angenähten Gummiboden und war mit dem Reißverschluss des Zelteinganges dicht verschlossen. Die Ratten konnten nur ins Zelt gelangen, wenn sie sich durch die dünne Zeltplane nagen würden. Also abwarten.

Ich schlummerte trotz der von Ratten verursachten Geräusche langsam wieder ein. Im Leichtschlaf vermischte sich die Realität mit Traumbildern. Die Ratten waren in das Zelt eingedrungen und liefen mir in der Dunkelheit über Hände und Gesicht. Ich kroch tiefer in den Schlafsack und hörte, wie Helmut fluchend nach ihnen schlug. Sie wurden immer zudringlicher. Ein lautes Klappern und Kratzen von draußen erlöste mich von dem Alptraum.

Sie waren also doch nicht eingedrungen. Was wäre geschehen, wenn wir nur unser kleines Bundeswehrzelt ohne Boden mitgenommen hätten?

Der leichte Schlaf bis zum Morgen brachte keine wirkliche Erholung. Missmutig schälten wir uns aus unseren Schlafsäcken. Mit dem Anbruch der Helligkeit hatten sich die Ratten verzogen. Der Platzpächter blieb gelassen. Sowas könne schon mal vorkommen, meinte er.

Auf einem Zeltplatz ist man nie alleine und trifft mitunter interessante Leute. Neben uns stand ein weißer Kleintransporter mit einem GB-Nummernschild.

Auf einem Campingplatz bei Trier belästigten uns nachts die Ratten.

Der Engländer war früher als Soldat in Deutschland stationiert gewesen. Nun wollte er sich Germany etwas genauer ansehen. Er war von untersetzter Statur, mit Stiernacken und kurzem, weißen Haar. Dazu sprach ein ulkiges Deutsch.

Den Kleintransporter hatte er zu einem kleinen Campingbus umgebaut. Stolz zeigte er uns seine Einrichtungen: Hier der Kocher, dort der Wasserkessel, alles mit Gummibändern auf Regalen festgespannt und so angeordnet, dass während der Fahrt, wie auf einem Schiff bei Seegang, nichts herunterfallen konnte.

Während er auf die Einrichtungen seines Wagens zeigte, sagte er stolz: »Meine kleine Auto ist meine kleine Haus.«

Wir hatten uns für diesen Tag viel vorgenommen. Mit guten Wünschen für seine weitere Deutschlandreise verabschiedeten wir uns: »Wir bleiben nicht hier, wir wollen heute noch nach Trier!«

Zuerst sahen wir uns natürlich die Porta Nigra an, das mächtig-klotzige Schwarze Tor. Erbaut wurde es aus Sandstein des Pfälzer Waldes, der mit den Jahren eine schwarze Patina annahm. Ab 170 n. Chr. errichtet, ist es das besterhaltene römische Stadttor Deutschlands und das Wahrzeichen Triers.

Danach haben wir in dem schönen Ort Beilstein an der Mosel halt gemacht. Helmut schäkerte mit der Bedienung und wir genossen den Moselwein, den Blick über den Fluss und den Sonnenschein.

Die Burg Rheinstein, eindrucksvolles Briefmarken-und Postkartenmotiv.

Wir befanden uns auf der immer parallel den Windungen der Mosel folgenden Straße im Moseltal. Eine der alten Römerstraßen, die sich wie ein Netz über das Imperium erstreckten. Während Helmut seine Aufmerksamkeit auf die Straße und den Verkehr richten mußte, konnte ich die Privilegien eines Beifahrers genießen und mich an der Schönheit der Landschaft erfreuen. Hier hatten bereits die Treverer unter den Römern Wein angebaut.

Von der Mosel aus fuhren wir einen Abstecher machend, Richtung Norden bis zur Burg Eltz. Diese Burg, eine der besterhaltenen und stimmungsvollsten deutschen Burgen, liegt auf einem steilen, von dichtem Wald umgebenen Felssporn hoch über dem Tal der Eltz, einem Seitental der unteren Mosel. Durch das Nebeneinander hoher Gebäude und unterschiedlicher Baustile erhielt die Burg ihre beeindruckende malerische Gestalt.

Beim Aufstieg durch das wilde Tal sangen wir das Räuberlied.(»*Ist kein schöner Leben als das Räuberleben, in dem finstern, finstern Wald …*«) Helmut kannte die Melodie, aber nicht den ganzen Text des Liedes. Also dichteten wir uns eigene Verse hinzu. So sangen wir in den Weinbergen an der Mosel, in den Wäldern der Eifel, und in den Burgruinen am Rhein. Immer dort, wo es besonders romantisch finster war.

Von der Burg Eltz aus hatten wir einen schönen Blick auf die sie umgebenden bewaldeten Berghänge. Auf einem höher gelegenen Felsvorsprung waren die Mauern einer Burgruine zu sehen. Die Reste der Burg Trutzeltz. Die Burg beeindruckte mich durch ihre einzigartige Lage und ihre über Jahrhunderte erhaltene Bausubstanz; ein richtiges uraltes Märchenschloss und heute noch im Besitz des Eltzer Grafengeschlechts.

Moselabwärts fuhren wir durch viele Orte mit wohlklingenden Namen wie Alken, Dieblich, Winningen und erreichten Koblenz. Hier am *Deutschen Eck* stand früher das Reiterstandbild von Kaiser Wilhelm I., der 1945 von den Amerikanern (nur so aus Spaß) von seinem Sockel herunter geschossen wurde. Der vierzehn Meter hohe Bronzeguss des Kaisers war wohl der größte der Welt. 1993 wurde das Reiterstandbild für die Summe von 3 Millionen Mark rekonstruiert.

Auf dem Campingplatz *Rhein-Mosel* in Koblenz. Wir hatten uns zwei Flaschen Wein gekauft, um sie abends vor dem Zelt zu genießen, als wir feststellen mussten, keinen Korkenzieher mitgenommen zu haben. Schräg gegenüber lagerten zwei attraktive Holländerinnen. Also fragten wir bescheiden nach, ob sie einen Korkenzieher für uns hätten. Einen Korkenzieher? Was sei das denn? Dieses deutsche Wort verstanden sie nicht. Daraufhin bildete Helmut mit den Händen eine Flasche und drehte einen imaginären Korkenzieher in die Flasche, und zog den Korken mit einem lauten »Flopp« auf den Lippen heraus. »Ahhh, en Proppentrecker!« Die Mädels lachten und hatten verstanden. Sie liehen uns ihren »Proppentrecker«. Wir zogen uns zurück und hatten unseren Spaß mit dem ungewöhnlichen Begriff und machten uns einen Reim darauf.

Ich: »Und der Mosel schmeckt so lecker, dank dem famosen Proppentrecker.«

Helmut: »Besser als der Flasche den Hals abzuschlagen ist einen Proppentrecker mit sich herumzutragen.«

Ich: »Helmut, hör mal! Die Weingutsbesitzer haben Sinn für Lyrik. Hier steht auf meiner Flasche: *Dom Riesling, trocken: Animierende Frische gepaart mit feiner Frucht und Mineralität, sehr gute Struktur mit Kraft und Würze!* Eine kräftige Struktur kann ich mir noch vorstellen, aber wie schmeckt Mineralität?«

Helmut: »Du Kleingeist, nach Schiefer natürlich! Dein Wein schmeckt nach Schiefer! Hättest du statt so 'ner billigen Pulle einen feinherben Trittenheimer Riesling gekauft, wüsstest du das. Höre was hier draufsteht: Duft nach reifem Steinobst: Pfirsich, Mirabelle und frische Vanille. Mit einem schönen präsenten Schiefermineral!«

In vino veritas
so stehts ganz fein geschnitzelt
auf dem großen Eichenfaß.
Da wird gelacht und derb gewitzelt.
Es spuken dort die Kellergeister,
im Keller wo es finster,
der schlaue Winzer
ist ihr Meister.

Fritz J. Krüger

Ich: »Das klingt nach einer leckeren Fruchtbowle, wahrscheinlich aus Schieferbechern geschlürft, aber nicht nach Moselwein!«

Helmut: »Du Ungläubiger! Werbung darf man nicht auf ihren Wahrheitsgehalt untersuchen, hier ist ein Lebensgefühl beschrieben. Die wollen ihren Wein natürlich verkaufen. Hat ja auch viel Arbeit gemacht.«

Genüsslich schlürften wir unseren Wein, ließen ihn uns genüsslich über die Zunge rinnen, walkten ihn gegen das Gaumendach und in die Backentaschen, spürten das reife Kernobst und viel mineralisches Spiel am Gaumen. Dieser Genuss wäre uns ohne den geliehenen »Proppentrecker« wahrscheinlich entgangen.

Pfalzgrafenstein. Eine Festung im Rhein gelegen.

Am nächsten Tag ging es weiter, Rhein aufwärts. Dort, wo sich der Rhein im schmalen Bett durch das Schiefergebirge zwängt, auf einer Strecke rheinaufwärts von Koblenz bis Bingen/Rüdesheim, stehen stolze Burgen und Burgruinen auf Felsnasen, an steilen Uferhängen oder auf beherrschenden Höhen über dem Rhein. Auf dieser Strecke von etwa 100 Kilometer befinden sich 40 Burgen und Schlösser, die ich natürlich alle gern gesehen hätte.

Diese romantische Landschaft ist das Obere Mittelrheintal, in dem die Berghänge bis an das Rheinufer vordringen, sodass dort nur eine schmale Uferstraße und eine Bahnlinie Platz finden. Linksrheinisch verlief bereits eine alte römische Heerstraße. Hier war kein Raum für Landwirtschaft und Städtebau. Nur an den sonnenseitigen Hängen wurde seit dem Frühmittelalter Weinbau betrieben.

Und wieder ließ ein Postkartenmotiv uns die Fahrt unterbrechen. Die Pfalz, genauer Pfalzgrafenstein. Eine Festung im Rhein gelegen, erbaut, um Zölle zu erheben.

Es ist schon etwas Besonderes ein Briefmarken- und Kalenderbild wirklich vor sich zu sehen, in aller Romantik und Schönheit der Wirklichkeit. Da lag die Festung, wie ein Kriegsschiff im Fluss, dahinter das Städtchen Kaup, überragt von der noch immer trutzigen Burg Gutenfels, im Grün der waldbedeckten Berghänge und Weinlagen. Ein wirkungsvoller Anblick, der die Geschichte aufleben ließ.

Die schwer beladenen Lastkähne segeln mit dem Strom abwärts. Hier werden sie jäh von Sperrseilen und waffenstarrenden Bootsbesatzungen gestoppt. Hellebarden, Helme und Brustharnische aus Metall, Schwerter werden klirrend gezogen, dann die Enterhaken. Die schwerfälligen Kähne müssen die Segel streichen und, nach genauer Taxierung ihrer Fracht, die Silberlinge zählen, auf »Heller und Pfennig«. Die Zwangsabgabe geht diesmal an den König von Bayern. Und nicht weit, stromab warten bereits die Nächsten, die am Handel mitverdienen wollen.

»Los Hardy, wir müssen weiter, wollen heute noch nach Bingen«, sagte Helmut und ließ den Motor brummen. Ja, so ist das! Gerade hatte man die Zeit zurückgedreht und Geschichte lebendig werden lassen, und schon wurde man hineingestoßen, in das Jetzt der Gegenwart, die morgen schon wieder gestern ist.

Die Marksburg bei Braubach ist, im Gegensatz zur reinen Wohnburg Elz, eine Wehranlage. Als wir unter den alten Bäumen den schmalen Weg zur Burg hinaufgingen, fühlten wir uns frei und fröhlich in das Mittelalter versetzt. Die Marksburg ist die einzige unzerstörte Höhenburg am Mittelrhein und eine der schönsten deutschen Burgen. Sie liegt auf einem steilen Schieferfels über der rechtsrheinischen Stadt Braubach. Erbaut um 1231, zog sie schon immer Maler und Künstler an. Albrecht Dürer hat sie mit Silberstift in sein Skizzenbuch gezeichnet und vermittelte so einen zeitgenössischen Eindruck.

Die alten Burgmauern beeindruckten mich sehr. Ein Schild gab Auskunft darüber, dass hier der Deutsche Burgenverein seinen Standort hatte. Wir besichtigten die zugänglichen Bereiche der Burg. Die Marksburg war unsere letzte Rheinstation, danach traten wir die Rückfahrt auf der Autobahn an.

Jährliche Wettkämpfe des Regimentes

Wettkämpfe im Gruppenrahmen, oder Einheit gegen Einheit, befeuern den Ehrgeiz des Einzelnen und fördern in der Gruppe den Zusammenhalt und die Kameradschaft. Außerdem muss der Soldat immer aktiv sein. Er muss stets mit einer Überraschung rechnen, auf die er zu reagieren hat. Er darf nicht träge und faul werden.

Das mögen wohl auch einige Überlegungen des RgtKdrs Oberst Bergien, gewesen sein, als er die Wettkämpfe der Unteroffiziere des Regimentes ins Leben gerufen hatte und durch seine persönliche Präsenz anzuspornen.

Die Mannschaften der Einheiten kämpften nach dem K.O.-System in den »klassischen« militärischen Disziplinen gegeneinander: Schießen, Marschieren, Überwinden der Hindernisbahn und Wettfahrten mit Schlauchbooten auf der Hunte. Es wurden aber auch in den Sportarten der Leichtathletik die besten Läufer, Springer, Stoßer, Werfer und Sprinter ermittelt und natürlich beim Fußballspielen.

Mit einer feierlichen Siegerehrung und Urkundenverleihung im Rahmen einer militärischen Veranstaltung endeten im November diese Spiele. Ich war kein so guter Sportler, um in einer dieser Disziplinen zu gewinnen und eine Urkunde zu erringen. In den Mannschaftsdisziplinen standen wir bestenfalls im Mittelfeld.

Materialbuchhalter

Als Vorbereitung für den VersUffz-Lehrgang musste ich vom 29. November bis 16. Dezember 1966 an einem Material-Buchhalter-Lehrgang teilnehmen. Er wurde beim Panzergrenadierbataillon 322 in Schwanewede bei Bremen durchgeführt.

Munitionsversorgung beim Gefechtsschießen mit dem WuG Uffz Schekelinski (WuG= Waffen und Geräte Uffz).

Da der Mat-Buchhalter-Lehrgang nur im Hörsaal stattfand, hatten wir Lehrgangsteilnehmer vorschriftswidrig nur den Dienstanzug und leichte Bekleidung mitgenommen. Eines Nachts wurde jedoch NATO-Alarm ausgelöst, an dem auch die Lehrgangsteilnehmer, auf kurzfristigen Befehl, teilnehmen mussten. Darauf waren wir allerdings weder vorbereitet noch entsprechend ausgerüstet. Wir wurden auf die gepanzerten Mannschaftstransportwagen M 113 verteilt und kühlten uns in den Stahlkästen nach geraumer Wartezeit in der Kaserne kräftig ab. Dann bezogen wir einen Verfügungsraum im Gelände. Wegen unserer unzureichenden Kleidung – wir hatten weder Mantel noch Feldjacke (Parka) mitgenommen – froren wir die ganze Nacht hindurch erbärmlich, bis der Alarm in den frühen Vormittagsstunden beendet wurde. Das Stammpersonal grinste schadenfroh.

DAS JAHR 1967

Lehrgang

Im Januar nahm ich an einem Lehrgang an der Schule der Technischen Truppen II. in Bremen Schwanewede teil. Materialverwaltung, das war Zu- und Abbuchen des Materials vom Bestand, unter Berücksichtigung der durch Schäden abhanden gekommenen Güter, die zuerst abgesetzt und dann neu angefordert, und nach Erhalt wieder zugebucht werden mussten. Die verschiedenen Verfahren der Schadensbearbeitung, bis hin zum Schadensbericht bei grober Fahrlässigkeit, waren mir durch die praktische Arbeit in der StBttr vertraut.

Truppenlehrer war ein OStFw mit nur einem Arm und einer gewaltigen Megaphonstimme. Wenn er im Nebenraum unterrichtete, war das so laut, dass wir ihn noch verstehen konnten. Unser Ausbilder musste daher seine Stimme kräftig verstärken, um von uns gehört zu werden.

Der OStFw erzählte von seiner Enttäuschung über die Personalführung der Bw, die ihm bei seiner Einstellung eine andere Verwendung zugesagt hatte. Nun unterrichtete er Munitionsbewirtschaftung und Verwaltung, was ihm, dem Kriegsgedienten und Versehrten, zutiefst unzufrieden machte.

Nach dem Lehrgang war ich Versorgungsunteroffizier und Materialbuchhalter. Für die benötigte ATN meines Dienstpostens musste ich den Lehr-

Nach meiner Beförderung zum Stabsunteroffizier, am 4. April 1967.

gang MatNachw/VersUffz absolvieren. Nach einem Jahr Dienstzeit wurde ich am 4. April 1967 zeitgemäß zum Stabsunteroffizier (StUffz) befördert und für die Auswahlprüfung und Vorbereitung zur Fw-Ausbildung vorgeschlagen. Dafür war eine Sonderbeurteilung nötig. Darin hieß es unter anderem: »*Krüger ist ein temperamentvoller, frischer und tatkräftiger Unterführer, dessen Passion und Pflichtauffassung vorbildlich sind. Gesunder Ehrgeiz, Verantwortungsfreude und Beharrlichkeit bei der Verfolgung seiner Ziele machen ihn zu einem zuverlässigen Mitarbeiter. Mitunter könnte er umgänglicher und kompromissbereiter sein.*«

Die Formulierung des letzten Satzes zieht sich wie ein roter Faden fast durch meine gesamte Dienstzeit. Ich legte noch vor dem Fw-Vorbereitungslehrgang die Leistungen für den Leistungsschein der DLRG (Deutsche Lebensrettungsgesellschaft) ab. Das Sportabzeichen hatte ich bereits in meiner Zeit als Z2 erworben, schoss die Schützenschnur und machte die notwendigen Führerscheine.

Der Kantige

HptFw Freiberg, unser Spieß, wurde von den Soldaten wegen seiner energischen Kinnpartie, die ihm ein nußknackerartiges Aussehen verlieh, respektvoll »der Kantige« genannt. Der Kantige war mit Leib und Seele Spieß und Soldat – jedoch nach dem Bauplan »harte Schale, weicher Kern«. Er war für seine Soldaten da, hörte ihnen zu, versuchte auszugleichen und Härten zu mildern.

Da er kein großer Redner war, sprach er schon mal ein deftiges Wort bei der Befehlsausgabe: »Hat doch wieder so ein Schwein auf die Toilettenbrille geschissen!« Wenn er zu Beginn eines Uffz-Abends oder einer Veranstaltung sein unvermeidliches: »... und ich wünsche dem Verlauf der Veranstaltung einen guten Verlauf« wünschte, grinsten schon einige. Auch »Aldiweil und diesbezüglich« gehörten zu seinem Wortschatz. Wir Uffze hatten auch einigen

Spaß mit ihm. Rhetorik ist eine Sache, Gerechtigkeitssinn eine andere. Er war, was man zu einem guten Spieß sagt, die »Mutter der Kompanie«.

Ich dachte an meinen Schulfreund Uwe und wie er einen Regenwurm zerkaut hatte. In Gedanken scheute ich zurück. Ich hätte es nicht gekonnt. Vielleicht, wenn ich halb verhungert wäre? Würde ich so etwas über mich bringen, wenn ich an einen Ranger-Lehrgang teilnahm? So wie ich während der Ausbildung in Extremsituationen gedacht habe: Ich kann nicht mehr, und es ging doch weiter. Den »inneren Schweinehund« überwinden, nannte man das im Jargon. Ich würde es versuchen!

Also meldete ich mich beim Kantigen und sagte, er solle mich für einen Ranger-Lehrgang anmelden: »Aldiweil und diesbezüglich«. Er guckte mich erstaunt von oben bis unten an und grinste: »Da werden doch keine Flöhe dressiert!« Ich war nur im ersten Augenblick beleidigt. Der Druck, den ich mir selbst aufgebaut hatte, war gewichen. Wahrscheinlich hat er mich vor großen Strapazen und einem peinlichen Scheitern bewahrt.

»Der Fisch beginnt am Kopf zu stinken und deshalb ist es wichtig, dass wir uns richtig verhalten und keine Fehler machen. Es ist ein Fehler, Disziplinlosigkeiten durchgehen zu lassen. Auch in kleinen Dingen, wie beim Grüßen oder der Anzugsordnung. Ich möchte nicht noch einmal hören, dass ein Unteroffizier sich mit einem Mannschaftsdienstgrad duzt«, lautete sein Credo bei einem Morgenappell.

Zu mir sagte er: »Krüger, Aldiweil und diesbezüglich, unsere Uffze sind zu lasch. Anstatt die Mängel abzustellen, gucken die lieber weg. Wie soll da eine Disziplin entstehen? Versuchen Sie, Einfluss auf ihre Kameraden auszuüben. Lassen Sie beim UvD-Dienst nichts durchgehen. Wir sind hier in der Bundeswehr und nicht in einem paramilitärischen Lotterhaufen!« Ja, ja der Kantige, unser Spieß ...

Ein Schluck aus der Handgranate

Das ArtRgt 11 verfügte auch über ein Raketen-Artilleriebataillon, *Honest John* (HJ). Mit dieser Boden-Boden-Rakete konnten, unter Vorbehalt und Aufsicht der Amerikaner, atomare Sprengköpfe verschossen werden. Sie behielten die Kontrolle über atomare Waffeneinsätze. So waren, auch bei Übungen mit den Trägerraketen, immer mindestens zwei amerikanische Offiziere anwesend.

Hptm Weikinn, der S3-Offz, plante mit den Amerikanern gemeinsam diesen übungsmäßigen A-Einsatz. Es war bekannt, dass auf seinem Schreibtisch eine Handgranate stand; olivfarben, wie eine scharfe Splitter-Handgranate. Indem er die gefährlichen Innereien (Zünder und Sprengsatz) entfernt hatte, war sie zu einem harmlosen, gefährlich aussehenden Trinkbehälter umfunktioniert worden, ähnlich dem versilberten Flachmann eines Jägers. Besonderen Gästen wurde daraus schon mal ein Schluck zur Stärkung angeboten.

Während einer Übung wollte Hptm Weikinn seinem amerikanischen Spezialisten und sich, nach vollendeter Atom-Planung, eine kleine Stärkung verabreichen. Also holte er seine präparierte Handgranate aus der Tasche und zog den Sicherungssplint, der den Sperrbügel freigab. Daraufhin sprang der amerikanische Offizier, offensichtlich kampferfahren, mit einem Aufschrei aus dem Gefechtswagen und in Deckung. Der Atomspezialist hatte des Hauptmannes freundliche Geste völlig falsch oder überhaupt nicht verstanden.

Oberleutnant von der Mosel II

Nachfolger von Hptm Weinand wurde Oberleutnant von der Mosel II., der jung, dynamisch, sympathisch und zu gut für die Bundeswehr war. Seine Karriere hat leider ein bedauernswertes Ende genommen. Von der Mosel I., der frühere Chef und sein Onkel, galt als sehr human. Nie kehrte er selbstgefällig den Vorgesetzten heraus.

Als Versorgungsunteroffizier kam ich sehr gut mit OLt von der Mosel II. aus. In meiner Arbeit schenkte er mir vollstes Vertrauen und Handlungsfreiheit. Er redete auch nicht besserwisserisch hinein.

Ein Soldat muss seine Vorgesetzten nicht mögen, aber ich mochte ihn. Er förderte mich, indem er mir eine gute Beurteilung ausstellte, mit der ich an der Feldwebel-Vorausbildung teilnehmen konnte. Während der regulären Dienstzeit wurden die Teilnehmer, alles Stabsunteroffiziere, zu dieser Ausbildung abgestellt. Schwerpunkt der Vorausbildung war eine Vertiefung des schulischen Wissens.

Fw-Vorbereitungslehrgang

Der Fw-Vorbereitungslehrgang wurde in der Truppe von zivilen Lehrern der Bundeswehr-Fachschulen durchgeführt und endete mit einer Prüfung in den Hauptfächern Deutsch, Mathematik, Geografie und Geschichte (dieses Fach endete bei Bismarck). Bei der Prüfung am 5. März 1967 in Delmenhorst fiel etwa ein Drittel der Teilnehmer durch. Für sie war die Laufbahn in der Bundeswehr nach acht oder zwölf Dienstjahren beendet.

OLt von der Mosel verstand es, Soldaten zu führen. Wenn er zum Beispiel einen Unterricht über die geopolitische Lage und den »Kalten Krieg« gehalten hatte, bekam jeder Hörer eine schriftliche Zusammenfassung seines Referates. Dann fragte er: »Hier gibt's den Kommunismus in Dosen, wer hat ihn noch nicht?« Zu anderer Gelegenheit sagte er: »Unser VersUffz, der mampft die Arbeit nur so weg!« Diesem Lob ließ er zum Jahresabschluss auch einen Bestpreis folgen. Zum Uffz-Korps unserer Bttr hatte er stets ein gutes Verhältnis und wurde, was durchaus nicht üblich war, zu allen Uffz-Abenden eingeladen, zu denen er auch gerne kam.

Leider hatte dieser fähige und beliebte Offizier sehr viel Pech. Es begann damit, als in der Bttr Munition gestohlen worden war. So etwas war ein »Besonderes Vorkommnis«, das an das Rgt und alle vorgesetzten Dienststellen zu melden war. Kurz darauf wurden Gewehre und eine Pistole vermisst. Alle Untersuchungen und Nachforschungen stießen ins Leere. Trotz aller Sicherheitsvorkehrungen konnten diese Fälle nicht aufgeklärt werden. Vielleicht war das der Auslöser für seine Krankheit. OLt von der Mosel II. wurde schließlich in Varrelbusch in der Psychiatrie behandelt.

Das Uffz-Korps stellte eine Abordnung zusammen, die ihn im

Krankenhaus besuchte. Ich war sehr froh darüber, dabei sein zu dürfen. Er wirkte ganz normal, als er uns begrüßte und sprach auch von den Behandlungsmethoden, denen er sich unterziehen musste. »Das Schlimmste«, sagte er, »ist die Behandlung mit Elektroschocks.« Nach diesem Besuch haben wir ihn nie wiedergesehen.

Wir gewannen eine Orientierungsfahrt, wobei ich, der Beifahrer, auch der »Franser« war, der die Karte lesen musste. Dann beteiligte ich mich als einziger in der Bttr an dem Wettbewerb *Winterarbeiten 1966/67* für Unteroffiziere. Meine Arbeit wurde in die obere Klasse eingestuft und mit einer Buchprämie honoriert. Weihnachten 1966 bekam ich einen Bestpreis für »vorbildliche dienstliche Leistungen«.

Ich wollte Fw werden. Neben einer guten Beurteilung waren dafür militärisches Fachwissen und eine gute Allgemeinbildung erforderlich. Die Ausbildung erfolgte auf zwei Ebenen: einen militärischen und einen fachlichen Teil. Für beide mussten Lehrgänge besucht und Prüfungen abgelegt werden. Die Weichen dafür waren also gestellt.

Dazu hatte ich Freude am Soldatenberuf. Als zusätzliche Aufgabe hatte ich freiwillig die Truppenbücherei übernommen. Dafür hatte ich einen kleinen Etat für Neuanschaffungen zur Verfügung. So konnte ich Bücher kaufen, die ich selbst gerne lesen wollte, mir aber privat nicht leisten konnte, wie zum Beispiel Brechts *Dreigroschenroman* mit Schallplatte, auf der er die Moritat von »Mackie Messer« singt, Charles Dickens *Oliver Twist* oder Heinrich Harrers *Sieben Jahre in Tibet*, über die Flucht des Dalai Lama nach Indien und die Okkupation Tibets durch China.

Der Tod lauert überall auf den Soldaten, nicht nur auf dem Gefechtsfeld. An einem gewöhnlichen Ausbildungstag rollten die Fahrzeuge zurück in die Hindenburg-Kaserne. Vor dem Haupttor kam es zu einem folgenschweren Unfall.

Beim Einbiegen von der Cloppenburger Straße in die Hindenburg-Kaserne stießen ein Unimog und ein Kettenfahrzeug, eine Haubitze, zusammen. Eines der Fahrzeuge hatte die Vorfahrt nicht beachtet. Bei Zusammenstößen mit Kettenfahrzeugen bleibt es nie bei Blechschäden. Die Besatzung des Unimog wurde bei dieser Kollision sofort getötet.

Von den Arbeiten eines Versorgungsunteroffiziers

Jeder Materialstück hatte eine 13-stellige Versorgungsnummer und eine Versorgungsartikelbezeichnung. Die Bezeichnungen umfassten größere Gruppen, also Überbegriffe, die durch Zusätze den betreffenden Gegenstand beschrieben. Darüber machten wir uns oft lustig und deklamierten: »Gib mir mal das Tuch-Hand-oliv«. Das war das Handtuch für die Körperpflege, von dem Soldaten zwei Stück, also zwei BE (Bezugseinheiten) zustanden.

Als VersUffz arbeitete ich vollkommen selbstständig und war nur dem Bttr-Chef unterstellt. Ich hatte ein eigenes Dienstzimmer, mit Schreibtisch und Telefon und einen Schreiber, den Gefr Kruse, der gleichzeitig mein Fahrer war. Er kam aus Ostfriesland und nichts konnte ihn aus der Ruhe bringen. So hatte ich als junger Unteroffizier bereits eine große Verantwortung und sehr viel Arbeit.

Mein Zelt in Flammen

Wir hatten Biwak bezogen. Welch ein Komfort: Es gab eine zweite Zeltbahn. So konnte jeder Uffz ein eigenes kleines Zelt ohne Boden (»Dackelgarage« genannt), aufschlagen. Eine Zeltbahn, die gleichfalls als Regenumhang diente, gehörte ebenso zur Ausrüstung, wie die zusammensteckbaren Aluminiumstangen, sechs Häringe und eine Kunststoffleine. Die Plane, aus grauem oder tarnfarbenem Zeltstoff, und das Zubehör wurden im Sturmgepäck mitgeführt. Zwei Soldaten konnten also immer ein Zelt aufbauen, das heißt, eine Gruppe (zwölf Soldaten) bekam sechs Zelte. Es passten genau zwei Schlafsäcke hinein. Hier nun das Besondere: Als Uffze bekamen wir eine zweite Zeltbahn und jeder hatte ein Zelt für sich alleine. Als Bodenbelag gab es Stroh. Zur Beleuchtung diente eine Petroleumlampe, eine normale Stalllaterne, die oliv gestrichen war.

Nach dem Geländedienst im Rahmen einer Bttr-Versorgungsübung verkrochen wir uns in unsere Zelte. Es war kalt, doch durch den Strohbelag und die Wärme der Petroleumlampe ließ es sich darin gut aushalten.

Meine Lampe brannte nur noch wenig und musste nachgefüllt werden. Ich hatte einen kleinen zwei Liter-Kanister mit Petroleum, doch als Nichtraucher keine Streichhölzer dabei. Also hätte ich mich hinausbegeben und Streichhölzer ausleihen müssen.

Die Lampe müsste sich doch auch – bei der nötigen Vorsicht – mit brennendem Docht befüllen lassen, dachte ich. Gedacht, gemacht. Dabei entzündete sich natürlich das vergaste Petroleum und mit einem Puff stand die Lampe, der Kanister und Sekunden später das Stroh im Flammen.

Ich schleuderte die Lampe blitzschnell hinaus und es gelang mir in wenigen Minuten, den Brand mit einer Decke und meinem Parka zu ersticken. Wieder einmal falsch gedacht und gehandelt!

Schutzengel, gibt's die?

Mücken, Mücken, Mücken

Der Platz war uns als Verfügungsraum zugewiesen worden. Nach Bekanntgabe der Lage warteten wir auf unseren Einsatz zu einem unbestimmten Zeitpunkt. Das verhieß nach dem Zeltaufbau einige Stunden Nachtruhe, bis weitere Befehle eintrafen. Wir lagerten auf einer Waldschneise, einer sumpfigen Wiese mit hohen, harten Gräsern.

Bereits beim Aufbau der Zelte umschwirrten uns unzählige Mücken. Schwitzend kroch ich in den Schlafsack, um mich vor den Mückenstichen zu schützen, doch die herausragenden Hände und das Gesicht wurden immer wieder attackiert. Es war sehr warm. Ich schwitzte so sehr, dass an Schlaf nicht zu

Donnerbalken oder die Idylle einer Feldlatrine.

denken war. Der Mückenschleier schützte mein Gesicht nur unvollkommen, denn dort, wo er auf der Haut auflag, waren sofort, mit »sssst« und »ssssst«, die kleinen Stecher da. Es war kaum auszuhalten!

Wer bereits drei Mückenstiche im Gesicht und an den Händen als unerträglich empfindet, kann vielleicht die Qual unzähliger brennender, juckender Stiche nachempfinden. Bei mir entwickelte sich eine ohnmächtige Wut und ein Hass auf die Stechinsekten, der kaum zu beschreiben war. Nach ihnen zu schlagen, war jedoch sinnlos. Dazu waren es zu viele. War das Insekt mit Blut vollgesogen, gab es einen Blutfleck auf der Haut. So zogen sich die Nachtstunden schier endlos hin. Hundemüde, wie ich war, mag ich für eine kurze Zeit trotzdem eingeschlafen sein.

Am nächsten Morgen verließen wir unsere Folterquartiere, bauten die kleinen Zelte ab und unternahmen einen Stellungswechsel. Ein Soldat hatte, wohl wegen einer allergischen Reaktion, ein derart verquollenes Gesicht, dass ich ihn zuerst nicht erkannte. Er musste mit zwei anderen zur Behandlung ins Revier gefahren werden.

Visionen

Wir waren auf einer Bttr-Übung. Eines Nachts ging ich zur Kontrolle durch die Stellungen, um zu sehen, ob die Wachposten in Ordnung sind. Wir warteten auf den Befehl zum Stellungswechsel. Mit zugefallenen Augen saß ich im Geländewagen. Unmerklich gingen die realen Bilder in Traumbilder über.

Ich sah eine unbefestigte lehmige Piste, auf der sich mit großer Geschwindigkeit ein Kradfahrer näherte. Er fuhr an mir vorbei. Hatte er mich gesehen? Ich blickte ihm nach. Plötzlich ein Lichtblitz und der Knall einer Explosion. Eine Fontäne aus dunkler Erde spritzte empor. Dann Ruhe. Ein Kradschütze, der auf eine Mine fuhr. Der Tod meines Vaters.

Fahrerlaubnis der Bundeswehr

Jeder Unteroffizier muss sämtliche Fahrzeuge, die in seiner Einheit vorhanden sind, fahren können. So machte ich im Juni 1967, in der Fahrschulgruppe des ArtRgt 11 in Oldenburg, den Führerschein Klasse B.

Mein Fahrlehrer ist ein alter »im Pulverdampf ergrauter«, wie er es nannte, Oberfeldwebel. Ohne Berufssoldat werden zu können, diente er seine letzten Jahre als Fahrlehrer ab.

Das Fahrzeug, auf dem wir geschult wurden, war ein alter DKW-Jeep mit ausgeleiertem Getriebe. Er war natürlich oliv und mit weißen taktischen Zeichen versehen. Da es ein warmer Sommertag war, fuhren wir abgeplant. Die Besatzung: Unser Fahrlehrer sowie drei Fahrschüler, darunter ich als Stabsunteroffizier.

Der Fahrschüler am Lenkrad hatte vor der Fahrt zu melden: »Gefr (Name), Sitz und Spiegel eingestellt!« Geschult wurde hauptsächlich im Stadtverkehr von Oldenburg. Geduldig schnurrte der Fahrlehrer seine Korrekturen: »Beide Hände am Lenkrad und nicht übergreifen ... fahren Sie nicht so dicht auf ... nicht so viel Gas ... Kupplung ganz durchtreten, sonst fliegt uns das Getriebe um die Ohren ... Haben Sie vor dem Überholen in den Spiegel geguckt?«

Übersah ein Fahrschüler ein Verkehrsschild, ließ der OFw 200 Meter hinter dem Schild halten: »Gefr ... haben Sie das Schild nicht gesehen? 60 Kilometer steht da drauf, aber Sie fahren 70. Ich vermute, Sie konnten es nicht lesen, weil es verschmutzt ist. Nehmen Sie einen Putzlappen und wischen Sie das Schild sauber! Aber beeilen Sie sich, sonst fahre ich ohne Sie weiter, wir haben keine Zeit!« Dem Gefr blieb keine andere Wahl, als mit dem Putzlappen in der Hand 200 Meter zurückzurennen und das Schild zu putzen. Nachdem er fertig war, sagte der OFw mürrisch-gelangweilt: »Das nächste Mal werden Sie es besser lesen können – los, weiter!«

Fuhr ein Fahrschüler zu langsam, oder überholte nicht, wenn es möglich war, buffte er ihn ins Kreuz oder verteilte »Katzenköpfe«: »Aufwachen! Ich dachte, Sie sind eingeschlafen.«

Da ich Stabsunteroffizier war, wagt er bei mir keine dieser praktischen Ausbildungsmethoden. Nur einmal schimpfte er: »Krüger, sie taugen zum Autofahren wie ein Igel zum Arsch abwischen!« Ich glaube, er konnte mich nicht leiden.

Die theoretische Prüfung fiel mir leicht. Bei der praktischen Fahrprüfung dagegen war ich nervös und unsicher. Der Prüfer war als harte Nuss bekannt. Schon bei der Kasernenausfahrt nahm ich einem PKW die Vorfahrt, sodass er abbremsen musste: »Der Nächste!«, sagte der Prüfer und ich setze mich auf die Rückbank. Meine Fahrprüfung hatte keine fünf Minuten gedauert. Die Nachschulung fand in Oldenburg statt, die Prüfung in Wilhelmshaven. Wir waren drei Wiederholer. Unser neuer Fahrprüfer trug die blaue Marineuniform des Hauptbootsmannes. Er sprach jedem Prüfling ruhig zu und wir alle bestanden, im Verkehr einer uns völlig unbekannten Stadt, die Prüfung.

Als ich Tage später ins Geschäftszimmer musste, um den Führerschein zu unterschreiben, war auch der im Pulverdampf ergraute Fahrlehrer anwesend: »Krüger«, sagte er. »Ich gebe ihnen keine 1000 Kilometer, bis Sie ihren ersten Unfall bauen!« Auch hier sollte er sich getäuscht haben.

Umzug von Rostrup nach Oldenburg

Oldenburg kannte ich seit meiner Kindheit. Wir lebten auf dem Lande und Oldenburg war für mich die große Stadt. Auf dem Pferdemarkt waren immer die Schranken unten, und einige Male war ich als Kind mit meiner Mutter und meinem Bruder Eckard auf dem Kramermarkt gewesen.

Als ich im August als Dienstwohnung ein Reihenhaus (wieder ein Neubau) in Oldenburg bekam, zogen mein Bruder und seine Frau in unsere alte Wohnung in Rostrup.

Unsere Nachbarn, zu denen wir ein gutes Verhältnis hatten, freuten sich zuerst über den neuen Mieter. Es dauerte aber keine vier Wochen, da hatte sich Eckard alle Mitbewohner zu Feinden gemacht. Die einen waren seiner Meinung nach »sowieso doof«, die anderen Säufer, die ständig in der Wohnung über ihm polterten. Überhaupt: Der Lärm, den die vielen Kinder machten, war für ihn unerträglich.

Etwas Spaß mit dem Spieß

Wie bereits erwähnt wohnte mein Freund Helmut in der Kaserne und hatte in seinem Zimmer ein 150 Liter großes Aquarium, in dem er viele hübsche Zierfische hielt. Zur Ernährung seiner Lieblinge, die in dem optisch sehr ansprechenden Wasserkasten paradierten, bezog Helmut aus einer Zoohandlung Lebendnahrung: Mehlwürmer, Tubifex und Mückenlarven.

Eines Tages kam Helmut auf die Idee, wie man den Kantigen prima ärgern könnte. Er goss Mückenlarven in ein Marmeladenglas mit Schraubdeckel, in den er mit einem Nagel mehrere Löcher hineingeschlagen hatte.

Bei einer günstigen Gelegenheit, als der Kantige nicht in seinem Dienstzimmer war – er wurde unter einem Vorwand herausgelockt – platzierte Helmut an einem unauffälligen Ort seinen Zuchtbehälter. Alles Weitere entwickelte sich biologisch und folgerichtig. Die geschlüpften Mücken stürzten sich beutehungrig auf den Spieß und brachten ihn fast zur Verzweiflung. »Den werd' ich kriegen – den mach' ich fertig – den erwische ich noch!« schimpfte er und bewegte sich im Ungewissen. Er wusste ja nicht, woher die vielen Mücken kamen. Der Attentäter wurde nie entdeckt.

DAS JAHR 1968

Grafenwöhr

Als VersUffz war ich Führer des Vorkommandos nach Grafenwöhr. Am 25. Januar, es war bitter kalt, fuhren wir mit drei Soldaten als Quartiermacher zum Truppenübungsplatz. Zuerst übernahmen wir die Räume in den Truppenunterkünften, die aus gereihten Steinbaracken bestanden. Einer meiner Aufträge lautete, die Räume nach den Personallisten, getrennt nach Dienstgraden, einzuteilen und auszuschildern. Die Übernahme von der Standortverwaltung erfolgte nach »Raumgerätetafeln« und bürokratischem Aufwand.

Nach den Unterkünften waren die Munition, die Schießscheiben und sonstige Übungsgeräte zu übernehmen. Nicht zu vergessen die Ölmengen, die für die in jedem Raum aufgestellten Ölöfen benötigt wurden. Das alles nahm die gesamte Vorlaufzeit in Anspruch, denn die verschiedenen Ausgabestellen waren im Camp und auf dem Truppenübungsplatz verteilt. Transport, Lagerung, sowie Schadens- und Verlustbearbeitungen lagen nach Empfang bei der Truppe. Die Materiallager waren ausnahmslos mit knorrigen Oberpfälzern besetzt, die mit ihrem Dialekt nicht immer verständlich waren. Sie hatten ihre Aufgaben fest im Griff. Und da es ja die Soldaten waren, die etwas von ihnen wollten, ließen sie sich während ihrer Brotzeit nicht durch eilige Versorgungsunteroffiziere stören. Bevor sie etwas anfassten und bewegten, wurden erst einmal die Ausgabebelege der Platzverwaltung eingehend überprüft.

Auch die Menge des Toilettenpapiers war verwaltungsmäßig festgelegt und errechnet worden. Pro Soldat standen uns vier Blatt am Tag zur Verfügung. Das passte zu dem Reim *Sparsamkeit ist eine Zier/auch mit dem Toilettpapier/dessen Blätter braucht man vier: Vorwisch, Hauptwisch, Nachwisch und Polier.*

Es gelang mir jedoch den Papierausgebern, unter dem Hinweis auf mögliche Darmerkrankungen, einige Rollen mehr abzuschwatzen. Von »Dünnschiss« war die Rede.

Auf einer Toilette sind die Gedanken frei und manche fanden ihre lyrische Form auf den Toilettenwänden. Hier einer vom Truppenübungsplatz Grafenwöhr. Er verwies auf wenig Plätze und großen Bedarf:

In diesem Lokus sitzt ein Geist,
der jedem, der zu lange scheißt,
von unten in die Eier beißt.

Einige Sprüche waren mit Krakeleien illustriert, die von zeitgenössischen Künstlern hätten stammen können. Doch zurück zum Tagesgeschäft. Als meine Einheit per Bahntransport ankam und einrückte, gab es sofort Unzufriedenheit und Ärger, wegen der Stubenverteilung. Der neue Spieß, HptFw Borchers, wollte nicht dulden, dass ich aus praktischen Erwägungen im Feldwebeltrakt auch einige ältere Stabsunteroffiziere untergebracht hatte. Er war Verfechter einer geraden Schnittlinie, zwischen Feldwebeln und Unteroffizieren. So musste wieder umgeplant und verärgert umgezogen werden.

Kurz danach begann der übliche Übungsplatzbetrieb, mit Anordnungen und Befehlen, Gefechtsschießen, Übungen, Märschen, viel Gerödel und wenig Schlaf; Ärger mit dem Spieß und der Platzkommandantur bei unbehaglich kaltem Wetter mit Frost und Schnee. Abends herrschte im Camp durch die stinkenden Ölöfen schlechte Luft. Mit den Soldaten, den Wehrpflichtigen, gab es hingegen wenig Probleme.

Überall im Lager und abends in den Kneipen traf man auf amerikanische Soldaten – darunter viele Schwarze und einige Asiaten. Alle waren gut mit praktischer, wärmender Kleidung ausgerüstet. Daher litten sie weniger unter dem frostigen Winterwetter als wir. Wir versuchten es zumindest mit Galgenhumor: »Hunger wird durch stramme Haltung ersetzt!« Oder: »Was, Sie frieren? Dann zittern Sie sich doch warm!« Und beim Frühstück: »Die Wissenschaft hat festgestellt, dass Marmelade Fett enthält!«

An den wenigen dienstfreien Abenden gingen wir in die Bars und Kneipen von Grafenwöhr. Natürlich in Uniform, denn Zivilkleidung hatten wir ja nicht dabei. In unserem Kampfanzug, der ungeliebten, kratzigen »Filzlaus«, sahen wir im Vergleich zu den dollarschweren American Soldiers natürlich schlecht aus. Überall in den Bars traf man auf Amerikaner in Uniform und leichte Mädchen.

Die Amis tranken viel – und wenn sie betrunken waren, wollten sie oft eine Pizza essen. Einer von ihnen war über seiner Salami- und Käse-Pizza eingeschlafen, ein anderer hatte sie bereits wieder von sich gegeben. Es war kein schöner Anblick. Daher wechselten wir in eine andere Bar. Plötzlich fiel mir auf, dass wir in diesen Bars keine Farbigen trafen. Ich fragte mich, wie es bei den schwarzen amerikanischen Soldaten zuging, die offenbar ihre eigenen Kneipen hatten. Also sprach ich eines der Mädchen von der Straße darauf an, die sofort entsetzt reagierte: »Geh da bloß nicht rein! Die wollen keine Weißen bei sich sehen. Ich warne Dich, da kommst Du nicht wieder heil raus!« Ein gut gemeinter Ratschlag. Sie kannte sich ja aus. Ich erkannte: Wie Coca-Cola und der Weihnachtsmann wurde auch Rassismus aus den USA exportiert. So lernte ich erstmals Rassenschranken kennen und war dabei ganz erstaunt, denn ich hatte nie Vorbehalte gegenüber Menschen mit einer anderen Hautfarbe oder anderem Aussehen gehabt.

In der Micky Bar war Tanz. Wir zogen unsere Kampfstiefel aus und tanzten mit qualmenden Socken, woran sich jedoch niemand störte. In den Tanzpausen gab es auf einer kleinen Bühne Striptease, den ganz heißen »Feuertanz«. Biere wurden bestellt und der Ansager, ein Mitglied der Band, rief zum Tanz auf: »Meine Damen und Herren, der nächste Tanz ist wieder mit Musik, denn heute fickt in Grafenwöhr die Deutsche Bundeswehr!« Wobei ein unbekannter Witzbold skandierte: »Das freut die Damen aber sehr!« Da wir wenig Geld hatten, waren solche Kneipenbesuche eine Seltenheit.

Auch ein Truppenübungsplatz-Aufenthalt hat einmal ein Ende. Während die Fahrzeuge verladen und verkeilt wurden, war ich mit der Übergabe der Stuben anhand der Verzeichnisse beschäftigt. Für das Gerät, das fehlte – und es fehlte immer etwas – musste eine Schadensbearbeitung durchgeführt werden, die vom Chef zu unterschreiben war.

Die Rückfahrt nach Oldenburg dauerte fast zwei Tage, weil unser Sonderzug (Truppentransporter) immer wieder auf Abstellgleise geschoben wurde. Wenn die Lok abgekuppelt war, gab es auch keine Heizung in den Waggons.

So mussten wir stundenlang warten, um den planmäßigen Zügen die Durchfahrt zu ermöglichen. Eingemummelt in unsere Parkas (Feldjacken) oder in den Schlafsäcken lagen wir frierend auf den Bänken, den schmutzigen Fußböden oder in den Gepäcknetzen und warteten darauf, dass wir wieder eine Lok bekamen, die uns in die Heimatgarnison fuhr.

Grünkohlfahrt nach Stenum

Die Grünkohlfahrt des Uffz-Korps warf, Dank der Aktivitäten freiwilliger Kohlzeitungs-Redakteure ihre Schatten voraus. Die hockten zusammen, führten Befragungen durch, schmiedeten Verse und entwarfen Zeichnungen. Ich hatte die Redaktion übernommen.

In jedem Jahr traf sich das Uffz-Korps Anfang März, zu seiner traditionellen Kohlfahrt in Stenum, bei Bremen. Als besonderer Gast – und das war nicht selbstverständlich – war unser Chef, Hptm von der Mosel II., eingeladen worden.

Zuerst wurde geboßelt. Dieses eigenartige ostfriesische Straßen-Wurfballspiel hat auch im Emsland und im Oldenburgischen seine Anhänger gefunden. *Straßenboßeln* ist ein Streckenwerfen mit einer Gummi- oder Kunststoffkugel auf der Straße, das mehrere Kilometer betragen kann. Boßeln ist ähnlich wie das *Klootschießen* (Klootscheeten) und wird vornehmlich im Winter auf Straßen und befestigten Wegen gespielt, wobei auch die Kurven umspielt werden müssen. Dabei werfen zwei Mannschaften abwechselnd, und versuchen eine Kugel mit möglichst wenig Würfen über eine festgelegte, lange Strecke zu bringen.

Zum Boßeln gehört natürlich auch eine Buddel Korn und so gerieten wir bald in eine gehobene Kohlfahrtstimmung. Nachdem die Siegermannschaft ermittelt worden war, ging es zurück ins Gasthaus. Inzwischen waren auch die Damen mit einem Bus aus Oldenburg eingetroffen. Kurze Begrüßungsworte von HptFw Borchers, der unserer Kohlfahrt einen guten Verlauf wünschte, eine Replik auf den Kantigen, der als Ehrengast natürlich auch eingeladen war. Danach wurde, mit verteilten Sprechern, die »Internationale Grünkohlzeitung« verlesen. Das lockerte die Stimmung durch Schadenfreude auf, weil jeder mit einem Spruch über seine Macken bedacht wurde.

Helmut Krock hatte eine Karikatur von mir für die Bierzeitung angefertigt. In Anlehnung an die bekannte Darstellung des Walther von der Vogelwei-

Unser VU nach einem Bild aus der Koselschen Liederhandschrift

de aus der Manessischen Handschrift von 1320. Das Bild illustriert den Text eines Liedes und zeigt den Dichter auf einem Stein sitzend, in sich versunken und über die Welt nachdenkend. »Ich saß auf einem Steine und deckte Bein mit Beine ...«

Die Karikatur bedarf einer Erklärung: Oben im Wappen ist die ZDV (Zentrale Dienstvorschrift) 3/2 dargestellt, die den Formaldienst regelt. VU ist die Abkürzung für Versorgungs-Unteroffizier. Unser Batterie-Chef war Hauptmann von der Mosel, daher die »Moselsche Liederhandschrift«.

Danach begann das Grünkohlessen. Kasseler-Braten, Mettwürste und gekochte Kartoffeln oder Bratkartoffeln wurden aufgetragen – dazu reichlich Kohl. Das Klappern der Bestecke, Murmeln und leises Schmatzen bildeten die Geräuschkulisse. Der Grünkohl schmeckte nicht besonders. Er war nicht frisch gekocht, sondern stammte vermutlich aus der Dose, was aber keinen gestört hat. Es wurde genau darauf geachtet, wer am meisten gegessen hatte, um zum Schluss den Kohlkönig zu ermitteln.

Nach dem Essen wurde jedoch kein König, sondern eine Kohlkönigin gekürt, die, wie sich vielleicht denken lässt, etwas korpulent war. Als äußeres Zeichen ihrer Königswürde wurde ihr die Königskette umgelegt, deren Anhänger eine dicke Sau war. Danach begann, zunächst sehr verhalten, eine Diskussion darüber, ob man in Zukunft einen anderen Schmuckanhänger verwenden sollte. Die neue Kohlkönigin und die dicke Sau lösten nicht gerade schmeichelhafte Assoziationen aus.

Erfahrungsbericht

In Grafenwöhr in diesem Jahr
war einfach alles wunderbar;
schon auf dem Bahntransport dorthin
verlor so jegliches an Sinn,
weil nämlich und fast unverzagt
ein Webel bei den Uffzen schnarcht.
Wo sind die Prinzipien, wo?
So sind die Prinzipien, so!

Und wie beim alten Wallenstein,
wollt' man im Lager lustig sein,
mit Porzellan und Television,
doch bald kam die Distanz dazwischen.
Laut hallt ein Schlachtruf durch das Haus,
»StUffze raus, StUffze raus!«
Her mit den Prinzipien,
hier gehör'n se hin!

Die Disziplien bei dem Komiß
reimt sich auch prima auf Anschiß.
Doch abends, in der Micky Bar
war'n schnell die Lebensgeister da.
Mit Beifall wurde nicht gespart.
Schluck für Schluck, ganz prinzipiell,
trink 2-Mark-Bier nicht ganz so schnell!
Nach Stellungswechsel viele Male
steh'n wir plötzlich im Finale.
Rasch verblasst der Kneipenglanz
der Spieß schwärmt noch vom Feuertanz.
Der Chef mobielt die letzten Kräfte,
freut sich schon auf die Fahrtenhefte.
Prinzipien hin, Prinzipien her,
prinzipiell gibt's keine mehr. *(FJK)*

Aus KOHL, die internationale Grünkohlzeitung, Nr. 1, 1. März 1968.

Vier Abendmärsche in Zeven

Während der Marschtage (vom 27. bis 30. Mai) waren wir vom Kasernendienst befreit. Die Teilnahme war freiwillig. Am Stadtrand von Zeven bauten wir unsere Gefechtszelte auf, die unser Basislager bildeten. Die Versorgung mit Verpflegung und Sanitätern aus Oldenburg war sichergestellt. Abends fanden die Märsche statt. Tagsüber erholten wir uns und pflegten, falls vorhanden, unsere Wunden.

Die Marschstrecke betrug 15 Kilometer pro Abend. Das erscheint erst mal nicht viel. Haben sich aber beim zweiten Marsch Blasen an den Füßen gebildet, wie bei mir, können die verbleibenden 30 Kilometer sehr schmerzhaft werden. Die Wundbehandlung der Sanitäter sah so aus: Sofern sie nicht schon aufgeplatzt waren, wurden die Blasen aufgeschnitten und das rohe Fleisch mit einer Jodtinktur eingepinselt – was ziemlich schmerzhaft war. Ein wenig Stöhnen war erlaubt. Dann kam ein Pflaster darauf oder ein Verband. Tagsüber war das in leichten Sandalen noch erträglich. Doch sich abends wieder in die harten Lederstiefel hineinzuzwängen, war nicht angenehm. Diese Märsche wurden mir zur Qual. Danach waren meine Strümpfe durchgeblutet und nur unter Schmerzen kam ich aus den Stiefeln. Einigen Kameraden ging es ebenso. Sie hatten sich wund gelaufen, hatten »einen Wolf«, wie wir es nannten.

Sanitätsdienstliche Versorgung meiner wunden Füße. Die übliche Behandlung, wenn man sich Blasen gelaufen hat.

Am vierten Abend endeten die Märsche mit dem sogenannten »Blasenball«, auf den ich gern verzichtet habe. Warum dieser Ehrgeiz, der nichts einbrachte? Ich glaubte, meinen Kameraden beweisen zu müssen, dass ich das, was sie konnten, auch zu leisten imstande war. Außerdem wollte ich für den Feldwebellehrgang trainieren, zu dem ich im nächsten Monat kommandiert wurde.

Eine Tragödie

In einem Gerätekeller, in unserem Block, war es zu einer grausigen Tat gekommen. Was zuerst unter vorgehaltener Hand weitergegeben wurde, bestätigte sich bald als erschütternde Tatsache. Einem Soldaten war es gelungen, mit seinem G3 unbemerkt in einen Kellerraum zu gelangen. Dort hatte er die Mündung der Waffe in den Mund genommen und abgedrückt. Diejenigen, die den

Links: Anschließend gab es eine Erinnerungsmedaille.

Schuss gehört hatten, waren entsetzt, als sie den Keller betraten. Der Gefreite hatte sich durch den Kopf geschossen. Von den Wänden tropfte das Blut und die Hirnmasse. Es war ein schockierender Anblick. Das Motiv dieser menschlichen Tragödie wurde nie bekannt.

Feldwebel-Lehrgang in Idar-Oberstein

Vom 5. Juni bis zum 14. August wurden aus unserer Einheit vier StUffze zu einem Feldwebellehrgang kommandiert: Helmut Krock, Enno Wenk, Günter Hamann und ich. Also fuhren Helmut und ich mit der Bahn nach Idar-Oberstein. Die Kaserne, hoch oben auf dem Klotzberg, machte einen düsteren Eindruck. Wir erwarteten zwar kein Hotel, aber sie war, wie die meisten anderen Kasernenbauten, in den 1930er-Jahren entstanden.

Die Lehrgangsteilnehmer waren eine bunte Mischung, wenn man sich ihre Kragenspiegel ansah. Da waren schwarze, gelbe, rote, blaue und grüne vertreten, in der Vielfalt ihrer Waffenfarben. Im Kampf- und Arbeitsanzug waren wir alle uniform oliv. Es war interessant, etwas aus dem militärischen Leben der Stubenkameraden zu erfahren.

StUffz Fischbach beispielsweise kam vom Wachbataillon aus Bonn. Neben dem Exerzieren (Formaldienst) und eine gute Figur zu machen, waren alle Soldaten als Sanitäter ausgebildet. Bei Staatsbesuchen traten dort Züge aus al-

Die graue Klotzberg-Kaserne, vom Marsch aus gesehen.

len Teilstreitkräften an: der Luftwaffe, der Marine und dem Heer. Diese Züge kamen jedoch nicht wirklich aus den Teilstreitkräften, sondern es wurde einfach die Uniform gewechselt. So konnte man heute eine Marine- und morgen eine Luftwaffenuniform tragen. Manche Staatsbesucher und Potentaten verteilten großzügig bunte Orden an die Kommandierenden und Zugführer. Mit der Zeit stachen sie dadurch erheblich von den schlichten Uniformbrüsten der jungen, nicht mehr Kriegsteilnehmer, ab. Die Bundeswehr war damals mit Auszeichnungen noch sehr zurückhaltend.

Wir hatten mit den Stubenkameraden unseren Spaß. Da war nicht nur Fischbach und die beiden Airbornes, sondern noch »Kongo-Müller« (so genannt nach dem deutschen Söldnerführer im Kongo). Ich glaube, er war Küchen-Uffz, kein Grenadier oder Artillerist. Kongo-Müller hatte eine spezielle Art, Frauen zu verwöhnen. Er propagierte die Vorzüge der oralen Befriedigung, des Fellatio. Musikalisch und praxisnah walzte er das Thema aus.

»So kommst Du zum Höchsten der Gefühle, mit Deiner Freundin. Der Frauenkörper ist wie ein Musikinstrument, Du musst nur lernen ihn zu bespielen. Dann kannst Du dem Klangkörper Frau mit Deiner Zunge alle Töne entlocken. Vom tiefsten Seufzen, bei der Ouvertüre, bis zu den höchsten Tönen im Diskant ihrer erregenden Stoßatmung – und dann, zum orgiastischen Finale, kommst Du!«

Der Sportlehrer der Lehrbatterie war der Härteste. Er kam aus dem Saarland, führte also eine Wochenendehe und hatte natürlich in Oberstein eine Zweitfrau (oder »Frontfrau«). Er war 1936 bei der Olympiade Teilnehmer im Bodenturnen gewesen. Sein widerborstiges weißes Haar war nach hinten gekämmt und stand ihm stets wirr vom Kopf ab. Damit von vornherein die Positionen klar waren, begrüßte er jeden neuen Lehrgang mit den Worten: »Wir macha hier richtig Sport und kein wischiwaschi und rumhänga. Und wenn ihr nich spurt, dann mach ich euch so fertig, dass ihr nit mehr Brot saga kennt«, sprach er mit einem saarländisch eingefärbten Dialekt. Allerdings machte er alle Übungen vor. Wir staunten über diese Leistungsfähigkeit in seinem Alter.

Richtig wütend werden konnte er, wenn einer ihn nicht ernst nahm oder nicht alles gab: »De do mit demm Flatterhemd, kumm amol her – wilscht Dich hier ausruhe, auf Lau mache? Mach amol dreissig Liegastütz, zum Aufwache!« Übungen wie am Reck, am Barren und über das Pferd zu springen, bereiteten mir keine Schwierigkeiten, soweit er nicht den Salto, den er beim Absprung vom Pferd hinlegte, auch von uns verlangte. Seine einleitende, zur Lockerung des Körpers gedachte Gymnastik war so effizient, dass wir unsere Muskeln und Gelenke erst am Abend schmerzhaft spürten.

Neben der Ausbildung an Funkgeräten und an den Kraftfahrzeugen war der Schwerpunkt die infanteristische Ausbildung zum Führer eines Zuges. Theoretisch, am Sandkasten und dann in der Praxis, wurde das Gelände erkundet und daraufhin beurteilt, wie ein Zug im Rahmen einer Kompanie am besten eingesetzt werden kann.

Höhepunkt der Geländeausbildung auf dem Truppen-Übungsplatz Baumholder war eine dreitägige Übung, bei der die Gruppen – als Feldposten eingesetzt – Stellungen auszuheben und zur Verteidigung zu beziehen hatten. Mit Fahrzeugen wurden wir ins Gelände gefahren. Feldposten haben die Aufgabe, die Truppe vor überraschenden Angriffen zu schützen und zu alarmieren.

Der Feldposten besteht aus einer Gruppe und hat seine Stellung zu verteidigen. Nach der Erkundung gibt der Feldpostenführer den »Befehl für den Feldposten«, der neben Lage, Auftrag, Versorgung und Verbindungen in allen Einzelheiten die Durchführung festlegt. Das waren viele Einzelvorgänge, die bedacht und befohlen werden mussten. Für uns war es ein Prüfungsthema.

Mit der ganzen Gefechtsausrüstung und dazu die Verpflegung, Epas (Einmannpackungen) für drei Tage, war ich so bepackt, dass ich mich nur wie eine Schildkröte bewegen konnte. Nachdem die Stellungen ausgebaut waren, mussten sie Tag und Nacht mit Wachen besetzt und gegen Feindangriffe verteidigt werden. Feindkommandos wurden von anderen Lehrgängen gestellt. Drei Tage von Epas zu leben und in den Erdlöchern zu hocken war nicht sehr spaßig.

Unser Hörsaalleiter war ein alter, kriegsgedienter Infanterist, ein Oberstleutnant (genannt »Der Gilb«). In der Ausbildung »Häuserkampf« demonstrierte er aus seiner Erfahrung den »Handgranaten-Drehwurf«, der in keiner Dienstvorschrift steht. Dabei wird die Handgranate durch ein Fenster geworfen und mittels Drall, der beim Abwurf mit der Hand erzeugt wird, in die darunter liegende Fensteröffnung geschleudert.

Wenn der OTL richtig in Rage kam, endete sein Kampf nicht mit der letzten Patrone, sondern mit dem Klappspaten. Das war seine Waffe des Kampfes Mann gegen Mann. Bajonette gab es ja nicht mehr.

Nach dem Feldwebel-Lehrgang. Rechts: »Der Feldweybel« nach Jost Amman (1539–1591).

Zum Lehrgangsende laborierte Helmut an einer Knieverletzung, die er sich durch Überanstrengung beim Sport zugezogen hatte. Wäre er einige Tage länger im Revier geblieben, hätte er den Lehrgang abbrechen müssen. Helmut konnte aber den Stabsarzt davon überzeugen, dass er wieder ganz gesund war.

Das Doppelstädtchen Idar-Oberstein

Weder von Idar noch von Oberstein hatte ich jemals gehört, bis ich im Dienstzimmer von Hptm Weikinn ein Bild sah, welches die Felsenkirche zeigte. Ein eigenartiges Bauwerk, eine Kirche in eine Felsnische hineingebaut, das war einmalig.

Es gibt einen bekannten Stich von Matthaeus Merian aus dem Jahr 1645: Schloss und Stättlein Oberstein, an der Nahe. Vergleicht man den Stich mit der heutigen Ansicht vom jenseitigen Naheufer aus, sind alle Felsformationen und Bauten erhalten, obwohl von den Schlössern nur noch die Ruinen stehen. Die spätgotische Felsenkirche steht immer noch als Wahrzeichen hoch über der Stadt. Zwei Orte im Hunsrück, die sich in die engen Täler zweier Flussläufe schmiegen: Oberstein an der Nahe und Idar am Idarbach.

Ich ließ mir wie immer die Haare beim Truppenfrisör schneiden. Wie mir der Kasernenfrisör erzählte, gehörte die Stadt einmal zu Oldenburg. Ich

Schloß und Stättlein Oberstein an der Nahe. Stich von Merian 1672.

staunte: »Wie denn das? Ich komme aus Oldenburg, bin in der Hindenburg-Kaserne stationiert«.

Der Friseur: »Dazu müssen wir bis zum Wiener Kongress zurückdenken. Sie wissen doch, nach dem Sieg über Napoleon wurde Europa von Metternich neu aufgeteilt, wobei Österreich natürlich das größte Tortenstück bekam.«

Ich: »Habe den Film gesehen: *Der Kongreß tanzt*! Ein edler Saustall damals, voller Mätressen, Spione, Intriganten und glänzender Uniformen!«

Der Friseur, offensichtlich an Geschichte interessiert, dozierte: »Ja, Metternich verteilte die Beutestücke. Die Rheinprovinz, in der die Franzosen nach ihrer Revolution zwanzig Jahre lang gehaust hatten, fiel an Preußen. Allerdings mit der Auflage, einige Landesteile an berechtigte Fürstenhäuser abzutreten. So fiel Oberstein 1817 an den Herzog von Oldenburg, zusammen mit anderen Städten und Kantonen, als Fürstentum Birkenfeld.«

Ich: »Und Idar gehörte noch nicht zu Oberstein?«

»Damals noch nicht. Erst durch ein Gesetz des Oldenburgischen Staatsministeriums wurden 1933 beide Stadtgemeinden zur Stadt Idar-Oberstein vereinigt. Übrigens dauerte das vom Wiener Kongress herrührende Kuriosum des Fürstentums Birkenfeld ganze 120 Jahre. Nach dem Ersten Weltkrieg, von

1923 bis 1937, war das Land wieder von den Franzosen besetzt, die sich hier übel als Besatzer aufgespielt haben. Noch 1937, im Jahr des Einmarsches der deutschen Wehrmacht, fiel der oldenburgische Landesteil Birkenfeld im Rahmen einer Gebietsreform zurück an Preußen.«

Damit er seinen Geschichtsexkurs zu Ende bringen konnte, schnippelte der Friseur nur noch an meinen Haarspitzen herum: »Schon 1936 wurde beschlossen, Idar-Oberstein zu einer Garnison zu machen. So entstand innerhalb von nur zwei Jahren Bauzeit die Klotzbergkaserne sowie eine andere. 1938 zogen die ersten Artilleriebataillone und Regimenter hier ein.«

Ich schaute ihm im Spiegel zu. Wenn ich noch einige Haare auf dem Kopf behalten wollte, musste ich das Gespräch bald beenden. So gab ich ihm zu verstehen:

»Die neuere Geschichte kenne ich. Zwischen 1945, nach der bedingungslosen Kapitulation, und 1965 lagen in Idar-Oberstein amerikanische und französische Soldaten.«

»Ja«, entgegnete er. »Die Franzosen waren immer gerne hier. Im April 1965 rückten aber die ersten Angehörigen der Bundeswehr in die Garnison ein.«

Alt Oberstein von der Nahe aus gesehen mit Felsenkirche und Ruine des neuen Schlosses, circa 1980.

»Also vor drei Jahren und jetzt bin ich hier. Eine bewegte Geschichte. Entschuldigen Sie, ich muss noch dringend zu einer Verabredung!« Wenn man aus dem Rathaus oder vom Friseur kommt, ist man immer schlauer.

Jeder hier machte mit den Soldaten noch sein Geschäftchen. Der Friseur hatte zufällig Blumentöpfe abzugeben, die mit bunten Edelsteinen beklebt waren. Praktisch waren es Abfallstücke aus den Schleifereien. Selbst der Spieß verkaufte Edelsteinketten an die Lehrgangsteilnehmer: »Für die Liebste daheim!«

Die Schloßschenke

In jeder Garnisonstadt gab es Tanzlokale und Kneipen, wo die Interessen der Soldaten und die der einheimischen Mädchen aufeinandertrafen. In Idar-Oberstein war das die Schlossschenke. Sie lag auf dem schmalen Marktplatz, gegenüber dem Heimatmuseum. Weiter zurückliegend befand sich der Treppenaufgang zur Felsenkirche, und im Gebäude links davon versteckte sich ein als Nachtbar getarnter Puff. Nach dem Tanzvergnügen in der Schlussschenke gingen wir ab und zu dorthin, um noch ein Bier zu trinken oder mit den jungen Frauen zu plaudern. Als Kunden, das wussten sie, kamen wir aus verschiedenen Gründen nicht infrage, daher konnten wir uns zwanglos unterhalten. Eine der Damen, eine Französin, sagte von sich: »Mir macht das hier nichts aus, ich bin eine gute Stute.« Der Barbesitzer, erzählte sie, ein in die Jahre gekommener Ausländer mit Stirnglatze und aufgedunsenem, weißschorfigem Gesicht, hatte alle Frauen »ausprobiert«, bevor sie hier anschaffen durften.

Der Wirt der Schlussschenke war sehr geschäftstüchtig und ein Original. Er selbst spielte mit dem Akkordeon zum Tanz auf. Nach drei bis vier Liedern kam sein Ruf: »Hi-hocke!« und es war Tanzpause. Hi-hocke war auch unser Synonym für die *Schlossschenke.* Hier lernte ich ein rotblondes Mädchen mit Sommersprossen und lustigem Wesen kennen. Abends oder an den Wochenenden trafen wir uns, wenn der Dienst es erlaubte.

Von der Hasbach, wo sie wohnte, bis zur Klotzbergkaserne musste man eine ganze Strecke bergauf laufen. Einmal schimpfte Helmut mit mir, als ich nachts abgekämpft in die Kaserne zurückkehrte: »Du bist doch verheiratet, wie kannst du so etwas machen!« Ich wiegelte ab: »Alles ganz harmlos! Sieh her, ich habe nicht mal meinen Ehering abgenommen«, was der Wahrheit entsprach.

Bei gutem Wetter liefen wir fortan gemeinsam durch Idar-Oberstein. Wir gingen stets zu Fuß, denn wir hatten ja kein Auto. Ich drückte mir an den Scheiben mit den Edelsteinauslagen die Nase platt und besuchte alle erreichbaren Mineralienhandlungen und das Heimatmuseum in Oberstein, in dem das heimische Handwerk der Achatschleiferei dargestellt wurde. In den Geschäften erwarb ich kleine, preiswerte Sammlerstücke, Achatdrusen, Amethystkristalle und einige angeschliffene und polierte Schmucksteine: Achatscheiben, Tigerauge, Rosenquarz, Chrysopras, Rhodochrosit und Lapislazuli.

Im Ort schlug uns oft der würzige Duft von Spießbraten in die Nase. Das Obersteiner Nationalgericht wurde auf einem an Ketten aufgehängten schwenkbaren Rost über einem Buchenholzfeuer gegrillt (Schaukelbraten). Es roch und schmeckte köstlich. Dieses Traditionsgericht war zusammen mit den armen, ausgewanderten Edelsteinschleifern von Südamerika nach Oberstein gekommen.

Nach Lehrgangsende traf sich unsere Stubenbelegschaft in einem Restaurant, in der Nähe der alten Weiherschleife am Idarbach, zu einem zünftigen Sektfrühstück. Der Sekt stieg uns zu Kopf, doch wir waren froh gestimmt und meinten, die größte Hürde unserer Laufbahn genommen zu haben.

Auf den Hund gekommen

In unserem Reihenhaus in Oldenburg war meine Frau Gisela immer etwas ängstlich. Es war ein Eckhaus, in das leicht jemand hätte einsteigen können. Ein Hund wäre da ganz angebracht, dachten wir. Es musste kein großer Wachhund, keine Dogge oder ein Schäferhund sein. Auch ein kleiner Terrier würde wachsam aufpassen und durch sein Bellen Einbrecher abschrecken. Wir berieten uns. Die Kinder waren begeistert: »Oh ja, ein Hund wäre prima! Ein Hund gehört sowieso zu einer richtigen Familie!« Mir war klar, dass die Kinder nur ein lebendiges Spielzeug wollten, aber ein lebendes Tier ist nun mal kein Spielzeug, seien es Meerschweinchen oder weiße Mäuse. Sie bedürfen unserer Pflege und wir tragen die Verantwortung für sie.

Als der Feldwebellehrgang in Oberstein beendet war und ich bei meiner Heimkehr an die Haustür pochte, vernahm ich an der Tür ein Jaulen und Kratzen. Als Gisela die Tür öffnete, sprang mich ein kleiner Hund an, jaulte vor Freude und hüpfte an mir hoch. Gisela erzählte mir, wie es dazu gekommen war: »Im Tierheim sah ich einen kleinen Hund, der so sehr jaulte und bellte, dass er schon ganz heiser war. Zwischen den beiden Pfoten am Drahtgitter glänzte sein schwarzes Schnäuzchen. Das Hündchen war so süß und jaulte so erbärmlich, dass ich es auf den Arm nehmen musste und nicht mehr loslassen konnte.«

Gisela mit Barry und Hardy.

Gisela hatte ihn nach dem berühmten Barry vom Grossen St. Bernhard benannt. Er war jedoch kein Bernhardiner, sondern ein kleiner Mischlingsrüde. Barry war sofort der Mittelpunkt unserer Familie, was er natürlich für sich ausgenutzt hat.

Im Krieg lebt man schneller

Nach dem Tod meines Vaters heiratete meine Mutter 1943 den Obergefreiten Hans-Joachim Peters. Ihre Ehe dauerte genau 49 Tage, dann war auch ihr zweiter Mann in Russland gefallen.

Meine Mutter hatte mir zweimal das Leben geschenkt. Einmal durch meine Geburt. Das zweite Mal durch unsere Flucht 1945 aus dem brennenden Stettin.

Wir fuhren in einem Zug durch eine zerstörte Stadt. Es herrschte ein eigenartig scharfer Brandgeruch. Aus dem Zugfenster sah ich die Ruinen und Haustrümmer auf den Straßen. Mir war kalt. Der Zug fuhr ratternd über die Stahlkonstruktion einer Brücke. Neben mir saß meine Mutter. Die Bilder der zertrümmerten Stadt blieben wie der Brandgeruch für immer in meinem Gedächtnis.

Flucht! Wir liefen über weite Stoppelfelder von endloser Länge. Ich war unwahrscheinlich müde. Endlich konnten wir uns im Stroh einer Scheune ausruhen und schlafen – es war herrlich, im Stroh zu liegen. Mich überkam ein Gefühl von Geborgenheit. Doch dann hieß es wieder laufen, Hunger und Müdigkeit, wieder eine Scheune, ein weiterer Strohschober. Irgendwann gelangten wir in ein Dorf. Ich konnte schlafen und hatte auch keinen Hunger mehr. Doch auch das Dorf Pamitz wurde von der russischen Armee überrollt.

Als die russischen Soldaten kamen, mussten sich die Frauen verstecken, wurden aber trotzdem gefunden und vergewaltigt. Meine Mutter ebenfalls. Danach hielten sie in unserer Stube ihre Saufgelage ab. Sie sangen, lachten und schrien durcheinander. Wo sie zusammenkamen, herrschte immer ein großer Lärm. Einige liefen betrunken hinaus auf den Hof und schossen mit ihren Gewehren auf alles, was sich bewegte. Später erzählte mir meine Mutter, dass sie auch meinen Großvater erschießen wollten.

Jeden Morgen herrschte eine große Unordnung und die Wohnung stank nach Schnaps, Tabakrauch und Zwiebeln. Auf dem Tisch standen Gläser und Flaschen, alles wirr durcheinander.

Als die russischen Soldaten abzogen und im Begriff waren unser Haus zu verlassen, versetzten sie mich in Angst und Schrecken. Sie hatten ihre Ausrüstung verladen und sprangen auf die Ladefläche eines Lastwagens. Plötzlich nahm mich einer von ihnen auf den Arm und sprach: »Du mitkommen!« Ich geriet in Angst, fürchtete, sie würden mich verschleppen und versuchte mich wild strampelnd zu befreien. Der Russe jedoch hielt mich weiter fest. Da biss ich ihm in die Hand und er ließ mich los. Seine Kameraden lachten.

An dieser Stelle wachte ich noch Jahre später schweißgebadet auf. *Wach auf! Komm zurück, du lebst heute, vergiss den Krieg. Du lebst im Frieden!*

Ein Stadtoriginal

Viele Städte verfügen über ihre Originale. In Berlin gab es den stets barfuß laufenden »Naturapostel« Nagel. In Braunschweig waren es die »Harfenjule« und der »Rechenaugust«. Diese Figuren sind in die Literatur eingegangen. Dagegen sind zahlreiche Stadtoriginale längst vergessen, wie der Oldenburger »Zeitungsverkäufer«.

Um die Aufmerksamkeit potenzieller Käufer auf seine Person zu lenken, hatte er sich wie ein Clown geschminkt und angezogen. Sein Mund lachte von Ohr zu Ohr. Darüber saß eine kugelrunde, tomatenrote Nase. Blieb er trotz der vielen Passanten unbeachtet, blies er auf seiner Tröte, deren Papierschlauch sich dabei entrollt hatte und an dessen Ende bunte Federn wippten.

So stand er an belebten Ecken und verkaufte seine Zeitungen. Er hatte aber noch etwas anderes auf Lager. Sah er eine junge Frau an einer Haltestelle stehen, näherte er sich unbemerkt von hinten, um sie mit seinem »Haaam'se schon 'ne *Bild*-Zeitung?« zu erschrecken. Das »Haaam'se schon 'ne *Bild*-Zeitung?« war sein Kennruf mit Werbeeffekt. Diesen Spruch kannte jeder Oldenburger.

Unser erstes Auto

Gisela gab den Anstoß. »Willst Du kein Auto kaufen? Jetzt hast Du doch den Führerschein. Wir könnten damit zum Einkaufen fahren und am Wochenende kleine Ausflüge machen.« Große Lust, Geld für ein Auto auszugeben, hatte ich nicht.

»Wenn, dann nur ein einfaches Modell, natürlich ein Gebrauchtwagen, den man in kleinen Raten abstottern kann. Das wäre schon möglich.«

Es war ja nicht nur der Anschaffungspreis, auch die Betriebskosten waren zu bedenken: Kfz-Versicherung, Steuer, Treibstoff, Inspektionen und mögliche Reparaturen.

Als Gisela wieder einmal voll beladen mit dem Fahrrad vom Einkaufen kam, klagte sie: »Mit einem Auto wäre es bequemer und schneller gegangen.« Sie hatte recht. Also marschierte ich zum Autohändler und entschied mich für einen Renault R4. Unteroffizier Schekelinski fuhr solch ein Modell und hatte nur Gutes darüber berichtet. Als die Papiere ausgestellt, der Kaufvertrag unterschrieben und der Wagen angemeldet war, kam der Händler mit dem Auto angefahren, um mich in die Technik einzuweisen.

Der R4 machte an die 120 bis 130 Kilometer pro Stunde und war von hellblauer Farbe. Das Schönste war die Handkurbel. Damit habe ich im Winter, wenn die Batterie abgeschlafft war, häufig den Motor starten können.

Nun wollte ich auch Gisela zeigen, wie man Auto fährt. Anfangs ging es noch ganz gut, doch auf einer stark befahrenen Straße in Oldenburg hatte ich zu wenig Gas gegeben und so den Motor abgewürgt. Das nachfolgende Auto hupte wie verrückt, weil es wegen des starken Gegenverkehrs nicht überholen konnte. Ich belegte ihn, indem ich mehrmals den Anlasser betätigte, mit unflätigen Ausdrücken, weil Autofahrer hinter dem Lenkrad leicht zu cholerischen Anfällen neigen.

Bald hatte ich aber den Wagen »im Griff« und unser Leben gewann eine ganz neue, unbekannte Qualität. Keine Wartezeiten mehr an Haltestellen, kein Gedrängel im Bus, keine Bindung an irgendwelche Fahrpläne. Ein Gefühl von Freiheit stellte sich ein. Es war wunderbar, man steigt einfach ein und fährt los, dorthin wo man schon immer einmal hin wollte.

Auch Gisela, die Kinder und unser Hund waren begeistert. Barry saß am liebsten vorne, mit der Schnauze an der Lüftungsklappe. An den Wochenenden wurde Kaltverpflegung eingepackt und wir fuhren zu den Sehenswürdigkeiten, die um Oldenburg herum interessant waren, oder »in die Fossilien«.

Unser blauer Planet

Ein wunderbares Weihnachtsgeschenk an die Menschheit! Erst später sah ich dieses Bild und war sehr berührt. So verloren, so schön und so zerbrechlich im unendlichen Raum. In unserem Sonnensystem gibt es keinen zweiten Planeten, der all die Bedingungen, die zum Leben erforderlich sind, erfüllt. Die Menschen sollten behutsam mit ihm umgehen. Besonders die Politiker und Wirtschaftsbosse sollten einmal innehalten, einen Blick darauf werfen und bedenken, was sie tun.

Erstes Foto von Apollo 8, am Heiligabend 1968, das die Sicht auf uns und unsere Erde für immer verändert hat: Unsere kleine Welt im All.

Unser blauer Planet. Zuerst war ich ergriffen von dem Bild und fasziniert. Da es aber so häufig abgebildet wurde, gewöhnte ich mich an den Anblick unserer Erde im schwarzen All. Sehe ich es mir jedoch heute bewusster an, löst es bestimmte Assoziationen bei mir aus, denn alles ist miteinander verbunden, vernetzt.

DAS JAHR 1969

Führung nach Gutsherrenart

Der neue Chef der StBttr, Hauptmann L. wurde der »Herrenreiter« genannt, denn zur Uniform trug er Reithose und Reitstiefel. Er hatte die Angewohnheit, jeden Tag zur Mittagszeit sein Pferd zu bewegen. In seinem Benehmen gegenüber den Mannschaften und Unteroffizieren war er so arrogant, wie die Adelsoffiziere des Ersten Weltkrieges. Ihm fehlte nur ein Monokel.

Nachdem er die StBttr übernommen hatte, befahl er, die Kellerräume, in denen das Gerät der Teileinheiten lagerte, zu vertauschen. Der Fernmeldezug bekam den Keller der Stabsgruppe zugewiesen, der Stab musste in den des Schirrmeisters umziehen, und so weiter. Für diese Umräumaktion gab es keinerlei Notwendigkeit.

Fragen nach dem Warum wurden mit einem »Weil ich es befohlen habe!« beantwortet. L. war wohl der Meinung, die Truppe müsse beschäftigt werden, damit sie keine Dummheiten macht und mit einem neuen Chef müsse auch ein anderer Wind wehen. Nachdem alle Kellerräume neu bezogen waren, ließ er sich Vollzug melden, aber es interessierte ihn nicht mehr. Der Spruch »Neue Besen kehren gut, wirbeln aber auch viel Staub auf«, war unser heimlicher Protest.

Helmut erzählte mir: »Hptm L., der Herrenreiter, war nicht beliebt in der Truppe. Er ging häufig mittags in die Küche und verlangte ein belegtes Brot: »Schmier'n sie mir mal ein Brot mit Wurst!«, verlangte er von dem Küchensoldaten. Vor Wut rotzte ihm der Gefreite auf die Stulle, schnitt sie durch und klappte sie zusammen.« Ein anderer Soldat, der das gesehen hatte, denunzierte ihn beim Chef. Der Hptm konnte nicht viel gegen den Spucker ausrichten. Wahrscheinlich war er gar nicht in Verpflegung, zahlte also kein Verpflegungsgeld. Somit stand ihm auch keine Stulle zu. Jedenfalls versetzte er den Stullenrotzer in den Fernmeldezug. Ich als Fernmeldezugführer beschwerte mich bei Hptm L., weil ständig Soldaten, die etwas angestellt hatten oder aufmüpfig waren, bei mir im Fm-Zug landeten.

»Wollen Sie sich gegen meine Befehle beschweren?«, herrschte mich Hptm L. an. Der Küchensoldat aber entwickelte sich in einem Feldkabelbautrupp

Grundausbildung. Ausbilderbesprechung im Gelände. v.l. Oberfähnrich Hattendorf, Sanitäter, Fw Krüger, StUffz Herbers, OLt Schulte.

meines Zuges zu einem meiner kräftigsten und einsatzfreudigsten Soldaten. Später fragte ich ihn, warum er dem Hptm aufs Brot gespuckt hat.

»Ich konnte den arroganten Hauptmann einfach nicht leiden. Außerdem war mir die Küchenarbeit zu langweilig, man wurde ja nicht gefordert.«

Am 6. März 1969 wurde ich zum Feldwebel befördert und im Stab des ArtRgt 11 eingesetzt, wo ich zusammen mit meinem alten Kameraden Charly arbeitete. Später kam ich in die S2-Auswertegruppe mit Fw Witt, die vom Stabsoffizier Aufklärende Artillerie OTL Krasemann (gest. 1972) geführt wurde.

Eine einmalige Chance

Eines Tages wurden alle Feldwebel der Aufklärenden Artillerie zu einer Besprechung gerufen. Ein Hauptmann Georgi stellte sich vor. Es war nicht mehr so jung wie unsere Hauptleute. Wie ich an seiner Ordensspange erkannte, war er ein kriegsgedienter Offizier der Wehrmacht. Er trug das Eiserne Kreuz 1. Klasse. Das Kriegsverdienstkreuz mit Schwertern, die Ostmedaille, Sturm- und Verwundetenabzeichen und anderes zeichneten ihn als alten Kämpfer aus.

»Ich habe Ihnen ein ganz besonderes Angebot zu unterbreiten«, lächelte er mit leichtem sächsischem Akzent. Die Aufklärende Artillerie würde mit einem Drohnen-Aufklärungssystem ausgestattet werden. Das System wurde derzeit in Arizona auf seine Truppenverwendbarkeit in Deutschland erprobt und getestet. Die Planungen gingen dahin, alle Aufklärungssysteme, die bisher in den Artillerieregimentern existierten, zu einem Beobachtungsbataillon zusammenzufassen, erklärte er. Dazu gehöre auch eine neu aufzustellende Drohnenbatterie.

Jetzt lässt er die Katze aus dem Sack, dachte ich. Und richtig: Er suche, und deswegen sei er hier, tüchtige Feldwebel für die zu besetzenden Spezialverwendungen. In Celle gäbe es bereits eine Drohnen-Lehr- und Versuchsstaffel (Heeresflieger), die einige der Spezialausbildungen durchführte. Wer diese Ausbildung besteht, für den sei der Weg zum Berufssoldaten gegeben, lockte er. Dabei zeigte er einige Folien mit geplanten Gliederungen, benötigtem Personal und so weiter. Auch das Material sei im Zulauf und brauche nur ausgepackt zu werden. Interessenten sollten sich am nächsten Tag bei ihm melden.

Das ist meine Chance, Berufssoldat zu werden. Im Art Rgt war die Möglichkeit, Berufssoldat zu werden, gleich null. Es gab immer zu viele qualifizierte Bewerber. Der Bedarf wurde durch die Soldaten festgestellt, die in den Ruhestand traten. Viele Bewerber waren maßlos enttäuscht, weil sie trotz hervorragender Leistungen und Beurteilungen nicht ausgewählt wurden. Nicht wenige der Abgelehnten kehrten der Bundeswehr nach Ablauf ihrer zwölfjährigen Verpflichtungszeit verbittert den Rücken zu.

Abends besprach ich mich mit meiner Frau. Wir beurteilten alle Wenn und Aber, Für und Wider. Versetzungen, Übungen, Dienstzeitbelastungen, das Umschulen der Kinder, Umzüge, Arbeitsmöglichkeiten am neuen Dienstort und alles Sonstige, was uns einfiel. Letztendlich gab Gisela nach: Ich müsse selbst entscheiden, ob ich mein Leben lang in der Bundeswehr dienen wolle. Im Grunde war sie Pazifistin und durch ihre Erfahrungen im Zweiten Weltkrieg und davor gegen alles Militärische. Also meldete ich mich, ohne genau zu wissen, was das bedeutete, für eine Laufbahn in der Luftbildauswertung.

Stellvertretender Zugführer in der Grundausbildung

Oktober bis Dezember

Als frisch beförderter Feldwebel wurde ich gleich zur Ausbildung von Rekruten abkommandiert. Ich musste in Oldenburg einen Rekrutenzug als stellv. Zugführer übernehmen. Beim Unterricht war vieles zu beachten: von der Haltung, der Aussprache bis hin zur Beherrschung des Stoffes, was ein gründliches Studium der Vorschriften erforderlich machte – in der Regel unter Zeitdruck. Jetzt stand ich nicht mehr vor einer Gruppe, oder wie in der Ausbildung, vor gleichgestellten Lehrgangsteilnehmern, sondern vor dreißig Soldaten, die genau aufgepassten, ob der Unterrichtende einen Fehler machte, um seine Schwächen auszupeilen.

Die Ausbildung der Rekruten fand im selben Gelände statt, wo auch ich 1962 bei der AubBttr 9/11 ausgebildet worden war. Die Gruppenführer, Uffze und Gefr UA, machten ihre Sprüche, wie unsere Ausbilder damals auch: »Halten Sie den Mund, wenn Sie mit mir reden! Sie kennen mich noch nicht, aber ich kann auch anders!« oder: »Auf den Bahnmarsch weg, damm, damm ...« Das wurde im Spaß gesagt und auch so aufgefasst.

Grundausbildung im IV. Quartal 1969. Geländeausbildung der Rekruten in Bümmerstede.

Kartenstudium mit dem Ausbildungsleiter OLt Schulte.

Wenn es im Unterricht um soldatische Traditionen ging, verglich ich gerne unsere heutige Situation mit der um die Jahrhundertwende, aus einer alten Dienstvorschrift. Wie man früher die Soldaten sah, was man von ihnen verlangte und vom Soldatenberuf erwartete, was Vaterland und Fahneneid im Kaiserreich bedeutete. Mancher Rekrut war erstaunt über Ausdrücke wie »Ehrenkleid« und »kriegsbrauchbar«, und bei der »Reinigung des Körpers und Gesundheitsregeln« gab es allgemeines Gelächter.

Unsere Gruppenführer, mehrheitlich Gefreite UA (Unteroffizieranwärter) und Gefreite, waren voll bei der Sache. In den Dienstbesprechungen wiesen wir immer wieder darauf hin, dass die Rekruten korrekt anzusprechen und zu behandeln seien. Schimpfwörter, auch verdeckte wie »Okapi«, wurden nicht geduldet, auch keine willkürlichen »Blitze« in der Unterkunft, beispielsweise beim Stubendurchgang. »Darf ich Sie anfassen?«, mussten die Ausbilder fragen wenn sie einem Rekruten an der Uniform etwas zurechtrückten.

Die »Sieben Steinhäuser«

Während eines Truppenübungsplatzaufenthalts besuchten wir die »Sieben Steinhäuser«, eine Anzahl von Großsteingräbern, die sich etwa in der Mitte des TrÜbPl Bergen befanden. Die einzige Zufahrt erfolgte über den Ort Ostenholz. Für Besucher war sie an den Wochenenden freigegeben. 1958 wurden Schutzwälle um die Anlage (Kulturdenkmäler) errichtet, um sie vor Granateinschlägen durch Fehlschüsse zu schützen. Das macht heute den Eindruck, als seien sie ausgegraben worden, was jedoch nicht stimmt.

Die Sieben Steinhäuser sind tatsächlich nur fünf Steingräber, die mit Buchstaben bezeichnet werden. Wahrscheinlich waren es immer nur fünf, wie auch auf alten Stichen zu sehen ist. Der Name ist mystisch zu verstehen, wie die »Siebenmeilenstiefel« oder »über alle Sieben Berge«. Hier hatte ich die Gelegenheit, meinen Kameraden etwas über die jungsteinzeitlichen Grabanlagen, Hünengräber und Megalithkultur zu berichten. Das Interesse daran war aber eher mäßig, weil die Jungsteinzeit so weit im Nebel der Vorgeschichte zurückliegt.

Die Zeugen aus der Steinzeit interessierten mich sehr und so standen bald die »Großen Steine« von Kleinenkneten auf unserem (meinem) Fahrtenkalender.

Später hat er sich mit Fossilien beschäftigt (Illustration: Fritz J. Krüger).

DAS JAHR 1970

Lehrgang zum Luftbildauswerter in Fürstenfeldbruck

2. April bis 31. Juli

Der Himmel war zwar allerorten blau, mit weißen Cumulus-Wolken, doch kein Bundesland, außer Bayern, führte diese Himmelsfarben in seiner Landesflagge. Wie ich bald erfahren sollte, konnte das bei den Preußen als »kleines Bergvolk« verrufene Bayern, noch mit anderen Merkwürdigkeiten aufwarten.

Da ich mich für die Luftbild-Laufbahn entschieden hatte, musste ich eine Versetzung von Oldenburg nach Stade in Kauf nehmen und eine entsprechende Ausbildung im Luftbildwesen machen. Der erste Lehrgang zum Luftbildauswerter fand bei der Luftwaffe, beim 3./WaSLw 50 in Fürstenfeldbruck statt und dauerte vier Monate. So bin ich mit meinem hellblauen R4 von Oldenburg nach Fürstenfeldbruck gejuckelt, vertikal durch Deutschland. Die Fahrt dauerte, mit zwei kurzen Pausen, etwa acht Stunden (etwa 700 Kilometer).

Die Luftbild-Lehrstaffel war auf dem Fliegerhorst in Fürstenfeldbruck im sogenannten Kilometerbau (so lang war das Gebäude) untergebracht. Im Fliegerhorst trafen Lehrgangsteilnehmer aus allen Teilstreitkräften, vom Heer, der Marine und der Luftwaffe, aufeinander. Unsere Dienstgradspanne reichte vom Flieger oder Matrosen bis zum Oberfeldwebel.

Bei der Luftwaffe herrschte ein anderes Klima als im Heer, von der Anzugordnung bis zum Ton den Soldaten gegenüber. Wir – und es ging nicht nur mir so – fühlten uns auf eine angenehme Weise frei. Es war Sommer und wir trugen Sommeruniform: kurzes Hemd ohne Krawatte. Eine Kopfbedeckung (Schiffchen) zu tragen, war im Bereich der Staffel nicht befohlen. Der Umgangston der Vorgesetzten, des Lehrpersonals, war freundlich und ungezwungen. Obwohl so etwas bei uns Heeressoldaten anfangs Kopfschütteln verursachte, gewöhnten wir uns schnell und gerne daran. So kam es, dass wir uns trotz der Lehrgangsanforderungen hier in »Fürsti« bei der Luftwaffe recht wohl fühlten.

Auf einem Schild an der Tür zum Geschäftszimmer war zu lesen: *Vor Inbetriebnahme des Mundwerkes Gehirn einschalten!* Das war schon ein anderer Ton als bei der Artillerie des Heeres, wo es hieß: *Wo wir sind, klappt nichts, aber wir können nicht überall sein.*

Nach Erledigung der Formalitäten auf dem Geschäftszimmer wurden wir Lehrgangsteilnehmer in unsere Stube eingewiesen, die ich mit einem mir Unbekannten teilte. Das war der Unteroffizier Jürgen (Jonny) Schulz. Er kam von der *Drohnen-Lehr- und Versuchsstaffel* (Heeresfliegereinheit), die in Celle-Wietzenbruch stationiert war. Für mich war es ein Verwendungslehrgang.

Luftbildlehrstaffel: Fw Krüger bei der Luftbildauswertung am Leuchtkasten.

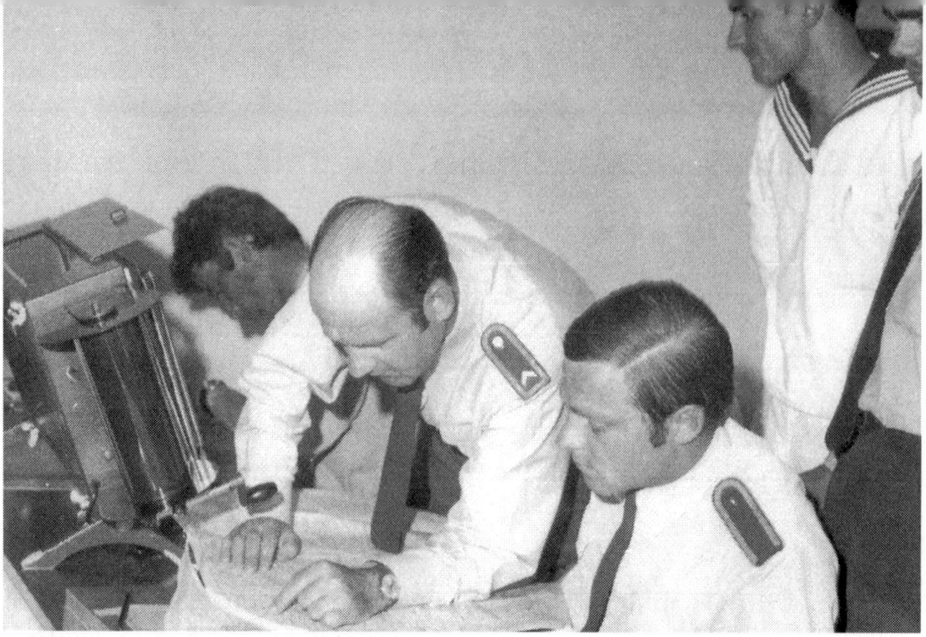

Fw Adix und Uffz Schulz beim Kartenlesen.

Den Laufbahnlehrgang hatte ich ja in Idar-Oberstein gemacht und war zum Fw befördert worden.

Taktische Luftbildauswertung

Jeder Schüler bekam einen Arbeitstisch. Daneben stand ein verschließbarer Kartenkasten (jeder war für seinen Kartenbestand verantwortlich). Darin befanden sich alle Karten der Bundesrepublik im Maßstab 1:25.000. Sie waren so gefaltet, dass die Blattnummern oben zu sehen waren und schnell herausgesucht werden konnten, wie in einem großen Karteikasten.

Auf dem Tisch stand ein Leuchtkasten mit einer Filmspule rechts und links, sodass ein Film von 25 Zentimeter Breite mit einer kleinen Handkurbel vor einer beleuchteten Scheibe vor- und zurückgedreht werden konnte. Es waren von den Aufklärungsflugzeugen aufgenommene Filme, die im Negativ ausgewertet werden mussten. Gelehrt wurde neben der taktischen Bildauswertung auch Kartenkunde, Luftbildrechnen mit dem Rechenschieber, Aufklärungsgrundsätze und Kommandostrukturen von Luftwaffe und NATO.

Zu Übungszwecken wurden Luftbild-Lehrblätter mit Einzelbildern und sich überlappenden Bildpaaren (Raumbilder) ausgegeben, die mit einem Brückenstereoskop dreidimensional betrachtet und ausgewertet werden konnten. Dass man diese Bilder auch ohne Hilfsmittel räumlich sehen konnte, wurde uns nicht gelehrt.

LwA - AbtNWLw Dez Luftbildauswertung	Ausgabe : Mai 1966	Kennung : Y - 1 - 3/1-a-b-c-d	VS- NfD
Seestreitkräfte Zerstörer "Hamburg Kl" Typ 1955		Aufnahme : Dez LbAuswtg - Zeit : a/b/d) Juni - Art : Geneigt-, Senkrecht- o. Raumbild	

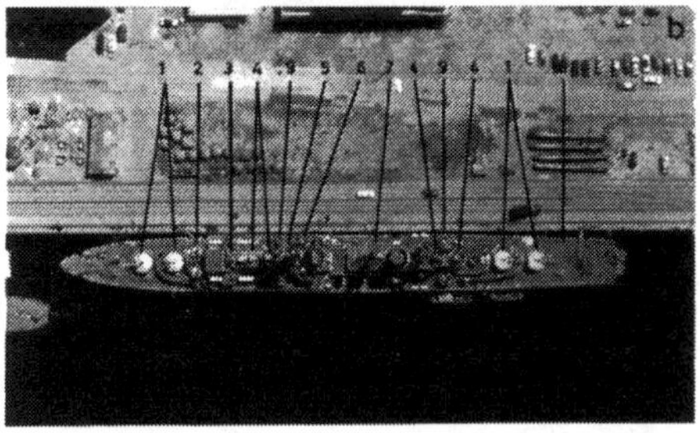

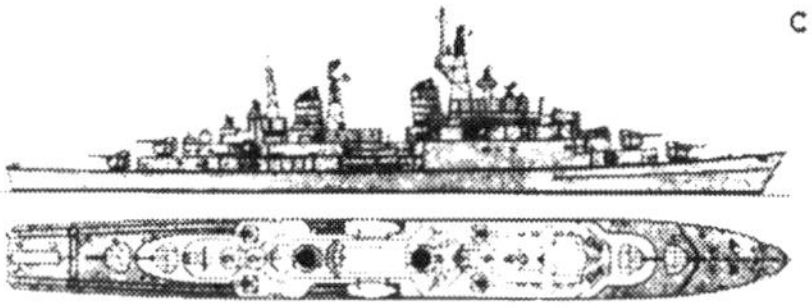

M = 1 : 1700

Auswertung

Zerstörer Hamburg	Destroyer Hamburg
1) 100 mm Geschütztürme	100 mm turrets
2) 2 4fach Raketenwerfer (Bofors)	2 four barreled depth charge mortars (Bofors)
3) Zielerfassungsradar	acquisition radar
4) Feuerleitradar	fire control radar
5) Seezielradar	radar for sea targets
6) E C M Gerät	ECM (electronic counter measure)
7) Frühwarnradar	early warning radar
8) Minenschienen	mine rails
9) 40 mm Flakzwillinge	40 mm AA guns twin

Technische Daten

Verdrängung: 3 400 stdd
4 400 max

Maße: Länge 134 m
Breite 13,4 m
Tiefgang 5,2 m

Antrieb: 2 Satz Turbinen mit Rädergetrieben
4 Hochdruckkessel

Technical Data

Displacement: 3 400 stdd
4 400 max

Dimensions: length 440 ft
width 44 ft
draught 17,4 ft

Machinery: 2 sets geared turbines
4 high pressure marine boiler

Leistung: 70 000 PS/35 kn	Shaft HPh: 70 000/35 kn
Bewaff.: 4/100 mm, 8/40 mm	Guns: 4/100 mm, 8/40 mm
Torpedorohre: 5/533 mm, 3 im Bug, 2 im Heck. 4 für UAbw	Tubes: 5/533 mm(3 bow, 2 stern) 4 ASW torpedos
UjagdWaff: 2 4fach Ujagd Raketenwerfer	A/S weapons: 2 four barreled depth charge mortars
Besatzung: 350 Mann	Crew: 350 men

Lehrblatt der Luftbildlehrstaffel: Seestreitkräfte.

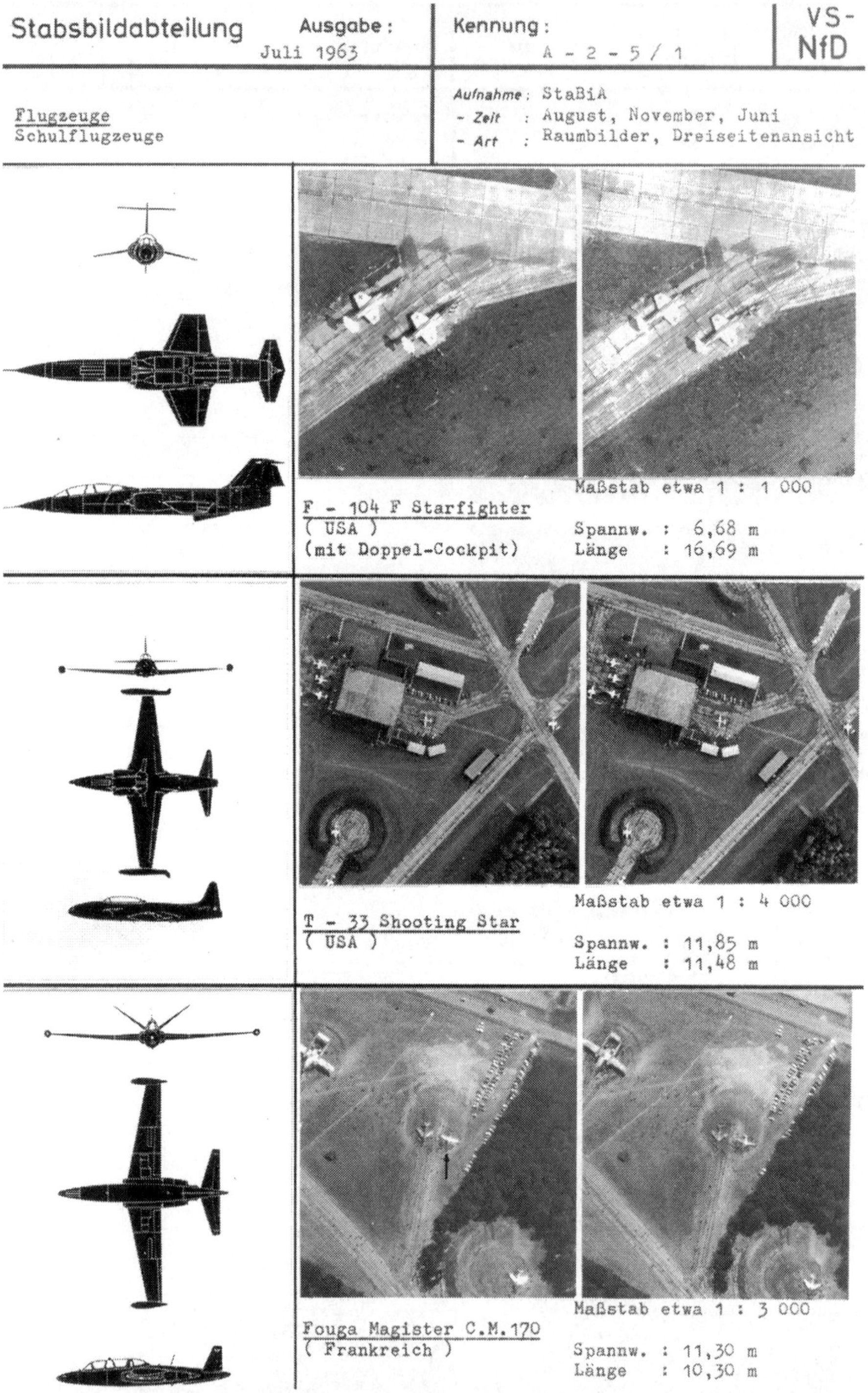

Stabsbildabteilung — Ausgabe: Juli 1963 — Kennung: A - 2 - 5 / 1 — VS-NfD

Flugzeuge
Schulflugzeuge

Aufnahme: StaBiA
- Zeit: August, November, Juni
- Art: Raumbilder, Dreiseitenansicht

F - 104 F Starfighter
(USA)
(mit Doppel-Cockpit)

Maßstab etwa 1 : 1 000

Spannw. : 6,68 m
Länge : 16,69 m

T - 33 Shooting Star
(USA)

Maßstab etwa 1 : 4 000

Spannw. : 11,85 m
Länge : 11,48 m

Fouga Magister C.M.170
(Frankreich)

Maßstab etwa 1 : 3 000

Spannw. : 11,30 m
Länge : 10,30 m

Lehrblatt der Luftbildlehrstaffel: Flugzeugauswertung.

Wir klebten auch Bildskizzen aus Senkrechtbildern zusammen. Dazu wurden die Bildränder, die die größten Verzerrungen aufwiesen, abgerissen und die verbleibenden Mittelteile so aneinander/übereinander geklebt, dass sie einen großen Übersichtsplan ergaben. Darauf ließen sich Ortschaften, das Gelände, Straßen- und Flussläufe beurteilen.

War ein Ziel erkannt, mussten die UTM-Koordinaten (Lokation) ermittelt werden. So war das Einorientieren des Luftbildes in die Karte und das Feststellen der Zielkoordinaten ein weiterer, wichtiger Übungszweck.

Kernstück der Ausbildung war die taktische Luftbildauswertung. Alle Zielarten waren in 25 Categorien militärischer und ziviler Ziele zusammengefasst. Auf diese Weise waren alle militärisch wichtigen Einrichtungen erfasst. Wir lernten zum Beispiel die Arbeitsweise eines Kohle- oder Pumpkraftwerkes mit all seinen Einrichtungen kennen, um sie auf einem Luftbild zu erkennen. Zu den militärischen Zielen wurde Flugzeug-, Schiff- und Fahrzeugerkennung gelehrt und besonders geübt.

Zu allen Zielkategorien gab es ausführliche Lehrblätter von zehn bis zwanzig Seiten und spezielle Auswerteformulare. Für jeden Lehrstoff und jede Catego-

Am Leuchtkasten bei der Luftbildauswertung: (stehend:) OFw Werner Wels, (sitzend:) Fw Krüger und Fw Klauswald.

A Moas im Kloster Andechs: (v.l.) Werner Wels, Fritz J. Krüger und Wolfgang Klauswald.

rie wurden Testarbeiten zur Wissensüberprüfung geschrieben. Das waren ein bis drei Arbeiten pro Woche. Der Lehrgang endete mit Lehrproben und einer umfangreichen Abschlussprüfung. Ziel der Ausbildung war die Luftbildauswertung, das Feststellen von Tatbeständen und Gewinnen von Nachrichten durch Lesen und Auslegen des Bildinhaltes.

Weder vor- noch nachher bin ich so oft getestet worden, wie auf diesem Lehrgang bei der Luftwaffe. Das führte dazu, dass wir permanent unter Spannung standen. Ein Leistungsdruck, der erst an den Wochenenden nachließ. Wenn ich aber vom Wochenende, wie gerädert von der vielstündigen Fahrt in dem schlicht ausgestatteten R4, aus Oldenburg zurückkam, konnte von einer Wochenenderholung nicht die Rede sein. Darum bildeten wir, soweit es möglich war, Fahrgemeinschaften. Da auch andere Lehrgangsteilnehmer, die bei der Luftwaffe waren, aus Oldenburg kamen, musste ich nicht immer mit dem R4 fahren.

Das Lehrpersonal

Chef der Lehrstaffel war Major Schliwa. Er war als Polizeioffizier zur Luftwaffe gewechselt. Mit seinem freundlichen Lächeln nahm er jeden für sich ein. Er führte uns an der »langen Leine« und war deswegen allgemein so anerkannt wie beliebt. Major Schliwa war groß und besaß einen athletischen Körper. Jeden Morgen, vor Dienstbeginn, schwamm er seine 1000 Meter im Becken, was ihm letztlich zum Verhängnis werden sollte.

Aber ich greife vor. Als ich 1977 auf einem Radarbild-Lehrgang wieder in Fürstenfeldbruck war, erfuhr ich von seinem Tod. Er war beim morgendlichen Schwimmen einem Herzinfarkt erlegen. Nun war Major Steen, der »Kugelblitz«, Staffelchef.

Der Lehrgang machte uns mit Radarluftbildern und der Erkenntnis, dass der Informationswert solcher Bilder relativ gering ist, vertraut. Das war aber gleichgültig, denn im Heer wurden mit der Drohne ohnehin keine Radar-Bilder erfolgen.

Major Steen, von Statur klein und rundlich, was ihm den Namen Kugelblitz einbrachte, war der Vertreter des Staffelchefs Major Schliwa. Er unterrichtete geostrategische Themen, wie NATO und UdSSR. Er kam leicht vom Thema ab und erzählte gerne, wo und welche (gut dotierten) Vorträge er bereits gehalten hatte. Wäre man ihm in Zivil begegnet, hätte man ihn kaum für einen Offizier gehalten. Major Steen war freundlich, konnte es aber nicht lassen Kritik am Chef und der Führung der Lehrstaffel zu üben. Das machte ihn in meinen

Wissensüberprüfung

Boys, wieder ist es an der Zeit,
für eine kleine Testarbeit.
Abschreiben, mogeln – streng verboten,
wer erwischt wird – schlechte Noten,
verwarnt der Lehrer uns und spricht:
Ich muß mal weg, es kommt 'ne Testaufsicht.

Der Mann auf Ordnung ist bedacht
hat eine Zeitung mitgebracht.
Er hält sie hoch vor das Gesicht,
worin er rasch ein Guckloch sticht,
um jene Burschen zu erwischen,
die heimlich tuscheln oder zischeln.

Und Spannung herrscht im Klassenraum,
der Prüfling wagt zu atmen kaum.
Trotzdem hier Ruh und Ordnung waltet
heimlich er ein Zettelchen entfaltet,
ein anderer hat die Zahlenkette
geschickt plaziert in der Manschette.

Zum Schluß des Tests, die Spannung weicht,
das Ziel der Prüfung ist erreicht.
Ich werd 'ne gute Note kriegen
und auch die Aufsicht ist zufrieden.
Wir schütteln uns geprüft die Hände
und freu'n uns auf das Wochenende.
Fritz J. Krüger

Augen suspekt, denn damit verstieß er, als Stabsoffizier der Luftwaffe, gegen Artikel 6 der *Leitsätze für den Unteroffizier*.

Der Truppenlehrer, der *Elektronics* unterrichtete, war ein HptFw. Er war einige Zeit in Amerika gewesen und das hatte abgefärbt. Er nannte uns ständig »Boys«: »Na Boys, heute wollen wir mal wieder eine (es war die zweite in einer Woche) Wissensüberprüfung machen!«

Es war die Zeit der »Radio Eriwan«-Witze, und solche erzählte er gerne: »Anfrage an Radio Eriwan: Wird man von Hoffmanns-Tropfen schwanger? Antwort: Im Prinzip nicht, es sei denn, sie sind von Herrn Hoffmann!«

Ofw Kleofas (kurz »Kleo« genannt) war schlank und hatte etwas gewelltes, schwarzes Haar. Bei ihm war der römisch-italienische Einschlag seiner Vorfahren unübersehbar. Als Ur-Bayer sprach er einen gut verständlichen bayrischen Dialekt. Kleofas unterrichtete verschiedene Categorien zur taktischen Luftbildauswertung.

Fw Adix, genannt »Addi«, war das schwächste Glied im Lehrkörper. Er war klein und hatte bereits eine Halbglatze, was ihn wesentlich älter erscheinen ließ. Addi sprach so bayrisch, dass ich ihn gerade noch verstehen konnte. Er vermittelte seinen Stoff, Zielkategorie und Kartenkunde, völlig emotionslos.

Da Addi sich für Fossilien interessierte – er hatte einige Dendriten und Fischchen aus den Solnhofener Plattenkalken – lernte ich ihn bald näher kennen. Gerne wäre er auch einmal an einem Wochenende mit nach Solnhofen gefahren, doch das duldete seine Frau nicht. Allgemein wurde er belächelt und mit Nachsicht behandelt. Jonny meinte, er könne nicht einmal eine Gruppe über den Rinnstein führen. Im Heer wäre er wohl kein Fw geworden.

Lehrgangskameraden

Jonny (Jürgen) Schulz war etwas größer als ich, trug sein dunkelblondes Haar streng gescheitelt und sprach ein akzentfreies Hochdeutsch. Auf gute Kleidung legte er besonderen Wert. Er war mit einer Engländerin verheiratet, die für Elvis schwärmte und all seine Platten sammelte. Sie waren kinderlos und wohnten in Celle.

Jonnys Vater war Studienrat und er das Schwarze Schaf der Familie – derjenige, der es zu nichts gebracht hatte. Nun wollte er seinem Vater zeigen, was er konnte. Er musste unbedingt Fw werden und stand somit unter großem

Erwartungs- und Leistungsdruck. Jonny war mit der Drohen-Lehr- und Versuchsstaffel zur Erprobung des unbemannten Aufklärungsflugkörpers in Yuma, Arizona (USA), gewesen, der erst nach der Erprobungsphase zur Serienreife gelangte und somit bei der Aufklärenden Artillerie des Heeres eingeführt werden konnte.

In Yuma war er häufig mit dem Uffz Fritz Schäfer zusammen gewesen. Sie tranken damals viel Whiskey und fuhren oft über die Grenze nach Mexiko, um dort die Mädchen, die in den Bars verkehrten, zu beglücken. Diese Zeit gab, wann immer die Yuma-Veteranen zusammentrafen, jahrelangen Gesprächsstoff ab.

Jonny trank wie ich gerne Weißbier, das wir Weizen nannten. An den Wochenenden, an denen wir nicht nach Hause fahren konnten, weil wir Dienst (OvD) oder kein Geld hatten, fuhren wir mit der S-Bahn nach München, wo im Mathäser oder im Bürgerbräukeller das Bier in großen Krügen ausgeschenkt wurde und immer was los war.

Im Bürgerbräukeller hatte Georg Elser im November 1939 eine Bombe deponiert. »Den Hitler jag' ich in die Luft« hatte er damals gesagt. Und später: »Ich hab den Krieg verhindern wollen«. Das Attentat misslang leider. Damit war er sein eigenes Opfer geworden. Nach schweren Folterungen wurde er 1945, kurz vor Kriegsende, im KZ Dachau hingerichtet.

Im Mathäser aßen wir Laugenbrezel und tranken »oa Maß«, zu mehr reichte das Geld meist nicht. Blieben wir in Fürsti, gingen wir in eines der typischen bayrischen Lokale. Dort saßen immer die gleichen älteren Männer mit rotem Gesicht und Stiernacken, die man nicht verstand, wenn sie sprachen, hinter ihren Bierkrügen. Nürnberger Bratwürstl mit Sauerkraut waren der Renner und hinterher ein großes Glas Weizen.

Peter Blum

Auf dem Lehrgang lernte ich auch StUffz Peter Blum kennen, unseren »Heino«. Peter hatte weißblonde Haare, sehr helle Haut und lichtempfindliche Augen, weshalb er eine dunkle Brille trug. Die Leute drehten sich nach ihm um. In der Kneipe hieß es: »Da kommt der Heino!« Peter war ein lustiger Bursche, der in seinen Erzählungen leicht in seinen Dialekt verfiel, denn er war Saarländer und mit einem Lokalpatriotismus ausgestattet, den ich sonst nur

Mit Peter Blum: »Kennste den ...?«

bei den Bayern beobachten konnte. Peter war hinter jeder Schürze her, nicht selten mit Erfolg. Parteipolitisch war er der CDU nahestehend. Da ich eher mit der SPD sympathisierte, führte das nach einigen Maß Weizen zu heftigen politischen Diskussionen. Allerdings machte es Spaß, sich mit ihm zu streiten, zumal er nicht nachtragend war und Kritik an seiner Partei nicht persönlich nahm. Peter war verheiratet und kam von der Aufklärenden Artillerie, die in Idar-Oberstein stationiert war.

Peter hatte einen väterlichen Freund, wie er ihn zu nennen pflegte. Der besuchte ihn während des Lehrganges in Fürsti, wo ich ihn kennenlernen konnte. Christof war ein zurückhaltender, freundlicher Mensch, der nach dem Krieg sein Gut und sämtliches Vermögen in Ostpreußen verloren hatte. Christof hatte Peter eine wertvolle Sammlung Meissener Porzellan geschenkt, wie ich später sah. Während des Lehrgangs unterstützte er Peter finanziell. Jahre später, als auch ich in Idar-Oberstein stationiert war, erfuhr ich, dass er sich das Leben genommen hatte.

In jedem Lehrgang, der eine längere Zeit dauert, bilden sich Cliquen mit Gleichgesinnten. Gemeinsam unternahmen wir Fahrten zum Kloster Andechs oder zum Baden am Ammersee. Oder wir fuhren gemeinsam ins Wochenende oder gingen einfach nur ein Bierchen trinken.

Wecken

Die UvDs hatten unterschiedliche Weckmethoden. Die einfachste war zu pfeifen und »Staffel aufstehen!« zu brüllen. Die ausgefeilteste war die »Ping-Pong-

Methode«. Die Flure im Kilometerbau waren mit Solnhofener Plattenkalken gefliest. Die ganze Anlage stammte aus den 1930er-Jahren und diente während des Zweiten Weltkrieges der deutschen Luftwaffe.

Ich hörte schon von Weitem das harte Klacken des Tischtennisballes auf den Fliesen, das immer lauter durch den endlos langen Flur schallte, bis es sich langsam wieder entfernte. Es war unmöglich das rhythmische Aufklacken des Balles nicht zu hören und an Schlaf war nicht mehr zu denken.

Unterwegs mit Peter

Peter Blum, der gerne eine Show machte, fuhr natürlich keinen gewöhnlichen Wagen, es musste schon ein Sportwagen sein: ein rotes Cabriolet der Marke Triumph. An einem Wochenende, an dem ich ausgerechnet zu Giselas Geburtstag nicht zu meiner Familie nach Oldenburg fahren konnte, unternahmen wir eine Triumph-Fahrt in den Allgäu.

Im offenen Cabriolet genossen wir die schöne Landschaft der Voralpen. Da der Zweisitzer nur wenig Stauraum besaß, wurde der Koffer mit unserer geringen Campingausrüstung auf einen Gepäckträger am Heck des Wagens angeschnallt.

Kontraste: Mit Peters Sportwagen und einem BW-Zelt Typ »Dackelgarage« unterwegs in Oberammergau.

Ein Hotel konnten wir uns nicht leisten und hatten, da wir keine Ansprüche stellten, unser kleines Bundeswehr-Zelt und die Schlafsäcke dabei. In Oberammergau schlugen wir auf einem Campingplatz unsere olivfarbene Dackelgarage auf und erkundeten den Ort, an dem alle zehn Jahre die Oberammergauer Passionsspiele stattfanden.

Als 1634 das Dorf von der Pest heimgesucht wurde, gelobten die Bewohner, die letzten fünf Tage im Leben Jesu aufzuführen, falls sie von der Pest verschont bleiben würden. Danach gab es keine Pesttoten mehr. Die letzten Passionsspiele – inzwischen weltweit bekannt – wurden 1969 aufgeführt, also ein Jahr vor unserem Ausflug. Alle Laiendarsteller waren aus Oberammergau. Vielleicht war der Bäcker, der uns gerade die Brezel verkaufte, Judas. Oder war er Petrus?

Danach fuhren wir weiter, nach Füssen. Neuschwanstein und Schloss Linderhof standen ebenfalls auf unserem Programm. Gerne denke ich an diese Fahrt und den merkwürdigen Kontrast zwischen dem roten Sportwagen und unserem bescheidenen, kleinen Bundeswehr-Zelt zurück.

In München

Im Mathäser, in München, saßen wir plötzlich auf dem Trockenen. Im Dirndl, mit viel »Holz vor der Hütten« und muskulösen Armen, wurde von den Kellnerinnen Weißbier ausgeschenkt. »Wenn die Dich in die Mangel nehmen würde ...«, grinste Jonny zu mir herüber. Wir hatten zwar großen Durst, aber kein Geld mehr.

»Lass Dir mal was einfallen, wie wir zu einem Trunk kommen!«

»Mach doch auf einem Bierkrug einen Handstand!«

»Wäre ich Artist, würde ich im Zirkus auftreten, nicht bei der Bundeswehr.«

»Die Bundeswehr ist doch auch ein Zirkus, da bist Du gut eingesetzt!«

»Gequatsche hilft uns auch nicht weiter. Versuch doch mal einen von den Bazies zu einer Wette zu bewegen, die Du natürlich gewinnen musst ... gegen zwei Moaß Bier.«

»Ja«, stimmte Jonny zu. »Mein Vater hat mich mal mit einem Vergleich vom Umfang zur Höhe eines Trinkglases hereingelegt. Der stets kleiner geschätzte Umfang ist höher als das Glas.«

»Wie willst Du so etwas als Wette formulieren? Wetten, dass der Umfang des Glases größer ist als seine Höhe?«

»Ja, aber ich glaube, es wird schwer sein jemanden zu finden, der Dir auf den Leim geht. Aber wie steht es, wenn man durch eine Postkarte steigt?«

Unser Tischnachbar blickte skeptisch auf die Karte mit dem schäumenden Bierglas, dann auf Jonny: »Is scho recht – wie soll das gehn?«

»Die Wette gilt!«, erklärte Jonny und holte sein Schweizer Offiziersmesser aus der Tasche, an dem sich auch eine kleine Klappschere befand. Geschickt knickte er die Karte und machte mit der Schere die nötigen Schnitte. Jonny erhob sich und zog die aufgeschnittene Karte zu einem zackigen Ring auseinander, ließ ihn über seinen Kopf gleiten und stieg vorsichtig hindurch.

Inzwischen interessierten sich auch andere Gäste dafür. Wir hatten Zuschauer. »Jo mei!«, staunte unser Bayer. »Jo, mei«, wiederholte er und winkte dem strammen Dirndl zu.

So hatte sich Jonny um unseren Durst verdient gemacht. Wir tranken auf unseren bayerischen Freund, der sich den Schaum vom Munde gewischt hatte, und mit Kniepauge über den Rand seines Bierglases auf Jonny blickte. Nun setzte auch die Musik wieder ein. Sie wurde vermutlich von einem Preißen dirigiert. Dafür musste er den Lederhosenmusikanten eine Runde ausgeben. Es fand sich immer einer, der einmal im Leben in München, im Mathäser, eine Blaskapelle dirigieren wollte. »Auf geht's!« Die Kapelle spielte *Geh, Oide, schau mi net so deppert o*. Die Stimmung stieg und wir grölten mit: »Geh, Alte, schau mi nit so deppert o ...«

Freizeitgestaltung: Kasino, Weizen und Gesang

Nach dem Stress des Unterrichts wollten wir abschalten, ein Bierchen trinken und nicht an morgen denken – doch es fehlte immer an Geld. Billiger als das Weizenbier im Kasino war es, einen Träger Flaschenbier und eine Pulle Weinbrand von Aldi zu holen. Den preisgünstigsten natürlich. Das schmeckte zwar nicht so gut, wirkte aber genauso.

Werner Wels fuhr sich mit der Zunge mehrfach über die Lippen: »Lasst uns ein Pülleken trinken!« Dazu kicherte er immer in Hochtonlage. Wir warfen das letzte Geld zusammen und Jonny fuhr los, um die Getränke zu beschaffen. An manchen Abenden waren wir ausgelassen wie die Kinder und alberten und rangelten herum. Mal in dieser, mal in einer anderen Stube. Peter hatte stets einen Spruch auf Lager.

»Treffen sich Schlange und Vogel. Fragt der Vogel: Na, wie geht's? Sagt die Schlange: Ach, man schlängelt sich so durch – und selbst?« Außerdem zitierte er gerne den Verwechslungstext mit den »nickenden Fichten«. Ebenfalls beliebt: »Uralter Adel, tausend Jahre geschlechtskrank und immer müde.«

»Ein machen wir noch, dann wecken wir die Kinder«, sagte Klauswald oft und floppte dabei eine Bierflasche auf. Aus Erfahrung konnte er auf dem Gebiet nicht sprechen, denn er war Junggeselle. Dazu konnte er nur wenig Alkohol vertragen, ohne umzukippen und durch den gekachelten Flur zurück zu seiner Stube zu krabbeln.

Die Vormittagsstunden im Hörsaal waren nach solchen Abenden schrecklich. Immer wieder nahm ich mir vor: Heute Abend wird nichts getrunken. Ich gehe früh ins Bett und schlafe mal richtig aus! Doch das Mittagessen schmeckte schon wieder leidlich. Und nach Dienstschluss pochte Peter an meiner Tür: »Komm mit ins Kasino, ich gebe einen aus!« Die Kehle war trocken, das Bier lockte. Was blieb mir anderes übrig? Wir kamen gerade zurecht. Bootsmann Neurohr, der Marine-Feldwebel, hatte bereits seinen Kampfgesang angestimmt, eher angeröhrt (daher wohl sein Familienname?). Sein Stakkato und das gutturale Röhren waren nicht zu imitieren, also blieb er mit seinem Schlachtruf alleine. Unser Bayer war auch schon da. Etwas dicklich, mit bayerisch-derber Mundart, war er immer zu einem Spaß aufgelegt. Er war noch beim ersten Moass. Na, ein Weizen könnte ich ja mittrinken.

»Trink mit uns ein Bier-Weizen-Kristall-Erdinger«, ganz im Versorgungsdeutsch der Bundeswehr.

»Ich mag lieber Bier-Weizen-Naturtrüb-Krombacher.«

»Egal, Du Knochenkopf, bestell ganz schnell, damit wir alle gemeinsam das Glas erheben können.« Das Kasino war nicht nur für Soldaten zugänglich, sondern auch für die Wetterfrösche (Meteorologen), darunter einige hübsche Frauen, die hier ihre Laufbahnlehrgänge absolvierten, und dann für die Gäste aller Kasernierten. Der Bayer war kein Lehrgangsteilnehmer, sondern gehörte zu einer Luftwaffeneinheit des Fliegerhorstes und zu unserer Tischbesatzung.

Peter zu Neurohr: »Rück mal rüber, den Becher-Asche-Zigarette-rundhalbhoch!«

Neurohr zu Peter: »Gib mal Feuer-Streichholz-Zigarette.«

Peter: »Hab nur Zeug-Feuer-Zigarre!«

Neurohr: »Egal ob Piepe oder Zigarre. Reich rüber! Hauptsache, es flammt hier bald.«

Klauswald sagte: »Mir ist noch ganz übel von gestern Abend, da sind wir wieder gekrabbelt!«

Auch der Bazi hob sein Glas: »Sauf's gar aus! Halb trunken ist Bettelei!«

Peter kriegte sich nicht wieder ein, als ich unsere Putzfrau zitierte. Heute Morgen, nach dem Öffnen des Putzschranks, sah sie ihn voller leerer Bierflaschen und sagte: »Ihr sauft wohl gern?«

Klauswald setzte noch einen drauf: »Was ist der Unterschied zwischen einem BH und der Bundeswehr? – Der BH ist für die Titten und die Bundeswehr für'n Arsch!« Das war ein guter Lacher.

»Komm Bazi, Du alter Knochenkopf, lass hör'n, wat die oiden Ridderleit im Isartal so treiben!«, forderte Bootsmann Neurohr.

»Wenn ihr Saupreißen s'meint!«. Er stimmte an und alle sangen mit. »Ja so warns de oiden Ritddersleit ...«

Am liebsten wären wir (nach alter Sitte) auf unseren Stühlen durch das Kasino geritten und hätten unsere leeren Gläser an die Wand geknallt. Doch das gehörte sich nicht mehr und wäre auch sehr teuer geworden. Dazu hätte es uns ein Lokalverbot eingebracht. Also benahmen wir uns zwangsläufig normal. Wir waren wieder ausgelassen und fröhlich und hatten so lange Spaß an der Freud, wie unser Geld reichte – oder sich keiner mehr fand, der einen ausgab.

Der Marine-Feldwebel

Neurohr war früher auf Handelsschiffen zur See gefahren. Ende der 1950er Jahre verließ er auf Kuba sein Schiff, um sich der Revolutionsarmee von Fidel Castro anzuschließen. Abenteurer, Intellektuelle und Hobby-Revoluzzer vieler Länder zog es damals nach Kuba, um Castro bei seinem Kampf gegen Imperialismus, Unterdrückung und gegen das Regime Batista zu unterstützen. Sein erster Angriff 1953 auf die Moncada-Kaserne scheiterte kläglich. Doch in der Neujahrsnacht 1959, nach zweijährigem Dschungelkampf, marschierte Castro als Sieger in Havanna ein.

Später landete Neurohr bei der Bundesmarine. Da die Marine über Aufklärungsflugzeuge des Typs Breguet Atlantik verfügte, wurde er für die Seeaufklärung in der Luftbildauswertung ausgebildet. Er saß in einem anderen Hörsaal, daher kannten wir uns nur aus dem Kasino. Da er ein guter Erzähler und Fabulierer war, saßen an seinem Tisch immer Leute, die ihm zuhörten und sich kräftig mit ihm betranken. Dann war da noch Bazi, der Bayer. Neurohr nannte auch ihn einen Knochenkopf. Das war einer seiner liebsten Ausdrücke.

Kasinoabend

Tabakrauch, lautes Stimmengewirr, an den Tischen – »Hoch die Scheißgläser!«

Neurohr: »Wir sprechen ein anständiges Deutsch, wir sagen auch mal Scheiße!«

Sein Nachbar: »Scheiße sagt man nicht, davon geht die ganze Bildung in den Arsch!«

Sein Gegenüber: »Ja, aber Scheiße auf dem Sofakissen wird man wohl entfernen müssen.«

Ein Anderer: »Und Scheiße im Trompetenrohr kommt zum Glück recht selten vor!«

Ein Dritter: »Da oben auf dem Berge, da steht ein Soldat, der hat in der Hose Kartoffelsalat!«

Neurohr: »Scheiße-Thema verfehlt, setzen!«

Der Vierte: »Aber der: Da oben auf dem Berge, da steht ein Karton, da machen die Zwerge aus Merde Bonbon! – Merde klingt etwas besser.«

Der Andere: »Oh, er sprechen französisch!«

Der Fünfte: »Ein alter Landserfluch aus der russischen Taiga: Da scheißt der Hund ins Feuerzeug!«

Neurohr: »Güldet nich, reimt sich ja nich.«

Der Vierte: »Wird reimelnd gemacht: Ins Feuerzeug, da scheißt der Hund, der Kanonier scheißt auf den Bund!«

»Gut, güldet! – Eh, Du alter Knochenkopf, bestell noch mal so 'ne Scheißrunde auf meine Scheißrechnung!«

Der Dritte: »Könnt ihr mal aufhören, Euch in Fäkalien zu suhlen?«

Im Deutschen Museum in München

Im Deutschen Museum in München gab es viel Technik zu sehen und manches zu bestaunen. Besonders das U-Boot U1 beeindruckte mich. Aus dessen Rumpf hatte man Teile ausgeschnitten, damit ein Einblick in sein Inneres möglich wurde. Torpedos, schmale Schlafpritschen, Motoren, riesige Batterien und ein Gewirr von Rohren, Leitungen, Ventilen und Kabelbahnen. Getrennt waren sie durch Schotten, runde eiserne Türen. Überhaupt war alles aus Eisen, grau angemalt, kalt und tot. Eine todbringende Waffe, ein Gehäuse der Angst, ein eiserner Sarg. Nicht zu übersehen, das Sehrohr, der Schnorchel, der eine längere Unterwasserfahrt erst möglich gemacht hatte.

Mit solch einem Boot, dem U9, hatte »Unser Seeheld Weddingen«, Kapitänleutnant Weddingen, am 22. September 1914 vor Hoek van Holland drei Panzerkreuzer der englischen Seeblockade versenkt, die *Aboukir*, *Hogue*, *Cressy* und später den Kreuzer *Hawke*. Ein Heldenepos auf einen deutschen Seeoffizier, der mit einem winzigen Unterseeboot drei riesige Kriegsschiffe vernichtet hatte. Später, im Handelskrieg, versenkte er noch vier britische und ein französisches Handelsschiff, bis er einer völkerrechtswidrigen Täuschung zum Opfer fiel: Er wurde durch einen unter norwegischer Flagge fahrenden britischen Hilfskreuzer versenkt.

Doch nichts erregte so sehr mein Interesse, wie der Fischewer, aus dem Jahre 1880. Die Backbordseite war bis mittschiffs geöffnet, die Planken und Spanten entfernt, sodass ich in den niedrigen Schiffsraum unter Deck blicken konnte. Er war voll aufgetakelt und glich dem Ewer Nr. H. F. 125, mit dem Klaus Mewes mit seinem Sohn Störtebeker zum Fischfang hinausfuhr. Der Heimathafen beider Schiffe war Finkenwerder.

Der Heimatdichter Gorch Fock hatte das Leben der Fischer mit ihren Booten in seinem Roman *Seefahrt ist not* eindringlich beschrieben. Klaus Mewes geht mit seinem Fischewer in einem Sturm unter: »Dann ging die gewaltige Dünung des Skagerraks über ihn hinweg ...« Das Schicksal hatte bestimmt, dass Gorch Fock aus Finkenwerder am 1. Juni 1916 in der größten Seeschlacht des Ersten Weltkriegs am Skagerrak, auf dem kleinen Kreuzer *Wiesbaden* ebenfalls sein Seemannsgrab fand. Zusammengeschossen von englischen Kriegsschiffen. An dieser Seeschlacht hatte auch mein Großvater Ellendt teilgenommen, auf einem Torpedoboot der III. Flottille.

Alles, was ich im Deutschen Museum betrachtet hatte, mündete letztendlich in Krieg. Ist der Krieg der Motor des Fortschritts? Wenn wir die beiden Weltkriege betrachten, ist es wohl so!

Der Duschunfall

Abends, nach dem Besuch des Kasinos, gingen wir oft noch duschen. Ein Soldat muss ja reinlich sein. Der Duschraum war gekachelt, mit mehreren Duschwannen nebeneinander. Die Duschköpfe ragten aus der Wand. Wenn das Wasser aufgedreht wurde, stand der ganze Raum unter Dampf. Die schlechte Sicht ermöglichte es unbemerkt das Wasser des Nebenmanns auf kalt zu stellen. Dabei flogen frivole Sprüche durch den dampfgefüllten Raum:

»Was machst Du denn da?«

»Ich kann mich so schnell waschen, wie ich will!« Und von einer anderen Dusche kam zurück: »Warum lässt Du nur immer die Seife fallen?« Peter rezitierte seinen Verwechslungsspruch von den »nickenden Fichten« und patschte seinem Nebenmann den Seifenlappen auf den Rücken. Der fasste Peter um die Hüften und hob ihn in die Höhe. Peter, nass, eingeseift und glitschig, entglitt dem Zugriff und schlug mit dem Kopf auf den Rand der Duschwanne. Ich stand daneben und trocknete mich gerade ab.

Aus einer klaffenden Kopfwunde strömte Blut. Geschockt halfen wir ihm hoch und wickelten ein Handtuch um seinen Kopf. Er schien nicht ganz bei sich zu sein. Einer von uns rannte nackt zum UvD, der sofort den Sanitätsdienst alarmierte. Es sah scheußlich aus, wie das Blut sich langsam mit dem Wasser vermischte und im Abflussrost vergurgelte. Peter lag zwei Tage lang im Revier. Wir trösteten ihn mit einem Spruch von Karl Valentin: »Gar ned krank is a ned g'sund!« Seine Kopfwunde wurde zusammengenäht und mit einem turbanartigen Kopfverband versehen. Das verlieh ihm einige Tage lang ein exotisches Aussehen.

Bei der Vogelherd-Höhle

Wieder ein Wochenende, an dem ich nicht zu meiner Familie nach Oldenburg fahren konnte. Ich hatte mir schon einen Plan zurechtgelegt: Bei Stetten ob Lontal, auf der Schwäbischen Alb, befand sich die berühmte Vogelherd-Höhle und nicht weit entfernt der Hohlenstein-Stadel. Diese bedeutenden Stätten der Vorgeschichte wollte ich gerne sehen. Aus der Literatur kannte ich die Kleinplastiken, die ältesten Kunstwerke der Welt und weitere Funde, die dort gemacht worden waren. Ich wollte die Höhle betreten, sie hautnah erleben, die Wände betasten, in denen unsere Vorfahren vor so langer Zeit gelebt hatten.

Nach der Meisterfeier vor der Vogelherd-Höhle.

Von Fürstenfeldbruck aus war die Schwäbische Alb mit dem Auto gut zu erreichen. Ein ebenfalls dagebliebener und interessierter Lehrgangsteilnehmer fand sich rasch. Mein Begleiter O. Reuter war ein Gefr UA des Heeres. Wir waren beide froh, dem Kasernenleben für ein Wochenende zu entrinnen. Viel Geld war für diesen Ausflug nicht erforderlich und auch nicht verfügbar. Nach Dienstschluss verpackten wir die notwendige Bw-Ausrüstung in meinen R4. Dann nahm ich Kurs in Richtung Schwabenalb.

Gegen Abend, es dämmerte bereits, erreichten wir das Lonetal und ich hielt den Wagen auf der Bundesstraße, unterhalb der Vogelherd-Höhle an. Hier berieten wir uns. Mit dem Auto bis an die Höhle heranzufahren war nicht möglich, also mussten wir den Wagen an der Straße stehen lassen und machten uns zu Fuß auf den Weg durch das Waldgelände.

Nach einigen hundert Metern sahen wir in Richtung der oberhalb gelegenen Höhle einen Feuerschein. Dort mussten also Leute sein. Vorsichtig, wie auf einem Spähtrupp, näherten wir uns an. Plötzlich ertönte eine Stimme aus der Dunkelheit.

»Halt! Stehen bleiben – wer seid ihr? – was wollt ihr?« Wir waren erschrocken und sahen uns von drei oder vier Gestalten umgeben.

»Nicht schießen, wir sind auch Deutsche!«, rief ich in einem Anflug von Galgenhumor. Was waren das für Burschen? Teilten sie am Lagerfeuer ihr Raubgut, ihre Beute?

»Mitkommen!«, rief eine barsche Stimme. Wir hatten ein mulmiges Gefühl, folgten aber der Aufforderung, bis wir das Lagerfeuer erreicht hatten.

»Was macht ihr hier in der Dunkelheit? Uns ausspionieren?«, fragte der Wortführer.

»Wir wollten sehen, was es mit dem Feuer auf sich hat, weil wir hier unser Zelt aufschlagen und nächtigen wollen«, entgegnete ich und erklärte kurz unser Vorhaben und woher wir kamen. Im Schein des Feuers, das ziemlich hell brannte, sah ich mich um. Vor dem schwarzen Loch des Höhleneinganges war ein Bierfass aufgestellt. Fünfzehn bis zwanzig Weiblein und Burschen saßen auf Bierzelt-Klappbänken, mit großen Bierkrügen in den Händen, friedlich beieinander.

Wir kamen schnell ins Gespräch. Was hier stattfand, war die private Feier einer bestandenen Meisterprüfung. Der frisch gebackene Handwerksmeister hatte seine Freunde eingeladen, um vor der Vogelherd-Höhle zu feiern, wie es hier der Brauch war. Gefüllte Bierkrüge wurden gereicht, und wir wurden eingeladen, mit ihnen zu feiern , prosteten uns zu und sangen *Drunt in der grünen Au*. Von hier aus konnten sie die Lichtkegel der vorbeifahrenden Autos auf der unterhalb der Höhle verlaufenden Straße gut einsehen. Sie hatten beobachtet, wie mein Wagen hielt und das Licht ausgeschaltet wurde.

Es war eine fröhliche Gesellschaft. Es wurde munter getrunken und ausgelassen gesungen. Was mich erstaunte war, dass es hier in der Gegend Tradition war, eine Meisterprüfung und andere Geselligkeiten an der Vogelherd-Höhle zu feiern. Neben guter Laune, Gesang und Biergenuss machte sich in den frühen Morgenstunden doch eine gewisse Müdigkeit bemerkbar. Die Burschen drängten zum Aufbruch. Nach einem herzlichen Abschied unserer fröhlichen Gastgeber gingen mein Begleiter und ich zu dem abgestellten R4, holten unsere Schlafsäcke – ein Zelt war nicht erforderlich – und schliefen bis in den hellen Tag hinein vor dem Eingang zur Vogelherd-Höhle unseren Rausch aus.

Das Erwachen bescherte mir nicht nur einen Brummschädel, sondern auch einen vergessenen Bierkrug und den Blick auf eine schöne Landschaft. Nun konnte ich auch die Höhle durchschreiten, denn vom Ein- bis zum Ausgang war es nicht weit. Ich betastete die Kalksteinwände. Hier also hatten die Jung-Steinzeitler vor so langer Zeit gelebt. Vielleicht war die Höhle früher mit Jagdbeutetieren bemalt gewesen, wie in der Dordogne, und die Bilder waren in den Tausenden von Jahren verblichen und verschwunden? Durch die beiden offenen Eingänge herrschte hier immer Zugluft.

Nach der fröhlichen Meisterfeier saß ich vor dem Höhleneingang, blickte über das Lonetal und stellte mir vor, wie unsere Vorfahren vor langer Zeit hier gelebt haben mochten. Ich versetzte mich in die Zeit vor 30.000 Jahren, sah die jungen Männer von der Jagd kommen, die Frauen, umringt von ihren Kindern, am Lagerfeuer hantieren und alte in Pelze gehüllte Männer, die dort hockend mit einer Flintklinge schnitzen. Hier in dieser Höhle lebte wahrscheinlich eine ganze Sippe. Wenn in der kalten Jahreszeit die Höhleneingänge mit Fellen verhängt waren, mochte es hier am Kochfeuer recht gemütlich zugegangen sein.

Wir hatten aber noch ein zweites Ziel. Der Hohlenstein-Felsen lag verborgen in einem hohen Fichtenwald, nur wenig über dem Talgrund auf dem rechten Loneufer. Vom Vogelherd führte ein Fußweg zum etwa 2,5 Kilometer entfernten Hohlenstein. Die Funde aus dem Vogelherd und Hohlenstein gelten mit etwa 30.000 Jahren als die ältesten eindeutigen Kunstwerke der Menschheit.

Diese Höhlen waren in der Alt- und Mittelsteinzeit Lagerplätze und Kultstätten zugleich. Kunst wurde als sichtbarer Ausdruck von Religion von einem Künstler/Schamanen angefertigt. Beide Höhlen sind immer wieder kultisch genutzt worden, denn zwischen den absichtlich deponierten Kunstwerken lagen Jahrhunderte und Jahrtausende alte Erdschichten.

Von Fürsti aus besuchte ich an den Wochenenden mehrmals meinen Brief- und Tauschpartner Wolf Dietrich Schlag in Illertissen. Von dort aus fuhren wir zum »Stoane glopfen« nach Bopfingen (Weißjura), nach Ohmden (Lias, Posidonienschiefer) und ins Steinheimer Becken (Miozän), um Fossilien zu suchen. Wolf hatte eine große Sammlung von Fossilien und Mineralien, die er mir voller Stolz zeigte. Wolf hatte bereits einige Artikel in der Zeitschrift *Der Aufschluss* veröffentlicht und ermutigte mich ebenfalls etwas zu schreiben.

Wir verbrachten viele anregende Stunden mit seiner Sammlung. Wolf und seine Frau Elfi waren sehr gastfreundlich und wir hatten viel Spaß, denn Wolf hatte einen besonderen Humor. Wenn er von der Landschaft sprach, war das

ein »Panosanelle« und ein Hubschrauber war bei ihm ein »Schraubenhuber«. Wenn ich samstags anreiste, konnte ich bei ihnen auf einem Feldbett übernachten. In der Frühe ging es dann los, in die Steinbrüche.

Wolf hatte mir voller Stolz das Hüttenbuch seines Vaters gezeigt. Darin waren dessen gesamten Bergwanderungen von Hütte zu Hütte und alle Touren in den Tiroler Zentralalpen, Wanderungen ins Ötztal, Stubai- und Zillertal eingetragen. Sauber aufgezeichnete Wanderwege, mit Fotos, Hüttenstempeln und Zeichnungen der Bergwelt, machten die handgeschriebenen Aufzeichnungen zu einem einmaligen Familiendokument. Daraufhin fassten wir den Plan an einem Wochenende, wenn Gisela mich aus Oldenburg besuchen kam, eine Bergwanderung ins Ötztal zu unternehmen.

Granate vom Geißbach-Gletscher

Im Juli 1970 verbrachten wir ein Wochenende mit Wolf und seiner Frau Elfi in Österreich. Wir trafen uns in Memmingen und fuhren weiter nach Längenfeld bei Obergurgel in den Ötztaler Alpen, wo wir Zimmer gebucht hatten. Die Schlags kamen mit ihrem VW-Käfer aus Kellmünz angereist, Gisela und ich mit unserem R4 aus Fürstenfeldbruck.

Gisela und die Schlags kannten sich noch nicht. »Wölfi«, wie seine Frau Elfi ihn nannte, machte seine Witzchen und wir hatten gemeinsam viel Spaß. Die Seilbahn brachte uns die schroffen Hänge des Ötztales hinauf und wir wanderten weiter zum Geißbach-Gletscher.

Für uns »Flachlandtiroler« war das eine ganz neue Welt, die wir noch nicht kannten. Wir genossen das herrliche Alpenpanorama. Die Luft war von einer herrlichen Frische. An den Hängen blühten die gedrungenen Büsche der Alpen-Rosen und Alpen-Azaleen. Wir hüpften von einem Felsblock auf den nächsten, überquerten die Geröllhalde der Randmoräne und standen auf dem harschen Schnee des Gletschers, der stellenweise mit einer dünnen Ton- und Schuttschicht überdeckt war. Da der Gletscher von Rissen und Spalten durchzogen war, mussten wir genau hinschauen, wohin wir unsere Füße setzten. Die Gletscherzunge endete an der Endmoräne mit einem kleinen Gletschertor, aus dem das Schmelzwasser rann. Es zerfloss in den Gesteingeröllen der Moräne, die sehr matschig war. Nicht weit entfernt von hier wurde 1991 die Mumie des »Ötzi« gefunden, eine archäologische Sensation aus der Bronze/Kupferzeit.

Brotzeit mit Gisela am Geißbach-Gletscher, bei der Suche nach Almandinen.

Nach der Begehung des Gletschers – hier war man der Eiszeit sehr nahe – lockte uns die Randmoräne mit ihrem Gesteinsschutt, in dem sich die von hier so bekannten Almandine finden ließen. Und wir fanden sie. Kleine Kristalle (Granatoeder) ausgewittert und solche auf und im Glimmerschiefer, der auch als Granat-Glimmerschiefer bezeichnet wird. Ich hob ein Handstück auf. Es glitzerte wie versilbert in der Sonne. Kleine Glimmerpartikel reflektierten das Licht. Der Almandin oder Gemeine Granat (ein Eisen-Aluminium-Silikat) ist grob, undurchsichtig und von brauner, roter bis violetter Farbe. Im Volksmund heißt er auch Karfunkelstein. Der Glimmerschiefer ist ein Metamorphit, ein durch Hitze und Druck in langer Zeit umgewandeltes Tongestein (Pelit).

Während ich noch mein Handstück betrachtete, war Wolf lästernd herangetreten: »Schmeiß es fort, es gibt hier viel Schönere! – Hier schau mal!« Er zeigte einen wohlgeformten Einzelkristall. »Und den hier!« Er holte einen etwa faustgroßen Granat aus seinem Beutel. »Es sind Kristalle bekannt, die mehrere Kilogramm schwer sind! Die Östztaler sind ihrer Größe wegen weltbekannt!«

Die Sonne stand im Zenit und es war Zeit, die Brotzeit auszupacken. Als Ablage suchten wir ein paar große Gesteinsblöcke. Um uns herum im Grobschutt lagen unterschiedlich geformte und gezeichnete Gerölle. Abgerollte Granite mit weißen Quarzadern und zwischen den zahlreichen Glimmerschiefern dunkle Gneise. Dazwischen, als hätte sie ein emsiger Gärtner genau dorthin platziert, Büschel von blühender Berg-Nelkenwurz. Ein gelber Farbtupfer in einer grauen Geröllhalde. Und dann stand da noch der prächtige, blaue Enzian.

In Erwartung der zu machenden Funde hatte ich mein Sturmgepäck von der Bundeswehr mitgenommen, das ich nun mit sorgfältig in Zeitungspapier eingewickelten Glimmerschiefer-Handstücken und Almandinen füllte. Wolf lästerte: »Er – mit dem Tornister voller Granaten – pass auf, dass sie nicht mit Dir hochgehen!«

So sammelten wir in der frischen Höhenluft des Geißbach-Gletschers unsere »Steine«. Obergurgel lag auf 1927 Meter Höhe, also würden wir uns hier am Gletscher auf 2500 bis 3000 Meter befinden. Die Höhensonne bräunte uns, ohne dass wir ihre Intensität bemerkten. Wir genossen den Alpenhöhenblick, der so ungewohnt wie schön für uns war, und Gisela sah bezaubernd aus.

Es war Zeit für den Abstieg, den wir zu Fuß bewältigen wollten. Hangabwärts musste man sehr aufpassen, um nicht zu stolpern. Mein prall gefülltes Sturmgepäck drückte mich dabei auf den Schultern. An einer Weggabel trafen wir auf eine Kuhherde, die almabwärts getrieben wurde. Doch was heißt getrieben? Die Tiere kannten den Weg und strebten ihren Ställen zu. Es waren wohlgenährte, schöne weiß-braune Kühe mit geschwungenen Hörnern. Die Leitkuh bimmelte unentwegt mit ihrer Glocke am Hals.

So erreichten wir unsere Pension in Längenfeld. Wir hatten einen leichten Sonnenbrand und ich einen ziemlichen Muskelkater. Die Nacht war herrlich, denn wir schliefen wie Steine. Am nächsten Tag fuhren wir zur Erholung an den Pieburger See, den wärmsten Alpensee in Österreich, eingebettet in einem Bilderbuch-Alpenpanorama. Dort lagen wir in der Sonne, trieben Unsinn und badeten im klaren Wasser. Für diese schönen Tage waren Gisela und ich den Schlags immer dankbar.

Danach besuchten Gisela und ich in München die *Alte Pinakothek*. Das wollten wir uns nicht nehmen lassen. Hier sahen wir viele uns bekannter Bilder, wie das beeindruckende *Selbstbildnis im Pelzrock* von Albrecht Dürer, ebenfalls sehr wirkungsvoll das Wimmelbild von Albrecht Altdorfer *Alexanderschlacht*, das seinen Sieg über Darius III. bei Issus im Jahre 333 zeigt. Dazu fiel mir der Geschichts-Merkspruch aus der Schule ein: »333 bei Issus Keilerei«.

Dann standen wir im Rubenssaal. Ein ganzer Bildersaal voller üppiger, halbbekleideter Frauen! Und, sehr groß und pompös, *Raub der Töchter des Leukippos*. Ein Bild, das wohl jeder in Erinnerung hat, der Peter Paul Rubens kennt.

Vor dem Bild von Murillo *Die Pastetenesser* blieben wir länger stehen. Wir hatten vom Kunstkreis einen Druck dieses Bildes. Gisela erinnerte daran, dass unser Sohn Hardy öfter auf das Bild gezeigt hatte und dabei lachend sagte: »Der hat aber schmutzige Füße!«

Lehrprobe

Zur Vertiefung des Lehrstoffes mussten alle Dienstgrade Lehrproben halten, die benotet wurden. Die Themen wurden von der Lehrgangsleitung mitgeteilt. Ich musste über Taktische Zeichen referieren, ein staubtrockenes Thema. Als Hilfsmittel standen mir die Wandtafel und ein Prokischreiber zur Verfügung. Daraufhin zeichnete ich die notwendigen Prokifolien und überlegte mir, wie

ich das ungeliebte Thema der ZDv 1/11* am besten vermitteln konnte.

»Taktische Zeichen sind Kürzel und Zeichen für den militärischen Bereich. Besondere Anwendung finden sie bei der Führung von Lagekarten, und wir sehen sie an den Militärfahrzeugen. Sie sind ganz logisch aufgebaut. Es können mit ihnen eine Person oder große Truppenverbände mit Tausenden von Soldaten durch ein Zeichen dargestellt werden.« So ähnlich lautete meine Einleitung.

»Wir wollen das mal individualisieren *(Tafelanschrieb)*. Diese Raute mit einem Punkt darauf ist eine Person, sagen wir mal, es ist der Matrose Schawerna. Zwei Punkte sind schon eine Gruppe, die kleinste Kampfgemeinschaft, drei Punkte sind ein Zug, ein Strich auf diesem Einheitszeichen ist eine Kompanie, zwei Stiche ein Bataillon ... Dazu kommen dann noch die Zeichen der Waffengattungen: für Panzereinheiten diese Panzerkette, für Aufklärer dieser Schrägstrich, Panzergrenadiere ...« So entwickelte ich die Bedeutung der Zeichen an der Tafel und stellte sie zusammenfassend auf einer Prokifolie dar. Zum Schluss entwarf ich die nebenstehende Zeichnung an der Tafel.

»Das oberste Symbol ist allerdings kein taktisches Zeichen, obwohl man es verwenden könnte. Es ist allgemeines Volksgut und bedarf keiner weiteren Erklärung. Wie auf einer Lagekarte müssen die Zeichen im Zusammenhang gelesen werden. Hier die Auflösung: Eine Person – wir hatten Eingangs einen Matrosen erwähnt. Der Schrägstrich steht für Aufklärung. Also der Matrose als Aufklärer befindet sich am VRV** im Angriff auf den allgemeinen Sittenverfall.«

Die Wissenden lachten und die ganze Klasse applaudierte. Das war nach einer militärischen Unterrichtsstunde durchaus nicht üblich. Was man dazu aber wissen musste: Der Matrose Schawerna war ein überaus freundlicher Mensch, mit schwarzen Kurzhaarschnitt und einem gewinnenden, fast schüchternen Lächeln. Schawerna war Zuhälter und hatte in Kiel zwei »Schwalben«, die für

**Zentrale Dienstvorschrift*
***Vorderer Rand der Verteidigung*

ihn anschafften, was natürlich niemand von der Lehrstaffel wusste und auch nicht wissen durfte.

Lehrgangsende

Als sich der Lehrgang dem Ende zuneigte, begann ein persönlicher Wettkampf zwischen Klauswald und mir um den ersten Platz. Wir lagen beide gut im Rennen, Kopf an Kopf mit gleicher Punktezahl bei den letzten Testarbeiten. Da keiner von uns Buch geführt hatte, wussten wir nicht, wo wir im Notendurchschnitt lagen. Es war aber nicht so, dass wir uns anfeindeten oder nicht mehr miteinander sprachen. Wir waren und blieben gute Kameraden, auch als ich der Primus wurde.

Opas letzter Besuch in Oldenburg

September 1970

Mein Großvater kam nur mit einem kleinen Handkoffer angereist. Er war sehr ernst und wir sprachen nicht direkt über Omas Tod und wie sie gestorben war. Das alles war noch zu frisch und schmerzlich. Wenn er nichts sagte, wollte ich ebenfalls nicht damit anfangen. Ich hatte den Eindruck, als wäre dies seine Abschiedsreise, auf der er uns alle noch einmal sehen wollte.

Nach nur zwei Tagen fuhr er wieder los, um andere Verwandte zu besuchen. Auf dem Rückweg hatte er Schürfwunden im Gesicht – von einem Sturz, wie er sagte. Hatte es eine Schlägerei gegeben oder war er betrunken hingefallen und hatte sich verletzt? Er sprach nicht weiter darüber.

Unser neues Haus fand Opa sehr schön. Über den Moderummel hier im Westen äußerte er sich abfällig. Wie hier die Mädchen herumlaufen und wie auffällig sie geschminkt waren!

»Die machen doch allen Unsinn mit. Wenn es Mode wäre, würden sie sich auch einen Knopf an die Backe nähen«, äußerte er sich grimmig. Peinlich wurde es, als wir einer jungen Frau begegneten und er so laut sprach, dass sie es hören konnte: »Sieh mal, wie die angemalt ist!«

Ich zeigte ihm meine kleine Sammlung von Gesteinen, Mineralien und Fossilien. Dafür hatte Opa überhaupt kein Verständnis. Er fragte: »Was willst Du damit anfangen? Das bringt doch nichts ein. Du verschwendest damit nur Deine Energie.« Ich versuchte es ihm zu erklären. »Aber das interessiert mich.

Ich möchte alles darüber wissen. Es ist doch unwahrscheinlich spannend, etwas aus den Steinen lesen zu können und zu erfahren, wie sich das Leben auf der Erde entwickelt hat.«

»Damit kannst Du aber kein Geld verdienen. Du hast eine große Familie und die Verantwortung für sie übernommen. Du solltest Dich lieber technisch weiterbilden.«

Vor seiner Abreise ermahnte er mich: »Du hast eine zehn Jahre ältere Frau geheiratet. Ist Dir klar, was das später einmal für Dich bedeutet? Jetzt lebst Du im Honigmond, später erst werden die Probleme des Altersunterschiedes auf Dich zukommen. So etwas geht nicht ohne Probleme ab.«

Als er abfuhr, war ich niedergeschlagen. Er wollte nicht in Westdeutschland bleiben. Was hatte er alles in seinem Leben durchmachen müssen! Und nun war seine geliebte Frau, die ihm Halt und Ziel gegeben hatte, gestorben. Meinen wechselhaften Lebensweg hatte er immer positiv beurteilt und mit guten Ratschlägen begleitet. Doch jetzt reiste mein Großvater mit seinem Köfferchen ab, zurück nach Wolgast in die DDR. Ich wusste, wir würden uns nie wiedersehen.

DAS JAHR 1971

Oldenburg, 6. Januar 1971

Lieber Opa!
Wir hatten hier kurz vor dem Heiligen Abend einen Kälteeinbruch, der uns ein schönes Winterwetter und eine »Weiße Weihnacht« beschert hat. Zwischen den Feiertagen war ich bei meiner Familie in Oldenburg (Dienstort Stade), sodass ich nicht oft bei den schlechten Straßenverhältnissen fahren musste. Wahrscheinlich werden wir im März nach Stade umziehen müssen. Ich bekomme dort eine schöne Neubauwohnung mit fünf Zimmern. Sie liegt jedoch im 2. Stock, also müssen wir wieder Rücksicht auf die Nachbarn nehmen. Gisela und die Kinder bedauern es sehr, von Oldenburg wegziehen zu müssen, denn sie haben sich in den drei Jahren, in denen wir hier wohnen, gut eingelebt.
Aber alles Zetern und Klagen hilft nichts und ich kann ihnen das nicht ersparen. Natürlich waren wir auch in Zwischenahn bei Mutti und sie erzählte mir, dass Du

nun wohl doch Deinen Plan hierherzukommen (in den Westen überzusiedeln) aufgegeben hast. Leider konnten wir uns ja nicht mehr vor der Abreise sehen ...

Nach dem Luftbildauswerte-Lehrgang wurde ich am 1. Oktober 1970 zur 4. BeobBtl 3 nach Stade versetzt. Ich verabschiedete mich von meinen Kameraden in Oldenburg. Charly, der Berliner, wünschte mir »Allet Jute!«

Ein Feldwebel ist versetzt nach Stade,
ihm war der Dienst als VU zu fade.
Der Planstellenkampf wurde härter,
da lernte er Luftbildauswerter.
Das fand seine Frau furchtbar schade.

Fritz J. Krüger

Leichtes Kampfgeschwader 43 in Oldenburg.

2. GARNISON

Standort-Intermezzo, oder: Der Lockruf nach Stade

1970 bis 1972

Um mich beruflich zu verbessern, hatte ich mich zur 4. BeobBtl 3 nach Stade versetzen lassen. Bis wir in Stade eine Wohnung bekamen, musste ich wöchentlich von unserem Wohnort Oldenburg zum neuen Dienstort Stade fahren. Das Haus, in dem wir wohnen sollten, befand sich noch im Rohbau. 1971 erfolgte meine Beförderung zum Oberfeldwebel. Mit meiner Ernennung zum Berufssoldaten am 8. Mai 1972 war meine Versetzung gerechtfertigt.

Kurz nachdem wir die neue Dienstwohnung in Stade, längs der Heide 3, bezogen hatten, (15./16. April 1971) wurde das BeobBtl 3 umgegliedert und als 4. BeobBtl 1 (später 13) am 15. August 1972 nach Wolfenbüttel verlegt.

Stade an der Unterelbe

Am 1. Oktober 1970 hatte ich mich bei meiner neuen Einheit in Stade, dem Beobachtungsbataillon 3, in der Von-Goeben-Kaserne zu melden. Stade, eine alte Hansestadt und Schwedenfestung an der Unterelbe, blickte auf eine tausendjährige Geschichte zurück. Doch was wusste ich von ihr außer den Namen auf der Landkarte? Nichts!

Häufig tauchte hier und da der Name von Goeben auf, denn Stade war seine Geburtsstadt. Hier gab es, wie in einigen anderen Städten, eine Goebenstraße und sein Geburtshaus, das Goebenhaus. Der Name war mir bekannt, denn mein Großvater Ellendt hatte im Ersten Weltkrieg in der Kaiserlichen Marine auf dem schweren Kreuzer SMS Goeben mit den Türken gegen die Engländer und Russen gekämpft. Nun war ich in der Von-Goeben-Kaserne stationiert und fragte mich: Wer war eigentlich dieser von Goeben?

August Karl von Goeben

war ein preußischer General der Infanterie. Er wurde am 10. Dezember 1812 in Stade geboren. 1833 trat er als Musketier in das 24. Infanterieregiment der Preußischen Armee in Neuruppin ein. Bereits 1835 zum Sekondeleutnant befördert, nahm er seinen Abschied und trat 1836 der Karlistischen Armee in Spanien bei, wo er bis 1840 an fünf Feldzügen im Spanischen Karlistenkrieg teilnahm und rasch aufstieg. Mehrfach verwundet und mit Orden ausgezeichnet, schied er 1841 aus spanischen Diensten, um 1842 wieder zur preußischen Armee zurückzukehren. Goeben heiratete am 10. Oktober 1845 Johanna von Frese. Die Ehe blieb kinderlos.

1849 nahm er am Badischen Feldzug des Prinzen von Preußen teil. Zum Oberst befördert, kommandierte von Goeben 1864 eine Brigade im Deutsch-Dänischen Krieg bei Düppel und Alsen.

1865 wurde er zum Generalleutnant befördert und befehligte 1866 im Deutschen Krieg (Preußen gegen Österreich) im Mainfeldzug erfolgreich die 13. Division.

Im Deutsch-Französischen Krieg von 1870/71 führte er das 8. Armeekorps bei Spichern und vor Metz, schlug am 19. Januar 1871 als Oberbefehlshaber der 1. Armee die französische Nordarmee bei Saint-Quentin. Dafür erhielt er das Eiserne Kreuz und eine Dotation von 200.000 Talern. Goeben starb am 13. November 1880 mit 68 Jahren in Koblenz, wo er auch beigesetzt wurde.

Sein Leben war eine Folge von erfolgreichen Kriegen auf den unterschiedlichsten Kriegsschauplätzen Europas. Ein alter »Haudegen«, das war sein Leben, und Krieg sein Ruhm!

Die Garnison Stade

Die Hansestadt Stade hat etwa 45.000 Einwohner und liegt an der Unterelbe, am Rande des Alten Landes. Durch ihr fließt die Schwinge, die bei Stadersand in die Elbe mündet. Der Name kommt vom altgermanischen *stod* (Stelle) und *Gestade* für Ufer. Archäologische Funde bezeugen, dass dieses Gebiet bereits in der Altsteinzeit besiedelt war. Der bedeutendste Fund aus der Jungsteinzeit ist der »Dolch von Wiepenkathen«, heute ein Stadtteil von Stade. Um 650 n. Chr. ist eine befestigte Siedlung mit Schiffsanlegestellen nachgewiesen.

In der gut ausgestatteten Stadtbibliothek konnte ich mich eingehend über die Stadtgeschichte informieren. Stade ist eine geballte Ladung norddeutscher Geschichte.

Im Jahre 994 wurde Stade von den Wikingern überfallen und geplündert. Hier wird sie als »Strthu« erstmals schriftlich erwähnt. Die Bezirksregierung und das Militär prägen nach 1945 das soziale Leben Stades. Bis zur Ansiedlung der Großindustrie Anfang der 1970er Jahre war der Ort vor allem als Verwaltungs- und Garnisonsstadt bekannt. Der in den 1930er Jahren erbaute Fliegerhorst Stade-Agathenburg wurde seit 1956 wieder militärisch genutzt und 1966 in Von-Goeben-Kaserne umbenannt.

Von den Bombenangriffen der Amerikaner und Briten Ende des Zweiten Weltkrieges blieb Stade verschont. Die Bedrohung aus der Luft kam erst 1962, als im Mai ein belgischer Jagdbomber vom Typ F-84 Thunderstreak abstürzte. Der Pilot hatte die Maschine gerade noch über die Fliegerhorst-Siedlung lenken können. Dadurch rettete er viele Menschenleben, verlor aber sein eigenes, denn er konnte nicht mehr rechtzeitig mit dem Schleudersitz aussteigen. Dieser Vorfall bewies: Soldaten waren auch in Friedenszeiten potenzielle Helden. Noch Jahre später kursierte er als mündliche Überlieferung in unserer Kaserne.

Stade 1970: Wochenendfahrten von Oldenburg nach Stade

Es ist Montag früh, gegen 4.30 Uhr. Spätestens um 5.00 Uhr muss ich auf der Straße sein, um Stade pünktlich zum Dienstbeginn zu erreichen. Natürlich gab es die Möglichkeit, am Sonntagabend zu fahren, doch dann hätte ich auf eine Nacht verzichten müssen. Eine Nacht ohne Gisela im Arm zu haben.

Bis Brake, meiner ersten Landmarke, sind es etwa 30 Kilometer Landstraße. Bei Golzwarden muss ich mit der Fähre über die Weser. Heute fährt sie pünktlich. Letzte Woche gab es technische Probleme. Die zwei Stunden Verspätung hatte ich mir vom Fährpersonal bescheinigen lassen, »zur Vorlage bei meinem Dienstherrn«.

Ich fahre auf der B71 von Basdahl nach Bremervörde. Ich bin sehr müde. An den Ortsschildern erkenne ich, wo ich mich befinde. Um den gefährlichen Sekundenschlaf zu vermeiden, halte ich und renne mehrmals um den Wagen. Nun kann ich wieder klar sehen. Um diese Zeit ist kein Verkehr auf der Straße. Der Motor brummt monoton. »Motor« kommt doch nicht von »monoton«, oder? Wieder diese schwere Müdigkeit.

Was ist das da vor mir auf der Straße? Durch heftiges Bremsen wird mein Oberkörper auf das Lenkrad gedrückt. Jetzt erkenne ich das Tier: Es ist ein Waschbär, der gemächlich die Straße überquert. Von der Ausbreitung der Waschbären hatte ich gelesen. Die gehören gar nicht hierher. Sind wohl irgendwo aus einem Zoo ausgebüxt, genießen jetzt die Freiheit und vermehren sich im platten Norddeutschland prächtig.

Ich trete auf das Gaspedal. Noch 25 Kilometer bis Stade. Bundesstraße 74, Hagenah und jetzt Wiepenkathen. Der Stadtteil gehört schon zu Stade. Von Oldenburg bis hierher sind es circa 100 Kilometer. Hier wurde der »Dolch von Wiepenkathen« gefunden, von dem ich gelesen hatte. Kurz vor 7.00 Uhr erreiche ich nach etwa zwei Stunden Fahrzeit die Von-Goeben-Kaserne und stehe pünktlich da, zum Morgenappell.

Aufbau des BeobBtl 3

Das Beobachtungsbataillon 3 – ohne Drohne

Unser BtlKdr war Major Georgie, der mich in Oldenburg angeworben hatte. Das Gerät stand allerdings nicht in Kisten bereit, um ausgepackt und in Betrieb genommen zu werden. Was die Planstellen anbetraf, hatte er nicht zu viel versprochen.

Major Georgie hatte ein breites Gesicht, irgendwo einen blinkenden Goldzahn und nach hinten gekämmtes schwarzes Haar. Er war eher schlank, untersetzt und sprach einen abgeflachten, aber noch vernehmbaren sächsischen Dialekt. Seine Ordensspange wies ihn als tapferen, kriegsgedienten Soldaten

Die Zeit als wir noch keine Drohnen hatten.

Das erste Erprobungsmodell DROHNE-SD 1 mit Propellerantrieb in den 1960er-Jahren.

Das erste in die Truppe eingeführte Drohnenmodell DROHNE CL-89 mit Booster auf Tragegestell, circa 1974.

aus: Eisernes Kreuz 1. Klasse, Ostmedaillie, Verwundetenabzeichen und mehr.

Major (später OTL) Georgi war ein Tapferkeits-Offizier, dessen Mut von Paul Carell in seinem Buch *Unternehmen Barbarossa* gewürdigt wurde:

Er (der Kommandeur) brachte eine schwere Feldhaubitze in Stellung. Ihr Richtkanonier Obergefreiter Georgi ließ den ersten KW2 (Kampfwagen, Panzer) auf die richtige Entfernung heranrollen. Georgi hatte eine Betongranate im Rohr, wie sie zur Bekämpfung schwerer Bunker benutzt wurden.

»Feuer!«

Der KW2 flog in einem riesigen Blitzschlag zur Seite und blieb liegen. Laden. Richten. Schuss! Noch zwölf weitere russische Panzer schoss der tapfere Obergefreite mit seiner Bedienung ab. Andere Geschütze griffen mit ähnlichem Erfolg in den Panzerabwehrkampf ein.

Im BeobBtl war er als kameradschaftlicher Vorgesetzter bekannt und geachtet. Er unterschied sich von anderen kriegsgedienten Offizieren, mit denen ich in Berührung kam, vor allem dadurch, dass er nicht dem Alkohol zugetan war. Ein Vorbild für alle, die selbst Vorgesetzte waren.

Egbert tritt auf

Nach meinem Eintreffen in Stade wurde ich zunächst im Stab des neuen BeobBtl 3, als S3 und S2 Fw eingesetzt, weil die 4. Bttr noch kein Gerät (Drohne) hatte.

Beim ersten »Raustreten zum Dienst« vor dem Stabsgebäude, trat der Hauptfeldwebel Egbert Sendrowski mit blitzblanken Stiefeln vor die Front und in mein Leben. Nach dem Antreten machten wir uns bekannt. Während ich mich an die Form hielt, entgegnete er nur: »Sag Eggi!«

Eggi war von untersetzter, kräftiger Statur, mit breitem Gesicht und gut ausgebildeten, kräftigen Zähnen, die er beim Lachen bleckte. Sein Haar war voll, dunkelblond und etwas gewellt, mit langen Koteletten. Er war über Lippstadt, wo er in der AusbKp 3/1 Rekruten ausgebildet hatte, und Wuppertal, 1965 nach Stade zur RadarBttr 3 versetzt worden. Dort wurde er als BttrTrpFhr eingesetzt. Als das neue BeobBtl 3 in Stade aufgestellt wurde, ließ er sich zur 4. Bttr (Drohnenbatterie) versetzen. Da diese allerdings noch kein Gerät zur Verfügung hatte, bildete er wieder Rekruten für das Btl aus.

Eggi fragte, woher ich käme und was ich bisher gemacht hätte. Auch heute noch kolportiert er meine damalige Aussage: »Ich will hier Hauptfeldwebel

Der Schlüsseltrick

Ein Kamerad, dem dafür Dank gebührt,
hat oft die Szene vorgeführt.
Damals hat er, länger schon frustriert,
weil seine Charge ihn geniert,
ganz scharf darüber nachgedacht,
wie man beim Bund Karriere macht.

Verdammt, wie stell ich es nur an,
daß ich schnell Hauptfeld werden kann.
Beim Piss am Baum einer Allee
kam ihm die zündende Idee.

Er läßt beim Kommandeur sich melden,
um eine Meldung zu vermelden.
Wie er es plante sollt es sein,
sehr militärisch tönt's: Herein!

Grundstellung – Gruß und ganz genau
die Hand am Kopf nach ZDV.
Jedoch mit seiner linken Hand
hält er ein Schlüsselbund umspannt,
den läßt er nach dem Hackenknallen
sehr lautstark auf den Boden fallen.

Der Kommandeur erschrickt
und zielgerichtet fällt sein Blick
in Richtung auf das Mißgeschick!

Geblendet stutzt er, durch das Blinken
der Stiefel und nicht nur des linken,
wie feuervergoldet die Stiefelspitzen
im hellen Strahl der Sonne glitzen,
verstärken noch den Stiefelglanz.

Begeistert ist er voll und ganz.
Potzluja ... Donnerkruzifix
hat der Mann einen Stiefelwichs!
Da hat der Kommandeur entdeckt,
wer in den blanken Stiefeln steckt

Mein Kamerad, der wartete ein Jahr lang,
dann war er jüngster Hauptfeld
in seinem Jahrgang.

Fritz J Krüger. 1978

werden!« Doch bis dahin sollten noch viele Jahre vergehen. Eggi war ein hundertprozentiger Soldat. Später sagte er einmal: »Die Bundeswehr hat mein ganzes Leben geprägt!« Er war immer korrekt gekleidet und legte besonderen Wert auf seinen Stiefelputz. Seine Aussprache war deutlich und sehr akzentuiert. Sein Interesse an fremden Schicksalen war besonders ausgeprägt; man könnte es schlicht als Neugier bezeichnen. Durch gezieltes Befragen seiner Rekruten und Kameraden, verfügte er über ein detailliertes Wissen über einzelne Personen. So schilderte er wort- und gestenreich so manche Anekdote, aber auch vor intimeren Begebenheiten machte er keinen Hel.

So war Eggi bei den Kameraden beliebt und von den Vorgesetzten als guter Ausbilder geschätzt. Wir wurden gute Kameraden und blieben bis heute Freunde.

Stabsarbeit: S3/S2

Die neu zuversetzten Soldaten und Dienstgrade mussten zuerst außerplanmäßig eingesetzt werden. So bewohnte ich im Stabsgebäude der Von-Goeben-Kaserne zuerst eine Offz-Wohnung und zog später in den Block der 4. Bttr um. Als S3-Fw (Ausbildung) erledigte ich Schreibtischarbeiten, bekam dann aber, drei Türen weiter, als S2 Fw (Feindaufklärung) eine neue Aufgabe. Mein Vorgesetzter, der das Zimmer nebenan belegt hatte, war der junge Oberleutnant Klaus Gramann. OLt Gramann war etwas unsicher und hibbelig, also nicht das, was man einen gestandenen Dienstgrad nennen würde. Er ließ mich jedoch weitgehend in Ruhe, denn eine große Verantwortung für Soldaten oder Material hatten wir beide nicht.

Der Mann am Panzerschrank und Verschusssachen-Bearbeiter war der HptFw Werner Bredemeier. Er war älter als wir und vom Bundesgrenzschutz zur Bundeswehr gewechselt. Von schlanker Statur war er schwarzhaarig, mit einer Halbglatze und einem schmalen Vogelgesicht. Werner sprach sehr leise und begann ein Gespräch stets mit einem leisen »Du, hör mal ...«

Bredemeier war vom Schicksal gebeutelt. Als Feuerleit-Offz war er der Sündenbock, weil sein Geschütz in Lüneburg – durch eine falsche Einstellung des Teilringes – in einen Kindergarten geschossen hatte, statt auf das vorgegebene Ziel. Zum Glück war bis auf den Schreck niemand dabei zu Schaden gekommen. Nach der Untersuchung des Falles wurde er zum Schuldigen erklärt und von der Schießenden zur Aufklärenden Artillerie strafversetzt worden. Damit war auch seine Karriere beim Bund beendet. Dieses Ereignis hatte bei ihm eine große Unsicherheit und Vorsicht gegenüber jeglicher Verantwortung hinterlassen. Als Kamerad war er zuverlässig und beliebt. Wir haben viel gelacht, wenn er mit seinem leisen »Du, hör mal, kennste den von dem Jeu-Jeu-Vogel?« ankam. Dann erzählte er einen der blödesten Witze, den schon alle kannten. Auch über die Einmachzeit hatte er sich Gedanken gemacht und einen Spruch auf Lager: »Am schönsten ist die Einmachzeit: Morgens ein machen, mittags ein machen und abends ein machen!«

Stade 1971: Zur Luftwaffe nach Oldenburg

Da in Stade noch kein Drohnengerät vorhanden war, wurde ich vom 11. Januar bis 5. März zur Aus- und Weiterbildung in der Luftbildauswertung zum leichten Kampfgeschwader 43, zurück nach Oldenburg kommandiert. Damit hatte man mir einen großen Dienst erwiesen. Brauchte ich doch nicht mehr an den Wochenenden nach Stade zu fahren.

In der Luftbildauswertung des LeKampfgeschwader war nicht viel los. Einige Maschinen vom Typ Fiat G-91 waren mit Kameras ausgestattet und flogen bei guter Wetterlage zur Aufklärung. So lernte ich dort das Schachspielen. Meine Luftwaffenkameraden waren begeisterte Schachspieler, und jede zur Verfügung stehende Minute wurden Züge auf dem karierten Brett gemacht. Es wurde eröffnet, gezogen, geschlagen und matt gesetzt, mitunter auch schachmatt. Ich lernte zwar die Spielregeln, brachte es aber nie zu einem guten Spieler oder gar zur Meisterschaft.

Dass die Fliegerei kein Spiel war, führte uns der Absturz einer G-91 vor Augen. Erst gestern hatte ich mit dem Piloten, noch in seiner Kombi, kurz nach einem Flug über die Qualität der Luftbilder gesprochen. Heute hatte er sich mit seiner Maschine fast im Steilflug in eine Wiese gebohrt und war explodiert. Was übrig blieb, war ein Trümmerhaufen und die Frage: Wie konnte das passieren?

Mit einem Menschen sprechen, der schon am nächsten Tag mit seiner Maschine explodiert: So etwas kann einen nicht kalt lassen. Noch häufig musste ich an diesen Flugunfall denken. Hatte die Technik versagt? War es Selbstmord? Oder hatte er die Kontrolle über die Maschine verloren – also menschliches Versagen?

Umzug nach Stade

Mitte April 1971 bezogen wir eine Neubauwohnung in Stade. Das Haus, ein Mehrfamilienblock, war eigentlich noch gar nicht bezugsfertig. Zugangswege waren nicht vorhanden und große Erdhaufen umrahmten den Block.

Tage vor dem Umzug wurden so viele Faltkartons angeliefert wie benötigt. Dazu kam ein Packer ins Haus und verstaute alles Porzellan und Glasgeschirr mit stoischer Ruhe und viel Papier in die Kartons.

Dann kam der Möbelwagen. Während ich die Wohnung an die Standortverwaltung Oldenburg übergab, wurde unser Hausrat verladen und wir und unsere Habe fuhren nach Stade. Wegen der schlechten Zufahrt zum Haus hatten die Möbelpacker lange Wege und dann noch die Treppen hinauf in den 1. Stock. Sie schleppten alles, ohne zu murren. Oben wurden die zerlegten Möbel wieder zusammengebaut, wie unser großer Wohnzimmerschrank, außen Nussbaumfurnier, innen weiße Esche oder Birke. Das war nun unsere neue Wohnung!

Bayer, Jäger und Hauptmann der Bundeswehr

Hptm Stockinger war der erste Bttr-Chef der Drohnenbatterie in Stade. Trotzdem hatte er nie eine Drohne gesehen. Nach diesem Gastspiel war er bereits weiter nach oben, auf der Karriereleiter, zum Generalstabsoffizier. Stockinger war Bayer und als solcher seinem Bundesland sehr verbunden. Also flogen in der NATO-Pause Anzüglichkeiten und Bayernwitze von Tisch zu Tisch: »Warum gibt es in Bayern die Leitplanken? Damit die Leit nicht von den Bergen purzeln«. Oder: »Warum liegen auf den Dächern der bayerischen Berghütten immer so große Steine? Weil die Häuserl wegen der schlechten Luft darin einfach wegfliegen würden«. So etwas fand er gar nicht komisch. Ich habe ihn dabei nicht einmal lächeln sehen. Danach kam er nur noch selten zu den Unteroffizieren in den Pausenraum.

Unser Rechnungsführer war der Fw Pilwat. Er hatte immer eine bleigraue Gesichtsfarbe. Vielleicht kam das daher, weil sein Vater, ein Hobbyjäger und promovierter Fischbiologe, ihn versehentlich mit der Schrotflinte in den Fuß geschossen hatte. Seitdem hinkte er etwas mit seinem Klumpfuß. Als Rechnungsführer hatte er vor seinem Geschäftszimmer eine Tafel angebracht, an die bunte Geldscheine aus anderen Ländern angeheftet waren, unter dem Titel: *Das Geld der Anderen*. Unter Kameraden wurde er als Pilli-Willi bezeichnet. Als er sich mit seiner netten Freundin verlobte, ließ er in die Zeitung setzen: *Meine Verlobung wird nicht gefeiert!* Vielleicht hatte er damit gerechnet, dass eine Abordnung des UffzKorps bei ihm aufkreuzen würde und er ihnen etwas zum Trinken anbieten müßte.

Einmal ließ sich Hptm Stockinger dazu verleiten, ihn mit »Na, Pilli-Willy« anzureden. Daraufhin Fw Pilwat: »Na, Stocki!« Der war perplex, konnte aber natürlich nichts machen. 1:0 für Pilwat. Darüber wurde in der Einheit lange Zeit gelacht.

Ich, im Pausenraum: »Als ich heute Morgen zum Dienst kam, habe ich auf der Wiese vor der Kaserne eine Herde Rehe gesehen«.

Stockinger: »Das heißt einen Sprung Rehe!« Das war sein Jägerlatein. Er war nämlich Bayer und Jäger, genau in dieser Reihenfolge.

Da ich in der NATO-Pause von den Krebsfunden aus Damme erzählt hatte, wollte Htm Stockinger gerne welche sehen. Ich brachte also den besten Fund mit in die Kaserne. Alle Kameraden bewunderten die gute Erhaltung (durch Präparation) der kleinen steinernen Garnele. Stockingers Kommentar: »Ich dachte, die wären besser erhalten!« Natürlich hat Stocki mich in der Beurteilung eine Note herabgesetzt. Mehr konnte er leider ohne stichhaltige Begründung nicht für mich tun.

Berufssoldat oder nicht?

Hptm Stockinger fragte mich eines Tages, ob ich nicht endlich den Antrag zum Berufssoldaten stellen wolle. Ich hätte noch eine Nacht Zeit zum Überlegen, denn am nächsten Tag sei der letzte Termin für die Meldung. Ich wolle es mit meiner Frau besprechen, entgegnete ich zögerlich. In Wahrheit war ich erschrocken, weil ich mich nicht darum gekümmert und den Termin vergessen hatte.

Fast alle Kameraden, die ich kannte, und die länger dienende Zeitsoldaten waren, wollten natürlich auch Berufssoldaten werden – nur mein Kamerad Helmut Krock in Oldenburg nicht. Voraussetzung dafür war eine Verpflichtungszeit von zwölf Dienstjahren (Z12), eine gute Beurteilung und der Dienstgrad Feldwebel.

Die Auswahl erfolgte aber nicht nach Qualifikation und Können, sondern nach Quoten. Viele hervorragende Feldwebel mussten abgelehnt werden, weil nur ein jährlich wechselnder Prozentsatz der Bewerber benötigt wurde. Ich kannte Fw, die eine Ablehnung sehr persönlich nahmen und auf Dauer beleidigt waren und auf eine weitere Bewerbung im Folgejahr verzichteten. So gab es bei den Waffengattungen der Grenadiere, Artilleristen und Pioniere bereits einen Überhang an Berufssoldaten. Kurz, die Aussichten waren dort äußerst ungünstig, also gleich null.

Als er in Oldenburg die Werbetrommel für die Aufklärungsdrohne rührte, hatte Major Georgie jedoch gesagt, dass für neue Einheiten, wie dem Beobachtungsbataillon, besondere Spezialisten benötigt würden. Diese hätten gute Chancen auf planmäßige Beförderungen und die Aussicht, Berufssoldat zu werden. Genau diese Chance hatte ich ergriffen und war mit einem guten Ergebnis zum Luftbildauswerter ausgebildet worden. Luftbildauswerter im Heer, das waren exotische Spezialisten, die es bislang nicht gab. Im Heer waren damals nur sechs Feldwebel mit dieser Ausbildung. Daher wurden wir in den bisher aufgestellten BeobBtlnen der Artilleriedivisionen dringend benötigt. Meine Chancen standen also gut. Daran konnte auch BttrChef Stockinger nichts ändern, der in seiner bisherigen artilleristischen Ausbildung noch kein Luftbild gesehen oder ausgewertet hatte.

Mir ist nur ein Fall bekannt, in dem ein Feldwebel als Berufssoldat angenommen wurde – dann aber, sehr zum Schrecken seiner Vorgesetzten, abgelehnt hatte. Das war Helmut Krock. Helmut wollte sich ursprünglich, nach Ablauf seiner Dienstzeit von zwölf Jahren, in Hannover beim Geologischen Landesamt (Dr. Friedrich Schmid, genannt »Kreide-Schmid«) zum paläontologischen Präparator ausbilden lassen. Dieser Plan scheiterte jedoch und Helmut entschied sich, nachdem er den Berufssoldaten abgelehnt hatte, für eine Laufbahn in der Verwaltung, wo er eine gute Karriere bis zum Regierungsoberinspektor machte.

Als ich 1966 wieder Soldat wurde, hatte ich natürlich den heimlichen Wunsch Berufssoldat zu werden. Nun musste ich mit Gisela darüber reden und meinen Entschluss begründen. Dazu führte ich folgende Vorteile an:

- *ein sicherer Arbeitsplatz*
- *eine Erhöhung der Bezüge mit steigendem Dienstgrad und Dienstalter*
- *Pensionierung mit 52 Jahren*
- *eine Pension von 75 Prozent meiner letzten Bezüge*

Es waren aber auch Nachteile zu bedenken:

- *häufige Versetzungen und Wohnungswechsel*
- *unbequeme Dienste und ungünstige Dienstzeiten*
- *Trennung von der Familie durch Lehrgänge, Übungen und Manöver*

Daraufhin sagte Gisela, ich müsse es selbst entscheiden. Sie wolle nicht, dass ich ihr später Vorwürfe mache, eine Entscheidung gegen meinen Willen erzwungen zu haben. Damit war mein Entschluss gefasst.

Ich kannte Giselas Einstellung zum Militär. Sie war das Gegenteil, was die *Leitsätze für den Unteroffizier*, Art.10 empfahlen, und daraus ergaben sich später manche Reibungspunkte. Als wir 1964 geheiratet hatten, war ich kein Soldat. Ich hatte als Zivilist geheiratet. Gisela war gegen Soldaten und die Bundeswehr eingestellt. Das erklärt sich aus ihrer Biografie und der von Adenauer kurz nach dem Krieg erzwungenen Wiederbewaffnung. Ich musste daher einen Spagat wagen und einen Ausgleich suchen. Diese Kontroversen gingen noch bis weit über meine Pensionierung hinaus.

Wie das bei Kameraden war, deren Frauen sich durchgesetzt hatten und die das Militär verlassen haben, konnte ich später exemplarisch in zwei Fällen miterleben: bei Peter Blum und Wolfhard Hennig.

Am nächsten Tag gab ich Hptm Stockinger meinen Entschluss bekannt. Er könne mich zum Berufssoldaten einreichen. Am 8. Mai 1972 wurde ich im Alter von 31 Jahren zum Berufssoldaten ernannt.

Von meinem Entschluss, wieder Soldat zu werden, bis zum Dienstgrad Oberfeldwebel und zur Ernennung zum Berufssoldaten, waren sechs Jahre vergangen. Als Berufssoldat war ich den Beamten und Richtern gleichgestellt. Eine Entfaltung von Privatinteressen und dem Wohl der Familie konnte nur vor einem gesicherten finanziellen Hintergrund möglich sein. Den hatte ich nun erreicht. Ich konnte zufrieden sein!

Wunschträume und Zielvorstellungen

Meine Fossiliensammlung sollte alle Erdzeitalter, von den ersten Lebensspuren im Präkambrium bis zur Eiszeit im Pleistozän umfassen und mit Artefakten weitergehen, bis in den Fachbereich der Archäologie. Ich wollte aber nur die wichtigsten Vertreter der Tierklassen in diese »Universalsammlung« aufnehmen und nur solche Stücke, die gut erhalten waren. Möglichst Leitfossilien und Leitartefakte. Als Leitfaden dazu diente mir der Fraas*. Ein Vorhaben, das später alle räumlichen Möglichkeiten gesprengt hat. Dann träumte ich, über das reine Sammeln hinaus, etwas für die Wissenschaft zu erreichen, meinen Wunschkatalog nämlich:

1. *Einige Fachartikel zu veröffentlichen.*
2. *Ein Sachbuch über Fossilien zu schreiben.*
3. *Ein unbekanntes Fossil zu entdecken, das nach mir benannt wird.*
4. *Ein unbekanntes Fossil entdecken und es selbst wissenschaftlich beschreiben.*
5. *Einen bisher nicht bearbeiteten Aufschluss mit all seinen Fossilien geologisch und paläontologisch zu erforschen und zu veröffentlichen.*

Das war nicht wenig für ein Sammler- und Forscherleben. Bis jetzt war ich aber erst ein Sammler. Doch die spätere Wirklichkeit übertraf alle meine Vorstellungen.

Der Grenadier

Frau Jondral, die Schreibkraft, regte die Fantasie der Soldaten im Geschäftszimmer dadurch an, dass sie sich gerne zum Fenster hinauslehnte. Da sie, der damaligen Mode entsprechend, einen sehr kurzen Rock trug, offenbarte sie dabei einiges. Also rief der Spieß eines Tages: »Jetzt kommt der Grenadier!«

Frau Jondral schaute sich erschrocken um: »Wo denn?« Der Spieß hatte allerdings seinen Pfeifenreiniger gemeint, hielt ihn mit zwei Fingern hoch und grinste.

HptFw Schlusnus, der Spieß, war Pfeifenraucher. Auf seinem Schreibtisch bereitete er mit einer Zeremonie die Reinigung seiner Pfeife vor. Sämtliche Pfeifenreiniger lagen in verschiedensten Farben ausgebreitet vor ihm. Er nahm einen grünen: »Zuerst kommt der Grenadier, danach der Artillerist.«

Er meinte die Farben der Waffengattungen: Grenadiere grün und rot die Artillerie. Als überzeugter Grenadier trug er noch lange provozierend die grü-

* Eberhard Fraas (* 26. Juni 1862 – † 6. März 1915) war ein deutscher Geologe und Paläontologe.

nen Biesen und das grüne Barett, bis Stockinger ihn daran erinnerte, dass er jetzt ein Artillerist sei.

Als er neu in die Bttr kam und den HptFw Bredemeier traf, sagte der: »Du bist doch derjenige, der mich damals auf die Müllkästen gejagt hat, wo ich brüllen musste: ›Ich bin das dümmste Schwein der Kompanie!‹« So stellten sie fest, dass sie sich aus der Zeit des Bundesgrenzschutzes kannten.

Wettsaufen (heute: Komasaufen)

Eines Tages kam es im Kaffeeraum der Einheit zwischen Wolfhard Hennig und Alfred Neumann, beide Oberfeldwebel, zum Streit. Es ging darum, wer am meisten Alkohol vertragen konnte. Jeder warf dem anderen Aufschneiderei und Angeberei vor.

Der anwesende HptFw Schlusnus wollte die Probe machen und den Streit beenden. Die Ordonnanz wurde beauftragt, eine Flasche Whisky zu kaufen. Dann wurden zwei Wassergläser vor die Kontrahenten gestellt. Schlusnus füllte die Gläser und weg damit, durch den Hals.

Die ersten Gläser Whisky flossen gut ab, dann wurden die Kämpfer langsamer. Als die Flasche leer war, quollen Alfreds Halsschlagadern deutlich hervor. Sein Gesicht war knallrot. Er sprang auf und wir hörten draußen ein Geräusch, als wenn ein Löwe brüllt: Er musste sich lautstark übergeben. Dafür war er schon bekannt. Wolfhard war dagegen völlig weggetreten. Er behielt alles bei sich, dafür durchlitt er eine regelrechte Alkoholvergiftung, lag den folgenden Tag im Bett und konnte nicht aufstehen. Die Frage, wer am meisten saufen konnte, blieb damit offen.

Das Leben in Stade

Seit einigen Wochen hatten wir unsere neue Wohnung in Stade bezogen und begannen, uns einzuleben. Gisela hatte eine Halbtagsbeschäftigung bei Kaufmann Blumentritt gefunden, der mit Lebensmitteln, Obst und Gemüse handelte. Sie saß an der Kasse oder half im Laden. Blumentritts machten mit ihrer Belegschaft auch in diesem Jahr einen Betriebsausflug, der sie nach Helgoland führte.

Zum Glück war das Wetter gut und es herrschte normaler Seegang, sodass niemand seekrank wurde. So sah Gisela zum ersten Mal den für mich so interessanten roten Felsen in der Nordsee.

Ich bekam den Befehl, als Kurier zum Regiment nach Buxtehude zu fahren, um dort höchst offiziell einen schriftlichen Befehl zu empfangen. Am selben Tag wurde der Befehl vor der Batterie bekannt gegeben:

Das Beobachtungsbataillon 3 verlegt nach Wolfenbüttel, unter Umgliederung und Umbenennung in BeoBtl 1. Das beinhaltet auch den Wechsel von der 3. Pz Div zur 1. Pz GrenDiv, Hannover. Soweit das Dienstliche.

Privat hatte das für mich erhebliche Konsequenzen. Das heißt: wieder neue Menschen, eine neue Umgebung, getrennte Haushalte, Wochenendfahrten von Wolfenbüttel nach Stade, Wohnungssuche, Kampf mit der sturen Verwaltung, den Behörden und schließlich wieder ein Umzug. Ich musste mich sehr überwinden, Gisela diese Nachricht mitzuteilen. Das war bei Dunkelheit im Bett, sodass sie meine Tränen nicht sehen konnte. Da sie Stade nicht mochte, nahm sie die Neuigkeit jedoch gelassen auf.

Stade war ein flüchtiger Ort für uns. Ohne einen Balkon und ohne Garten, der uns Ausgleich und Erholung verschafft hätte. Darum waren wir viel unterwegs. Beispielsweise in Hamburg, um uns die Stadt anzusehen und Einkäufe zu erledigen. Oder wir unternahmen einen Tagesausflug zum Tierpark Hagenbeck in Hamburg-Stellingen. Hier konnten wir die Tierwelt Afrikas und anderer Länder betrachten und bestaunen. Aber es gab nicht nur seltene Tiere zu sehen, sondern auch siamesische Tempel und japanische Anlagen. Zwischen all dem sah man riesige Dinosaurier. Einige lagen halb im Wasser oder stapften unter Büschen und Palmen einher. Eines aber hatten alle gemeinsam: Sie waren aus grauem Beton.

Wir sahen uns im Frühling die blühenden Obstbäume in den Plantagen im Alten Land an und die Reihendörfer um Jork mit den beeindruckenden Fachwerkhausgiebeln der Gutshäuser.

Im Herbst kauften wir dort das frisch geerntete Obst, rotbäckige Äpfel und den Winterlagerapfel Boskop, eine uralte Sorte.

In den Wäldern der Wingst wanderten wir mit den Kindern, balancierten über die gefällten Kiefernstämme und sangen schon mal die erste Strophe von *Auf einem Baum ein Kuckuck saß*. Nur Gisela kannte den ganzen Text. Barry suchte unter den Büschen nach Mäusen, hetzte hinter einem Eichhörnchen her und scheuchte auf einer Lichtung Fasanen auf, die im Tiefflug flügelklatschend über unsere Köpfe entkamen.

Tohoffs in Hemmoor

Leider kamen wir in die große Kreidegrube von Hemmoor nicht hinein. Alles war eingezäunt und der Zutritt war verboten. Die Häuser in Hemmoor sahen aus, als ob hier immer Winter herrschte. Sie waren weiß gekalkt vom Kreidestaub.

Der Fw Heiner Tohoff hatte noch aus seiner Schulzeit einige »Donnerkeile«, wie er sie nannte, und einige kinderfaustgroße Seeigel, die er mir schenkte. Seine Frau Else achtete sehr darauf, dass sie Recht behielt, und hatte stets das letzte Wort. Sie hatten zwei Kinder: Das Mädchen ruhig und verständig, der Bub wild und eigenwillig. Sie spielten zusammen mit Wolfgang und Hardy in ihrem weitläufigen Garten, ohne dass es zu größeren Auseinandersetzungen kam.

Heiner war ein Spielertyp. Kein Spielautomat, in dem nicht seine Groschen und Markstücke klimperten. Da er viel spielte, gewann er auch manchmal größere Summen, von denen er stolz berichtete, die er aber natürlich sofort wieder verlor. Der Automat gewinnt letztendlich immer. Er war auch einmal Schützenkönig geworden und musste anlässlich dieses Erfolges das halbe Dorf freihalten. Zum nächsten Schützenfest lud er uns ein, was Gisela sofort ausschlug. Sie interessierte sich weder für das Schießen noch für Uniformen, auch wenn sie noch so hübsch mit Medaillen und Abzeichen dekoriert waren. Ich aber nahm die Einladung an.

Auf dem Heimweg fuhren wir ein Stück mit einer Schwebefähre über die Oste. Die Stahlgitterkonstruktion wurde 1909 über den Fluss gebaut, an deren oberen waagerechten Träger eine große Fährgondel hängt.

Schützenfest in Hemmoor

Heiner war ein guter Schütze. Das Wettkampfschießen war bereits vorbei und die Schützen feierten nun in den Bierzelten. Es spielte auch Musik und besonders die Jungschützen hatten jetzt Gaudi, Musi und Schmusi. Obwohl wir in Zivil waren, wussten Heiners Schützenbrüder, dass auch wir Uniformträger waren.

Es waren auch andere Zivilgäste da, mit denen wir bekannt wurden. Am Spätnachmittag lud eine Familie uns zum Kaffee zu sich nach Hause ein. Als der Kuchen gegessen und der Kaffee getrunken war, fragte uns der Gastgeber, ob es uns gefallen habe. »Es war sehr gastfreundlich«, sagte ich. Jetzt ließ er die Katze aus dem Sack: Er habe einen Sohn, der seine Einberufung in der Tasche hatte, und den sollten wir doch bitteschön bevorzugt behandeln. Wir konnten aber nichts für den Sohn tun, denn das Btl bildete keine Rekruten mehr aus und außerdem wurden wir sowieso nach Wolfenbüttel verlegt.

Unternehmungen

Auf Reisen mit der ganzen Familie in unserem R4 mit Gepäckanhänger und Campingausrüstung.

Wir sammelten Fossilien im Lohberg und Harsefeld. Aber auch die alten Bergbauhalden von Damme suchten wir häufiger nach Fossilien ab. Die alten Megalithgräber zogen mich magisch an. In St. Peter-Ording, am Ratzeburger See und in Årøsund in Dänemark machten wir Campingurlaub mit vollem Programm. Die Campingausrüstung, ein Steilwand-Hauszelt mit großem Fenster im Vorraum und zwei eingehängten Schlafkabinen, hatten wir bereits in Oldenburg gekauft. Später kam ein Anhänger Marke Westfalia mit Gepäckgalerie, in dem die Ausrüstung verstaut wurde, dazu. So glich unser Gespann einem Schneckenhaus, mit dem wir beweglich waren, ohne an einen Fahrplan oder eine Buchung gebunden zu sein. Zugleich war es auch ökonomisch. Es war das, was ich mir mit kleinem Gehalt und einer großen Familie leisten konnte.

Das neue Atomkraftwerk von Stade

27. Juni 1971

Die Frau von Alfred Neumann hatte eine Besichtigung des Atomkraftwerks in Stade für das Uffz-Korps organisiert. Sie arbeitete dort gewissermaßen als Atomkraftsekretärin. Noch standen die AKWs in dem Ruf der sauberen Energiegewinnung, was sich nach den ersten Störfällen ändern sollte. Jedenfalls waren wir willkommen und genossen eine freundliche und kenntnisreiche

Führung durch die Anlage: »Als Brennstoff wird angereichertes Uran (im Mittel 2,55 % U-235) verwendet, das in Form von keramischen Tabletten in gasdicht verschweißten Zirkaloy-Rohren eingeschlossen ist. Je 205 solcher Brennstäbe sind zu einem Brennelement zusammengefasst ...

Das Gewicht des eingesetzten Urans liegt bei 56 t, und der gewährleistete Abbrand erreicht 23.000 Mwd/t (Megawatt-Tage je Tonne Brennstoff) beim Erstkern ...

Die im Reaktor eingesetzte Spaltstoffmenge entspricht einem Vorrat von etwa 3,5 Mio. t Steinkohle bei einem kohlegefeuerten Wärmekraftwerk oder einem Kohlenzug, der etwa zweimal von Hamburg nach Basel reicht.«

Bah! Das war viel Technik, aber was ist mit der Radioaktivität? Doch schon ging es weiter:

»Den elektrischen Strom erzeugt ein 662-MW-Kondensationsturbosatz mit einer Drehzahl von 1500 U/min. Er bestand aus einer dreigehäusigen Turbine, dem direktgekuppelten, wasserstoffgekühlten Drehstrom-Synchrongenerator von 780 MVA und der Kondensationsanlage ...« Ob er das alles auswendig gelernt hat?

Nach so vielen Informationen langten wir bei einem »kleinen Imbiss« kräftig zu. Zum Abschluss der Veranstaltung wurden wir mit einem der bisher schnellsten Aufzüge in 80 m Höhe auf einen AKW-Schornstein geschleudert. Der Ausblick von dort oben war beeindruckend: über die Obstplantagen des Alten Landes, die Elbe mit den großen, hier winzig kleinen Frachtschiffen und graublau am Horizont die große Hafenstadt Hamburg.

Das hier war der neueste Stand der Technik und große Probleme gab es noch nicht. Alle Arbeiter und Angestellten liefen in weißen Kitteln und Schutzhelmen herum. Mir schien, dass die Helme eher als Statussymbole von Ranggruppen dienten, als der Sicherheit und einem realen Schutzbedürfnis.

Wie würde sich diese Technik entwickeln? Von einer Endlagerung der radioaktiven Brennstäbe war noch keine Rede. Auch das »Die benötigte Kühlwassermenge von etwa 30 m^3/s stammt aus der Elbe« klang recht harmlos und war kein Grund für Diskussionen über aufgeheiztes Elbwasser.

Alles war sehr professionell abgelaufen und wir wussten uns an der Spitze der modernsten Technik zur Gewinnung von Strom. Gegenüber den schmutzigen Kohlekraftwerken eine saubere Sache, wie wir gesehen hatten!

Fossilien vom Lohberg

Juni 1971

Helmut aus Oldenburg und ich wollten in der Sandgrube im Lohberg fossile Schnecken sammeln. Der Lohberg lag noch im Stadtgebiet von Stade, also einen Katzensprung von unserer Wohnung entfernt. Ich hatte dort schon mehrmals gesammelt. Die dort vorkommenden fossilen Schnecken (Gastropoden) waren sein Spezialgebiet.

Die Zufahrt zur Sandgrube war offen. Keine Verbotsschilder, keine Schranke, kein Zaun. Es war ein sonniger Sommersonntag und fast alle waren dabei, bis auf unseren Wellensittich. Hansi musste das Haus, beziehungsweise den Käfig hüten.

Von den Abbauwänden, die aussahen wie kleine Gebirgslandschaften, rieselte der trockene Sand herab. Eine gut sichtbare, immer währende Erosion. Helmut und ich suchten und sammelten die weißen Schneckengehäuse und Muschelschalen aus dem losen Sand, während die Kinder mit Barry ihren Spaß hatten. Der Sand war trocken und ließ sich leicht aus der Kleidung klopfen.

Wenn Gisela ihm zurief: »Barry! Da such, Mäuschen!«, hetzte er mit großen Sprüngen die Sandhänge hinauf, steckte das schwarze Schnäuzchen in den

Sammelspaß mit der ganzen Familie (v.l.): Ich, Barry, Gisela, Wolfgang, Hardy und Angela, im Juni 1971.

Sand und begann sich mit den Vorderpfoten einzubuddeln. Hatte er erfolglos tief genug gegraben, hetzte er den Hang hinunter, sprang an Gisela hoch und freute sich mit heiseren Bell- und Jaultönen.

Auch Hardy und Wolfgang tobten sich aus. Sie erklommen die steilen Sandhänge und sprangen herunter in den weichen Sand, in dem sie mit den Füßen versanken. Während Gisela und Angela in der Sonne lagen und Barry anfeuerten, irgendwo ein imaginäres Mäuschen auszugraben, sammeln Helmut und ich Muscheln, Schnecken, kleine Kugelschwämme und Dentalien aus dem Sand.

Der Salzstock von Stade war den Bauingenieuren und Architekten wohl zu unbedeutend vorgekommen, oder sie wussten es nicht besser, sonst hätten sie darauf nicht ein Krankenhaus erbaut.

Da Salz plastisch ist und immer aufsteigt, bewegten sich auch die darüber liegenden Erdschichten. Gebäude, die auf ihnen errichtet wurden, zeigten bald Risse in den Wänden, und es kam in Mauern und Straßen zu Verwerfungen, wie in Lüneburg. Auch das Städtische Krankenhaus von Stade, an dem sich solche Schäden zeigten, musste mit hohem Kostenaufwand restauriert und stabilisiert werden. Wir aber verdankten dem Salzstock unsere interessanten Fossilien.

Letzte Kartengrüße von Opa

Wolgast, 15. Februar und 1. April 1971

Du kannst nicht begreifen, wie ich hier leben muss [...] Ihr Lieben, ich wünsche Euch eine gute Gesundheit und gutes Wetter [...] ich bin nicht mehr der Alte, ich habe lange noch nicht die Nervenruhe [...] aber ganz bin ich noch und auch wohl gesund. Ich muss mich selbst versorgen und selbst bedienen [...] gewiss wirst Du noch nicht umgezogen sein [...]

Er schien etwas verwirrt zu sein, denn er schrieb unzusammenhängend, was mir große Sorgen machte.

Opas Tod

Am 9. Juli 1971 war mein Großvater Erich Ellendt im Alter von 79 Jahren in Greifswald gestorben. Meine Mutter schickte uns ein Telegramm nach Stade: *Opa gestorben = Mutti*

Wie mein verehrter Großvater gestorben ist, sollte ich erst nach der Wiedervereinigung 1990 von Tante Anita erfahren. Dass Opa den Tod seiner Frau nicht verwinden konnte, war mir unterbewusst klar gewesen. Auch meine Mutter konnte zu den näheren Umständen keine Auskunft geben. Es hieß nur, er sei in Greifswald im Krankenhaus gestorben, aber woran und wie?

Camping-Urlaub in St. Peter-Ording

Vom 29. Juli bis 12. August 1971 verbrachten wir unseren Urlaub mit der ganzen Familie in St. Peter-Ording. Wir wählten den Campingplatz Biehl im nördlichen Ortsteil Ording. Westlich von uns, auf der großen Sandbank, neben den drei Stelzenhäusern, war der FKK-Strand, nördlich der Ort Westerhever mit seinem markanten Leuchtturm. Sonnenschein, Sturmböen und Regen wechselten sich ab. Nach dem Regen verwandelten sich die Wege des auf einer Wiese gelegenen Zeltplatzes in Matschbahnen.

Nach einem Sturm eilten Hardy, Wolfgang und ich in aller Frühe zum Strand, um in den Restpfützen des ablaufenden Wassers und im »Kaffeegrund« nach Bernstein zu suchen. Wir fanden auch einige daumengroße Stücke, der Rest war kleiner. Immer aber waren Sammler mit Plastiktüten voller Bernstein schon vor uns »vor Ort«.

Der FKK-Strand war nicht besonders bezeichnet oder abgegrenzt. Auf unseren ausgedehnten Strandwanderungen war er kein Hindernis. Im Gegenteil: Es gab bemerkenswerte Ansichten schöner Körper und Brüste, mehrheitlich aber auch das Gegenteil.

Gisela dachte, Neptun persönlich entsteigt dem Meer: Im Schaum der Brandungswellen watete ein nackter, nicht mehr ganz junger Mann dem Strande zu. Er hielt ein gestieltes Fangnetz in der Hand, mit dem er vor der Brandung Garnelen gefangen hatte. Sein nasser, nackter Körper war von der Sonne rot gebrannt. Wie der Meeresgott persönlich entstieg er aus den schaumigen Wellen.

Wenn das Wetter es zuließ und die Sonne durchkam, machten wir unsere Strandausflüge, lagen in der Sonne, wateten mit den Beinen in den Brandungswellen oder gingen schwimmen. Fischkutter tuckerten im Sichtbereich an der großen Sandbank vorüber, dem Strand von St. Peter-Ording. Ihre Netze waren an den Mastbaum gehängt, elegant umflogen von einer Schar Möwen, die noch auf Frischfisch hofften.

Angela bemerkte, dass die Strömung des ablaufenden Wassers an ihren Beinen zerrte. Ich jedoch schwamm hinaus, ohne den starken Sog zunächst zu bemerken. Dann sah ich, wie sich der Strand von mir entfernte, obwohl ich darauf zuschwamm. Plötzlich erkannte ich die Gefahr. Mit aller Kraft versuchte ich den Strand zu erreichen. Wenn ich hinausgetrieben werden würde, wäre ich verloren gewesen, denn es gab an diesem Strandabschnitt keine Station der Wasserwacht, die mich vielleicht entdecken konnte. Meine Kräfte ließen nach, als ich dem Strand endlich näher kam. Heftig atmend, lag ich am Strand, völlig ausgepumpt und kraftlos, wie ein Schiffbrüchiger. Niemand hatte meinen Kampf mit der Strömung beobachtet. Meinem Schutzengel sei Dank!

Auf der Rückfahrt von Sylt hatten wir etwas Zeit, um auf den Zug zu warten. Wir bummelten am Bahnhof herum, wobei Hardy eine schöne Brosche fand. Sie war sehr sauber gearbeitet und zeigte einen Frauenkopf in der Manier alter antiker Gemmen. Das war ein schönes Geschenk für Gisela, die in Ording mit Angela und Barry zurückgeblieben war.

Unser Urlaub näherte sich dem Ende. Wir mussten allerdings noch Nahrungsmittel einkaufen. In Ording gab es einen kleinen Einkaufsmarkt. Hardy hatte keine Lust mitzufahren und Barry sollte nicht. Anfangs war es nur sehr windig, doch nach dem Einkauf entwickelte sich ein regelrechter Sturm. In höchster Eile fuhren wir zum Zeltplatz zurück. Was würde mit Hardy passieren, wenn die Verspannung nicht halten würde?

Das Zelt stand noch, stark mitgenommen und von den starken Böen prall wie ein Schiffssegel. Eine Zeltstange war bereits eingeknickt. Hardy allerdings war verschwunden. Wir hatten Angst um unseren Jungen. Nach einiger Suche fanden wir ihn im Waschhaus, in das er mit Barry geflüchtet war.

Der Sturm hielt die ganze Nacht an. Ich verdoppelte die Sturmverspannung des Zeltes mit weiteren Seilen und schlug die Häringe nach. Vom Strand holten wir Treibholz, Bretter und lange Äste, die dort herumlagen. Damit verstärkte ich die dünnen Zeltstangen gegen den Druck des Sturmes. Im Innern des Zeltes sah es im Lichtkegel der Taschenlampe aus, wie in einem Bergwerk. Es wurde eine unruhige Nacht.

Draußen heulte der Sturm und zerrte an den Zeltleinen. Jede Stunde ging ich mit der Taschenlampe hinaus, um die Verspannungen zu überprüfen. Immer wenn der Sturm die Häringe gelockert hatte, setzte ich sie neu. Die Kinder und Barry schliefen im Auto, soweit dies möglich war. Gisela unterstützte mich tapfer.

Morgens hatten Sturm und Regen endlich nachgelassen. Der Campingplatz sah ziemlich verwüstet aus. Viele Zelte hatte der Sturm umgerissen und deren Zeltstangen geknickt. Unser Zeltnachbar hatte sein eingerissenes kleines Spitzzelt mit stoischer Ruhe wieder aufgebaut. Andere suchten ihren durchnässten Hausrat zusammen und trockneten die Wäsche. So waren sie, die echten »Dauercamper«!

Am 1. September 1971, an Hardys Geburtstag, wurde ich zum Oberfeldwebel befördert.

Meisterlehrgang in Fürstenfeldbruck

vom 31. August bis 23. November 1971

Diesmal kam ich aus Stade angefahren, noch einige Kilometer weiter entfernt als Oldenburg, und wieder in meinem hellblauen R4. In der praktischen Luftbildauswertung hatte ich noch keine Erfahrungen, weil meiner Einheit das Gerät fehlte und sie noch nicht einsatzbereit war. Zum Glück war Peter Blum auch wieder dabei. Meinen Stubenkameraden OFw Kampmann kannte ich noch nicht. Fahrgemeinschaften zu bilden war nicht möglich. Ich kam als Einziger aus Stade.

Das Lehrpersonal hatte einige neue Gesichter bekommen, einige fehlten. OFw »Addi« war auf der Bundeswehr-Fachschule und kurz vor seinem Abschied von der Bundeswehr. Einige, wie der Lehrgangsleiter OTL Schliewa, waren inzwischen befördert worden.

Auf diesem Lehrgang wurde deutlich mehr verlangt als beim Lehrgang zum Luftbildauswerter. Besonders in den Fächern Mathematik (Luftbildrechnen) und in der praktischen Luftbildauswertung. Hier waren die Herren von den Aufklärungsgeschwadern deutlich im Vorteil, da sie ständig im Einsatz waren. Peter half mir einige Hürden bei den Winkelfunktionen zu überwinden. Für ihn war das nichts Neues, denn er war von Beruf Vermessungstechniker.

Ich hatte mir vorgenommen Dr. Förster in München und einige meiner Tauschpartner zu besuchen, wenn ich nicht nach Hause fahren konnte. Bei

Rolf Walter, Johan C. van Soeren und Wolf-Dietrich Schlag hatte ich mich vorher brieflich angemeldet.

Auf dem Geschäftszimmer der Staffel arbeitete auch ein junges Mädchen, Mietze Gogger. Sie sah so aus wie später die bayrische Sängerin Nicki. Peter hatte sich an sie herangemacht und erzählte: »Ich lag gerade auf ihr und flüsterte Mietze ins Ohr, dass es mit ihr am schönsten sei. Noch bevor ich gekommen war, sagte sie plötzlich: ›Kannst nun bitt schön mal aufhören!‹«. Peter schlug sich dabei auf die Schenkel. Echte Situationskomik.

OFw Kampmann

Mein neuer Stubenkamerad war der OFw Heinz Kampmann. Er hatte das Gesicht eines alten Kindes: Stupsnase und breite Backenknochen, abstehende, runde Mausohren und tiefliegende Augen. Ein altes Kindchenschema. Kampmann war unbeweibt, trank und rauchte nicht. Letzteres war mir sehr angenehm, da die Stubenluft sauber blieb, dachte ich.

Er trug noch die grünen Biesen der Grenadiere und kam aus Büchel in der Eifel. Zum Grün des Baretts passte auch seine schlanke Gestalt, die mich um einen halben Kopf überragte. Gerne erzählte er von seinem KpChef, einem gewissen Hptm Meister, den ich später ebenfalls kennenlernen sollte. Er sprach aber nicht gut über ihn. Heinz war kein geselliger Typ. Er schloss keine Freundschaften, und im Kasino habe ich ihn nie gesehen.

Heinz war ein »Grüner«, nicht von der politischen Gesinnung her, sondern von der Farbe seiner Truppengattung. Wegen seines Hangs zu silbernen Dienstgradabzeichen wurde er heimlich als die »Scheißhausfliege« bezeichnet. Gerne erzählte er von seinem alten Spieß, der eine Geliebte hatte, gewissermaßen eine Frontfrau – was ja nichts Ungewöhnliches war, wenn er nicht verheiratet gewesen wäre. Dann machte er dessen Tonfall nach, wenn er sagte: »Dann hab ich sie gespriiitzt!« Das wiederholte Heinz oftmals. Nachdem der Spieß es zu toll mit ihr trieb und die ganze Kompanie davon wusste, wurde er versetzt. Das beunruhigte ihn aber nicht weiter, denn er nahm seine Geliebte einfach mit, um sie weiter zu »spriiitzen«.

Heinz Kampmann hatte eine andere Leidenschaft – den Modellbau. Seine Modellflugzeuge baute er abends, auf der Stube. Mit einem kleinen Handhobel brachte er Balsahölzer in die gewünschte Form und verleimte sie miteinander. Daraus entstanden Flugzeugrümpfe und Tragflächen in Formvollendung.

Wenn ich nachts in heiterer Stimmung aus dem Kasino kam, hobelte Heinz noch immer. Mit Holzspänen im Haar grinste er mich an: »Fritz, wie machst Du das? Ich pauke jeden Abend den durchgenommenen Stoff, während Du in der Kantine einen Saufen gehst?« Seine Ausarbeitungen lagen auf seinem Bett, der Fußboden war voller Holzspäne, das Gerippe des Fluggerätes lag auf meinem Bett und die Bude stank nach Holzleim und Brennstoff. Heinz hatte kurz zuvor den kleinen Benzinmotor für seinen Liebling, an dem er baute, zur Probe laufen lassen. Na dann – gute Nacht!

Heinz Kampmann war nicht aufzuhalten. Er lernte abends und hobelte – hobelte und lernte. Als sein Flieger fertig war, mussten Probeläufe durchgeführt werden, ob der Motor störungsfrei lief, sich das Fahrwerk steuern ließ oder die Höhen- und Seitenruder richtig arbeiteten. Für den Probelauf eigneten sich natürlich die langen, leeren Flure im Kilometerbau besonders gut.

Heinz ließ den kleinen Motor, aufgetankt mit stinkendem Flugbenzin, aufheulen, dass es durch den Flur hallte. Der Flieger sauste über die Flurplatten, konnte halten, wenden und dank der Fernsteuerung wieder mit Geknatter eingefangen werden. Heinz war sichtlich zufrieden, denn der ganze Flur stank und war mit Abgasen erfüllt. Er strahlte: »Die Maschine ist flugfertig! Nächstes Wochenende fliege ich ihn auf dem Modellflugplatz bei Fürsty. Kommste mit?«

Natürlich kam ich mit. Unterwegs erzählte er von seinem alten Spieß und wie er sie »gespriiitzt« hatte. Auf dem Modellflugplatz waren Profis am Werke. Die rissen ihre Maschinen im Steilflug hoch, drehten seitliche Rollen und machten Saltos. Nach der Vorführung schossen sie zur Landung herab. Wir schauten zu. Heinz sagte: »Die Flieger haben sie nicht selbst gebaut. Wahrscheinlich sind sie nur gekauft, und nun wollen die hier den Max machen!«

Und wie das so ist: Gute Modellbauer müssen nicht zwangsläufig auch gute Piloten sein. Jedenfalls flog Heinz sein Modell nur wenige Minuten, dann hatte er es nicht mehr unter Kontrolle. Es stürzte ab und brach sich die Flügel. »Das kann schon mal passieren«, sagte Heinz der Bruchpilot und sammelte die Einzelteile auf. Er war nicht zu entmutigen. Abends auf der Stube reparierte, hobelte und leimte er die Teile wieder zusammen. Ich konnte es nicht ertragen und ging ins Kasino.

Die Luftbildauswerter der Luftwaffe

Sie waren die Stars der Luftbildauswertung in diesem Lehrgang. Viele kamen vom Aufklärungsgeschwader 52, das in Leck (Schleswig-Holstein) stationiert war. In den Aufklärungsgeschwadern standen sie im Ansehen gleich nach den Piloten. Mit denen mussten sie ja eng zusammenarbeiten. Der Auftrag der Piloten war es, ein bestimmtes Ziel anzufliegen und Luftbilder davon zu machen, aber auch Zielbilder von der Genauigkeit ihrer erzielten Treffer. Die Luftbildauswerter beurteilten den Film und erkannten die angeflogenen/aufgeklärten Ziele, oder auch nicht. Wenn das Wetter schlecht war, wenn sie den Kurs nicht genau geflogen und das Ziel verfehlt hatten, gab es keine Zielkontrolle, und das war nicht gut für die Piloten, die immer unter Leistungsdruck standen. Daraus war das gute Verhältnis zwischen Piloten und Luftbildauswertern zu erklären.

So war es auch nicht verwunderlich, dass die Luftbildauswerter aus den Aufklärungsgeschwadern die Top-Leute des Lehrganges waren. Entsprechend hoch waren die Anforderungen. Wir Heeresauswerter waren eher die Lehrlinge und hatten noch keine Erfahrung in der praktischen Auswertung. Fw W., vom Aufklärungsgeschwader 52, war der Star-Auswerter. Er beherrschte alles, was mit Luftbildern zu tun hatte. Dazu war er freundlich und kameradschaftlich. Auffällig war allein der große – nicht seiner Gehaltsklasse entsprechende – weiße Daimler, den er fuhr.

Dr. Förster

Bei Dr. R. Förster in München, in der Bayerischen Staatssammlung für Paläontologie und Historische Geologie. Am Mittwoch, dem 29. September 1971 schrieb er mir eine Karte nach Fürstenfeldbruck: »Selbstverständlich sind Sie herzlich willkommen ...« Also fuhr ich am Freitag nach München.

Dr. Förster hatte mir einige Krebsfossilien bestimmt, darunter *Mecochirus ornata* aus der Unterkreide von Damme und Krebse getauscht. Er empfing mich sehr freundlich und nahm sich die Zeit mir die Staatssammlung zu zeigen. Es war sehr beeindruckend im Schausaal den fossilen Skeletten von Sauriern und eiszeitlichen Großsäugern gegenüber zu stehen. Er selbst durfte als Wissenschaftler an diesem Institut keine private Fossiliensammlung haben, um nicht in einen Interessenkonflikt mit den Staatssammlungen zu geraten. Nach diesem Besuch standen wir bis zu seinem frühen Tod noch jahrelang in Kontakt.

In Künzelsau

An einem Wochenende (am 23. Oktober 1971) besuchte ich Rolf Walter in Künselsau. Er war Bauunternehmer und besaß ein wunderschönes Haus an einem Hang. Ich hatte mit ihm einige Krebse aus Damme getauscht.

Das Haus war stilvoll eingerichtet und von einem schönen Blumengarten umgeben. Herr Walter hatte in einer nahen Pension ein Zimmer für mich gemietet. Vielleicht wollte er mich von seiner hübschen Tochter fernhalten?

Seine Fossiliensammlung war gut geführt und wies besonders viele gut erhaltene Funde auf, mit Schwerpunkt Trias/Muschelkalk. Jedes Fossil war mit einer Nummer versehen, zu der es eine Karteikarte mit den entsprechenden Angaben über Systematik, stratigraphisches Alter und Fundort gab. Es war die schönste und gepflegteste Privatsammlung, die ich bis dahin gesehen hatte.

Am nächsten Tag unternahmen wir eine Sammelexkursion in einen Steinbruch, in dem der Muschelkalk (Trias) aufgeschlossen war. Ich hatte Glück und fand zwar keine *Encrinus lilliiformis*, aber einen seltenen Krebs der Art *Pemphix sueuri*. Wir blieben danach noch längere Zeit in Briefkontakt.

In Erlangen

Johan C. Van Soeren hatte mich zu sich nach Erlangen eingeladen. Am 20. November besuchte ich ihn. Wir standen schon längere Zeit in Briefkontakt und Tauschverkehr.

Ich war erschrocken als ich ihn sah! Sein Gesicht und die Hände waren von Brandnarben bedeckt und entstellt. Er hatte es mir ja vorher geschrieben:

Na, dann kennen Sie ja den Panzer. Wir haben nämlich immer dieselben Verwundungen im Krieg. Ich bin hundert Prozent KB (kriegsbeschädigt) – Verbrennungen 1., 2. und 3. Grades, an den Händen, im Gesicht und überall am Körper. War im Kriege Zugführer Pz Abt. 5. Von 1940 bis zu meiner fünften Verwundung Anfang 1945. Bin sechsmal abgeschossen worden und habe den ganzen Ostfeldzug mitgemacht …

Trotzdem war ich auf diesen Anblick nicht vorbereitet. Das Ehepaar van Soeren nahm mich sehr gastfreundlich auf. Mir wurde das Zimmer ihres Sohnes zugewiesen, der gerade abwesend war.

Johan C. Van Soeren war gebürtiger Holländer und hatte auf Seiten der Wehrmacht (oder der Waffen-SS?) gegen die Bolschewiken gekämpft. Seine

Kriegsauszeichnungen hatte er unter einer zylindrischen Glaskuppel ausgestellt und es waren beeindruckend viele Orden und Ehrenzeichen aus dem Zweiten Weltkrieg, die ihm verliehen worden waren. Er war ein umtriebiger Organisator und leidenschaftlicher Sammler. Van Soeren leitete eine Motivgruppe der Thematischen Philatelie und gab später die Zeitschrift *Geologie* heraus. Ich trat schließlich ebenfalls seiner Motivgruppe *Mineralogie – Paläontologie – Speläologie* bei und begann, Fossilien und Archäologie auf Briefmarken zu sammeln.

Er zeigte mir nicht nur seine beeindruckende Motivsammlung, sondern auch die Mineralien- und Fossiliensammlungen, die er angelegt hatte. Ich schrieb ihm in sein Gästebuch: *Diese umfangreiche Sammlung lebt und ist nicht im Verborgenen gehütet …*

Bei Schlags in Kellmünz

Familie Schlag in Kellmünz nahm mich auf wie einen alten Freund. Wir standen in einem regen Tauschverkehr und ich hatte sie schon öfter besucht. Unvergessen war die Almandin-Suche mit ihnen auf dem Geisbach-Gletscher. Die Nacht verbrachte ich in ihrem Wohnzimmer auf einem Klappbett.

Am Sonntag fuhren wir »in die Steine« nach Bopfingen (Weißjura) wo ich einen schönen großen Ammoniten der Gattung *Orthospinctes sp.* fand. Bei der Präparation später stellte sich heraus, dass dem Exemplar noch ein kleinerer, fast kompletter *Ataxioceras* aufsaß.

Mit Wolf war ich ganz gut im Geschäft, weil er einen kleinen Fossilienhandel betrieb. Alles was er nicht in seine Sammlung aufnahm, verkaufte er an andere Sammler. Ich tat es ihm nach, annoncierte in der Zeitschrift *Kosmos* und erstellte Verkaufslisten, die ich an Interessierte verschickte. Von dem Erlös kaufte ich solche Fossilien an, die in meine Sammlung passten. So kam es, dass der bekannte Schriftsteller Ernst Jünger ein schönes Handstück mit dem Trilobiten *Ellipsocephalus hoffi* aus der CSSR bei mir kaufte. Aber auch der Fossilientausch lief weiter und das Sammeln in verschiedenen Aufschlüssen.

Ein Wochenende bei Peter in Idar-Oberstein

Da ich nicht jedes Wochenende nach Stade fahren konnte, lud Peter mich zu sich nach Idar-Oberstein ein. Da er am Steuer saß, war das ein sehr erholsames Wochenende. Dabei lernte ich seine hübsche Frau kennen, eine Idar-Obersteinerin.

An einem Samstag bereitete sie einen würzigen Spießbraten auf dem Buchenfeuer zu. »Du musst Buchenscheite nehmen, dann bekommt das Fleisch seinen würzigen Geschmack«, sagte Peter. »Und Du musst das Fleisch einen Tag vorher einlegen!«

Peter schenkte mir einen Schlangenstern auf einer Schieferplatte. Sie stammte aus dem Unterdevon von Bundenbach. Ich war sehr erfreut, da ich von diesem berühmten Fundort noch kein Fossil besaß. Diese Fossilien sind in Schwefelkies (Markasit/Pyrit) umgewandelt und schimmern wie Gold.

Endlich war der Lehrgang zu Ende und mit einem »ausreichend« im Zeugnis (das war ärgerlich, aber egal. Hauptsache bestanden!) konnte ich endlich wieder zu meiner Familie nach Stade fahren. Ich hätte wohl doch weniger in die Kantine gehen sollen.

StUffz Katzenberger

Am Stadtrand von Stade gab es ein Zigeunerlager. Von den Bewohnern sahen wir wenig, nur wenn man mit dem Auto langsam daran vorbeifuhr, sah man Behelfsunterkünfte, alte Wohnwagen, viele Kinder und teure Autos der Marke Daimler. Manchmal kamen auch Frauen an die Haustür, um Tücher oder Teppiche zu verkaufen.

StUffz Katzenberger engagierte sich für ihre Belange, indem er sie bei Behördengängen und Verwaltungsangelegenheiten unterstützte. Er wollte ihnen irgendwie helfen und führte auch Sammelaktionen durch. Eine Frau namens Carmen spielte dabei offenbar keine Rolle, denn StUffz Katzenberger war, wie es schien, glücklich verheiratet. Ob seine Bemühungen um die Zigeuner auf längere Sicht Erfolg hatten, habe ich nie erfahren.

Das Leistungsabzeichen

Unter Verteidigungsminister Helmut Schmidt wurde 1969 eine Bundeswehrreform durchgeführt und auch über die Einführung eines Leistungsabzeichens für alle Teilstreitkräfte diskutiert.

1971 wurde das *Abzeichen für Leistungen im Truppendienst* schließlich eingeführt. Das Abzeichen zeigt einen Adler in einem ovalen Eichenlaubkranz (ein sogenannter »Butterorden«) und wurde in drei Stufen verliehen: Bronze,

Silber und Gold. Es bescheinigte dem Träger im gleichen Maße körperliche Fitness und die Beherrschung des soldatischen Handwerks. Eine Verleihung »ehrenhalber« war unzulässig, es musste erworben werden. Es wurde an der linken Brustseite der Dienstuniform, in Metallausführung oder in gestickter Form, getragen.

Natürlich wollten wir zu den Ersten in Stade gehören, die dieses Leistungsabzeichen erwarben. Wir waren eine Gruppe, der auch Lt Thoms und Eggi angehörten. Zuerst begannen wir mit einem Leistungsmarsch. Im Laufe meiner Dienstzeit habe ich alle drei Stufen erworben.

Sylvesterraketen und andere Unannehmlichkeiten

Unser Bekanntenkreis in Stade bestand ausschließlich aus Kameraden der Bundeswehr. Die Mitbewohner im Haus »Längs der Heide« verhielten sich uns gegenüber distanziert bis feindlich. Wir waren dort die einzige Soldatenfamilie. Sie beschwerten sich bei der Hausverwaltung über Barry, der angeblich ständig belle und die Wege verschmutze. Beides stimmte nicht, führte aber im Haus zu Spannungen.

Silvester 1971/72 feierten wir in der Familie. Es fehlte nur unser Sohn Klaus, der in Delmenhorst seinen Wehrdienst ableistete. Gisela hatte den Tisch festlich gedeckt, Barry freute sich auf seine Extra-Boulette, und wir stießen auf das neue Jahr an, als draußen die Knallerei mit Böllern und Raketen begann und eine Rakete durch unsere Fensterscheibe krachte. Draußen war niemand zu sehen. Ob die Rakete absichtlich oder ungewollt ins Fenster geflogen war, ließ sich nicht erkennen. Die Scheibe war trotz Doppelverglasung zersplittert. Das neue Jahr fing ja gut an! Wer kam für so etwas auf? Wir klebten das Fenster mit Folie ab und warteten, bis alles abgewickelt war und eine neue eingesetzt wurde, denn schließlich war Winter.

Zu diesen häuslichen Ärgernissen kam noch ein neues hinzu: Angela benahm sich zunehmend renitent gegen uns. Sie versuchte uns gegeneinander auszuspielen. Da ich mich mit Gisela besprach, konnten wir größeren Streitigkeiten aus dem Wege gehen. Doch einmal eskalierte die Situation. Ich forderte sie auf, etwas zu holen, sie aber weigerte sich. Ihr frecher Ton reizte mich so sehr, dass ich ihr eine gelangt habe. Gisela schlichtete, aber es war geschehen, was nicht hätte sein dürfen. Ich bedaure es noch heute.

Die Blockkiste von Hammah, Kreis Stade

Wir machten einen Ausflug, um bei Groß Sterneberg ein Hünengrab zu besichtigen. Es lag neben einem Wanderparkplatz und war somit leicht zu erreichen. Hardy und Wolfgang versteckten sich unter den großen Decksteinen oder kletterten auf ihnen herum. Ich machte einige Fotos, von denen mir der Kunstmaler Heinrich Kiefer später ein schönes Ölgemälde anfertigte.

Was wir heute von den Hünengräbern sehen, sind die Überreste von aufwendigen Grabanlagen aus dem Neolithikum, die der Megalithkultur zuzurechnen sind. Sie sind aus dem zur Verfügung stehenden Material erbaut worden. Damals waren es überwiegend große, nordische Findlinge, die aus Granit oder Gneis bestehen, die aus dem Umfeld der Anlagen herantransportiert wurden.

Die Megalithgräber wurden über lange Zeiträume (viele Jahrhunderte) benutzt, wobei die alten Knochen, um Platz zu schaffen, zu Haufen zusammengekehrt wurden. In solchen Haufen fanden die Archäologen auch Grabbeigaben wie Keramikscherben, Flintwerkzeuge und Schmuck (beispielsweise Bernsteinperlen).

Pfingstdienstbefreiung

vom 21. Mai bis 27. Mai 1972

Unser Gespann sah schon witzig aus. Ich hatte einen kleinen, verschließbaren Anhänger, Marke Westfalia, für den R4 gekauft. Auf dem Deckel wurden nun die sperrigen Teile, wie Klapptisch und Campingstühle, verzurrt. Auf dem Gepäckträger des R4 passten genau die beiden Koffer mit Bekleidung. Die Sitzplätze im Wagen waren mit der Familie voll belegt. Auf der Rückbank drängten sich Angela, Wolfgang und Hardy. Barry saß vorn, auf Giselas Schoß. Er musste immer vorn sitzen, damit er seine Schnauze in die Lüftungsklappe stecken konnte, um alle Gerüche während der Fahrt aufzunehmen.

Wir machten Camping am Ratzeburger See, bei Buchholz. Die »Holsteinische Schweiz« ist eine abwechslungsreiche, durch Seen und Wälder geprägte Landschaft, ähnlich der Mecklenburgischen Seenplatte. Es waren Landschaften, die durch die Eiszeiten entstanden sind. Und immer wieder großflächige gelbe Ackerflächen. Reine Monokulturen von Raps, an deren Anblick man sich gewöhnt hat, die aber eigentlich nicht in die Landschaft passen.

Wir hatten einen Zeltplatz unter alten Kopfweiden zugewiesen bekommen. Beim Aufbau des Zeltes hatte jeder seine spezielle Aufgabe, daher ging der Aufbau ziemlich flott vonstatten. Wolfgang und Hardy steckten die Zeltstangen zusammen, ich schlug den Zeltboden mit Häringen fest und Angela blies mit einem kleinen Blasebalg die Luftmatratzen auf. Gisela packte Kleider und Geschirr aus und Barry wieselte aufgeregt zwischen uns herum.

Später entdeckte er Aphra, eine hübsche Boxerhündin, die fast doppelt so groß war wie er. Er suchte ständig auf dem Platz nach ihr. Gemeinsam zogen sie dann los, denn auch Aphra interessierte sich für unseren Barry. Wenn wir auf dem Holzsteg waren, der in den Ratzeburger See hinausführte, wollte Barry immer ins Wasser springen. Schwimmend strebte er dann dem Ufer zu und erklomm pudelnass die Böschung. Danach schüttelte er sich, und jeder, der ihm zu nahe kam, war geduscht.

Wir unternahmen Tagesausflüge nach Ratzeburg, einer alten Stadt mit Landverbindung, auf einer Insel im See. Nach Besichtigung der Altstadt fuhren wir weiter nach Mölln, wo Eulenspiegel auf uns wartete. Der legendäre Till Eulenspiegel, Deutschlands berühmtester Schalksnarr, dessen Possen und Streiche in dem Volksbuch von 1515 niedergeschrieben wurden.

In Kneitlingen am Elm, im Herzogtum Braunschweig geboren, durchwanderte er als Handwerksbursche in vielen Berufen das heutige Niedersachsen, Thüringen und Westfalen. Überall seine oft boshaften Narrenstreiche verübend, die nicht immer harmlos waren. In Mölln (Schleswig-Holstein) ist Till Eulenspiegel 1350 gestorben.

Am Eulenspiegel-Brunnen in Mölln muss man an seinen hochgestreckten Daumen fassen, weil das angeblich Glück bringt. Da viele Glückssuchende schon vor uns hier waren, war sein Daumen blitzeblank gerieben und glänzte golden, weil dieser Till aus Messing war. Dann sein Grabstein in einer Ziegelsteinmauernische mit Eisengittertür an der St. Nicolai-Kirche. Ein flacher Stein zeigt den Umriss des Schalkes mit seinen Insignien, der Eule und dem Spiegel. Darunter steht eingemeißelt:

Anno 1350 ist dieser Stein aufgestellt.
Till Eulenspiegel liegt hierunter begraben ...

Die Welt in Zinn

In Stade lernte ich Lt Rieger kennen. Er war Zugführer des Vermessungszuges und für die Ausbildung der Rekruten zuständig, die zu unserer Bttr kommandiert wurden. Lt Rieger hatte ein für einen Leutnant seltenes Hobby: Er sammelte und bemalte Zinnfiguren. So etwas interessierte mich. Also lud er mich in seine Stube ein, wo ich ihm dabei zusehen konnte, wie er die kleinen Figürchen auf einen Stab klebte und mit feinstem Pinsel bemalte. Die Rohlinge bestanden aus einer Legierung, die Zinn, Blei, Wismut und Antimon enthält. Man ließ sie sich vom Fachhandel schicken, der die Formen graviert, die Rohlinge goss und unbemalt oder bemalt verkaufte. Das Gravieren der Formen in Schieferplatten und das Bemalen mit feinsten Schattierungen ist eine Kunst, die ohne Uniformenkunde und historische Studien nicht möglich ist. Wie in vielen Fachbereichen gibt es auch auf diesem Gebiet berühmte Künstler, Graveure und Maler.

In meiner Kindheit gab es weder Bleisoldaten noch Zinnfiguren. Natürlich kannte ich Hans Christian Andersens Märchen vom *Standhaften Zinnsoldaten*, aus meinem Märchenbuch. Doch wie richtige Zinnfiguren aussahen, wusste ich nicht. Wir bastelten damals Figuren aus Naturalien, aus Eicheln, Kastanien und Bucheckern, in Verbindung mit Streichhölzern. Richtige Zinnfiguren waren dagegen wertvolles Edelspielzeug.

Zinnfiguren waren kein Spielzeug wie elektrische Eisenbahnen oder eine Dampfmaschine. Sie waren statisch, man konnte sie betrachten, in ein Diorama stellen und mit Fantasie die Geschichte aufleben lassen. Doch auch die Szene, der Augenblick der dargestellten Episode des Ereignisses, sei es vor 20.000 Jahren oder im Dreißigjährigen Krieg, ist statisch wie ein Gemälde, nur dreidimensional.

Interessant ist schon die Beschäftigung mit der Figur. Sie liegt als kleiner Silberling mit den unschönen Gussgraten in der Hand, die vorsichtig mit dem Skalpell und einer dünnen Rundfeile entfernt werden müssen. Diese handwerklichen Arbeiten gehen ins Künstlerische über. Vor allem, wenn man die Figur ganz fein bemalt. Danach können sie aufgestellt werden, in die Tiefe gestaffelt, mit Bäumen und Häusern – alles aus Zinn.

Die Einzelfigur, die Flachfigur aus Zinn, ist das Gestaltungsobjekt. Man konnte das gleiche Motiv unterschiedlich bemalen. Ein gelungenes Ergebnis machte mir Freude und erzählte eine Geschichte. Ob es Wallensteins Lager zeigte, Neandertaler auf der Jagd oder einen Pharao im Schilfboot auf dem Nil. Ich glaube, die Beschäftigung mit Zinnfiguren ist nichts für Menschen ohne Fantasie und ohne Freude an der Geschichte.

Später flackerte mein Interesse für diese kleinen Geschichtsträger noch mehrmals auf. Doch die Beschäftigung mit ihnen erforderte stets sehr viel Zeit, sodass andere Interessen Vorrang hatten. Trotzdem sind sie mir immer wertvolle Geschichtsvermittler geblieben. Ringelnatz hat wohl das schönste Gedicht über sie geschrieben:

Zinnfiguren sind
Verbindung zwischen Kunst und Kind
sie schildern alle Zeiten ...

Duschen in Rekordzeit

Eggi erzählt: »In der Zeit, als das Material der Drohnenbatterie im Zulauf war und noch nicht speziell daran ausgebildet werden konnte, wurden die Feldwebel und Unteroffiziere mit anderen Aufgaben betraut, beispielsweise im Stabsdienst im Btl, bei S1, S2 oder S3; vornehmlich aber in der Ausbildung von Rekruten. Da wir noch kein Gerät hatten, musste ich, aufgrund meiner Erfahrung bei der Ausbildung von Soldaten, mindestens zwei Jahre lang die Rekruten des Btls ausbilden.

Es passierte manchmal, dass nach dem Sport der ganze Zug von etwa 36 Soldaten in drei bis vier Minuten in den zwei vorhandenen Duschen geduscht wurde. Alle 36 Mann waren in drei Gruppen mit je zwölf Personen vor der Dusche angetreten. Zwei Hilfsausbilder rissen die beiden Duschhähne auf und auf Pfiff sprangen die ersten zwölf unter die kalte Dusche, zum Anfeuchten. Nach circa 30 Sekunden – der Ausbilder zählte laut bis 20 – wurde ein Wechsel durchgeführt. Die Kaltduscher sprangen beiseite und mussten sich einseifen, während die nächsten zwölf unter die kalte Dusche sprangen. Der zweite Pfiff veranlasste die Eingeseiften unter die warme Dusche zu springen, um sich abzuwaschen, die Kaltduscher sich einzuseifen und die letzten zwölf sich unter die Dusche zu begeben, während die gesäuberten Rekruten sich abtrockneten. So wurden hervorragende Zeiten erzielt. Dieses System hatte der Uffz Barrenschee immer gerne durchgeführt.

Natürlich wurde auch Bier getrunken. Zu vorgerückter Stunde trat dann Fw Kratel an das offene Fenster und hielt eine Ansprache an das nicht vorhandene Volk, um brüllend in eine militärische Befehlsausgabe zu verfallen: ›Macht mir den linken Flügel stark!‹

Hatte Fw Kratel seine Befehlsausgabe am Fenster beendet, war er meistens erschöpft, hatte Hunger und sagte: ›Komm, wir gehen auf meine Bude, ein Würstchen essen!‹ Er ging daraufhin zum Schrank, holte eine Dose Würstchen raus, stellte sie im Waschraum unter einen Warmwasserhahn und ließ die Würstchendose zwei Stunden lang vom heißen Wasser berieseln. Vom fließenden Wasserhahn genervt, kam eines Abends Hptm Gramann, der nebenan wohnte, dazu: ›Mensch Kratel, was machen sie denn da?‹ Er dann: ›Ich mache mir gerade ein Würstchen heiß.‹ Gramann: ›Aber doch nicht zwei Stunden lang! Stellen sie das Wasser ab!‹«

Unteroffizier-Tanzabend in den Mai 1972

Gisela war nach meiner Ansicht der unbestrittene Glanzpunkt unseres Tanzabends in der Von-Goeben-Kaserne. Sie sah gut aus, unterhielt sich angeregt mit allen Gästen und tanzte viel. Unser Spieß, Hfw Schlusnus, war besonders von ihr angetan. Er hatte alles geplant, vorbereitet und durchgeführt. Nur hatte er davon abgesehen den Bttr-Chef, Hptm Stockinger, einzuladen. Vielleicht wurde der Tanz in den Mai aus diesem Grund so ein Erfolg. Ein Fahnenjunker erzählte mir später: »Sie haben eine hübsche Frau, mit der man sich gut unterhalten kann!«

Ein Kamerad der neuen Einheit war Fw Alfred Neumann. Da er noch keine Wohnung gefunden hatte, bewohnte er einen Wohnwagen, der auf dem Kasernengelände stand. Dort wurde abends viel gefeiert und gesungen. Wenn Alfred etwas getrunken hatte, sang er gern und laut. Dabei lief sein Gesicht rot an und die Halsschlagadern traten hervor, sodass man denken konnte, er platzt gleich.

Alfred besaß eine Schmalfilmkamera. An unserem Tanzabend hatte er gefilmt, wie ich mit Gisela tanzte und dabei bedenklich schwankte. Später kaufte ich einige Filme und Alfred lieh mir bereitwillig seine Kamera. So drehte ich einige Szenen in unserer Wohnung, mit der Familie.

Manche Kameraden konnten mich wohl nur schwer einschätzen. Während Eggis Spruch zu den Soldaten lautete: »Ich mache mir schon lange darüber Gedanken, was Sie wohl für einer sind«, war es bei Alfred Neumann vermutlich ebenso. Einmal, während eines Besuchs bei uns, fragte er Gisela: »Du, Gisela. Dein Mann, was ist das für einer?« Ich weiß nicht, was er hören wollte, doch Gisela antwortete: »Du kennst ihn doch als Soldat und Kamerad. Mach Dir selbst ein Bild!«

Freundschaft und Kameradschaft

Beim Militär gab es nach meiner Erfahrung untereinander weniger Hahnenkämpfe als in Zivilgesellschaften. Das hatte mehrere Gründe. Durch die militärische Hierarchie der Dienstgrade ist eine Hackordnung weitgehend überflüssig. Bei den Gleichgestellten erfolgt die Anerkennung durch Wissen und Können. Da alle im gleichen Dreck lagen und Kameradschaft gefordert war, entstand eine Verbundenheit, die nicht mit Freundschaft zu verwechseln ist. Freundschaft erwächst aus Sympathie und Zuneigung, Kameradschaft aus Erfordernissen. Sie ist im Soldatengesetz unter § 12 gefordert.

Beispiele gab es täglich, wie ein Marsch der Gruppe. Ein Soldat macht schlapp und kann nicht mehr. Seine Kameraden werden ihm seine Waffe und das Sturmgepäck abnehmen. Kann er nicht mehr laufen, werden sie ihn stützen und notfalls tragen. Das ist nötig, sie müssen dazu keine Freunde sein. Allerdings erwächst aus Kameradschaft nicht selten lebenslange Freundschaft. Beispiele sind die Kameradschaftsverbände, die sich nach dem Krieg überall gebildet haben, und auch solche, die später aus der Bundeswehr hervorgegangen sind. Mir sind aus meiner Militärzeit bis heute zwei Freunde geblieben: Helmut Krock und Ebgert Sendrowski. Ein wichtiger Punkt der Freundschaft ist, die Fehler oder Marotten des Anderen zu kennen und zu akzeptieren.

Fossile Krebse aus Damme

Fossiler Krebs: Mecocirus ornatus (PHIL.) aus dem Hauterive der Unterkreide, Länge 3,5 cm (Krüger, 1972).

Ich hatte den Vorsatz für die Sammlerzeitschrift *Der Aufschluss* eine Veröffentlichung über die kleinen fossilen Krebse zu schreiben. Die Krebse, die in kleinen Tonsteingeoden eingebettet waren, hatte ich in mühsamer Feinarbeit durch Schaben und Kratzen mit einem Federmesser so weit heraus präpariert, dass sie von einer Seite fast vollkommen zu sehen waren. Sie sahen aus wie kleine Garnelen, waren aber aus Stein und etwa 120 Millionen Jahre alt. Der führende Krebsbearbeiter, Dr. R. Förster aus München, hatte bereits mit der Bestimmung der Krebsfossilien als *Mecochirus ornatus* seine Hilfe unter Beweis gestellt und war auch weiterhin sehr hilfreich, wofür ich ihm besonders dankbar war.

In der Überzeugung, alles gut recherchiert und geschrieben zu haben, schickte ich ihm mein Manuskript. Um so erstaunter war ich, als ich die Arbeit über und über mit roten Anstreichungen, Vermerken und Zeichen zurückbekam. Nach mehrfachem Hin und Her (ich musste erst die Korrekturzeichen lernen)

Fosiliensammeln in Damme. Auf der Suche nach den kleinen Garnelen in Toneisenstein-Konkretionen

war das Manuskript druckreif. Es erschien 1972 unter dem Titel: »Krebsfunde aus der Unterkreide« im *Aufschluss*. Das war meine erste Veröffentlichung.

Strandwanderung am Skagerrak. Von hinten: Hardy, Wolfgang, Gisela und Angela.

Urlaub in Dänemark

vom 31. Juli bis 19. August 1972

Unseren Jahresurlaub verbrachten wir wieder auf dem Campingplatz Gammelbro. In diesem Jahr bekamen wir auf dem ersten Geländeteil, nicht weit vom Platzkiosk entfernt, einen freien Platz zugewiesen. Dort war immer sehr viel los. Die Kinder schrien von einer Ecke zur anderen und es herrschte Durchgangsverkehr zu den anderen Platzteilen, die sich aneinandergereiht, der Küste entlangzogen. Die meisten Camper kamen aus Deutschland.

Das gefiel uns nicht. Nach zwei Tagen sprach ich mit dem Platzwart, der nichts dagegen hatte, wenn wir uns einen anderen Standort für unser Zelt suchten, den ich bereits in einem der hinteren Platzteile erkundet hatte. Allerdings hatten wir wenig Lust, das große Hauszelt wieder ab- und aufzubauen. Also zogen wir nur die Häringe heraus, hoben das Gestänge an den Ecken hoch und liefen mit dem großen Steilwandzelt über das gesamte Freizeitgelände zu unserem neuen Stellplatz, gefolgt von einer Kinderschar und grinsenden Gesichtern. Dort fixierten wir es wieder mit Häringen am Boden und hatten fortan unsere Urlaubsruhe.

Bergung der Jagdlampe

Gisela und ich wanderten den Strand entlang in südlicher Richtung, erklommen das angrenzende Steilufer und untersuchten den dahinter liegenden Rübenacker. Dort fanden wir in der Nähe eines restaurierten Hünengrabes, das wie eine Insel aus dem grünen Blättermeer emporragte, einige Artefakte.

In einem Küstenhang entdeckten wir eine abgerutschte Strandhütte, die unsere Neugier weckte. Die Küste war hier vom Meerwasser unterspült worden und abgerutscht, sodass die Hütte beim nächsten Hochwasser wohl ganz ins Meer stürzen würde. Ich half Gisela den Hang hinauf und wir betraten das schief stehende Häuschen. Es war wie das schiefe Juxhaus in einem Vergnügungspark. Der Platz war ehemals gut gewählt. Von hier aus hatte man einen weiten Blick auf das Meer und über den hellen Sandstrand. In dem einzigen Raum der Hütte zeugten leere Flaschen und Verpackungsmaterial von einer vor längerer Zeit stattgefundenen Rast oder Feier. Der schiefe Bretterboden war mit eingewehtem Sand bedeckt, der sich in den Ecken dünenartig häufte. Zu unserem Erstaunen hing eine unversehrte Petroleumlampe mit schönen Jagdmotiven und unversehrtem Glaszylinder und Lampenschirm von der Holzdecke herab. Die Lampe war wunderbar antik und vollständig erhalten. Wie mochte sie den Weg in diese Strandhütte gefunden und die Zeit unbeschadet überdauert haben? Auf dem Heimweg machten wir uns Gedanken darüber. Wenn die Lampe in der Hütte verbliebe, würde sie entweder Vandalismus oder der nächsten Sturmflut zum Opfer fallen. Beim Kiosk-Betreiber und dem Campingplatz-Pächter versuchte ich etwas über den Besitzer der Strandhütte zu erfahren: »Eine Strandhütte auf dem Steilufer? Nie davon gehört! Wo soll die denn stehen?« Es schien, als hätten sie ihren Campingplatz nie verlassen. Daraufhin legte ich mir einen Plan zurecht.

Zwei Tage später begann ich die Lampe zu bergen. Die Teile verstaute ich in unseren kleinen Anhänger bei der Campingausrüstung, eingewickelt in Zeitungspapier und Stoffbeuteln. Am nächsten Tag zog ich noch zweimal los, um die fehlenden Teile der Lampe zu holen. Die dänische Grenze passierten wir später ohne Kontrolle. Die Kinder staunten nicht schlecht, als ich ihnen später

In Legoland machte Hardy seinen Lego-Führerschein. Halt bei Wolfgang am Zebrastreifen.

von der Bergung erzählte, und besonders, weil sie nichts bemerkt hatten. So können auch Eltern ihre Kinder manchmal überraschen.

Später, als wir in Braunschweig wohnten, hing die Lampe bei uns im Esszimmer. Sie begleitete uns auf allen Umzügen, von Standort zu Standort. Den Glaszylinder hatte ich entfernt und eine Glühlampe im Glasschirm angebracht. Heute hängt sie im Kaminzimmer unseres Wochenendhauses.

Alles Lego!

Natürlich hatten auch unsere beiden Jungs früher mit Legosteinen Häuser und Burgen gebaut. Doch langsam waren sie dem Lego-Alter entwachsen. So konnte das Legoland in Billund (Jütland) der Schlussstein oder ein Neuanfang für ihr Interesse daran sein. Was sich aus den Universalbausteinen alles machen ließ, war erstaunlich. Häuser, Kirchen, Städte und sogar Pinguine in einem Lego-Zoo mit Flamingos und Lego-Giraffen.

Hardy machte hier in einem Lego-PKW aus überdimensionierten Legosteinen seinen Führerschein, auf richtigen Straßen, mit richtigen Verkehrszeichen und Ampeln. Leider konnte er ihn später nicht gebrauchen, da er nur in

Legoland gültig war. Hier dominierte nicht der Modellbau oder das Tier. Es war Werbung für den vielfach zu verwendenden Baustein aus Plastik und in vielen Farben – den Lego-Stein.

Über Kameraden: Ernst Grusemann

Ernst Grusemann kam aus dem Ruhrpott. Er besaß eine untersetzte, kräftige Figur und ein breites, von Aknenarben gezeichnetes Mongolengesicht, das meist grinste oder lachte. Von Zivilberuf war er Heizer auf einer Dampflok gewesen. Jetzt war er Instandsetzungszugführer (InstZugFhr) mit dem Dienstgrad Oberfeldwebel. Er unterstand direkt dem Technischen Offizier (TO) des BeobBtls. Die TOs waren zumeist ältere Hauptleute, die den Sprung zum Major nicht geschafft hatten. Ernst Grusemann war ein kameradschaftlicher Prolet, wie er im Buche steht. Er lachte gerne und hatte immer einen zotigen Spruch auf Lager. Es sträubt sich mir die Feder, aber ich muss es schreiben: Als seine Frau schwanger war, verkündete er stolz: »Ich hab meiner Alten einen Balkon über die Pissbude gebaut!«

Den Technischen Offizier, einen humorlosen älteren Hauptmann, konnte er natürlich überhaupt nicht leiden.

Einmal ergab sich folgende Gelegenheit, ihn ungestraft zu beschimpfen: Ernst lag im Blaumann, seiner Lieblingskleidung, unter einem Fahrzeug und werkelte an den Bremsen herum. Alles was er sah, waren zwei Schuhe und zwei Hosenbeine, die ihm die Sicht nahmen. »Geh mir aus dem Licht, Du blöder Heini!«, brüllte er die Hosenbeine an, von denen er genau wusste, dass in ihnen der TO steckte. Der verbat sich solche Frechheiten. Ernst kam unter dem Auto hervorgekrochen und tat völlig überrascht: »T'schuldigung, Herr Hauptmann, konnte ja nich sehn, dat sie dat sind.« Der TO konnte nichts machen und Ernst Grusemann grinste von Ohr zu Ohr. Mit seinen Späßchen machte er sich einige Offiziere zu Feinden und bei seinen Leuten beliebt.

Als das BeobBtl nach Wolfenbüttel verlegt werden sollte, durfte Ernst nicht mit, sondern sollte in Stade bleiben, was ihm sehr recht war, denn er musste nicht umziehen und seine Frau konnte ihre Arbeitsstelle behalten. Den Ausschlag für diese Entscheidung des BtlKdr OTL Georgi gab ein Unfall, den Ernst vor der Verlegung gebaut hatte. Er war mit einem Renault gegen einen Dienstwagen geknallt – Totalschaden. Böse Zungen behaupteten oder mutmaßten, dass es wohl kein Zufall gewesen sei.

Wieder pendeln, wieder Wohnungssuche

Mit einer Versetzung hat man noch keine neue Wohnung, denn es kann viele Probleme geben. Am 11. Oktober 1972 schrieb ich in einem Brief an meine Mutter nach Bad Zwischenahn:

Am 20. September wurde unser Btl nach Wolfenbüttel verlegt. Meine größte Sorge ist nun eine familiengerechte Wohnung zu bekommen. Tagelang habe ich Zeitungsinserate gesammelt, telefoniert und geschrieben. Eine Dienstwohnung in der Größe, wie ich sie benötige, gibt es hier am Standort nicht. Wenn ich aber eine Wohnung auf dem freien Wohnungsmarkt nehme, muss ich einen Zuschuss vom Bund bekommen, sonst kann ich die hohe Miete nicht tragen. Die Mietpreise liegen bei 500 Mark und höher. Die Standortverwaltung wollte den Zuschuss zuerst nicht genehmigen, doch inzwischen hat sich alles geklärt. Der Zuschuss wird bewilligt und ich bekomme eine schöne neue Wohnung, die allerdings trotzdem noch teuer ist. Wenn alles klappt, kann ich Mitte November einziehen. Jetzt fangen die tausend Kleinigkeiten, die zu erledigen sind, erst richtig an.

Ansonsten gefällt mir der Standort Wolfenbüttel besser als Stade. Die Wochenendfahrten nach Stade (230 Kilometer) sind auch nicht so schön.

Ich hatte mir eine Wohnung in Wolfenbüttel angesehen und fand sie für uns geeignet. Großzügige Raumaufteilung und Ausstattung. In allen Räumen Teppichböden. Der Bürgermeister einer benachbarten Gemeinde hatte hier sein Geld angelegt und sich eine Eigentumswohnung gekauft, die er nun vermietete. Er wollte allerdings keine Haustiere, sprich Hunde, in einer Wohnung mit Teppichboden haben. Doch ohne unseren Hund konnte ich die Wohnung nicht mieten. Barry abzugeben wäre undenkbar gewesen. Als ob man ein Kind abschieben würde.

Wenn nicht in Wolfenbüttel, warum nicht in Braunschweig eine Dienstwohnung nehmen? Nach Verhandlungen mit der Standortverwaltung, Abtlg. Wohnungsfürsorge wurde mir eine Dienstwohnung in Aussicht gestellt: Braunschweig Südstadt, Sandgrubenweg 26, ein Endreihenhaus. Vormals

Wohnungen für die englischen Besatzungstruppen. Ich meldete mich bei dem Mieter und sah mir Haus und Garten an. Der Mieter, ein StUffz, erzählte mir, er habe nicht viel im Garten gemacht, weil er sowieso bald wieder ausziehen würde. Allerdings wohnte er dennoch acht Jahre hier. Das Haus gefiel mir und das Wohnungsproblem schien gelöst.

Umzugsvorbereitungen

Seit Oldenburg begleitete uns eine schwere, eiserne Kanonenkugel aus dem 17. Jahrhundert. Gisela erinnerte sich, wie das Geschoss zu uns gekommen war: »Ich staunte nicht schlecht, als ein Feldwebel vor der Tür stand und eine Eisenkugel vor ihm auf dem Boden lag. ›Die soll ich hier abgeben, mit vielen Grüßen von Ihrem Mann.‹« Fw Witt war der Transportführer, der die aus zahlreichen Kanonenkugeln aufgetürmten Pyramiden, die seitlich von einem Kriegerdenkmal standen, mit einem Arbeitskommando abgebaut und fortgeschafft hatte.

Es war eine schwere Kanonenkugel aus Gusseisen, hohl zur Aufnahme einer Pulverladung und mit zwei Ösen versehen, zum Festzurren für den Transport. Sie wog bei einem Durchmesser von 28 Zentimetern etwa 30 Kilogramm und stammte von der Oldenburgischen Artillerie aus dem 17. Jahrhundert, wahrscheinlich aus dem Dreißigjährigen Krieg. Ich hatte damit ein Stück deutscher Geschichte greifbar. Die Kugel war eisenschwer und ein Teil unseres Hausrats. Ein Zeuge der Vergangenheit, wie der Kesselhaken aus einem alten Bauernhaus. Nun zierte die Kanonenkugel unsere Terrasse, sofern wir eine hatten. In Stade überdauerte sie die Zeit in einer Holzkiste im Keller.

Also wieder ein Umzug, und dann mit Kanonenkugel! Sie passte genau in eine kleine würfelartige Holzkiste, die ganz harmlos zwischen den vielen anderen Packkisten und Umzugskartons herumstand. Ganz nebenbei sagte ich zu einem Möbelpacker: »Könnten sie die kleine Kiste dort mit aufladen?«. Er grinste: »Kein Problem, mache ich sofort«.

Aus den Augenwinkeln beobachtete ich ihn. Der kräftige Mann packte die Kiste, die sich jedoch nicht bewegen ließ. Also ein zweiter Versuch mit mehr Kraftaufwand. »Verflucht, hier stimmt was nicht! He, komm mal her und fass mit an!« Der Angesprochene: »Nix inne Mauken, aber nachts zentnerschwere Weiber stemmen!« Jetzt versuchten beide, die kleine Würfelkiste anzuheben, zuerst ohne Erfolg. Die Diskrepanz lag in ihrer falschen Einschätzung von der Größe der Kiste zu ihrem vermeintlichen Gewicht, und die stimmte nicht.

»Ich glaub', der hat die Kiste am Boden festgeschraubt, um uns zu foppen!« Nun musste ich eingreifen: »Nein«, sagte ich, »es ist eine schwere, eiserne Kanonenkugel da drinnen«. Sie schauten mich verständnislos an, dann begriffen sie. Erst jetzt, den schweren Inhalt vor Augen, schafften sie es, die Kiste anzuheben und zu verladen.

Von Stade nach Braunschweig

15. November 1972

Dieser Umzug hatte es in sich! Unser Haushalt war gewachsen, meine Sammlung hatte sich vergrößert und doch passte alles noch in einen Umzugswagen mit Anhänger. Wolfgang fuhr mit den Möbelpackern im Fahrerhaus nach Braunschweig. Die restliche Familie fuhr mit dem R4. Selbst das Wetter war gegen uns. Es tobte ein gewaltiger Sturm, der viele Bäume entwurzelte und auf die Straße warf. Es herrschte Windstärke 9 bis 11 und unser gesamter Haushalt befand sich in einem Umzugstransportwagen mit einem ebenso großen Anhänger auf der Straße. Doch wir alle kamen gut an!

GNEISENAU
KASERNE

3. GARNISON

Die Goldenen Siebziger: Berufssoldat in Wolfenbüttel

1972 bis 1979

Am 15. November herrschte ein fürchterliches Sturm- und Regenwetter, Bäume waren umgestürzt und behinderten den Straßenverkehr, viele Straßen waren überflutet, aber wir kamen heil und ohne Unfall in Braunschweig an.

Doch hier kam ein neues Chaos über uns. Das Reihenhaus war gar nicht fertig renoviert, sodass wir nicht einziehen konnten. Der Maler strich noch alle Türen und Fenster. Überall lagen abgerissene Tapeten und Müll von den Handwerkern herum. Der Möbelwagen mit unserem Hausrat stand vor der Haustür. Was tun?

Die ignoranteTruppenverwaltung, Abteilung Wohnungsfürsorge, war nicht in der Lage gewesen, das Reihenhaus zum festgeschriebenen Zeitpunkt bezugsfertig machen zu lassen. Nun standen wir davor und ich musste einen Entschluss fassen. Die einfachste Lösung wäre gewesen, in ein Hotel zu ziehen und der Truppenverwaltung die Rechnung zu schicken. Aber ein Hotel gab es nur in Stadtnähe. Wir hätten mindestens zwei Doppelzimmer und ein Einzelzimmer für Angela mieten müssen. Würde man uns mit dem Hund aufnehmen? Dazu hatte ich nicht genügend Bargeld dabei, um die Hotelkosten und unser Essen zu bezahlen. Wie viele Tage würde es dauern, bis wir einziehen könnten? Wer würde für die Ausfalltage der Möbelpacker bezahlen? Es würde Wochen dauern, bis ich die Kosten erstattet bekäme, wenn ich sie nicht einklagen musste.

Also entschloss ich mich zu improvisieren: Mit unserer Campingausrüstung konnten wir oben im Schlafzimmer Luftmatratzen auslegen und die Nächte in unseren Schlafsäcken verbringen. Dank unseres Campingkochers konnten wir in der Küche Essen zubereiten. So machten wir die ersten Tage Camping im Müll und ich versah meinen Dienst in Wolfenbüttel.

Die Garnison Wolfenbüttel

In der Gneisenau-Kaserne, die in den 1930er Jahren für die Wehrmacht gebaut wurde, war das nun aufgelöste Panzer-Grenadier-Bataillon 22 (PzGrenBtl 22) stationiert. Soldaten auf solchen Dienstposten, die bei jeder Waffengattung verwendet werden konnten, wie beispielsweise KpFw (Spieße), Rechnungsführer, Schirrmeister, Fahrlehrer blieben hier. Sie wechselten lediglich das Barett von grün in rot. Nur OStFw Spengler (S1) trug weiterhin seine längst

Arbeit am Schreibtisch.

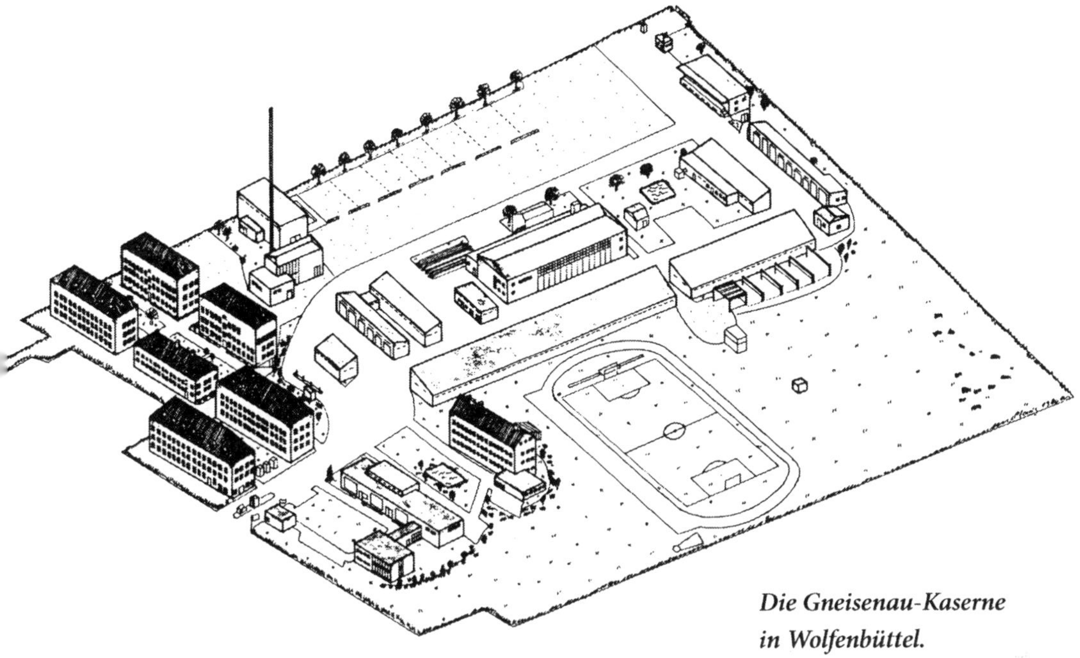

Die Gneisenau-Kaserne in Wolfenbüttel.

nicht mehr aktuelle Schirmmütze. Uns Zuversetzte begrüßte HptFw Münsterberg, unser neuer Spieß, korrekt mit rotem Barett. Er wies uns in unsere neuen Diensträume ein und stellte uns den Rechnungsführer HptFw Rischmüller vor.

Ich bekam für die Luftbildgruppe zwei ungewöhnliche Räume zugewiesen: den großen Putzraum mit links anschließendem Waschraum, im 2. Stockwerk. Der kleine Raum eignete sich vorzüglich als Fotolabor, da er mit Wasseranschluss versehen war und das Fenster sich leicht verdunkeln ließ. Zwei Fenster und eine Wand aus Glasbausteinen zum Flur hin verliehen dem ehemaligen Putzraum eine helle, freundliche Atmosphäre. Die benötigten Möbel wie Schreibtisch, Tische, Stühle und Aktenschränke wurden rasch angeliefert. Dazu kam eine Klapptafel und mein Unterrichtsraum war komplett. Einen besseren Arbeitsplatz hätte ich mir nicht wünschen können. Hier bildete ich die Soldaten meiner Luftbildgruppe aus. Jede Stunde bereitete ich sorgfältig mit einem Handzettel vor und ließ wöchentlich eine Wissensüberprüfung schreiben. Hauptmann Gramann meinte, sich an der Ausbildung pädagogisch beteiligen zu müssen. Wenn er mich oder einen Soldaten der Luftbildgruppe sah, holte er aus seiner Tasche einen kleinen Modell-Panzer oder ein Bild hervor, hielt es auf der flachen Hand und fragte: »Welcher Panzer?« Darauf erwartete er eine schnelle Antwort.

Braunschweig-Südstadt

Nun bewohnten wir in Braunschweigs Südstadt, im Sandgrubenweg 26, ein Reihen-Endhaus, das wir Barry zu verdanken hatten. Die Häuserzeilen am Sandgrubenweg waren ursprünglich für die britischen Besatzungssoldaten gebaut worden, doch einige der Reihenhäuser wurden auch an Deutsche vermietet. Die englischen Soldaten wurden damals sehr häufig versetzt, was dazu führte, dass sie immer mit »kleinem Gepäck« umzogen. Ihre Wohnungen waren mit Möbeln und Hausrat, bis hin zu den Bestecken, vollständig eingerichtet.

Viele unserer britischen Nachbarn waren bereits weltweit im Einsatz und einige hatten deutsche Ehefrauen. Egal welchen Teil der Welt sie besetzt hatten, die Logistik machte sie von den Einheimischen weitgehend unabhängig, sie waren autark. Ihre Kinder wurden in Schulbussen abgeholt und gingen in zentral eingerichtete Schulen. Die Frauen konnten in britischen Geschäften mit britischer Währung einkaufen und die Männer in Clubs ihren schottischen Whisky trinken.

Für uns galt das natürlich nicht. Wir hatten unseren eigenen Hausstand. Was uns jedoch verwunderte, waren die eingebauten Möbel, von der Küche bis zum Trockenschrank im Obergeschoss. Durch die ursprüngliche Mehrraum-Ofenheizung führte ein System von Luftschächten in die einzelnen Zimmer und durch den Trockenschrank im oberen Flur. Er diente ursprünglich zum Trocknen der Wäsche, mir aber zur Aufnahme meiner vielen Sammlungsschachteln. Ich hatte von Dr. Ernst sein System, die Fossilien in genormten DIN A4-Schachteln aufzubewahren, übernommen. Diese ließen sich stapeln und an der Vorderseite beschriften. Dr. Ernst ließ sie von einer Braunschweiger Kartonagenfabrik anfertigen. Ich schloss mich seinen Bestellungen solcher Schachteln an.

Inzwischen war im Keller eine moderne Heizungsanlage eingebaut worden. Unser Endreihenhaus hatte gegenüber den anderen Reihenhäusern einige Vorteile. Beispielsweise eine große Gartenfläche mit Rasen an der Giebelseite, die mit dem schmalen hinteren Hausgarten verbunden war, der an der Längsseite an den Rückwänden einiger Garagen abschloss.

Wie Reihenhäuser eben so sind: Unseres war voll unterkellert, mit drei Räume, die vom Hausflur zu begehen waren. Das Untergeschoss mit Wohnzimmer

ArtS/ATV
50-69-006/10.80

VS - NUR FÜR DEN DIENSTGEBRAUCH

2/25

Kurzeinweisung

Stand: Nov 1980

System Lenkflugkörper DROHNE AN/USD-501 (CL 89)

Das System Lenkflugkörper DROHNE ist eine gemeinsame Entwicklung der Streitkräfte Kanadas, Großbritanniens und der Bundesrepublik Deutschland. Das systemgebundene Gerät wurde von der kanadischen Flugzeugfabrik "Canadair Limited Montreal" entwickelt und gebaut.

Das System besteht aus dem Flugkörper "DROHNE" - dem Startgerät (2x), dem Bodenlandeanfluggerät (2x), der Auswerte- und Übertragungsausstattung für Flug- und Landedaten, der Luftbildauswerteausstattung und der Werkzeugausstattung der InstGrp Drohne für die MES II.

Der Flugkörper hat eine Länge von 2,76 m und einen Durchmesser von 33 cm. Er hat ein Startgewicht von 153 kg und ein Fluggewicht von 112 kg. Sein Starttriebwerk wird nach Brennschluß (2,5 sec nach dem Start) von der DROHNE abgetrennt und fällt in einer Entfernung von 800-2000 m vor dem Startplatz zu Boden (Starttriebwerkeinschlagzone).

Vor dem Start werden die in der Einsatzleitstelle elektronisch oder graph.-rechnerisch ermittelten Flugkursdaten durch die Soldaten der Startgruppe in ein Navigationsgerät - den Programmer - eingegeben. Dieser steuert zusammen mit dem Navigationssystem die DROHNE mit 4 kleinen Kopfrudern im vorderen Teil und mit Querrudern an zwei der kreuzförmig angeordneten Flügeln (doppeltes "Entenleitwerk") am rückwärtigen Teil. Der torpedoförmige Flugkörper kann während des Fluges bis auf den Landeanflug vom Boden nicht mehr beeinflußt werden, auch nicht durch elektronische Störmaßnahmen des Feindes.

Der Programmer kann für vier Kursänderungen, bei Verwendung eines elektronischen Programmers 5 Kurven, an beliebiger Stelle und drei Höhenänderungen während des Flugkurses programmiert werden. Die Reichweite des Lenkflugkörpers liegt bei max 150 km (11,5 Minuten Flugzeit), je nach Witterungsbedingungen. Das ermöglicht eine Aufklärungstiefe bis zu 65 km.

Die Flughöhe liegt wahlweise in dem Bereich von 300 bis 1200 m über dem Startplatz, kann jedoch eine Höhe von 3000 m über NN nicht übersteigen.

Die Geschwindigkeit von über 700 km/Std und die geringe Reflektionsfläche für Radarstrahlung erschweren ein Orten und Verfolgen mit Radargeräten. Die DROHNE kann deshalb während des Fluges nur schwer bekämpft werden.

Auf den geplanten Flugabschnitten kann der Sensor zweimal ein- und ausgeschaltet werden. Es wird entweder ein Zeiss-Kleinreihenbildner mit 3 Objektiven (für den Nachteinsatz Verwendung eines Blitzlichtkartuschensystems mit 12 Blitzlichtpatronen) zur Gefechtsfeldausleuchtung oder ein Infrarot-Ortungsgerät mitgeführt. Bei mittlerer Flughöhe (600 m) wird eine stereoskopische Bildabdeckung bis 36 km Länge und 3,6 km auswertbarer Breite erreicht (nur Zeiss).

Die Kursabweichung des Flugkörpers vom vorprogrammierten Flugweg ist gering. Sie ist außerdem durch die Breite der Abdeckung des Geländes auf dem belichteten Film unbedeutend.

Der Flugkörper wird von einem Startgerät gestartet. Dieses ist mit den dazugehörigen Hilfsaggregaten wie Stromerzeugeraggregaten, Versorgungsgerät, Hochdrucklufterzeuger und elektronisch/elektrischen Start- und Prüfgeräten für den Startvorgang auf einer Palette montiert, die ein Gewicht von 2,6 t hat und auf einem LKW 5 t verlastet wird. Auf den letzten 12 km des Fluges werden etwaige Kursabweichungen oder Navigationsungenauigkeiten durch ein Boden-Landeanfluggerät (Funkbake) ausgeglichen und die DROHNE auf den geplanten Kurs zum Landeplatz zurückgeführt. Eine vorprogrammierte Kursänderung wird durch die Funkbake ausgelöst, die die Driftung der DROHNE während der Landung durch den Wind am Landeplatz ausgleichen soll. Dadurch wird eine Landegenauigkeit von 70 - 150 m Ablage vom geplanten Landeplatz erreicht. Der Aufprall auf den Boden wird durch zwei in der Landephase aufgeblasene Landekissen so gemindert, daß größere Landeschäden vermieden werden.

Der während des Fluges belichtete Film wird noch am Landeplatz in seiner Kassette der DROHNE entnommen, beim Batteriegefechtsstand in einem automatischen <u>Bildbearbeitungsgerät</u> entwickelt und sofort ausgewertet.

Der Flugkörper wird der InstGrp Drohne des Trsp u. InstZg zugeführt, die ihn überprüft und für einen erneuten Einsatz aufrüstet und bereitstellt.

Die <u>Bedeutung</u> dieses Aufklärungsmittels liegt vor allem darin, daß mit seiner Hilfe weiter in der Tiefe, als bisher mit anderen Mitteln der Artillerie möglich war, aufgeklärt werden kann. Darüberhinaus können jetzt auch Ziele erfaßt werden, die sich passiv verhalten, d.h. sich nicht durch optische, akustische oder elektronische Signale verraten. Das Aufklärungsflugkörpersystem DROHNE eignet sich besonders für die Lageaufklärung.

und einer Terrassentür zum Hausgarten, sowie einer Küche mit Durchreiche zum Esszimmer. Eine schmale Holztreppe führte zum Obergeschoss mit drei Schlafzimmern (oder einem Schlafzimmer und zwei Kinderzimmern) und einem Bad mit Badewanne, sowie einem nachgerüstetem WC nebst schüsselkleinem Handwaschbecken. Durch die vielen Rohre über Putz sah es in dem kleinen Raum aus wie in einem U-Boot.

In diesem Gehäuse richteten wir uns also ein. Das große Schlafzimmer war für uns bestimmt, Angela bekam eines der Kinderzimmer, das zweite war für Hardy und Wolfgang. Barry, dem ein Schlafsessel zugewiesen wurde, schlief am liebsten mit den Kindern in deren Betten. Zur Schlafenszeit sprang er blitzschnell die Treppe hinauf, um sich den besten Schlafplatz bei den Kindern zu sichern.

Die neue Einheit, 4. BeobBtl 13

Wir hatten noch nicht alles Drohnengerät, vieles war im Zulauf. Fahrzeuge und Kisten mussten aus Idar-Oberstein und Friedrichshafen abgeholt werden. Da ich den Fotolaborwagen gerade erst bekommen hatte, wurde ich vom 2. Januar (Prost Neujahr!) bis zum 9. Februar 1973 zu einem Lehrgang zur Drohnen-Lehr- und Versuchsstaffel nach Celle-Wietzenbruch kommandiert. Diese Einheit gehörte zu den Heeresfliegern. Hier erhielten wir eine Einweisung in das automatische Luftbildentwicklungsgerät (Versamat). Das Gerät war in einem 5 to MAN installiert und nahm fast den gesamten Raum des Fahrzeuges ein.

Der belichtete Film wurde in das Gerät gelegt, durchlief einige Bäder, durch die er über Rollen von der Entwicklung bis zur Fixierung geleitet wurde, und kam innerhalb von acht Minuten heißluftgetrocknet am anderen Ende wieder heraus. Solche Geräte fanden auch in Krankenhäusern Verwendung, wo man sie zur Bearbeitung von Röntgenfilmen nutzte.

Später wurde der Versamat von einem Fotolaboranten meiner Luftbildgruppe bedient und gewartet. Mein Fotolaborant war StUffz Schulz, mein Stubenkamerad aus Fürstenfeldbruck. Nach seinem Lehrgang wurde Jonny von der Drohnen-Lehr- und Versuchsstaffel in Celle nach Wolfenbüttel versetzt, wo er zu mir als Fotolabor-Uffz in die Luftbildgruppe kam.

DAS JAHR 1973

Volkshochschule

Voller Wissensdurst hatte ich mir im Selbststudium und Abendkursen der Volkshochschule paläontologische Kenntnisse angeeignet. Die Kurse wurden in den Räumen des Institutes für Geologie und Paläontologie der Technischen Universität Braunschweig von Dr. Ernst und Dr. Engel durchgeführt. Dabei bin ich wohl dem Dozenten Dr. Gundolf Ernst aufgefallen, der mir eine Nebentätigkeit als Präparator für seine Forschungsprojekte (Oberkreide) verschaffte. Er wurde mein Mentor und förderte mich nach Kräften. Gemeinsame Exkursionen, später Sammelexkursionen mit (Klischies, Schuhmacher und anderen) und für Studenten, beispielsweise ins Cenoman von Wunstorf und Campan von Höver, vermittelten mir die notwendigen praktischen Erfahrungen im Gelände.

Dr. Ernst und die VFMG

Dr. Gundolf Ernst pflegte sein Image als unkonventioneller Professor. Dazu gehörten Haarschnitt, Kleidung, Sprache, Auftreten und Eigenarten. Schon sein Vater, Dr. Wilhelm Ernst, war ein bekannter Geologe und Kreideforscher gewesen. Dr. Ernst besaß eine hohe Stirn und von der Mitte seines Schädels hingen die Haare über die Ohren bis auf den Kragen. Er hatte eine wohlgeformte Nase und ein energisches Kinn. Seine Kleidung im Steinbruch war mitunter sehr ungewöhnlich. Einmal trug er eine bunte Häkelmütze seiner Frau Lydia und einen langen schwarzen Mantel, der aussah wie aus der Altkleidersammlung. So sprach er zu seinen Studenten, während er einen angebissenen Apfel aus der Manteltasche nahm und verzehrte. Dabei sprach er halblaut und bedächtig, oftmals mit vielen »ähs« und Pausen. Häufig neigte er zu ironischen Bemerkungen. Sein Auftreten war freundlich gegen jedermann, sei es Student, Kollege oder Mitarbeiter. Bei seinen Studentinnen und Kolleginnen kam er besonders gut an. Eine auffallende Eigenschaft war, keine Briefe zu schreiben oder zu beantworten und ausgeliehenes Sammlungsmaterial, sei es von Privatpersonen, Museen oder Instituten, nicht zurückzugeben. Auf Anfragen und Mahnungen reagierte er überhaupt nicht. In all den Jahren erhielt ich einen Kurzbrief und zwei Postkarten von Dr. Ernst. Das war mehr, als sein engster Mitarbeiter, Dr. Ekbert Seibertz, je bekommen hatte.

Angela

Im März machte unsere Tochter Angela den Hauptschulabschluss der Volksschule Lindenberg, Braunschweig. Danach absolvierte sie eine Berufsausbildung zum Kaufmann im Groß- und Außenhandel. Im Anschluss arbeitete sie als Datentypistin bei einer pharmazeutischen Großhandlung, bis sie zur Daimler AG-Niederlassung in Braunschweig wechselte.

Familie Ernst

»Es klingelte an der Haustür und da stand ein älterer Mann, der sich als Herr Ernst vorstellte: ›Ich bin auch so ein Verrückter, der Fossilien und Mineralien sammelt, wie Ihr Mann!‹«, erinnerte sich meine Frau Gisela später. So machten wir die Bekanntschaft von Fritz Ernst und später auch seiner Frau. Sie wohnten ebenfalls in der Südstadt, nur wenige Straßen entfernt. In den folgenden Jahren nahm ich ihn zu unseren Vortragsabenden der VFMG* in meinem Wagen mit.

Als wir mit der Familie näher bekannt wurden, besuchten wir uns auch gegenseitig. In ihrer Wohnung fielen uns zwei Sachen sofort auf. Der Fernsehschirm war mit einem, auf Pappe gezogenen Stilleben verdeckt. »Ich kann dieses Glotzauge nicht immer sehen«, erklärte Herr Ernst. Überall in ihrer Wohnung saßen, hockten, schritten und glotzten gefiederten Gesellen, denn Frau Ernst war eine leidenschaftliche Eulensammlerin. Als Gisela eine dieser Eulen geschenkt bekam, wurde auch sie vom »Eulenvirus« befallen.

Im Krieg war Fritz Ernst in Norwegen stationiert und hatte sich die Gelegenheit nicht entgehen lassen natürlich vorkommende Silberstufen aus Kongsberg zu sammeln, einem bei Mineraliensammlern bekannten Fundort.

Frau Ernst gehörte zu jenen alten Frauen, die man sofort falsch einschätzt. Sie war klein, zusammengeschrumpelt, etwas schief – ihren Eulen nicht ganz unähnlich. Sie verfügte über ein sehr entgegenkommendes, freundliches Wesen. Damals war sie wohl an die 80 Jahre alt und geistig hellwach. Noch immer war die einstige Apothekerin in einer Filiale in der Nachbarschaft aushilfsweise aktiv.

* Vereinigung der Freunde der Mineralogie und Geologie e.V. (VFMG).

Zeltfahrt mit Wolfhard Hennig nach Dänemark

Während die Jungen im Sommer dieses Jahres in einem Asse-Zeltlager waren, blieben Gisela, Angela und Barry zu Hause. Am 16. Juli machte ich gemeinsam mit Wolfhard Hennig eine Reise durch Dänemark. Wir wollten uns dort die geologischen Gegebenheiten und prähistorische Denkmäler, wie Megalithgräber, Hügelgräber aus der Bronzezeit oder die Hinterlassenschaften der Wikinger ansehen. Bei der Gelegenheit hatte ich unseren Besuch bei J. Vang in Möllegaarden angekündigt, der sich im Geschiebe gut auskannte und auf Kleinfossilien spezialisiert war. Jeder Brief von ihm war eine kalligraphische Besonderheit. Wir fuhren mit meinem R4 und übernachteten in einem kleinen Bundeswehrzelt in Bundeswehr-Schlafsäcken.

Asterix

Comicheld Asterix wurde durch unseren Sohn Klaus in unsere Familie eingeführt. Wenn er mit seinem Laster vorfuhr, hatte er stets neue Asterix-Ausgaben dabei, die sofort von der ganzen Familie gelesen wurden. Oft traf man Wolfgang und Hardy dann schmökernd im Garten oder auf dem Birnbaum an. Da ich nie ein begeisterter Comic-Leser war, dauerte es bei mir etwas länger, bis ich ihr Potenzial entdeckt habe und ebenfalls begeistert war.

Asterix ist die späte Rache Frankreichs für die Eroberung Galliens durch Cäsars Sieg über Vercingetorix. Naturgemäß ist Asterix in Italien etwas weniger beliebt als in Frankreich und Deutschland, wo er mit Begeisterung gelesen wird.

Sehr treffend auch die in die Geschichten eingefügten Bildzitate bekannter Gemälde, wie etwa Rembrandts *Anatomie des Dr. Tulp* und *Die Bauernhochzeit* von Pieter Brueghel d. Ä., sowie die trefflichen Karikaturen von Charles Laughton oder Lino Ventura und vielen anderen. Ganz nebenbei kann man auch noch Geschichte lernen und sogar etwas Latein!

Helmut und Rita Kolle

Sie tauchten immer zusammen auf und waren auch meistens einer Meinung. So besuchten sie im Gleichklang die Veranstaltungen der VFMG, wo ich sie kennenlernte. Helmuts Interesse galt zwar mehr den Fossilien, doch Mineralien ließ er auch nicht liegen. In der VFMG gab es zwei vereinte Interessengruppen: Mineralien- und Fossilienfreunde. Helmut war ein leidenschaftlicher Sammler bestimmter Zeitschriften (»Der Knolle muss alles dreimal haben!« sagte Rita).

Helmut wirkte stets wie ein Büromensch, auch wenn er keine Krawatte trug. Er war groß und schlank, das schwarze Haar gescheitelt und trug eine Brille mit dunkler Fassung. Er war Bibliothekar bei der Bundesanstalt für Landwirtschaft (BfL) in Querum.

Wir waren bald befreundet und oft zusammen unterwegs. Die Kolles hatten keine Kinder und besaßen kein Auto. Zu gemeinsamen Exkursionen holte ich sie mit meinem Wagen ab. Als ich 1978 die Leitung der VFMG übernahm, wurde Helmut mein Stellvertreter.

Begegnung mit einem großen Wissenschaftler

Durch viele Erzählungen und durch ein Foto aus seiner Festschrift war mir Prof. Dr. Dr. h.c. Erhard Voigt wohlbekannt.

Eines Tages klopfte es an der Tür zu meinem Präparationsraum, und er stand völlig unerwartet vor mir. Ob er hier auf Dr. Ernst warten könne, bis der von einer Besprechung zurückkäme? Ich war ganz beklommen, den bedeutendsten Wissenschaftler und Erforscher der Kreidezeit leibhaftig vor mir zu sehen und stellte mich als Hilfskraft und Präparator vor. Daraufhin erzählte er von seiner Arbeit und dem Projekt, an dem er zusammen mit Dr. Ernst arbeitete.

Mein »Zeiteisen«

In dieser Zeit hat sich bei mir eine Marotte ausgebildet, die sich bis über meine Pensionsgrenze hinaus hielt. Sie hing mit meinem Unvermögen, über einen längeren Zeitraum eine Armbanduhr tragen zu können, zusammen. Bekam ich eine neue Uhr geschenkt, war sie nach spätestens einem halben Jahr defekt. Sie lief einfach nicht mehr. Und was macht man mit einer Uhr, die nicht mehr funktioniert? Man bringt sie zum Uhrmacher.

Danach lief sie eine Zeit lang wieder, nur um mir abermals die Uhrzeit zu verweigern. Also landete sie dort, wo bereits all ihre Vorgänger (ebenfalls Zeitverweigerer) lagen – in einer Schublade. Der Uhrmacher erklärte mir, dass es Menschen gibt, die durch ihre Unruhe, Strahlung, Pulsschlag oder was auch immer, keine Armbanduhr tragen können, die richtig funktioniert. Meine funktionierten irgendwann überhaupt nicht mehr.

Für mich ergab sich folgerichtig die Möglichkeit, auf eine Taschenuhr umzusteigen. Daher trug ich fortan eine flache, goldene Taschenuhr mit Sprungdeckel. Ich trug sie an einer goldenen Kette, die am Taschenknopf der rechten

Uniformtasche meines »Waffenrockes« befestigt war. Im Sommer befand sie sich in meiner rechten Hosentasche.

Wollte ich die Zeit ablesen, fuhr meine Hand in die Tasche, um mit einer gekonnten Drehung die Uhr in mein Blickfeld zu zücken und bei entsprechender Position deren Deckel aufschnappen zu lassen. Das musste eine fließende Bewegung sein. Auch durfte sie nicht zu dicht an das Auge geführt werden, denn ich war ja nicht kurzsichtig. Daher las ich mit gezieltem Blick in Hüfthöhe die Zeit ab, um sofort den Deckel zuschnappen zu lassen und die Uhr wieder geschmeidig in die Tasche gleiten zu lassen. Eggi sprach mich wiederholt darauf an.

»Ich habe dich noch nie mit einer Armbanduhr gesehen. Warum trägst du immer diese güldene Taschenuhr?«

»Ich kann Armbanduhren nicht leiden, weil sie mir die Zeit verweigern!«

Vision und Fakten

Auf dem Truppenübungsplatz Munster. Vor mir eine unbefestigte Straße mit zahlreichen Panzerspuren. Die Gräser am Rand sind braun vom Straßenstaub. Die Sonne brennt auf meinem Stahlhelm. Mein Mund ist trocken. Der Schweiß läuft mir in die Augen. Ich kann nicht mehr genau erkennen, was auf der Straße passiert.

Es nähert sich ein Kradfahrer. Zuerst höre ich ihn, dann taucht er aus einer Bodensenke auf und kommt auf mich zu. Vor mir ein Lichtblitz, ein scharfer

Der Einsatzleitzug auf dem Marsch zum Bataillonsappell.

Knall. Der Straßendreck steigt zu einer dunklen Fontäne auf. Stille. Es war mein Vater, der gerade in die Luft geflogen ist.

Es ist für die Kompanie ein schwerer Verlust, den Uffz Friedrich Krüger verloren zu haben, da er ein sehr guter Soldat war, sich in Frankreich sowie Rußland hervorragend geschlagen hat und in gleicher Weise bei Kameraden und Vorgesetzten beliebt war, hieß es in der Todesnachricht des Komp.-Führers der 3. Kompanie des Kradschützen-Bataillon 22 an meine Mutter.

Die deutschen Truppen der Heeresgruppe Mitte waren auf dem Vormarsch. Es war der 16. Juli 1941. An der Ostfront fielen in diesem Monat 37.584 Soldaten. Einer von ihnen war mein Vater.

DAS JAHR 1974

Dienstaufsicht

Der Kdr des BeobBtl 1, Major Georgi, kümmerte sich auch um alltägliche, kleine Dinge persönlich. Unvermutet tauchte er im Kasernenbereich auf, stellte Fragen und unterhielt sich mit den Soldaten, wobei er sich nicht selten einer bildhaften Ausdrucksweise bediente und leicht sächselte.

Einmal lud er uns, einige Feldwebel, die Dienstaufsicht machten, zu einem Gang durch die Kaserne ein. Er bemängelte den fehlenden Ordnungssinn der Soldaten und die nachlässige Dienstaufsicht der Unterführer: »Ich gehe jede Wette ein, dass ich in jedem Führerhaus mindestens eine leere Flasche finde.« Dabei riss er die Fahrertür des am nächsten stehenden 5-Tonners auf, aus dem ihm gleich zwei Flaschen entgegenkamen. »Seh'n Se, Seh'n Se? Hab ich's nich jesagt?« Bei jedem Fahrzeug ereiferte er sich mehr und förderte neben leeren Flaschen noch Brotpapier, Plastiktüten, Putzlappen, Koppelzeug und Ausrüstungsgegenstände zutage.

Bei einem anderen Inspektionsgang traf er den Fw Tohoff an seinen drei Fahrzeugen bei Vorbereitungen zu einer Materialprüfung. Seinem geschulten Blick fiel sofort ein zerschlagenes Rücklicht auf: »Was ist das? Wie kann das passieren?«

Als der Fw Tohoff nicht schnell genug antwortete, sagte er: »No, sagen Se ja nich, da hätte ein Vogel reinjepickt!«

Passt nicht rein

Das Gerät der Drohnenbatterie machte oftmals dort Probleme, wo sie nicht vermutet wurden. So war das Werferfahrzeug mit einem klappbaren Verdeck von beträchtlicher Höhe versehen. Der Werfer passte daher nicht durchs Tor der Kfz-Halle. Erst nach einiger Zeit wurden die Tore umgebaut. Da nur einige Zentimeter an Höhe fehlten, wurde aus allen Reifen Luft abgelassen, das Fahrzeug in die Halle gefahren und bei längerem Stehen wieder aufgepumpt. Am nächsten Morgen, beim Herausfahren, stand der Kdr da, sah den Platten und herrschte den Zugführer an. Der Bttr Chef neben ihm schwieg und klärte den Sachverhalt nicht auf. Der Zugführer: »Herr Oberstleutnant … passt nicht rein … wieder … aufpumpen … !« Der Kdr stutzte, schüttelte den Kopf, schaute sich das Manöver an und trat ab.

Kommandeurswechsel

Am 21. März 1974 wurde der bisherige Kommandeur des BeobBtl 1, OTL Lothar Georgi im Rahmen eines militärischen Appells aus dem aktiven Truppendienst abgelöst und im Bereich des Territorialheeres als Kommandeur des Verteidigungskreiskommandos 253 nach Stade versetzt.

Neuer Kommandeur wurde Oberstleutnant (OTL) Jürgen Giesecke. Er war stellv. Kdr des Feldartillerie-Lehrbataillons 51 in Idar-Oberstein gewesen. Damit wurde auch ein Generationswechsel vollzogen – von einem erfahrenen, kriegsgedienten und kameradschaftlichen Kdr zu einem karrierebewussten, unnahbaren Oberstleutnant der Bundeswehr.

Käthe I

Käthe war der Name der Schreibkraft, die direkt neben dem Geschäftszimmer des Spießes einen eigenen Büroraum hatte. Sie war immer adrett gekleidet, schlank, schwarzhaarig und sehr erotisch. Eine emanzipierte Frau unter vielen Männern. Wenn sie morgens mit ihrem kleinen Wagen vorfuhr und durch den Flur in ihr Schreibzimmer stöckelte, hielten die Landser den Atem an und sahen ihr nach.

»Wenn ich in den Wald gehe … «

In der ersten Phase der Einführung des Drohnensystems wurde viel Wert auf einen guten Service für die vielen Stabsoffiziere gelegt, die sich mit dem System vertraut machen sollten. Das war auch in der Person des Regimentskommandeurs, Oberst Golla, begründet, der einen guten Kaffee und ein kleines Frühstück zwischendurch wohl zu schätzen wusste. Der Oberst trug immer eine Panzerkombi (Kommentar eines Soldaten: »Der sieht aus wie 'ne Leberwurst!«)

Diesem Hang wurde vom Bttr-Chef insofern Rechnung getragen, als ein 5 to MAN mit Kofferaufbau aus dem InstZug dafür abgezogen wurde. Durch geschickte Hände entstand daraus ein komfortabler Servicewagen mit eingebauten Bänken und Tischen. Eine feldmäßige Speisekarte informierte die meist in Grüppchen anreisenden VIPS über das Angebot. Die Nähe zur Betonbahn der 5C sorgte für eine zumutbare Geländestrecke. Man wollte ja den Drohnenstart nicht verpassen.

Den als Ordonnanzen abgestellten Wehrpflichtigen oblag die Bewirtschaftung des Kaffeewagens. Unter ihnen war auch ein Deutsch-Pole namens Senski, den wir »Sam« nannten. Von seinem Zugführer (HptFw Sendrowski) bekam Sam folgenden Ratschlag: »Wenn Sie eine Bestellung bekommen, müssen Sie beim Würstchen heißmachen leise, aber noch verständlich, auf Polnisch fluchen.« Der ihm diesen Ratschlag gab, wusste, wie man die Aufmerksamkeit von Vorgesetzten scheinbar unbeabsichtigt auf sich lenkte.

Also fluchte Sam bei den Kaffee- und Würstchenbestellungen leise, aber noch verständlich vor sich hin, was ihm einige Aufmerksamkeit brachte. Eggi wollte nun aber wissen, was er denn auf Polnisch fluchte. Sam: »Wenn ich in den Wald gehe, sehe ich keinen bunten Vogel.« Zum Fluchen war Sam viel zu christlich-katholisch erzogen.

Reise durch Dänemark

Im Juli 1974

Wir waren mit meinem R4, dem Anhänger und der Campingausrüstung unterwegs. Von Fehmarn (Puttgarden, Vogelfluglinie) setzten wir mit dem Fährschiff nach Rødbyhavn auf der Insel Lolland über. Weiter ging es mit der Fähre nach Nykøbing auf Falster und von dort zur Insel Møn.

Besonders diese Insel, die Schwesterinsel von Rügen in der DDR, zu der ich damals nicht gelangen konnte, interessierte mich wegen der weißen Kreidefelsen. Zwischen beiden Inseln lagen etwa 60 Kilometer Ostsee. Die Küste von

Rügen war ein militärisches Sperrgebiet und streng bewacht. Trotzdem fiel es mir leicht, mich von Møn nach Rügen hinüber zu denken. Auf Møn, wo es sehr schön war, wollten wir drei bis vier Tage bleiben und dann über Roskilde bis Kopenhagen weiterfahren. Die Fahrt mit Wolfhard im Jahr zuvor war eine Art Erkundung für diese Familienreise gewesen. Zum Campingplatz gehörte auch ein Freibad, in dem sich Wolfgang und Hardy tummelten.

Weiter ging die Reise zur dänischen Hauptinsel Seeland, nach Roskilde, ins Wikingerschiff-Museum. Hier werden, unter den Augen der Besucher, die im Roskilde-Fjord geborgenen Wikingerschiffe restauriert und rekonstruiert.

Dann zog es uns zur »kleinen Meerjungfrau« nach Kopenhagen. Sie saß, sehr elegant, auf einem Findling und schaute den ein- und auslaufenden Schiffen zu. Doch das friedliche Bild trog: Sie war bereits etliche Male entführt (geklaut) worden.

Wie Jonny uns in Staunen versetzte

Das war eine Überraschung! Jonny hatte an dem Wettbewerb »Winterarbeiten« teilgenommen und den ersten Preis gewonnen. Damit war eine Reise in die USA verbunden, die er auch freudig antrat.

Das Thema seiner prämierten Arbeit war »Alkoholismus«. Fast alle in der Einheit wussten jedoch, dass Jonny selbst dem Alkohol verfallen war. Einige Lästerzungen ätzten: »Jonny musste ja gewinnen, er weiß ja, worüber er geschrieben hat!« Andere vermuteten: »Der hat die Arbeit doch nicht selbst geschrieben, sein Vater ist Studienrat.«

Wie auch immer: Ich freute mich mit ihm über seinen Erfolg und schaute mir die Arbeit an. Vieles von dem, was er geschrieben hatte und wie er den Verlauf der Trunksucht beschrieb, war realitätsnah beschrieben. Wo aber lagen die Ursachen für seine Alkoholabhängigkeit? Wahrscheinlich begann es in Yuma, Arizona, wo er die Erprobungsphase der Drohne miterlebt hatte. Fotos zeigten ihn in weißer Tropenuniform im Kreise fröhlicher Zecher. Einer dieser Kameraden war der StUffz Fritz Schäfer. Beide lernten damals den Whisky zu schätzen und fuhren gemeinsam in die Kneipen und Bordelle nach Mexiko – wo beides häufig dasselbe war.

Auf dem Luftbildauswertelehrgang 1970 in Fürstenfeldbruck lernte ich auch Fritz Schäfer kennen. Oft saß er mit Jonny schon während der NATO-Pause beim Weißbier in der Kantine. Er gehörte einer anderen Lehrgruppe an und so kannten wir uns nur von dort. Auf Jonny schien er mir keinen guten Einfluss auszuüben.

Neben Jonny als Fotolabor-Uffz hatte ich noch den HptGefr Becker als Fotolaboranten, der von Beruf Elektriker war. Von ihm habe ich gelernt, dass es kein »elektrisches Obst« gibt. Als ich zu ihm sagte, wir brauchen eine neue Glühbirne für die Dunkelkammer, erwiderte er nur, dass es sich hierbei um eine Lampe handele, keine Birne: »Lernen kann man Gott sei Dank aber auch sein Leben lang.«

Da ich bereits einige Jahre Mitglied im Deutschen BundeswehrVerband war, übernahm ich in Wolfenbüttel den Vorsitz der Truppenkameradschaft. Für diese Tätigkeit wurde mir anlässlich des Besuches von Oberst Volland, dem Bundesvorsitzenden, die Verdienstnadel des Deutschen BundeswehrVerbandes in Bronze verliehen. Oberst Volland war in dieser Kaserne einmal Kommandeur gewesen.

Luftbild-Gruppenabend

am 8. Oktober 1974

Das Zusammengehörigkeitsgefühl zwischen Wehrpflichtigen und Vorgesetzten wurde durch Gruppen- und Zugabende gefördert. Da wir zum Einsatzleit- und Auswertezug gehörten, nahmen wir natürlich an diesen Abenden teil. Für meine Luftbildgruppe führte ich dazu noch Gruppenabende durch, bei denen Eggi regelmäßig unser Gast war. Glücklicherweise hatte ich keine Querschläger in meiner Gruppe, denn die Luftbildauswerter hatte ich selbst ausgebildet und kannte ihre Eigenarten. Wir hatten ein vertrauensvolles Verhältnis zueinander, obwohl ich Distanz hielt. Nie hätte ich einen meiner Soldaten geduzt. Hatten sie dienstliche Probleme, kamen sie jedoch trotzdem sofort zu mir. Der Einladung folgten auch solche Luftbild-Soldaten, die längst aus der Bundeswehr entlassen waren und sich gerne mit ihren Kameraden in der Kaserne trafen. Dann wurden auch die alten Sprüche gemacht: »Nachts ist's kälter als draußen« oder »hinten ist vorne als höher« und Eggi wiederholte seinen alten Spruch: »Die Eier tun der Mutti gut, wenn sie der Papa essen tut«.

Natürlich wurde Bier getrunken und es wurden Anekdoten und Witze erzählt. Hauptsächlich über Vorgesetzte, Kameraden oder den Boxweltmeister

Muhammad Ali. Politik war, bis auf die Attentate der RAF-Terroristen, allerdings kaum ein Thema.

Ein ungewöhnlicher Boxer

Für mich spielte das Fernsehen keine große Rolle. Nur manchmal schaute ich *Ein Herz und eine Seele* mit »Ekel Alfred«. Das war so überzogen, dass es schon wieder witzig war. Eggi wiederholte dann am nächsten Tag, zur allgemeinen Erheiterung, die stärksten Sprüche in der NATO-Pause. Da ich abends häufig im Präparationslabor arbeitete, hatte ich sowieso kaum Zeit zum Fernsehen. Nur wenn Cassius Clay boxte, der später seinen »Sklavennamen« ablegte, zum muslimischen Glauben konvertierte und sich fortan Muhammad Ali nannte, klingelte auch bei mir nachts der Wecker.

Fachdienstoffiziere

»Er pflegte mich manchmal höhnisch zu fragen,
warum ich kein Offizier gewesen sei,
als hätte ich etwas Unrechtes getan.«
(K. Vonnegut, 1969)

Auch über die Fachdienstoffiziere (FD) wurde viel gespöttelt und gelästert. Sie galten als Offiziere mit Arbeitergesicht, also zweiter Klasse, was sie schon mit dem Zusatz FD zum Dienstgrad kenntlich machte.

Einmal fragte ich Eggi: »Warum hast du dich nicht für die FD-Offizierlaufbahn beworben?«

Eggi: »Das ist eine gute Frage. Erstens habe ich überhaupt keine Lust, mich auf die Schulbank zu setzen, um das Abitur (Hochschulreife) nachzuholen. Zweitens habe ich als Hauptfeldwebel viel mehr Freiheiten und Spielräume als ein FD-Leutnant. Dem werden die undankbarsten Aufgaben aufgedrückt, wie zum Beispiel Kasino-Verwaltung. In dem Elite-Korpsgeist werden sie nur als subalterne Offiziere betrachtet und oft spöttisch herablassend behandelt. Der Aufwand lohnt sich für mich nicht. Ich bin mit meinem Dienstgrad und meinen Aufgaben zufrieden. Aber – das möchte ich noch hinzufügen – habe ich auch Angst bei der Ausbildung zu scheitern, denn als Versager würde ich zum Gespött aller in die Truppe zurückkehren. Nein, das mache ich nicht!«

Ich: »Das ist auch ungefähr meine Meinung. Unteroffiziere waren und sind der Kitt der Armee. Die Offz-Kaste mag ruhig unter sich bleiben, in dem Glauben und der Arroganz, die Elite zu sein. Das ist sie in der Bundeswehr, was die gesellschaftliche Akzeptanz betrifft, längst nicht mehr.«

Danach wurde das Thema ironisch ausgewalzt:

Frage: Woran erkennt man einen FD-Offizier im Kasino?

Antwort: Wenn einer sagt: »Gib mich mal das Salz!«

Man sprach ihnen auch die Fähigkeit zu, selbst an runden Tischen anzuecken.

Ich mochte keine obszönen Witze, deshalb gefiel mir einer, den Wulf Rischmüller erzählt hatte, besonders gut: Während einer gemeinsamen Barbara-Feier in der Kaserne müssen ein Oberst und ein Gefreiter zur Toilette. Nebeneinander stehen sie am Pissoir. Sagt der Gefreite zum Oberst, als er seine Hose aufknöpft: »Herr Oberst, vor Ihnen wollte ich mir schon immer etwas herausnehmen.« Der Oberst guckt auf den Gefreiten herunter und sagt: »Und wie ich sehe, ziehen Sie wieder den Kürzeren!« Zwischenruf eines Luftbildauswerters: »Da hilft kein Schütteln und kein Klopfen, die Hose kriegt den letzten Tropfen.«

Ich fragte Eggi: »Was ist der Unterschied zwischen einem Freund des Hauses und einem Hausfreund? Der Freund des Hauses kommt, wann er will. Der Hausfreund will, wenn er kommt!«

Wenn nach einem Luftbild-Gruppenabend das letzte Bier getrunken war und alle gegangen waren, rollte ich oft meinen Schlafsack aus und legte mich zum Schlafen auf zwei zusammengerückte Tische – zumindest bis der Ruf des UvDs durch den Flur hallte. Wegen des Alkohols war eine Fahrt mit dem Auto undenkbar. Mit einem Taxi nach Braunschweig zu fahren lohnte sich wegen der paar Stunden nicht und wäre auch zu kostspielig gewesen.

Bttr-Übung im Winter: (v.l.) OLt Stürk, OFw Krüger, im Schneehemd Fw Grund.

LB-Auswertewagen mit Schneeketten und Schnee-Flecktarnung.

Winterübung im Gelände: (v.l.) Fw Grund, Uffz Flak, Fw Mura, HptGefr Becker,

DAS JAHR 1975

Wenn Libellen nicht beachtet werden

Wenn die meist nächtlichen Arbeiten wie Stellungswechsel, Tarnung und dem Herstellen der Arbeitsbereitschaft durchgeführt waren, erschien auch bald der erste Stabsoffizier in seiner Eigenschaft als Flugleiter. Gut gelaunt und umhüllt von einem feinen Hauch Rasierwasser, getreu dem Motto: Wenn ich komme, finde ich auch etwas zum Beanstanden.

Hatte Major Bruchhäuser am Aufbau des Gefechtsstandes oder an der Tarnung (besondere Beachtung verdienten die Kfz-Schilder) nichts auszusetzen, stand er im Gefechtsstandwagen und trat wie ein Tanzbär von einem Bein aufs andere, nur um festzustellen, dass der Koffer etwas schwankte: »Nicht abgestützt!« Die Wagen der Flugplanung und Auswertung mussten dann bei Herstellung der Arbeitsbereitschaft an den Ecken abgestützt und mittels eingebauter Libellen waagerecht eingerichtet werden.

Kam der Major später und die Flugplanungsarbeiten waren bereits angelaufen, beugte er sich über den Plantisch und ließ einen mit zwei Fingern gehaltenen runden Bleistift auf die Tischplatte fallen. Rollte der Stift zur Seite, folgte sein: »Nicht abgestützt!« Das Abstellen des Mangels oblag dann dem Kraftfahrer, der vom Flugplanungsfeldwebel herbeizitiert und – je nach Laune – streng, barsch oder ironisch dazu befohlen wurde. »Nicht abgestützt« wurde zum geflügelten Wort in unserer Batterie.

Unser S3

Der S3 (Ausbildung) und stellv. Btl Kdr war Major Bruchhäuser (genannt »Bruchtoni«). Von Statur war er gut untersetzt. Nicht ganz abwegig schien die Behauptung, dass er nach Dienst sofort die erste Würstchenbude anlief, um sich zu stärken.

Seine zweite außergewöhnliche Begabung war sein Geruchssinn. Wenn wir auf Übungen oder einer Flugperiode in einer Baracke in Bergen, Scheibenhof-Nord, untergebracht waren, vermochte er durch Zimmerwände und verschlossene Türen zu orten, wo es noch ein Fläschchen Bier gab. Dann flog die Tür auf, ein strahlend gut gelaunter Major trat ins Zimmer und setzte sich.

Höflichkeitsfloskeln waren überflüssig. Er war so lange Gast und Alleinunterhalter, bis die letzte Flasche Bier geleert war, dann ging er. Sich zu bedanken oder sich gar an den Kosten zu beteiligen ist nicht vorgekommen.

Der gläserne Iglu

Flugperiode 1975

Mit einem Fläschchen Kräuterlikör in der Hand stand ich unter fröhlichen Zechern. Die Stimmung der Kümmerling-Verkoster war dem Konsum des Getränkes entsprechend. Dann sangen wir: *Wenn bei Danzig die Rote Flotte im Meer versinkt ...* (frei nach Rudi Schurikes *Caprifischer*)[1]. Der Text war der politischen Lage geschuldet. Es war das Lieblingslied von Frank Mura und Gerd Grund. Später kam auch noch der Sanitätsgefreite Neumann zu Ehren, der die Graue Salbe erfunden hat.

Wir befanden uns in einem Barackenraum, im Scheibenhof-Nord, in Bergen, der für übende Truppen eingerichtet worden war: stählerne Bettgestelle an den Wänden, ein Tisch und Holzstühle. Wie immer wurden die Baracken für die Zeit der jährlichen Flugperiode mit der Drohne von unserer Einheit belegt. Hier tagte allabendlich der harte Kern: Die Feldwebel Frank Mura, Gerd Grund, Uffz Schmid, Jonny Schulz und Uffz Flack, meine Labor-Unteroffiziere sowie Fw Rudi Rotschiller. Rudi war auch der Ideengeber. Ein paar Tage zuvor war er beim abendlichen Umtrunk auf die Idee gekommen, die kleinen,

Scheibenhof-Nord.

nach unten konisch verlaufenden Kümmerling-Fläschchen so auf dem Tisch zusammenzulegen, dass sie einen Kreis bildeten. Wer die meisten Fläschchen anlegte, hatte gewonnen. So wurde die Idee vom »Iglu aus Flaschen« geboren, den man gestalten, also »zusammensaufen« wollte. Rudi ließ vom Tischler der Standortverwaltung eine Grundplatte in den Maßen 80 × 80 cm zuschneiden. Darauf wurde mit Pattex der Flaschenring geklebt.

Unser Appetit auf den süßen Kräuterschnaps war ungestillt. Wer wegen der Kräutersüße keinen Schluck mehr herunterbekam, spülte einfach mit Bier nach. Das waren fröhliche Abende. Natürlich konnte der Bau der Halbkugel an seinem Gipfelpunkt nicht ganz geschlossen werden. Es würde eine etwa fünf Quadratzentimeter große Öffnung bleiben, klärte uns der mathematisch begabte Leutnant Roggemann, Führer des Einsatzleit-Zuges auf. Wären die Flaschen statt viereckig sechseckig, würde sich das Bauwerk oben schließen lassen. Außerdem hatte er die benötigte Gesamtzahl der für das Vorhaben zu leerenden Flaschen berechnet: Insgesamt wurden 456 Fläschchen benötigt. Das waren 76 Kümmerlinge für jeden Beteiligten – abzüglich der bereits geleerten und aller Gästeportionen. Also wurden neue Kartons aus der Kantine benötigt, die langsam Nachschubprobleme bekam.

»Herr Oberleutnant,
ich brauch einen Mann
der Kartoffeln schälen kann!«
»Hauptfeld, ich hab keine Leute!«
»Küchen Uffz, dann gibt es heute,
wie ich das seh,
wieder Püree!«

Gespräch in der Küche,
Truppenübungsplatz Bergen

Zudem hatten wir vor, die Herstellerfirma über unsere Leistung zu informieren und sie mit Bildmaterial zu belegen. Mit zunehmendem Grad der Trunkenheit sahen sich einige Akteure bereits im Halbkreis um den Glasiglu stehend, auf Reklameplakaten abgebildet, ein Fläschchen in der Hand, den Bürgern zuprostend. Andere hofften auf viele Päckchen mit Probeexemplaren der kleinen Flaschen.

Es wurden lange Abende, bis zum Erbrechen. Immer wieder musste mit Bier der süße Geschmack neutralisiert werden. Doch bis zum erfolgreichen Abschluss der Flugperiode war auch diese Aufgabe gemeistert. Der Iglu, einem Glasigel nicht unähnlich, glänzte hellauf in den Sonnenstrahlen, die in das triste Barackenzimmer fielen. Und wieder zeigte sich Rudi als Pragmatiker. Bevor die heimkehrende Marschkolonne das Haupttor der Gneisenau-Kaserne in Wolfenbüttel erreicht hatte, scherte er mit seinem Wagen aus und platzierte den Iglu auf der Kühlerhaube seines Wagens, um im Glanz dieser fleißigen Leistung die Kasernenwache zu passieren. Danach wurden die benötigten Reklamefotos geschossen.

Der Glasiglu zierte noch lange Zeit den Kaffeeraum der Unteroffiziere, ein Mittelpunkt fröhlicher Abende. Und die Hersteller? Sie schickten uns ein T-Shirt mit Kümmerling-Aufdruck. Nicht zu fassen – nur ein T-Shirt für so viele Schluckbemühungen!

Gewöhnliche Belastungen

Während der Flugperioden, die im Frühjahr und Herbst in Bergen durchgeführt wurden, und bei freien Übungen, bei denen Drohnensimulationen mit Hubschraubern durchgeführt wurden, wurde mit der Reihenbildkamera der Drohne viel Bildmaterial erflogen. Für die Hubschrauber gab es dafür unterschiedlich konstruierte Kamerahalterungen, die außerhalb an den Kufen angebracht waren.

Das Bildmaterial, das während der Flugperioden gewonnen wurde, zeigte immer das Übungsplatzgelände von Bergen oder, wenn ein Überflug über die öffentliche Straße und Bahnlinie genehmigt worden war, Bilder vom TrÜbPl Munster und deren Belegung mit der schießenden Artillerie oder Panzern auf den Schießbahnen. Bei der Drohnensimulation wurden, ganz wie beim Drohnenflug, auch die Bildstrecken festgelegt, doch nicht immer eingehalten. Für den Piloten und Kamerabediener war es zu verlockend, einen Gefechtsstand oder eine Feuerstellung, die neben der geplanten Bildstrecke entdeckt wurde, »mitzunehmen« und im Bild zu haben. Solche außerordentlichen Ziele erschwerten die Auswertung zusätzlich, waren aber bei den Führungsstäben sehr willkommen.

Sobald die Filmkassette der Drohne oder dem Hubschrauber entnommen wurde und mit einem Kradmelder auf dem schnellsten Weg zur Luftbildgruppe war, begann die Zeit zu laufen. Nach unseren Vorgaben musste in 15 Minuten die erste Meldung über Aufklärungsergebnisse beim Btl/S2 vorliegen. In dieser Zeitspanne waren die acht Minuten Entwicklungszeit des Films im

Versamaten nicht enthalten. Nun lastete der Druck ganz auf mich, denn ich war der Einzige in der Division, der so etwas beherrschte. Zwar hatte ich ausgebildete Luftbildauswerter an meiner Seite, die mir zuarbeiteten, aber der Erfolg oder ein Misserfolg waren allein von mir zu verantworten. Also wertete ich den Film selber aus. Schließlich konnte ich schlecht zu den Gefreiten sagen: »Wertet schnell den Film aus, ich muss ganz nötig zur Toilette!«

So begann meine Arbeit: Der Film wurde über den Leuchttisch gezogen und die ersten Bilder anhand der geplanten Bildstrecke in die Karte einorientiert. Die Karte im Maßstab 1:50.000 mit der Planpause (Pergamentpapier) war an der Fahrzeugwand senkrecht hinter dem Leuchttisch angeheftet. Bei der Drohnensimulation mit dem Hubschrauber gab es im freien Gelände genug Orientierungspunkte (Waldstücke, Häuser, Straßenkreuzungen und ähnliches), um den Film in die Karte einorientieren zu können, auch wenn die geplante Bildstrecke nicht eingehalten wurde.

Erschöpft! Etwas Entspannung zwischen den Bildflügen und ein Täfelchen Dextro Energy.

Das Gelände auf dem TrÜbPl war wesentlich schwieriger und zeitaufwändiger einzuorientieren, weil bis auf die Schießbahnen und die Panzer-Ringstraße markante Geländepunkte fehlten. Doch die waren recht selten bildgedeckt. Nun musste ich unter Zeitdruck rund 160 Einzelbilder und die seitlichen 320 Geneigtaufnahmen auf mögliche Ziele durchmustern. War etwas Auffälliges zu erkennen, nahm ich die Lupe oder das Brückenstereoskop zu Hilfe. War ein Ziel erkannt, mussten die Fahrzeugtypen identifiziert und die Koordinaten festgestellt werden.

Nach 15 Minuten kam schon der Anruf vom S2 des Btls: »Wo bleibt die Zielmeldung?« Dann kam der Bttr Chef persönlich.

»Warum dauert das wieder so lange? Der Btl Kdr wird schon nervös!« So ging das von oben nach unten. Der Kdr wurde nervös, weil das Rgt Zielmeldungen forderte. Der Kdr rief den Bttr Chef an und der hakte bei mir nach.

Jeglicher Druck lastete allein auf mir. Ich nannte das die »Vertikale Druckverstärkung«. Hätte ich jetzt die Nerven verloren, hätte so etwas negative Konsequenzen für mich und die Bttr gehabt. Inzwischen war der Btl Kdr eingetroffen und wollte den Chef sprechen.

Ich atmete durch und dachte mir, *du musst jetzt ruhig bleiben, konzentriere dich auf die Bilder*. So sah ich mir Bild für Bild an und kümmerte mich nicht darum, was um mich herum vorging. Dann entdeckte ich eine Auffälligkeit: Durch die Lupe konnte ich mehrere zusammengestellte Kofferfahrzeuge erkennen. Die genauen Umrisse waren nicht zu erkennen, weil sie durch Tarnnetze nur unregelmäßig auszumachen waren. Während ich die erkannten Objekte mit einem roten Fettstift auf dem Film markierte und auf der Karte die Koordinaten feststellte, rief ich dem Funker zu: »Melden Sie an das Btl/S2: Zielmeldung … Zeit … drei getarnte Kofferfahrzeuge … vermutlich getarnter Gefechtsstand … Waldrand, westliche Ortschaft … Koordinaten … weitere Auswertung erfolgt!«

Damit war der Druck aber noch nicht von mir gewichen. Zwei Drittel aller Bilder mussten noch ausgewertet werden. Vor dem Auswertewagen hörte ich die Stimme des Kdrs, der laut auf den Bttr Chef einredete, dann betraten beide den Auswertewagen, um mir bei der Auswertung über die Schulter zu schauen und Fragen zu stellen. Ich hatte keine Zeit für lange Diskussionen und konzentrierte mich auf die Filmauswertung.

Der Angriff

Während einer der Flugperioden – wir lagen wieder in den Baracken im Scheibenhof-Nord – wurde ich von einem Soldaten des Instandsetzungs-Zuges angegriffen. Wie konnte es dazu kommen?

Vor dem Eingang zur Baracke waren einige Soldaten des Inst-Zuges versammelt, die ich namentlich nicht kannte. Weil sie dort Krach machten, sagte ich zu ihnen: »Hört auf, hier rumzukrakeelen!« Da stürzte sich einer von ihnen auf mich und schlug mit den Fäusten auf mich ein. Durch die Abwehrhaltung meiner Unterarme konnte ich den Angriff weitgehend abwehren. Nach einigem Gerangel kam mir ein StUffz aus dem Inst-Zug zur Hilfe. Der Soldat wurde »vorläufig festgenommen« und in die nächste erreichbare Zelle abgeführt. Er hieß Strohmeier. Als Kdr, OTL Giesecke, ins Lager kam, befragte er mich

Oben: Die aufgefahrenen Fahrzeuge der DrohnenBttr in der Gneisenau-Kaserne zur Gefechtsübung.

Links: Besprechung und Studium der Lagekarte: (vorne links) OFw Krüger, (rechts) HptFw Sendrowski.

Einsatz: Entweder ein Drohnenflug auf dem TrPbPl Bergen ...

... oder per Drohnensimulation mit dem Hubschrauber Aluette II im freien Gelände.

Oben: Werferführer OFw Hennig verlässt mit seinem Auftrag den Bttr-Gefechtsstand.

Links: Flugplanungsfeldwebel HptFw Sendrowski bei der Flugplanung.

Unten: Start der Drohne mit dem Booster (Startrakete).

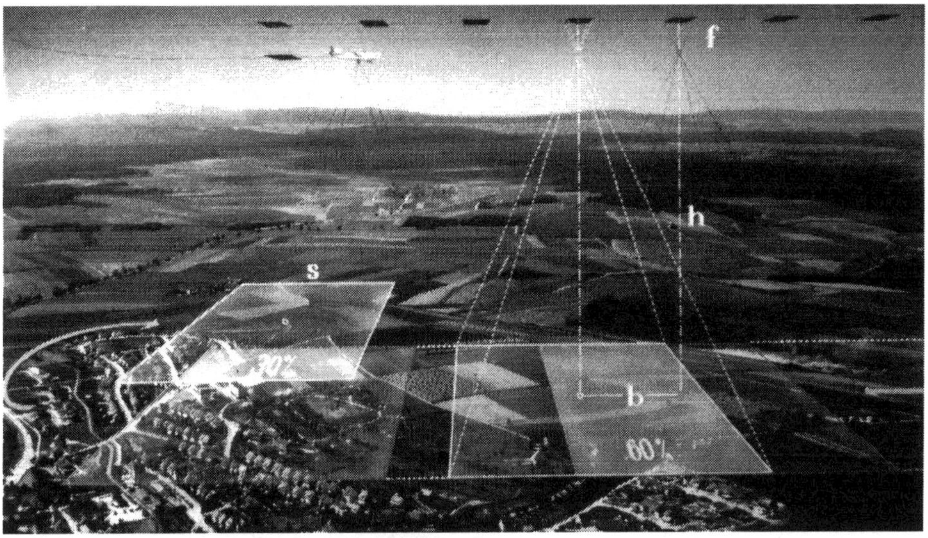

Oben: Die Aufnahmen der Drohne mit der Zeiss-Kamera während des Fluges.

Links: Nach dem Aufklärungsflug. Landung der Drohne am Fallschirm. Oben ist noch der Bremsfallschirm zu sehen.

Rechts: Die Drohne kurz vor der Landung mit aufgeblasenen Landekissen. Die dunklen Kreise sind die Ventile, aus denen die Luft beim Aufschlag entweicht.

Unten: Weiche Landung auf den Landekissen.

Oben: Der Kradmelder (links) wartet auf den Film, um ihn zur Luftbildgruppe zu befördern.

Links: Nicht jede Drohne landet erwartungsgemäß. Hier ein Totalschaden.

Die Luftbildgruppe wartet vor dem Laborwagen, um den Film in Empfang zu nehmen.

Danach wird die Drohne im Inst Zug überprüft und vermessen. Gegebenenfalls werden Bauteile ausgetauscht, damit sie wieder für einen neuen Flug zur Verfügung steht.

Oben: Die gelandete Drohne auf dem Tragegestell zum Transport in den Inst-Zug.

Links: Im Luftbild-Auswertewagen. Der Film liegt auf dem Leuchttisch, Lupe und Brückenstereoskop sind bereit und an der Wand hängt die Karte mit Planpause und Bildstrecke.

Ein Ziel ist erfasst: Auf einer Schießbahn in Bergen sind acht Schützenpanzer Marder aufgefahren. Das wird als Zielmeldung sofort an das Btl gemeldet.

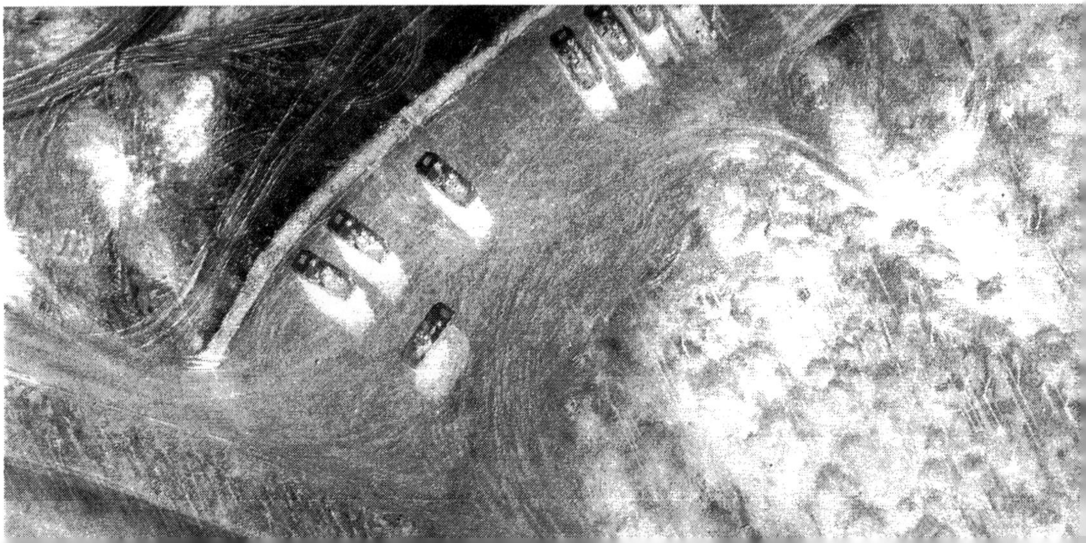

4./Beobachtungsbataillon 13 3340 Wolfenbüttel, 04.05.1988
-Batteriechef- Gneisenau-Kaserne

Gliederung der Batterie auf dem Marsch

Funktion	Kfz Typ	Y-Nr	Bem.
BttrChef		390 890	
ZgFhr ELA		103 626	
Kradmelder		362 890	
Kradmelder		158 665	ErkKdo
FkbTrp(ELA)		417 170	Raum/Straße
RkrsTrp 1		389 080	
ZgFhr TuI			
StartGrpFhr 1		390 889	
StartGrpFhr 2		223 393	Gr.Vorkdo
RkrsTrp 2		225 489	
ZgFhr Dro		390 886	
LandeTrp 1		417 081	
LandeTrp 2		669 891	
AuswGrpFhr Lubi		103 829	
Kradmelder		264 329	
Kradmelder		158 663	
EinsLeitGrp		338 762	
GOS		740 831/136 777	
AuswGrp Lubi		584 044	
AuswTrp Lubi		134 525/546 626	
PhotolaborTrp		966 966/774 239	
BergeTrp 1		583 449	
BergeTrp 2			
StartKfz 1		438 614	
EG 1		193 866	
StartUnterstTrp 1		583 420	
StartKfz 2		438 611	
EG 2		193 860	
StartUnterstTrp 2		603 368	
PrüfTrp		833 123/111 811	
AufrüstTrp		675 588/753 723	
InstTrp		653 706/163 796	
MatTrp		234 670/587 905	
TrspTrp(Dro)		430 754/151 807	

Funktion	Kfz Typ	Y-Nr	Bem.
BstfTrp(Dro)		430 575	
TrspTrp(Trbw)		430 734/151 804	
BttrFw		561 230	
VersDstFw		410 088	
Abstellungen			
FkbTrp(Bttr)		417 252	

Die Marschgliederung der Batterie.

Egbert (Eggi) Sendrowski, Fritz J. Krüger und Wolfhard Hennig.

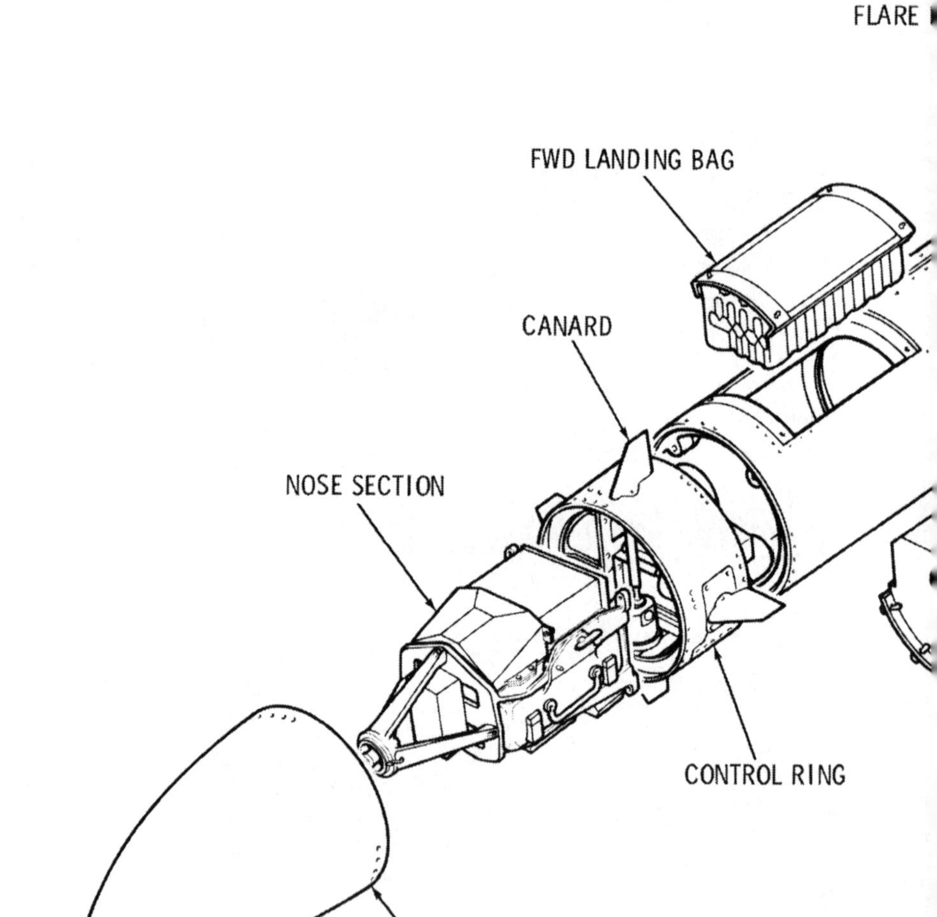

FLARE
FWD LANDING BAG
CANARD
NOSE SECTION
CONTROL RING
NOSE CONE
ADMU

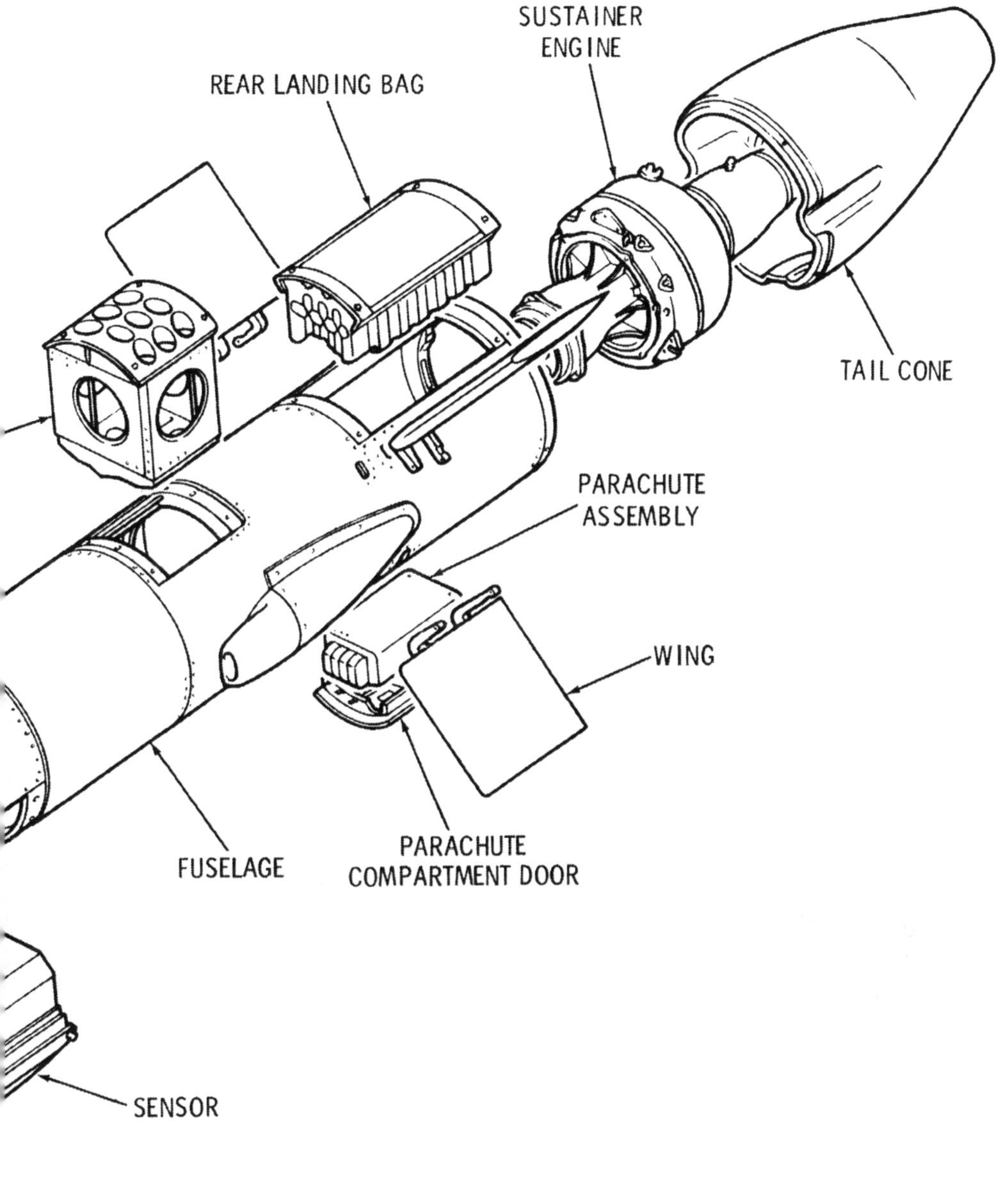

Die wichtigsten Bauteile einer Drohne. Zeichnung aus einem Benutzerhandbuch der Firma »Canadair«.

Das technische »Innenleben« einer Drohne. Zeichnung aus einem Benutzerhandbuch.

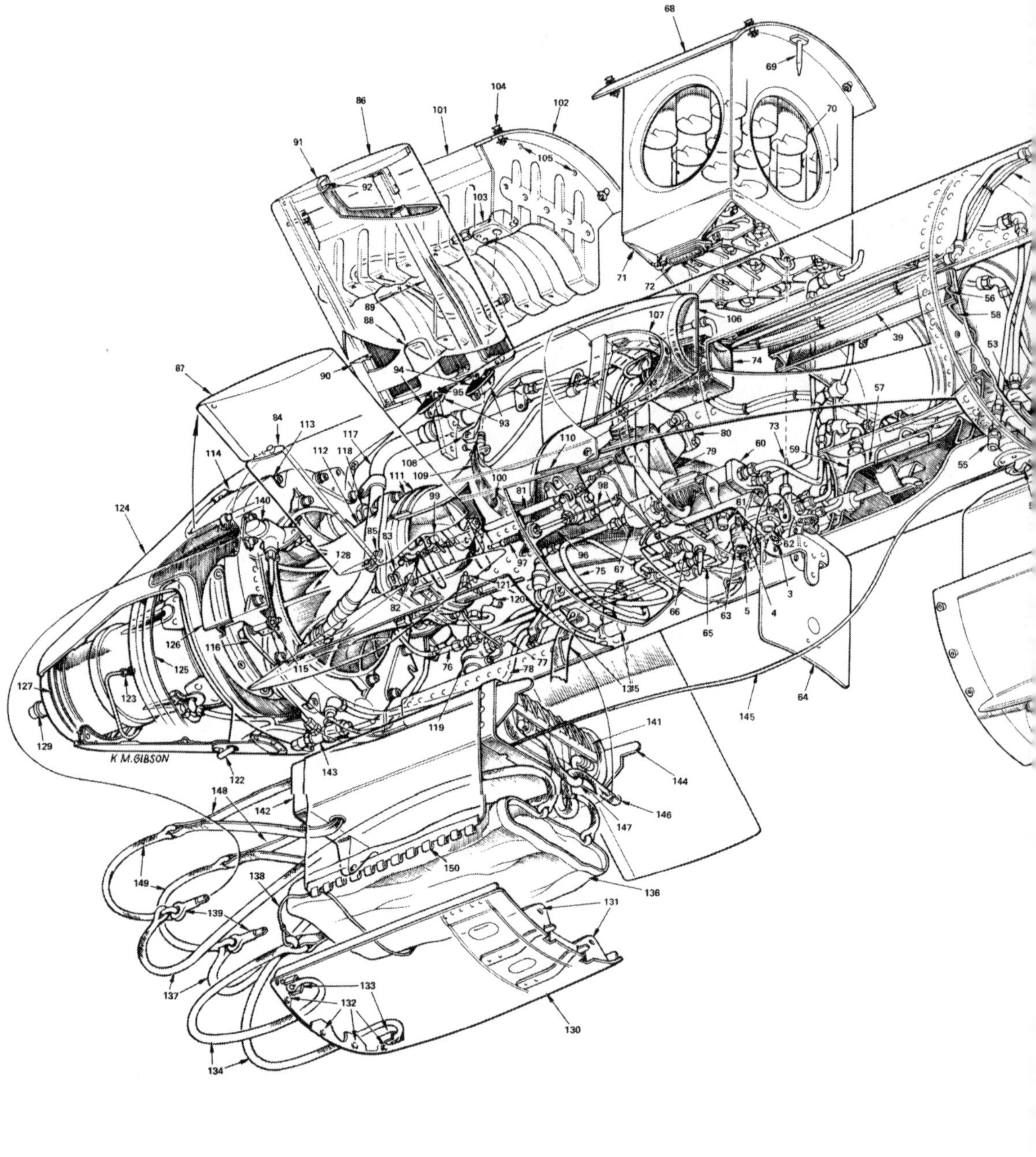

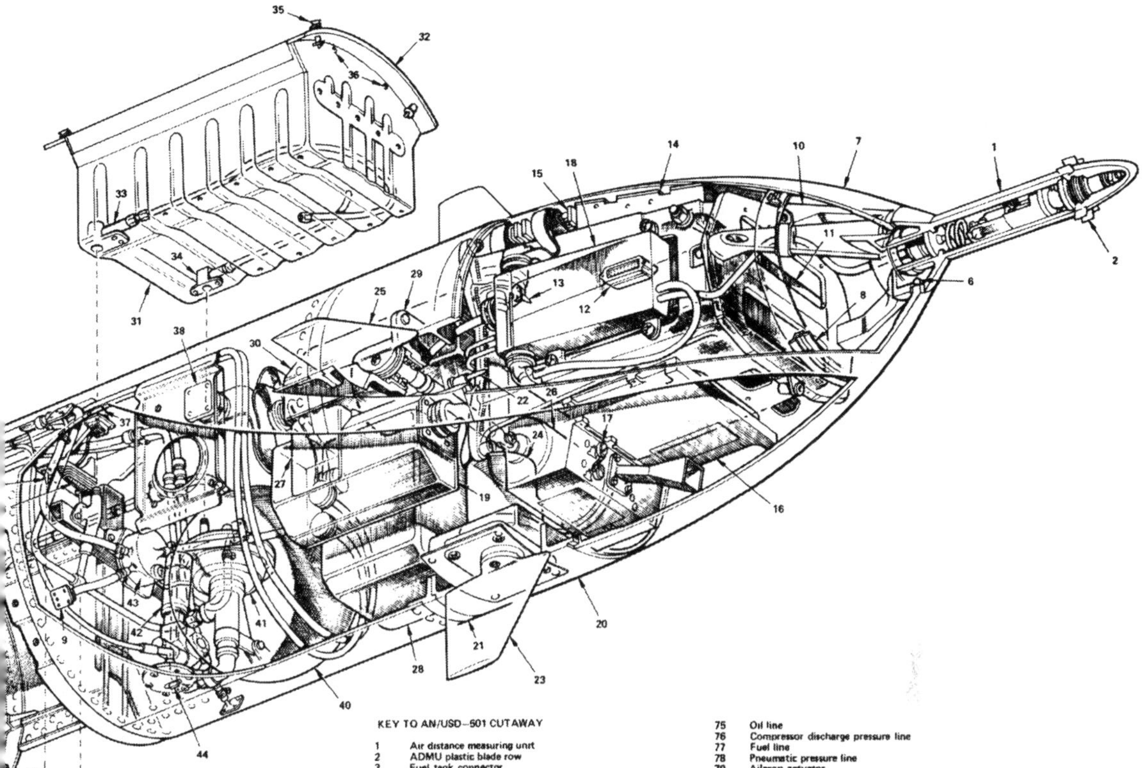

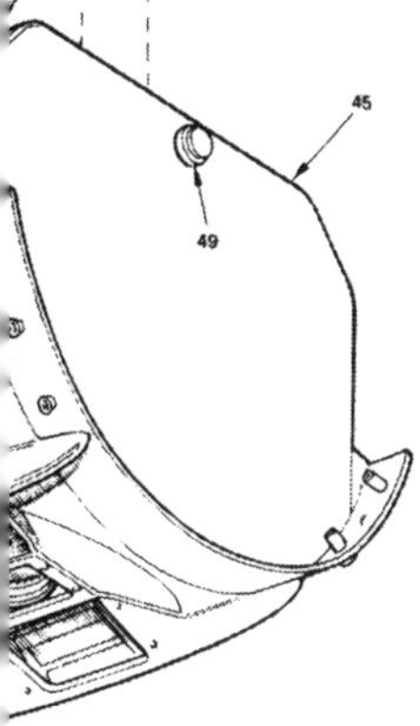

KEY TO AN/USD–501 CUTAWAY

1 Air distance measuring unit
2 ADMU plastic blade row
3 Fuel tank connector
4 Air and oil connector
5 Main fuel connector
6 ADMU latch release stud
7 Nose cone
8 Nose cone reinforcing ring
9 Static pressure ports (4)
10 Nose structure
11 Programmer
12 Programmer blind mating plug
13 Programmer locating pins
14 Static power converter
15 Power control unit
16 X-band receiver
17 X-band receiver crystal access
18 Junction box no. 1
19 Junction box no. 2
20 Forward control ring
21 Forward joint ring
22 Nose cone locating pin (2)
23 Yaw canard
24 Yaw canard actuator
25 Pitch canard
26 Pitch canard actuator
27 Shaping amplifier
28 Directional gyro
29 Vertical gyro
30 Servo amplifier
31 Forward landing bag container
32 FLB door
33 FLB air connector
34 FLB sensing line connector
35 FLB 1/4-turn fasteners (4)
36 FLB shear screws (4)
37 Flash detector
38 Command decoder connector stowage
39 Service conduits (2)
40 Air bottle
41 Landing bag pressure regulator
42 Pressure switch and safety valve assembly
43 Static pressure junction box
44 X-band transponder antenna
45 Sensor pack
46 Sensor pack blind mating connector
47 Sensor pack locating pins
48 Sensor pack guide rails
49 Sensor pack guide rail roller (2)
50 Electrical harness
51 Oil bleed valve
52 Oil relief valve
53 Lanyard-operated valve
54 Launch lug
55 Fuel relief valve
56 Fuel tank
57 Fuel tank trap
58 Oil tank
59 Air reservoir charging valve
60 Fuel/oil manifold assembly
61 Manifold relief valves (2)
62 Ignition harness
63 Start air connector
64 Rear umbilical door
65 Fuel valve
66 Fuel filter
67 Oil valve
68 Flare pack
69 Flare pack locating pins (2)
70 Flare pack flares (12)
71 Flare pack breech block
72 Flare pack breech block blind mating plug
73 Flare pack breech block locating pin
74 Stepper switch
75 Oil line
76 Compressor discharge pressure line
77 Fuel line
78 Pneumatic pressure line
79 Aileron actuator
80 Aileron actuator trunnion support
81 Aileron actuator connecting rod assembly
82 Aileron actuator connecting rod turnbuckle
83 Aileron actuator operating lever
84 Aileron (2)
85 Aileron lever (2)
86 Wings (4)
87 Wing in folded position
88 Wing root
89 Wing spar
90 Wing trailing edge member
91 Wing tip filler
92 Wing tip rib
93 Wing mounting lugs
94 Wing mounting lug seals
95 Wing stops (2)
96 Wing-ring casting
97 Wing lock release mechanism
98 Wing lock release cable
99 Wing mounting lug hinge pin
100 Transportation hold-down hole
101 Rear landing bag container
102 RLB door
103 RLB air connector
104 RLB 1/4-turn fasteners (4)
105 RLB shear screws (4)
106 Engine air intake
107 Boundary layer deflector
108 Outer air duct lug
109 Air duct joint rubber sleeve
110 Internal bifurcated air duct
111 Bifurcated air duct clamps (2)
112 Engine front inlet housing
113 Sustainer engine
114 Igniter
115 Engine mounting ring
116 Engine mounting plates (3)
117 Air start line
118 Oil inlet
119 Dynamic load fuel compensator
120 Fuel bleed valve
121 Fuel pressure test connection
122 External oil drain
123 Thermocouples (3)
124 Tail cone
125 Tail cone reinforcing ring
126 Vee bridle retaining strip
127 Tail cone floating seal
128 Engine compressor housing
129 Engine nozzle plug
130 Parachute door
131 Parachute door release actuator lock pin holes (2)
132 Parachute door locating pins (4)
133 Parachute door bridle attachments (2)
134 Parachute door bridles (2)
135 Parachute door release actuators (2)
136 Drogue parachute
137 Drogue parachute vee bridles (2)
138 Drogue parachute bag release rip-cord
139 Drogue parachute bridle shackles (2)
140 Drogue parachute vee bridle shackle release actuators (2)
141 Main parachute
142 Main parachute cassette
143 Main parachute cassette release actuator
144 Main parachute cassette forward locating lugs (2)
145 Main parachute forward riser cable
146 Main parachute rear riser
147 Main parachute mouth-lock bridles
148 Main parachute kick-out straps (2)
149 Main parachute lazy legs (2)
150 Main parachute unitizing flaps (2)

PRODUCED BY DEPT 356

eingehend, ob ich den Soldaten provoziert oder ich mich korrekt verhalten hätte. Ich sei mir keiner Schuld bewusst, entgegnete ich. Er kannte zwar die Aussagen aller Beteiligten, doch es war ihm sehr unangenehm, ein BV (Besonderes Vorkommnis) an das Regiment melden zu müssen. So etwas konnte sich ungünstig auf seine Karriere auswirken.

Der Soldat Strohmeier wurde zu einer vergleichsweise milden Disziplinarstrafe verurteilt. Inzwischen waren Monate vergangen, und ich verzichtete auf eine zivilrechtliche Strafverfolgung. Vielleicht hatte er angegeben, Alkohol getrunken zu haben. So etwas wirkte sich wegen der herabgesetzten Schuldfähigkeit immer strafmildernd aus. Ich will an dieser Stelle nicht weiter spekulieren, aber einige Vergleiche anführen: In der Wehrmacht (1941) wurde »Tätliches Vergreifen an einem Vorgesetzten« nach dem Wehrmachtsstrafgesetzbuch geahndet. In dem Fall erfolgte eine Bestrafung durch das Kriegsgericht, das in der Regel ein Todesurteil verhängte. Noch weiter zurück in die Geschichte wurden Angriffe auf Vorgesetzte und Meuterei in der Royal Navy und allen Armeen der Welt grundsätzlich mit dem Tode durch den Strang oder Erschießen bestraft.

Unsere NATO-Partner

Bei einer Übung mit Drohnensimulation sollte die Zusammenarbeit mit den Engländern, die in Celle stationiert waren, erprobt werden. Das hatte S3 Major Bruchhäuser eingefädelt, der damit groß rauskommen wollte.

Im Gelände stießen unsere NATO-Partner zu uns. Zwei Sergeanten mit einem Jeep nebst Anhänger. Sie waren weitgehend autark und hatten alles, was sie brauchten – Zelt, Marschverpflegung sowie einen Kocher – in ihrem Anhänger dabei. Einer der beiden hieß Ernst (Ernesto) und zeichnete sich nicht nur durch seine Körperfülle aus, sondern auch dadurch, dass er stets mit einem schwarzen Overall bekleidet war, statt mit einer Uniform. Der zweite Sergeant sprach etwas Deutsch, weil er mit einer deutschen Frau verheiratet war.

Nachdem sie in das Kamerasystem und die Bedien-Box eingewiesen worden waren, flogen sie los. Major Bruchhäuser hatte ein lohnendes Ziel erkundet, das nun per Luftbild aufgeklärt werden sollte. Der Versamat war arbeitsbereit. Der Hubschrauber landete. Die Filmkassette wurde entnommen, enthielt aber keinen Film. Hatte Ernst den Film schon entnommen? Große Aufregung. Major Bruchhäuser wurde nervös: »Wo ist der Film?« Obwohl er es nicht zugab: Ernst hatte vergessen, einen Film in die Kamera einzulegen! Damit war noch während der Übung die deutsch-britische Zusammenarbeit beendet.

Im Härtetest

In Verbindung mit Luftfahrzeugen kommt es immer zu langen Wartezeiten. Das kennt jeder von Flughäfen oder wer mit Luftfahrtgerät zu tun hat. Auch in der Drohnenbatterie kam es zu sogenannten »Leerlauf«, der je nach Einfallsreichtum der örtlichen Führung sinnvoll genutzt werden konnte. Wenn während der Flugperioden in Bergen alles zum Flug vorbereitet war, stand der Bus der Werfergruppe auf dem Bereithalteplatz und die Soldaten warteten auf ihren Einsatz.

Um keine Langeweile aufkommen zu lassen, zündeten sich der Werferführer Fw Alfred N. sowie die Uffze und Raucher der Gruppe Zigarillos an. Es durfte dabei kein Fenster und keine Tür des achtsitzigen VW-Busses geöffnet werden. Einige Soldaten versuchten sich mit ihrem Parka zu schützen, indem sie sich diesen über den Kopf zogen. Wer so etwas versuchte, bekam von Uffz Buttgereit den Zigarrenrauch durch die Ärmel geblasen. Der Soldat, der es nicht mehr aushalten konnte und hustend aus dem VW-Bus flüchtete, hatte verloren und musste für den allabendlichen Zugabend eine Kiste Bier ausgeben.

Beliebtes Kleidungsstück

Zu Beginn einer Flugperiode kam Kdr OTL Giesecke, um den Fortgang des Gefechtsstandaufbaus zu inspizieren. Er stand neben dem Zugführer OLt Stürck. Der Kdr stellte fest, dass fast alle Soldaten des Zuges in einer Panzerkombination steckten, die sie sich privat beschafft hatten, auch OLt Stürck. Im Bekleidungsnachweis ist solch ein Kleidungsstück nicht aufgeführt. Die einzige Ausnahme bildeten die Kradmelder. Daraufhin fragte der Kommandeur den Oberleutnant: »Sagen Sie mal, haben Sie hier eine gepanzerte Drohnenbatterie?«

Wenn Eggi die Befehlsausgabe machte, endete sein Zugbefehl mit dem Satz: »... und die Bevölkerung sitzt deprimiert in den Kellern und ist der Truppe wohlgesonnen!«

Für Elise

Für eine musikalische Untermalung des nüchternen Dienstbetriebs in der Kaserne sorgte Beethoven. Ich hatte mir eine dieser kleinen Spieluhren gekauft, die bekannte Musikstücke auf der Walze hatten, von der *Kleinen Nachtmusik* bis zum *Flohwalzer*. Ich entschied mich jedoch *Für Elise*. In den Pausen oder bei Zugabenden konnte ich sie erfolgreich ertönen lassen.

Auf einer Tischplatte klang sie schon ganz gut, unübertroffen jedoch auf einem Türblatt, das ja in der Regel hohl ist. Wenn ich also ins Geschäftszimmer, zum Spieß Münsterberg oder in das Schreibzimmer von Käthe ging, erklang *Für Elise* unüberhörbar durch den ganzen Flur. Je nach Gemütslage konnte ich die kleine Spieluhr melancholisch langsam oder fröhlich schnell abspielen.

Für Elise blieb nicht lange alleine. Bald ertönten in den Fluren weitere Melodien, denn diese kleinen Spieluhren erfreuten sich großer Beliebtheit. So brachte Ludwig van Beethoven etwas Stimmung in unseren militärischen Alltag. »Mach anderen eine Freude, dann hast Du Deinen Spaß.«

Im Sommergarten

Auch zum Präparieren von Fossilien war unser Garten ein geeigneter Ort. Wenn Braunschweig auf seiner Strecke lag, kam mitunter unser Sohn Klaus mit seinem großen Lastzug angebrummt, um uns zu besuchen. Auch er wurde vom Wasser angezogen. Dann planschen alle Kinder, bis auf Angela, in einem aufblasbaren Gummibecken und ließen ihre Segelschiffchen fahren. Wenn ich abends gefeiert hatte, sah man mich am nächsten Tag recht geschafft auf einer Decke liegend, bewacht von Barry, bis auch er eingeschlafen war.

Wir hatten uns per Versandhaus unsere erste Geschirrspülmaschine gekauft, und Gisela war begeistert. Nun brauchte niemand mehr den ungeliebten Abwasch per Hand zu erledigen. »Das ist die beste Erfindung des Jahrhunderts«, frohlockte sie. Die Maschine passte gerade noch in unsere kleine Küche.

Unser Garten war der zweite Wohnsitz der Kinder. Besonders der Birnbaum war ein beliebter Aufenthaltsort und Kletterbaum. Sendrowskis wohnten zwar in Wolfenbüttel, doch Eggi und Waltraud besuchten uns häufig und brachten ihren Sohn Kai mit.

Gisela in Paris

Gisela und die Frau von Fritz Ernst verstanden sich hervorragend, vor allem, wenn das Thema Reisen angesprochen wurde.

»Frau Krüger, reisen Sie, reisen Sie so lange Sie es noch können. Reisen für später aufzuschieben ist Unsinn, weil Sie es später körperlich einfach nicht mehr schaffen. Sie müssen unbedingt nach Paris fahren und sich diese geschichtsträchtige Stadt ansehen. Paris müssen Sie gesehen haben. Wenn ihr Mann keine Lust oder keine Zeit hat, fahren sie eben alleine. Ich rate es Ihnen, fahren Sie nach Paris und erleben Sie diese wunderbare Stadt«, erklärte sie.

»Das mit dem Reisen im Alter habe ich selbst erlebt. Mein Mann begeistert sich für die griechische Kultur. Er hat alle Werke der Klassiker gelesen. Sein größter Wunsch war es, Athen zu sehen, auf der Akropolis zu stehen und von dort im Geiste das antike Griechenland in seinem Kopf neu erstehen zu lassen. Also reisten wir nach Athen. Das war schon sehr beschwerlich, denn wir waren ja nicht mehr die Jüngsten. Zu Fuß den Akropolis-Berg mit dem Parthenon zu erklettern war uns nicht möglich, also mieteten wir einen Esel. Aber bei dem Versuch, den Esel zu besteigen«, sie lachte und hielt sich die Hand vor den Mund, wie ein Schulmädchen, »ist er auf der anderen Seite wieder heruntergefallen. Er hat den Parthenon leider nie betreten.«

Im Juli 1975 buchte Gisela eine Studienreise nach Paris. Da ich dienstlich nicht abkömmlich war, fuhr sie alleine. Dort sah sie viele Dinge, die ich bei späteren Parisbesuchen nicht zu sehen bekam: Den Invalidendom mit dem Sarkophag Napoleons, den Louvre und die Mona Lisa, Montmartre mit dem Moulin Rouge, den Flohmarkt in den alten Markthallen und das Schloss Versailles mit dem Spiegelsaal, in dem 1871 die Gründung des Deutschen Reiches stattfand. Es war das politisch-diplomatische Meisterwerk Bismarcks.

Mein Mentor

Dr. Gundolf Ernst förderte mich, ohne dass ich mir zuerst darüber klar wurde. Bei Exkursionen mit seinen Studenten in das Campan von Misburg stellte er ganz allgemein an alle Anwesenden Fragen nach dem Alter, der Sedimentbildung und der Fossildiagenese und ließ sie dann von mir beantworten. So stand ich manchmal ungewollt im Mittelpunkt und war bei den Studentinnen gefragt.

Bei seinen Lesungen im Hörsaal über den Muschelkalk behandelte er die Leitfossilien und zeigte Bilder von Ceratiten, Muscheln, Seelilien und Krebsen. Wenn ihm ein Name nicht geläufig war, sagte er, indem er einen Krebs zeigte: »Krüger kennt die Fossilien mit Namen.« Daraufhin rief ich durch den Hörsaal »*Pemphix sueuri*« und galt bald als Experte. Heute glaube ich nicht mehr, dass ihm ein Fossilname nicht einfiel, denn er hatte ein hervorragendes Gedächtnis. So hatte ich Dr. Ernst auch meine ersten Erwähnungen in der wissenschaftlichen Literatur zu verdanken, in denen er seinen Mitarbeitern dankte und sie herausstellte. Das erfüllte mich mit Stolz und Eifer.

Marianne und Wolfhard Hennig

Wolfhard kam als StUffz aus Stade in unsere Bttr. Er wurde zwar nach Wolfenbüttel versetzt, wohnte aber mit seiner Frau weiter in Oldenburg, bis sie eine Wohnung am Standort beziehen konnten. Wolfhard war, wie Alfred Neumann, Werferführer. Wir verstanden uns sehr gut und bildeten mit Eggi einen Dreierbund. Er kam aus einer Soldatenfamilie. Sein Vater war Oberstabsfeldwebel bei der Luftwaffe in Oldenburg und sein Bruder arbeitete als Schauspieler. Das passte alles gut zusammen. Gisela verstand sich ebenfalls sehr gut mit seiner Frau, Marianne. Wir besuchten einander, feierten zusammen Silvester und es war immer gute Laune, wenn sie mit ihrer kleinen Tochter Sylke bei uns im Garten spielten.

Auf Drängen von Marianne wurde Wolfhard nach einer Verpflichtungszeit von zwölf Jahren mit dem Dienstgrad Oberfeldwebel aus der Bundeswehr entlassen, obwohl er gute Chancen hatte, Berufssoldat zu werden. Marianne konnte sich mit dem Militär einfach nicht anfreunden, obwohl Wolfhard gerne Soldat geblieben wäre. So verließ er die Bundeswehr und machte eine Ausbildung bei der Verwaltung.

Besuch von Peter Espenhahn

Plötzlich bekamen wir Besuch aus Berlin. Peter Espenhahn war angereist. Er war der Onkel von Wolfgang und Angela, also der zweite Sohn (mit einer anderen Mutter) von Hans Espenhahn aus Köln, dem Großvater der Kinder. Peter hatte uns schon einmal besucht, als wir noch in Bad Zwischenahn lebten. Damals, als ich noch in der Lehre war, hatte er mich durch seine Tätigkeit beim Deutschen Entwicklungsdienst (DED), die ihn selbst nach Afrika und

Indien führte, sehr beeindruckt. Wie viele Berliner erzählte er gerne und viel. Was ihn veranlasst hatte, uns in Braunschweig zu besuchen, blieb ungewiss. Vielleicht war es unsere Verbindung zu seinem Vater, mit dem wir noch immer in Kontakt standen.

Es gab auch bruchstückhafte Informationen aus seinem Familienleben. Als Peters Mutter nicht mehr mit ihm fertig wurde, fuhr sie mit ihm nach Köln, klingelte an der Haustür von Hans und sagte: »Hier hast Du Deinen Sohn, den kannst Du selbst erziehen!« Hans bestand darauf, dass Peter eine Lehre in einem Metallberuf abschloss, was nicht ohne Schwierigkeiten geschah. Nach diesem Besuch haben wir nie wieder etwas von Onkel Peter gehört.

Haupteingang zum Fliegerhorst des Aufklärungsgeschwader 52 in Leck.

Beim Luftwaffen-Aufklärungsgeschwader 52

Vom 11. bis 29. August 1975 wurde ich zusammen mit meinem Fotolabor-Uffz Scholz nach Leck zur Aus- und Weiterbildung in der Luftbildauswertung kommandiert. Also wieder bei der Luftwaffe, nur diesmal in einem richtigen Aufklärungsgeschwader. Der Fliegerhorst war einige Kilometer entfernt von den Kasernen und Wohngebäuden der Soldaten und ihrer Familien. Ein

Die mobilen Auswerte-Shelter des AG 52.

Pendelbusverkehr stellte die Verbindung zwischen den beiden Bereichen her. Auf einer dieser Fahrten traf ich auch Mietze Gogger wieder, die ehemalige Schreibkraft aus Fürstenfeldbruck. Sie hatte einen damaligen Lehrgangsteilnehmer geheiratet und war mit ihm nach Leck gezogen.

Die Aufklärungsmaschinen wurden in Hangars abgestellt. Das waren große, halbrunde, gegen Luftsicht getarnte Hallen aus Spannbeton, die mit entsprechendem Abstand voneinander gebaut worden waren. Damit wurde verhindert, dass bei einem Luftangriff mehrere Flugzeuge getroffen wurden und für den Einsatz ausfielen.

Auf einem der Hallenvorplätze, nahe der Runway, befand sich das Zentrum der Luftbildauswertung, das in mehr oder weniger miteinander verbundenen Sheltern untergebracht war. Es waren mit Klimaanlage versehene Büro-Container, würde man heute sagen. Die ganze Anlage, es waren etwa zwölf Shelter, war damit mobil und ließ sich ab- und an anderer Stelle wieder aufbauen. Das war ein taktischer Vorteil. Der Nachteil war die uneingeschränkte Luftsicht. Bei einer Bedrohung ließ sich die Auswertezentrale jedoch verlegen und mit entsprechenden Mitteln tarnen.

In den Sheltern gab es keine Fenster. Die Luftbildauswerter und Laboranten arbeiteten den ganzen Tag bei Kunstlicht, wie in einem Bunker. Die technische Ausstattung bestand aus Leuchttischen, über die die gerade erflogenen Negativfilme gespult wurden, und Binokularen für die Feinauswertung. Alles war besser und moderner als bei uns im Heer, aber im Prinzip gab es nichts wirklich Neues. Nur die Auswerter trugen weiße Fingerhandschuhe, um keine Abdrücke auf dem Film zu hinterlassen.

Einige der Kameraden kannte ich schon aus Fürstenfeldbruck und Oldenburg, wie Major Modrow, OFw Beckmann und OFw W., der einmal im Austausch an einer Flugperiode bei uns in der Drohnen-Bttr teilgenommen hatte. Wir wurden freundlich aufgenommen und man zeigte uns, was die Luftwaffe zu leisten vermochte. Einige der Piloten und Kampfbeobachter waren früher Feldwebel-Dienstgrade gewesen. Da aber nur Offiziere Jetpiloten sein konnten – wohl eine Vorgabe der NATO – wurden sie kurzerhand zu Offizieren umgeschult.

Auf seinen weißen Daimler angesprochen meinte OFw W., Geld zu machen, ohne sich anstrengen zu müssen, sei kein Problem. Man müsse es nur richtig anlegen, dann vermehrt es sich von selbst. Mit der erschwinglichen Summe von 5.000 Mark könne ich bei ihm einsteigen. Wenn ich das Geld nicht hätte, könne ich ja einen Kredit aufnehmen.

Die erflogenen Filme werden auf das Flight-Board eingetragen.

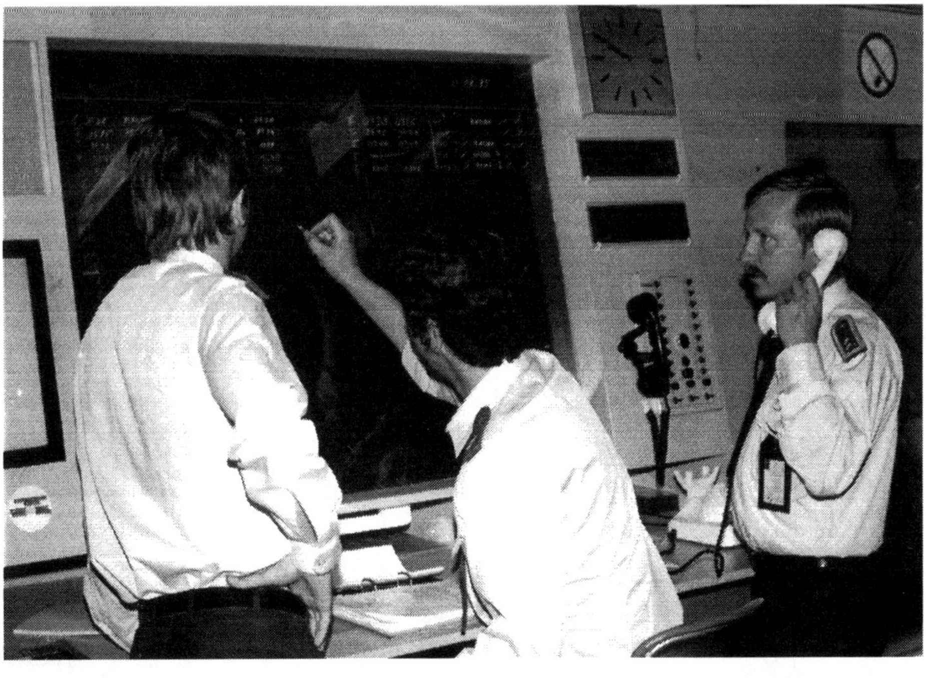

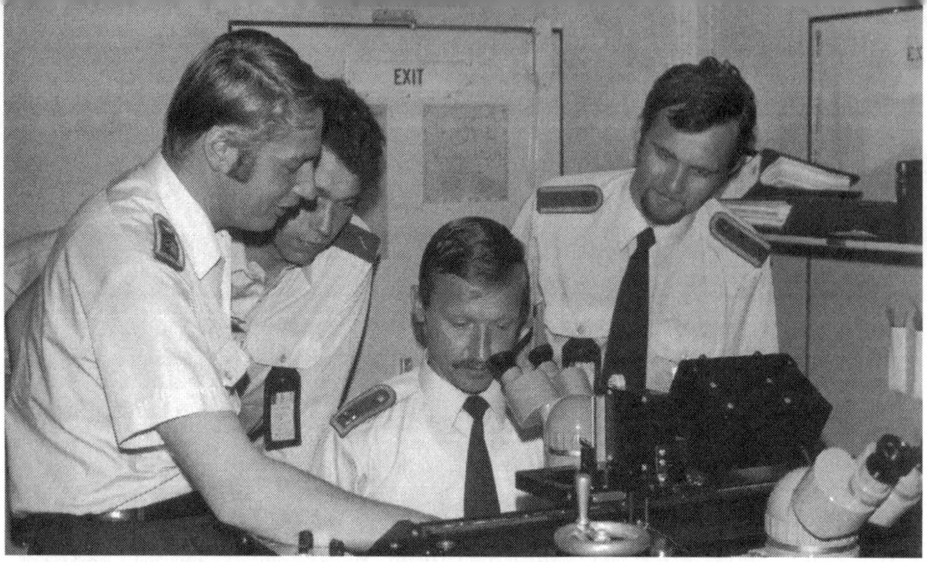

Luftbildauswerter im Auswerte-Shelter.

Links: Mit Uffz Scholz beim Austausch der Transportrollen des Versamaten.

Unten: Auswerter der Luftwaffe und des Heeres mit Binokulare anstatt Lupen.

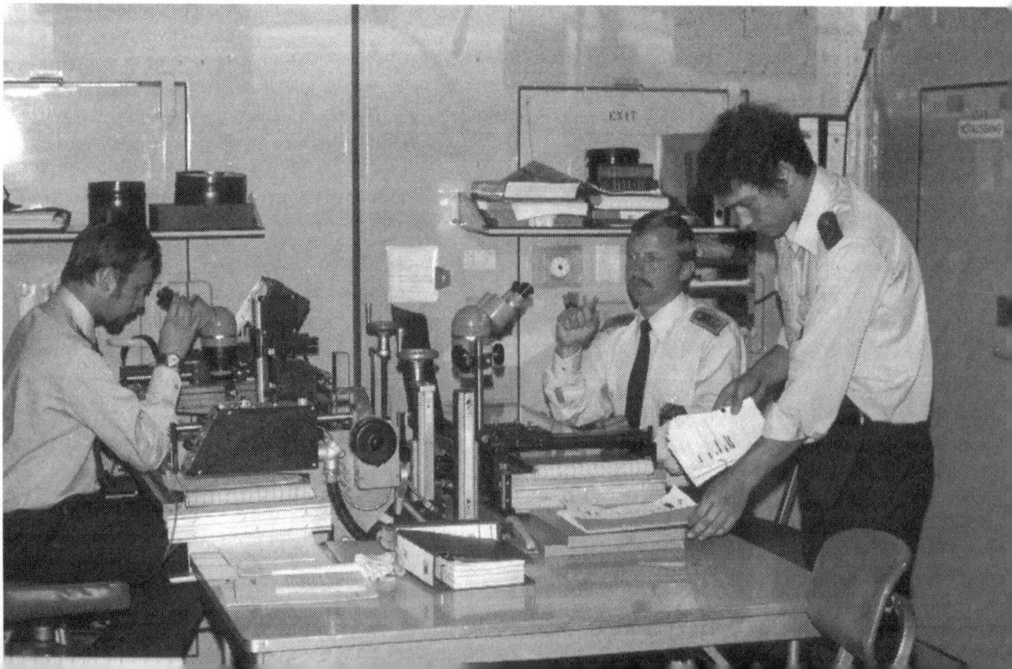

»Aber wie soll das funktionieren?«, hakte ich nach.

»Na, an der Börse. Mit Aktien, Fonds und Wertpapieren.« Allerdings blieb er im Allgemeinen, wie genau er sein Geld mache. Mit Geld zu spekulieren, damit kannte ich mich nicht aus, also ließ ich die Finger davon.

Jede Staffel hatte auch eine Grillhütte und jede Woche wurde einmal zum Bier (Beer Call) gerufen. Dann stand man zusammen, redete und lernte sich kennen. So kamen Offiziere, Feldwebel, Unteroffiziere und Mannschaften zusammen. Uffz Scholz und ich waren froh, der dienstlichen Enge und den Pflichten im BeobBtl für fast drei Wochen entwichen zu sein.

Kann denn Liebe Sünde sein?

An den Wochenenden waren wir Kommandierten alleine in der Kaserne. Unsere Luftwaffenkameraden waren daheim, bei ihren Familien. Also lud ich Uffz Scholz ein, mit mir am Wochenende nach Dänemark zu fahren. Ich hatte von dem langen Ostseestrand ohne Verbotsschilder geschwärmt, vom Fossilien sammeln und Artefakten erzählt, die man dort finden könne. Er war sehr interessiert.

Daher packten wir unsere Campingausrüstung aus Beständen der Bundeswehr zusammen. Jeder hatte ein kleines Zweimannzelt dabei. So fuhren wir nach Årøsund, wo ich mit meiner Familie schon mehrmals Campingurlaub gemacht hatte. Auf dem Campingplatz Gammelbro schlugen wir im hinteren Areal unsere Zelte auf, wanderten den Strand entlang und suchten nach Fossilien. Wir fanden zwar keine Fossilien, aber zwei hübsche Däninnen. Sie hatten sportliche Kleidung an und sprachen Deutsch, also kamen wir mit ihnen rasch ins Gespräch. Die Sympathie hatte bald die Partner ausgewählt. Sie war jung, blond, lachte gern und sah aus, wie die Schlagersängerin Gitte. Weil ich ihren Namen nicht behalten habe, werde ich sie auch Gitte nennen. Als die Abenddämmerung hereinbrach, gingen wir zum Schwimmen ins Meer. Ich frotzelte etwas von »Unterbodenwäsche«.

Um uns blicksicher umzuziehen, verschwanden wir fröhlich in unsere kleinen Zelte und riefen uns noch einige gute Wünsche zu. »In der Nacht ist der Mensch nicht gern alleine«, summte ich vor mich hin, ohne den richtigen Ton gefunden zu haben. Nichts war geplant, alles ergab sich aus der Situation. Gitte sprach akzentfrei Deutsch, deswegen hielt ich sie anfangs auch für eine

Deutsche. Ich sagte ihr, wir seien Soldaten von der Aufklärenden Artillerie, die zur Luftwaffe nach Leck kommandiert worden seien. Ihr Vater, sagte Gitte, sei deutschstämmig und ebenfalls Soldat. Er sei Hauptmann der Artillerie in der dänischen Armee.

Nach dem ersten Kuss kamen wir uns körperlich näher, so dass sie bald lustvoll stöhnte und zwar so laut, dass ich dachte, der halbe Campingplatz sei um unser Zelt herum versammelt und höre zu. Doch ein Rundumblick aus dem Zeltschlitz zeigte, dass draußen alles ruhig war.

Nach heftiger Schnappatmung lagen wir eng beieinander. Dann sagte Gitte: »Was ist los mit dir? Mein Freund kann das drei- bis viermal in einer Nacht!«

Ein Schlüsselerlebnis

Es war auf einer Party bei G. Klischies, auf der auch chilenische Studenten eingeladen waren. Klischies war einige Jahre in Chile gewesen und hatte dort seine Frau Helga, eine Deutsch-Chilenin, kennengelernt. Unsere Gespräche wandten sich bald den politischen Verhältnissen in Chile zu. Dabei wurde heftige Kritik an den US-Amerikanern geübt und deren Machenschaften beim Umsturz im September 1973. Durch einen von den USA politisch und finanziell unterstützten Putsch (der CIA) gegen den Sozialisten Salvador Allende kam der Militärdiktator Pinochet an die Macht, der eine unvorstellbare Terrorherrschaft ausübte. Nun hörte ich erstmals Argumente gegen amerikanische Politik und nach längerer Diskussion, bei der ich meinte die Amerikaner verteidigen zu müssen, sah ich sie aus einem ganz anderen Blickwinkel.

Dabei war es so augenfällig. Ich konnte es an beiden Händen abzählen: Die Atombombenabwürfe auf das besiegte Japan, die Nachkriegsordnung mit dem Kalten Krieg und der Teilung Deutschlands, der Koreakrieg und der Vietnamkrieg. In Korea und Vietnam handelte es sich um völkerrechtswidrige Angriffskriege, bei denen »Verbrechen gegen die Menschlichkeit« begangen wurden, wie sie durch das Statut der Nürnberger Prozesse geächtet waren. In allen Fällen verhielten sich die USA rücksichtslos – unter Einsatz eines gewaltigen Militärpotentials zur Durchsetzung ihrer Hegemonialbestrebungen der amerikanischen Interessen.

Warum hatte ich das nicht schon früher erkannt? Bedurfte es erst einer Diskussion mit chilenischen Studenten?

Sechs Mann

Wo war Eggi? Er war nicht zum Dienst erschienen. Das hatte es noch nie gegeben. Was war da los? War ein Unglück geschehen, ein Unfall? Ein Telefonat des Spießes bei ihm zu Hause lieferte folgende Erklärung: Eggi läge krank danieder. Er wurde in der Nacht überfallen. Sechs Mann hatten auf ihn eingeschlagen. Das erzählte sein Sohn Kai, als nach Eggi gefragt wurde.

Schon brodelte die Gerüchteküche. Vermutungen wurden mit Meinungen ausgetauscht und verknüpft. Aber was war nun wirklich passiert? Am nächsten Tag erschien Eggi mit einer Platzwunde am Kinn wieder zum Dienst. Eggi blieb dabei: »Sechs Mann schlugen auf mich ein, ich bin überfallen worden!« Aber es gab keine weiteren Details.

Erst Wochen später erzählte er mir, was wirklich passiert war. Eggi saß abends in einer Wolfenbütteler Kneipe an der Theke. Er hatte bereits einige Bierchen getrunken und stocherte mit seinem blanken Teleskopstab, den er auch beim Unterricht an der Tafel benutzte, in einem Gurkenglas herum, als es an einem Nebentisch turbulent zuging. Es wurde ein Schlüsselbund gesucht und jeder beschuldigte jeden. Es war ein großes Geschrei.

Da stach Eggi der Hafer: »Ich wollte einfach mal sehen, was passiert!« sagte er. Um sich interessant zu machen, ging er an den Tisch und behauptete, er habe den gesuchten Schlüsselbund. Alle sprangen empört auf und wollten sich auf ihn stürzen. Auf der Flucht strauchelte er und fiel unter einen runden Tisch, wobei er sich an einem vierkantigen Tischbein das Kinn aufschlug. Stark blutend konnte er jedoch entkommen. Nun kannte ich die wahre Geschichte.

Flugperioden

Während der Flugperioden im Scheibenhof-Nord, in Bergen, war unsere Einheit stets in Baracken untergebracht. Wenn keine Nachtübung angesetzt war, hatten wir abends Freizeit und da wir das Lager nicht verlassen konnten, gestalteten wir unsere Freizeit in der Gruppe. Die Mannschaften blieben, getrennt von den Unteroffizieren und Feldwebeln, in ihren Stuben.

Wenn Eggi einen Soldaten im Fokus hatte, sagte er: »Ich mache mir schon lange Gedanken darüber, was sie wohl für einer sind«, womit er ihn verunsicherte.

Überläufer gab es wenige. Die Dienstgestaltung während der Flugperioden war so, dass wir möglichst wenig Freizeit hatten, denn ein Soldat, der Langeweile hat, macht bekanntlich Unsinn.

Eine beliebte Beschäftigung war das Sammeln von Pilzen: Maronen, Steinpilze und Birkenpilze waren die häufigsten Arten, die hier in der Heidegegend wuchsen. Mit Butter und Speck (den wir in der Küche organisierten) wurden diese Köstlichkeiten in der Pfanne geschmort.

Wir wechselten dann die Kleidung. Statt der Knobelbecher schlüpften wir in unsere Sportschuhe, statt NATO-Oliv trugen wir einen bequemen dunkelblauen Trainingsanzug. Die Einrichtung in den Stuben enthielt das Notwendigste: Bett, Tisch und Stühle. Dazu gab es einen gemeinsamen Wasch- und Duschraum. Ein individuelles Alleinsein war dort nicht möglich, also wurde abends oft gefeiert. Der »Kantinenbeauftragte« sammelte Geld ein und beschaffte das Bier aus der zuständigen Kantine, denn es durfte nur dort eingekauft werden.

Die Stimmung an solchen Abenden war gut. In Ermangelung von Konfetti und Luftschlangen flogen Rollen von Toilettenpapier durch die Luft. Nicht nur auf der Stube, auch im Flur wiesen zahllose weiße Papierbahnen den Weg. Da alle durcheinander quatschten, war kaum ein Wort zu verstehen.

Eines Abends war ich mit dem Spieß Rapzinski in einer Stube. Er wollte irgendwann seine Ruhe haben und schloss seine Tür von innen ab. Das gefiel mir jedoch gar nicht. Also hechtete ich dagegen und flog mitsamt der Tür in den Raum, wo der verdutzte Spieß stand. Ich sagte: »Siehste!« und verbrachte, mithilfe einiger Kameraden, den Abend damit, die Tür wieder in den Holzrahmen einzubauen.

Doch ohne Gesang keinen Spaß an der Freude. Don Alfredo (Alfred Neumann) machte den Tenor und ließ mit schmetternder Stimme die Blauen Dragoner mit klingendem Spiel durch das Tor reiten. Daraufhin pfiff der kalte Wind über die Höhen des Westerwaldes, um danach bei dem schönen Mädchen im Polenstädtchen zu verweilen. Nachdem die alten Marschlieder abgesungen waren, ließ Frank Mura wieder die Rote Flotte bei Danzig im Meer versinken. Dann verkündete die bekannte gutturale, bellende Stimme: »Seit 5.45 Uhr wird jetzt zurückgeschossen!« und ein Propagandaminister propagierte: »Die Wissenschaft hat festgestellt, dass Marmelade Fett enthält!« Es

Verbotene Lieder

Wenn bei Danzig die Rote Flotte im Meer versinkt, nach der Melodie der *Caprifischer* von Rudi Schurike zu singen:

Wenn bei Danzig die Rote Flotte im Meer versinkt,
Und Marschall Gretschko in Preßburg am Galgen schwingt,
Zieh›n die Grennis mit ihren Mardern in Moskau ein
Dann wird endlich Friede in ganz Europa sein

Wenn am Roten Platz das Deutschlandlied erklingt
hört von ferne wie es singt.
Habt ihr unsern Hauptmann nicht gesehn?
Kurz vor Moskau muß er stehn.
Habt ihr unsern Hauptmann nicht gesehn?
Dort muß er stehn.

Grennis = Grenadiere
Marder = ihre Schützenpanzer
Preßburg = heute Bratislava/Slowakei

1977 löste dieses Lied einen Zeitungsskandal aus, als es von der in Dornstadt bei Ulm stationierten Panzerbrigade 28 angestimmt wurde. Die linke Presse (teilweise von der DDR finanziert) spielte den Gesang als Rechtskadikal hoch und der *Spiegel* unterstellte sogar dem Verteidigungsministerium und dem Minister Georg Leber auf dem »rechten Auge blind zu sein«. Die Hauptfiguren des Liedes ließen sich auch gerne nach dem Stand von 2024 aktualisieren.

gab glänzende Imitatoren beim Rückgriff auf die jüngere deutsche Geschichte – und es war nicht der 20. April.

Ich rauchte zu diesem Zeitpunkt seit über einem Jahrzehnt nicht mehr. Umso unangenehmer war die nikotinverqualmte Luft in der Bude. Ich sprach immer lauter und verstand immer weniger. Ich merkte, wie mir die Worte entglitten und ich nicht mehr richtig formulieren konnte. Auch die Gesichter waren weit weg und unkenntlich. Mit steigendem Alkoholkonsum sah ich immer weniger, obwohl ich fast immer zu den Letzten, Unentwegten gehört habe. Doch bei Unterlippe-Oberkante war dann »End of Mission« und ich haute mich in die Koje.

Einweisung Versamat

Das Jahr 1975 endete mit einer Kommandierung vom 8. bis 12. Dezember nach Idar-Oberstein. Wieder eine Einweisung in den Versamaten, dem automatischen Entwicklungsgerät und die Dunkelkammerausstattung an der

Artillerieschule, die von HptFw Lemmen durchgeführt wurde. Unangenehm waren die verschneiten Straßen. Ich wäre lieber bei meiner Familie gewesen.

DAS JAHR 1976

Oft kam es vor, dass ich vom Dienst aus Wolfenbüttel kam, rasch etwas zu Abend aß, nur um von 19.00 oder 20.00 Uhr bis nach Mitternacht in der Präparationswerkstatt der Uni zu arbeiten. Für diese Tätigkeit brauchte ich die Genehmigung meines Disziplinarvorgesetzten, Hptm Gramann, der sie mir ohne Weiteres schriftlich erteilte. Für meine Nebentätigkeit wurde ich wie die studentischen Hilfsassistenten nach Stunden bezahlt.

Von Ameisen und Menschen

Dr. Ernst und seine Frau Lydia bewohnten ein Reihenhaus in Veltenhof, einem Ortsteil von Braunschweig. Dort trafen sich häufig Wissenschaftler, um gemeinsam Papiere zu verfassen. Hier lernte ich die bekanntesten Oberkreidespezialisten kennen. Mitunter wurde noch ein Gläschen getrunken. Dann hockten wir im Wohnzimmer auf flachen Kissen, die mit weißen Schaffellen und Flokati bedeckt waren, neben großen, braunen Jura-Ammoniten der Art *Arietites bucklandi* und diskutierten.

Dr. Ernst: »Die Menschen könnten von den Ameisen noch viel lernen.«

Ich: »Wieso denn das? Soll die Monarchie wieder eingeführt werden? Die haben doch eine Königin.«

Dr. Ernst: »... und ein funktionierendes Sozialsystem. Die Königin kommt einmal im Jahr aus ihrer Kammer, um sich auf dem Hügel zu sonnen.«

Ich: »Ja, »Majestät brauchen Sonne« kenne ich von Kaiser Wilhelm II ...«

Dr. Ernst: »Von der aufgenommenen Wärme hängt es ab, ob der Nachwuchs männlich oder weiblich wird.«

Ich: »Und aus den Ameisen-Drohnen werden dann Krieger, Wächter oder Verteidiger, aus den weiblichen Ameisen Pflegerinnen und Eierlegerinnen. Das erinnert doch an unsere Gesellschaft.«

Dr. Ernst: »Ja, alles hat dort seine natürliche Ordnung. Jeder macht das, was nötig ist.«

Ich: »Das erinnert mich aber eher an den Hinduismus, wo jeder unabänderlich in eine Kaste hineingeboren wird.«
Dr. Ernst: »Wenn jeder das tun würde, was für den Staat nützlich ist, wäre die Menschheit weiter!«
Ich: »Auch bei den Hindus gibt es Schmarotzer, die sich von den Anderen ernähren lassen, wie bei den Emsen.«
Dr. Ernst: »Sagen wir besser von den Symbionten, die Brahmanen beten ja für die Anderen und lesen die heiligen Schriften, was diese mit Hoffnung erfüllt, auf ein besseres Karma.«
Ich: »Ameisen erfüllen ihre angeborene Aufgabe, ein jeder an seiner Stelle, wie es die Religion für die Menschen fordert.«
Dr. Ernst: »Religion ist Opium fürs Volk und abzulehnen.«
Ich: »Ich glaube, ein Vergleich mit einem Bienenvolk wäre treffender als mit den Ameisen. Die sind lernfähig und durchlaufen im Laufe ihres Lebens verschiedene Tätigkeiten: Brutpflegerinnen, Honigsammlerinnen ...«
Dr. Ernst: »Es gibt Leute, die immer uneinsichtig sind und alles besser wissen. Ich bleibe bei dem Vergleich mit den Ameisen, die uns überleben werden.«
Ich: »Na klar, die legen ja auch Friedhöfe an ...«
Dr. Ernst: »... aber auch Gärten, in denen sie Pilze züchten ... Sie werden die Menschheit überleben ...«
So ging das immer weiter, wobei uns der Whisky befeuerte.

Über die Relativität von Bildqualität

Lage: Drohnenfliegen auf der Schießbahn 5C (sprich Charly) in Bergen, im Wettbewerb mit anderen Drohnenbatterien.

Beurteilung: Der Luftbildauswerte-Feldwebel der 4. BeobBtl 1, OFw Krüger ist als Schiedsrichter und Prüfer eingeteilt. Neben der Zielortung hat er auch die Bildqualität der erflogenen Filme zu bewerten. Das geschieht nach festgelegten Kriterien. Danach stuft er die Qualität des von der eigenen Einheit geflogenen Films als »genügend« ein, weil es in der Anleitung heißt:

»... Vegetation und topografische Einzelheiten sind im Allgemeinen auswertbar ... taktisch wichtige Ziele können erkannt, jedoch nicht zuverlässig identifiziert werden, auch nicht mit optischen Hilfsmitteln.«

Entschluss: OFw Krüger wird zum Bttr Chef, Hptm Gramann zitiert: »Warum haben Sie unseren eigenen Film nur als genügend eingestuft?«

OFw Krüger: »Herr Hauptmann, nach den Kriterien der Anleitung zur Bestimmung der fotografischen Bildqualität war der Film nur genügend. Anders kann ich nicht entscheiden.«

Hptm Gramann: »Es kann nicht sein, dass wir schlechter dastehen als die Stadtallendorfer. Sie irren sich, der Film ist ›gut‹, das befehle ich!«

OFw Krüger tritt wortlos ab. Später warf mir Eggi vor: »Immer eckst Du bei den Offizieren an! Weißt Du, woher das kommt, Du hast keine Demut im Auge!« 11 Jahre später: Mein ehemaliger Bttr Chef Gramann, längst Major in einer anderen Einheit, bedankt sich im August 1987 für ein ihm zugeschicktes Gruppenfoto anlässlich des 2000. Drohnenfluges, auf dem alle Bttr-Chefs der Drohnenbatterie vertreten sind:

Lieber Herr Hauptfeldwebel Krüger,
Gut Ding will Weile haben, dennoch bedanke ich mich ganz herzlich für die von Ihnen erstellten Fotos. Meine Bewertung der Qualität der Bilder (Sie werden sich erinnern) bezeichne ich als gut.
Mit herzlichen Grüßen
Gramann

Besuch beim kranken Fahrlehrer

Oberfeldwebel Manfred »Keule« Rißmann war Fahrlehrer, auch für Kradfahrer. Da er nicht zimperlich war (daher sein Spitzname) kam es unweigerlich zu einem Sturz, bei dem er sich den Fuß brach. So war er einige Wochen »krank zu Hause«, musste aber morgens zu Untersuchungen zum Truppenarzt in die Kaserne kommen.

Bei solch einer Gelegenheit kam er auch zu uns, um einen Zustandsbericht zu geben und einen Kaffee zu trinken. Eggi und ich versprachen, ihn einmal zu besuchen. Wie immer war Keule prächtiger Laune: »Dann kommt gleich mit, wir fahren zusammen, zu Mittag seid ihr wieder zurück!« Da wir ebenfalls gut gelaunt waren, stimmten wir zu.

In seiner Wohnung angekommen, wurde seine Frau Bärbel sogleich beauftragt, eine Flasche Whiskey zu beschaffen. Daraufhin wurden wir immer fröhlicher und sorgloser. Sprüche und Witze wurden ausgetauscht.

»Kinders, Kinders, macht keinen Unsinn!«, äffte Keule den BttrChef nach.

Ich: »Kennt ihr den Ostfriesendreikampf? Rechnen, schreiben, lesen! Treffen sich zwei Ostfriesen: ›Du bist tu blöd zum Schieten! Erst schmeißt Du dat Papier wech und dann schiets Du!‹«

Eggi allerdings konnte keine Witze erzählen. Er hatte nur einen Spruch auf Lager: »Die Eier tun der Mutti gut, wenn sie der Papa essen tut!«

Bärbel: »Da wir gerade bei den Eiern sind: Der Knecht und die Magd haben es im Heu getrieben. Sagt der Knecht: ›Ick bün fertich!‹ Sagt die Magd: ›Ick bün fifundfertich!‹«

Über die Witze kauten wir den ganzen UHG-Tratsch durch, wobei Münsterberg und seine Alma, sowie Spengler und seine »geliebte« Schreibkraft besonders gewürdigt wurden.

Das Mittagessen fiel dem Whisky zum Opfer und am frühen Nachmittag wurde Bärbel nochmals beauftragt, Bier zu beschaffen, was sie gerne tat, denn sie hielt kräftig mit. Kurz vor Dienstschluss rief Eggi den Spieß Rapzinski an, wir würden heute nicht mehr in die Einheit kommen, weil wir auf Hausbesuch bei Rißmann waren.

Der Spieß meldete das dem Chef und am nächsten Tag war dicke Luft. Hptm Gramann ließ uns einzeln kommen: unerlaubtes Entfernen von der Truppe. Jeder musste ihm seine Version vortragen. Dann gab's den großen Anschiss: »Kinders, Kinders, sowas könnt ihr doch nicht machen, als gestandene Feldwebel!« Er war von uns enttäuscht und würde überlegen, uns disziplinarisch zu bestrafen. So hing auch das Damoklesschwert einer Diszi über unseren, noch vom Saufen brummenden Köpfen. Eine Disziplinarstrafe würde sich auf jeden Fall negativ auf unsere Laufbahn auswirken.

Hauptmann Gramann ließ jedoch Gnade vor Recht ergehen. Ganz ungestraft konnte er das aber nicht durchgehen lassen. Jeder bekam einen zusätzlichen OvD-Dienst aufgebrummt. Das war eine vergleichsweise milde Strafe, und mir fiel ein Stein vom Herzen. Der erzieherische Erfolg blieb nachhaltig.

Wenn Rapzinski nach dem Dienst von seiner Frau im weißen Daimler abgeholt wurde, begrüßte er nur herzlich seinen schwanzwedelnden Dackel. Sie fand keine Beachtung.

Totalschaden: Mein R4.

Zu Schrott gefahren

Auf einer Straße in Wolfenbüttel bremste ein Wagen vor mir plötzlich ab, weil er links abbiegen wollte. Leider bemerkte ich dies zu spät und knallte voll drauf. Jetzt hieß es Ruhe bewahren! Die Fahrerin weinte. Ihr Mann hatte ihr den neuen Wagen zum ersten Mal überlassen. Was würde er nun sagen? Ich war verantwortlich, denn wer auffährt, hat immer Schuld. Hatte sie zu spät den Blinker gesetzt oder zu schnell gebremst? Hatte ich zu langsam reagiert und nicht rechtzeitig gebremst? Vielleicht weil ich müde war oder an Käthe gedacht hatte? Wahrscheinlich hing alles miteinander zusammen.

Es war eine unruhige Nacht gewesen. Neben den zahlreichen Kontrollgängen im Kasernenbereich war ich ständiger Ansprechpartner und Regulator für die UvDs. Das waren nur einige der Aufgaben, die ich als OvD (Offizier vom Dienst) in der Nacht durchzuführen hatte. Ich war müde. Als ich den Block verließ, begegnete ich Käthe, die gerade zum Dienstbeginn erschien. Wir flachsten noch etwas herum.

Die Polizei nahm den Unfall auf, der in Höhe der Autowerkstatt Härtel passiert war. Wir schoben das Wrack auf den Hof. Die freundliche Bürokraft gab mir auf den Schock einen Schnaps. Mein R4 hatte allerdings Totalschaden. Wir schleppten ihn nach Braunschweig ab, wo er zur Gaudi der Kinder einige

Zeit im Garten abgestellt wurde. Ich wiegelte ab: »Nach dem Gesetz der Serie ist jeder einmal dran!«

Bis die Entscheidung über einen neuen Gebrauchtwagen fiel, nahm ich einen Leihwagen der Firma Härtel.

Sommer und Gartenzeit

Nicht nur die Kinder wurden größer, sondern auch die Anzahl ihrer Freunde. Vieles spielte sich in unserem Garten ab. Die Jungs mit ihrer Clique hatten sich in unserem ehemaligen Kohlenkeller etabliert; die Wände gestrichen und ihn mit alten Möbeln eingerichtet. Hier war immer Party. Single-Schallplatten standen damals hoch im Kurs. Sie wurden gekauft, vertauscht, verschwanden, tauchten wieder auf oder auch nicht. Die Musik brachte die Burschen und Mädchen in Stimmung, sodass hier erste Liebschaften entstanden. Mehr oder weniger heimlich wurde geraucht und sogar Alkohol getrunken.

Vieles geschah hinter meinem Rücken, während Gisela über alles Bescheid wusste. Ich selbst war viel in Sachen Bundeswehr und Fossilien unterwegs. Vielleicht wollte ich es auch gar nicht so genau wissen.

Auch unser Garten war belebt und beliebt. Neben dem großen Steilwandzelt waren einige kleine Spitzzelte aufgebaut. Bis ins große Zelt war ein Elektrokabel verlegt, sodass auch hier die schwarzen Vinylscheiben für Stimmung sorgten, oder es wurde ein Fernseher aufgebaut. Dann konnten Gisela und Hardy die halbe Nacht Science-Fiction-Serien ansehen, wie *Raumpatrouille Orion*, wo Dietmar Schönherr und Eva Pflug die Erde vor den Frogs retteten. Fantasyfilme waren ebenfalls sehr nach Hardys Geschmack.

Jahresurlaub mit den Bergers am Plöner See

Im Sommer planten wir mit meinem neuen Gebrauchtwagen einen Campingurlaub bei Ascheberg, am Plöner See. Da der R6 über keine Anhängerkuppelung verfügte, nahm Kamerad Willi Berger ihn auf den Haken. So kam es, dass wir gemeinsam Urlaub machten. Wie verabredet trafen wir uns am Campingplatz.

Der Zufahrtsbereich schockte mit Verbotsschildern. Selbst das Graben nach Regenwürmern – wichtig für die Angler auf dem Platz – war untersagt. Gemeinsam mit Gisela und Hardy (die anderen Kinder und Barry waren nicht mitgekommen) bauten wir unser Hauszelt auf.

Mit einem aufblasbaren Gummiboot befuhr ich mit Hardy den Plöner See und wir liefen über die naturbelassenen kleinen Inseln. Hier hatten Hobbyarchäologen mit Booten, die einen Glasboden besaßen, im flachen Wasser viele Artefakte herausgeholt. Es waren Zeugnisse jungsteinzeitlicher Besiedelung in diesem Raum. Wir sahen und fanden aber nichts. Auffallend war die Vielzahl von Marienkäfern, die im Strandbereich zusammen geschwemmt waren und am Ufer Pflanzen und Steine bedeckten. Es war ein Phänomen, diese kleinen, halbkugeligen Glückskäfer mit roter Flügeldecke und schwarzen Punkten in solchen Massen zu sehen. So viel Glück konnte es überhaupt nicht geben!

Anders als Willi, der dem Campingplatz verhaftet blieb, zog es uns erst einmal nach Lübeck, der alten malerischen Hansestadt an der Trave. Mehr noch als Romane und Geschichten verdeutlichen historische Gebäude die Vergangenheit dieser Stadt. Das Holstentor hatte es als Wahrzeichen Lübecks auf Briefmarken und einem unserer damaligen Geldscheine gebracht. Das Tor beherbergte auch ein Museum für Stadtgeschichte. Hier wurden Stadt- und Schiffsmodelle gezeigt, wie ein Modell des Flaggschiffes *Adler von Lübeck*.

Weniger schön war die Folterkammer oder der »Torturkeller«, wie er hier genannt wurde, in einem der Türme. Wer etwas Fantsasie besaß, konnte sich beim Anblick der Marterinstrumente leicht ein Bild von den hier geschundenen Menschen machen.

Bad Segeberg lockte mit zwei Attraktionen: den Kalkfelsen mit Höhle und den Karl-May-Festspielen. Zuerst betraten wir die Kalkberghöhle, die nördlichste Karsthöhle Deutschlands. Es ist ein Anhydrit- und Gipsfelsen, der in früheren Zeiten auch als Baustein abgebaut wurde.

Während einer Fahrt fand Gisela südlich von Dersau einen Geschiebefeuerstein von Faustgröße. Später, zu Hause im Garten, legte ich das eingeschlossene Fossil sorgfältig frei. Es war der wunderbar erhaltene Steinkern einer Brachiopode aus dem Maastrichtium. *Neoliothyrina obesa*, so hieß er, war das Paradestück meiner Feuersteinsammlung und wurde mehrfach veröffentlicht.

Die *Passat*, das Schwesterschiff der *Pamir*, lag als Museumsschiff in Travemünde, wo man es besichtigen konnte. Mit einem Gefühl von Nostalgie und Neugier betrat ich vor Gisela und Hardy den Viermaster. Sogleich versuchte ich das Schiff zu erklären: Backbord, Steuerbord, Bug und Heck, Klüverbaum und Viermastbark. Doch dann erinnerte ich mich wieder, wie ich auf dem *Schulschiff Deutschland* die Überlebenden der Pamir-Katastrophe an Bord kommen sah. Ich hörte die Kommandos von Bootsmann Mau, hatte den Geruch von gebratenen Heringen in der Nase und ich saß wieder auf einem Bootsmannstuhl, hoch oben, labsalbend in den Stagen.

»Wie viele Kilometer macht der Segler bei 18 Knoten in der Stunde?«, rief Hardy und holte mich in die Gegenwart zurück.

Ich bekenne mich schuldig

Es hieß immer, dass Vorgesetzte und Kameraden die Verantwortung für einen Alkoholkranken hatten und ihn bei den Vorgesetzten anzeigen sollten. Doch so einfach war das nicht. Aus dem Dritten Reich kannten wir schließlich den Spruch: »Der größte Lump im ganzen Land, das ist und bleibt der Denunziant!« Ich wollte und konnte ihn nicht denunzieren. So etwas hätte ihn sehr enttäuscht und sein Vertrauen in meine Person zerstört. Ich war ja sein Freund, Kamerad und auch Vorgesetzter. Andererseits: hätte es ihm wirklich genützt oder eher geschadet?

Jonny Schulz wäre aus dem Dienst, aus der Einheit, entfernt und in eine Entzugstherapie geschickt worden. In seiner Familie war er das Schwarze Schaf, das »Enfant terrible«. Er war zwar verheiratet, hatte aber keine Kinder, für die er verantwortlich war. So waren unsere Einheit und die Kameraden seine Heimat geworden, in der er entsprechend seinem Dienstgrad und Können geachtet und respektiert wurde. Sollte ich ihm das zerstören? Hätte eine Therapie überhaupt bei ihm gefruchtet?

Ich wusste von seiner Sucht, hatte mit ihm zusammen manches Glas geleert. Aber ihn deshalb zu melden, das konnte und wollte ich nicht. Da Jonny den Feldwebellehrgang nicht bestanden hatte, musste er nach zwölf Jahren Dienstzeit die Bundeswehr verlassen. Warum hatte er versagt? War der Alkohol schuld daran? Sein Abschied war berührend. Er schenkte mir eine Ausgabe der *Plötz-Weltgeschichte*, die mit einer Widmung versehen war.

All meine späteren Bemühungen, nach seiner Entlassung Kontakt mit ihm aufzunehmen und ihn zu besuchen, schlugen fehl. Er hatte immer Ausreden. Mal war es ein wichtiger Termin, mal war er gerade auswärts oder krank. Er vermied jeden Kontakt mit seinen ehemaligen Kameraden. Jonny war, soweit wir erfahren konnten, bei der Lebenshilfe in Celle. Später erlag er seiner Alkoholkrankheit.

Vom KOSMOS zum Mineralien-Magazin

Vieles von dem, was wir tun, sorgt in unserem Leben für unerwartete Entwicklungen. Dem KOSMOS, der Gesellschaft für Naturfreunde bin ich, wie der VFMG, bereits in Oldenburg beigetreten. Ihre Zeitschrift erschien monatlich und hatte interessante Beiträge zur Natur, zur Pflanzen- und Tierwelt, sowie geologische und paläontologische Themen zu bieten.

Unter der Rubrik: »KOSMOS-Freunde unter sich« konnten private und geschäftliche Inserate veröffentlicht werden. Hier konnte man illustre Angebote finden, die von der Suche nach dem richtigen Partner (auch für Wanderungen), über Fossilien und Mineralien, Pensionen für den naturnahen Urlaub, bis hin zu Hitlers *Mein Kampf* (nicht unter 600 Mark) reichten. Kurz: *KOSMOS – Bild unserer Welt* bot vielen Interessen ein vielfältiges Lesespektrum. Um mein Geschäft zwecks Fossilientausch und -verkauf zu beleben, hatte ich hier eine Offerte veröffentlicht und Kunden gewonnen.

Was ich nicht wissen konnte: In der Redaktion des *KOSMOS* saß ein Lektor namens Werner K. Weidert, der den Plan hatte, eine eigene Zeitschrift für Freunde der Mineralien und Fossilien herauszugeben.

Durch meinen Paramoudra-Beitrag auf mich aufmerksam geworden, schrieb Herr Weidert mich an und bat um meine Mitarbeit als Autor für seine neue Zeitschrift *Mineralien-Magazin*. Spontan und voller Freude sagte ich zu, denn auf eine solche Gelegenheit hatte ich gewartet.

Eine fehlende Professorenstelle

Mit seiner Habilitationsarbeit hatte Dr. Ernst viel Anerkennung erfahren und einen großen Bekanntheitsgrad erreicht. Nun war er habilitiert, konnte aber an der TU in Braunschweig keine Professur bekommen, weil alle Stellen besetzt waren. Aus diesem Grund wechselte er später nach Berlin, an die Freie Universität. »Neue Städtchen, neue Mädchen«, sagte er beim Abschied zu mir.

Parteiarbeit

Im August bekam Gisela im Rahmen des aktuellen Wahlkampfes eine Einladung zu mehreren Veranstaltungen der ASF (Arbeitsgemeinschaft sozialistischer Frauen). Am 5. September war sie in Bonn und schrieb mit Kugelschreiber auf das Einladungsblatt:

Heute war ich in der TV-Sendung Bonner Perspektiven *zu sehen. Das Thema lautete: »Werden die Frauen die Wahl entscheiden?« Meine Antwort war: »Nein, die meisten Frauen wählen wie ihre Männer!«*

DAS JAHR 1977

Am 3. Januar bekam ich für 9.543 Mark einen neuen R4 Transporter von der Firma Härtel geliefert. Es war mein erster Neuwagen. Eggi hatte gleich zwei Spottnamen für den roten Kleintransporter. Einmal die »gummibereifte Kasperbude«, weil ich die Fenster mit blauen Gardinen versehen hatte und das »feuerrote Spielmobil«*. Vielleicht hätte es sich für ein mobiles Puppentheater geeignet, doch ich hatte andere Pläne. Ich wollte ihn zu einem möglichst rationellen kleinen Campingwagen umbauen.

In einer Zeitschrift fand ich eine Bauanleitung, die mir gefiel. Ich nahm Maß, kaufte das benötigte Holz, sägte, feilte, bohrte und schraubte, bis das kleine Wohnmobil fertig war. Wer nie mit Holz gewerkelt hat, weiß nicht, wie es schmerzt, wenn man sich einen Holzspan in die Hand reißt, sich in die Hand sägt, oder mit dem Hammer auf den Finger haut. Damit man uns nicht in den Suppenteller schauen konnte, versah ich die Fenster mit blauen Vorhängen, die Gisela genäht hatte.

Mir gefiel, was ich gebaut hatte. Nun mussten wir es bei passender Gelegenheit noch auf Campingfähigkeit ausprobieren.

Grausame Morde in Mascherode

Zuerst ging ein Gerücht um. Die Kinder berichteten mit erschreckten Augen darüber. Dann erschienen Berichte in der *Braunschweiger Zeitung*:

Am 23. Januar 1977, vier Tage nach dem ebenso erschütternden wie beispiellosen Verbrechen an der Bankiersfamilie Brigitte und Wolfgang Kraemer und ihren Kindern Martin (6), Nele (11) und Stefan (16) wird Ferenc Sos in Hamburg,

* *»Das feuerrote Spielmobil« war eine vom 1972 bis 1981 ausgestrahlte Fernsehserie für Kinder ab dem Vorschulalter.*

trotz dünner Beweislage, festgenommen. Während seiner ersten Vernehmung lächelte er bloß kalt …

Der entscheidende Hinweis kam von einem ehemaligen Mithäftling aus der Justizvollzugsanstalt Hamburg-Fuhlsbüttel. Aus gemeinsamen Haftjahren wusste er, dass Sos ein solches Verbrechen geplant hatte. In der Wohnung des Mörders fanden sie die ersten Indizien, Bindegarn, wie es auch zur Fesselung und Strangulierung der Opfer benutzt wurde. Ein weiterer Hinweis führte die Polizei an die Böschung eines Autobahnzubringers. Hier fanden sie 140.000 Mark Beutegeld, darunter die registrierten Scheine.

Der Fünffachmörder wird die Tat niemals zugeben. In einem aufsehenerregenden Indizienprozess wird er, wegen der »besonderen Schwere der Schuld«, zu insgesamt 35 Jahren Haft verurteilt. Für ihn bedeutete das lebenslänglich.

Die *Bild*-Zeitung schlagzeilte: »Der scheußliche Massenmord von Braunschweig« und entfachte eine Debatte zur Einführung der Todesstrafe. Sie startete eine Telefon-Blitzumfrage, bei der 73 Prozent die Todesstrafe für Mörder bejahten, um der Ausbreitung von Brutalität, Terror und Gewalt zu begegnen. Es waren ja auch die Jahre des RAF-Terrors. Natürlich war das Bundesjustizministerium dagegen.

Veränderungen in der Führung der Bttr

Durch ein dramatisches Ereignis kam es zu einem Wechsel in der Führung der 4. Batterie. Der Chef der 1. Bttr, Hptm Dylla war bei einem Verkehrsunfall im Dienst ums Leben gekommen. Daraufhin wurde Hptm Gramann neuer Chef der 1. Bttr und Hptm Scholz aus dem Gebirgsjäger Btl wurde neuer Chef der 4. Bttr. Er trug noch das Edelweiß an seiner Bergmütze, als er zu uns kam.

Das war nach Hptm Stockinger (1972–1973) und Hptm Gramann (1973–1977) nun der dritte Chef der Drohnenbatterie.

NATO-Alarm

Die Durchführung des NATO-Alarms war immer hektisch. Nachts wurden die nicht zum Wohnen in der Gemeinschaftsunterkunft verpflichteten Soldaten durch Melder abgeholt. Ortsverheiratete wurden telefonisch alarmiert. Es musste, je nach Alarmstufe, alles verpackt und auf die Fahrzeuge verladen werden. Bei einer erhöhten Stufe wurden sogar die Kellerräume der Züge ausgeräumt und das Gerät verladen. Was in der Kaserne verbleiben sollte, war zu kennzeichnen und zur Übergabe an die Standortverwaltung (STOV) in bestimmten Räumen zu lagern. Dazu gehörten auch die persönlichen Sachen der Soldaten, wie Zivilbekleidung, Radios, Kaffeemaschinen, Fernseher und vieles andere.

Als der Alarm bis zu dieser Stufe abgelaufen war, versammelten sich sechs Unteroffiziere und Feldwebel in einer Stube, um die weiteren Befehle abzuwarten. Fw Sturm hatte nichts verpackt.: »Die sind doch alle bekloppt. Ich verpacke überhaupt nichts!« Kaum ausgesprochen, ging plötzlich die Tür auf und im Halbdunkel der Stube (ein Teelicht, genannt »Hindenburg-Licht«, brannte) stand der Kdr. OTL Giesecke. Er hatte sich durch den Keller angenähert und war im Block unerkannt geblieben. Gezielte Frage an Fw Sturm: »Herr Feldwebel, wo haben Sie ihre Privatsachen?« Ganz schnelle Antwort von Fw Sturm: »Verpackt und im U-Raum abgelegt, Herr Oberstleutnant!« Auf dem Schrank, neben dem verhängten Fenster, stand eine halb volle Flasche Weinbrand.

»Was ist das da?« Der Kdr zeigte auf die Flasche.

»Die steht da immer, Herr Oberstleutnant!«, erwiderte StUffz Schulz ohne zu zögern. Zum Erstaunen aller, gab er sich mit dieser Antwort zufrieden. Vielleicht hatte er die Flasche nicht richtig gesehen.

In diesem Jahr reichte ich zwei Verbesserungsvorschläge ein, die Luftbildauswertung betreffend und den Versamaten. Beide wurden mit einer Geldprämie honoriert.

Helgoland ruft

Von März bis April war ich mit Hardy auf Helgoland und wir haben mit Dr. Ernst Seeigel gedretscht.

Um nach Helgoland zu gelangen, fuhren wir mit dem Wagen über Stade, wo es geschneit hatte, bis Cuxhafen. Danach ging die *Seute Deern* mit uns in See. Die Überfahrt nach Helgoland verlief verhältnismäßig ruhig.

Wieder einmal Helgoland! Aber nicht für einen Tag als Tourist, sondern als Akteur mit wissenschaftlichen Ambitionen. Der häufig zitierte Spruch: »Auf Helgoland wirst du ausgebootet, ausgenommen und wieder eingebootet«, traf diesmal nicht auf uns zu, denn wir bleiben länger. Später kam noch Dr. Ernsts Frau Lydia dazu. Da auf Helgoland jedoch alles ziemlich teuer und das Ausbooten Pflichtprogramm ist, mag der oben zitierte Spruch trotzdem zutreffen.

In einem Reisebericht aus dem Jahre 1856 wurde der Ideenreichtum der Inseljugend dokumentiert. Während einige Jungen den Badegästen erklärten, was es für ein Vergnügen bereitet, eine leere Flasche an dem roten Gestein zu zerschmettern, zielten andere auf das Mitgefühl der Damen ab und boten Ihnen gefangene Vögel zum Freikauf an. Gegen ein Lösegeld würden sie diese fliegen lassen, was wiederum edle Gefühle erzeugte. Verkaufspsychologisch geschult, ließen sie sich von vier Schilling auf einen herunterhandeln.

Auch heute noch bieten Jungen und Mädchen den Gästen kleine Erinnerungsstücke an: Seeigel mit und ohne Stacheln, Schnecken, Muscheln und kleine Kristalldrusen aus dem Buntsandstein der Insel.

Im März war es hier noch kalt, mit viel Wind und Regen. Die Sonne kam derart selten durch, dass Hardy die ganze Zeit am Frieren war. Von der Biologischen Anstalt war uns ein Boot mit Personal zur Verfügung gestellt worden. Es war mit einem Motor ausgestattet und hatte einen Ladebaum, über den die Dretsche abgelassen und wieder aufgeholt werden konnte.

Die Dretsche arbeitet wie eine Baggerschaufel. Geöffnet wurde sie auf den sandigen Meeresgrund fallen gelassen. Durch einen Zugmechanismus schlossen sich die beiden Schaufeln und nahmen so die Sandprobe auf, die oben an Bord auf ein Blech geschüttet und nach darin enthaltenen Seeigeln durchsucht wurde. Die gefangenen *Echinocardium cordatum* kamen dann in ein Wasserbecken und wurden in der Biologischen Anstalt beobachtet und untersucht.

Abends hockten Hardy und ich in unserem nur mäßig beheizten Pensionszimmer. Wir hatten Hunger und legten zwei Goldtöpfchen mit Eiernudeln (Bestandteil der Einsatzverpflegung, EPA, der Bundeswehr) auf die Heizung, damit der Inhalt warm und genießbar werden sollte. Nach zwei Stunden waren sie immer noch nicht warm geworden, daher aßen wir sie lauwarm. Später kam Lydia Ernst zu uns. Sie hatte ihren Mann in der Pension gelassen. Gemeinsam verquatschten wir den Abend.

RAF-Terror

Am 7. April wurden in Karlsruhe der Generalbundesanwalt Siegfried Buback und sein Fahrer von RAF-Terroristen erschossen. Die Republik war in Aufruhr. Überall hingen Steckbriefe der gesuchten Terroristen, auch in unserer Kaserne. Morgens, auf dem Weg zum Dienst, standen am Rande des Lechlumer Holzes, südlich von Wolfenbüttel, stark bewaffnete Polizisten und führten Personenkontrollen durch. Bestimmte Wagentypen wurden bevorzugt angehalten. Während zwei Polizisten die Sicherung übernahmen, wurden die Papiere und das Fahrzeug von anderen Polizeibeamten untersucht. Mein R4 gehörte nicht zu den verdächtigen Fahrzeugen, so durfte ich passieren.

Am 5. September wurde der Arbeitgeberpräsident Hanns-Martin Schleyer entführt. Damit sollten die in Stuttgart-Stammheim gefangen gehaltenen RAF-Terroristen freigepresst werden. Während einige Sympathisanten eine »klammheimliche Freude« verspürten, weil »die da oben« im Fadenkreuz des Terrors standen, bangte die Mehrheit der Bevölkerung um sein Leben. Bundeskanzler Helmut Schmidt trug allein die Last der Verantwortung. Es war die schwerste Entscheidung seines Lebens. Er wollte den Staat nicht erpressbar machen.

Am 18. Oktober fand man die Leiche des Arbeitgeberpräsidenten im Kofferraum eines Autos. Die Spirale der Gewalt drehte sich weiter. Diese Zeit ist verharmlosend als »Deutscher Herbst« in die Geschichte eingegangen. Wir erfuhren durch das Fernsehen und die Presse von den dramatischen Ereignissen, die später durch Bücher und Filme thematisiert wurden.

Mit dem Uffz-Korps nach Würzburg

Das Uffz-Korps hatte eine Fahrt in Begleitung unserer Frauen nach Würzburg geplant. Alles war gut organisiert. Die Anreise erfolgte mit einem Reisebus. Selbst Don Alfredo, der sonst recht trink- und sangesfreudig war, wusste sich im Beisein seiner Frau zu benehmen. Plötzlich war er wie ausgewechselt und machte auf Gentleman. Doch abends, in der Schenke, wurde es feuchtfröhlich, auch weil keine Tanzfläche im Hotel verfügbar war. Alle waren bester Laune. Da wir nicht die einzigen Gäste in der bayrischen Wirtsstube waren, kam auch kein richtiger Gesang auf.

Am nächsten Tag besichtigten wir das Würzburger Residenzschloss, ein beeindruckendes Bauwerk, das es sogar, mitsamt seinem Erbauer, auf eine Banknote gebracht hatte. Der Bau kann als eine der bedeutendsten künstlerischen Leistungen von Balthasar Neumann angesehen werden.

Wolfgang hat einen Verkehrsunfall

Am 26. April wurde uns von Axel Haby, der zur Clique unseres Sohnes Wolfgang gehörte, eine Hiobsbotschaft überbracht: »Wolfgang ist mit dem Motorrad verunglückt. Er liegt im Krankenhaus Hollwedestraße!«

Aufgeregt ließen wir alles stehen und liegen und fuhren ins Krankenhaus. Hier begann eine quälend lange Wartezeit. Unser Sohn war noch im Operationsraum und niemand konnte uns etwas sagen, weder über seine Verletzungen noch über seinen Zustand. Gisela zitterte und weinte. Ich nahm sie in den Arm und versuchte, sie zu trösten. Auch ich war erschüttert und mir kamen die Tränen.

Irgendwann kam der Arzt, der Wolfgang operiert hatte. Er machte ein bedenkliches Gesicht. Wolfgang hatte schwere Verletzungen erlitten, komplizierte Knochenbrüche der Beine und der linken Hand, dazu eine schwere Gehirnerschütterung. Er selbst hatte die Operationen durchgeführt. Ob alles wieder gut verheilen werde, sei fraglich. Wir waren erleichtert, dass er lebte, aber besorgt, wie er alles überstehen würde.

Wie konnte es zu dem Unfall kommen? Gegen 18.20 Uhr saß Wolfgang auf dem Sozius eines Motorrades, das von einem Freund gefahren wurde. Da Sand auf der Straße lag, rutschten sie in der Kurve Salzdahlumer Straße, Ecke der Gärtnerei Weber, aus. Sie wurden auf die Gegenfahrbahn geschleudert und prallten gegen einen Linienbus. Dabei hatten sie Glück, nicht unter seine Räder geraten zu sein, sonst wären sie wohl überrollt und getötet worden. Wolfgang hatte es bewusst erlebt: »Ich lag unter dem Bus und bin etwa sechs Meter mitgeschleift worden, bis der Büssing zum Stehen kam. Einer der Reifen war nur noch wenige Zentimeter von mir entfernt!«

Nach den ersten, sehr schmerzhaften Tagen in der Klinik, begann sich Wolfgangs Zustand langsam zu stabilisieren. Das rechte Bein mit dem offenen Bruch musste sechs Wochen in einem Gips-Streckverband stillgelegt werden und war über einen Seilzug mit einem Gewicht belastet. Dabei wurde ihm ein Nerv abgeklemmt, sodass er den Fuß nicht mehr bewegen konnte. Nach entsprechender Ergotherapie kam langsam wieder Bewegung in den Fuß, bis auf den großen Zeh, der amputiert werden sollte. Doch Wolfgang bestand darauf, dass der Zeh dran bleibt. Wie recht er hatte, zeigte sich, als er ihn nach längerer Zeit wieder bewegen konnte. Die Wunden heilten, sodass Wolfgang Ende

Juni das Krankenhaus verlassen konnte. Wir bereiteten ihm einen herzlichen Empfang. Um sich wieder fit zu machen, stakste er mit seinen beiden Gehhilfen durch den Garten und traf sich schon bald wieder mit seinen Freunden am Kiosk.

Allerdings hatte dieser Unfall für Wolfgang entscheidende Folgen: Wie viele seiner Altersgenossen wollte er unbedingt Automechaniker werden. Er hatte auch eine Lehrstelle bei der Kfz-Werkstatt und Renault Autovertretung Härtel in Wolfenbüttel bekommen. Das erste Lehrjahr hatte er fast hinter sich gebracht, doch nun wollte sein Lehrmeister und Chef, dass Wolfgang das ganze Jahr wiederholen sollte. Damit war er aber überhaupt nicht einverstanden und kündigte seinen Ausbildungsvertrag.

Wolfgang machte daraufhin eine zweijährige überbetriebliche Ausbildung als Tischler. Dabei hat er seine Liebe zum Holz, zur Holzverarbeitung, entdeckt. Dem Holz blieb er sein ganzes Arbeitsleben lang treu, als Geselle und später als Selbstständiger in seinem eigenen Tischlerbetrieb.

Fahrt mit Gisela nach Dänemark

Wir wollten endlich unser kleines R4-Transporter-Wohnmobil ausprobieren. Unser Ziel war Jütland. Wir schliefen in unseren Schlafsäcken auf dem eingebauten Holzboden des Wagens. Wenn das Wetter es zuließ, bauten wir auch unser kleines Hauszelt sowie Klapptische und Stühle auf. Gekocht wurde auf dem Gaskocher im Auto oder auf dem Campingtisch. Unser »feuerrotes Spielmobil« war gut ausgerüstet und somit campingtauglich. Am Ende der Fahrt besuchten wir noch unseren alten Bekannten in Silkeborg, den »Tollund-Mann«, die bekannte Moorleiche.

Besuch aus der DDR

Onkel Heinz, der Bruder meines Vaters, war in Rente und durfte nun in den Westen reisen. Wahrscheinlich rechnete die DDR-Regierung damit, dass einige Rentner in die BRD übersiedeln würden und ihr so die Rente erspart blieb, denn das kommunistische Deutschland hatte finanzielle Schwierigkeiten.

Onkel Heinz und Tante Gertrud (genannt: »Tutti«) wohnten noch in Greifswald, wo ich sie im August 1956 letztmalig besucht hatte. Sie hatten ihren Besuch lange vorher angekündigt, blieben auch nur einen Tag, um dann zu ihrer Tochter Heidemarie weiterzureisen, die in Heidelberg lebte.

Ich freute mich, die beiden nach so langer Zeit wiederzusehen und ihnen meine Familie vorstellen zu können. Onkel Heinz war Architekt und hatte durch seine, mit einer »Intelligenz-Zulage« aufgestockten Rente, ein gutes Auskommen. Er hatte sich einen Traum erfüllt und als Alterssitz in Spandowerhagen, an der Ostsee, eine alte Fischerkate gekauft, um sie kontinuierlich nach seinen Vorstellungen auszubauen. Ihre Kinder, Klaus, Jochen und Heidemarie hatten eigene Familien. Klaus war Lehrer und Jochen arbeitete in verschiedenen Berufen; zuletzt führte er eine Kneipe und hatte eine Frau geheiratet, die eine Dackel- und Hundezucht betrieb.

Onkel Heinz war der einzige Verwandte aus meiner väterlichen Linie, zu dem ich noch Kontakt hatte. Natürlich sprachen wir viel über meinen Vater. Als letztes Dokument von ihm hatte er mir ein handgeschriebenes Gedicht geschenkt, das *Kradschützenlied*. Es klingt, neben dem Waffenstolz, wie ein Abschied von seiner jungen Frau, meiner Mutter. Als hätte er gewusst, diesen Krieg nicht zu überleben. Neben den früheren Fotos kam noch eines hinzu. Es waren die letzten Dokumente meines Vaters. »Dafür bin ich Dir, lieber Onkel Heinz, mit bleibendem Dank verbunden!«, schrieb ich ihm später.

IRLS-Auswertung in Fürstenfeldbruck

Wir alle mussten im Juni an einem Lehrgang über Radar- und Infrarotbilder-Auswertung teilnehmen. Er zeigte uns die Möglichkeiten und Grenzen dieser Aufklärungsmittel auf. Nur ein erfahrener Luftbildauswerter konnte einem Radarluftbild noch wichtige Informationen entnehmen. Da wir in den Drohnenbatterien weder Infrarot- noch Radarkameras für die Bildaufklärung verwendeten, hatte dieser Lehrgang für uns keine praktische Bedeutung.

Im Bereich des Fliegerhorstes waren auf Sockeln die alten, nicht mehr verwendeten Flugzeugtypen der Luftwaffe ausgestellt. Seitlich der Runway standen noch die Wracks der Hubschrauber, in denen vor fünf Jahren das Attentat der Palästinenser auf die israelische Olympiamannschaft in München verübt wurde. Es war etwas Anderes in den Medien von einem Attentat zu hören, als vor den zerfetzten Hubschraubern zu stehen, in denen neun Menschen brutal ermordet wurden. Bei diesem Anblick wurde ich von einer erschreckenden Wut und Beklommenheit sowie Mitleid und Trauer für die Getöteten ergriffen.

Die Wracks der Hubschrauber, in denen 1972 das Attentat der Palästinenser auf die israelische Olympiamannschaft ausgeübt wurde.

Was war damals geschehen? Am 5. September 1972 stürmten während der Olympischen Sommerspiele in München acht bewaffnete Mitglieder der palästinensischen Terrororganisation »Schwarzer September« das Quartier der israelischen Mannschaft. Sie nahmen elf von ihnen als Geiseln, von denen zwei während der Kampfhandlungen erschossen wurden.

Die Terroristen verlangten die Freilassung von 232 Palästinensern aus israelischen Gefängnissen, sowie die Freilassung der deutschen RAF-Terroristen Andreas Baader und Ulrike Meinhof. Die israelische Regierung lehnte jeden Austausch ab.

Unbehelligt von der Polizei brachten die Terroristen ihre gefesselten Geiseln in zwei Hubschraubern vom Typ Bell UH-1D des Bundesgrenzschutzes. So flogen die Terroristen und ihre Geiseln zum nahe gelegenen Fliegerhorst Fürstenfeldbruck, wo schon eine Boeing 727 mit laufenden Triebwerken auf sie wartete. Hier sollten die Geiseln nach langen Verhandlungen befreit werden. Doch bei einer Schießerei sprang ein Terrorist aus dem Hubschrauber und brachte ihn mit einer Handgranate zur Explosion, wobei die Geiseln getötet wurden. Die fünf Geiseln im zweiten Hubschrauber wurden während des Kampfes ebenfalls getötet. Bei dem schlecht geplanten und katastrophal gescheiterten Befreiungsversuch durch deutsche Behörden starben alle neun Geiseln. Insgesamt kamen in München und Fürstenfeldbruck 17 Menschen ums Leben.

Das Scheitern der Befreiungsaktion mangels entsprechend ausgebildeter Sicherheitskräfte führte zur Gründung der deutschen Antiterroreinheit GSG 9.

Käthe II

Ich war immer sehr zurückhaltend und trat Käthe, der Schreibkraft des Spießes Münsterberg, gegenüber desinteressiert auf. Um näher an mich heranzukommen (ich galt als glücklich verheiratet) lud Käthe mich zum Essen in die UHG (Uffz-Heim-Gesellschaft) ein. Als Alibi-Person fungierte der Schreibstuben-Uffz.

Das Essen verlief korrekt, ich bedankte mich artig und sie hatte mir ein Signal gegeben. Daraufhin symbolisierte ich mit der Banane. Um das Spielchen voranzubringen, brachte ich Käthe meine Nachtisch-Banane aus dem Speisesaal mit. Ich hatte in Druckbuchstaben darauf geschrieben: »Ach, könnte ich doch Deine Banane sein.« Das ließ viel Spielraum für genüssliche Deutungen offen. Käthe lachte aufreizend, wie immer, wenn es um Zwei- oder Eindeutigkeiten ging.

Einige Tage später, ich ging zum Essen, fragte ich sie: »Soll ich Dir eine Banane mitbringen?« Ich war gespannt, was sie antworten würde: »Ich brauche keine Banane, ich fahre in den Urlaub nach Marokko!«, sagte sie. Und das tat sie. Nach ihrem Urlaub steckte mir eine schnelle Damenhand einen »Kassiber«* mit dem Gedicht *Wanderer* (»… mich vögelt heut ein anderer.«) zu.

DAS JAHR 1978

Zum Jahresbeginn fand an der Schule der Bundeswehr für Innere Führung, in Lahnstein, ein Lehrgang statt. Da ich in meiner Einheit mit der Durchführung der politischen Bildung beauftragt war, sollten ich und die anderen

** Unerlaubte, heimlich (oft in verschlüsselter Form) geschriebene Mitteilung eines Gefangenen, die einem anderen oder Außenstehenden übermittelt wurde.*

Lehrgangsteilnehmer in Rhetorik geschult werden. Wichtig war das Auftreten, die Körperhaltung, eine klare Sprache und danach das Abtreten. Flegeleien vor den Zuhörern, wie die Hand in die Tasche stecken oder den Zuhörern den Rücken zukehren, wenn Bilder oder die Tafel benutzt wurden, waren verpönt. Voraussetzung war natürlich die Beherrschung des Themas, also eine gute, umfassende Vorbereitung.

Es gab auch Techniken, die bei einer Diskussion wichtig sein konnten, wie der »Jesuiten-Dialog«. Um bei einer überraschenden Frage Zeit zum Überlegen zu gewinnen, gibt man die Frage wieder zurück: »Sie meinen also ...« Eine andere Gesprächstaktik bestand darin den Gesprächspartner durch gezielte Fragen von dem Problem abzulenken und in eine andere Richtung zu lenken. Oder man behauptete einfach das Gegenteil. Wie das geht, das wurde anhand von Beispielen aus der Politik vermittelt.

Das Lehrpersonal bestand aus älteren, erfahrenen Stabsoffizieren (ab Major), die sich freundlich, verbindlich gaben. Ein Oberstleutnant blieb mir in Erinnerung, weil er sich über den Gruß »Mahlzeit« erregte: »Was ist das nur für eine Unsitte! Es heißt Guten Morgen, Guten Tag oder Guten Abend. Aber was höre ich immerfort? Mahlzeit! Stellen Sie sich vor, ich stehe in der Toilette (Stehpinkler), da kommt ein Soldat herein und sagt Mahlzeit!« Er geriet bei seinem Vortrag richtig in Wallung.

Wir wohnten in einer schönen, alten Villa. Außer unserer Uniform erinnerte im Lehrbetrieb wenig an das Militärische. Abends gingen wir in Zivil in eine benachbarte Kneipe. Das war keine einfache Bierbude, sondern eine Kultkneipe, ein Kommunikationszentrum. Der Wirt hatte die seltene Gabe auf jeden Gast einzugehen und so entwickelten sich lange Gespräche. Wir quatschten oft bis Mitternacht. Zu seinen Stammgästen zählten auch einige Frauen, die meist an der Theke saßen. Der Wirt war unverheiratet. Er sagte: »Wenn ich eine Frau brauche, nehme ich die da mit nach Hause!«, worauf »die da« lächelte. Da kann man nur sagen: »Guten Appetit oder … Mahlzeit!«

Vorsitzende im SPD-Ortsverein

Im Februar wurde Gisela zur 1. Vorsitzenden des SPD-Ortsvereins Südstadt gewählt. Doch sie kandidierte nicht alleine für diesen Posten. Da war noch ein neues Parteimitglied, das hier im Ortsverein seine politische Karriere starten wollte, nämlich Dr. Dr. René Hunold, der seine beiden Doktortitel in Österreich erworben hatte. Bei der Wahl unterlag er Gisela jedoch. Danach war er nur noch selten dabei. Als sie zur Ortsvereinsvorsitzenden ernannt wurde, erlebte Gisela ein typisches Beispiel von Frauendiskriminierung. Zwei alte Parteisäcke sprachen hinter ihr, aber noch verständlich: »Bei der ist der Lack auch schon ab!«

Mente et Mallo

(Mit Geist und Hammer)

G. Klischies besaß einen VW-Campingbus, mit dem wir im April zum Deutschen Kreidesymposium nach Münster fuhren. So hatten wir keine Unterkunftsprobleme und Kosten.

Nach der Begrüßung durch den Veranstalter und Leiter Prof. Dr. Helmut Hölder, vom Geologisch-Paläontologischen Institut und Museum der Westfälischen Wilhelm-Universität in Münster, gab es den ganzen langen Tag Kurzvorträge, die nur von kurzen Pausen unterbrochen wurden. Dann wurde nicht nur gefachsimpelt, sondern auch der neueste Klatsch über nicht anwesende Kollegen und Institute ausgetauscht. Man nennt so etwas Informationsaustausch.

Abends im Campingbus

Nach dem gemeinsamen Abendessen verlief sich die Symposiumsgesellschaft. Im Campingbus war aber noch Platz, da wir im »Oberdeck« schliefen. So bekamen wir häufig Abendgäste. Einmal kamen Dr. Ernst und Dr. Eki Seibertz, die mir nicht bekannte Doktoranden und Studenten mitbrachten. Dann warfen wir zusammen und es wurde ein lustiger Abend mit reichlich Sangria, diesem eigenartigen Agavenschnaps, den Klischies aus Chile kannte. Dabei wurde manch fröhliches Lied gesungen. Anderntags begannen die Exkursionen.

Danach Stadtbesuch in Münster. Szenen deutscher Geschichte. Vom Museum, nicht weit entfernt über den Prinzipalmarkt, standen wir vor dem Turm der Lambertikirche. Einer von uns deutete nach oben: »In den eisernen Käfigen, die dort hängen, hat man im 16. Jahrhundert die Anführer der Wiedertäufer eingesperrt und verhungern lassen!« Zum ersten Mal hörte ich von den Wiedertäufern in Münster. Ich blickte hinauf zu den Eisenkäfigen und sah im Geiste die gebleichten Skelette der Getöteten.

Wieder eine Weiterbildung beim AG 52 in Leck

Aus- und Weiterbildung des Luftbildpersonals beim Aufklärungsgeschwader 52. Diesmal mit der ganzen Luftbildgruppe. StUffz Scholz, der Fotolaborant, war ebenfalls dabei, sowie Uffz Kleinwächter, Uffz Flak und OGfr Becker, jedoch keine Wehrpflichtigen. Wir hatten Fahrgemeinschaften gebildet und waren mit privaten PKWs angereist. Die Dienstzeit verlief ohne Vorkommnisse. In den Sheltern werteten wir, wie beim letzten Mal, die erflogenen Luftbilder aus.

Bei unseren LuBi-Auswerte-Gastgebern fehlte zu unserem Erstaunen diesmal der Spitzenmann OFw W.. Er hatte sich verspekuliert und übermäßige Schulden gemacht. Es kam zu einem Gerichtsverfahren, in dem er verurteilt und aus der Bundeswehr entlassen wurde. Es war schade, dass er sich so vom Geld hat verleiten lassen.

Ich glaube, Major Modrow hatte dafür gesorgt, dass wir ein Wochenende auf Sylt verbringen konnten. Bei List gab es eine Logistikschule der Marine. Dort konnten wir ohne Kosten in der Kaserne wohnen. Von List, im Norden der Insel, fuhren wir nach Kampen und Westerland, aber auch die langen Strände lockten uns.

Plötzlich stand – einsam wie ein Pfahl am Ufer – vor uns ein Angler und fing Hornhechte. Zwei hatte er bereits gefangen und in den nassen Sand des Strandsaumes eingebuddelt, damit sie frisch blieben. Nur die Schwänze schauten heraus. Warum er gerade auf Hornhechte ging, fragte ich ihn. Die wären besonders schmackhaft, meinte er. Ich erinnerte mich, diesen Fisch bei meinen Großeltern in Wolgast gegessen zu haben. Das Besondere war, dass sie grüne Gräten hatten. Opa war ebenfalls ein leidenschaftlicher Angler gewesen.

Einmal fuhr ich von Leck zum Nolde-Museum in Seebüll. Der Expressionist Emil Nolde (eigentlich Emil Hansen) lebte seit 1926 dort. Seine Malerei galt bei den nationalsozialistischen Kulturwächtern als entartete Kunst. 1941 erhielt er Berufsverbot, das er mit seinen »ungemalten Bildern« heimlich durchbrach. Doch auch hier in seinem Haus, umgeben von einem großen Bauerngarten, wurde er bespitzelt und denunziert. Siegfried Lenz hat ihm in seinem Roman *Deutschstunde* ein literarisches Denkmal gesetzt, in dem Spannungsfeld von Pflichterfüllung und Schuld im Dritten Reich.

Nolde, der kurze Zeit der Künstlervereinigung »Die Brücke« angehörte, malte in »glühenden Farben von starker Eindringlichkeit«. Das waren großflächige Ansichten der nordischen Landschaften, wolkenreich, mit niedrigem Horizont und auch leuchtende Blumen in knalligen Farben. Ich allerdings hatte keinen Zugang zu seiner Kunst, sie sprach mich nicht an.

Ein andermal besuchten wir eine Kultkneipe, irgendwo in einem Dorf auf dem platten Land, in der viele Piloten und Luftwaffensoldaten verkehrten. Die Einrichtung war gediegen-rustikal, die Bedienung hinter der Theke exquisit. Sie sprach gleichermaßen bezaubernd Platt- wie Hochdeutsch, und es schien, als ob sich alle schon lange kannten. »Josephine, du regst mi up«, hätte ich ihr zugeflüstert, wenn es dieses Lied schon gegeben hätte.

Hardy

Nach unserem Umzug aus Stade besuchte mein Sohn Hardy zuerst die Volksschule Mascheroder Holz, bis er im Sommer 1974 in die Hauptschule Lindenbergsiedlung wechselte, die er bis zur 8. Klasse besuchte. Seit dem August 1976 ging er zur Hauptschule im Schulzentrum Heidberg, aus der er im Juni 1978 mit dem qualifizierten Hauptschulabschluss entlassen wurde.

Es war sicher nicht sein Traumberuf, aber Hardy begann eine Berufsausbildung als Maschinenschlosser. Das Ausbildungsverhältnis begann im September 1978 und endete nach dreieinhalb Jahren mit der Prüfung vor der Industrie- und Handelskammer Braunschweig. Bis 1982 arbeitete Hardy noch in seinem Lehrbetrieb als Maschinenschlosser. Das war ein ähnlicher Lernabschnitt, wie ich ihn durchgemacht hatte.

Hardy war musikalisch begabt. Während seiner ganzen Schulzeit hatte er gute Noten in Musik, daher wollte er gern eine Gitarre haben. In der Musikalienhandlung, in der Gisela ihm eine kaufte, wurden auch Kurse abgehalten, um das Instrument zu erlernen. Die Gitarre wurde nun sein treuer Begleiter. In der Wohnung und im Garten spielte er uns und Barry seine Übungsstücke vor.

Bedeutung der Luftbildauswertung

Die Bedeutung der Luftbildauswertung vollzieht sich außerhalb der öffentlichen Wahrnehmung; im Gegensatz zu seiner Wichtigkeit und Auswirkung. Ein Großteil der aufgefundenen und gesprengten Blindgänger des 2. Weltkrieges werden durch Auswertung der von den Amerikanern zur Verfügung gestellten Wirkungs-Luftbilder geortet.

Doch einmal geriet die Luftbildaufklärung in den Fokus der Öffentlichkeit. 1962 als in der Kubakrise die Luftbilder der sowjetischen Raketenstellungen in den Medien gezeigt wurden. Ansonsten unterliegen die Bilder der Aufklärungsflüge strenger Geheimhaltung und sind Teil der Spionage-Aufklärung.

Ein Oberst und eine Lupe

Schauspiel in einem Akt.

Die Bühne: ein Luftbildauswertewagen, während einer Flugperiode in Bergen.
Die Mitwirkenden: Ein Oberst und ein Luftbild-Auswertefeldwebel (OFw Krüger).
Der Regimentskommandeur Oberst Dobbert will sich selbst ein Bild von der Luftbildauswertung machen. Der entwickelte Film ist über den eingebauten Leuchttisch gezogen.

Oberst zum OFw: »Wo sind die Ziele? Geben sie mir mal die Lupe, ich will das selber sehen.«

Mit der Lupe verkehrt herum am Auge versucht der Oberst nun die Schärfe des Bildes zu finden, was ihm aber nicht recht gelingen will. Man sieht, wie er ständig den Abstand vom Auge zur Lupe und von der Lupe zum Film verändert.

OFw: »Herr Oberst, darf ich ihnen einmal den Gebrauch der Lupe demonstrieren? Die Lupe wird auf den Film gestellt. Damit ist der richtige Abstand zum Bild gegeben. Dann führt der Auswerter sein Auge unter Berücksichtigung des Lichteinfalles an das Okular und erkennt so ein scharfes Bild, hier allerdings im Negativ*.«

Zugleich mit seinen Ausführungen zeigt der OFw den Gebrauch der Auswertelupe.

»Ich kann so aber besser sehen«, sagt der Oberst unwirsch und hantiert weiter mit der Lupe und kann nichts Genaues erkennen. Was gehen einem generalstabsmäßig ausgebildeten Oberst auch die empirischen Erfahrungen und Erklärungen eines OFw an? Mürrisch verlässt der Oberst den Auswertewagen (die Bühne), er tritt ab. Vielleicht war diese Lupeneinweisung Anlass für folgende Feststellung: »Nach dem neuesten Stand der Technik ausgerüsteten

** Die Luftbildauswertung wird beim Drohnensystem, wie auch bei der Luftwaffe, aufgrund der Zeitersparung, am Negativfilm durchgeführt.*

Waffensysteme erfordern eine Bedienung mit einem besonders hohen und intensiven Ausbildungsstand.«*

Meine erste wissenschaftliche Entdeckung

Fw Fritz Schäfer machte 1978 bei mir in der Luftbildgruppe der Drohnenbatterie eine Wehrübung. Wir kannten uns seit der Luftbildauswertung in Fürstenfeldbruck und er hatte großen negativen (Alkohol-)Einfluss auf Jonny Schulz ausgeübt. Inzwischen war er viermal geschieden, was damals nicht mehr ungewöhnlich war. Der spätere Bundeskanzler Gerhard Schröder und sein Außenminister Joschka Fischer hatten ja ebenfalls viermal geheiratet. Das Kuriose bei Fritz Schäfer war aber, dass er viermal dieselbe Frau geheiratet hatte. Nun war bei ihm jedoch das Ende der Fahnenstange erreicht, wie er uns glaubhaft versicherte. Zu diesem Zeitpunkt lebte er mit einer Jugoslawin zusammen, interessierte sich aber auch für Mineralien.

Belemniten waren von Wunstorf bisher nicht bekannt. Er überließ mir einen Fund, den ich daraufhin als juveniles Actinocamax-Rostrum beschrieb.

Das war meine erste wissenschaftliche Entdeckung. *Actinocamax primus ARK* ist ein Leitfossil und kommt im Unter- und Mittel-Cenoman vor. Jetzt konnten die Fossilien der zweiten Sohle stratigrafisch genau zugeordnet werden. Daraufhin wurden auch weitere Rostren dieser seltenen Belemnitenart in Wunstorf gefunden.

UHG und Tratsch

Manchmal trafen wir uns nach dem Dienst in der UHG, um dienstliche Dinge zu besprechen, ein Bier zu trinken oder nur um zu quatschen und zu klatschen. Und immer war dort ein Trio zugegen: Siggi Babié, HptFw und Refü (auch »Makü« genannt), HptFw Carli Büthe, Spieß und HptFw Buttgereit, Zahlstellenfeldwebel (genannt »Kopekenscheich«).

Mitunter war auch Bruno (Küchen-Uffz) dabei. Immer stand Bier in großen Gläsern auf dem Tisch. Wenn Siggi in Stimmung war, folgte er gerne der Aufforderung: »Siggi, löffel mal einen!« Dann ließ er sich zwei Löffel geben und schlug, mit einem Finger zwischen den Löffelstielen, die *Löffelpolka* von

**Aus dem Grußwort des Kommandeurs Artillerieregiment 1, Oberst Dobbert, zum Anlass des zehnjährigen Bestehens des Beobachtungsbataillons in Wolfenbüttel, 1982.*

Ernst Mosch. Das ähnelte dem Klang von Kastagnetten, nur metallischer. Dieses Stück brachte ihm jedes Mal einen kräftigen Beifall und ein Bierchen ein.

»Der Mann ist so behaart,
daß ihm sein Bart
den Gesichtsausdruck erspart.«

Charakterisierung eines nicht näher bezeichneten Offiziers.

Wenn sie Zeit hatte, saß auch Frau Kolle mit dem Trio am Tisch. Ihren Mann hatte ich ebenfalls in der UHG kennengelernt. Frau Kolle war die angestellte Geschäftsführerin der UHG. Wenn sie lachte, hüpften nicht nur ihre blonden Locken, sondern auch ihre kräftig entwickelten Brüste. Sie regelte die Bestellungen, kümmerte sich um den Einkauf und die Küche.

Bruno kam aus dem Harz und bewohnte ein Zimmer in der UHG. Sein schwarzes Haar hing ihm adolfmäßig in die Stirn, seine Aussprache war entsprechend guttural, und er lachte gerne.

Ein Kamerad, der einmal nach einer Feier in der UHG übernachtet hatte, erzählte später: »Mir brummte noch der Schädel, als ich morgens die gegenüberliegende Tür zu Brunos Zimmer zuklappen hörte und Schritte im Flur hallten. Überhaupt nicht neugierig öffnete ich leise meine Tür und sah noch von hinten die strammen Beine von Frau Kolle.«

Giselas Parteiarbeit

Die Parteiarbeit machte Gisela Spaß. Der Ortsverein hatte eine kleinformatige Stadtteilzeitung herausgebracht, die kostenlos an alle Haushalte verteilt wurde. In anderen Stadtteilen gab es solche Zeitungen bereits, entweder von der SPD oder CDU herausgegeben. Informationen kamen vom Pressedienst aus Bonn. Diese wurden ausgesucht und mit regionalen Nachrichten gemischt.

Bei der Arbeit daran wurde sie von Leuten des Vorstands unterstützt, mit denen sie sich gut verstand. Gisela nahm auch als Delegierte am Unterbezirksparteitag in Bonn teil. So war sie oft in Sachen SPD unterwegs.

DAS JAHR 1979

Im 1. Quartal des Jahres 1979 wurde unser Sohn Wolfgang zur Bundeswehr nach Northeim einberufen. Nach seiner Grundausbildung wurde er nach Braunschweig versetzt und war in der Heinrich-der-Löwe-Kaserne stationiert. Hier machte er seine Führerscheine, auch als Panzerfahrer. Um als Wehrpflichtiger mehr Geld zu haben, verpflichtet er sich für zwei Jahre als Zeitsoldat.

Weil die Kompanien personell und materiell nicht voll ausgestattet waren, wurden Kraftfahrer und Fahrzeuge von anderen Einheiten des Btls abgestellt, damit das Panzerbataillon 22 auf dem TrÜbPl Shilo in Kanada Schießausbildungen durchführen konnte. Ein Glücksfall für Wolfgang: Er wurde als Kraftfahrer für Personen- und Versorgungsverkehr zum PzBtl 22 abkommandiert. Im Mai 1980 flogen die Soldaten mit zwei Boeing 707 vom Flughafen Köln/Bonn nach Winnipeg. Mit Omnibussen ging die Fahrt über den Trans-Canada Highway zum TrÜbPl Shilo. Dort wurde die übende Truppe in langen Holzbaracken untergebracht.

Als Bundeskanzler Schmid noch Verteidigungsminister war, erörterte er mit seinem kanadischen Amtskollegen Möglichkeiten der Mitbenutzung kanadischer Truppenübungsplätze durch deutsche Truppen, da ein Mangel an geeigneten Übungsplätzen in Deutschland bestand. Sie schlossen einen Nutzungsvertrag über Shilo.

Flugtag in Bergen Hohne

Werferführer Feldwebel Gerd Grund erinnert sich:

Morgens halb sechs, der Ruf des UvD: »Batterie aufstehen« hallt es durch den Flur. Nochmal nach links und rechts gedreht. Aber es hat keinen Zweck – raus muss man doch. Vorhang zurück, ein Blick nach draußen: bewölkt, aber trocken. Na ja … dann ab in den Waschraum. Der ist natürlich, wie immer, überfüllt, aber irgendwo drängt man sich noch dazwischen. Geredet wird kaum etwas. Die meisten sind noch gar nicht ganz wach. Danach anziehen und schnell zum Frühstück. Bis zum Antreten sind noch 15 Minuten Zeit. Man hätte doch etwas eher aufstehen sollen. Es sind mal wieder keine Brötchen da. Ob die das noch mal in den Griff kriegen? Der Kaffee kann gut oder schlecht sein. Zunächst ist er mal mies, das gehört dazu. So, jetzt wird es aber Zeit, die Batterie tritt schon an.

Hauptfeldwebel Sendrowski meldet dem »Spieß« die Batterie. Der »Spieß« hat zu bemängeln, dass es gestern wieder mal ziemlich lange ziemlich laut war. Heute Abend soll sich das nicht wiederholen. Dann können die Zugführer die Züge übernehmen. Kurzes Schwafeln. Mit oder ohne Waffen? Natürlich mit, welche Frage! Die übliche Hektik. Wer fährt wann und wo mit? Die ersten Teile setzen sich bereits in Bewegung. Die beiden Werfer mit DU, K1 (Kanonier 1) und K3 rollen los. Sie werden auf der »5C« schon das LTS aufbauen und durchführen. Hoffentlich springt das Aggregat an. Der Transporttrupp fährt zum Instandsetzungszug, um Drohnen zu holen. Oberfeldwebel Hennig und ich ergattern noch einen Sitzplatz in einem Bus des Einsatzleitzugs.

Auf dem Bereithalteplatz sind die Werferbesatzungen schon am Rödeln. Beide Aggregate laufen. Na, wer sagt's denn? Die beiden K1 kommen gerade von der Wache und sehen nicht gerade begeistert aus, aber Zeit für eine Pause ist jetzt nicht. Die täglichen Fristen und der LT müssen durchgeführt sein, wenn die Drohnen kommen. Nicht beschäftigt sind noch die beiden K4. Sie wissen schon, was auf sie zukommt: Booster schleppen. Unser Zugführer Leutnant Hohlfeld und der »Safety« Hauptfeldwebel Menzel sind noch nicht da. Ohne einen von beiden dürfen wir die Dinger nicht prüfen. Also Zeit, die erste Zigarette zu rauchen. Da kommt auch schon Hauptfeldwebel Menzel von der Plattform zu uns runter. Begrüßung: »Alles klar?« »Ja, alles klar!« Dann werden die Booster geprüft, die sind auch okay. So, jetzt könnten eigentlich die Drohnen kommen. Der LT ist durchgeführt, alles getankt, beide Werfer »Go«. Die beiden Crews stehen um die Werfer herum und rauchen erst mal eine Zigarette.

Nach fünf Minuten kommt dann endlich der Transporttrupp. Jetzt fasst alles mit an. Drohnen abladen, Booster schleppen, Nozzle einstellen, aufrüsten und übernehmen. Sind die Höhencounter am Programmer auch nicht überdreht? Nein, alles klar. Der DU hat die Drohne übernommen und überprüft. Es ist alles in Ordnung.

»Werfergruppe! Fertigmachen zum Drohne aufladen, Wirkungsbereitschaft herstellen!«, lautet nun das Kommando des DU, Unteroffizier Seidemann. Drohne hoch, der K3 flucht kurz, kurbelt dann aber verbissen weiter. Außenbordanschlüsse dran. »Vergesst nicht zu fetten!«, lautet meine ständige Mahnung, die den Jungs auch schon zum Halse raushängen muss. Betanken, entlüften, Notschaltung überprüfen. Was ist das, die Notschaltung funktioniert nicht? Die Routine ist unterbrochen, aber der DU weiß, was zu tun ist. Die Ausbildung in Wolfenbüttel macht sich jetzt bezahlt.

Aggregat an. Mist, das Ding springt nicht an! Jetzt sitzt uns die Defekt-Hexe im Nacken. Aber sie hat keine Chance. Mit dem Fremdstartkabel ist sie schnell vertrieben. So, jetzt aber fix. Die andere Werfergruppe ist schon beim Zuklappen. »Primary Power on, Override, External Power on, off, Spannungen ausschalten, Aggregat aus.« Notabschaltung wiederholen. Ja, jetzt klappt's. Verdeck zu und wir sind auch wirkungsbereit. Es ist 8.00 Uhr, der Flug soll um 9.40 Uhr sein. Also noch über eine Stunde Zeit. »Die Funkgeräte bleiben besetzt, der Rest kann dann nach oben gehen und einen Kaffee trinken. Um 8.50 Uhr alle wieder hier unten!«, befehle ich meiner Gruppe. Am Kaffeewagen sind wir die Ersten, Einsatzleit scheint noch mit Vorbereitungen beschäftigt. Der heiße Kaffee tut gut. Eine *Bild*-Zeitung von gestern macht die Runde, ansonsten belangloses Geklöne.

Um 9.00 Uhr kommt pünktlich der erste Teil des Startkommandos: »S1, Richtungswinkel 0038!«, ruft der K2 herunter. »Werfergruppe 1, aufsitzen!« Aggregat und Luftpresser werden angelassen, wir rollen nach vorn. Unteroffizier Seidemann und ich laufen die letzten Meter zu Fuß, um den Werfer einzuweisen. Verdeck abklappen, Drohne umsetzen, jeder weiß, was er zu tun hat. Die Crew ist gut aufeinander eingespielt. Der »Safety« kommt auch, schließt sein »Intercom« an und überprüft den K4. Inzwischen habe ich mit dem K1, dem Gefreiten Schlüß, die Kameradaten eingestellt. Jetzt warten wir auf den Programmer. Der K2, Gefreiter Heinemann reicht ihn nach kurzer Zeit heraus und ich überprüfe ihn zusammen mit dem K1. Die Counter sind alle richtig gesetzt. Aus Sicherheitsgründen prüft der Hauptfeldwebel Menzel ihn noch einmal. »Alles klar, einbauen!« Jetzt kommt der Check. Zusammen mit dem K1 checke ich anhand einer Liste den Werfer und die Drohne. Auch hier keine Fehler. Der DU kommt vom K4 »Doktor« Kern zurück. Einrichten, Ladebatterie aktivieren. Jetzt noch Arming und wir sind startbereit.

An der FKG haben wir jetzt noch Zeit, die Flugleitung checkt jetzt ihrerseits die Funktion der Drohne. Wir rauchen eine weitere Zigarette. Hauptfeldwebel

Menzel erzählt von seinem »Mirafori« und dass ich doch nun endlich meinen Kadett verkaufen soll. Dann ist endlich die Zeit abgelaufen und wir sind fertig für den Check-out. Obwohl ich schon über 60 Starts durchgeführt habe, habe ich jedes Mal wieder Lampenfieber. Aber wir haben nur Grün auf dem Bot. »Check-out durchgeführt, Drohne ist Go«, meldet Hauptfeldwebel Menzel an Flugleitung.

»Starten!«, befielt Menzel. Ich drücke auf den Knopf. Das Triebwerk wird angeblasen, Zündung, hoffentlich kein Flame-out, denke ich bei mir. Umlaufdrehzahl RPM. So, wenn jetzt nicht die Außenbordanschlüsse verrückt spielen, ist sie weg. 20, 21, 22, zähle ich in Gedanken mit, da zündet auch schon der Booster. Starke Startgeräusche in der Luft. Der erste Flug ist draußen. Stellungswechsel zum Bereithalteplatz.

Der nächste Flug ist um 11.00 Uhr geplant, ihn wird die Werfergruppe 2 durchführen. Wir übernehmen die nächste Drohne für den Nachmittagflug und stellen die Wirkungsbereitschaft her. Danach ist der Kaffeewagen das verstärkte Ziel der Werfergruppe. Der Flug um 11.00 Uhr geht auch programmgemäß raus. Um 12.00 Uhr kommt der Spieß mit dem Mittagessen. Es gibt Schnitzel. Nach dem Essen gehe ich zur Einsatzleitstelle. Der Luftbildauswerter, Oberfeldwebel Krüger sagt, dass die Filme nicht hundertprozentig geworden sind, aber auswertbar seien. Beim letzten Flug am Nachmittag, den wir wieder durchführen, haben wir »No-Go« Roll 1, aber nach dem zweiten Check-out hat der Kreisel sich stabilisiert und auch der dritte Flug geht raus. Jetzt heißt es alles verrödeln, Booster wegpacken und die Marschbereitschaft herstellen.

Ein Flugtag endet, und im Lager Scheibenhof Nord warten eine oder mehrere Flaschen »Einbecker« auf uns.*

Dieser Bericht zeigt, wie viel Technik und verschiedene Arbeitsgänge ineinander greifen müssen, damit ein erfolgreicher Drohnenflug durchgeführt werden kann. Greift ein Rädchen nicht ins andere – was durch wolkenver-

* *Erklärungen: DU: Drohnenstart Unteroffizier; LT: Launcher Test Set, Gerät und Kabelsatz zur Überprüfung der Funktion des Werfers (Startgerät); K1: Kanonier 1 bis 6 in den jeweiligen Funktionen; S1: Startplatz 1 – 4 in einem Startraum; FKG: Fernbedien- und Kontrollgerät; Roll 1: Überprüfung des Rollkreisels, die auf dem FKG angezeigt wird, aufrüsten, also die noch fehlenden Teile anbauen, No-Go auf der Box (FKG) heißt Werfer nicht startklar.*

hangenes Wetter, fehlerhafte Technik oder Ausbildung leicht geschehen kann – kann die Drohne nicht fliegen, gibt es keine Luftbilder und keine Luftaufklärungsergebnisse.

Besuch bei Prof. Voigt in Hamburg

Ich war mit der Bahn angereist, erreichte ihre Wohnung mit der S-Bahn und kaufte an der letzten Haltestelle noch einen Blumenstrauß. Sehr freundlich wurde ich von den Voigts empfangen. Frau Voigt war Pädagogin, hatte jedoch ihren Beruf vor Zeiten aufgegeben, um ihren Mann bei seinen wissenschaftlichen Arbeiten zu unterstützen.

Prof. Voigt verfügte über ein hervorragendes Gedächtnis, das ich bewundern konnte, als er mir einen Teil seiner großen Bryozoen-Sammlung (Moostierchen) aus der Kreide zeigte und alle Tierchen mit Namen benannte. Ich bewunderte ihn als großen Naturforscher und schätzte ihn, weil er ohne Dünkel für Sammler und Amateur-Paläontologen da war und jeden Brief, jede Frage beantwortete. Darin war er das genaue Gegenteil von Dr. Ernst.

Ich wurde zum Essen eingeladen und hatte danach zwei Stunden Zeit, um in seiner Privatbibliothek zu stöbern, weil er seine Mittagsruhe brauchte. Danach wurde es lockerer und wir besprachen auch private Dinge. In einer Glasvitrine sah ich drei Bronzefiguren aus China, die fein gestaltet waren. Ich durfte sie herausnehmen und erfuhr ihre seltsame Geschichte.

Der Vater von Prof. Voigt war Chemiker. Er hatte von einem Chemiekonzern den Auftrag erhalten, einen geeigneten Ort in China zu erkunden, um dort ein Werk zu errichten. Es gab aber in ganz China nicht einen einzigen Ort, wo böse Geister den Bau einer Fabrik möglich gemacht hätten, erzählte Prof. Voigt. Nachdem die Voigts kreuz und quer durch das Land der Mitte gereist waren, wurde der Plan aufgegeben. Sie ließen ihren Hausrat auf ein Frachtschiff verladen, um ihn nach Deutschland zu verschiffen. Doch der Frachter ging, mitsamt ihrem Haushalt, bei einem Sturm unter. Sie selbst erreichten Hamburg auf einem Passagierschiff. Alles, was ihnen blieb, war ihr Handgepäck und die drei kleinen Bronzefiguren.

Prof. Voigt, der von seiner Frau assistiert wurde, wusste noch anderes zu berichten. Im Krieg war er »Wehrgeologe« gewesen. Als er 1946 aus sowjetischer Kriegsgefangenschaft entlassen wurde, lag Hamburg in Trümmern. Er widmete sich dem Wiederaufbau des vollständig zerstörten Geologischen Institutes, dessen Direktor er wurde, mit der Anlage neuer Sammlungen, zu denen er persönlich viel beitrug.

Pfingsten in Gräpel

Gisela hatte im Januar in Ahrensburg bei Hamburg auf dem SPD-Seminar »Übungen zur freien Rede« Kurt Thomsen kennengelernt. Den Teilnehmern sollte die Kunst der Rhetorik nahegebracht werden. Gisela bezeichnete es als »Schmuse-Seminar«.

Als sie Kurt von ihrer Jugendarbeit erzählte, war er sofort begeistert und lud die Jugendlichen zu sich nach Gräpel (Kreis Stade) ein, um dort die Pfingsttage zu verbringen. Kurt hatte ein altes, malerisches Fachwerk-Bauernhaus gekauft und restauriert. Das weitläufige Grundstück, eine Streuobstwiese, ging bis zum Ufer der Oste. In Gräpel gab es viele ähnliche Bauernhäuser mit Fachwerk, roten Ziegeln und einem Storchennest auf dem Reetdach.

Es waren nicht nur wegen des sonnigen Wetters schöne Pfingsttage. Die Jugendlichen (Mädchen und Jungen) hatten kleine Hauszelte mitgebracht. Ich war mit Gisela und Barry in unserem »feuerroten Spielmobil« angereist und bezogen nachts ein kleines Zelt neben dem Wagen. Seit einem Jahr bewies der umgebaute Kleintransporter seine Verwendungsfähigkeit und diente uns als mobile Heimstatt.

Im Garten des Bauernhauses von Kurt in Gräpel machen wir Camping mit unserem R4 Kleintransporter.

In der Nähe von Kurts Anwesen gab es für die Landwirtschaft eine kleine Fähre über die Oste. Hier konnten die Bauern mit ihren Treckern und Fuhrwerken übersetzen. Sie wurde von den Einheimischen »das Gefäß« genannt.

In der Oste konnte man schwimmen oder in kleinen Booten herumpaddeln. Während wir uns so vergnügten, bereitete Kurt seinen Räucherofen vor, der eigentlich eine umfunktionierte Blechtonne war. Abends gab es dann goldgelb geräucherte, noch warme Forellen, die wunderbar dufteten und schmeckten. Der Duft zog auch einige Nachbarn an.

Kurts Frau, die ebenfalls Gisela hieß, war zurückhaltend, ökologisch orientiert und interessierte sich sehr für Handarbeiten. Die beiden Giselas verstanden sich gut. Auch Kurt war mir auf seine unkomplizierte Art sympathisch. Wir konnten uns gut unterhalten und er kannte sich in vielen Dingen aus. Mit seinem Vollbart wirkte er sehr friedensbewegt. Er schenkte mir einen Galerites Seeigel aus Feuerstein, den er einer alten Zigarrenkiste entnahm.

Am Sonntag wurde dann der Pfingstbaum aufgestellt. Das war die Aufgabe der unverheirateten Männer des Dorfes. Der Sinn lag auf der Hand, denn schließlich befanden sich unter den Zuschauern viele Mädchen und junge Frauen. Der Baum war mächtig und kaum von einem Mann anzuheben, die Technik steinzeitlich einfach. Am unteren Ende wurde eine Grube ausgehoben, oben bekam der Baum eine Blumenkrone und wurde von den jungen Kerls mit Leitern und Stangen so weit angehoben, bis das Ende in die Grube rutschte. Dann hing die ganze Burschenschaft an den Seilen, um mit vereinten Kräften den Baum aufzurichten. Am Ende war Beifall fällig, denn ganz so problemlos wie beschrieben ging es nicht. Der Baumstamm drohte oft auszuscheren, wurde aber stets rechtzeitig aufgefangen, bis er aufrecht stand und verkeilt wurde.

Apropos Schmuse-Seminar: Einige Wochen nach Pfingsten bekam Gisela einen Anruf von Kurts Frau. Ob sie bemerkt hätte, dass Kurt auf dem Seminar eine andere Frau näher kennengelernt hätte? Er habe sich ihretwegen von ihr getrennt. Gisela war außer sich, als sie das hörte und konnte es kaum glauben.

Giselas Jugendarbeit

Im Rahmen der »offenen Jugendarbeit« fand Gisela Mitstreiter, die sich dafür einsetzten, den Jugendlichen Räume im Roxy (einem ehemaligen Kino) am Welfenplatz zur Verfügung zu stellen. Mithilfe ihrer Parteifreunde von der SPD und der Stadtverwaltung gelang es ihnen, trotz vieler Schwierigkeiten, einen Jugendtreff einzurichten, der von einem Sozialarbeiter betreut wurde. Dadurch wurde unser Haus erheblich entlastet.

Es war ein schöner Erfolg für Gisela, auf den sie stolz sein konnte. Das Kinder- und Jugendzentrum Roxy ist in den folgenden Jahrzehnten immer weiter ausgebaut worden und besteht heute noch.

Abschied von der Drohnenbatterie

Da ich meine alte Einheit verlassen musste, hatte ich eine kleine Broschüre zusammengestellt, die ich an Eggi und andere Kameraden verschenkte. Offiziell wurde ich am 29. März, im Rahmen eines Uffz-Abends, vom Uffz-Korps verabschiedet. Es gab reichlich Bier und eine Urkunde. Allerdings auch Ärger mit dem Spieß Rapzinski, der mir keinen KvD für die Heimfahrt stellen wollte.

Käthe schenkte mir zum Abschied *Das Tagebuch der Anne Frank*, das ich schon immer einmal lesen wollte. Ihre nüchterne Widmung lautet:

Das Unteroffizierkorps der 4. BeobBtl 1 (Drohnenbatterie) mit Chef vor dem Werfer in der Gneisenau-Kaserne, 1978.

Zur Erinnerung an unsere gute Zusammenarbeit 1972–1979.
Käthe Lehmann

Am Tag zuvor, als wir meinen Abschied im Zugführer-Zimmer feierten, gab es Sekt, belegte Brötchen und Knabbergebäck. Die Stimmung war traurig-gehoben. Eggi will beobachtet haben, dass Käthe und ich weinend unter einem Tisch gehockt hätten. Ich meinte, die Russen weinen auch immer, wenn sie genug Wodka getrunken haben.

Versetzung zur ArtSchule nach Idar-Oberstein

Danach fuhr ich mit meinem »feuerroten Spielmobil« nach Idar-Oberstein und meldete mich bei der Artillerieschule im Geschäftszimmer ATV zum Dienstantritt. Leiter der Dienststelle war OTL Zurek. Ich stellte mich dem Geschäftszimmerpersonal und den neuen Kameraden vor.

Dann wurde ich einem sehr freundlichen OStFw übergeben, der mir die Örtlichkeiten zeigte und den Schulbetrieb erläuterte. Der Dienstgrad Oberstabsfeldwebel war bereits mehrfach abgeschafft und wieder eingeführt worden. Mehr konnte ein Feldwebel nicht erreichen. Geduldig und freundschaftlich stellte er mich in den anderen ATV-Bereichen vor, ging mit mir in den Speiseraum und die Kantine. Der ganze Schulbetrieb machte auf mich einen guten Eindruck, und ich bedankte mich für die fürsorgliche Einweisung bei meinem »Bärenführer«. Bis ich ein Zimmer fand, würde ich in der Kaserne schlafen. Durch die Vermittlung von Herrn Hahn, dem Fotografen der ArtSchule, bekam ich eines in Algenrodt, Nohweg 10, bei Frau Alt, für monatlich 170 Mark. Das Zimmer im Obergeschoss ihres Einfamilienhauses war nicht gerade komfortabel, aber es war auch nur eine Zwischenlösung, und bis zu meiner Dienststelle war es nicht weit.

Damit mir die Reisekosten und das Trennungsgeld nicht gestrichen wurden, musste ich genau nachweisen, welche Bemühungen ich bei der Wohnungssuche unternommen hatte. Eine Dienstwohnung war nicht frei. Da Hptm Wölken vom Heeresamt, der mich für diesen Dienstposten angeworben hatte und auch der Dienststellenleiter OTL Zurek mir zugesagt hatten, dass diese Verwendung meine letzte sein würde, hatte ich den Plan gefasst, an meinem Endstandort zu bleiben und ein Haus zu kaufen. So wandte ich mich an verschiedene Maklerfirmen, um ein passendes Objekt zu finden.

Nach der ersten Familienheimfahrt von Braunschweig zurückgekehrt, wurde ich mit einer Schreckensnachricht überrascht: Der freundliche OStFw, der mich eingewiesen hatte, hatte sich am Wochenende mit seiner Dienstpistole erschossen, nachdem er erst seine Frau und dann seine halbwüchsigen Kinder getötet hatte. Heute nennt man das verharmlosend einen »erweiterten Suizid«. Ich war erschüttert. Was mochte ihn dazu getrieben haben? Die Lokalpresse berichtete darüber, doch die Gründe für diese Familientragödie blieben unklar. Die Reaktion der Schulleitung war eine Verschärfung der Sicherheitsbestimmungen bei der Übergabe von Dienstwaffen nach dem OvD-Dienst.

Eingefangen

Unter den Mädchen, die beharrlich hinter Wolfgang her waren, fiel eines besonders auf. Sie hieß Sabine, benahm sich wie ein Junge und guter Kumpel, klammerte sich andererseits sehr an Wolfgang. Sie achtete darauf, dass sie stets in seiner Nähe war, um alles mitzubekommen, was er machte und mit wem er sich unterhielt. Wir nannten sie »Sabine Ting, die nicht von seiner Seite ging«.

Arbeitswochenende in Sienhachenbach

Wir hatten ein Haus gekauft. Die Bankgeschäfte und notariellen Beurkundungen waren bereits erledigt. Nun mussten Haus und Garten wieder bewohnbar gemacht werden, denn es hatte monatelang leer gestanden. Im Garten stand das Gras einen halben Meter hoch. Zwischen all dem Grün leuchteten rotbraun die vertrockneten, lanzettförmigen Wacholderbüsche. Unsere Kinder und einige ihrer Freunde wurden eingeladen und um ihre Mithilfe gebeten. Die lange Anfahrt dafür nahmen sie gern in Kauf. Auf dem Dachboden hatten wir eine alte, wurmstichige Holztruhe gefunden, in der sich zahlreiche Leinentücher und Leinenkittel befanden. Früher war die Bevölkerung im Hunsrück sehr arm, daher wurden viele Gebrauchsgegenstände, wie Besen aus Reisig und Körbe aus Weidenruten, selbst hergestellt. Um auch Kleidung und Wäsche herstellen zu können, bauten sie Leinen (Flachs) an. Der getrocknete Flachs wurde gebrochen, ausgekämmt, gesponnen und zu breiten Tuchbahnen gewebt. Aus diesen wurden Tischtücher, Bettwäsche, Nachthemden und Kittel geschneidert. Einige waren mit hübschen Mustern

»Heuernte« in alten bäuerlichen Leinenhemden.

und farbigen Monogrammen versehen. Solche Wäsche lag, seit Jahrzehnten auf Kante zusammengelegt, in der verstaubten Truhe. Für die schweißtreibende Gartenarbeit schlüpften wir in die Leinenkittel. Sie waren steif gebügelt, aber angenehm kühl auf der Haut. Wir fühlten uns zurückversetzt in die Zeit des Schinderhannes. Ich lernte die Handhabung einer Sense, um das hohe Gras zu schneiden. Anfangs bohrte sich die Spitze des Sensenblattes bei jedem Streich in den Erdboden, aber mit etwas Übung beherrschte ich es doch.

Wir alle wieselten im Garten herum und hatten viel zu tun, Gisela, Wolfgang, Hardy, Angela und ihr Freund Frank, sowie Lutz Hacke. Wolfgang sah in seinem schlichten weißen Kittel aus wie Leo Tolstoi, so wie ihn der russische Maler Ilja Repin gemalt hatte, nur der wallende Bart fehlte.

Auch im Haus gab es viel zu tun. Ein offener Müllcontainer stand direkt am Gartenzaun. Er füllte sich langsam mit unbrauchbaren Möbelstücken, alten Teppichen, Vorhängen und Einmachgläsern samt Inhalt. Es gab einen Vorratskeller, der voller Gläser mit eingelegtem Gemüse und eingemachtem Obst war. Da stand vier Jahre altes Apfelmus neben eingekochten Erdbeeren, die bereits sechs Jahre lang auf ihren Verzehr gewartet hatten.

Auf den roh gezimmerten Holzregalen dieser Speisekammer lagen neben Saftflaschen und Gemüsegläsern die eingetrockneten Mumien zweier Mäuse, die vergeblich versucht hatten, durch Abnagen von Silberfolie an den Inhalt der Flaschen zu gelangen. Das abgenagte Silberfolien-Konfetti bezeugte dieses Mäusedrama.

Diese Vorratswirtschaft entsprang den Erfordernissen der Selbstversorgung. Obst und Gemüse wurden jedes Jahr nach der Ernte eingekocht, auch wenn die alten Bestände noch nicht verbraucht waren. Nun zerbarsten die gefüllten, nicht mehr zum Verzehr geeigneten Vorratsgläser scheppernd an den Containerwänden. Trotz all dieser Arbeiten und des Schweißes hatten wir unseren Spaß dabei, besonders am Abend, bei einer Flasche Bier.

Algenrodt, Nohweg 10

Ich wohnte »Tür an Tür mit Alice«. Doch meine Alice hieß Arnika und kam aus Koblenz-Vallendar. Zuerst grüßten wir uns lächelnd, wenn ich vom Dienst kam. Sie besuchte ein Edelstein-Seminar in Idar. Später unterhielten wir uns und noch später küssten wir uns, zuerst auf die Wange, dann auf den Mund.

Nach einem Wochenende zu Hause traf ich sie mit einem Mann: »Ein Bekannter vom Seminar, er ist Schweizer, ein lustiger Bursche. Ganz harmlos. Er besucht mich heute!« Der Schweizer grinste. Arnika war ja eine Gebirgspflanze, vielleicht verbindet das. Offenbar hatte er seine Heilpflanze gefunden, denn in der Nacht hörte ich nebenan ihr aufreizendes Kichern und das rhythmische Knarren des Bettes …

Wie sang doch Udo Lindenberg in seinem *Mädchen aus Ostberlin*?: »… da muss doch auf die Dauer was zu machen sein … vielleicht auch mal etwas länger, vielleicht auch mal etwas enger …«

Am Tag, an dem sie auszog, da das Edelstein-Seminar beendet war, klopfte ich morgens an ihre Tür, um mich zu verabschieden, und schlüpfte unter ihre Decke. Sie hatte große, weiche Brüste. Ihr Atem roch etwas nach Salami, wahrscheinlich von der abendlichen Salami-Pizza. Um 6.30 Uhr verließ ich sie noch erregt und sprang aus dem Bett, denn ich musste mich beeilen, um pünktlich zum Dienstbeginn in der Kaserne zu sein. Abends sang Howard Carpendale: »Es ist schwer, ich leb nicht mehr Tür an Tür mit Alice«.

Ferien in Braunschweig

Giselas Aktion »Ferien in Braunschweig« war ihre letzte Tätigkeit für die SPD und den Ortsverein. Schon im Mai hatte sie Flohmärkte und Kinderfeste organisiert. Ich hielt mich hier zurück und zeichnete nur ein Flugblatt für ein Kinderfest. Aber ich entschloss mich, wie Gisela Mitglied der SPD zu werden, weil ich einsah, dass man nur etwas verändern kann, wenn man aktiv mitarbeitet. Wir unterlagen zwar nicht dem Fraktionszwang, waren aber parteigebunden, fühlten und dachten mit der SPD.

Kistenparty

Es war am 28. August, unserem 15. Hochzeitstag, als wir uns von unseren Freunden und Bekannten offiziell aus Braunschweig verabschiedeten. Im Wohnzimmer hatten wir eine Theke aus länglichen Drohnen-Materialkisten zusammengestellt. Dort wurden von wechselndem, freiwilligem Personal die Getränke ausgeschenkt. Wie in jeder Kneipe war die Theke der zentrale Ort, wo man aus Flaschen und Gläsern trank und sich austauschte. Hardy versorgte uns mit Musik: »Heute spielt die beliebte Band *Ad Usum* (eine Art PanikBand) mit Helge Holms, Ingo Janßen, Hardy Krüger und Andreas Mühle.« Wolfgang hatte seine Freundin Christina dabei und die Clique aus dem *Roxy*. Von den jungen Mädchen fand ich die hübsche Ulrike besonders anziehend.

Auf der Kistenparty: Kurze Ansprache zum langen Abschied mit gemischten Gefühlen: Hardy, Gisela und ich.

Caroline hatte uns ein lustiges, handgeschriebenes Gedicht geschenkt. Hardy hat es später vertont und gesungen. Ich hatte auch ein Lied geschrieben: Umzug nach Sienhachenbach. Nach der Melodie von der *Schwäbschen Eisenbahn.*

Gisela bekam von den Jugendlichen ein großes Eulenbild geschenkt. Auch der hintere Garten, wo die Zelte standen, wurde in das Geschehen miteinbezogen. Dort loderte, wie so oft bei uns, abends ein Lagerfeuer, ohne dass sich jemand beschwert hätte. Lutz Hacke war an diesem Abend der Grillmeister. Besonders freute uns die Anwesenheit von Wolfhard Hennig, der zu diesem Zeitpunkt schon kein Soldat mehr war. Klischies war mit seiner Frau Helga gekommen, Wolf-Rüdiger Burghaus mit seiner Noch-Ehefrau Dörte. Eggi und Waltraud sowie das Ehepaar Heise von der SPD waren ebenfalls da. Eine besondere Überraschung war die Ankunft unseres Sohns Klaus mit seiner Freundin Anke.

Auch Rita Kolle war da und Helmut machte Fotos. Als ich die Zeit für gekommen hielt, stieg ich auf eine Kiste und sprach einige Dankes- und Abschiedsworte zu unseren Gästen. Weil sich viele im Garten aufhielten, wurde später in der Stube noch etwas getanzt.

Warum das alles?

In dieser Nacht erlitt ich einen Nervenzusammenbruch. Ich, der immer nur Gutes tun wollte, sah in aller Klarheit, was ich angerichtet hatte. Gisela war unglücklich. Was würde aus den Kindern werden, die noch viel zu jung waren, um vom fürsorglichen Elternhaus getrennt zu werden. Wofür das alles? Für das egoistische Bedürfnis nach einer weiteren Beförderung!

Weinend und schluchzend lag ich auf dem Bett. Die Kinder und Gisela kamen. »Was hat er denn?« Ich konnte es ihnen nicht sagen. Ich fühlte mich so elend und schuldig. Das Gefühl meiner eigenen Erbärmlichkeit konnte ich nicht in Worte fassen. Vielleicht spielte auch der Alkohol eine Rolle. Nicht nur die Zukunft unserer Kinder stand auf dem Spiel. Wie würde es uns in der fremden Stadt ergehen? Die Versetzung zur Artillerieschule, der Kauf des Hauses in Sienhachenbach, all das hätte ich nicht tun dürfen. Mea Culpa, mea Culpa, mea maxima Culpa!

Umzug nach Sienhachenbach

Giselas Freundin Christiane Struck half uns bei der Reinigung der Zimmer und versorgte uns fürsorglich mit Tee und belegten Broten. Wir hatten ja unseren gesamten Hausrat verladen. Auch Wolfgang half uns bei den letzten Arbeiten.

Die Jugendlichen aus dem *Roxy* hatten Gisela zum Abschied ein großes Eulenbild und einen großen Strauß Gladiolen geschenkt. All das hatte den Abschied noch schmerzlicher gemacht.

Die Möbelpacker verluden noch Kisten und Schränke, als uns bereits die Nachmieter auf den Pelz rückten. Ein Oberstleutnant hatte das Haus bekommen. Mit einem chinesischen Lächeln, von dem man weiß, dass es nur eine Maske ist, bat uns das Ehepaar, ob sie nicht schon das eine oder andere Gerät oder Möbelstück im Garten abstellen dürften.

Doch das Lächeln und die Freundlichkeit machten bald der fordernden Frage Platz, ob es nicht etwas schneller mit unserem Auszug ginge, denn ihr Möbelwagen wäre bereits unterwegs. Wir aber ließen uns nicht beeindrucken, machten das Notwendige und erledigten abschließend die Wohnungsübergabe an die Standortverwaltung.

Stabs- und Lehrsaalgebäude der Artillerieschule auf dem Rilcheberg.

4. GARNISON

An der Artillerieschule in Idar-Oberstein

1979 bis 1985

Zum 1. April 1979 wurde ich von Wolfenbüttel, BeobBtl 13 nach Idar-Oberstein zur Artillerieschule versetzt, in den Spezialstab ATV 1, Gruppe 3: Aufklärende Artillerie. Ich machte dort Dienst und fuhr mit meinem »feuerroten Spielmobil« an den Wochenenden nach Braunschweig, zu meiner Familie. Am 17. April wurde ich zum Hauptfeldwebel befördert, wie es mir vor der Versetzung vom Heeresamt zugesagt worden war.

Spezialstab ATV

Die Abkürzung ATV steht für Ausbildung-Technik-Vorschriften. Es ist Aufgabe des Spezialstabes ATV der Entwicklung der Artillerietruppe und der Topografietruppe den Weg zu bereiten. Es gilt, Erkenntnisse aus allen Bereichen auszuwerten und auf Verwendbarkeit für die eigene Truppengattung zu prüfen, zu verwerfen oder gutzuheißen. Auswirkungen auf andere Bereiche zu erkennen und notwendige Folgerungen zu ziehen. Die Ergebnisse sind unter anderem in Vorschriften umzusetzen und möglichst rasch der Ausbildung zur

Die Kraft und die Herrlichkeit

Was ist ein Hauptfeldwebel?

DER GENERAL

Er überspringt große Gebäude, ist stärker als eine Lokomotive, schneller als eine Pistolenkugel, kann auf dem Wasser wandeln und regelt mit Gott den Lauf der Dinge.

DER OBERST

Er überspringt kleinere Gebäude, ist stärker als eine Spielzeuglokomotive, ist fast so schnell wie eine Pistolenkugel, kann bei ruhiger See auf dem Wasser wandeln und spricht manchmal mit Gott.

DER OBERSTLEUTNANT

Er überspringt kleine Gebäude bei günstigem Wind und mit Anlauf, ist fast so stark wie eine Spielzeuglokomotive, versichert glaubhaft, ziemlich schnell zu sein, kann auf dem Wasser einer Badeanstalt balancieren und nach vorheriger Anfrage zu Gott sprechen.

DER MAJOR

Er schafft kaum den Sprung über Hundehütten, schätzt seine Stärke ziemlich hoch ein, kann schnelle Pistolenschüsse abgeben, oft ganz gut schwimmen und wird ab und zu von Gott angesprochen.

DER HAUPTMANN

Macht große Sprünge, statt über Häuser zu springen, wird von Lokomotiven überrollt, kann manchmal mit der Pistole hantieren, ohne sich zu verletzen, kann im Wasser an der Oberfläche bleiben und spricht zu Tieren.

DER OBERLEUTNANT

Läuft gegen Häuser, kann eine Lokomotive manchmal auf Anhieb erkennen, erhält vorsorglich niemals Munition, kann sich nur nach genauer Anweisung über Wasser halten und spricht zum Wasser.

DER LEUTNANT

Stolpert beim Betreten von Häusern über die Schwelle, sagt »Oh, das ist eine Schu-Schu-Eisenbahn«, macht sich mit einer Wasserpistole naß und führt Selbstgespräche.

DER HAUPTFELDWEBEL

Er hebt mühelos jedes Gebäude hoch und geht darunter hindurch, stößt Lokomotiven aus dem Gleis, fängt Pistolenkugeln mit den Zähnen und zerkaut sie, läßt Wasser durch seine Blicke zu Eis erstarren: Er ist Gott!

(aus: Hauschild & Schuh, 1981)

Verfügung zu stellen. Im Spezialstab ATV Dienst zu tun, ist eine attraktive Aufgabe für erfahrene Artilleristen, die den Mut haben, vieles infrage zu stellen; eine Aufgabe für Tüftler und Denker, die aber Leute mit Erfahrung und viel Truppenpraxis sein müssen.
Der Stab ist mit seinen 80 überwiegend militärischen Mitarbeitern in sieben Gruppen mit klar abgegrenzten Aufgabenbereichen gegliedert:

- Rohrartillerie
- Raketenartillerie
- Aufklärende Artillerie
- Geophysikalischer Dienst
- Artilleriegerät
- Artillerie Führungs-Information-Feuerleitsystem
- Militärgeografischer Dienst

Geschäfte mit der Bundeswehr

Vom 26. bis 28. Juni wurde ich auf eine Dienstreise nach München zur Firma Agfa kommandiert, um ein Gevaset-Gerät auf Truppenverwendbarkeit zu begutachten. Unser Urteil: Nicht für die Truppe geeignet.

Am 3. Juli folgte eine Dienstreise zum Heeresamt in Köln zur Vorstellung eines neu entwickelten Gerätes zur stereoskopischen Auswertung von Luftbildern. Unter unseren prüfenden Blicken führte der Erfinder den Prototyp vor. Das Gerät enthielt aber keine Neuerungen. Daher unser Urteil: Nicht für die Truppe verwendbar.

Viele Firmen und private Erfinder versuchten, das große Geschäft mit der Bundeswehr zu machen. Ein Beispiel war die Schrift *Wehrdienst. Informationsbrief für die Rüstungswirtschaft* (auch »Griephahn Brief« genannt), die sich an Lobbyisten richtete. Das Ziel: Mit dem Staat Geschäfte zu machen. Ich war erstaunt und erbost, dass sie im Stab in Umlauf gebracht wurde.

Mit dem Staat Geschäfte machen

Ich: »Heinrich, was hältst Du von diesem Infoblatt *Wehrdienst*, warum ist das bei uns im Umlauf?«
Heinrich: »Das steht doch unten: *Wehrdienst, der Informationsbrief für die Rüstungswirtschaft.*«

Ich: »Aber der überhebliche Ton, den die Lobbyisten hier anschlagen: Da ist von ›Hänschen Apel‹ die Rede und von ›Kaffeepöttchen-Schleppern‹ im Bundesverteidigungsministerium.«

Heinrich: Die können sich solche Töne erlauben, denn Lobbyismus ist nicht verboten; ungeprüft, wie viele Korruptionsgelder dabei fließen mögen. Die öffentliche Begründung lautet: Die Abgeordneten und Sacharbeiter sollen sich ein objektives Bild von den Angeboten machen können.

Ich: »Du meinst politisch gewollte Korruption? Ich zitiere aus dem *Wehrdienst*: *Ministerialrat Oswald Hutzler, bisher Referatsleiter von SI 5 in der Sozialabteilung, wurde im BMVg zum Leiter des Inneren Dienstes ernannt […] und ist auf 0228/12-800 anzuwählen. Zum Inneren Dienst gehören die Beschaffungsstelle, die Liegenschafts- und Geräte-Verwaltung […] Aufsteiger im Koblenzer Bundesamt für Wehrtechnik und Beschaffung (BWB): zum Referatsleiter von WM IV 6 (Ballistik, Messtechnik, Raketenballistik) Oberregierungsrat Egon Leber (0261/400-6545) […] BMVGg Haushalt … Grundentwicklung (mit Zahlenangaben) … Flugzeug-Beschaffung (mit Zahlenangaben). Ein bisserl sehr komplex ist dem BWB das Gerätevorhaben, Kabinen und Einbausätze für den Funk- und Fernmeldedienst […]* Dazu kommt noch die Beraterbörse mit den Kontaktdaten.«

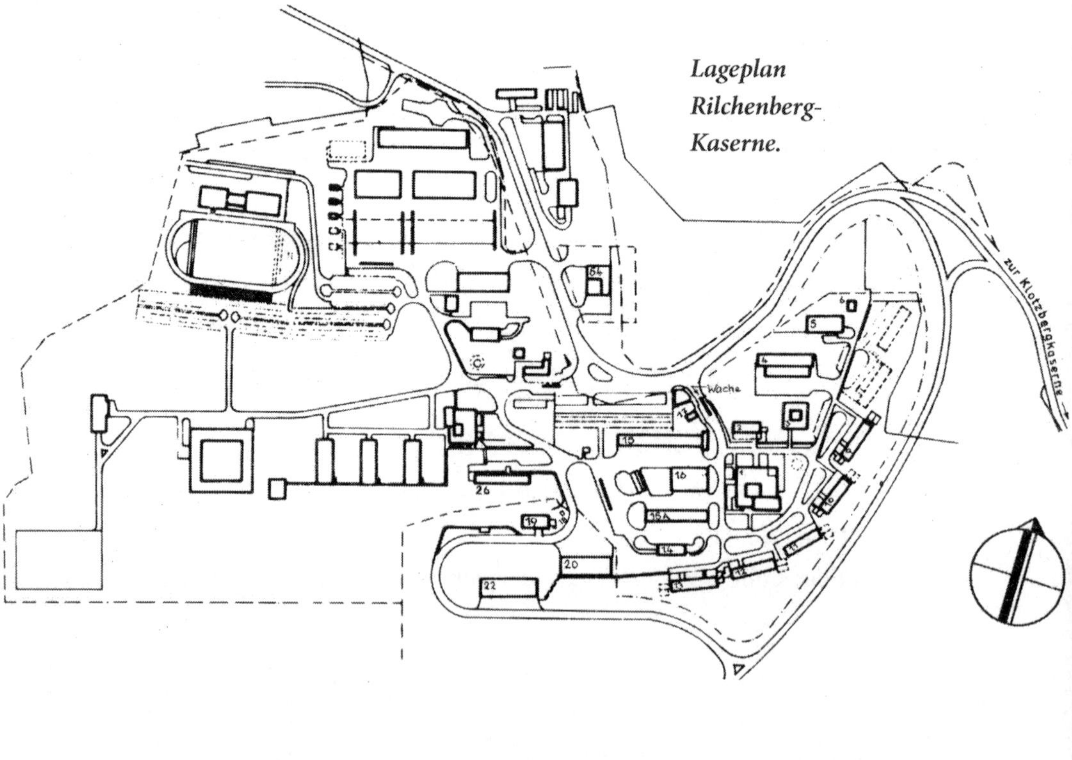

Lageplan Rilchenberg-Kaserne.

Heinrich: »Ich habe es auch gelesen – und was meinst Du?«
Ich: »Das läuft hier so durch und nichts passiert. Eigentlich müsste der MAD (Militärischer Abschirmdienst) diese Daten sammeln und die Genannten auf Korruption überprüfen.«
Heinrich: »Ob so etwas passiert, können wir nicht wissen …«

Antestal

Ich hatte ein Haus im Hunsrück, im Antestal gekauft, etwa 17 Kilometer von Idar-Oberstein entfernt, der bekannten Schmuckstadt an der Nahe, wo ich nun an der Artillerieschule tätig war.

Als wir im September 1979 unser Haus in Sienhachenbach bezogen, war das ein Erlebnis. Nach dem Umzugstrubel und dem Ärger mit der Bürokratie fing ein neues Leben an. Haus- und Landbesitz gaben uns ein neues Lebensgefühl. Es hatte plötzlich eine ganz andere Bedeutung, einen Baum zu pflanzen oder die Schneeglöckchen unter dem Apfelbaum blühen zu sehen.

Wir machten uns viel Arbeit im Garten, pflanzten Bäume und Sträucher, hatten Freude daran, und das Leben verlief in ruhigen Bahnen. Mein Dienst an der Artillerieschule in der Rilchenberg-Kaserne verlief ohne besondere Ereignisse und gewährleistete eine geregelte Arbeitszeit. Wenn ich nicht gerade zu einer besonderen Dienstreise kommandiert war, hatte ich – was ich bis dahin beim Militär nicht kannte – pünktlich Feierabend.

Umzug

Und wieder befand sich unser gesamter Haushalt auf einem LKW mit Anhänger auf der Autobahn Richtung Süden. So chaotisch wie der Einzug in Braunschweig konnte es diesmal nicht werden.

In den Monaten vorher hatten wir das Haus entrümpelt und den Garten in eine provisorische Ordnung gebracht. Am 1. September (Hardys 17. Geburtstag) zogen wir in das Haus im Antestal 3 ein. Hardy und Wolfgang waren beim Einzug dabei.

Die Möbelpacker hatten viel zu tun. Es gab eine Menge Umzugskartons, die auf alle Stockwerke verteilt werden mussten. Die Kanonenkugel, der große Ammonit (*Pachydiskus*) und viele andere Großfossilien. An die hundert Kartons mit Sammlungsmaterial, dazu der Haushalt und die Möbel, die an vorbedachter Stelle wieder zusammengebaut werden mussten.

Am Umzugstag.

Gisela saß mit dem großen Gladiolenstrauß der Jugendlichen aus dem *Roxy* auf der Steintreppe vor der Haustür. Von dort aus konnte sie das Ausladen dirigieren: »Die Kiste in den Keller, die mit den Kleidern ins Schlafzimmer!« Die Sonne schien, Barry tollte mittendrin und es gab keinen Verdruss.

Ortsgemeinde Sienhachenbach

Sienhachenbach liegt zwischen Idar-Oberstein und Lauterecken, nordöstlich des Truppenübungsplatzes Baumholder. Der Ort wurde im Jahr 1508 erstmals urkundlich erwähnt und besitzt ein registriertes Kulturdenkmal, den Zehnthof eine ummauerte Hofanlage aus dem Jahre 1729. Es ist kein Dorf, sondern eine Ortsgemeinde. Hier konnte man auch keine Kirche im Dorf lassen, denn Sienhachenbach hatte keine. Auch fehlten schmerzlich eine Kneipe, ein Kaufmannsladen oder eine Schule. Die Einwohnerzahl betrug etwa 200 Personen, die sich in fünf Vereinen betätigten. Den Männergesangverein, den Frauenchor, der Freiwilligen Feuerwehr, dem Freizeitclub und einen Förderverein. Die meisten Sienhachenbacher gehörten, je nach Geschlecht, gleich mehreren Vereinen an. So sah man sich bei jeder Vereinsveranstaltung wieder.

Der Traum vom eigenen Haus

Schon immer hatte ich den Wunsch, ein eigenes Haus zu besitzen. Seit einigen Jahren lief schon ein Bausparvertrag. Außerdem hatte ich vor langer Zeit bereits verschiedene Grundrisse und Zeichnungen von unserem »idealen« Haus – so wie ich es mir vorgestellt habe – angefertigt. Eingeschossig, mit Atrium und einem Pool mit kristallklarem Wasser, umgeben von exotischen Pflanzen. Aber die Wirklichkeit sah anders aus. Das Haus sollte für die ganze Familie sein, aber unsere Familie war durch die Versetzung nach Rheinland-Pfalz zerrissen worden.

Dieses Haus war auch nicht schlecht, doch weit von meinen früheren Vorstellungen entfernt. Es lag abseits im Tal, in unverbauter Lage, an einem Hang, mit einem großen Garten, der 2.200 Quadratmeter umfasste. Das Haus hatte drei Geschosse: Tiefgeschoss (Souterrain), Erd- und Obergeschoss, einen Balkon und eine große Veranda. Es hatte ein Wohn- und Esszimmer mit einem Erker zu bieten, von dem aus der Garten und das gesamte Tal zu überblicken war. Im Obergeschoss gab es ein Bad, ein Gästezimmer und zwei Schlafzimmer. Das größere führte auf den Balkon.

Die Geschosse wurden durch eine breite Marmortreppe verbunden, ähnlich einer »Showtreppe« im deutschen Fernsehen. Linker Hand befand sich die Küche mit Essecke, neben der Treppe zum Tiefgeschoss war eine Gästetoilette, die aber auch vom »Hauspersonal« benutzt wurde.

Unser Grundstück maß insgesamt 2,40 Ar. Der Hausgarten mit großer Rasenfläche nahm davon den größten Teil ein. Das war für einen handgeschobenen Motor-Rasenmäher mit 60 cm Schnittbreite ganz schön viel. Vor dem Haus zur Straßenseite befand sich der Vorgarten mit den aktuellen jahreszeitlichen Blumen. An der Giebelseite zum Dorf hatten wir am Hang einen Steingarten mit Stauden und Steingartenpflanzen angelegt. Vor dem gemauerten Gerätehäuschen in Richtung Hachenbach belieferte uns ein Gemüsegarten mit Küchenkräutern, Mohrrüben und Radieschen. Der Rharbarber darin wuchs so gut, dass Hardy sich hinter einem seiner Blätter verstecken konnte. Er wurde von Zwetschgenbäumen überschattet. Der Hausgarten wurde mit Blumenrabatten (Rosen, Dahlien, Astern) und Stachel- und Johannisbeersträuchern bepflanzt. Er lieferte herrliche Schnittblumensträuße und saure rote Beeren, die vom Strauch gepflückt am besten schmeckten.

DAS JAHR 1980

Sienhachenbach

Nachdem wir uns mit unseren direkten Nachbarn, der Familie Simon, schon früher bekannt gemacht hatten, kam zuerst Frieda Schmid, um Gisela eine Schale Zwetschgen zu bringen und sich mit ihr zu unterhalten. Frieda war die Frau von Willem Schmid, einem knorrigen, hilfsbereiten Hunsrückbauern. Die Familie Schmid lebte mit ihren beiden erwachsenen Söhnen in einem Bauernhaus, etwas erhöht am Hang. Ihnen gegenüber lag das Haus der Familie Rech. Auch sie waren durch die Bundesstraße 270 vom Dorf Sienhachenbach getrennt und galten als »Antestaler«.

Es kamen auch andere Dörfler durchs Antestal spaziert. Sie grüßten freundlich und waren einem Schwätzchen nicht abgeneigt, denn sie wollten wissen, wer das Haus von Willi Wilma gekauft hatte, woher wir kamen und wer wir waren. Andererseits hörten wir von ihnen neuen und alten Dorfklatsch. Von einem friedlichen Miteinander konnte hier nicht die Rede sein, wie wir im Laufe der Zeit erfuhren. Am schlimmsten hatten anscheinend die Schwiegertöchter unter der Leitung der »Hausherrinnen« zu leiden. Einige hatten sich aus Gram und Verzweiflung sogar das Leben genommen.

Die Spur des Schinderhannes

Frühlingswetter. Blauer Himmel mit weißen Wattewölkchen. Einige bilden Cumulus-Figuren. In unserem Vorgarten blühen rote Tulpen, gelbe Schlüsselblumen und Narzissen. Das beste Wetter, um einen Spaziergang durch das Antestal zu machen.

Der Weg verlief parallel zum Hachenbach. Diesen Weg durchs Tal ist auch die Räuberbande des Schinderhannes auf ihren Raubzügen gegangen.

Etwa einen Kilometer hinter unserem Haus befand sich die Antesmühle, auf der anderen Seite des Hachenbaches, das abgelegenste Gehöft im ganzen Tal.

Und weil die Mühle so abgelegen lag, war sie auch im Visier der Schinderhannes-Bande, zu Beginn seiner Räuberlaufbahn. Becker (1804) hat nach den Prozessakten alle Vergehen des Schinderhannes fein säuberlich aufgelistet. Da heißt es unter Punkt 12: *Eines im Jahre 7 (nach französischer Zeitrechnung) zur Nachtzeit versuchten Diebstahls von den Eseln des Müllers Horbach, auf der Antesmühle in einem an diese Mühle stoßenden Stalle.*

»Wie Du siehst Gisela, befinden wir uns hier auf kriminal-historischen Boden«, dozierte ich. Da wir bei den Orten des Geschehens sind, darf auch Sienhachenbach nicht ausgelassen werden.

Bald nach dem Mordraube zu Otsweiler gieng Schinderhannes auf das rechte Rhein-Ufer, Peter Stibiz von Sien-Hachenbach, Juden Peter genannt, weil er ein Judenmädchen von Seibersbach bey sich führt, gab die erste Idee dazu. Dieser Stibiz hatte den unglücklichen Riegel erschossen.

Die Schinderhannes-Bande hatte in der Bevölkerung überall ihre Zuträger und Informanten.

Mein alter Freund Peter

Gisela und ich waren zum Einkaufen in den großen Supermarkt nach Weierbach gefahren. Plötzlich kam per Lautsprecher die Durchsage: »Herr Fritz Krüger, bitte zur Information.« Ich war ganz erschrocken. Hier kannte mich doch niemand. Hatte jemand meinen Wagen angefahren? Dann stand ich Peter Blum gegenüber, der mich lachend begrüßte. So trifft man sich wieder! Peter hatte meinen R4 aus Braunschweig auf dem Parkplatz erkannt.

Er und seine Frau wohnten wie früher in ihrem Haus in der Oberen Hasbach und hatten nun einen Sohn. Von seinem Haus, das auf dem Berg lag, konnte er das ganze Tal überblicken. Seinen Sohn stellte er uns als »Major Tom« vor, wie ein aktueller Schlager von Peter Schilling, den er ständig hörte. Peter war Luftbildfeldwebel in der Drohnenbatterie. Wir richteten es so ein, dass wir gemeinsam in der Bell UH 1D Drohnensimulation mit Hubschrauber fliegen konnten. Das Fliegen begeisterte Peter noch immer, und wir überflogen mit unvergesslichen Ausblicken das Rheintal, sahen Kaub mit Pfalzgrafenstein von oben und der Pilot drehte eine Runde über das Nationaldenkmal (Niederwalddenkmal).

In der Folgezeit besuchten wir uns oft. Dann wurde immer das Buchenholzfeuer entfacht und der Duft des Schaukelbratens hüllte uns ein. Einmal waren wir zu einer Silvesterfeier bei ihm eingeladen, auf der sich einer seiner Gäste, ein Rechtsanwalt, den ganzen Abend lang mit mir anlegen wollte. Peter wäre gerne bei der Bundeswehr geblieben und hätte auch gute Chancen gehabt,

Berufssoldat zu werden, doch seine Frau wollte das nicht. Der Vergleich mit Wolfhard Henning drängte sich auf. So blieb er, wie einige andere Soldaten auch, in Idar-Oberstein – weil ihre Frauen ihren Heimatort nicht verlassen wollten, an dem sie mit wahrer »Reviertreue« hingen. Also verließ Peter später die Bundeswehr und arbeitete wieder als Vermessungstechniker bei einer Baufirma.

Renate

Gisela wollte nach Idar-Oberstein fahren und stand in Sienhachenbach an der Bushaltestelle. Dort kam sie mit einer jungen Frau, die denselben Bus nehmen wollte, ins Gespräch. Ob sie ebenfalls einkaufen wolle? Nein, sie müsse zum Arzt. Gisela fragte: »Sind Sie denn krank?«

»Ich habe Rückenschmerzen«, kam es zurück. »Mein Rücken ist ganz hart!«

Gisela: »Das kann ich mir gar nicht vorstellen.«

»Hier, fassen Sie mal an!«, forderte die junge Frau sie auf und drehte sich um.

Gisela befühlte ihren Rücken und erschrak. Er war steif und hart wie ein Waschbrett. So etwas hatte sie noch nie erlebt.

Später traf sie Renate Schneider, so hieß die junge Frau, wieder und erkundigte sich, was der Arzt zu dem verkrampften Rücken gesagt hatte.

»Ich muss zur Behandlung in eine Klinik«, seufzte Renate. Der Arzt hatte die Ursache erkannt: Sie trug etwas mit sich herum, womit sie nicht fertig wurde.

Renate kam für längere Zeit in eine psychiatrische Klinik, in eine »Nervenheilanstalt«, wie die Leute früher sagten. Als Renate nach Wochen aus der Klinik entlassen wurde, trafen sie sich zufällig im Antestal wieder. Renate war euphorisch. Sie hatte dort gelernt, sich auch über kleine Dinge zu freuen und sie zu beachten.

»Jetzt sehe ich die Welt mit anderen Augen und beachte, was ich früher übersehen hatte. Dinge, wie eine schöne Blume am Wegesrand. Ich hatte meine Umwelt überhaupt nicht wahrgenommen!«, sagte sie.

Nach ihrer Entlassung war sie wie verwandelt, wie ein neuer Mensch, doch ihre Familie und die Umwelt waren dieselben geblieben. Niemand verstand sie. Gisela hatte das vorausgesehen. Renate fiel nach kurzer Zeit in ein tiefes, schwarzes Loch. Gisela erkannte die Situation und nahm sich vor, ihr zu helfen. Durch ihre Fraueninitiative in Braunschweig wusste sie, was man machen kann, wenn ein solcher Fall bekannt wird: »Um zu helfen, sollte ein Gesprächskreis gegründet werden.«

Zur Nachbehandlung musste Renate nach Kaiserslautern zu einem Psychologen fahren. Der konnte ihr aber auch nicht helfen. Gisela ahnte bereits, was er mit ihr besprechen würde. Und so kam es dann auch.

Es war nicht so, dass sich die Dorffrauen trafen, um über den Gartenzaun ihre Probleme zu besprechen. Sie unterhielten sich über alltägliche Dinge. Die Probleme blieben innerhalb der Familien. Es sollte kein Dorfgespräch, kein Dorfklatsch entstehen.

Gisela erzählte mir: »Ich habe Renate eingeladen und bin mit ihr spazieren gegangen, um über ihren Zustand zu sprechen. Die Dörfler dachten, sie käme aus der Klinik und sei nun wieder gesund. Dem war aber nicht so. Ich fragte Renate, ob sie bei einem Gesprächskreis mitmachen würde. Sie fand das ganz toll und brachte vier, fünf Freundinnen aus dem Dorf mit. Fortan trafen wir uns wöchentlich in unserem Haus. Wir merkten, dass jede dieser Frauen ihre eigenen Probleme hatte, auch wenn sie nicht krank war. Renate konnte mit uns über ihre Nöte sprechen. Die Behandlung bei ihrem Psychologen in Kaiserslautern brachte dagegen wenig. Renate hat es sehr geholfen, die Welt neu zu verstehen und über alles reden zu können. Städter können sich oft gar nicht vorstellen, wie es in einem Dorf zugeht, wenn man dort hineingeboren wurde. Das Wichtigste in einem Gesprächskreis ist, frei über Probleme, Eindrücke und auch die eigene Kindheit und Familie zu reden, um daraus Schlüsse ziehen zu können.«

Gisela wusste, wie gefährlich eine psychische Erkrankung war, die sogar zum Selbstmord führen konnte. So etwas hatte sie in Braunschweig erlebt. Eine Freundin war mit wechselnden Klinikaufenthalten von einem Psychologen zum anderen geschleust worden, ohne dass ihr geholfen werden konnte. Am Ende nahm sie sich das Leben.

Zu anderen Einheiten

In der zweiten Hälfte des Jahres 1980 musste ich vier Kommandierungen folgen. So fuhr ich zur 3. und später zur 4. Arbeitstagung nach Fürstenfeldbruck. Dorthin wurden Luftbildauswerter aller Teilstreitkräfte beordert, um ein für die gesamte Bundeswehr gültiges Luftbild-Auswertehandbuch zu erarbeiten.

Alle waren aufgerufen, neue Ideen und aktuelles Bildmaterial mitzubringen. Hier traf ich viele meiner Kameraden von der Luftwaffe wieder, auch Major Modrow, einen der Initiatoren des Auswertehandbuches. Die Idee war gut, doch das Projekt wurde meines Wissens nicht zu Ende geführt. Innerhalb der Teilstreitkräfte gab es wohl zu viele anders gelagerte Schwerpunkte und Widerstände.

Eine weitere Kommandierung führte mich erneut zur Flugbetriebsgruppe nach Bergen, um dort an Funktionsflügen teilzunehmen. Im Dezember wurde ich zu einer personellen Unterstützung zur Schule der Technischen Truppen (STTr I) nach Eschweiler abgestellt.

Die Weihnachtsfeiertage konnte ich dann aber in Ruhe zusammen mit Gisela im schönen, verschneiten Antestal verbringen.

DAS JAHR 1981

Kalte Ostern

Wir freuten uns, weil die Kinder aus Braunschweig zu Besuch kamen. Angela und Frank, Hardy und Suse. Wolfgang war leider nicht abkömmlich. Hinter dem Gartenhaus befand sich die Feuerstelle für den Spießbraten. Falls es regnen sollte, hatte ich aus dünnen Holzstangen und Zeltplanen eine Kohte gebaut, eine Art Pfadfinder-Zelt mit Wärmefeuer.

Unter einer prächtigen Weide stellte ich unser Hauszelt auf: »Wir Naturburschen wollen im Zelt nächtigen und wenn es kalt wird, zittern wir uns warm!« Den großen Sprüchen sollte nun die Tat folgen. Angela und Frank hatten keine Lust dazu. Hardy hingegen wollte zwar mitmachen, zog dann aber doch das warme Bett im Hause vor. Ich allerdings wollte keinen Rückzieher machen: »Wenn ich sage, ich schlafe im Zelt, dann mach' ich das auch!« Die Luftmatratze und der Schlafsack wärmten jedoch nicht genügend, sodass ich die halbe Nacht vor Kälte nicht schlafen konnte.

Zurück ins Haus? Diese Blöße wollte ich mir nicht geben, also bibberte ich lieber im Schlafsack. Vor dem Frühstück lief ich erst einige Runden im Garten und hüpfte auf der Stelle, um mich etwas aufzuwärmen. Es waren wirklich kalte Ostertage und noch im Mai fing es an zu schneien.

Spanferkel

Im April kamen Wolfgang und Hardy mit ihren Freunden Jörg und Axel aus Braunschweig angereist. Jörg hatte extra einen langen Spieß angefertigt und es wurde ein ziemlich großes Spanferkel bei einem Schlachter gekauft. Unten im Garten, unter den Birken, hatte ich ein Grubenfeuer angelegt, bei dem die Gluthitze nicht seitlich entwich. Daneben rammten wir dünne Stämme und Äste in den Boden. An diesen Gestellen wurde der Spieß mit dem Schweinchen drehbar eingehängt.

Mit Holzkohle wurde die Glut entfacht und der Spieß langsam gedreht und das Fleisch mit einer Flüssigkeit eingerieben, damit es saftig bleibt und die Schwarte nicht verbrennt. Allerdings dauerte so etwas seine Zeit. Zum Schweinedrehen wechselten wir uns ab, wobei die freie Hand die Bierflasche hielt. Während wir warteten, spielte Hardy uns etwas auf der Gitarre vor. Mir ging ein Stück aus der Operette *Der Zigeunerbaron* durch den Kopf: »Mein idealer Lebenszweck ist Borstenvieh, ist Schweinespeck …« sang dort der Schweinefürst.

Mit Freunden von Wolfgang: Spanferkel braten.

Es wurde palavert, gelacht, getrunken und auf den Braten gewartet. Die Jungs schmiedeten Pläne. Was man hier im weitläufigen Garten noch alles anstellen und bauen könnte. »Da müsst ihr aber erst eine Baugenehmigung bei mir einholen«, warf ich ein. Auch der Schinderhannes wurde behandelt und die Freiheit hier in den Wäldern mit den Felsen und Steinbrüchen.

Das Ferkelchen veränderte nun langsam seine Farbe, von hellbraun, rehbraun zu schwarzbraun (wie die Haselnuss). Damit es von außen nicht verkohlte, packten Wolfgang und Jörg es in Silberfolie ein. So garte es im eigenen Saft. Als es langsam dunkel wurde, war auch der Schweinebraten fertig. Mehr oder weniger sachkundig wurde er zerlegt. Obwohl die Portionen recht groß ausfielen, blieb für den nächsten Tag noch viel übrig. Natürlich bekam Barry, der es kaum erwarten konnte, ein großes Stück mit Knochen. Wir schlugen uns die Bäuche voll, wie Neandertaler nach erfolgreicher Mammutjagd. Nur Gisela blieb ganz Dame. Dass keine Witze erzählt wurden, die unter die Gürtellinie gingen, verstand sich von selbst. Dafür aber Schweinewitze: »Ein Schwein kommt an einer Steckdose vorbei, schaut rein und sagt: Arme Sau, haben sie dich eingemauert?« Oder: »Was ist der Unterschied zwischen Schweinen im Westen und Schweinen im Osten? Im Westen werden sie gegessen, im Osten Genossen.«

Jörg legte noch einen drauf: »Ein Ehepaar auf der Autobahn fährt nach einem Streit wortlos Kilometer um Kilometer. Plötzlich biegen sie ab und kommen an einem Bauernhof vorbei, wo sich die Schweine im Misthaufen wälzen. ›Verwandte von dir?‹, fragt der Mann schnippisch. ›Ja‹, erwidert sie. ›Schwiegereltern.‹« Gisela musste herzlich lachen – den fand sie besonders gut.

Mir bekam das fette Schweinefleisch überhaupt nicht. Zusammen mit dem Bier lag es wie Blei im Magen. Die Vorzeichen kannte ich schon. Mir lief der Speichel im Mund zusammen und ich musste heftig schlucken. Zum Glück war es nicht weit bis zum Komposthaufen, hinten im Garten rechts.

Apis milifica L.

Wer einen großen Garten hatte, wie wir, konnte auch Nutztiere halten. Gisela schwärmte von Zwerghühnern, mir aber waren die Eier zu klein. Warum nicht Bienen halten?

»Die muss man nicht füttern und dazu sind sie nützlich. Sie bestäuben die Blumen und Obstbäume und schenken uns Honig, statt winziger Zwerghuhn-Eier.«

»Ich finde es aber witzig, wenn ein Zwerghahn aus vollem Halse kräht«, erwiderte Gisela.

»Bienen sind bemerkenswerte Insekten, sie produzieren nicht nur Honig, sondern auch Gelee Royale, das Futter für die Königin. Das wäre doch auch Futter für dich«, konterte ich.

Dem Gedanken sollte die Tat folgen. Natürlich musste ich mich erst mal schlaumachen und alles über Bienen und deren Haltung lesen. Also wurden Bücher gekauft, um das Verhalten der Bienen zu verstehen und wie sie gehalten werden, um Honig zu gewinnen. Das erste Buch war *Der praktische Im-*

ker (1978). Darin wurde alles abgehandelt, was der angehende Hobby-Imker wissen musste, und noch vieles Interessantes mehr. Trotzdem kaufte ich noch einige »Referenzbücher« dazu.

Bienenkörbe aus geflochtenem Stroh sah man in den Vorgärten nur noch zur Zierde. Inzwischen nutzte man stapelbare Bauten. Solch eine stapelbare »Bienenkiste« und die benötigten Gerätschaften, wie Abkehrbesen, Rauchbläser, Schleier und Hut, bekam ich in Bad Zwischenahn. Eine Honigschleuder, die Entdeckelungsgabel und einen Futtereimer musste ich über den Fachhandel beziehen.

Nun fehlte nur noch ein Bienenvolk. Das bekam ich von einem Imker aus dem Dorf, verbunden mit vielen guten Tipps und Ratschlägen, wie dies und das zu machen sei und worauf besonders zu achten war. Meine Feststellung: Imker sind Anfängern gegenüber sehr hilfsbereit und freuen sich, ihre Erfahrungen weitergeben zu können.

Am Bienenstand

Als Hobby-Imker im hinteren Teil des Gartens.

Für den Bienenstand hatte ich einen geschützten Platz im Garten ausgewählt. Unbedarft näherte ich mich dem Bienenvolk. Vorsorglich hatte ich einen Blaumann angezogen und einen Imkerhut mit Schleier aufgesetzt. Auf die Rauchpfeife glaubte ich verzichten zu können. Ich war nur neugierig und wollte nachschauen, ob die Bienen fleißig Honig in die Waben eingetragen hatten. Angst vor den Bienen und ihren Stichen hatte ich nicht. Schon als Kind hatte ich Bienen mit den hohlen Händen gefangen, ohne dass sie mich stachen.

Auch Barry wollte sehen, was da ständig summt und brummelt. Ich öffnete den Kasten von oben und zog einige Rahmen heraus, den die Immen mit wunderbar sechseckigen Waben bebaut hatten. Das genügte den Bienen bereits um sofort zum Angriff überzugehen. Keiner sollte sie bei ihrer Arbeit stören.

Als »Bienenvater« hatten sie mich noch nicht anerkannt. Sie umschwärmten mich und stachen nicht nur an ungeschützten Stellen, indem sie unter den Schleier krochen, sondern auch durch den dünnen, blauen Stoff meines Overalls, der sie besonders aufzuregen schien. Wild um mich schlagend, trat ich den Rückzug an, verfolgt von den kampfeslustigen Bienen.

Auch Barry war attackiert worden. Er kratzte sich mit den Vorderpfoten an seiner Nase, begleitet von einem leichten Jaulen. Ich hatte zahlreiche Stiche erhalten, besonders an den Armen, im Nacken und an den Beinen. Gisela feixte: »Warum hast Du den Schmöker nicht angezündet, wie sonst? Du bist selbst Schuld!«

Neben den brennenden Stichen bemerkte ich, dass mein linkes Knie angeschwollen war. Ich konnte nur noch humpeln. Der Stabsarzt verschrieb mir Salbe und Ruhe. Drei Tage »Krank zu Hause«, bis ich wieder richtig laufen konnte. Die Sache mit den Bienen hat sich dann so entwickelt, dass mich der Schwarm, der Königin folgend, ohne Abschied verlassen hatte. Als ich vom Dienst kam, waren sie fort. Gisela lästerte: »Dir sind die Bienen weggeflogen? Du hast sie wohl schlecht behandelt?«

»Zwerghühner können auch fliegen«, zuckte ich die Schultern.

Als Hobby-Imker war ich offenbar ungeeignet, daher verschenkte ich Kästen und Arbeitsgeräte an den dörflichen Imker, der mir anfangs so geholfen hatte. Obwohl sie mich offensichtlich nicht mochten, habe ich meine Sympathie für das Bienenvolk nie verloren.

Giselas Geburtstag

Am 11. Mai 1981 feierte Gisela ihren 50. Geburtstag. Sie hatte sich einen Amethyst-Ring gewünscht. Aber keinen fertigen, aus einem Schaufenster, sondern einen, der speziell nach ihren Wünschen angefertigt wurde. Also hatten wir Tage vorher einen fein geschliffenen Amethyst von prächtiger Farbe in Idar-Oberstein gekauft. Als Material für den Ring sollte ein dünner goldener Armreif dienen, den Gisela nicht mehr tragen wollte.

Der Ring wurde rechtzeitig fertig und ich konnte ihn meiner Frau überreichen. Sie freute sich: »Sehr schön gemacht und nach meinem Entwurf gearbeitet!« Als die Simons, unsere Nachbarn, zum Kaffee kamen, wurde sofort der Ring präsentiert. Die Farbe des Steines sowie die Gestaltung der Fassung fanden allgemeine Bewunderung. Als wir die Sektgläser erhoben, um auf Giselas Wohl zu trinken, sagte ich: »Ich wünsche Dir Gesundheit und alles Glück für das neue Lebensjahr. Wir haben nun 21 Jahre glücklich gemeinsam gelebt und ich wünsche mir auch weiterhin mein Leben mit Dir zu verbringen. Wie setzen sich die 21 Jahre zusammen, wenn wir erst seit 17 Jahren verheiratet sind? Nun, zwei Jahre lang waren wir ein Liebespaar (1960 bis 62), zwei Jahre waren wir verlobt (1962 bis 64), dann wurden wir ein 17-jähriges Ehepaar.«

»Danke, mein lieber Fritz, das kommt daher, dass ich immer so nachsichtig mit Dir bin«, antwortete Gisela. »Wir leben hier sehr schön, mit Haus, Garten und Hund, aber ich wünschte, die Kinder wären auch hier.«

Gisela vermisste unsere Kinder schmerzlich und machte sich ständig Sorgen um sie. Vor allem unser Sohn Hardy war noch viel zu jung, um für sich alleine sorgen zu können.

Stellungswechsel

Im Mai wurde unsere Dienststelle verlegt. Der ATV-Stab zog von der Artillerieschule in eine hübsche Villa nach Idar. Traurig war niemand deswegen.

Noch immer war ich voller Elan und Glauben an das Phantom des »Staatsbürgers in Uniform«, mit dem wir indoktriniert wurden. Eine griffige Formel aus dem Bereich der Politik, um bei der deutschen Bevölkerung die Wiederbewaffnung und das neue Militär besser durchsetzen (=verkaufen) zu können.

Umzug in die ATV-Villa in Idar, Hauptstraße 196.

In Wirklichkeit waren die im Grundgesetz verankerten Grundrechte für Soldaten durch das Soldatengesetz erheblich eingeschränkt. Das Recht auf freie Meinungsäußerung galt nur eingeschränkt, Freizügigkeit gab es überhaupt nicht … aber das musste wohl so sein.

Es war damals die Zeit des Glaubens. Der Verteidigungsminister glaubte, vom Pferd getreten worden zu sein, andere sagten: »Ich glaub, mich knutscht ein Elch!« Wieder andere glaubten im Wertfach zu stehen.

Pro Patria

»Die normative Kraft des Faktischen« *(G. Jellinek)* hat sich für die Bundeswehr nicht durchgesetzt. Das beste Beispiel dafür ist das Gerichtsurteil zu der Aussage »Alle Soldaten sind potentielle Mörder«. Ein typisches Beispiel dafür, wie nicht nur die Politik und die Medien von bestimmten fanatisierten Gruppen unterwandert waren, sondern auch die Justiz.

Diese, die Realität negierenden Ideologien haben ihre Wurzeln in der Anarchie der 68er, die durch Unterstützer in weiten Kreisen zu den Verbrechen der RAF führten und deren Terroranschläge und Morde mit einer »klammheimlichen Freude« und Unterstützung honorierten. Diese Brandstifter der Demokratie haben durch ihren langen Marsch durch die Institutionen heute noch einen erheblichen Einfluss in Politik und Medien. Pazifisten sind Utopisten, denn schwache Länder werden überfallen und okkupiert, wie das Beispiel Tibet zeigt.

Unsere Parlamentsarmee: Wer von den Abgeordneten und Ministern hatte überhaupt gedient? Das ist keine Verschwörungstheorie, sondern lässt sich durch ihre Aktionen in der Vergangenheit und Gegenwart belegen, sofern man bereit ist, die ideologische Brille abzunehmen.

Familiennachrichten

Am 16. Juni heiratete unsere Tochter Angela. Mit ihrem Mann Frank mietete sie eine Wohnung in Eilum, einem Dorf am Elm. Davor hatte sie in Braunschweig gewohnt. In einem modernisierten Fachwerkhaus, in Eilum, hatte auch Hardy ein Zimmer. Etwa ein Jahr lebte er bei Angela und Frank, doch wegen der schlechten Verkehrsanbindung zog Hardy, der in Braunschweig eine weiterführende Schule besuchte, wieder zurück nach Braunschweig.

Hardy auf großer Fahrt

Eine beachtliche Leistung vollbrachte Hardy an einem regnerischen Sommertag. Am Dienstag, dem 15. Juli, ist er morgens gegen 4.30 Uhr mit seinem Mokick in Braunschweig gestartet, um uns in Sienhachenbach zu besuchen. Nach 17 Stunden Fahrzeit über Landstraßen hatte er mit einer Durchschnittsgeschwindigkeit von 45 Stundenkilometer rund 750 Kilometer Wegstrecke zurückgelegt und Kirn erreicht. Von dort rief er uns an, denn wir warteten schon gespannt auf sein Erscheinen.Wir fuhren ihm entgegen und begleiteten ihn mit meinem R4 bis Sienhachenbach ins Antestal, wo er gegen 21.30 Uhr durchnässt und völlig steif gefroren von seinem Fahrzeug stieg. Hardy überstand die Fahrt ohne nachfolgende Erkältung.

Wanderpatrouille

Wanderpatrouille: (v.l.) Hardy, Andreas, Wolfgang, Jörg und Axel.

In diesem Sommer waren die Kinder mit ihren Freunden häufig bei uns. Sie streiften durch die Wälder und wir bereiteten den würzigen Spießbraten. An einem dieser Spießbraten- oder Lagerfeuer entstand eine Idee, weil Dunkelheit, Feuer und der Duft von gebratenem Fleisch wohl die Phantasie beflügeln. Zum Indianerspielen waren alle schon zu erwachsen, Pfadfinder waren sie auch nicht, also wollten sie einmal Soldaten sein. Im Felde leben, marschieren, ein Nachtlager aufbauen, sich Mahlzeiten zubereiten und was Soldaten so treiben, wenn kein Krieg ist. Jeder stellte sich seine Ausrüstung und Pseudouniform selbst zusammen. So wurde aus der Idee eine Tat, eine Wanderpatrouille.

KOSMOS-Exkursionen

Vom 25. bis 30. Juli waren Gisela und ich auf einer Studienreise in Frankreich, einer »Geologisch-paläontologische Studienreise in die Umgebung von Paris«.

Für mich war die Fahrt kostenfrei und Gisela mußte nur die Hälfte der Reisekosten zahlen. Es war ein günstiges Angebot für ein interessantes Erlebnis.

Die Reiseleitung hatte Andreas E. Richter, der seine Frau Gabo, eine vortreffliche Karikaturistin und Zeichnerin, und ihre Tochter mitgenommen hatte. Das Ganze lief unter »KOSMOS-Exkursionen«, durchgeführt von Schefenacker-Reisen, Esslingen. Für mich war es eine Einweisung in die Planung, Organisation und Durchführung der Exkursionspraxis. In zwei Monaten sollte ich eine Studienreise nach Idar-Oberstein, also eine echte Lehrexkursion, leiten. Die Teilnehmer waren zumeist ältere, interessierte Leute mit Spezialwissen auf verschiedensten Gebieten. So konnte uns eine Botanikerin viele Pflanzen zeigen und erklären, an denen wir sonst achtlos vorübergegangen wären.

Am 21. September war ich dran. Für die »Mineralogisch-paläontologische Studienreise nach Idar-Oberstein« war eine Menge Vorarbeit zu leisten. Zuerst hatte ich ein Programm erstellt, mit dem Andreas E. Richter und KOSMOS einverstanden waren. Es galt, sechs Tage sinnvoll zu verplanen. Danach erarbeitete ich einen Exkursionsführer, der zu Beginn an alle Teilnehmer verteilt wurde. Ich kannte Idar-Oberstein schon von meinem Feldwebel-Lehrgang. In der Stadt und in der näheren Umgebung beschäftigten 500 Edelstein- und Achatschleifereien, 100 Diamantschleifereien, 80 Edelsteingraveurbetriebe und 125 Edelsteingroßhandlungen rund 10.000 Menschen.

»Basaltrose« oder Schalenwalze im Steinbruch Freisen.

Die Edelsteinindustrie und ihre Verbände, die Schmuck- und Metallwaren-Industrie, das Institut für Edelsteinforschung, die Deutsche Gemmologische Gesellschaft mit ihrem Edelstein-Prüfinstitut und die Diamant- und Edelsteinbörse machten Idar-Oberstein zum Zentrum der europäischen

Edelsteinverarbeitung und zu einer der führenden Schmuckstädte Deutschlands. Als Besonderheit hatte ich eine der letzten Wasserschleifen gefunden, in denen die Exkursionsteilnehmer ihre Eigenfunde selbst schneiden, schleifen und polieren konnten. Das kam gut an und jeder wollte seinen Achat- oder Jaspisfund nun auch selbst bearbeiten.

Während der Fahrten im Bus, von Fundstelle zu Fundstelle, hatte ich das Mikrofon in der Hand und gab Informationen über den Aufschluss und Fundmöglichkeiten, sprach nochmals das Verhalten im Steinbruch an und erklärte die aus Vulkanismus und Erosion entstandene Landschaft.

Weihnachten im Antestal

»Weihnachten kommt immer so plötzlich«, sagt ein bekannter Spruch. Für 1981 traf das nicht zu. Schon in der letzten Adventswoche hatte ein sanfter, dann heftiger Schneefall eingesetzt. Warum setzen wir Weihnachten immer mit dem Wetter gleich? In Nazareth (oder war es Bethlehem?), dem Geburtsort von Jesus, hatte es in der Wüste ja auch nicht geschneit.

Es liegt wohl an den Erinnerungen unserer Kindertage, den Erzählungen der Erwachsenen und den vielen weihnachtlichen Schneebildern. Das Kind in der Krippe, Maria und Josef, im Hintergrund das Vieh und die Hirten, das alles in einer handlichen Schneekugel, die heftig geschüttelt wird – und es schneit. Die drei Könige waren sicher noch unterwegs und hätten in so einer Kugel sowieso keinen Platz mehr gehabt. Auch im Garten im Antestal rieselte leise der Schnee und hüllte Sträucher und Bäume unter einer weißen Decke ein. Selbst unsere winterharten Vögel bekamen Geschenke: Sonnenblumenkerne, kleine Wildfutterkerne und – unter das Futterhäuschen gehängt – eine aufgesägte Kokosnuss. Unter den Wald-, Blau-, Kohl- und Sumpfmeisen herrschte Flugbetrieb. Im Garten tummelten sich Rotkehlchen und Buchfinken.

Der Weihnachtsbaum war traditionell mit bunten Glaskugeln, Lametta und echten Kerzen geschmückt, denn die Kinder waren zu Besuch gekommen. Was für eine Freude! Angela hatte einen alten, verwitterten Gartenzwerg, den wir auf unserem Grundstück gefunden hatten, mit bunten Farben neu eingekleidet. Nun stand er unter dem Tannenbaum und grinste weihnachtlich. Es war wieder einmal richtig schön! Aus dem Radio klang das unverzichtbare

Weihnachten im Antestal, 1980.

White Christmas von Bing Crosby, aber auch deutsche Weihnachtslieder wie *Vom Himmel hoch, da komm' ich her*, *Alle Jahre wieder* und *Stille Nacht, heilige Nacht.*

Mein liebster Weihnachtsengel war jedoch Gisela. Wir standen Hand in Hand vor dem großen Fenster und betrachteten unseren weißen Wintergarten. Mit der Schneekugel in der Hand beteiligte ich mich am Schneefall. Der freigeschaufelte Futterplatz im Rosenbeet lockte Feldsperlinge, Amseln und Berghänflinge an. Das Körner picken verlief nach einer geheimen Ordnung, aus der sich Menschen herauszuhalten hatten.

DAS JAHR 1982

Familiennachrichten II

Am 20. Januar heiratete auch Klaus. Er und seine Frau Heide wohnten in einem gemieteten Bungalow in Wiefelstede-Metjendorf. Sie war für eine Versicherungsgesellschaft tätig, er arbeitete hauptsächlich als Lkw-Fahrer. Klaus versuchte sich aber auch in anderen Gewerben. Von 1972 bis 1973 leistete er zudem seinen Wehrdienst in Delmenhorst. Er wurde als Kraftfahrer eingesetzt und hatte als OGefr mehrere Wehrübungen mitgemacht. Im darauffolgenden Monat brachte unser Sohn Wolfgang bei einem Besuch einen jungen

Hund mit, der später Bewacher für Haus und Hof werden sollte. Der Rüde war schwarz, hatte große Pfoten und wir nannten ihn Caesar.

Traditionsraum

Im Keller des Stabsgebäudes der Artillerieschule wurde, bereits vor meiner Zeit, ein Traditionsraum für die Aufklärende Artillerie eingerichtet. Es geschah auf Initiative von Frau Christel Froben, der Witwe von Oberst Froben und einigen Offizieren.

Wegen meines Hangs zum Musealen machte ich dort freiwillig mit und half bei der Einrichtung, Neugestaltung und Beschaffung von Drohnenmaterial.

Im Mitteilungsblatt *Kameradschaft ehem. Angehöriger der Beobachtungsabteilungen, Nr. 27*, erschien eine kurze Notiz mit zwei Fotos über die Fertigstellung des Traditionsraumes.

Nach langen sorgfältigen Vorbereitungen wurde dieser Raum, um dessen Gestaltung sich vor allem Oberstleutnant Zurek, Hauptmann Schwartz und Hauptfeldwebel Krüger bemühten, im letzten Jahr fertig. Ihnen gebührt unser besonderer Dank, dass wir nun diese historische Sammlung besichtigen können, […] der Raum ist nicht groß – man hofft auf Erweiterung – aber ist sehr geschickt ausgenutzt und gibt einen guten Überblick über die Aufklärende Artillerie vom 1. Weltkrieg bis 1945, auch etwas von der Bundeswehr. (Christel Froben, 1982)

Familiär Museales

Der Tod meines Vaters ließ mir keine Ruhe, also habe ich Nachforschungen angestellt. Aus dem Kriegstagebuch des Oberkommandos der Wehrmacht, 16. Juli 1941: *Heeresgruppe Mitte: Gegenüber der 4. Pz-Armee leistet der Feind gruppenweise noch hartnäckigen Widerstand. Es haben erreicht: […] 9. Armee VAK: Boguschewskaja-Witepsk […] Wetter: Heiß, schwül, in den Sumpfgebieten teilweise grundlose Wege infolge Gewitterregen […] Bei Ljosna südöstlich von Witepsk nehmen Truppen Jakow Stalin, den Sohn des sowjetischen Diktators gefangen […] Anlage 1: Personelle Verluste, Juli 1941: Gefallen, Heer im Osten: 37.584, Verwundet: 125.635, Vermisste: 9.051.*

Mein Vater hatte zum Abschied meiner Mutter ein Gedicht geschrieben, das *Kradschützenlied*. Die 3. Strophe lautet:

Und peitscht auch der Regen und Wind uns ins Gesicht.
Wir fahren dem Feind entgegen und tun unsere Pflicht.
Wir fahren auf allen Straßen, bis einst die Kugel uns trifft.
Dann ruhen wir unter dem Rasen, der grün wie unser Waffenrock ist.
Herzliebchen, brauchst nicht mehr warten, auf deinen Kradschützenmann
Such Dir einen anderen zum Küssen – Kradschützen voran, voran!

Aus der Todesnachricht an meine Mutter: *Möge die Gewißheit, daß Ihr Mann sein Leben für die Größe und den Bestand von Volk, Führer und Reich hingegeben hat, Ihnen ein Trost in dem schweren Leid sein [...] OLt u. Kompanieführer, 3. Kompanie, Kradschützen Bataillon 22.* Das Kradschützen Btl 22 gehörte zur 12 PzDivision der Heeresgruppe Mitte.

Mein Vater wurde auf dem Kriegerfriedhof, in Witebsk/UdSSR, im Grab 1.174 beigesetzt. Dort haben sich laut Mitteilung des Volksbundes Deutscher Kriegsgräberfürsorge 1942 insgesamt 8.000 bis 10.000 Gräber befunden.

Bericht eines Augenzeugen der 3. PzDiv 1943: »Witepsk wurde im Sommer 1941 unmittelbar vor der Einnahme durch die deutschen Truppen von Jungkommunisten in Brand gesetzt. Nur einige Kirchtürme leuchten noch weithin ins Land, sonst fast nichts als hohlwangige Ruinen und Trümmer«. Diese Schilderung lässt vermuten, dass im Verlauf weiterer Kampfhandlungen auch der dortige Kriegsfriedhof zerstört wurde.

Eintrag aus dem Gedenknamenbuch des Volksbundes Deutsche Kriegsgräberfürsorge e. V. – »Zur Erinnerung an einen lieben Menschen«, Schtschatkowo-Sammelfriedhof:

*Krüger Friedrich Wilhelm, * 29.1.1918; † 16.7.1941, Witebsk II*

George C. Marshall, Generalstabschef im 2. Weltkrieg, später Außen- und Verteidigungsminister in Washington, sagte: »Die Deutschen sind natürliche Kämpfer, das müssen wir zugeben. Sie waren geborene Soldaten. Und sie waren hervorragend ausgebildet, sehr geschickt, vor allem, was das Unteroffizierskorps betraf. Die Basis ihrer Disziplin war unerschütterlich.«

Sturz der Regierung Schmidt

Während ich in Idar-Oberstein in meinem Dienstzimmer saß und Stabsarbeit leistete, spielte sich im Bundestag in Bonn eine der größten Intrigen ab, die die Bundesrepublik erlebte.

Die Regierung unter Bundeskanzler Helmut Schmidt setzte sich aus einer Koalition von SPD und FDP zusammen. Da Helmut Kohl (CDU) im Jahr 1976 gegen Schmidt unterlag und auch CSU-Kanzlerkandidat Strauß 1980 keinen Zuspruch finden konnte, übte sich die CDU/CSU in der Opposition. Die Grünen waren damals noch unbedeutend und gerade in den Bundestag hineingeschliddert.

Mehrheitsbeschaffer war die kleine FDP. Ihr Vorsitzender Hans-Dietrich Genscher hatte das wichtige Amt des Außenministers inne. Sein Slogan lautete: »Wie es auch sei, die FDP ist immer dabei«. Wie wichtig die FDP als »Zünglein an der Waage« war, ließ sich daran erkennen, welch bedeutende Ministerien von ihr besetzt wurden. Den Außenminister hatten wir ja schon. Auch der Innenminister (Gerhard Baum), der Wirtschaftsminister (Otto Graf Lambsdorff) und der Landwirtschaftsminister (Josef Ertl) kamen aus den Reihen der FDP.

Nach vielen konspirativen Verhandlungen mit Genscher hatte Kohl den Plan ausgeheckt, wie er Bundeskanzler werden könnte und Genscher dabei nicht zu kurz käme. Nach monatelangen provozierenden Gerüchten, die Koalition würde nicht halten, war Schmidt so dünnhäutig, dass er Wirtschaftsminister Otto Graf Lambsdorff wegen eines Presseartikels im Parlament gerügt hatte. Danach entwarf Lambsdorff das sogenannte »Scheidungspapier«, woraufhin vier FDP-Minister zurücktraten. Somit war die Koalition geplatzt. Der Plan von Kohl und Genscher war aufgegangen.

Die FDP hatte, was den Sturz von Regierungen betrifft, bereits Erfahrung. Schon einmal waren FDP-Minister zurückgetreten und hatten 1966 das Kabinett des Bundeskanzlers Ludwig Erhard verlassen. Es kam zu Neuwahlen.

Die FDP-Parlamentarier wurden zwar vorher auf Kurs gebracht, doch einige Abgeordnete hatten moralische Bedenken. Sie verließen die FDP und traten der SPD oder der CDU bei.

Für Helmut Schmidt, der das Ränkespiel kannte, war es eine schmerzliche Niederlage. Kohl dagegen sah sich am Ziel seiner Träume. Am 1. Oktober

1982 wurde er mit einem konstruktiven Misstrauensvotum vom Deutschen Bundestag zum sechsten Bundeskanzler gewählt.

Um Neuwahlen zu erreichen, stellte er am 17. Dezember im Bundestag die Vertrauensfrage. Die Neuwahlen zum 10. Deutschen Bundestag wurden auf den 6. März 1983 festgesetzt.

Nun hatte die SPD ein Problem: Sie brauchte für den bevorstehenden Wahlkampf einen Kanzlerkandidaten, einen freiwilligen Verlierer. Helmut Schmidt war gekränkt und ließ seine Partei wissen, dass er für eine erneute Kanzlerkandidatur nicht zur Verfügung stünde. So kam es, dass der treue Parteisoldat Hans Jochen Vogel die erwartete Niederlage einstecken musste.

Bei den Neuwahlen erreichte die CDU/CSU 48,8 %, die SPD 38,2 %, die FDP 7 % und die Grünen 5,6 % der Stimmen.

Am 29. März nahm der 10. Deutsche Bundestag seine Arbeit auf und Helmut Kohl wurde zum Bundeskanzler gewählt. Den größten Nutzen aus dieser Wende zog jedoch Genscher. Er wurde unter der schmerzhaft langen Kanzlerschaft von Helmut Kohl zum dienstältesten Außenminister. Ein Lehrbeispiel, das Licht auf den Charakter erfolgreicher Politiker wirft.

Als SPD-Mitglied, das die ganze Intrige von »Genschman« und »Birne« Kohl verfolgt hatte, war ich enttäuscht und wütend. Auch Gisela war entrüstet über so viel Hinterlist. So regierte Kohl über vier Legislaturperioden. Wer ihm zu nahe kam und an seiner Kanzlerschaft rütteln wollte, wurde kaltgestellt.

ATV-Ausflug nach Kaub am Rhein

Heinrich und ich bekamen den Auftrag, einen für den Mai geplanten Ausflug nach Kaub vorzubereiten. Unsere Fahrzeit mit dem Dienstwagen betrug zwei Stunden. Wir nahmen mit einer dort ansässigen Schlachterei Verbindung auf und bestellten für den Tag des Betriebsausfluges nach Pfalzgrafenstein ein rustikales Essen. Der Schlachter begleitete uns in die Räume der Burg im Rhein.

Die Wasserburg war wie ein Schiffsbug gegen den Strom geformt und widerstand so Wasser und Treibeis. Mit ihrer Lage im Rhein, unterhalb der Burg Gutenfels, beiderseits umrahmt von grünen Berghängen, war sie eines der beliebtesten Fotomotive am Mittelrhein. 1966, auf der Mosel-Rheinfahrt mit Helmut, hatte ich Pfalzgrafenstein nur vom gegenüberliegenden Ufer betrachten können. Nun aber war ich froh, die Burg zu betreten.

Wir gingen über die Wehrgänge zu den Wachstuben der Besatzung und durch die Wohn- und Wirtschaftsräume. Nicht zu vergessen, die wie Schwalbennester an der äußeren Mauer vorgebauten Plumpsklos mit Rheinwasserspülung. Vom fünfeckigen Turm, dem ursprünglichsten Bau der ganzen Anlage, schauten wir durch die kleinen Fenster auf den Strom mit den langsam dahinziehenden Lastkähnen.

Die Burg Gutenfels, oberhalb von Kaub, stand nicht auf dem Programm, denn dafür reichte die Zeit nicht. In Kaub aber befand sich das Blüchermuseum, ein weiteres Besuchsziel. Dort konnte man alles über den preußischen Generalfeldmarschall Gebhard L. von Blücher (1742–1819) erfahren. Blücher war hier der französischen Armee über den Rhein gefolgt. Neben Waffen und Uniformen waren die Ausrüstung der Soldaten, Pläne, Bilder und andere Devotionalien aus der Zeit der Napoleonischen Kriege zu sehen. »Der geht ran wie Blücher« ist auch heute noch ein geflügeltes Wort.

Für die Ausarbeitung unserer Betriebsausflüge, wie den nach Kaub, nahm sich OTL Zurek stets viel Zeit. Für das Begleitheft machte ich bei der Erkundung die benötigten Fotos. Es wurde ein gut geplanter, harmonisch verlaufender Betriebsausflug.

Barry

Zusammen mit unseren Kindern hatten wir beschlossen, unseren Barry, an dem wir alle sehr hingen, die Qualen des Alters zu ersparen. Im Mai haben wir ihn von seinen Krankheiten und der Altersschwäche erlöst. Das war für alle ein schwerer Tag. Er konnte kaum noch fressen und war so schwach, dass er nicht mehr die glatte Marmortreppe hochsteigen konnte. Einmal glitt er aus und schlug sich mehrere Zähne aus.

Er musste zum Schluss von uns hochgetragen werden. Dort lag er dann unter Giselas Bett. Sein Fell war stumpf und wirr geworden. Er konnte sein Wasser nicht mehr halten. Wir bezweifelten, ob er noch sehen konnte. So quälte er sich durch seine letzten Tage.

Wir besprachen alles mit unserer Tierärztin. Wenn Barry noch lebensfähig sei, würde sie ihm die Spritze nicht geben, lautete ihr Einwand. Wir fuhren zu ihr und sie untersuchte das Tier. Wir blickten uns an. Es ist schwer, eine Entscheidung über Leben oder Tod zu fällen.

»Er ist schon zu schwach«, erklärte die Ärztin. »Auch mit Medikamenten wird er sich nicht mehr erholen können. Wie alt ist er denn?«

»Vierzehn Jahre«, erwiderte Gisela.

»Dann hat er bei Ihnen ein gutes Leben gehabt.«

Barry lag auf einem Tisch und war ganz ruhig. Wir streichelten ihn sanft, während die Ärztin ihm eine Beruhigungsspritze gab. So schlief er ein. Nach der zweiten Infusion entspannte sich sein Körper.

»Er war so schwach, dass er sofort gestorben ist. Das Herz hat aufgehört zu schlagen«, meinte die Ärztin. »Er hat nicht gelitten, das mag ihnen ein Trost sein.«

Barrys Grab.

Wir weinten, als ich den toten Barry auf den Armen zum Auto trug. Er hatte uns so viel Freude bereitet, unsere Kinder waren mit ihm aufgewachsen. Er gehörte einfach zur Familie. Im Garten errichtete ich ihm ein Grab aus abgerolltem Felsgestein. Ein kleines Hühnengrab zur Erinnerung.

Wer die Fuge liebt, beweibt sich

Am 18. Mai heiratete unser Sohn Wolfgang. Den bereits vorhandenen Sohn (Vater unbekannt), dessen angeblicher Sprachfehler sich rasch als geistige Behinderung entpuppte, offenbarte uns die Braut erst später. Damit übernahm Wolfgang auch Mitverantwortung für den behinderten Danny. Wir fuhren zur Hochzeitsfeier nach Braunschweig.

Die standesamtliche Hochzeit fand in kirchenfestlicher Kleidung im neuen Rathaus von Braunschweig statt. Die Hochzeitsgesellschaft bestand aus dem Brautpaar mit Danny, den Brauteltern, ihrer Oma, Hardy, Suse, Klaus, Heide, Gisela und mir. Während das Brautpaar im Rathaus vor dem Standesbeamten die Verträge unterzeichnete, in denen von Treue und Verantwortung die Rede war, warteten die Familienangehörigen vor der Tür auf dem Flur.

Gisela erzählte mir später, wie die Brautmutter, im Hochgefühl hochzeitlicher Erinnerung, ihren Ehemann fragte: »Na, würdest Du mich auch wieder heiraten?« Worauf ihr Mann in aller Konsequenz antwortete: »Nein!«

Nach der Trauung siedelte die Hochzeitsgesellschaft zum Festessen in ein Restaurant über. Danach wurden Bier, Wein, Sekt und Schnäpse ausgeschenkt. Man prostete dem hübschen Brautpaar zu und wünschte ihm viele glückliche Jahre. Hier trafen wir erstmals Heide, die Frau von Klaus, die er vor fünf Monaten in Oldenburg geheiratet hatte. Nun waren, bis auf Hardy, all unsere Kinder verheiratet.

Klaus und Heide saßen zusammen an der Tafel. Da fing Heide an zu provozieren: »Hochzeit, was soll das? Ist doch alles Scheiße! Von wegen Familie! Jeder denkt doch nur an sich. Die Ehe ist eine Ausbeutegemeinschaft!«

»Heide, jetzt hör auf. Du bringst hier alles in Aufruhr!«, versuchte Klaus zu beschwichtigen.

»Familie! Dass ich nicht lache! Ich kenne den ganzen Mist, ich weiß, was da abläuft … guckt sie euch doch an, diese Großmäuligen …«

Sie hörte nicht auf, zu pöbeln. Weder Klaus noch Gisela konnten sie beruhigen. Die Braut lief derweil weinend hinaus, gefolgt von ihrem Ehemann. »Es fehlt nur noch eine harmonische Klopperei, wie damals bei ›Zickenschulzes‹ Hochzeit in Bernau«, kommentierte Gisela.

Besucher aus der alten Heimat

Es war stets eine große Freude, wenn uns die Kinder mit ihren Freunden, Freundinnen und später Ehepartnern aus Braunschweig besuchten. Trotz gut ausgebauter Straßen und Autobahnen bedeutete es für sie eine vielstündige Reise. Hardys Freundin Suse, die uns sehr gefiel, besuchte uns einmal mit ihren Eltern. Auch das Ehepaar Könneke, dem die Mineralien am Herzen lagen, kam eines Tages.

Am 2. Juli waren Eggi und Waltraud aus Wolfenbüttel zu Gast. Sie blieben ein Wochenende und schliefen oben im Gästezimmer. Nachdem sie ausgiebig das Haus und den Garten gewürdigt hatten, fuhren wir nach Idar-Oberstein und machten einen Stadtbummel. Danach luden sie uns in die Gaststätte Zum alten Goten zum Essen ein.

Betriebsklima

Wir hatten unter OTL Zurek nichts auszustehen. Im Gegensatz zu seinem Nachfolger war er als Chef umgänglich und jovial und ließ uns in Ruhe, solange alles gut lief.

Als der neue alte Dienstgrad Oberstabsfeldwebel wieder einmal in die Bundeswehr eingeführt wurde, schlug er sofort HptFw Heinrich Wulfekühler zur Beförderung vor. Er wurde der erste Oberstabsfeldwebel im Spezialstab ATV.

»Ich habe für alle Fw-Dienstposten eine Stellenanhebung zum OStFw beantragt«, verkündete OTL Zurek und hatte das auch durchgesetzt. Nun saß ich auf einer OStFw-Stelle und hatte alles erreicht, was zu erreichen war. Eine angenehme Dienststelle, ein Haus und die Aussicht auf baldige Beförderung. Was wollte ich mehr?

Als die neuen Ehrenzeichen der Bundeswehr eingeführt wurden, erklärte er: »Ich schlage euch alle für den neuen Orden vor, ihr müsst mir nur sagen, für welche Verdienste!« Natürlich kam keiner seiner Bitte nach. Alle übten sich aus gutem Grund in Bescheidenheit. Die Stabsoffiziere wussten ohnehin, dass sie zuerst mit dem Schmuckstück bedacht werden würden. Doch mit seiner spontanen Äußerung hatte sich OTL Zurek die Sympathien aller erworben. Die Auszeichnung wurde jedoch nicht nach Verdiensten verliehen, sondern es wurde eine zugewiesene Anzahl an die Uniformbrüste geheftet.

Besonders Soldaten in hohen Kommandobehörden und NATO-Stäben fühlten sich nur unvollständig angezogen, wenn sie ständig die geschmückten Brüste ihrer NATO-Partner vor Augen hatten. Um diesen Mangel abzustellen, wurden nach und nach Ehrenzeichen, Tätigkeits- und Leistungsabzeichen eingeführt. Mit den internen, aber genehmigten Verbandsabzeichen ließ sich daraus auch eine hübsche Frontseite dekorieren.

Zurek hatte sich oft gegen andere Dienstgrade der Artillerieschule in Stellung gebracht und schoss verbale Salven von Argumenten, Reden und Gegenreden ab. Am liebsten zu Kaffee und Kuchen im Pausenraum, wenn alle dabei waren. Heinrich kommentierte das dann anschließend trocken: »Dem hat er aber wieder Bescheid gedacht!«

Doch Zurek war ein verträglicher Chef, mit dem man auskommen konnte. Das bekamen wir schmerzlich zu spüren, als sein Nachfolger OTL Meister bei uns eintrat. Zurek war in den Schulstab versetzt worden.

Gezielte Fragen

Als wir einmal zusammen auf einer Dienstreise waren, machte ich eine belanglose Bemerkung zu OTL Zurek. Daraufhin entgegnete er: »Sie haben wohl vor nichts Respekt!« Was so viel heißen sollte wie: »Sie haben keinen Respekt vor mir!« Als Oberstleutnant war er gewohnt, von den Dienstgradniederen devot angesprochen zu werden. Da fiel mir die Bemerkung von Eggi wieder ein, die er einmal anlässlich eines Ärgers mit Vorgesetzten in Wolfenbüttel gemacht hatte: »Du hast keine Demut im Auge.«

Das war der Grund, weshalb ich mit den meisten meiner Vorgesetzten kein spannungsfreies Dienstverhältnis hatte. Bei OTL Zurek gab es so etwas nicht, hatte ich geglaubt. Mit einer einfachen, aber hinterhältigen Frage hatte mich OTL Zurek jedoch als Sympathisant der kommunistischen Erzfeinde »enttarnt«. Während eines Gesprächs fragte er beiläufig: »Was halten sie von Che Guevara?« Da ich erst kürzlich Che Guevaras Biografie *Ich habe sieben Leben* gelesen hatte, wusste ich über die Geschichte Ernesto Guevaras gut Bescheid. Naiv und aufrichtig, sah ich keinen Grund, meine Meinung zu verheimlichen.

»Der letzte Held und Idealist unserer Zeit«, antwortete ich und fügte noch hinzu: »Ich würde nicht so weit gehen und ihn einfach als eifernden Kommunisten zu bezeichnen. Er war ein Idealist, der die Armen in Südamerika von der Unterdrückung und Ausbeutung durch korrupte Politiker und Großgrundbesitzer befreien wollte. Er war kein Feuerkopf, kein Anarchist wie Dutschke oder die späteren Terroristen. Guevara war promovierter Arzt, auch das ist er aus Mitleid mit den Armen geworden, und unter Fidel Castro war er Finanzminister in Revolutionsuniform. Sein Scheitern ist sein persönliches Drama.«

Nun hatte er mich, wie er glaubte, in seiner Schublade. Ich war nicht nur Links und Sozialist (was ja nicht verboten war), sondern vielleicht sogar ein Kommunist. Wer Sympathien für einen Revolutionär, einen Marxisten aufbrachte, musste selbst einer sein. Und dann gab es ja noch die Initiativgruppe Lärmschutz gegen die Bundeswehr, der ich angehörte.

Alle glaubten, er sei ein Gutmütiger, mit dem man Pferde stehlen konnte. Doch sein onkelhaftes Verhalten gegenüber den Soldaten seiner Dienststelle war nur eine Maske.

Hatte jemand von der Dienststelle Geburtstag, war es üblich, zu einer privaten Kaffeetafel zu bitten oder eingeladen zu werden. Dabei wurden dann auch kleine Geschenke überreicht. Je nach Wunsch, ein Bild oder ein Buch. Zu meinem Geburtstag, zu dem alle nach Sienhachenbach kamen, überreichte mir OTL Zurek ein Buch, in das er hinein geschrieben hatte: »Ahnen hat jeder – aber Ahnung?!!?« Das klang nach Missgunst. Sehr ungewöhnlich und als Widmung ziemlich unverfroren. Für meine weitere Tätigkeit im Spezialstab ATV sollte es aber eine symbolhafte Bedeutung erlangen.

Das war nach meiner ersten Buchveröffentlichung im renommierten KOSMOS-Verlag. Viele gratulierten mir zu diesem Erfolg, zuerst kam OLT Lüder in mein Dienstzimmer, dann Hptm Müller. OTL Zurek war nicht darunter. Vielleicht wollte auch er einmal ein Buch veröffentlichen. Jedenfalls schrieb er jeden Tag in sein Tagebuch, eine großformatige Kladde.

Der neue Chef

OTL Meister war früher Heinz Kampmanns Bttr Chef gewesen. Als wir in Fürstenfeldbruck an der Luftbildschule waren, hatte er mir bis zur Ermüdung von ihm erzählt. Von Statur klein, ansonsten strebsam und ehrgeizig, hatte er sich vom Maurer über den zweiten Bildungsweg zum Offizier hochgearbeitet. Das war eine beachtliche Leistung. Persönlich war er ziemlich unerträglich.

Wenn er in den Pausenraum kam, erstarb jedes Gespräch, weil er sich sofort daran beteiligte, die Wortführung übernahm und nur seine Meinung gelten ließ. Das Wort »Besserwisser« war für ihn erfunden worden.

Reise nach Berlin und in die DDR

Pfarrer Reichelt hatte für den November eine Fahrt mit der Kirchengemeinde nach Berlin und in die DDR organisiert. Als Soldat benötigte ich von meiner Dienststelle eine Sondererlaubnis. Ich bekam sie mit der Auflage, dem MAD (Militärischer Abschirmdienst) zu melden, falls ich auf besondere Weise angesprochen werden würde. Nach der Planung schien es eine sehr interessante Fahrt zu werden. Gisela war noch nie in der DDR gewesen, ich kannte nur unsere Fluchtstationen bis 1950. Was uns erwartete, waren bedeutende Erinnerungsorte und Bauten der deutschen Geschichte und Kultur.

In Sienhachenbach bestieg unsere Reisegruppe den vorgefahrenen Bus. Die Reiseleitung hatte Pfarrer Reichelt, der von seiner Frau begleitet wurde. Karl-Heinz und Renate Schneider waren dabei, Frieda Schmid mit ihrer Schwester und viele, die uns nicht bekannt waren – aber auf Reisen lernt man Leute kennen. Die Fahrtstrecke von Idar-Oberstein bis Braunschweig, über Bundesstraßen und Autobahnen, kannte ich aus meiner »Trennungszeit« von 1979 zur Genüge. Der erste Besichtigungsstopp war die alte, ehrwürdige Universitätsstadt Göttingen. Am Marktbrunnen hat man der »Gänseliesel« ein bronzenes Denkmal gesetzt.

Als die Erinnerungsfotos vor der Brunnenfigur gemacht waren, ging die Fahrt weiter, vorbei an Braunschweig, unserer alten Heimat, die Emotionen weckte (ich hielt Giselas Hand) zum Grenzübergang Helmstedt/Marienborn. Berlin war nur über diese Transitautobahn zu erreichen.

Wachtürme, Betonwände, Halteschranken, bewaffnete Grenzsoldaten in Uniform, was war das für eine Welt? Ich kam mir überwacht, beobachtet vor. Ein eigenartiges Gefühl, seinen Reisepass einem unsichtbaren Phantom auszuhändigen. Es war mir klar, dass nun emsig in Fahndungsbüchern und Listen geblättert wurde. Schließlich war ihnen bekannt, dass ich Soldat war. Würden sie im Verlauf der Reise einen Stasi-Agenten auf mich ansetzen, um militärische Fakten zu erhalten?

Die gewinnbringende, aber schlecht instandgesetzte Transitstrecke gab den Weg nach Berlin frei. Die Insel Berlin, viergeteilt, besetzt, Brennpunkt des Kalten Krieges. Doch die Berliner hatten ihren Humor nicht verloren: »Der Insulaner verliert die Ruhe nich, der Insulaner liebt keen Jetue nich!«

Berlin war immer die geeignete Bühne für Politiker, um zitierfähige Sprüche abzulassen:

»Völker der Welt, schaut auf diese Stadt!« *(Ernst Reuter)*

»Ich bin ein Berliner.« *(John F. Kennedy)*

Nur von Adenauer war nichts zu vernehmen.

»Lasst euch nicht zu Lumpen machen! Zeigt menschliches Verhalten … schießt nicht auf Landsleute!« *(Willy Brandt)*

»Mr. Gorbatschow, open the Wall!« *(Ronald Reagan)*

Für die Nacht waren wir in einem Heim der Evangelischen Kirche untergebracht. Gisela war indes ihrer eigenen Geschichte auf der Spur. Sie freute sich, wenn sie mir die Stätten ihrer Kindheit zeigen konnte. Dabei waren die Begegnungen mit Frau Domke, ihrer alten Hauswirtin, sowie Mutter und Töchter der Familie Bremert von besonderer Bedeutung. Dann zeigte mir Gisela die Schule in der Bergmannstraße (heute die Ferdinand-Freiligrath-Schule), in Kreuzberg.

Abends gingen wir, Pfarrer Reichelt war auch dabei, in eine Berliner Kneipe. Gisela hatte sich dort mit einer jungen Berlinerin bekannt gemacht und ihr erzählt, dass wir von einem kleinen Dorf aus dem Hunsrück, nahe Idar-Oberstein kämen, in dem es nicht einmal eine Kneipe gäbe. Daraufhin kam sie zu uns an den Tisch, um uns Dörflern Berliner Lebenslust zu zeigen. Sie begann uns zur Fröhlichkeit zu animieren, prostete jedem zu, erzählte Döntjes und setzte sich bei einigen auf den Schoß, um gemeinsam das Glas zu leeren. Nach diesem fröhlichen Abend kehrten wir in unsere stille christliche Unterkunft zurück.

Am Tag darauf zeigte mir Gisela in der Gneisenaustraße das Haus Nr. 61, in dem sie vom 4. bis zum 9. Lebensjahr mit ihren Eltern gewohnt hatte. Danach zogen die Eltern in die Blücherstraße. Aus der alten Kneipe von Staaks war ein bewirtschafteter Kiosk geworden. Ich fotografierte die Fassade.

»Ich geh' mal rein, vielleicht kenne ich noch jemand«, meinte Gisela. Ich folgte ihr. Wir betraten den Kiosk, in dem sich eine Frau und ein Mann befanden. Eine männliche Stimme sagte: »Ich habe schon gesehen, dass wir fotografiert wurden!«

»Ich möchte nur mal sehen, wie es hier heute aussieht, denn ich habe früher einmal hier gewohnt«, erklärte Gisela. Die Frau kam hinter den Zeitschriftenauslagen hervor: »Wer sind Sie denn?«

»Ich bin Gisela Peters.« Pause.

»Ach, Gisela, Du? Dass es sowas gibt!« Und schon lagen sich beide weinend in den Armen. Es war Inge Bremert, eine ihrer früheren Freundinnen.

Als wir oben an der Wohnungstür klingelten, hörten wir das Klappern und Öffnen von Schlössern. Frau Domke, eine alte Dame und echte Berlinerin, sagte ohne zu berlinern: »Man muss sich hier gut verwahren, es passiert immer so viel! Gisela, lass Dich ansehen, wie ist es Dir ergangen, in all den Jahren?«

Am Spätnachmittag fuhren wir dann zu Mutter Bremert, nach Wilmersdorf in die Schlangenbader Straße. Als wir dort ankamen, traute ich meinen Augen nicht. Ein großer Wohnkomplex über einer Autobahn errichtet oder andersherum, durch den eine Autobahn führte.

Die Begrüßung war emotional, herzlich und laut, denn inzwischen waren noch weitere Familienmitglieder eingetroffen. Erst vor einem Jahr war das

Gebäude – im Volksmund »Schlange« genannt – fertiggestellt worden. Inzwischen kamen auch die ersten Begrüßungsschnäpschen und große Bierflaschen auf den Tisch. Ich sprach dem kräftig zu. Gisela war glücklich und lachte viel. Sie sprachen über alte Erinnerungen. Sie schien mir immer weiter entfernt und ich merkte die Trunkenheit in meinem Kopf. Danach hatte Gisela für eine sichere Rückfahrt in unsere christliche Herberge gesorgt.

Einem Erlebnis fieberte ich mit Ungeduld entgegen: Sanssouci. Bei der großen Fontäne standen wir vor den sechs Terrassen, die den Südhang der Weinberganlage gliedern, mit dem Schloss darauf als Krone. In den verglasten Nischen wurde Obst gezogen. Bevor wir die breite Freitreppe zum Schloss emporstiegen, war auf einer »Flüsterbank« genug Platz für eine Gruppenaufnahme, der sich unser (Stasi-)Reiseleiter allerdings entzogen hat.

Über die breite Freitreppe (angeblich 132 Stufen) erreichten wir die oberste Terrasse mit dem Schloss und Blick über die Gartenanlage. Schloss und Garten waren Schöpfungen Friedrich des Großen, nach seinem künstlerischen Geschmack.

Als nächster, jüngerer Geschichtsort stand Schloss Cecilienhof auf unserem Bildungsprogramm, die historische Gedenkstätte des »Potsdamer Abkommens« von 1945. Das Gebäude war im Stil eines englischen Landsitzes gebaut. Davor, auf grünem Rasen, ein prächtiger Sowjetstern aus flammroten Blüten, inmitten einer flachen, kreisrund angelegten Buchsbaumhecke.

Es war ein Ort tragischer Weltgeschichte. Festgeschrieben von Stalin als Zugeständnis an Polen, das er damit dem kommunistischen Machtbereich zugeschlagen hatte. In dem Beschluss heißt es: »Festlegung der deutsch-polnischen Grenze an der Oder und Lausitzer Neiße«, also mit Stettin, meiner Geburtsstadt. Hier trafen sich die »Großen Drei«, die bereits 1945 in Jalta Deutschland unter sich aufgeteilt hatten.

Zu den Orten und Stätten jenseits der bedrückenden innerdeutschen Grenze zur DDR, die eine besondere Anziehungskraft ausübten, gehörte die in 410 Meter weit über das Eisenacher Land ragende Wartburg. Sie war in vielerlei Hinsicht ein beeindruckendes Erlebnis. Der Blick zum Berg zeigte uns die bekannte Silhouette der Burg. Das Motiv für Postkarten und Briefmarken. Die Wartburg, dieser bedeutende Erinnerungsort deutscher Geschichte, verfehlte schon beim ersten Anblick seine Wirkung nicht. Im Hochmittelalter war es ein kultureller Anziehungspunkt für Dichter und Minnesänger wie Walther von der Vogelweide und Wolfram von Eschenbach.

Nach der Burganlage faszinierte mich am meisten Luthers Arbeitszimmer. Hier hatte er als »Junker Jörg« das Neue Testament volkssprachig aus der lateinischen Vulgata übersetzt. Nun konnte jeder in der Bibel lesen oder sich vorlesen lassen. Indem er dem Volk »aufs Maul« geschaut hatte, schuf er die Grundlage für eine einheitliche deutsche Sprache und Schrift. Was für ein kraftvoller und mutiger Mann, der sich mit den mächtigsten Kirchenfürsten seiner Zeit anlegte!

Ich sah mir die rustikale Schreibstube genau an. Hier soll er mit seinem Tintenfass nach dem Teufel geworfen haben. Solche Visionen eines überanstrengten Geistes sind ja möglich. Als Kind, nach der Flucht, ist mir in Pamitz ebenfalls der Teufel erschienen. Auch hier schaute er hinter dem Kachelofen hervor.

In Dresden logierten wir im Interhotel Newa, in der Leningrader Straße, einem Hotel für auswärtige Besucher. Unser amtlicher Reiseleiter passte auf, damit wir keinen unerwünschten Kontakt mit den Einwohnern bekamen.

Später besichtigten wir die Kunstschätze des berühmten Grünen Gewölbes im Albertinum. Es war schon beeindruckend, was für Kunstschätze der starke August zusammengebracht hatte. Der Ausstellungsführer erklärte: »Das Grüne Gewölbe ist die reichste Kleinodiensammlung Europas. Es war die Schatzkammer der sächsischen Kurfürsten und Könige. Sein Name leitet sich von einem grün gestrichenen und gewölbten Raum im Dresdener Schloss her, der seit dem 16. Jahrhundert als Tresor genutzt wurde.«

Am nächsten Tag, beim Frühstück, schimpfte Frieda Schmid über ihre Schwester, die sie in ihrem gemeinsamen Zimmer eingeschlossen hatte. Das sei doch wohl eine Art Freiheitsberaubung gewesen. Das könne sie aber mit ihr nicht machen. Was war los?

Friedas Schwester hatte sich in Dresden von der Gruppe gelöst und heimlich mit einem Freund getroffen, ohne dass es einem von uns oder unserem »Reiseleiter« aufgefallen wäre. Sie kannte den Mann von früheren DDR-Besuchen im Rahmen einer Patenschaft von Ort zu Ort.

Nach dem offiziellen Besuchsprogramm (Staunen im Grünen Gewölbe) verschwanden wir alle in unsere Zimmer. Friedas Schwester jedoch verschwand aus dem Hotel »Newa« und schloss ihre Zimmertür ab, um sich irgendwo mit ihrem Liebhaber zu vergnügen. Frieda aber hatte sie in ihrem Zimmer eingeschlossen, damit sie keinen Unsinn machen oder etwas sagen konnte.

Sehr geehrter Gast!
... der Aufenthalt in den Etagen und Zimmern ist nur den im Hotel polizeilich gemeldeten Gästen gestattet. Besuche empfangen Sie bitte in der Hotelhalle oder in unseren Gasträumen ...
Das Kollektiv ihres Interhotels

So hatte die Schwester dem Aufpasser ein Schnippchen geschlagen, was in der Gruppe wohl nicht nur für Heiterkeit, sondern auch für eine gewisse Schadenfreude sorgte. Entweder hatte sich unser Sicherheitsmann einen schönen Abend an der Hotelbar gemacht, oder er saß bei seiner Familie und schaute (West-)Fernsehen.

In Dresden sahen wir ein Stück »Geschichte in meiner Zeit«: Der Zwinger war kein Gefängnis. Damals wurde das Gelände zwischen der äußeren und der inneren Stadtmauer so genannt. Es war ursprünglich ein Festplatz für höfische Spiele unter freiem Himmel, eine Bühne der Lustbarkeit.

Im Zweiten Weltkrieg erlitt der Zwinger durch die Bombenangriffe der Alliierten schwere Beschädigungen. Die sowjetische Militärverwaltung bewilligte am 18. August 1945 unverzüglich die Freigabe von Bauholz und stellte sich demonstrativ hinter den Wiederaufbau des Zwingers.

Der Wallpavillon war zweifellos ein schöner Barockbau. Doch welche Schätze beinhaltete er? Keine, er war ein Treppenaufgang zur oberen Galerie. So schön kann die Ausführung, so banal der Zweck sein!

Schließlich standen wir vor den Trümmern der Frauenkirche und gedachten des großen Terrors aus der Luft. Zur Mahnung an den furchtbaren Krieg sollte die Ruine erhalten bleiben. Das war auch unsere Meinung, denn sie mahnte zum Frieden. Eine Ruine ist ein eindringliches Mahnmal, besser als glatte Steindenkmäler mit unwahren, heuchlerischen Inschriften. Schließlich ragte in Berlin ja auch der »Hohle Zahn« der Kaiser-Wilhelm-Gedächtniskirche in den zweigeteilten Himmel.

DAS JAHR 1983

Besuche ins Antestal

Im Mai kam meine Mutter uns für einige Wochen besuchen. Ich holte sie vom Bahnhof ab. Es war mehr eine Flucht als ein Besuch. Wir versuchten, ihr ein paar schöne und sorgenfreie Tage zu bereiten. Sie lebte noch immer in unsäglichen Verhältnissen in ihrem Haus in Kayhauserfeld und konnte sich nicht für eine endgültige Trennung entscheiden. Schon längst hätte sie sich scheiden lassen müssen, da der latente Ärger auf ihre Gesundheit ging. Doch für Ratschläge war sie nicht empfänglich. Mein Bruder Eckard schrieb dazu in einem Brief am 16. Mai 1983:

Sonnabend hat Mutti angerufen und Irmi erzählt, dass der Alte im Krankenhaus ist. Ich vermute, er simuliert und will auf die Tränendrüse drücken. Ich bitte Dich darum, wenn es irgendwie möglich ist, Mutti bei euch zu behalten, bis alles vorbei ist. Sonst wird sie doch wieder weich und alles war umsonst. Hier bei uns ist eine Unterbringung schlecht möglich, da kein separates Zimmer vorhanden ist.

Durch die zahlreichen Anrufe meiner Schwester Anne-Dore und ihrer Nachbarn fühlte sich Mutti genötigt, gegen unseren Willen nach Kayhauserfeld zurückzukehren. Als sie abreiste, weinte sie und sagte: »Ich bin eine kranke alte Frau.« Bedauerlicherweise hatte Anne-Dore in dieser Zeit und auch danach noch viele hässliche Vorfälle mit ihrem Vater erlebt.

Von weit her angereist

Auch Helmut Krock kam uns besuchen. Er kam mit seinem Wagen aus Stade angerauscht, um zu sehen, wie es uns geht. Als es klingelte – ich war noch im Dienst – machte Caesar einen so großen Rabatz, als ginge es darum, Einbrecher zu bekämpfen. Caesar war inzwischen ein großer schwarzer Hund mit kräftigem Gebiss geworden und hatte die Neigung, alles, was er nicht kannte, anzugehen. Zur Beruhigung sperrte Gisela ihn in die Küche, erst dann konnte sie Helmut begrüßen. Als ich vom Dienst kam, hatte sich die Lage schon etwas entspannt. Wir drei saßen auf der Couch und unterhielten uns. Das gefiel

Caesar, der gerne im Mittelpunkt stand, gar nicht. Er gab keine ruhige Minute. Ständig kam er mit seinem nassgesabberten Spielball, der ständig irgendwohin geworfen werden musste, damit er blitzschnell hinterherspringen, ihn ins Maul nehmen und zurück zu Helmut bringen konnte. Das machte uns aber auf Dauer keinen Spaß, denn wir wollten uns ja unterhalten.

Helmut erzählte von seiner Ausbildung in der gehobenen Beamtenlaufbahn, was nicht leicht für ihn war. Er hatte eine Liaison mit einer Kollegin aus dem Amt hinter sich, die ihn so belastet hatte, dass er mit seinen Leistungen zurückfiel. Danach hat er nie wieder versucht, eine Partnerschaft einzugehen. Er lebte lieber für sich und brauchte auf niemanden Rücksicht zu nehmen. Helmut blieb eine Nacht, dann zog es ihn zurück nach Stade.

Fluglärm

Gisela sang mit Sabine in der Küche. Sie war das Töchterchen unserer Nachbarn, Elfriede und Erhard Simon. Da beide berufstätig waren, kam die Dreijährige häufig zu Gisela, die gut mit Kindern umgehen konnte. Sie war wie eine zweite Mutter zu ihr. Nun sangen sie gemeinsam Kinderlieder.

»Es hat geknallt!«, unterbrach Sabine plötzlich.

»Das war ein Düsenjäger«, stellte Gisela fest. Dass es beim Durchbrechen der Schallmauer zu einem scharfen Knall kommt, konnte Sabine noch nicht verstehen. Sie wusste aber, dass es hier häufig knallte und sehr laut wurde, wenn die Jets tief flogen. Dann konnte man kein Wort mehr verstehen. Die Scheiben klirrten in den Häusern. Sensible Menschen hielten sich schon beim Anflug die Ohren zu.

Die Einwohner der Dörfer rund um den Truppenübungsplatz Baumholder waren wegen der Lärmbelästigung, auch durch das Donnern der schweren Geschütze bei Tag und Nacht, erbost und verbittert. Besonders, weil sie daran nichts ändern konnten. Es war nicht nur die deutsche Luftwaffe, auch die Amerikaner übten hier Zielabwürfe, und wer wollte denen schon etwas sagen? Baumholder war NATO-Schießplatz, auch für die Artillerie, deren Feuerstellungen rund um den Übungsplatz verteilt waren – sämtlich in der Nähe von Dörfern.

Ich war anderer Meinung und dachte, man müsse es zumindest versuchen. Mit Leserbriefen und Zeitungsartikeln galt es zunächst, die Aufmerksamkeit der Betroffenen zu erregen. Der nächste Schritt war die Bildung einer Arbeitsgruppe Lärmschutz innerhalb der SPD. Den Text hatte ich verfasst, wollte aber als Soldat nicht mit meinem Namen an die Öffentlichkeit treten.

In Hans-Dieter Jost, einem Lehrer, hatte ich einen mutigen Mitstreiter gefunden, der das Anliegen der Arbeitsgruppe Lärmschutz auch in der Öffentlichkeit vertrat. An der Artillerieschule wussten alle, dass auch ich involviert war, selbst OTL Zurek. Um die Initiativgruppe noch bekannter zu machen, entwarf ich ein Flugblatt, das Dieter Klaar im Siebdruckverfahren in großer Zahl vervielfältigte und von uns an belebten Orten unter die Leute gebracht wurde. So wurde die Öffentlichkeit auf die Gruppe »Lärmschutz« aufmerksam, Hans-Dieter Jost sammelte Unterschriften und Nicole sang engelsgleich von *Ein bisschen Frieden.*

Ringelnatz

Ein treuer Begleiter langer Abende war Ringelnatz. Das erste Buch von ihm war die Sammlung *Und auf einmal steht es neben dir* mit den frühen Gedichten: *die Schnupftabakdose, Turngedichte, Kuddel Daddeldu* und eine weitere schöne Auswahl seiner Veröffentlichungen. Am liebsten würde ich alle zitieren. Doch ist hier nicht der Platz, man kann sie überall kaufen. Nur in einem Vers will ich mich noch verlaufen:

Es zwitschert eine Lerche im Kamin,
wenn du sie hörst. […]
Im Faltenwurf einer Decke
klagt ein Gesicht,
wenn du es siehst. […]
In eines Holzes Duft
lebt fernes Land. […]

Ich fragte mich: Was war dieser Ringelnatz für ein Mensch? So las ich dann seine Autobiografien *Mein Leben bis zum Kriege* und *Als Mariner im Krieg.* Besonders gefiel mir die Anekdote von seinem Blinddarm, den er getrocknet, seiner Wirtin im »Simpl«, Kathi Kobus, geschenkt hatte und der dort, schön eingerahmt, an der Wand hing. Der Einfall war besonders skurril und witzig, weil es, wie sich später herausstellte, die getrocknete Haut einer Weißwurst war.

Hardy bildet sich weiter

Nach der bestandenen Facharbeiterprüfung besuchte Hardy die Berufsaufbauschule der Stadt, die er im Juli 1983 mit Erfolg abgeschlossen und damit den Sekundarabschluss (Realschulabschluss) erworben hatte.

Ab Januar 1984 schloss sich Hardy der Rockgruppe *Clockwork Orange* mit Morten, Daniel, Christoph und Niko an. Im November 84 erreichen sie den 1. Platz beim Amateurgruppenwettbewerb im FBZ Braunschweig. Im November 1985 nahmen sie die selbst produzierte Cassette *The Escape* auf. Viele Auftritte im Regionalbereich, aber auch in England, folgten. Ihre Band war von Reggaeeinflüssen, Funk, New Romantik und Rockelementen beeinflusst. Synthesizer, Gitarrenphrasierungen (Hardy) und Gesang prägten die Musik.

Von 1983 bis 1986 besuchte Hardy das Braunschweig-Kolleg. Er hatte die Abiturprüfung bestanden und damit die Befähigung zum Studium an einer deutschen Hochschule erworben.

Meine erste Buchveröffentlichung

Den Vertrag für das Buch hatte ich längst in der Tasche. Doch als ich die KOSMOS-Exkursion nach Idar-Oberstein durchführte, hatte ich noch gar nicht angefangen, ernsthaft daran zu arbeiten. Material und Literatur brachte ich aus Braunschweig mit, und das Konzept befand sich bereits in meinem Kopf.

Nun schrieb ich im Souterrain, wo ich mir zwischen Sammlungsschachteln und Bücherregalen einen Arbeitsplatz eingerichtet hatte. Hauptsächlich arbeitete ich nachts. Vom Dorf aus war das beleuchtete Fenster gut zu sehen und gab zu manchen Spekulationen Anlass.

Neben den zu schreibenden Texten führte ich eine umfangreiche Korrespondenz. Getippt auf meiner kleinen Triumph-Reiseschreibmaschine mit der Perlschrift. Ich musste Druckgenehmigungen für Fotos und Zeichnungen einholen und mit Fachleuten, Wissenschaftlern entsprechender Spezialgebiete diskutieren. Insgesamt eine mühsame Detailarbeit. Nicht selten war es einfacher und schneller, Bilder einfach umzuzeichnen. Dann gab ich die Literatur dazu an, benötigte aber keine Genehmigung zum Nachdruck. Die grafischen Effekte von hell und dunkel, von flach und gewölbt, erzielte ich durch die Pünktchen-Technik, bei der die Punkte je dunkler, umso dichter gesetzt wurden. Inzwischen war ich darin so geübt, dass ich von jedem Foto, von jedem Bild eine Zeichnung anfertigen und damit Zusammenstellungen schaffen konnte, die meinen Vorstellungen entsprachen.

Die meisten Wissenschaftler und Sammler waren kooperativ und halfen gerne. Helmut Kolle, dem dafür bleibender Dank gebührt, machte die vielen benötigten Fotos. Endlich, nach monatelangen, mühevollen Arbeitsstunden, waren das Manuskript, der Fließtext und die vielen Abbildungen fertig.

Ich fuhr mit der Bahn nach Stuttgart. Was einem in der Erinnerung so haften bleibt! Im Zug kam ich mit einer netten jungen Frau ins Gespräch. Nach dem Wetter, der Landschaft und dem Woher und Wohin erzählte ich ihr, dass ich auf dem Weg nach Stuttgart, zur Franckh'schen Verlagshandlung war, um dort mein Buchmanuskript abzugeben und klopfte dabei bedeutungsvoll auf meine Aktentasche. Daraufhin sah die Lehrerin, als die sie sich vorgestellt hatte, nur noch aus dem Fenster – es herrschte Funkstille!

Herr Weidert, dem ich das Manuskript auf den Tisch gelegt hatte, war überzeugt, dass mein Buch ein Erfolg werden würde. Anschließend lud er mich zum Essen ein. Ich war glücklich und stolz, es geschafft zu haben, bei diesem renommierten Verlag gedruckt zu werden. Waren doch so berühmte Leute wie Wilhelm Hauff mit seinem Debütroman *Lichtenstein* hier verlegt worden. Seine *Hauffs Märchen* gehörten zu meinen liebsten Märchenbüchern.

Im letzten Augenblick, als das Buch bereits im Druck war, entschied sich der Verlag für eine Titeländerung. Ich wollte es *Erdgeschichte exemplarisch: Niedersachsen zwischen Harz und Heide* nennen. Unter diesem Titel war auch eine Exkursion als »Geologisch-paläontologische Studienreise nach Nordwest-Deutschland« im September 1983 von mir geplant worden. Das Programm für die acht Tage machte nicht wenig Arbeit. Alles musste erkundet werden, wozu ich häufig nach Braunschweig fahren musste. Wir verbanden so etwas immer mit Besuchen bei den Kindern, bei den Kolles und Sammlern der VFMG. Leider wurde dann doch nichts daraus, weil die erforderliche Teilnehmerzahl nicht erreicht wurde.

Dafür wurde mein Buch ein guter Erfolg, wie die Umsatzzahlen und Rezensionen zeigten. Es machte mich bei Wissenschaftlern und Sammlern in Ost und West bekannt. Selbst in der DDR wurde es positiv aufgenommen. Damit war der Weg vom Fossiliensammler zum Fossilienforscher, zum Amateur-Paläontologen beschritten.

Für mich als Fossiliensammler war 1983 ein sehr erfolgreiches Jahr, hatte ich doch von meiner Wunschliste, die ich noch als Jungsammler gewissermaßen als Endziel formuliert hatte, nun die ersten drei Wünsche erfüllt: Einen Fachartikel zu schreiben, ein Sachbuch über Fossilien zu veröffentlichen und ein unbekanntes Fossil zu entdecken, das nach mir benannt wird. Mit Glück, Fleiß und Ausdauer würde es mir gelingen, so optimistisch war ich, auch meine weiteren Wünsche zu erfüllen.

Wenn ich heute zurückschaue, hatte ich auch meine Lebensziele erreicht: Anfang 1960 wollte ich eine richtige Familie gründen. Ich hatte mit meiner lieben Gisela einen Sohn, alle Kinder verfügten über eine erfolgreich abgeschlossene Schul- und Berufsausbildung. Hardy hatte sogar das Abitur gemacht und ich bin Berufssoldat geworden, mit einem Gehalt, von dem man gut leben konnte.

Jetzt hatte ich einen guten Dienstposten an der Artillerieschule. Wir lebten in einem schönen Haus in der Natur. Mir schien, Gisela wurde mit zunehmendem Alter immer schöner. Ich liebte sie wie in früheren Jahren. Unsere Kinder waren, bis auf Hardy, alle verheiratet und dabei, eigene Familien zu gründen und Verantwortung zu tragen. Was für eine positive Bilanz, was für ein glückliches Leben. Ich war 42 Jahre alt.

Von den Unannehmlichkeiten will ich hier nicht reden, die gibt es immer. Ist eine Schwierigkeit gemeistert, kommt mit Sicherheit das nächste Problem.

Brunnenfest im Gemeindehaus

Der kulturelle Mittelpunkt in Sienhachenbach war das Gemeindehaus. Es wurde von den örtlichen Vereinen, aber auch von der Kirche für Veranstaltungen benutzt. Jedes Jahr im Juli wurde dort das Brunnenfest gefeiert, ausgerichtet von den jungen Männern des Freizeitclubs.

Die Musik war so gut und heimatlich (»*Da wird die Wutz geschlacht, da wird die Wuscht gemacht im schönen schönen Pfälzer Land*«), dass sogar ich als vermeintlicher Nichttänzer in Schwung geriet. Obwohl ich mich nicht gegen den Rhythmus bewegte, behauptete Gisela immer, ich könne nicht tanzen. Mit steigendem Alkoholspiegel wurde ich jedoch immer mutiger und forderte Frauen aus dem Ort zum Tanz auf. Das klappte scheinbar ganz gut, denn eine meiner Tanzdamen sagte, während wir uns nach der Musik drehten: »Sie müssen mich einmal besuchen!« Da ich mir nicht klar darüber war, wie sie das meinte, sagte ich: »Ja, gerne, sagen sie mir nur, wann ihr Mann nicht da ist.« Das Weitere ging in der Musik und im Gesang unter. So ausgelassen und fröhlich hatte ich die Sienhachenbacher noch nicht gesehen.

Die Dörfler hier pflegten einen eigentümlichen Sprachgebrauch. Die Butterblumen am Wegesrand waren »Eierpetschen« oder »Bettseicher«, Krumbiere waren »Kartoffeln«, Gurken wurden »Gummert« genannt. Besser als Pinkeln hörte sich »einen Bach machen« an. Wenn Sabinchen ihre Sonnenmütze aufgesetzt bekam, sagte sie »Kapp uff« und nahm ihren »Teppich« (Decke) mit in den Garten. Auch gingen die Einheimischen an »die Bach« und zum Abschied sagten sie »Alé« statt Tschüss.

Wieder so ein Tag!

Freitagnachmittag. Für den täglichen Verkehrsstau in Oberstein war es noch zu früh. Ich fuhr mit meinem R4-Kleintransporter die Nordstraße hinunter, an der Klotzberg-Kaserne vorbei in Richtung Wilhelm-Leuschner-Brücke. Kurz vor der Brücke lief ein Mann über die Straße. Ich bremste. Auf der Gegenfahrbahn kam ein großer Ami-Schlitten mit überhöhter Geschwindigkeit und erfasste den Mann. Der flog über die Kühlerhaube auf die Straße. Ich hörte den dumpfen Aufschlag des Körpers auf dem Autoblech. Mit schnellen Schritten war ich bei dem Verletzten und brachte ihn in die stabile Seitenlage.

Mehrere Passanten kamen zusammen. »Rufen Sie bitte schnell die Polizei und den Unfallwagen!«, rief ich und winkte den Verkehr im Halbbogen um den Verletzten, der auf der Straße lag. Der Fahrer des Unfallwagens, ein Farbiger in GI-Uniform, stand gelangweilt am Brückengeländer und schaute unbeteiligt ins Wasser der Nahe.

»Polizei! Polizei!«, hörte ich. Der Rettungswagen kam. Etwas Erbrochenes, Blut und Haarbüschel klebten am Asphalt der Straße. Dann floss der Verkehr wieder.

Ich, als Hobby-Redakteur

Der Lokalredakteur der *Nahe-Zeitung* nahm auch schon mal Berichte von externen Schreibern, den Hobby-Redakteuren, die er oft unbearbeitet abdruckte, damit er weniger Arbeit hatte. Ich hatte ihn persönlich in der Redaktion besucht, und er zeigte sich interessiert.
Vor den Gemeinderatswahlen schrieb ich einen Brief, in dem ich der Zeitung Parteilichkeit zu Gunsten der CDU vorwarf. Aus diesem Grunde würde ich meine Mitarbeit bis nach der Wahl aussetzen.

Daraufhin bekam ich eine knappe, aber präzise Antwort, dass er auch nach der Wahl keinen Wert mehr auf meine Beiträge legen würde. Peng! Das hätte ich mir eigentlich denken können. Einer »unabhängigen« Zeitung Parteilichkeit zu bescheinigen, war ein Sakrileg. Mich berührte das indes wenig, denn ich konnte meine Artikel auch über den Chefredakteur in der Zeitung lancieren. Natürlich nicht unter meinem Namen. Das war mir jedoch nicht wichtig, weil es um die Sache ging.

Gruppenbild mit Dame

Endlich wieder ein Gruppenfoto! Anlass war der Eintritt von Frau Ding und Heinrich Wulfekühler in den Ruhestand. Frau Ding war die Schreibkraft und Vorzimmerdame von OTL Meister. An ihr kam niemand vorbei. Wenn sie für uns etwas schreiben sollte, musste man taktisch vorgehen. Ein freundliches Gespräch über Allgemeines, ihren Mann (der bereits »verrentet« war), ihr Auto oder das Wetter, boten sich da an. Dann die Frage, ob es, falls es ihre Zeit erlaube, möglich sei, einen kleinen Entwurf abzuschreiben. (von Tippen durfte hier nicht die Rede sein, denn: »Ich bin doch nicht Eure Tippse!«). War sie gut gelaunt, brummte sie: »Mal sehen, legen Sie's mal dahin!« War sie schlecht gelaunt, folgte: »Das geht heute überhaupt nicht. Ich muss noch viel für den Chef schreiben, das ist ganz dringend!«

Frau Ding kannte das Militär. Sie war schon als Wehrmachthelferin in einer »Telephon-Vermittlung« tätig gewesen. Da machte ihr keiner was vor. Was ihr nicht gefiel? »Mein Mann sitzt den ganzen Tag in der Stube und liest Zeitung, während ich mich hier abrackern muss!«

Hauptmann Müller erinnerte sich: »Herr Ding las Zeitung und sie redete ununterbrochen. Mit kurzen Bemerkungen wie ›Was Du nicht sagst!‹ oder

Gruppenbild mit Dame, 29. November 1983. Vorne: (v.l.) HptFw Plettge, Herr Allnoch, HptFw Krüger, Frau Ding, OStFw Wulfekühler und OTL Meister. Hinten: OLT Arndt, Dr. Wolfgang Schröder, Hptm Müller, Major Weichert, Herr Vanselw, OTL Kleineidam und OTL Lüder.

›Das ja nicht zu glauben!‹, hielt er ihren Redefluss am Laufen und hatte gleichzeitig seine Ruhe.«

Manchmal war sie im Dienst aber auch ein ausgleichendes Moment. Wenn meine Meinung mit der von OTL Meister aufeinanderprallte, sagte sie mir unter vier Augen: »Aber Herr Krüger, so können Sie doch mit Herrn Meister nicht reden, er ist immer noch Ihr Chef!«

»Aber ich darf doch meine Meinung sagen. Ich bin doch ein Staatsbürger in Uniform«, erwiderte ich.

Auch Heinrich Wulfekühler trat in den Ruhestand. Er war ruhig, freundlich und wissend. Aber natürlich nicht so allwissend wie OTL Meister. Ihm fehlte an der rechten Hand der Ringfinger. Den hatte er sich, als er noch in der Truppe Dienst tat, beim Absprung von einem Mannschaftstransportwagen (MTW) abgerissen, weil er mit dem Ring hängen geblieben war. Daher auch sein Ratschlag: »Im Dienst niemals einen Fingerring zu tragen, auch keinen Trauring.«

Heinrich sollte zu einer Erprobung nach Yuma in die USA fliegen. Zwei Tage vor dem Abflug bemerkte er Blut im Stuhlgang. Er ging zum Stabsarzt und wurde sofort ins Krankenhaus gebracht und notoperiert. Diagnose: Darmkrebs! Der sofortige Gang zum Arzt hatte ihm wahrscheinlich das Leben gerettet. Hätte er die Dienstreise angetreten, wäre es wohl zu spät gewesen. Detailliert, wie es seine Art war, schilderte Heinrich, wie es ihm nach der

Operation erging. Wegen seiner Zuverlässigkeit und seines Könnens als Elektroniker war Heinrich bei allen Vorgesetzten und Kameraden beliebt. So kam er auch in den Genuss des neu eingeführten Dienstgrades Oberstabsfeldwebel (OStFw) und wurde mit dem Ehrenkreuz der Bundeswehr geehrt und in den Ruhestand entlassen.

OTL Meister war der Chef von ATV 3 und 4. Wir hatten drei Dinge gemeinsam: Er war nur wenig größer als ich; wir waren beide Soldaten und wir waren beide in Stettin geboren. Das war es aber schon, mit den Gemeinsamkeiten.

Oberstleutnant Meister hatte eine erstaunliche Karriere hinter sich. Vom gelernten Maurer hatte er auf der sogenannten »Ochsentour« das Abitur gemacht und sich bei der Bundeswehr als Offz-Anwärter beworben. So war er bis zum Hauptmann aufgestiegen und nach bestandener Prüfung zum Stabsoffizier, zum Major und OTL befördert worden. Und als solchen hatten wir ihn nun, in der Nachfolge von OTL Zurek, der als stellvertretender Schulkommandeur seine weitere Verwendung fand.

Wer nicht auf Dienstreise war, traf sich um 10.00 Uhr, zur NATO-Pause, im Kaffeeraum. Das war ein umfunktionierter Raum im Untergeschoss, in dem ein klotziger Panzerschrank stand, in dem ich die geheimen Unterlagen und den Alarm- und Mobilmachungs-Plan verwaltete. Für Frau Ding war es selbstverständlich, dass sie den Tisch deckte, die Kaffeekasse verwaltete und für Kaffee sorgte.

Kam ich etwas später in den »geheimen« Kaffeeraum, saßen alle schweigend da, während OTL Meister seine Monologe hielt. Saßen wir früher am Tisch und OTL Meister kam verspätet, hörte er kurz zu, worüber gesprochen wurde, hakte dann sofort ein und übernahm das Gespräch, während alle schwiegen. Weil er alles wusste, hatte eine Diskussion keinen Zweck.

Hptm Müller, mit dem ich mich gut verstand, meinte, dass das Verhalten des »Meisters aller Klassen« wohl mit seiner Körpergröße korreliere, wie auch der Volksmund zu berichten weiß.

Hptm Müller sah eher aus wie ein Spanier oder Italiener. Er war näher mit Familie Ding bekannt. Frau Ding sagte mir einmal im Vertrauen: »Wissen Sie, Herr Müller, das ist kein Guter!« »Im Vertrauen« wird ja bekanntermaßen immer der größte Klatsch verbreitet. Ich hakte nach, wie sie das meine. Er habe Affären mit anderen Frauen, erklärte sie.

Dann war da noch der OTL Lüder. Ein Mann wie ein Baum, ein Kreuz wie ein Uffz-Spind. Er war ziemlich genau einen Kopf größer als OTL Meister und doppelt so breit – also sein genaues Gegenteil in allem. Auf sein Fachgebiet (Schallmess) zurückgezogen, war er freundlich und hilfsbereit. Er liebte klassische Musik und spielte selber ein Instrument. Als er erfuhr, dass Gisela einen Dirigentenkurs besuchte, erkundigte er sich interessiert nach dem Lehrstoff und die Fortschritte, die sie machte. Es bedurfte einiger geistiger Anstrengungen, sich diesen sensiblen Hünen als Soldaten mit Sturmgepäck, Waffe und Stahlhelm vorzustellen.

Mit Major Weichert hatte ich, weil er für die Drohne und Luftbildaufklärung zuständig war, direkt zu tun. Er kam aus einem Gebirgsjäger-Bataillon, was anhand vieler Plaketten und Erinnerungsstücke (wie einem Edelweiß), mit denen er sein Dienstzimmer dekoriert hatte, nicht zu übersehen war. Ein leichter süddeutsch gefärbter Dialekt war unüberhörbar. Er war fleißig in seinem Fachgebiet, mit einer freundlichen, persönlichen Art.

Der offizielle Vertreter des Chefs war OTL Kleineidam. Ich habe ihn wohl nie lachen sehen. Ein asketischer, schwarzhaariger Mann, der sehr viel Sport betrieb, obwohl Sport und Humor sich nicht zwangsläufig ausschließen. Ich konnte mir nicht vorstellen, dass jemand aus unserer Gruppe einen engeren, persönlichen Kontakt zu ihm gefunden hatte.

Auch Oberleutnant (FD) Arndt gehörte zu ATV 3. Um ihn zu beschreiben, genügte seine Verhaltensweise. Er las jeden Morgen die *Bild*-Zeitung. Damit aber niemand über ihn und das Schmutzblatt lästern konnte, holte er sie versteckt, in einen Aktendeckel. So getarnt erfuhr er jeden Tag seine politische Meinung. Er hatte einen wohl unbewusst auf Distanz bedachten Händedruck. Gab er einem die Hand, schob er sie gleichzeitig von sich weg.

Das physikalisch-mathematische Gehirn der Gruppe war Dr. Wolfgang Schröder. Er hatte 1977 in Physik promoviert. Ein freundlicher, kluger Mann, weder arrogant noch herrisch und daher allseits geschätzt. Er schenkte mir zur Erinnerung seine Dissertation, die für mich ein Buch mit sieben Siegeln blieb. Nicht einmal der Titel erschloss sich mir. Privat interessierte sich Dr. Schröder für Straßenbahnen und alle damit zusammenhängenden verkehrstechnischen Probleme und Fahrpläne. Von einigen Militärs wurde er zurückhaltend bis hochmütig behandelt, obwohl sie ihn brauchten.

OTL Kempkes, *(nicht im Bild)* weilte mit seinem »Burschen«, HptFw Lemmen, zu Erprobungszwecken für einige Jahre in Arizona. Wir standen mit dieser Erprobungsgruppe in ständigem Kontakt. Die Kemkes hatten sich einen Hund angeschafft, den sie »Schröder« nannten. Ich fand so etwas unverschämt und überheblich. Wahrscheinlich habe ich mich mehr darüber aufgeregt als Dr. Schröder selbst; jedenfalls ließ er sich nichts anmerken.

Mir ist dazu eine Karikatur aus dem *Simplicissimus* aus der Kaiserzeit in Erinnerung geblieben, wo einige Offiziere zusammenstehen. Beide mit Monokel und unvergleichlich arrogantem Gesichtsausdruck: *»Sagen Sie Kamerad, wer is eijentlich der Einjährige da?« – »Einjährige? Doktor der Phillosophie oder irgend so'n Jehirnfatzke«.*

Doch zurück zum Gruppenbild: Die beiden anderen Zivilisten waren Herr Allnoch und Herr Vanselow. Mit HptFw Plättge gehörten sie zur ATV-4, der geophysikalischen Gruppe, also den »Wetterfröschen«.

DAS JAHR 1984

In der Bundeswehr wurden neue Spitzendienstgrade eingeführt. Eine erfreuliche Sache, denn der höchste derzeitige Spitzendienstgrad war Hauptfeldwebel.

HptFw Lemmen, der in Amerika beim Truppenversuchskommando Drohne viel Geld verdient hatte, bekam die Planstelle, auf der ich fünf Jahre tätig war. Ich wurde jedoch zu ATV 3 zurück kommandiert, weil die »Amerikaner« noch nicht da waren. Das bedeutete, dass ich meine Arbeit dort weiter machte und danach in der Drohnenlehrbatterie 300 meinen Dienst antrat. Gleichzeitig wurde auch der neue Bttr-Chef Hptm Winckler zuversetzt. Ich arbeitete an der Fertigstellung der Truppenversuchsberichte mit und beteiligte mich an der allgemeinen Ausbildung der Soldaten.

Zurek wusste genau wie Meister, dass ich nur Platzhalter für HptFw Lemmen war, der als »persönlicher Adjudant« OTL Kemkes zur Erprobung des Drohnensystems CL-289 in Arizona weilte. Kempkes schätzte das Organisationstalent von Lemmen und ersparte sich durch ihn viel Arbeit und Ärger.

Von all diesen Machenschaften ahnte ich natürlich überhaupt nichts. Erst einmal hieß es, auch von Seiten der Stammdienststelle (Personalbearbeitung), ich sei noch zu jung, um befördert zu werden: »Sie müssen doch Verständnis dafür haben, dass wir auf Ihrer Stelle einen Anderen befördern, der von der Dienstzeit und vom Lebensalter eher zur Beförderung ansteht. Sie können doch diese Stelle nicht mit Ihrer Person blockieren und die Anderen gehen leer aus!«

Als Kempkes mit seiner Erprobungstruppe aus den USA zurückkehrte, wurde ich zur Drohenlehrbatterie 300 versetzt und Lemmen war kurze Zeit darauf OStFw. Nun saß ich da und von einer Endverwendung war nicht mehr die Rede.

Die Drohnenlehrbatterie 300 war ebenfalls in Idar-Oberstein, auf dem Rilchenberg stationiert. Zum Abschied gab es am 1. April einige meisterliche Verse für mich auf der Abschiedsurkunde:

Abschiedsgeschenk anlässlich meiner Versetzung vom Spezielstab ATV (Fachgebiet Aufklärende Artillerie) der Artillerieschule in Idar-Oberstein zur Drohnenlehr-Bttr 300.

Nach langen Jahren des Suchens fand der junge Fritz, der aus dem Norden kam, im Schoss der republikanischen Schule der Artillerie endlich bei den hier ansässigen Denkern, Schreibern und Tüftlern, eine Tätigkeit, die voll seinem Interessenbereich entsprach. Versüßt wurde diese Tätigkeit noch dadurch, dass es der Dienstherr ermöglichte auf diesem Schreibtischsessel den Generaldienstgrad der Portepee-Unteroffiziere zu erreichen.
Leider fand unser Dienstherr, dass Fritz noch zu jung ist, ja, wenn er ein »Alter Fritz« gewesen wäre, bräuchte er diesen Sessel nicht zu räumen.
Wir wünschen ihm und uns, dass er, nachdem er ein gesetztes Alter erreicht und die innere Ruhe und Abgeklärtheit gefunden hat, wieder auf diesen, seinen Schreibtischsessel zurückkehren möge!
OTL Meister

Herrn Hauptfeldwebel Fritz Krüger zum Anlass seiner Versetzung zur Drohnenbatterie 300 gewidmet. Zu-

gleich danken wir ihm für seine Mitarbeit und Kameradschaft im Fachgebiet 3 des Spezialstabs ATV der Artillerieschule vom 1. April 1979 bis 31. März 1984.

Eckard Meister (OTL), Ebehard Lüder (OTL), Horst Arndt (OLT), Karl Kleineidam (OTL), Erich Vanselow (H.G.), Müller (Hptm), Dr. Wolfgang Schröder, Gerhard Plettke (HptFw), Hubert Weichert (Major), Günter Tautz (OLT), Hans Kiefer (Hptm), Hans-Jörg Allnoch, B. Ostla (Sekretärin), Heinrich Wulfekühler (OStFw).

Durch die Abschiedsfeier wurde natürlich der Schein einer normalen dienstlichen Versetzung gewahrt. Niemand rechnete aber mit einer Rückkehr zum ATV und die »innere Ruhe und Abgeklärtheit« waren eine Spitze auf das Verhältnis zwischen OTL Meister und mir. Dazu gab es ein gewichtiges und symbolträchtiges Abschiedsgeschenk: Die heilige St. Barbara.

Renate

Die älteren Bäuerinnen wunderten sich, dass viele der jungen Frauen Gisela besuchten. Schließlich war sie eine Fremde, der man nicht vertrauen konnte. In ihren Köpfen sah es folgendermaßen aus: »Wenn du krank bist, musst Du zum Arzt gehen. Der gibt Dir Medikamente und Du wirst wieder gesund.« Alles andere verstanden sie nicht und so konnten sie auch Renate nicht verstehen.

Die Zusammenkünfte des Gesprächskreises waren den Dörflern suspekt, da sie vermuteten, es würde gegen sie intrigiert. Sie waren ängstlich, dass hinter ihren Rücken geredet wurde. Es passierte hier schließlich genug, worüber man nur munkelte. Gerne sahen sie und ihre Männer diese Treffen jedenfalls nicht. Für Renate allerdings hatte sich der Gesprächskreis sehr positiv ausgewirkt. Später haben sie und ihr Mann Karl-Heinz oft bestätigt: »Gisela hat Renate wohl das Leben gerettet!«

Auch als sie Sienhachenbach längst verlassen hatte, traf sich der Gesprächskreis noch immer und alle ließen Gisela herzlich grüßen. Noch Jahre später wurde sie von den Frauen mit Briefen, Ansichtskarten und Telefonaten bedacht.

Parteiarbeit

Auch im SPD-Ortsverein und Kommunalbereich hatten wir unsere Spuren hinterlassen. Gisela wurde im Ortsverein Oberreidenbach zur 2. Vorsitzenden gewählt. In der SPD-VAG-Arbeitsgemeinschaft Herrstein brachte sie es ebenfalls zur 2. Vorsitzenden. Durch ihre Initiative erreichten wir für den Durchgangsbereich der Ortsgemeinde Sienhachenbach eine Begrenzung der Geschwindigkeit auf der B 270 auf 80 Stundenkilometer.

Seit 1983 hatten wir uns in die Politik eingemischt. Gisela war bereits in Braunschweig für die SPD aktiv gewesen und wollte dies hier fortsetzen. Mich hatte sie dabei mitgerissen. Auf der Delegiertenversammlung der SPD-Verbandsarbeitsgemeinschaft wurde Gisela als stellvertretende Vorsitzende gewählt. Dabei wurden auch die Kandidaten für die Verbandsgemeinderatswahlen gewählt. Ich kandidierte für Sienhachenbach.

Bei einer Wahlveranstaltung des SPD-Ortsvereins Oberreidenbach wurden die Kandidaten für den Verbandsgemeinderat vorgestellt und ich hielt ein Kurzreferat über die Bonner Regierung. Durch Werbeschriften machten wir unsere Ziele bekannt und was bereits erreicht wurde.

Am 17. Juni fand die Wahl für den neuen Verbandsgemeinderat Herrstein statt. Ich bekam den Platz 24 für den Gemeinderat in Sienhachenbach. Mit 40 Stimmen gehörte ich zu den Ersatzleuten für den Gemeinderat, zusammen mit vier anderen Kandidaten. Ich hatte mehr Stimmen bekommen als der Dorfbriefträger. Es war ein Glück, nicht in den Gemeinderat gewählt worden zu sein, denn 1985 sollte sich alles ändern.

Der Bauwagen

Peter Blum arbeitete nach seiner Zeit bei der Bundeswehr in einem Büro-Container der Firma Ohl. Hölzerne Bauwagen, die früher für viele Zwecke verwendet wurden, waren inzwischen überflüssig geworden. Peter bot mir für etwa 300 Mark einen zum Kauf an. Ich überlegte es mir und besprach mich mit Gisela. Im Garten aufgestellt, würde er ein originelles Gartenhaus abgeben, Platz für Gäste bieten, sowie ein Spielplatz für die Jugend sein.

Der Kauf war perfekt. Jetzt musste ich den Wagen nur in den Garten schaffen. Dafür heuerte ich einen Treckerfahrer aus dem Dorf an. Mit 30 Stundenkilometer tuckerten wir als Gespann über die B 270 nach Sienhachenbach. Ich hatte bereits Pläne: Eine breite Holztreppe mit Geländer und eine kleine Plattform sollten der Eingangstür vorgebaut werden. Der Innenraum würde eine neue Holzvertäfelung bekommen, und ein Raumteiler sollte die Schlaf- und

Sitzecke trennen. Ein neuer Außenanstrich und Blumenkästen vor den Fenstern würden den alten Bauwagen wohnlich machen. Der erste Arbeitsgang nach dem Abkratzen der alten Farbreste war ein konservierender Außenanstrich, doch weiter kam ich nicht.

Caesar, der Nervensäger

Caesar entwickelte sich immer mehr zu einem Problemhund. Er ging auf alles los, was er nicht kannte. Einen Mopedfahrer verfolgte er mit wütendem Bellen. Er setzte über den Zaun und sprang ihn so heftig an, dass Fahrer und Moped hinschlugen. Erst dann konnte ich den Hund zurückholen. Schaden: circa 120 Mark. Zum Glück war dem jungen Mann nichts passiert. Danach schloss ich eine Haftpflichtversicherung ab. Wir mussten Ceasar immer festhalten oder einsperren, wenn jemand am Haus vorbeiging. Das war schon sehr bedenklich. Aus einem Schreiben an die Haftpflichtversicherung:

Am Ostersonntag gingen meine Tochter Angela und Schwiegertochter Sabine mit Caesar im Antestal spazieren. Als sie am Forsthaus von Frau Becker vorbeikamen, wurde Caesar vom Schnauzer Stubs, der sich einen Durchschlupf durch den Zaun geschaffen hatte, angegriffen. Es kam zu einer Beißerei zwischen den beiden Hunden. Versuche, die Tiere zu trennen, schlugen fehl.

Im weiteren Verlauf brachte Caesar, der doppelt so groß ist, wie der Schnauzer, diesem erhebliche Bissverletzungen bei. Sein Fell war an mehreren Stellen aufgerissen und er blutete aus dem Maul. Der Schnauzer wurde von Frau Becker am selben Tag zur tierärztlichen Behandlung nach Grumbach zum Tierarzt gebracht. Der Schnauzer verstarb jedoch am Dienstag der folgenden Woche.

Familiennachrichten

Am 27. Juni (Angelas Geburtstag) wurde die Ehe von Angela und Frank geschieden. Über die wahren Gründe, die zur Trennung führten, war uns nichts bekannt. Die Wohnung in Eilum wurde aufgegeben und Angela zog zurück nach Wolfenbüttel.

FOSSILIEN

Werner K. Weidert vom Verlag Franck'sche Verlagshandlung wollte uns einen Besuch abstatten. Ich war ihm bisher nur einmal begegnet, als ich in Stuttgart mein Buchmanuskript vorgelegt hatte. Er kam mit seiner Frau angereist. Ich zeigte ihm Teile meiner Sammlung, und wir verlebten einen angenehmen Nachmittag im Antestal. Beim Nachmittagskaffee in unserem großen Garten ließ er die Katze aus dem Sack.

Er wollte einen eigenen Verlag gründen und eine Zeitschrift über Fossilien herausbringen. Dafür benötigte er fachkundige Autoren. Da ich im *Mineralien-Magazin* zahlreiche Artikel geschrieben und mit der Serie »Fossilkartei« eigene Vorstellungen verwirklicht hatte, war ihm sehr an meiner Mitarbeit gelegen.

Mit Weiderts Trennung von der Franckh'schen Verlagshandlung war auch das Ende des *Mineralien-Magazin* verbunden. Ich hatte bis 1983 ingesamt 78 Fossilkarten, 15 Artikel und etliche Kurznachrichten über Fossilien und Mineralien geschrieben.

Nun gehörte ich zu den Autoren des ersten Heftes von *FOSSILIEN – Zeitschrift für Hobbypaläontologen*, die Weidert im Januar 1984 mit seinem neuen Goldschneck-Verlag startete.

Mein Beitrag »Vom Teil zum Ganzen: *Tylocidaris baltica (Schlüter, 1892)*« fand die Anerkennung von Prof. Dr. K. Beurlen, der zum Beraterteam des Magazins gehörte. Er hatte gegenüber Herrn Weidert geäußert: »Wenn alle Beiträge in *FOSSILIEN* so fundiert sind, muss es Erfolg haben!«

Für die *FOSSILIEN*-Zeitschrift hatte ich mir etwas Besonderes ausgedacht. Es war eine Serie von Beiträgen, die sich um ein Fossil ranken, dessen Name zu ermitteln war: »Gesucht wird … Detektiv Basil Foshill bittet um Mitfahndung.« Die Resonanz war groß. Die Auflösung sowie einige Zuschriften wurden im *FOSSILIEN*, Nr. 2 »Aus Basil Foshills Briefmappe« und auch später veröffentlicht.

Die Generaloberst-Beck-Kaserne in Sonthofen

Wieder ein Lehrgang. Er war wohl damals von ATV für mich angefordert worden, weil ich dort die Verschlusssachen verwaltete und bearbeitete. Obwohl inzwischen versetzt, kam nun die Lehrgangszuweisung. Als ich vom Geschäftszimmer die Kommandierungsverfügung, den Marschfehl und die Vergleichsmitteilung abholte, ahnte ich noch nicht, dass ich einem mächtigen Erinnerungsort der deutschen Geschichte entgegenfuhr. Die Papiere sagten

Ein klotziges Bauwerk vor dem Hintergrund der Alpen. Die ehemalige Ordensburg, heute Schule der Bundeswehr für Feldjäger und Stabsdienste.

nichts darüber aus. Ein Lehrgang für Alarm- und Mob. (Mobilmachungs)-Bearbeitung an der Schule der Feldjäger und Stabsdienste in Sonthofen, vom 11. bis 28. September 1984. Ich fuhr mit der Bahn. Als Hauptfeldwebel stand mir eine Fahrkarte 1. Klasse zu.

Generaloberst-Beck-Kaserne, das sagte mir etwas. Der 20. Juli 1944: Das gescheiterte Attentat auf Hitler. Im Bendlerblock in Berlin spielten sich grausame Szenen ab. Der ehemalige Chef des Generalstabs des Heeres, Generaloberst Beck, in der Schattenregierung Stauffenbergs als neues Staatsoberhaupt vorgesehen, versuchte sich zu erschießen. Der Schuss ging aber nicht durchs Hirn, sondern durch ein Auge. Schwer verletzt wurde er in ein Nebenzimmer gezerrt und dort erschossen. Es war ein Gnadenakt, um den entwürdigenden und perfiden Schauprozessen des »Volksgerichtshofes« unter Roland Freisler zu entgehen, wie ihn beispielsweise von Witzleben über sich ergehen lassen musste, um anschließend mit einer dünnen Schnur an einem Fleischerhaken stranguliert zu werden.

Unsere erste gemeinsame Mahlzeit in dem riesigen Speisesaal war beeindruckend. Die Tische und Stühle für hunderte Lehrgangsteilnehmer und Stammpersonal wirkten geradezu verloren. Der Raum war 116 Meter lang und mit einer hohen Kassettendecke aus Holz ausgestattet. Durch das Gewirr der Stühle gelangte ich an den uns zugewiesenen Tisch. Die Lehrgangsteilnehmer waren altgediente, erfahrene Haupt- und Stabsfeldwebel die für ihre Letztverwendung ausgebildet wurden. Über den Inhalt des uns Vermittelten kann ich nichts sagen, weil alles als Geheim eingestuft war und vielleicht noch ist.

»Es ist schon ein beeindruckendes Bauwerk, diese Ordensburg«, sagte der Kamerad neben mir. »Wo wir sitzen, hat bis 1944 neben 1500 anderen Zöglingen auch Hardy Krüger gesessen.«

Hardy Krüger war wohl einer der bekanntesten Junker der Sonthofener Ordensburg. Er war in den 50er und 60er Jahren der beliebteste Filmschauspieler Deutschlands. Ich konnte mich gut an den Film *Einer kam durch* erinnern, in dem er einen gewitzten Fliegeroffizier spielte, dem die Flucht aus einem amerikanischen Kriegsgefangenenlager gelang. Auch Gisela mochte diesen jungen, sympathischen Schauspieler. Wir nannten unseren Sohn nach ihm und weil »Hardy« mein Spitzname in der Stabsbatterie in Oldenburg war.

»Es gab noch andere Ordensjunker, die nach dem Krieg Karriere gemacht haben, wie der Journalist Theo Sommer, der später Chefredakteur der Wochenzeitung *Die Zeit* wurde«, erklärte der StFw neben mir.

Es läutete und wir mussten zurück in den Hörsaal. »Fünf Minuten vor der Zeit ist des Soldaten Pünktlichkeit!«, grinste mein Tischnachbar.

Abends ging ich in das außerhalb der Burg in Sonthofen gelegene Soldatenheim. Ich setzte mich zu einigen Lehrgangskameraden und bestellte ein Weizenbier. Hier im Soldatenheim hatten sich ehemalige Angehörige von SS-Einheiten zu einem Kameradentreffen zusammengefunden. Es hatte natürlich in der Zeitung gestanden. Die alten Freundschaften aus dem Krieg hielten lange. Es gab unzählige Kameradschaften ehemaliger Kriegsverbände, wie die »Kameradschaft ehem. Angehöriger der Beobachtungs-Abteilungen« in Braunschweig. Natürlich hatte die Presse Stimmung gemacht und von den alten Nazis polemisiert, die sich erdreisteten in Sonthofen ein Treffen abzuhalten.

»Wo einst die Eliteschüler der NSDAP erzogen wurden, hat heute die Bundeswehr von der Ordensburg Besitz ergriffen, nicht aber vom alten Geist«, sagte ein Stabsfeldwebel.

So tranken wir noch ein Bierchen und glitten ins Alltägliche ab, was Soldaten so interessiert: hier im Soldatenheim gab es keine Frauen. Wo war die nächste Nachtbar?

Die ehemalige Ordensburg ist heute die Sportschule der Bundeswehr. Da ich in einer Einheit war, in der Sport sehr hoch gehängt wurde, lief ich nach den Hörsaalstunden meine 5000 Meter, mit sich ständig verbessernden Zeiten. In diesem Jahr stand der Soldatensportwettkampf auf dem Programm und ich wollte das Goldene Leistungsabzeichen haben.

Am Mittagstisch: Die Stabsfeldwebel von gestern aus dem Soldatenheim wussten Bescheid. Es gab nicht nur eine Ordensburg in Sonthofen, sondern noch zwei weitere. Eine befand sich in Vogelsang in der Eifel, die dritte am Krössingsee in Falkenburg, Pommern. Eine Anlage war gewaltiger als die andere.

»Die Burg in Pommern ist nicht zerstört worden?«, fragte ich.

»Nein, so leicht ist ein solches Bauwerk nicht zu zerstören. Wahrscheinlich übt dort gerade die polnische Armee einen Angriff auf das noch nicht kommunistische Westdeutschland«, antwortete er.

Die Ordensburgen waren Anlagen mit Gebäuden von gewaltiger Ausdehnung. Der Bau in Sonthofen liegt im Süden der Stadt über dem Tal der Iller. Erbaut wurden sie von 1934 bis 1942. Vom Turmbau erstreckte er sich in West-östlicher Richtung. Der Innenhof ist von langen Arkadengängen umsäumt. Verlies man die Stadt und blickte zurück, erhob sich der mächtige, mittelalterlich wirkende Bergfried (Turm) vor dem imposanten Gebirgszug der Allgäuer Alpen.

Seit dem Gewitter am Freitagabend hatte es nicht aufgehört zu regnen. Trotzdem traf ich mich, wie verabredet, gegen 14.00 Uhr mit Sepp Merbeler, einem alteingesessenen Allgäuer und Kenner der Landschaft und Geologie. Er sammelte alpine Fossilien und war begeisterter An- und Dünnschleifer der Gesteine, besonders von Korallen. Ich hatte überall Bekannte, die ebenfalls Sammler waren.

Weihnachten in Wolfenbüttel

Den Jahreswechsel 1984/85 wollten wir in Braunschweig verleben, es wurden aber nur die Weihnachtsfeiertage. Angela hatte nach ihrer Scheidung eine Wohnung in Wolfenbüttel bezogen.

Wolfgang, der nach seiner Gesellenprüfung als Tischler verschiedene Arbeiten durchgeführt hatte, bekam eine Anstellung als hauptberuflicher Hausmeister bei einer Braunschweiger Wohnungsbaugesellschaft. Er war kürzlich in die Braunschweiger Weststadt gezogen. Hardy wohnte in der Odastraße in einer Wohngemeinschaft.

Unser Besuch in Braunschweig und Wolfenbüttel löste anfänglich einigen Familienärger aus. Zu Wolfgangs Schwiegereltern hatten wir leider keine guten Beziehungen. So wohnten wir bei Angela im Schlafzimmer eines abwesenden Mitbewohners. Mein »neuer« alter Kadett machte keine Probleme. Caesar, den wir mitnehmen mussten, erwies sich als größte Schwierigkeit. Daher reisten wir vorzeitig am 28. Dezember, meinem Geburtstag, wieder ab.

Das sollte man nicht tun

Glücklicherweise werden nicht alle Gedankenkonstruktionen, seien es Träume, Visionen oder Ahnungen Wirklichkeit. Besonders auf die schlechten kann man gerne verzichten.

Einen Tag nach Weihnachten fuhr ich von Wolfenbüttel nach Braunschweig, um Horst Henneberg zu besuchen. Nachdem es später geworden war als beabsichtigt, fuhr ich von Hennebergs noch zu Kolles, in die Besselstraße, um etwas abzugeben und mitzunehmen. Nun raste ich unter Zeitdruck zurück nach Wolfenbüttel, wo wir bei Angela vor unserer Heimfahrt noch einmal alle zusammenkommen wollten. An der Ortseinfahrt Wolfenbüttel überholte mich ein Renault. Es war Wolfgang mit Familie und Hardy auf dem Weg zu Angelas Wohnung. Ich bog noch in den Röntgenweg ab, um mich auch von meinem alten Kameraden Egbert Sendrowski (Eggi) zu verabschieden. Wir tranken auf die Schnelle zwei Flaschen Bier, dazu noch zwei Malteser, damit es besser rutschte, in eiskalt beschlagenen Gläsern. Das Telefon klingelte: Ich wurde dringend von der Familie erwartet. Abschied, freundliche Worte, Gute Fahrt!

Auf der Hauptstraße sah ich im Spiegel, wie sich ein Polizeiwagen hinter mich setzte. Nach einer Baustelle bog ich links ab. Die Polizei folgte mir. Ich blieb ruhig und hielt die Geschwindigkeit von 50 Stundenkilometern ein. Bei der nächsten Abfahrt folgte mir die Polizei weiter. Es war also kein Zufall, sie waren hinter mir her. Ich wusste, was folgen würde. Ich hielt in der Parklücke vor Angelas Wohnung an. Ruhig bleiben! Der Polizeiwagen hielt ebenfalls an: »Warum sind Sie nicht angeschnallt? Steigen Sie bitte aus. Die Papiere bitte!« Ich zeigte meinen Dienstausweis und den Bundeswehr-Führerschein.

»Haben sie keine Zivilpapiere?«

»Nein, den Führerschein habe ich noch nicht umschreiben lassen.«

»Haben sie Alkohol getrunken?«

»Nein.«

»Kommen Sie bitte mit zum Wagen.«

Es waren zwei junge Polizisten in gut geschnittenen Uniformjacken mit Schirmmützen. Sie bemühten sich um klare Anweisungen, ohne unfreundlich zu sein.

»Bitte pusten Sie da hinein. Nicht flach, sondern kräftig aus der Lunge – richtig pusten!« Das Röhrchen hatte an Farbe gewonnen und wurde aufmerksam betrachtet. Schon hatten sich einige Passanten um uns versammelt. Vor einem Moment war die vollgeparkte Straße noch menschenleer gewesen.

Ich stand vor einem Abgrund. Gedanken schossen mir durch den Kopf. Wenn sie mir den Führerschein abnehmen würden, konnten wir am nächsten Tag nicht nach Idar-Oberstein zurückfahren. Und wie sollte ich von Sienhachenbach zu Dienstbeginn in der Kaserne sein? Vom Dorf fuhren zu dieser Zeit keine öffentlichen Verkehrsmittel.

»Sie haben Alkohol getrunken, steigen Sie in unseren Wagen. Wir fahren sie zur Untersuchung zur Wache!« Jetzt würden sich Gisela und die Kinder Sorgen machen. Wie sollte ich es ihnen sagen? Durch Alkohol den Führerschein loswerden! Außerdem würde es dienstlichen Ärger, ein Disziplinarverfahren, eine Doppelbestrafung geben.

Der Polizeiwagen roch innen wie neu. Auf der Wache beriet man sich: »Hier, noch einmal in das Röhrchen blasen!« Ein Beamter brachte ein Glas Wasser. Danach wurde noch einmal in das Röhrchen geblasen. Das Dienstzimmer war sauber.

»Du Saufkopp«, würde Gisela sicher schimpfen. Und sie hätte damit recht gehabt. Die Polizeibeamten besprachen sich. Dann, mir zugewandt: »Das Röhrchen ist etwas verfärbt. Wie viel haben sie getrunken? Zwei Flaschen Bier?« Sie zogen sich wieder zur Beratung zurück. »Wir werden von einer Blutentnahme absehen. Der Wert ist noch im Grenzbereich, unserem Ermessensspielraum. Sie können nach Hause gehen, doch fassen sie ihren Wagen heute nicht mehr an! Sind sie mit einem Verwarnungsgeld von 40 Mark einverstanden? Sie waren nicht angeschnallt.«

Eine ungeahnte Erleichterung hob mich fast vom Stuhl.

»Wissen Sie, wo ihr Wagen steht? Kennen Sie sich in Wolfenbüttel aus?«

»Ich war hier acht Jahre lang stationiert, bis zu meiner Versetzung nach Idar-Oberstein!«

»Na gut, kommen Sie, wir fahren Sie zu Ihrem Wagen und zu Ihrer wartenden Familie.« Wie die Welt sich schlagartig ändern kann! Vor Glück hätte ich ihnen die Hand schütteln mögen. Alles war wieder viel freundlicher, auch die jungen Polizisten in ihrem Dienstwagen.

»Sie haben eine Bierfahne, waren es wirklich nur zwei Bier?« Ich nickte.

»Warum haben sie mich verfolgt? Ich fuhr weder zu schnell, noch in Schlangenlinien.«

»Sie waren nicht angeschnallt. Sie wissen doch, es besteht seit kurzer Zeit Anschnallpflicht. Man kann von hinten sehen, wenn der Fahrer vor einem nicht angeschnallt ist.«

»Danke«, sagte ich beim Aussteigen. »Ich werde diese Lehre nicht vergessen.«

Gisela hatte sich wegen meines Ausbleibens bereits Sorgen gemacht.

»Gott sei Dank ist nichts passiert!«, rief sie, als ich zur Tür hereinkam.

»Nein, es ist zum Glück nichts passiert!«

DAS JAHR 1985

Knappe Finanzen

Nach zwei jährlichen Gehalts-Nullrunden, ohne eine Anpassung an das gestiegene Preisniveau, kamen noch einige andere finanzielle »Tiefschläge« hinzu. An die RWE mussten wir 1.200 Mark für Heizstrom nachzahlen, denn das ganze Haus wurde mit Nachtspeichergeräten beheizt. Dann kam durch die Einnahmen aus dem Buchverkauf eine Steuernachzahlung in Höhe von 500 Mark dazu. Außerdem musste ein neues Auto her. Die Reparaturkosten für mein »feuerrotes Spielmobil« hätten sich nicht mehr gelohnt. Für 4.000 Mark erwarb ich einen gebrauchten, »schlüpfergrünen« Opel-Kadett. Für meinen R4-Kastenwagen bekam ich gerade noch 500 Mark. Damit konnte ich das Finanzamt ruhig stellen. So kamen wir von einer ständigen Kontoüberziehung nicht runter. Was kein Geld einbrachte: Durch sportliche Leistungen bekam ich 1984 vier Tage Sonderurlaub. Ich hatte das Sportabzeichen in Gold, das Leistungsabzeichen in Silber und im Soldaten-Sportwettkampf 150 Punkte erreicht, was eine Urkunde einbrachte. Daneben erhielt ich, ohne körperliche Anstrengung, das silberne Blutspendeabzeichen.

Neuordnung

Das Jahr 1985 wurde für uns ein Schicksalsjahr. Giselas Gesundheitszustand hatte sich im Antestal ständig verschlechtert. Nach einer unglücklichen Nasenoperation, auf die sich Beschwerden wie Anschwellen und Vereiterung der Kieferhöhlen zurückführen ließen, war leider keine Besserung eingetreten. Im Gegenteil, sie bekam alle drei Monate eine Volonspritze, da sie sonst ihren Geschmacks- und Geruchssinn verloren hätte. Die Spritze enthielt Kortison, das gefährliche Nebenwirkungen hervorrief.

Gisela litt unter Depressionen. Sie wollte nicht mehr auf dem Lande leben, sondern hatte Sehnsucht nach den Kindern und wollte unter allen Umständen zurück nach Braunschweig. Meine Frau vermisste die Geselligkeit des Stadtlebens. Häufig hatte sie tagelang niemanden, mit dem sie sich unterhalten konnte. Hier im Tal sah sie keinen Menschen und war völlig vereinsamt. Ich musste dagegen häufig Lehrgänge besuchen oder wurde zu anderen Truppenteilen abkommandiert. Mein abendliches Dasein war ihr wenig Hilfe, denn Haus und Garten machten viel Arbeit und auch ich brauchte meine Freizeit.

Gisela ließ sich nicht überreden, ihren Plan aufzugeben, obwohl wir daraus resultierende Probleme wie Hausverkauf, Versetzung und finanzielle Imponderabilien ausführlich besprochen hatten. Im Verlauf der dann eingeleiteten Abwicklung kam es zu einer ernsten Ehekrise. Unsere Nerven lagen blank.

Mit Beginn des Jahres reifte bei uns der Entschluss, unser Leben neu zu ordnen. Das Haus sollte verkauft werden. Gisela wollte zurück nach Braunschweig und ich sollte in Idar-Oberstein in der Kaserne oder in einer billigen Wohnung wohnen, bis meine Versetzung nach Braunschweig durchgesetzt war. Das erzeugte eine Menge Probleme. Es war auch eine Zeit des knappen Geldes. Wir hatten das Haus für 132.000 Mark gekauft und waren verschuldet. Ein Verkauf musste daher mindestens 200.000 Mark einbringen, um neben den Kosten für Umzug und neue Möbel etwas Gewinn abzuwerfen. Eine Vermietung des Hauses (auch an US-Soldaten) hätte nur etwa 700 Mark eingebracht und schied wegen der hohen monatlichen Zinsbelastung aus.

Hausverkauf

Im Februar beauftragten wir die Immobilien-Maklerin Frau Bender aus Nohfelden mit dem Verkauf des Hauses. Im März kam Familie Heckmann aus Mainz zur Besichtigung. Gisela leitete die Besucher durchs Haus und führte die Verhandlungen. Frau Heckmann zeigte Interesse und war mit dem vorgeschlagenen Kaufpreis (200.000 Mark) einverstanden.

Beauftragter für Landespflege

Im Februar wurde ich vom Landrat Dr. Theilen zum Beauftragten für Landespflege bestellt. Im Folgemonat wurde im Ortsverein Oberreidenbach, zu dem wir gehörten, auf unseren Vorschlag eine Satzung und Geschäftsordnung beschlossen, die es bislang noch nicht gab.

Am 15. März erschien die erste Ausgabe des *SPD-Express*, eine Zeitung mehrerer Ortsvereine, für die ich die Initiative und die Redaktion übernommen hatte. Im Esszimmer hatte ich die Computeranlage von H.D. Jost aufgebaut, auf der ich die ersten Artikel in Spalten schrieb und ausdruckte.

Familiennachrichten

Mutti hatte ihren Mann endlich verlassen und war wieder nach Bad Zwischenahn gezogen. Ich konnte nur ahnen, was alles vorgefallen war. Anne-Dore blieb jedoch im Haus wohnen. Die Scheidung hatte Mutti allerdings nie eingereicht. Es waren immer nur Absichtserklärungen.

Ein Tag im April

In meiner Wohnung im Schwesternwohnheim machte ich Notizen für meinen »Zettelkasten«, der eigentlich ein Ringbuch war. Ich blätterte in meinen Aufzeichnungen. Die Tage vor Vertragsabschluss waren eine extreme psychische Belastung.

23. März:

Anruf aus Braunschweig. Gisela hatte dort noch keine Wohnung gefunden. Der Hund war ein großes Problem. Wohin mit dem Tier? Ich hatte eine Anzeige in

»Such & Find« aufgegeben. Das örtliche Tierheim in Idar-Oberstein wollte ihn nicht aufnehmen. Angeblich war kein Platz mehr vorhanden.

24. März:
Telefonat von unserer Maklerin. Ich bat sie, sich nach weiteren Kaufinteressenten umzusehen und gegebenenfalls Hausbesichtigungen einzuplanen. Dabei mahnte ich dringend die Bauunterlagen, die sich bei ihr befanden an, denn ich hatte einen möglichen Käufer gefunden. Das würde Maklergebühren sparen. Am Samstag wollten die Interessenten kommen. Sie sollten eine Bescheinigung über die Finanzierung des Hauskaufs von ihrer Bank beibringen. Abstandszahlungen für Brennstoffe, Bauwagen, Wäschespinne, Gartengeräte und anderes waren noch nicht ausgehandelt. Ich hatte kein gutes Gefühl. Es schien ein unsicherer Kandidat zu sein, zumindest war er nicht der Schnellste.

26. März:
Von den Idar-Obersteiner-Krankenanstalten konnte ich eine Wohnung im Schwesternwohnheim bekommen. Die Besichtigung war nach Ostern. Einen Monat vor Bezug erhielt ich eine verbindliche Zusage. Es war ein Zimmer mit Dusche, WC, etwa 20 Quadratmeter groß, Mietdauer mindestens drei Monate. Miete: 240 Mark; geplanter Einzug zum 1. Mai.

29. März:
Gisela hatte eine Wohnung in Braunschweig angemietet. Es musste eine Kaution von 2.000 Mark hinterlegt werden. Sie lag mitten in der City, im sechsten Stock eines großen Mietshauses am Bohlweg, der Hauptverkehrsstraße.

Ich überschlage einige Seiten, lese quer, blättere zurück, erinnere mich, füge Gedanken ein …

14. April:
In der vergangenen Woche hat der Batteriechef durch die Urlaubsanträge für den 16. April (Kaufvertrag beim Notar), den 6. Mai (Umzug nach Braunschweig) und vom Verkauf des Hauses erfahren. Er sprach von »zerrütteter Ehe«. So einfach war das. Was hatte die Bundeswehr damit zu tun?

15. April:
Gisela hatte angerufen. Auf der Bank in Braunschweig gab es Ärger bei der Einlösung des Schecks für die Mietvorauszahlung. Kein Wunder: Unser Konto war mit 7.000 Mark im Minus. Wir waren beide äußerst nervös.

Wenn morgen der Termin beim Notar platzen würde, wären wir finanziell ruiniert. Die Miete der Wohnung in Braunschweig kostete monatlich 850 Mark und die Kreditzinsen für das Haus liefen mit 1.100 Mark monatlich weiter.

16. April:
Ab heute konnte ich freier atmen! Wir hatten die Käufer unseres Hauses, die Familie Heckmann, vom Forsthaus abgeholt, um mit ihnen zum Notar zu fahren. Im Vorzimmer der Kanzlei war es wie beim Zahnarzt. Ich fühlte mich auch so. Der Notar redete viel, las undeutlich den Text des Vertragsentwurfes vor und war von seiner Wichtigkeit überzeugt. Die Prozedur zog sich eine Weile hin, bis sich die Unterschriften schließlich auf dem Papier befanden.

Wir luden die neuen Besitzer zu einem Glas Wein im Haus ein. Verpackungskisten und bunte Vasen standen herum. Es wurden viele Dinge im Detail besprochen: Belege für die Grundsteuer, Feuerversicherung, Telefonummeldung, Bauzeichnungen und wann die Abschlagszahlungen erfolgen sollten.

Ich überreichte ihnen ein Luftbild unseres Hauses, das ich aus einem Hubschrauber fotografiert hatte. Unser Haus? Ihr Haus! Was bedeutet überhaupt Eigentum? Es war ein merkwürdiger Tag.

Im Schwesternwohnheim

Ab dem 1. Mai wohnte ich in einer Mietwohnung im Schwesternwohnheim der Städtischen Krankenanstalten Idar-Oberstein, während Gisela nun in Braunschweig lebte. Ihr Umzug würde am 6. Mai erfolgen. Also schrieb ich ein Versetzungsgesuch. Das Schicksal änderte mein Leben völlig.

Wenn am Spätnachmittag die Sonne durchs Fenster schien, war es in dem kleinen Zimmer unerträglich heiß. Abends ging ich, wie es Rentnern ansteht, die Hände auf dem Rücken verschränkt, an den Feldern vorbei, den Berghang hinauf.

Hier oben hatte ich oft, aus der Talschlucht kommend, mein Lauftraining gemacht. Der Weg führte durch lichten Mischwald, um den Berg herum, an einer Schutzhütte vorbei. Von hier oben hatte ich, über wilde Brombeerranken hinweg, eine gute Aussicht ins Tal, auf Idar-Oberstein.

Dienstlich war in meiner neuen Einheit alles im normalen militärischen Zustand. Nach Dienstschluss erfasste mich eine Unruhe, der ich nicht Herr wurde. Alles verlief im täglichen Gleichmaß: Dienstschluss – Heimfahrt mit dem Auto – Parkplatzsuche vor dem Hochhaus – trister schmuckloser Hausflur – Briefkasten (manchmal kamen Briefe aus Braunschweig, auch Korrekturfahnen meiner Artikel) – Fahrstuhl nach oben – Zimmerschlüssel. Nun saß ich wieder da. Das war mein normaler Dienstalltag. Das Zimmer war sonnenheiss und um mich herum war es öde.

Dr. Ottmar Kohler

Überall, wo ich hinkam, stieß ich auf deutsche Geschichte. Im Antestal war es der Schinderhannes und hier wohnte ich nun in der Dr.-Ottmar-Kohler-Straße, die der Hauptfigur des Romans *Der Arzt von Stalingrad* gewidmet wurde, einem Mann mit vorbildlichem Charakter. Es war das einzige Buch von Heinz G. Konsalik, das ich gelesen hatte. Dr. Kohler war lange Jahre Chefarzt im Idar-Obersteiner Krankenhaus und wurde mit zahlreichen Auszeichnungen geehrt. Von der *Nahe-Zeitung* ließ ich mir den Artikel anlässlich seines Todes als Kopie schicken.

Lauftraining

Morgens um 7.00 Uhr fuhr uns ein VW-Bus durch die Stadt, in ein bewaldetes Hügelgelände, zum Lauftraining. Die Luft war kühl und ich machte mich durch Gymnastikübungen locker, das Olivhandtuch um den Nacken gelegt. Jeder Läufer machte in dieser Vorbereitungsphase, was er für richtig hielt. Einige hüpften auf der Stelle, andere quatschten miteinander. Der Starter hob die Arme: »... fertig los!«

Die Beine setzten sich in Bewegung. Anfangs waren die Gedanken noch klar. Das Bewusstsein konzentrierte sich auf den Körper, dessen Bewegungen noch ungelenk und etwas steif waren. Erst wenn der Rhythmus des Atmens anfängt selbstständig die Laufbewegungen der Beine auszuführen und ein Gleichklang zwischen Atmung und Laufbewegung hergestellt ist, beginnt der Geist für eine gewisse Zeit ganz frei zu sein, sich vom Körper zu lösen. So selbstständig, scheinbar unkontrolliert wie die Beinarbeit in dieser Phase abläuft, lösen sich auch die Gedanken. Trat nach einer gewissen Laufzeit eine Überanstrengung der Organe ein, konzentrierte das Bewusstsein alle Gedanken wieder auf den Körper. Der Atem ging schnell und hechelnd. Stiche in der Seite und Wade, die Hände zu Fäusten verkrampft, ist alle Energie auf das Durchhalten, auf das Halten des Tempos gerichtet und auf die letzten, unendlichen Meter bis zum Ziel.

Endlich war es in Sichtweite. Nicht nachlassen! Laufen. Das Ziel. Erleichterung, fliegender Atem und hochgerissene Arme.

Im Bus ging es durch die Stadt, zurück in die Kaserne. Duschen, frisches Olivzeug, in einer halben Stunde war NATO-Pause.

Leistungsmarsch

Am 16. Juli stand ein Leistungsmarsch auf dem Dienstplan. Da ich nicht mehr der Jüngste war, hatte ich mich durch mein Lauftraining vorbereitet. Trotzdem waren die 25 Kilometer mit Gepäck im Eilmarsch und in dem bergigen Gelände nicht einfach.

Nach den ersten fünf Kilometern fühle ich bereits, wie sich die Blasen aufscheuerten. Jeder Schritt auf dem rohen Fleisch schmerzte. Es war ein sehr warmer Julitag, der 44. Todestag meines Vaters. Nach zehn Kilometern waren die Füße vollends durchgelaufen und es begann ein zäher Kampf mit dem eigenen Körper. Die Marschstrecke war schier endlos. Die Schritte wurden zur Zeit, das Zeitmaß war der Schmerz. Ein einziger Kilometer währte unendliche Zeit.

Das Ziel war die Kaserne. Als sie auf dem Berghang sichtbar wurde, drohten mich die Kräfte zu verlassen. *Nur keinen Krampf*, dachte ich verbissen. »Wenn ich jetzt einen Krampf bekomme, war alles umsonst.« Die Beinmuskeln wollten den Körper nicht mehr bergauf tragen. Ich drückte jeden Schritt mit den Armen auf den Oberschenkeln nach, um diese zu entlasten und um das Gewicht voranzubringen – aufwärts – unendlich aufwärts. Die jungen Kameraden waren längst an mir vorbeimarschiert.

Mit aller Kraft erreichte ich das Kasernentor. Der Schweiß lief mir in die Augen. *Jetzt eine gute Figur machen*, dachte ich und war dabei mich aufzurichten. Sonst konnte ich nichts mehr denken. Wie in Trance lief der Körper und der Wille erreichte den Kasernenblock, meine Stube.

Ich blieb keuchend auf dem Sessel liegen und warf alle Ausrüstungsstücke von mir. Hechelnd ging mein Atem. Mein Körper und alle Kleidungsstücke waren schweißnass. Ich zitterte vor Erschöpfung.

Beim Ausziehen der Stiefel setzte der gefürchtete Krampf in den Waden ein. Erst im rechten Bein, dann im linken. Unter Schmerzen massierte ich die Muskeln der Waden, bis der Krampf sich langsam gelöst hatte. Die Zunge klebte im Mund. Ich trank eine halbe Flasche Wasser, ging zum Duschen und trank danach die Flasche leer. In einem unvorschriftsmäßigen Anzug, in Turnschuhen und Sportanzug, fuhr ich durchs Kasernentor zu meiner Wohnung.

Ich humpelte durch mein Zimmer und leiste mir Erste Hilfe. Auf die »Freie Heilfürsorge« der Bundeswehr hatte ich heute verzichtet. Ich behandelte meine Blasen selbst. Die Blutblasen auf den Ballen waren die größten, zwei kleinere befanden sich auf den Hacken. Der Nagel der kleinen Zehe war blutunterlaufen. Es sollten Wochen vergehen, bis er ausgewachsen war und sich ein neuer gebildet hatte. Beim Öffnen der Blase unter dem Zehennagel spritzte ein feiner Blutstrahl auf die weiße Wand. So wie der rote Sektfleck ließ sich das Blut nicht mehr entfernen. Mit etwas Fantasie ließen sich die Achsen des »Großen Wagens« daraus erkennen. Später wurde mir das Leistungsabzeichen in Gold verliehen. Der Marsch war die letzte Disziplin dafür.

Biografie

Ich hatte schon früh gezielte Berufswünsche, ohne genau zu wissen, wie ich es anstellen sollte. Als ich zwölf Jahre alt war, sagte ich: »Ich werde Berufssoldat, wie mein Vater.« Deutsche Streitkräfte gab es damals noch nicht. Doch mit der zielgerichteten Zwangsläufigkeit der Politik Adenauers entstand bald eine neue Armee, ob die Bevölkerung es wollte oder nicht.

Nach der Seefahrtzeit und einer Berufsausbildung wurde ich Soldat. Zuerst Wehrpflichtiger, dann Zeitsoldat, später Berufssoldat. Aus meinem Wunsch wurde Realität, aus Abenteuer soldatischer Alltag. Mit den Beförderungen kamen die Versetzungen. Von der Unterelbe bis in den Hunsrück reichten meine Einsatzbereiche, meine Verwendungsgeografie. Das war der Preis für den Berufssoldaten. Meine Frau Gisela und die herangewachsenen Kinder hatten das alles viele Male mitgemacht: Versetzungen, Umzüge, Ortswechsel, Umschulungen, neue Freunde finden.

Als ich an die Artillerieschule versetzt wurde, zog ich jedoch mit meiner Frau alleine dorthin. Die Kinder blieben in Braunschweig. »Ich ziehe doch nicht in so ein Kaff. Eine Lehrstelle bekomme ich dort sowieso nicht!«, hatte mein Sohn Hardy geschimpft.

Da mir mein neuer Dienstposten als Endverwendung deklariert worden war, hatte ich in Sienhachenbach, einem kleinen Hunsrückdorf, ein Haus gekauft. Ein Lebenswunsch hatte sich damit erfüllt. Hier lebten wir in freier Natur, die leider nicht mehr ganz heil war und sich erst unmerklich, dann deutlicher, negativ veränderte. Tagsüber saß meine Frau alleine mit dem Hund in dem schönen Tal. Die Freude über mein allabendliches Erscheinen war einer großen Traurigkeit gewichen.

Nach vier Jahren war der Traum vom Haus und vom Leben auf dem Lande ausgeträumt. Auch die Zusage der Bundeswehr über die Endverwendung war nicht mehr gültig. Nach meiner Versetzung innerhalb der Artillerieschule, aber zu einer anderen Einheit, folgte die Abreise meiner Frau nach Braunschweig. Ich musste das Haus verkaufen. Zwar konnte ich alle finanziellen Klippen umschiffen, doch nun lebte ich in einem Ein-Zimmer-Appartement mit Nasszelle in einem Schwesternwohnheim.

Ich war Berufssoldat. Mein Traumberuf war keiner mehr, sondern ist bösen Träumen gewichen. Das Vertrauen in die Bundeswehr war geschwunden. Das Vertrauen in die politische Führung, die viel versprach, aber nichts für die Soldaten tat. Das Vertrauen in die Verlässlichkeit zu sich selbst und zu anderen.

Dafür kamen Zweifel am Sinn des Bisherigen und des Zukünftigen, Zweifel an mir selbst. Ich war alleine, einsam und sehr traurig.

»Wenn du denkst, es geht nicht mehr, kommt von irgendwo ein Lichtlein her« In diesem Fall war es ein Weidenkorb mit Frühstücksbrötchen, einem Blumenstrauß und einer Flasche Wein, der eines Morgens vor meiner Tür stand.

Artillerieschule

Da steht der Soldat. Ein Hauptfeldwebel im Dienst, auf der Höhe des Flaggenmastes. Er trägt den olivfarbenen Feldanzug. Sein rotes Barett weist ihn als Artilleristen aus und seine geflochtene, silberne Dienstschnur als Offizier vom Wachdienst. Das Koppel, oliv, mit schwarzer Pistolentasche, schnürt seine Taille ein. Seine Füße, leicht gespreizt, stecken in schwarzen Schnürstiefeln.

Er blickt ernst und winkt mit der Rechten. Aus dem Haupteingang des Stabsgebäudes treten vier Soldaten des Bereitschaftszuges heraus, das Flaggenkommando. Das Stabsgebäude ist ein grauer Würfelkomplex aus Betonplatten mit sechs eng stehenden Fensteretagen.

Die Soldaten marschieren hintereinander in Reihe, bemüht, den Gleichschritt zu halten. Der Vordermann trägt die zusammengefaltete Bundesdienstflagge wie ein Kissen auf den Unterarmen.

Die beiden ersten Soldaten treten rechts und links neben den Flaggenmast. Die anderen bleiben links zehn Schritte vom Flaggenmast abgesetzt stehen.

Der OvWa gibt laut und abgehackt das Kommando: »Zur Flaggenparade – stillgestanden!« Er grüßt die Dienstflagge durch Anlegen der Hand an die Kopfbedeckung, wobei der Unterarm und die gestreckte Handfläche eine Gerade bilden.

»Heisst Flagge!« Das Flaggenkommando befestigt das Flaggentuch an die Flaggenleine und zieht sie langsam Hand über Hand hoch. Oben hängt sie schlaff am Mast. Ein hauchdünnes Lüftchen verhilft ihr zu zweimaligem wedeln. Der Stoff entfaltet sich symbolisch, zeigt nationale Farben, schwarz-rot-gold, bauscht sich auf und flattert ab.

Der Hauptfeldwebel steht grüßend in Grundstellung. Er sieht müde aus, hat dunkle Ringe unter den Augen. Das Kläffen der Wachhunde vor den Streifengängen der zivilen Hundeführer hat ihn viel von dem wenigen Schlaf genommen. Die Hundezwinger befinden sich unmittelbar neben dem OvWa-Dienstzimmer am Wachgebäude.

Viel Schlaf gab es ohnehin nicht. Drei nächtliche Kontrollfahrten mit wechselnden, stets anderen Zeiten, waren durchzuführen. Jede dieser Nachtfahrten dauerte mindestens eine Stunde. Es sind Verschlusskontrollen von außerhalb der Artillerieschule liegenden Gebäuden, dazu Wachkontrollen in einer anderen Kasernenanlage, am anderen Ende der Stadt, und ständige Kontrollen des zivilen Wachpersonals. Zivilisten in der Uniform von Schließern. Dann die ständigen Telefonate bis in die frühen Morgenstunden. Eine feine Mädchenstimme sucht den Gefreiten Ganzel: »Er ist doch bei ihnen auf einem Lehrgang?« Ein besorgter Vater erkundigt sich nach seinem Sohn, der sich nicht mehr meldet. Um Mitternacht kamen von irgendwoher Lehrgangsteilnehmer, die noch keine Unterkunft hatten. Anrufe von der Wache, Rückrufe, Erkundigungen, Befragungen. Es waren Entscheidungen zu treffen.

Der Hauptfeldwebel kommandiert: »Augen geradeaus! Flaggenkommando rührt Euch, Wegtreten.« Er führt eine exakte Wendung aus und marschiert zurück zum Wachgebäude. Vor dem Kasernen-Kontrollgang würde er gerne frühstücken oder eine Tasse Kaffee trinken. Doch die Kantinen sind heute geschlossen, denn es ist Sonntag früh. Die Ausgabe der Verpflegung in der Truppenküche beginnt erst in eineinhalb Stunden. Er wird wegen der Tasse Kaffee mit dem Küchenunteroffizier sprechen.

Er sieht sein Spiegelbild in einer Scheibe und denkt: *Das bin ja ich!* Ich stehe neben mir, habe mich gegen mich selbst ausgetauscht.

5. GARNISON

Ausgenutzt und ausgesondert: Wolfenbüttel

1985 bis 1988

Um Giselas angegriffene Gesundheit nicht zu gefährden, musste ich das Haus im Antestal verkaufen. Es kamen aber auch dienstliche Probleme hinzu. Alles stand unter einem schlechten Stern. Ich war psychisch angeschlagen. Es war eine Zerreißprobe unserer Ehe, eine Ehekrise.

Ich mochte das Haus im Antestal sehr. Doch die Liebe zu meiner Frau war stärker. Wie hätte ich mich je von ihr trennen können? Meinungsverschiedenheiten und unterschiedliche Auffassungen gab es genug; doch wir trugen sie mit Achtung aus. Auch wenn sie mich provozierte, ließ ich mich nie zu Beschimpfungen oder Beleidigungen herab. Gisela stürzte sich erneut in die Politik, während mich die dienstlichen Pflichten zermürbten.

Diese 5. Garnison beschreibt den Zeitraum von fünf Jahren, die wir wieder in Braunschweig, mitten in der City, lebten. Täglich fuhr ich zu meiner Dienststelle nach Wolfenbüttel in die Gneisenau-Kaserne, zu meiner alten Einheit. Als Soldat waren es für mich die aufreibendsten und anstrengendsten Dienstjahre, die ich bei der Bundeswehr erlebte. Durch den Willen meiner

Vorgesetzten. Auch mit einer neuerlichen Versetzung nach Delmenhorst, war meine Dienstzeit noch nicht zu Ende. Durch die altersbedingte Herauslösung aus der aktiven Truppe endete jedoch meine Tätigkeit als Luftbildauswerter in einer Drohnenbatterie.

Es war eine Zeit der Trennung, aber auch der Heimkehr in die Stadt unserer Kinder und der glücklichen 70er Jahre, die wir in Braunschweigs Südstadt verbrachten. Gisela hatte im Stadtzentrum eine große Wohnung gemietet. Ich wohnte weiterhin, auf meine Versetzung wartend, im Schwesternwohnheim in Idar-Oberstein.

Kurzurlaub im Norden

Anfang Juni machten Gisela und ich einen Kurzurlaub in Dänemark, auf der vor Jütland gelegenen Insel Rømø, in der Nordsee. Die gemeinsamen Tage brachten uns wieder zusammen. Gemeinsam genossen wir die frische Seeluft und die Landschaft der Insel mit ihren weiten Stränden, dem romantisch anmutenden Fischereihafen in Kirkeby, in dem die pittoresken Fischerboote mit ihren zum Trocknen aufgezogenen Netzen liegen.

Und alles war so herrlich unkompliziert. Der Sandstrand war unser kostenloser Parkplatz. Wir besichtigen eine alte Küstenbatterie mit ihren Vorderlader-Kanonen und die älteste und kleinste Schule Dänemarks in dem Ort Toftum. Die Grundstücke waren von Mauern aus Walknochen umgeben, hinter denen sich die reetgedeckten Backsteinhäuser der Schiffskapitäne in die Landschaft einfügten. Bei deren Besichtigung überraschen uns die weißblau gekachelten Stuben und Küchen. In der Zeit der Walfänger waren solche Kacheln sehr begehrt und teuer; die Kapitäne wurden nicht selten mit ihnen bezahlt. Die Tage vergingen viel zu schnell und wir lebten glücklich wie in den Flitterwochen.

Besuch aus Sienhachenbach

Ich konnte nur an den Wochenenden in Braunschweig sein, nach langer Fahrt von Idar-Oberstein in meinem alten Opel. An einem dieser Wochenenden fuhr ich gemeinsam mit unseren Nachbarn aus Sienhachenbach nach Braunschweig. Es waren Elfriede und Erhard Simon mit ihrer kleinen Tochter Sabine, die früher oft bei uns im Hause war, wenn ihre Eltern zur Arbeit gingen. Gisela sang mit ihr Kinderlieder und Sabine spielte im Garten mit der Katze und unserem großen schwarzen Hund Caesar. Wir besichtigten die »Traditionsinseln« in Braunschweig und fuhren nach Riddagshausen, einer alten Klosteranlage der Zisterzienser-Mönche. Wir wandern um die Fischteiche, die die Mönche zur Fischzucht angelegt hatten, denn sie waren wirtschaftlich autark. Die Mönche betrieben Fischzucht, weil es ein lukratives Geschäft war, denn Fische waren eine begehrte Fastenspeise.

Mit unseren Sienhachenbachern wurden die Erinnerungen aus der jüngsten vergangenen Zeit wieder wach und führten zu anhaltenden Gesprächen. Gisela meinte zu meinen Ausführungen, ich neige zum Dozieren.

Gisela reiste im August mit Angela in den Ferienort Salou, an der Costa Daurada, nach Spanien. Für Gisela sollte es ein bisher nicht gekanntes Urlaubserlebnis in einem Touristenort am sonnigen Mittelmeer sein. Es war eine Busreise und es entstanden bei den abendlichen Treffs viele Bekanntschaften. Am Tage genossen sie die Sonne und den Strand, wo sich die Nichtschwimmerin Gisela bis zu den Knien ins Wasser wagte. Peinlich war ihr jedoch, dass Angela so offensichtlich den Busfahrer poussierte.

Als Gisela aus Spanien zurück war, fuhren wir nach Bad Zwischenahn, um meine Mutter und meinen Bruder Eckard zu besuchen. Es war unser 21. Hochzeitstag. Eckard, der gelernte Zimmerermeister, baute gerade mit alten Bearbeitungsgeräten im hinteren Teil des Gemüsegartens an einem Gartenhaus. Das Dach war fertig, aber die Seitenwände waren, wie bei einem Fachwerkhaus, noch offen. Wir alle hatten leichte Sommerkleidung an, denn die Sonne schien warm. Nur Eckard konnte sich nicht von seinem Schal und Pullover trennen.

Ich musste an Onkel Kurt, den Bruder meines Großvaters Ellendt denken. Auch er trug stets einen dicken Pullover und eine Baskenmütze, aus Angst sich zu erkälten. Die Baskenmütze trug er selbst am FKK-Strand. Dann erkältete er sich tatsächlich und starb an einer Lungenentzündung. Da meine Schwägerin Irmi, ihre beiden Töchter und auch meine Mutter dazu kamen, wurde es wie ein kleines Familientreffen, in dem Haus und Garten, wo wir unsere Jugend verbracht hatten.

Dienstantritt

Es war natürlich ein großer Abstieg, wie eine Degradierung, von einem Stab zurück in die aktive Truppe versetzt zu werden, um Rekruten auszubilden. Das sollten doch besser Jüngere machen.

Am 1. Oktober um 8.00 Uhr meldete ich mich beim Btl-Kdr Oberstleutnant Fleck, des BeobBtl 13, in Wolfenbüttel. Der nahm die Meldung entgegen und machte einige kritische Bemerkungen über den Zustand der 4. Batterie. Der OTL wies auf die Bedeutung der »gestandenen« Portepee-Unteroffiziere (Feldwebel) hin. Mit ihrer langjährigen Erfahrung hätten sie die »verdammte Pflicht« wieder Ordnung zu schaffen, alles wieder ins Lot zu bringen.

Solche Appelle, den Feldwebeln ans Portepee zu fassen, kannte ich aus persönlicher Erfahrung, von Generälen bis zum Inspekteur des Heeres. Wenn die Politik schon nicht hinter der Bundeswehr, der Parlamentsarmee, stand, sollten wenigstens die erfahrenen Berufsunteroffiziere innerhalb der Truppe den alten Geist von Zucht und Ordnung wieder herstellen. Doch der Fisch fängt immer am Kopf zu stinken an. Dieser Geist war nämlich mit der »Inneren Führung« und dem »mündigen Staatsbürger in Uniform« etwas verloren gegangen. Die alten Militärs der Wehrmacht, die die Bundeswehr mit aufgebaut hatten, verstanden sowieso nicht, was sie sich darunter vorzustellen hatten. Ihnen war der Glaube daran abhandengekommen. Viele Generäle nahmen nach einigen Jahren frustriert ihren Abschied.

Nun war das Offz-Korps des Heeres schon immer konservativ im Brauchtum steckengeblieben. Die Politik folgte ihnen nicht. Bis zum 30-jährigen Bestehen der Bundeswehr gelang es den militärischen Köpfen im BMVg, jeden Anschluss der Soldaten an die moderne Gesellschaft zu vereiteln. Aber die Verbandsführer wollten Disziplin in ihren Einheiten – am liebsten Einzelkämpfer. Ging jedoch einmal etwas schief, gab es keine Rückendeckung.

Erst dem viel geschmähten Verteidigungsminister Rupert Scholz gelang drei Jahre später – gegen den Willen der militärischen Führungsspitze – mit einem gesetzlich geregelten Dienstzeitausgleich für Soldaten der Durchbruch. Er hatte diese Tat als Minister nicht lange überlebt, doch sie bleibt sein Verdienst.

Ich traf an diesem Tag auch meinen alten Kameraden »Eggi« wieder, HptFw Sendrowski, stellvertretender Zugführer des Einsatzleit- und Auswertezuges. Er wurde zur Flugbetriebsgruppe auf dem Truppenübungsplatz Bergen versetzt. Während einer Besprechung steckte er mir einen Zettel zu, auf dem stand: *Gott sei gelobt, für mich ist diese Scheiße hier zu Ende!* Eggi ließ sich früher niemals zu solchen Äußerungen hinreißen. Das alles waren keine guten Vorzeichen. So kam es zu einer Situation, in der ich zusammen mit Eggi im

Vorzimmer des Btl Kdr, OTL John Fleck, wartete. Eggi, um sich offiziell abzumelden. Ich, um mich, versetzt zur 4. BeobBtl 13, zum Dienst anzumelden. Der Chef der Drohnenbatterie, genehmigte großzügig eine halbe Stunde früher Dienstschluss, damit ich mit meinen alten und neuen Kameraden einen Begrüßungstrunk nehmen konnte. Seit dem Alkoholerlass, in dem jeglicher Alkoholgenuss während des Dienstes verboten war, wurde streng darauf geachtet.

Bei meiner Antrittsmeldung hatte er mir gleich zahlreiche Aufträge erteilt, als ob er auf mich gewartet hätte; darunter die Organisation und Durchführung einer Uffz-Weiterbildungsfahrt. Weiterhin wurde ich als Unfallvertrauensmann bestellt und als Vertreter des Zugführers, eines Oberleutnants, der häufig auf Lehrgängen und damit abwesend war.

Das Zugführerzimmer, das sich nun vier Fw-Dienstgrade teilen mussten, war mit Büromöbeln vollgestellt, auf denen sich Akten, Kartenrollen und Kfz-Begleitpapiere türmten. »Unaufgeräumt und saudreckig«, lautete mein sofortiger Kommentar. Das brachte mir nicht viel Sympathien bei meinen Kameraden ein. Die Stimmung in der Batterie war miserabel. Alle schimpften auf die flapsige Art und Inkompetenz des Bttr-Chefs. Der Einheit fehlte eine Führungspersönlichkeit. Ich wünschte mir ein eigenes Dienstzimmer. Daran war aber überhaupt nicht zu denken. Eine Perspektive von viel Arbeit und Ärger zeichnete sich ab.

»Na, wie war der erste Tag in Deiner alten Einheit?«, fragte Gisela.

»Schlimmer als ich es mir vorgestellt habe. In der Batterie herrscht eine schlechte Stimmung. Ich glaube, das hängt mit dem Bttr-Chef zusammen, ein Flegel in Uniform. Wie das noch werden soll?«

»Kann es sein, dass Du wieder Deine Vorurteile und Abneigungen pflegst?«, entgegnete sie.

»Wenn das nur so wäre. Die Realität ist viel schlimmer!«

Nomen est Omen

Die Bttr stand vor einer Übung, die mit einem Alarm während der Dienstzeit begonnen hatte. Hauptmann P. machte im Unterrichtsraum eine Einweisung in die Lage, den Auftrag der Bttr und die Durchführung. Die Art und Weise, mit der das geschah, hatte ich in meiner gesamten Dienstzeit noch nicht erlebt.

Mit den Händen in den Hosentaschen stand der Bttr-Chef vor den Soldaten und klopfte seine Sprüche. Die Soldaten hörten gar nicht zu, sondern albern herum. In den letzten Reihen wurde geboxt. Stühle scharrten über den Boden. Der Hauptmann nannte die Soldaten »Nasen«. Der angenommene Verteidigungsfall war bei ihm der »Knallfall« und »Brennende Luft« sollte wohl Artilleriefeuer bedeuten. Das waren nur einige seiner Peinlichkeiten. »Nomen est Omen« denke ich in Anspielung auf seinen Namen und formulierte daraus den Lehrsatz nach P.: »Im Knallfall gibt es brennende Luft für Nasen!«

Nach der Übung, die zwangsläufig in die Hose ging, gab der Bttr-Chef im U-Raum seine Übungs-Beendigungsvorstellung vor den Soldaten. Wesentliches Gerät sei verlustig gegangen und der Anzug vieler Soldaten sei auch nicht in Ordnung gewesen. Einen schlechten Anzug, ein schief sitzendes Barett oder Koppel, ein herabgerutschtes Hosenbein erkannte jeder Trottel, auch ohne Fachkompetenz. Es waren aber beliebte Kritikpunkte bei gewissen Vorgesetzten. Wenn das so weitergeht, betonte der Hauptmann, mit einer Hand in der Tasche, werde er »Butter bei die Fische« tun und Formulare bemühen müssen. Das war in seinem Sprachgebrauch die Androhung einer Disziplinarmaßnahme. In seinem Dienstzimmer hing an der Wand hinter seinem Schreibtisch eine Urkunde mit dem Titel »Diplomkaufmann«. Das war an der Hochschule der Bundeswehr sein Pflichtstudium.

Wie man als Kommandeur seine Karriere beendet

Etwa zu der Zeit, als ich in Idar-Oberstein im Schwesternwohnheim lebte, war in Wolfenbüttel beim BeobBtl 13 einiges passiert. Meine damalige Planstelle als Luftbild Fw war inzwischen zu einer Offz-Stelle (FD) herauf dotiert worden, die von Oberleutnant Scheidl besetzt und nun vakant war.

OLt Johann Scheidl kam aus Regensburg und es zog ihn unaufhörlich in seine alte Heimat. Bekanntlich sind die Bayern Lokalpatrioten und ihrer Heimat innerlich aufs Engste verbunden. Zur Vorgeschichte gab es drei Ereignisse, die OLt Scheidl sehr verärgerten. Als Fachdienstoffizier (FD) wurde er vom BtlKdr wie ein Knecht behandelt. Er wurde ständig zu Aufgaben herangezogen, die andere Offiziere nur ungern erledigten. An einem Wochenende musste er zum Beispiel im Offz-Kasino Platten für eine Kinderveranstaltung auflegen.

Die 4. Bttr war angetreten und der Chef, Hptm Stürck, meldete dem BtlKdr die Bttr. Der fing an, OLt Scheidl zu beschimpfen, nachdem die Meldung erfolgt war – wohlgemerkt vor der Front. Das untergräbt die Moral der Truppe und setzt den Betroffenen persönlich herab. So etwas darf sich auch ein Kdr nicht erlauben. Das letzte Ereignis brachte das Fass zum Überlaufen und versetzte OLt Scheidl in Wut. Er schrieb ein Versetzungsgesuch in seine alte Heimat, um aus dem Btl herauszukommen.

Als Johann nach einigen Wochen beim Btl Kdr vorstellig wurde, um nachzuhaken, was aus seinem Versetzungsgesuch geworden sei, machte der genau das, was ein Vorgesetzter in solch einer Situation nicht tun sollte. Der Btl Kdr wollte ihn nicht gehen lassen, da er sonst keinen Führer der Luftbildgruppe hatte und wollte ihn durch ein Gespräch umstimmen. Er holte das Gesuch aus einer Schreibtischschublade: »Ach ja, darüber wollte ich noch einmal mit ihnen sprechen.«

Johann war empört. Er hatte ein Recht darauf, dass sein Gesuch fristgerecht bearbeitet und weitergeleitet wurde. Aber nichts war passiert.

Johann war nicht nur empört, sondern als Mann der Tat klapperte er auf seiner Schreibmaschine ein Schriftstück herunter. Fw Pinkepank fragte ihn: »Johann, schreibst Du eine Beschwerde?«

»Unter anderem«, kam es zurück.

In seinem »Bericht an den Regimentskommandeur« schilderte er das Verhalten des BtlKdr, die Nichtbearbeitung seines Versetzungsgesuches und – um der Sache Nachdruck zu verleihen – eine Kopie aus dem Wachbuch, aus dem hervorging, dass der BtlKdr einige Wachsoldaten der Kaserne abgezogen hatte, um Arbeiten an seinem privaten Haus durchführen zu lassen.

Diese Beschwerde, an den Regiment Kdr gerichtet, schlug ein, wie eine Sprenggranate. Der OTL wurde sofort vom Dienst suspendiert und erhielt zusätzlich Kasernenverbot. Er durfte die Kaserne, über die er jahrelang geherrscht hatte, nicht mehr betreten. Der Fall wurde nun offiziell untersucht und er wurde, um noch größeren Schaden zu vermeiden, zum Regiment nach Hannover versetzt. Das BeobBtl blieb vier Monate lang ohne Kdr. Sogar die traditionelle Barbarafeier Anfang Dezember wurde abgesagt. Begründung: In der Kaserne gäbe es eine Baugrube, durch die die Sicherheit der Besucher nicht gewährleistet wäre. Als Nachfolger führte dann OTL Fleck das BeobBtl.

Aber auch Johann Scheidl war im Bataillon nicht mehr zu halten. Ein Oberleutnant, der seinen Kommandeur abgesägt, im Jargon »angeschissen« hatte, konnte nicht in diesem Btl verbleiben. Johann wurde zur Luftwaffe nach Bayern versetzt. Als Luftbild-Offz konnte er auch dort eingesetzt werden. Er hatte sein Ziel erreicht. Er war wieder bei Regensburg in seiner Heimat Bayern und wurde nach angemessener Zeit zum Hauptmann befördert. Als solcher ließ er es sich nicht nehmen, anlässlich einer Veranstaltung des Btls dort in Uniform zu erscheinen. Johann, der Aufrechte, war in aller Munde.

In der 4. Bttr hinterließ Johann eine Lücke. Die Planstelle des LubiOffz war vakant. Genau in der Zeit, in der ich mein Versetzungsgesuch geschrieben hatte. Ich wusste nichts von alldem, was in meinem alten BeobBtl in Wolfenbüttel vorgefallen war. Umso erstaunter war ich, dass meinem Gesuch so schnell stattgegeben wurde. Ich wurde wieder zum BeobBtl 13 nach Wolfenbüttel versetzt, auf die Planstelle des LubiOffz (FD), kam also genau wieder dort an, wo ich vor fünf Jahren als OFw die Luftbildgruppe geführt und ausgebildet hatte.

Feldwebel versus Offiziere

Nach den Ausführungen von OTL Fleck stellt sich die Frage, wie Unteroffiziere und Feldwebel die Ordnung und Disziplin aufrechterhalten konnten, wenn sie solche Offiziere wie den Chef der 4. Bttr als Vorgesetzte hatten.

Das Problem beim Aufbau der Bundeswehr war, unter Beibehaltung des Alten (also Befehl und Gehorsam) etwas Neues schaffen zu wollen. Es musste auf die alten Wehrmachtstrukturen zurückgegriffen werden.

Also blieb es erstmal beim Äußerlichen. Alte Ausbilder, neue Uniformen und entschärfte Disziplinarmaßnahmen, neue Schlagwörter und Wortverpackungen für Notwendigkeiten. Das alles unter dem Begriff »Innere Führung« und »Staatsbürger in Uniform«. All das unter einem Hut (oder besser Stahlhelm) zu bekommen, daran glaubte wohl auch der damit beauftragte Graf und General nicht. Aber er musste die politischen Vorgaben erfüllen, dafür war er Soldat.

In der neuen Verpackung blieb vieles beim Alten, denn ohne Befehl und Gehorsam, ohne Disziplin und Ordnung lässt sich keine Armee aufbauen, jedenfalls keine schlagkräftige.

Auch altes Wehrmachtmaterial gehörte noch zur Ausrüstung. Die symbolische Form des Stahlhelms wurde jedoch dem amerikanischen angepasst. Statt zu exerzieren wurde nun Formaldienst geübt und jeder Soldat wurde mit Herr und Dienstgrad angeredet. Landser und Muschkoten gab es nicht mehr.

Eine Todesnachricht

Am 31. Oktober kam ein Anruf von meiner Schwester Anne-Dore aus Bad Zwischenahn. Ihr Vater (mein Stiefvater) war gestorben und auf dem neuen Friedhof in Bad Zwischenahn beigesetzt worden. Eckard verweigerte in der Traueranzeige seine Namensnennung. Mutti zuliebe hatte ich aber mitunterzeichnet. Ein Bedauern über seinen Tod stellte sich bei mir nicht ein. Zu viel Bösartigkeit, Lügen und Schikanen hatte ich, und später auch Gisela, von diesem Menschen ertragen müssen.

Ich maßte mir nicht an, die Menschen in gute und schlechte einzuteilen, aber zu den Gutwilligen gehörte mein Stiefvater nicht. Als Mutti sich endlich von ihm getrennt und in Bad Zwischenahn eine Wohnung genommen hatte, vernichtete er in nicht zu überbietender Bosheit alle Papiere, deren er habhaft werden konnte. Damit wollte er über den Tod hinaus den Hinterbliebenen Probleme und Ärger bereiten. Anne-Dore, die noch in dem Haus in Kayhauserfeld wohnte, hatte daher erhebliche Schwierigkeiten, den Nachlass mit der Bank, der Bausparkasse und den Behörden zu regeln.

Anne-Dore erzählte mir später von einem Streit, den sie als Kind zwischen ihren Eltern miterlebt hatte. Mutti hatte zur Erinnerung einige Familienfotos von meinem Vater und ihren Eltern aufgehängt. Darüber geriet er derart in Wut, dass er die Bilder von der Wand riss und schrie: »Was soll das? Das ist Vergangenheit, das war einmal! Ich will hier keinen Totenkult haben!«

Viele Dokumente und Briefe hatte er bereits verbrannt. So kam es, dass nur wenige Originalpapiere aus meiner Familie erhalten blieben.

Keine neuen Aktivitäten

Die in Sienhachenbach begonnenen vielfachen Aktivitäten, die ich durch meine Versetzung nach Wolfenbüttel leider abbrechen musste, ermahnten mich, keine neuen Projekte in Braunschweig zu beginnen, die ich, wegen einer weiteren Versetzung, doch wieder aufgeben müsste.

Meine alten Freunde von der VFMG erhofften zwar eine Rückkehr in den Vorsitz der Gruppe, doch zum Bedauern meines alten Freundes Helmut Kolle entzog ich mich allem. Diese Zeit nutze ich für private Studien der Paläontologie.

DAS JAHR 1986

Eggi erinnert sich:

Im letzten Jahr, vor Weihnachten, fuhr ein OFw der Bttr auf den StÜbPl Remlingen, um dort wie immer Weihnachtsbäume zu schlagen. Er hatte herumgefragt. Acht Mann bestellten einen Weihnachtsbaum bei ihm, darunter auch der Bttr Chef. Die schönsten Tannen wurden geschlagen und auf einem Unimog verstaut. Als sie zurückfahren wollten, versperrte ihnen der Förster den Weg. Ob sie eine Genehmigung zum Schlagen von Weihnachtsbäumen hätten?

Hatten sie nicht. Sie hatten auch nie daran gedacht, eine einzuholen. Wer erwartete schon auf einem Truppenübungsplatz einen Förster? Der Förster jedoch war unerbittlich. Er zeigte den OFw wegen Diebstahls an und informierte gleichzeitig die Einheit. Es kam zu einer Gerichtsverhandlung. Der Bttr Chef bestritt, einen Weihnachtsbaum bestellt zu haben! Es hätte ja nach seiner Verantwortung gefragt werden können.

Der OFw wurde mehrfach bestraft: Zivilrechtlich bekam er eine Geldstrafe wegen Diebstahls. Beim darauffolgenden Truppendienstgerichtsverfahren bekam er zwei Jahre Beförderungssperre, weil er »Das Ansehen der Bundeswehr geschädigt hatte«, wie es in der Urteilsbegründung hieß. Er wurde erst drei Jahre später zum HptFw befördert.

Die Geschichte von den Weihnachtsbäumen machte die Runde durch alle Beobachtungsbataillone. Als der OFw nach Bergen zur Flugbetriebsgruppe versetzt werden sollte, wollte ihn die Einheit nicht haben. Erst durch die Fürsprache von Stabsfeldwebel »Joe« Menzel, der ihn ausgebildet hatte und für einen guten Mann hielt, konnte er schließlich dorthin versetzt werden. Bis zu seiner Pensionierung tat er dort Dienst und lebt bis heute mit seiner Familie in Bergen.

Eine Festnahme, Schauspiel in zwei Akten

Das Umfeld: Etwa Sommer 1986 in der Gneisenau-Kaserne, Block der Drohnenbatterie, ein Abend nach Dienstschluss.

1. Szene: Durch das geöffnete Fenster fliegt ein Wellensittich ins UvD-Zimmer und krallt sich in einer Zimmerecke fest. Der UvD an den GvD: »Hol'n Sie mal den OLt Scheidl!«

OLt Scheidl bewohnt als Lediger ein Zimmer im Kasernenblock. Er kommt, erfasst die Situation, greift zum Telefon und ruft die Polizei an: »Sie müssen vorbeikommen und jemanden festnehmen.« Er kannte die Polizisten von den Dämmerschoppen in der OHG. Sie kommen, fangen den Wellensittich ein, sind von dieser »Festnahme« aber keineswegs begeistert.

2. Szene: Die Festnahme spricht sich herum. Einige Wochen später: HFw Blodau, Trp u InstZug, ruft während der Mittagspause mit verstellter Stimme beim UvD der 4. Bttr an und lässt sich OLt Scheidl geben: »Hier ist die *Wolfenbütteler Zeitung*, wie uns die Polizei mitteilte, gab es vor einiger Zeit in der Kaserne einen Vorfall, bei der Sie eine Festnahme durchführen ließen. Darüber hätten wir gerne einen kleinen Bericht gemacht. Würden Sie bitte um 15.00 Uhr zu einem Interview in die Redaktion kommen?«

Der OLt erklärt sich bereit, zieht seine Ausgehuniform an und macht sich auf den Weg zur Zeitung. Ein zeitgerecht gegenüber der Redaktion postierter Fotograf, OFw Rudi Rotschiller, dokumentiert das Hineingehen und Herauskommen des OLt. Die Redaktion ist natürlich ahnungslos. Befragung nach seiner Rückkehr in der Einheit: »Die Eumels wussten von nichts!«

Wird eine Truppe längere Zeit nicht gefordert, neigt sie zum Übermut. Ohne gezielte Absicht bilden sich in der Gemeinschaft Anstifter und Opfer heraus. Ein erfolgreiches Opfer trägt durch sein Verhalten zum Gelingen der »Späße« bei und fordert damit seinen unsichtbaren Gegner heraus, sich weiter auf ihn »einzuschießen«.

Gleich bohrt er wieder!

NATO-Pause, 15.00 Uhr im Block der 4. Bttr. Der ZugFhr, Tranport- u. Instandsetzungs-Zug, HFw Blodau schaute auf seine Armbanduhr: »Gleich bohrt er wieder!«

»Wer bohrt wo?«, fragte der Bttr-Chef.

Etwas entfernt, durch den Flur, ertönte das erwartete Bohrgeräusch. Pünktlich wie er war, wollte OLt Scheidl um 15.00 Uhr die Pause in seiner Kasernenwohnung verbringen. Dort bekam er den Sicherheitsschlüssel nicht in das Schloss. Also holte er seine Bohrmaschine und bohrte den Zylinder heraus. Was der OLt nicht wusste: Es wurde aus Schabernack eine Nähnadel ins Schloss gesteckt und abgebrochen.

Der General kommt

Flugperiode in Bergen. Neben der Schießbahn 5 Carly war der Bttr-Gefechtsstand aufgebaut, im Vorgelände die Werferstellung und der Bereithalteplatz.

Alle wussten Bescheid, nur der Betroffene nicht. Der Zeitpunkt für die Aktion war gut gewählt. Der Tag ging in die Nacht über, es herrschte Dämmerung.

Dem Werferzugführer OLt H. wurde gemeldet, dass ein General im Anmarsch war, der den Drohnenstart sehen wollte. Der General mit Begleitung näherte sich dem Bereithalteplatz. Der ZgFhr ließ die Werferbesatzung antreten, um dem General zu melden.

Auf Meldedistanz konnte er den General in der Dämmerung nicht genau erkennen. Dann sah er unter einer schief sitzenden Schirmmütze lange weiße Haare und das faltige Gesicht eines Hundertjährigen. Er stellte fest, dass er einen Uffz mit einer Gummimaske gemeldet hatte. Die Generalsinspektion löste sich in allgemeiner Heiterkeit auf.

Spaten zu mir!

Revier reinigen ist für die Reiniger (Soldaten) wie für die Dienstaufsichten (Unteroffiziere) ein langweiliger Betrieb. So wurden dabei häufig neue Sprüche (»Wasser Marsch, Land unter«) oder Gesänge eingeübt oder Aktionen geplant. So war bei einem ZugFhr, HptFw K. eine Zeit lang das Kirchenlied *Lobet den Herren* als Gesangseinlage besonders beliebt.

Der Plan war, OLt Scheidl etwas zu beschäftigen. Da seine Reaktionen bekannt waren, war das kein Problem und die Inszenierung ging so: Fw Pinkepank besorgte sich ein dickes Vorhängeschloss und hängte es vor seinen Spind. Dann ließ er den OLt rufen: »Johann, kannst Du mir mal helfen? Ich habe den Schlüssel verloren und bekomme das Schloss nicht auf.« OLt Scheidl: »Spaten zu mir!«

Während OLt Scheidl nun mit dem Dorn* des Spatens am Vorhängeschloss herumwerkelte, um es zu öffnen, winkte Fw Pinkepank die Aufsichten herein. So standen dann zehn Unteroffiziere in der Stube und feuerten den OLt an, nicht in seinen Bemühungen, das Schloss zu knacken, nachzulassen.

Sprachenlehrgang

Im März wurde ich zu einem Sprachlehrgang (englisch) zur WBV IV nach Wiesbaden kommandiert. Wir Soldaten wohnten in einer alten Villa am Rheinufer. Die Zimmer waren spartanisch eingerichtet, mit knarrenden Parkettfußböden, doch alles war sauber.
Ich teilte mir ein Zimmer mit einem Oberfeldwebel der Pioniere. Er hieß Sim. In der Nähe der Villa befand sich ein Wasserplatz der Pioniere. Es wurde eine Rheinfahrt mit der Flussfähre *Mannheim* organisiert. Sim war Kommandant einer solchen Fähre.

In einer Unterrichtspause fiel das Modewort »Affengeil«. Ein Lehrgangsteilnehmer sprach sogar von »Oberaffengeil«. Einer Sekretärin, die ebenfalls an dem Englischlehrgang teilnahm, stockte dabei fast der Atem. Abends gingen wir auf ein Bier zum *Hausboot*, einem schwimmenden Kneipenboot im Jachthafen am Rhein.

»Weißt Du, Sim, wem seine Geilheit die Königswürde kostete? König Ludwig I. von Bayern, den Vater von Ludwig II., dem Märchenschlosserbauer. Der war so geil auf seine Mätresse, Lola Montez, dass er immer ein Stück ihres Schlüpfers dabei hatte, um sich an ihrem Geruch zu erregen«, erzählte ich. »Doch auch die Bayern erregten sich wegen solcher Zustände bei Hofe, sodass er abdanken musste. So musste er sich auf sein Schloss Hohenschwangau zurückziehen und weiterhin an seinem Tüchlein schnuppern, um sich aufzugeilen.« Sim grinste.

»Heute ist ›geil‹ alltäglicher Sprachgebrauch, wie ›bumsen‹. Ein Zeichen des allgemeinen Sittenverfalls, wie ich meine.«

In zehn Tagen kann man keine Fremdsprache lernen. Also wurde Lehrmaterial mit der Auflage ausgegeben, in der Einheit weiter Englisch zu üben (Combiausbildung). Mein Problem war, dass ich die Sprache auf dem Tonträ-

---

**Am Klappspaten, der zur persönlichen Ausrüstung jedes Soldaten gehört, lässt sich ein Dorn auf 90 oder 180 Grad arretieren und kann dann als Pickel verwendet werden.*

Rekrutenausbildung

1. April bis 15. Mai 1986

36-Stunden-Übung in Cremlingen: Versorgung.

Ausbildung im Gelände: »Marsch-Marsch«.

Das Nachtlager wird eingerichtet.

Sanitätsausbildung.

36-Stunden-Übung: Besprechung im Gelände.

Formalausbildung in der Kaserne.

ger akustisch nicht richtig verstehen konnte, hervorgerufen durch meinen als »Wehrbeschädigung« anerkannten Knallschaden.

Am letzten Tag rammte ein von rechts kommender Simka die Seitentür meines Wagens. Es war ein klarer Fall von Nichtbeachtung der Vorfahrt. Ich ließ den Unfall von der Polizei aufnehmen. Trotz zerbeulter Seite und Tür blieb mein Wagen fahrtüchtig. Ich konnte also die Heimfahrt antreten.

Zugführer Rekrutenausbildung

Außerhalb der Flugperioden und Übungen ruhte das Luftbildwesen. Luftbildauswerter und Fotolaboranten wurden in anderen Einheiten ausgebildet und von dort zuversetzt. Ich musste also keine Luftbildauswerter mehr ausbilden. Außerdem hatte ich die Vororientierung für meine Herauslösung aus dem Truppendienst bekommen und sollte auf einen grenzaltersgebundenen Dienstposten versetzt werden. Wohin war noch nicht entschieden. Dieser Schwebezustand war auch dem Btl bekannt. Ich wurde nun dort eingesetzt, wo angeblich kein anderer Hauptfeldwebel zur Verfügung stand und musste ausführen, was mir befohlen wurde. Daher wurde ich von der 4. Bttr zur 1. Bttr BeobBtl 13 kommandiert, um dort vom 1. April bis zum 15. Mai als Zugführer Rekruten auszubilden.

Gruppenbild der Ausbilder: (v.l.) Gefr Bothe, Uffz Meyer, StUffz Müller, HptFw Krüger, Gefr Borchers, Gefr Tronnier

Zur Unterstützung bekam ich Stabsunteroffizier Müller als stellvertretenden Zugführer, als Gruppenführer die Unteroffiziere Borchers und Meyer und als Hilfsausbilder die Gefreiten Tronnier und Bothe zugeteilt.

Als junger Feldwebel hatte ich in Oldenburg bereits Erfahrungen als stellvertretender Zugführer in der Rekrutenausbildung gemacht. Es war eine der wichtigsten und verantwortungsvollsten Aufgaben, die ein Vorgesetzter bekommen konnte. Die jungen Soldaten merkten sehr wohl, ob die Ausbilder ihre Aufgabe ernst nahmen oder ob sie »nur ihren Job« machten. Man konnte hier viel Schaden anrichten. Ich nahm die Grundausbildung sehr ernst.

Ein Teil der Sportausbildung war auch das Schwimmen im Hallenbad, das von mir geleitet wurde. Einigen Rekruten das Schwimmen beigebracht zu haben, freute mich besonders. Dabei begann ich mit Wassergewöhnungsübungen, wie dem Eintauchen des ganzen Körpers im Wasser, um den Auftrieb zu spüren. Erst danach begannen die Schwimmbewegungen. So ähnlich hatte ich mir im Zwischenahner Meer selbst das Schwimmen beigebracht.

In meiner Einheit wurde viel Sport gemacht. So bekam ich mehrere Urkunden. Nicht weil ich sportlich so viel besser geworden wäre, sondern weil ich schon etwas älter war. Die jungen Kameraden aber lästerten über unsere Altersklasse: »Ihr bekommt ja schon nur für das Anziehen Eures Sportanzuges 80 Punkte!«

Major oder Obergefreiter

Ich war empört und zornig. Der Chef der 1.Bttr befahl mir nach einer 36-Stunden-Übung im Gelände, am nächsten Morgen seinen Chefunterricht der »Politischen Bildung« zu übernehmen, da er angeblich keine Zeit für die Vorbereitung gehabt hatte. Meinen Vorschlag den Unterricht zu verlegen lehnte er ab.

Major S. war als Chef der 1. BeobBtl 13, mein direkter Vorgesetzter und für die Rekrutenausbildung verantwortlich. Bei der Geländeausbildung war er kein einziges Mal draußen. Als ich gegen seinen Befehl protestierte, sagte er: »Ich habe keine Zeit gehabt. Sie haben meinen Befehl auszuführen, danach können Sie sich beschweren.« Ich mußte mich an diesem Abend also noch auf den Unterricht vorbereiten. Ich fuhr in unsere Wohnung nach Braunschweig und arbeitete bis tief in die Nacht an dem Thema »Wofür dienen wir?« Durch den langen Dienst im Gelände war ich hundemüde und, hervorgerufen durch meinen Unmut, ergab sich ein Gedankenspiel zwischen Wachen und Träumen. Die Gedanken kamen von ganz alleine und so entwickelte sich in mir folgender Dialog:

Ich: »Was sind Sie nur für ein Vorgesetzter? Ein Major und BttrChef, den die Soldaten, die ein feines Gespür für Schauspielerei und Führungseigenschaften haben, den Obergefreiten nennen. Und schlimmer noch: das ist Ihnen bekannt!«
Major: »Was erlauben Sie sich? Sie haben meine Befehle auszuführen und zwar nach bestem Wissen und ...«
Ich: »Ja, Sie können sich auf das Soldatengesetz berufen aber nicht auf Ihre Autorität. Die beruht nur auf den silbernen Sternen auf Ihrer Schulter, nicht auf Ihre Person als militärischer Vorgesetzter.«
Major: »Wer sind Sie, dass Sie sich so etwas zu sagen wagen? Ein Feldwebel, mehr nicht!«
Ich: »Sehen Sie, darin liegt der Unterschied. Sie schweben über dem Horizont der Tatsachen. Viele Ihrer Offiziere, haben nicht einmal die Führungseigenschaften eines Unteroffiziers. Wenn ich die *Leitsätze für den Unteroffizier** heranziehe, die ich für mich als einen gültigen Leitfaden für die Ausbildung und den Umgang mit den mir anvertrauten Soldaten erachte, und sehe wie sich manche Ihrer Offiziere benehmen, muß ich mich als Vorgesetzter für ihr unwürdiges Verhalten vor den Soldaten schämen!«
Major: »Ihre Vorwürfe sind beleidigend und unhaltbar ... was erlauben Sie sich?«
Ich: »Nein, Sie entsprechen den Tatsachen. Ich kann es Ihnen beweisen. Sie können das natürlich nicht wissen oder bemerken, weil sie sich nicht herablassen das Verhalten eines Hauptmannes vor der Front zu überprüfen oder weil Sie ebenso verlottert sind. Da würde Ihnen gar nichts auffallen!«
Major: »Werden Sie nicht frech sonst ...«
Ich: »Was Sie als Frechheit empfinden, ist die Wahrheit! Ich bin ein Feldwebel,

* *Die Leitsätze wurden schon lange nicht mehr an die jungen Unteroffiziere ausgegeben. Sie waren wohl nicht mehr zeitgemäß.*

und der Titel des Feldwebels entspricht im Zivilleben dem des Meister, also ein Meister seines Faches. Es heißt ja nicht umsonst Meisterschaft und Meisterwerk. Ich habe in meiner Dienstzeit als Feldwebel gute Offiziere kennengelernt und bin Ihnen mit Achtung entgegen getreten. Für Leute Ihres Schlages habe ich nur Verachtung! Das hält mich aber nicht davon ab meinen Auftrag, junge Menschen auszubilden, gewissenhaft durchzuführen. Das mußte ich Ihnen sagen, Herr Obergefreiter und Major!«

So erwachte ich aus meinem zornigen Traum. Heinrich Wulfekühler hätte gesagt: »Dem hast Du aber richtig bescheidgedacht!«

Was ich dachte, durfte ich aber nicht sagen. Es gab aber einige Möglichkeiten seine Verachtung in Sprache, Gebärden und Blicken auszudrücken, die diziplinar nicht gewürdigt werden können. Davon machte ich, wenn nötig, Gebrauch. Daher wohl Eggis Ausspruch: »Du hast keine Demut im Auge.«

Bei Unterrichtsbeginn am nächsten Morgen glaubte ich meinen Augen nicht zu trauen. Unter den Rekruten hatte sich auch dieser Mensch platziert, hörte mir zu und wollte sich durch Handzeichen am Unterricht beteiligen, was ich ignorierte. Warum hatte ich mich nicht über ihn beschwert? Lediglich in meinem Erfahrungsbericht an den BtlKdr habe ich den Vorfall erwähnt.

Mein Erfahrungsbericht oder besser die Auswertung der Rekrutenausbildung zeigte deutlich die Mängel bereits bei den Vorbereitungen (Nr. 2). Von geplant 37 Rekruten blieben 17 für die Ausbildung übrig. Bei der Ausbildung (Nr. 3) gab es erhebliche Mängel bei der Ausrüstung und Bereitstellung von Material, ebenso bei der Abschlussprüfung (Nr. 4). Dazu kamen Mängel beim Personal, Durchführung und Ausrüstung, die der mangelnden Sorgfalt des Bataillons zugeschrieben werden mussten. Für mich als Verantwortlichen und Ausbildungsleiter ein sehr unzureichender Zustand.

Fritz J. Krüger
An das BeobBtl 13
Kommandeur

Wolfenbüttel, 15.05.1986

Erfahrungsbericht zur Rekrutenausbildung
der 1. Beobachtungsbataillon 13 vom 01.04. bis 15.05.1986

1. Vorbemerkungen
Die Rekrutenausbildung ist im Vorlauf von dem stellvertretenden ZgFhr (Zugführer), OFw Ahlborn, auf der Grundlage der Anw. für die TrpAusb Nr.1 (Anweisung Truppenausbildung) gut geplant worden. Dazu gehörte der Stoffverteilungsplan, die Aufnahme der feststehenden Termine gem. Quap (Quartalsausbildungsplan, unbedingt erforderlich), Dienstplanentwürfe für zwei Wochen und die Anforderungen von Transportmitteln und Munition.
Die Unterbringung des Rekrutenzuges im Stabsgebäude, zweiter Stock, mit Unterkünften, Arbeitsraum für die Ausbilder und ZgFhr-Dienstzimmer sowie einem Unterhaltungsraum war gut und lässt kaum Wünsche offen. Das Fehlen eines TV-Gerätes konnte, gem. Befehl BtlKdr (Bataillonskommandeur), durch die 4. Bttr (Batterie) behoben werden. Es sollten jedoch Anstrengungen unternommen werden, eine Neuanforderung/Reparatur zu beschleunigen.

In Absprache mit der Truppenverwaltung werden noch Gelder zur Beschaffung einer Spielesammlung, Wandbilder zur Ausgestaltung des Unterhaltungsraumes genehmigt, sowie von der UHG (Unteroffizier-Heim-Gesellschaft) ein Teppich ausgeliehen. Durch den Einbau eines den Sicherheitsvorschriften entsprechenden Schlosses ist die Waffenkammer wieder als solche nutzbar. Die Installation eines Telefons sowie eines »Schwarzen Brettes« erleichtert die Ausbildungs- und Organisationsarbeit in Zukunft.

Die namentlichen Meldungen der Ausbilder, gem. Befehl BeobBtl 13-S3-Az. 32-02-03 vom 10.03.1986 kamen zu spät. Eine Ausbildung der Gruppenführer/Hilfsausbilder konnte, bis auf wenige Stunden, nicht durchgeführt werden, weil durch Dienstbefreiungen, Urlaub, Untersuchungen etc. nie alle Ausbilder anwesend waren.

In dieser Vorbereitungswoche fiel der Btl-Alarm und Btl-Übung, wobei es durch unklare Befehle/Anweisungen, ob Befreiung oder nicht, durch den Bttr Chef 4. Bttr (Name) zu einer mündlichen Beschwerde beim Btl Kdr (OTL Fleck) kam. Daraufhin nahm ich an der Bttr-Übung zeitweise teil, ohne in eine Aufgabe eingewiesen worden zu sein. Da für die Ausbildung noch ein 5 to (von der 1. Bttr) und ein 0,4 to (von der 4. Bttr) abgestellt wurde und durch die 1. Bttr für das erforderliche, den Rekruten auszuhändigende Schriftgut gesorgt war, kann die Vorbereitung als gut bezeichnet werden.

2. Tag der Anreise der Rekruten
Die Vorbereitungen für Unterbringung, Voreinkleidung und Ausbildung waren für 37 Rekruten (ein Zug) geplant und durchgeführt. Am 01.04. kamen per Bundesbahn-Sammeltransport und mit privaten Fahrzeugen über 40 Rekruten angereist, von denen über 20 wieder mit bereitgestellten Kleinbussen nach Nienburg zurückgebracht werden mussten, also in den Standortbereich, von dem viele am Morgen abgereist waren. Zwei Rekruten wurden für eine Nacht zusätzlich bei uns versorgt, weil deren Verbleib erst am 02.04. geklärt werden konnte.

Von den restlichen 17 Rekruten verblieben nach der Ausbildung noch 5 im Btl. Alle anderen wurden nach Hannover zum FeldArtBtl 11 (Feldartilleriebataillon 11) versetzt. Durch die geschrumpfte Zahl der Rekruten musste auch der Bestand an Ausbildern verringert werden, die kurzfristig zu ihren Einheiten zurückkommandiert wurden.

An Ausbildungspersonal blieben:
StUffz (Stabsunteroffizier) Müller als stellvertretender ZgFhr), Uffz (Unteroffizier) Borchers (von 3. Bttr), Uffz Meyer (2. Bttr) als Gruppenführer, Gefr (Gefreiter) Tronnier, Gefr Bothe als Hilfsausbilder.

Bedingt durch diese Zustände wurde bei allen Beteiligten der Eindruck völliger Planlosigkeit hervorgerufen.

3. Ausbildung

Bei der kurzen Ausbildungszeit ist das System der Vor-, Teil- und Volleinkleidung unzweckmäßig und zu zeitraubend. Die Rekruten stehen erst nach vier Tagen voll eingekleidet zur Ausbildung bereit. Bei der Voreinkleidung wurden den Rekruten 3 ABC-Schutzmasken (Atomare, Biologische und Chemische Kampfstoffe, früher »Gasmasken«) verpasst, die defekt und total unbrauchbar waren. Das hätte durch eine vorherige, einfache Sichtprüfung vermieden werden können. Von der StOV-Bekleidungskammer (Standortverwaltung) wurde einem Rekruten eine Kampftasche ausgehändigt, die so morsch war, dass sie sich bei der ersten Geländeausbildung auflöste, so mürbe war der Stoff. [Hier fing der Stv. BtlKdr Major Conrads, dem ich den Bericht vorgelegt hatte, laut an zu lachen. Er hätte sich auch anders ausdrücken können!] *Mein Vorschlag: Mat.Prüfung (Materialprüfung) vor der Ausgabe.*

Im Rahmen der Schießausbildung muss die GV-Übung (Grundschießübung) auf dem KK-Schießstand (Kleinkaliber-Schießstand) in der Kasernenanlage (vorhanden) geschossen werden. Dazu muss ein Gerätesatz beim Btl empfangen werden. Dabei stellten sich folgende Mängel heraus: Zu dem Satz gehören keine Tische für Mun-Ausgeber (Munitionsausgeber) und Schreiber. Die Sandsäcke (Gewehrauflagen) waren nicht gefüllt. Die Scheibenhalter (mit Jute bespannte Holzgestelle) passten nicht in die Halterungen des Schießstandes. Zum Schießen mussten die Scheiben provisorisch angebunden werden. Eine Trefferaufnahme konnte nur durch das Hinlaufen zur Scheibe erfolgen.

Vorschlag: Abstellung der Mängel vor Ausgabe des Gerätesatzes an eine verantwortliche Person/Gruppe als Mat (Material)-Verwalter.

Das neue System, nun auch Wehrpflichtige einzuziehen, die vorher als nicht tauglich gemustert wurden, erweist sich für die Truppe als Erschwernis und zwingt zu besonderer Vorsicht bei der Belastung der Rekruten, wie der später erwähnte Vorfall bei der 5/1 (Instandsetzungskompanie 5/1) zeigt. Von den 17 Rekruten waren 3, bis zu dem Termin ihrer Nachuntersuchung im BwK (Bundeswehrkrankenhaus) Hamburg, ständig wegen körperlicher oder psychischer Nichtbelastbarkeit vom Marsch und Sport befreit.

Dazu kamen nach den ersten Ausbildungstagen weitere 2 Rekruten, die ebenfalls vom Außendienst befreit wurden (durch den Truppenarzt). So waren am Tag des 2. Gewöhnungsmarsches (12 km) von den 17 Rekruten nur 10 anwesend (2 im Sanitäts-Bereich). Davon fielen während des Marsches durch körperliche Schwäche 3 Rekruten aus, sodass nur 7 das Ziel erreichten. Für 6 Rekruten wurde der Marsch zu einem späteren Zeitpunkt nachgeholt.

Lobend hervorzuheben ist das Verhalten von Uffz Meyer und seinem Hilfsausbilder, Gefr Bothe, die durch entschlossenes und schnelles Handeln dazu beitrugen, dass ein Rekrut der 5/1, der beim 2000-Meter-Lauf zusammengebrochen war, so schnell wie möglich in ein Krankenhaus eingeliefert werden konnte (Atemstillstand). Während Uffz Meyer Erste Hilfe leistete, alarmierte Gefr Bothe umgehend den San-Bereich.

Meines Erachtens ist es nicht gut für die Zusammenarbeit und das Vertrauen zwischen Bttr-Chef und ZgFhr, wenn dieser dem ZgFhr unmittelbar nach einer 36-Stunden-Übung den Befehl erteilt, für ihn den Chef-Unterricht zu übernehmen, weil er selbst keine Zeit zur Vorbereitung gehabt habe. Auf meinen Vorschlag, den Unterricht zu verlegen, wurde nicht eingegangen.
Gerade das Thema »Wofür dienen wir?« verlangt eine positive Einstellung, Motivation und Vorbereitungszeit. Das per Befehl und Gehorsam zu regeln, erscheint mir unangemessen und ein Verstoß gegen § 10 des Soldatengesetzes.
Die gem. Erlass BMVg (Bundesverteidigungsministerium) in der Grundausbildung (und 1 x in der Vollausbildung) durchzuführende Unterrichtung über die Aufgaben und Befugnisse des Wehrbeauftragten, müsste in den GAP (Grundausbildungsplan) aufgenommen werden.
In der Vorschriftenstelle des Btl (Bataillon) sind nicht alle notwendigen DV (Dienstvorschriften) vorhanden. Beispiel: Unterrichtsmappe zur ZDv 3/11 Grundausbildung.
Vorschlag: Vor einer Grundausbildung Überprüfen, welche Vorschriften fehlen und angefordert werden müssen.

Während des TrÜbPl(Truppenübungsplatz)-Aufenthaltes des Btl wurde mein 0,4 to als einziges verfügbares Kfz (Kraftfahrzeug) im Kasernenbereich für folgende

Aufgaben herangezogen: Fahrzeug für den KvD (Kraftfahrer vom Dienst) des OvWa (Offizier vom Wachdienst), als Kurierfahrzeug und Krankentransporter für den San-Bereich. Der Fahrer des Kfz, mein Stellvertreter, musste daneben den Zug während der Gefechtsausbildung mit Verpflegung und Munition versorgen. Das führte zu organisatorischen Schwierigkeiten. Es ist mir unverständlich, warum das Btl kein Einsatzfahrzeug stellen konnte.
Schwierigkeiten tauchten auch auf, den Dienstplan zeitgerecht zu schreiben und zur Vorlage zu bringen.
Vorschlag: Ein Soldat als Hilfspersonal/Schreiber, mit Schreibmaschine, der auch beim Schießen als Kladdenschreiber zur Verfügung steht.

Bei der Schießausbildung auf dem Schulschießstand in Hötzum gab es personelle Probleme dadurch, dass ein Uffz in der Anzeigerdeckung und nur ein Uffz als Aufsicht beim Schützen vorhanden waren. Mun-Ausgeber, Schreiber und Aufsicht beim Schützen mussten aus dem Mannschaftspersonal gestellt werden.
Der Schießstand 1, vorgesehen für das Nachtschießen, war so ungenügend beleuchtet, dass es verwunderlich war, dass noch 7 Rekruten die G-S-10 (Schießübung) erfüllen konnten. Nach meiner Beurteilung kann der Mangel leicht durch das Einschrauben von Glühlampen abgestellt werden.
Vorschlag: Über Standortältesten Abhilfe schaffen.

4. Prüfungen/Abschluss der Ausbildung
Die Lehrgangsnachweise sollten nicht formlos von S1 (Personalbearbeitung) an die Rekruten ausgegeben werden. Das ist kein Verwaltungsakt, sondern eine Ausbildungshilfe für den ZgFhr. Die Nachweise dürfen auch nicht zu früh ausgegeben werden (vor der Rekrutenprüfung), weil dort sonst die in den letzten Tagen erbrachten Leistungen fehlen. Ich halte es für sinnvoll, in den Nachweis das Ergebnis der Schießübung G-S-2 aufzunehmen, weil erst mit deren Erfüllung eine weitere Schießausbildung erfolgen kann. Auch eine Kurzbeurteilung durch den ZgFhr über Krankheit, Leistungsvermögen und Belastbarkeit des Rekruten kann der gerechten Beurteilung in der aufnehmenden Einheit dienlich sein.
Bei der Vorbesprechung (gem. Befehl für die Durchführung der Rekrutenprüfung im II. Quartal 1986, BeobBtl 13-S3, Az. 32-16-11 vom 09.04.1986) war von

einer Einheit kein eingeteilter Prüfer anwesend, sodass keine direkte Einweisung erfolgen konnte, sondern diese durch einen Dritten, Unbeteiligten erfolgte.

Während sich alle Stationsprüfer bemühten, ihre Aufgabe gut zu erfüllen, zeigten jedoch 2 Stationen Mängel bei der Durchführung des Prüfungsauftrages.
Station III zeigte deutliche Mängel in der Vorbereitung und Durchführung. Der Uffz war erst nach Anleitung des Leitenden/Ausbilders in der Lage, seinen Auftrag zu erfüllen.
Station II war mit einem jungen Uffz und einem SanGefreiten, die sich alle Mühe gaben, doch zu schwach besetzt für ihre Aufgabe. Ich habe den Eindruck, dass der Auftrag einfach dem jüngsten Uffz aufgelastet wurde.
Vorschlag: Das Prüfpersonal sollte sorgfältig ausgewählt werden. Am Prüfungstag nicht nur den Stationsaufbau organisieren, sondern mit einem »Rennen« die Aufgaben, Aufträge und Durchführung mit Benotung zu üben. Uffz Benthin hat seine Station sorgfältig organisiert und vorbereitet und die Prüflisten auf eigene Kosten kopiert.

Der Platz für die Besichtigung in Wittmar erscheint mir gut gewählt. Die Unterstützung des Försters, Herr Hansen, ist dem Btl sicher (Reserve Offizier).
Es ist wünschenswert, wenn die gemachten Erfahrungen helfen könnten, bei weiteren Rekrutenausbildungen »Reibungsverluste« dieser Art zu vermeiden.

Krüger
Hauptfeldwebel

Diesen Erfahrungsbericht legte ich dem stellvertretenden BtlKdr Major Conrads persönlich vor, um einzelne Punkte mündlich zu besprechen. Ob er dem BtlKdr OTL Fleck überhaupt vorgelegt wurde, kann ich nicht beurteilen. Ich hatte auch nicht das Recht, dort nachzufragen.

Alle Mängel, die ich hier möglichst nüchtern aufgezählt habe, hatten mich fast zur Verzweiflung gebracht. Überall herrschte Interessenlosigkeit und Nachlässigkeit der Verantwortlichen. Ein Abstellen dieser Mängel durch die Vorgesetzten geschah nicht.

Gelöbnis

Noch vor dem Ende der Ausbildung empfing Heinz Dieter Eßmann, der Bürgermeister von Wolfenbüttel, die Rekrutenzüge des BeobBtl 13 und der Instandsetzungsausbildungskompanie 5/1 im Wolfenbütteler Lessingtheater. »Dieser Empfang soll deutlich machen, welche Position wir den Bundeswehrsoldaten einräumen«, so Essmann. Insgesamt war es eine PR-Veranstaltung für die alte Garnisonstadt Wolfenbüttel und deren Bürgermeister. Aber es war auch ein Beitrag zur Integration der Bundeswehr in die Gesellschaft, die noch immer als schwierig bezeichnet werden konnte. Das Harzstadion war von Fackelträgern umstellt, als ich dort mit meinem Rekrutenzug einmarschierte. Wir trugen den Dienstanzug mit Stahlhelm, Koppel und Stiefel. Durch unseren exakten Marsch erhielten wir anerkennende Zurufe von den Zuschauern, was uns mit Freude erfüllte.

»Ich schwöre (Berufssoldaten und SaZ) ...« oder: »Ich gelobe (Wehrpflichtige) der Bundesrepublik treu zu dienen und das Recht und die Freiheit des deutschen Volkes tapfer zu verteidigen (so wahr mir Gott helfe).«

Es war ein beeindruckendes, militärisches Zeremoniell mit ermutigenden Ansprachen und klassischer Marschmusik. Das feierliche Gelöbnis unserer Rekruten erfolgte, zusammen mit denen anderer Einheiten, im Harzstadion in Langelsheim.

»4.000 Zuschauer verfolgten am Mittwochabend von den Rängen des Langelsheimer Harzstadions das feierliche, öffentliche Gelöbnis.«, schrieb die *Goslarsche Zeitung* am 9. Mai. Und: *»1.100 Soldaten legten ihr Gelöbnis ab.«* Sie berichtete objektiv: Frieden ist der Ernstfall. Der Bürgermeister fügte hinzu: »Dabei sei klar, dass die Bundeswehr unter demokratisch legitimiertem Kommando nur der Verteidigung diene ...«

Es gab keine Zwischenfälle. Nur die Grünen äußerten sich mit linkem Zungenschlag pazifistisch: *»Es ist geschmacklos, wenn ein solcher militärischer Klimbim ausgerechnet am Vorabend des 8. Mai, dem Jahrestag der Kapitulation [...] stattfindet.«*

Geschürt wurden diese Stimmen durch die Partei der Grünen, der Altkommunisten (die Linke) und den sogenannten Antifaschisten, die durch Transaktionen aus der DDR finanziell unterstützt wurden. Alle einte das Ziel, die Bundesrepublik zu spalten, zu schwächen und für ihre ideologischen Vorstellungen propagandistisch zu gewinnen. Wer anderer Meinung war, wurde, unterstützt von den Medien, mit der »Nazikeule« niedergemacht.

Geburtstag

Gisela war wieder bei der SPD im Bezirksrat tätig. Wir feierten in der Wohnung am Bohlweg ihren 55. Geburtstag. Bis auf Klaus war die ganze Familie dabei und Hardy kam mit seiner Freundin Susanne. Unser Enkel Tobias war ein niedliches Kind von zweieinhalb Jahren. Von dem großen Balkon aus konnten wir auf den Bohlweg hinabsehen und die vielen dort stattfindenden Aktivitäten beobachten. Demonstrationen wie »Tschernobyl ist überall« oder auch das Radrennen zu Pfingsten, das uns durch die Lautsprecheranlagen schon in der Frühe nervte.

Und wir bekamen erneut Besuch aus Sienhachenbach. Ende Mai kamen Renate (Giselas Freundin) und ihr Mann Karl-Heinz Schneider. Wir waren bemüht, ihnen Braunschweig zu zeigen und etwas von der Geschichte der Stadt nahezubringen. Aber vor allem waren sie wegen Gisela gekommen.

Kurzurlaub

Wir planten einen Kurzurlaub in der Hocheifel. Dazu hatte ich die interessantesten Sehenswürdigkeiten ausgesucht, die wir besuchen wollten. Unser Basislager war die Pension Roos in Trittscheid und unser erstes Ziel die Abtei Maria Laach am Laacher See (Maar). Eine gut erhaltene Klosterkirche, erbaut im romanischen Stil. Wir umwanderten danach den Laacher See und erfrischten unsere müden Füße in den natürlichen Kohlensäure-Austritten des Seeufers. Tagesausflüge führten uns zum Schloss Bürresheim bei Mayen.

Dann ein Höhepunkt unserer Reise, die Burg Eltz. Von einem Berg aus betrachtet, bot die Anlage der Wohnburg (Ganerbenburg) einen imposanten, romantischen Anblick. Nach dem Durchschreiten des Haupttores ließen wir es uns nicht nehmen, auch die zugänglichen Innenräume zu besichtigen. Da ich bereits einmal hier war, konnte ich Gisela einiges über die Burg und deren Geschichte erzählen. Eine weitere Wanderung führte uns um das Gmünder Maar und später zur Kasselburg bei Gerolstein. Leider konnte ich bei unserer nur flüchtigen Suche in den Devon-Gesteinen keinen Trilobiten der Gattung *Phacops* finden, für dessen Funde Gerolstein unter Sammlern so bekannt ist.

Bei der Kasselburg zog uns der Adler- und Wolfspark an, in dem wir gespannt den Vorführungen der Falkner folgten. Doch trotz weiter Flüge (der Vogel war kaum noch zu sehen) kam der Falke immer wieder auf den dicken Lederhandschuh seines Trainers zurück. Die Wölfe blieben uns verborgen, dafür waren die Wildschweine schon auf größerer Entfernung zu riechen. Sie wühlten mit ihren nicht mehr ganz frischen Frischlingen im Schlamm ihrer Suhlen, stanken und fühlten sich offensichtlich sauwohl.

Am Tag unserer Abreise fuhren wir nach Brockscheid, wo tatsächlich noch Glocken gegossen wurden. Jede Glocke war eine individuelle Auftragsarbeit, einzigartig in ihrem Klang und ihrer Gestaltung. »Festgemauert in der Erden steht die Form aus Lehm gebrannt ...« Wir waren froh, dass es noch eine richtige Glockengießerei gab und wir sie besichtigen konnten.

Zusammenkünfte

Am 19. Juli trafen sich die Feldwebel der 4. BeobBtl 13 mit ihren Frauen im Garten des Oberfeldwebels Seidemann, in Remlingen, zu einem gemütlichen Beisammensein. Gisela nahm nicht daran teil. Es gab Bier aus großen Krügen und gegrillte Würstchen und Fleisch. Die Bedeutung solcher Zusammenkünfte sollten nicht unterschätzt werden. Dienen sie doch dem Zusammenhalt und der Kameradschaft. Mir war es unverständlich, dass die Initiative und Planung hierzu nicht von unserem Spieß, HptFw Rapzinski ausging.

Wertfächer

Im Kasernenblock stand ich mit einem Kameraden vor einem geheimnisentleerten Wertfach und wir tauschten unsere Gedanken aus. In den Wertfächern befand sich die menschliche Würde und Unantastbarkeit der Soldaten. Vom »Verhüterli« bis zum Pornoheft, vom Unterfoto der Freundin bis zum Flachmann des anonymen Alkoholikers in Uniform. Das Fach fürs Private musste mit einem Hängeschloss gesichert sein und konnte nur auf ausdrücklichen Befehl des Einheitsführers geöffnet werden. In der Zentralen Dienstvorschrift (ZDv) stand:

Das Wertfach ist ein dienstliches Behältnis; es ist ständig unter Verschluss zu halten [...] Das Wertfach steht dem einzelnen Soldaten zur Aufbewahrung von dienstlichen und privaten Wertgegenständen zur Verfügung [...] Die Kontrolle des Wertfachs darf nur der Disziplinarvorgesetzte vornehmen.

Dort befanden sich auch meine Aufzeichnungen. Im August schrieb ich Folgendes in mein Tagebuch:

Als Kind wäre ich gerne reich gewesen; wir lebten in Baracken, und es war klar, dass ich es werden würde. Ich wollte mit dem Florett fechten, in einem schönen Haus mit gepflegten Rasen, Blumengarten und einem Reitpferd leben; zusammen mit einer schönen, bezaubernden Frau. Später änderten sich die Träume: Eine weiße Jacht mit geblähtem Spinnaker, blaues Wasser, immer nur mäßiger Wellengang, so stand es vor meinen Augen. Als Kind hatte ich so viele Träume gehabt.

Jetzt lese ich in der Zeitung, wie arm die Reichen sind. Arm an menschlicher Nähe, an Liebe, mit all ihrem Geld und Geschichten. Die können einem wirklich leid tun!

Wo liegt das Wesentliche? Gibt es das Glück im Schlichten? Wie Leberecht Hühnchen in dem Roman von Heinrich Seidel, zufrieden im Einfachen leben? Mein Auto ist eine alte Karre (ich bin der fünfte Besitzer), ich trage keine Klamotten von schlauen Firmen, die ihre teure Wäsche durch geschickte Werbung von den sogenannten Modebewussten zahlen lassen …

Und weiter geblättert stand da (und das waren keine Kinderträume):

Es gibt eine Menge Leute, die sich selbst spritzen müssen, wie Diabetiker oder Fixer. Ich bewundere deren Kaltblütigkeit. Ich erinnere mich, welch innere Abwehr sich in mir aufbaute, als es hieß, jeder Soldat müsse sich im Rahmen der Ausbildung eine Salzlösung in den Oberschenkel injizieren. Kochsalz statt Atropin, das Mittel gegen chemische Kampfstoffe im V-Fall.

In der Sanitätsausbildung aller Truppen hieß es dazu:

Erkennst Du die ersten Anzeichen der Nervenkampfstoffvergiftung, spritze sofort eine Atropinspritzampulle durch die Bekleidung tief in den Oberschenkelmuskel […] Die freie Hand spannt die Hose über der Einstichstelle glatt […] Nadel mit schnellem, leichtem Stoß durch die Bekleidung senkrecht und tief bis zum Nadelende in den Oberschenkelmuskel einstechen.

Im III. Quartal 1986 mußte ich wieder einen Rekrutenzug übernehmen. Die Ausbildung, die diesmal von der 4. Bttr durchgeführt wurde dauerte vom 1. Juli bis zum 15. August.

Es war einmal

Manchmal, wenn ich mit meinen jungen Rekruten im Gelände war und die lauten Ausbildungskommandos und Schüsse in der Geländeausbildung hörte, fragte ich mich, ob mich die frühen Erlebnisse des Krieges unbewusst beeinflusst haben, Soldat zu werden. Ganz genau konnte ich das nicht beantworten.

In Pamitz überlebten wir nach der Flucht aus Stettin den Krieg. Das Dorf wurde von jungen russischen Soldaten besetzt. Uns Kinder ließen sie gewähren. Sie gehörten zur 2. Stoß-Armee der 2. Belarussischen Front der Roten Armee. Wahrscheinlich waren sie froh, nicht in den Schlachten an der Oder bei den Selower Höhen oder um Berlin kämpfen zu müssen.

Die Russen, »Iwans« genannt, hatten nicht viel zu tun. Sie jagten den Frauen hinterher, die sich versteckt hielten, soffen und sangen abends in unserer Stube. Sie tranken Schnaps, der aussah wie Wasser. Einmal sollte auch ich ihren Wodka probieren. Er schmeckte furchtbar. Bei diesen Saufgelagen wurde es immer sehr laut; sie kauten ihre Zwiebeln, schrien durcheinander, lachten und sangen inbrünstige Lieder. Einige liefen auf den Hof, schossen aus Übermut mit ihren Gewehren in die Luft und auf alles, was sich bewegte. Auch

Ausbilder des Rekrutenzuges im III. Quartal 1986 bei 4./BeobBtl 13 in Wolfenbüttel, am 7. August 1986 (von hinten, links): Uffz Aue, Gefr UA Marquord, Gefr UA Hesse, Gefr Diehl, Uffz Friese. Vorne: StUffz Malter, StUffz Taubert, Fw Scholz, HptFw Krüger, StUffz Pätzmann, Uffz Röhl.

meinen Großvater Ellendt wollten sie erschießen, weil sie ihn für einen Nazi hielten. Wenn ich morgens in die Wohnstube kam, herrschte dort eine große Unordnung. Es stank nach Zwiebeln, Schnaps und Tabakrauch. Auf dem Tisch standen und lagen, wild durcheinander, Gläser und Flaschen. Unsere Mutter hatte uns eindringlich gebeten, niemals den Namen Hitler zu erwähnen, sonst würden sie uns alle umbringen. Ich hatte keine Ahnung, was das Wort bedeutete.

Die »Iwans« waren zufrieden, wenn sie ihre Nahrung hatten: Sonnenblumenkerne, Zwiebeln, Brot und Wodka. Dann zogen sie weiter in Richtung Westen, was wir heute Vormarsch nennen. Es wurde noch überall gekämpft. Die deutschen Soldaten und das letzte Aufgebot kämpften um jeden Geländeabschnitt, leisteten erbitterten Widerstand um jede Stadt. Bis auf Greifswald. Dort hatte ein kommunistischer Bürgermeister, Oberst Petershagen, die Stadt kampflos an die russischen Truppen übergeben und dadurch viele Menschenleben gerettet.

Zurück in die Gegenwart

Am 22. Juli wurde ich zum Vertrauensmann der Unteroffiziere gewählt. Der 1. Stellvertreter war Feldwebel Rabe, 2. Stellvertreter StUffz Reinhold. Das Vertrauen, das meine Kameraden in mich setzen, freute mich sehr. Um in dieser Eigenschaft die Interessen der Unteroffiziere und Feldwebel zu vertreten, nahm ich kein Blatt vor den Mund und eckte dementsprechend oft bei den Vorgesetzten an.

Fahrt nach Wildbad, in den Schwarzwald

Eine Woche stationäre Aufnahme zur Vorsorgeuntersuchung im Bundeswehrkrankenhaus Wildbad. Nachmittags, gegen 15.00 Uhr, hatte ich die 600 Kilometer zurückgelegt. Meinen alten Opel stellte ich auf einem unbewachten Parkplatz vor dem Kasernentor ab. Das ehemalige Luftwaffen-Lazarett für erholungsbedürftige Piloten wurde durch zivile Bewacher, von den Soldaten »Schnarcher« genannt, gesichert. Vor dem Zutritt musste ich Formulare ausfüllen. Danach erfolgte die Zimmer- und Bettzuweisung. Erneut musste ich Fragebögen ausfüllen. Noch am Abend erfolgte die Eingangsuntersuchung durch einen Truppenarzt. Der tastete mit dem Gummifinger die Prostata ab. Sehr unangenehm.

Nächster Tag: 7.30 Uhr Frühstück, 11.00 Uhr Mittagessen, 16.00 Uhr zur besten Kaffeezeit, Abendessen, da das Küchenpersonal nicht länger arbeiten durfte. Ich fragte mich, wer wohl für wen da war?

Abends ging es also notgedrungen in die Kantine. Ein halbes gegrilltes Hähnchen, danach Bier. Weizenbier der Marke »Gold Ochsen« schäumte mundgerecht in ein schlankes, sich nach unten verjüngendes Glas – geziert mit einem goldenen Ochsen. »Handwerkliche Braukunst seit 1597«. Doch selbst das erfrischendste Bier schmeckte schal, wenn es zu lange im Glas stand. Der Tag war gelebt.

Auf meinem Laufzettel stand, was den ganzen Tag an Untersuchungen durchgeführt werden sollte: *Kommen Sie um 7.00 Uhr nüchtern zur Blutentnahme in den Funktionsraum. Urinuntersuchung (Mittelstrahlurin): Bringen Sie den mit Urin gefüllten Becher mit und stellen ihn links vor dem Schwesternzimmer ab*, usw.

Tags darauf: Haemoccult-Test, ob Blut im Stuhl vorhanden ist. Dreimalige Blutentnahme (mit Federmesser in die Fingerspitze) zur Untersuchung des Blutzuckerspiegels (Glucosetest). So ging das täglich. Der gefühlte Höhepunkt der ganzen Untersuchungen war die Enddarmuntersuchung auf Krebs, die Rektoskopie. Wer das nicht wollte, wurde überredet. Dazu setzten die weißen Kittel viel Energie ein. Freiwillig musste das schon sein, wegen möglicher Kunstfehler. Wie leicht ist so eine Darmwand zu durchstoßen.

Am Samstag fuhr ich mit einem Lazarett-Kameraden per Seilbahn zum Sonnenberg. Dort tranken wir Kaffee, marschierten zur Grünhütte und zum Wildsee, einem Hochmoor mit »Knüppeldamm« aus Eisenbahnschwellen. Marschleistung: circa 15 Kilometer.

Abendspaziergang durch Wildbad. Mit einem Sonderausweis durfte ich mich bis 20.00 Uhr außerhalb des Lazaretts aufhalten. Wildbad, das »Wiltbade« ist ab 1345 urkundlich belegt. Durch den schön mit Blumenrabatten, Sträuchern und Wiesenflächen angelegten Kurpark floss ein schnelles Wildwasser, die Enz. Die Forellen standen gegen die Strömung und ließen sich füttern. »An einem Bächlein helle, da schoß in froher Eil, die launige Forelle vorüber wie ein Pfeil …«

Heute hatte der Oberstabsarzt Zeit. Ich bekam einen Monat Alkoholverbot verordnet: zu viel Cholesterin im Blut. »Achten Sie auf die Nahrung. Vermeiden Sie tierische Fette, sonst ist eine ständige medikamentöse Behandlung erforderlich.«

Bergaufwärts vom Wald aus waren die roten Ziegeldächer des ehemaligen Luftwaffen-Lazaretts zu sehen. Im Ersten Weltkrieg war Wildbad Lazarettstadt mit Militärkuranstalt. 1939 Luftwaffenlazarett, ein Sanatorium für ausgebrannte Piloten. Jetzt war es ein Bundeswehrkrankenhaus (BWK).

Wenn mich jemand gefragt hätte, was ich von dieser Anstalt halte, hätte ich gesagt: »Ziemlich überorganisiert. Die Untersuchungsmethoden entsprechen nicht dem neuesten Stand der Technik. Die Patienten, meist ältere Soldaten, werden aus der ganzen Republik hierher befohlen, um das Lazarett zu erhalten. Was die in einer Woche machen, könnte ein Hausarzt an einem Tag erledigen.«

Bleibt die Frage nach dem Alkohol: Ich sagte dem Oberstabsarzt, dass ich täglich drei kleine Flaschen Bier oder Weizen trinke. Daraufhin hatte er mich zum Alkoholiker erklärt. Die müssen ja etwas diagnostizieren.

Im Dezember 1986 bekam ich von der Stammdienststelle des Heeres eine Mitteilung über meine Herauslösung aus der Truppe, gemäß Verwendungsaufbau für die Berufsunteroffiziere der Artillerietruppe. Bevor ich aber die Truppe verlassen musste, bekam ich noch einige ehrenvolle Aufgaben gestellt, weil das Bataillon wusste, das ich bald versetzt werden würde.

DAS JAHR 1987

Kurantrag

Dem Schreiben des Truppenarztes folgte im Juni ein Kurantrag zur Vorlage beim Sanitätsamt der Bundeswehr:

Bei Hfw Krüger liegt eine Stoffwechselerkrankung vor, bei der ein verdeckter Diabetis mellitus *offenbar eine Rolle spielt. Eine Hepatopathie ist noch nicht abgeklungen. Es bestehen nach wie vor erhöhte Cholesterin- und Triglycerid-Werte, welche eine ungünstige HDL-LDL-Relation, Glucosewerte postprandial, mit 156 mg% zu hoch liegend [...] BwK Wildbad empfahl eine mehrwöchige*

Kur. Ich rate ebenfalls bei dem Lebensalter und Dienstalter des Herrn Krüger zur Kur.

gez. Truppenarzt.

Natürlich wurde der Kurantrag vom Sanitätsamt der Bundeswehr abgelehnt.

Wieder eine ehrenvolle Aufgabe

Im Dezember schon begannen die Vorbereitung für den Unteroffizierlehrgang (Teil 1: Allgemein militärischer Teil), der vom 5. Januar bis 13. Februar stattfinden sollte. Ich wurde zum Ausbildungsleiter befohlen. Dazu wurde ich zur 1. Bttr kommandiert und ahnte dabei nichts Gutes; schließlich kannte ich dieses Bataillon.

Ich übernahm die Ausbildung eines Unteroffizierslehrganges. Das waren andere Anforderungen, als Rekruten auszubilden. Hier musste ich mich mit einigen unmotivierten Lehrgangsteilnehmern und – schlimmer noch – Ausbildern herumschlagen. Es waren aber nur einzelne, die querschossen. Nach drei Wochen war ich fertig mit den Nerven, wollte aufgeben und entwarf ein Gesuch an den Bataillonskommandeur:

Ich bitte um Ablösung als Ausbildungsleiter des Uffz-Lehrganges (Teil 1: Allgemein militärischer Teil). Begründung: Ich kann nicht die Verantwortung für einen Ausbildungszug übernehmen, ohne Unterstützung durch den Disziplinarvorgesetzten und ohne Unterstützung durch das Bataillon, wie zum Beispiel fehlende sanitätsdienstliche Versorgung beim Fußmarsch vom StÜbPl Wohld bis in den Standort Wolfenbüttel – bei Minustemperaturen von 20 Grad und ohne ausreichende Winterschutzbekleidung.

Weiterhin kann ich es mit meinem Gewissen als Vorgesetzter und Portepee-Unteroffizier nicht vereinbaren, dass Lehrgangsteilnehmer, die sich durch eine Disziplinarstrafe selbst disqualifiziert haben, »durchgezogen« werden müssen, nur um vorgegebene Sollzahlen zu erfüllen.

Jeder Unteroffizier/Fw hat die Verantwortung als Ausbilder, Führer und Erzieher für seine Soldaten. Früher galt der Grundsatz: »Das Unteroffizierkorps wirbt für sich selbst«; das ist heute nicht mehr möglich, wenn Soldaten auf Zeit automatisch in die Rolle von Vorgesetzten gedrängt werden, die sie nicht erfüllen können.

In meinen Ausbildungsvorschriften befand sich die *Weisung für den Dienst im Winter* (BMVg, Inspekteur des Heeres, vom 5. Februar 1985), die ich als Grundlage für mein Gesuch angeführt hatte. Dort heißt es:

Das Heer muss unter allen Witterungsverhältnissen einsatzbereit sein [...] Kälte, Nässe, Schnee und Wind erschweren die Lebensbedingungen der Truppe und können ihre Leistungsfähigkeit erheblich beeinträchtigen. Sie sind eine Herausforderung an Führer und Mann, ihnen mit Aushilfen, Härte gegen sich selbst und kameradschaftlicher Fürsorge zu begegnen. Niemals dürfen die Erschwernisse des Winters Willen und Kraft zum Handeln lähmen. Winterliche Verhältnisse sind kein Grund, die Ausbildungstätigkeit einzustellen.

Der Dienst im Winter stellt, besonders wenn er außerhalb der Kaserne, in Übungen und auf Truppenübungsplätzen, geleistet werden muss, Anforderungen an Mensch und Material, die ähnlich denen des Gefechts sind. Hier lernt der Soldat selbst seinen Ausbildungsstand sowie die Zuverlässigkeit und Grenzen seiner Ausrüstung einzuschätzen und seinen Wert zu erkennen. Der Führer ermisst, welche Verantwortung er trägt ...

Und so sah das in der Praxis aus: Die Soldaten, am Ende ihrer Kräfte, schleppten die noch schwächeren Kameraden mit. Der ungewöhnlich hohe Schnee machte das Marschieren zur Qual. Die furchtbare Kälte fuhr beim Einatmen in die Lungen. Der Schal um den Mund war vereist. Mein Fahrer und ich waren rastlos unterwegs und ich versuchte mit Zureden und Forderungen, ihren »inneren Schweinehund« zu überwinden, den Durchhaltewillen der Soldaten zu stärken. Denn Erziehung zur Härte dient

Erkundung zur Durchschlageübung im Hildesheimer Wald.

der Charakterbildung. Die fehlende Sanitätsversorgung und der Zustand der jungen Soldaten beunruhigten mich sehr. Wie leicht kann etwas passieren! So verging die Nacht.

Am Morgen, es war bereits hell, liefen die ersten Gruppen am Endpunkt ein. Ich war auf dem Sitz meines Fahrzeuges eingenickt. Meine linke Hand war angefroren. Ich sorgte mich um die beiden fehlenden Gruppen. Hoffentlich war ihnen nichts passiert. Wie und was auch immer: Die Schuld würde ich als Ausbildungsleiter zu tragen haben. Die bereits angekommenen Gruppen ruhten. Der Schweiß der Marschierer wurde schnell eiskalt. Es wurde gemurrt und leise geschimpft. Der Zug musste aber auf die fehlenden beiden Gruppen warten. Die nächtliche und im Morgengrauen durchgeführte Suche war erfolglos geblieben. Mein Fahrer und ich saßen im Iltis. Die Kälte kroch von unten in den Körper. Um 10.00 Uhr tauchte die letzte Gruppe aus einem Waldstück auf. Sie hatte sich verlaufen. Die Soldaten taumelten vor Schwäche.

Wie hieß es doch in der *Weisung für den Dienst im Winter: Der Neigung zur Bequemlichkeit und der Scheu, sich Witterungsunbilden auszusetzen, ist entgegenzuwirken.*

Ich war froh, dass die Übung, bis auf einige Erfrierungen, ohne Unfälle verlaufen war. Ich hatte Schmerz und Scham dabei empfunden, Härte einzufordern; diese Gefühle, die mir die Kehle zuschnürten, meine Stimme brüchig machten. Jedoch hatte ich sie der Notwendigkeit zur Befehlstreue untergeordnet. Ich musste unter Beibehaltung des Mitgefühls Willen zur Härte zeigen, sonst hätte ich meinen Beruf verfehlt und wäre als militärischer Vorgesetzter untauglich.

Das Gesuch an den Kommandeur mit den aufgeführten Mängeln hatte ich nicht abgegeben. Ich wollte nicht aufgeben.

Es wächst da was

Immer wächst etwas. Einem wachsen Hörner. Dem Bauern »wachsen« Steine auf dem Acker. Mir wachsen Bücher. Wo ich mich auch aufhalte, findet sich irgendwo ein freies Plätzchen: auf dem Tisch, dem Schrank und im Regal beginnt die Aussaat beispielsweise mit Hartmann von Aues *Iwein*. Sie trägt bald Frucht, schlägt im *Parzival* aus und treibt eine Biografie Wolfram von Eschenbachs, blüht alsdann wie ein Rosenstrauch mit dem Gedichtband von Walther von der Vogelweide und grünt mit *Der arme Heinrich*. Nicht zu übersehen die prächtigen Bilder der Manessischen Handschrift, die sie alle im bunten Ornat und Wappen zeigt. Weil durch die Leitbündel der Gedanken Querverbindungen und die Neugier fließen, ist auf dem Beet des freien Platzes auf dem Tisch die Saat aufgegangen, der Boden bestellt, bestapelt mit Büchern. So geht es allen leeren Plätzen um mich herum.

Bad Pyrmont

Im März reiste Gisela zur Kur nach Bad Pyrmont, in das Kurhaus »Hohe Stolle« des Deutschen Roten Kreuzes. Da ich in Gedanken bei ihr war, schickte ich ihr jeden Tag eine anders gestaltete Grußkarte, teilweise aus ungewöhnlichem Material. Es waren Kartenstücke, Kurkarten, Maximumkarten, Meinungs- und Gesinnungskarten und Pop-Art-Cards. Die kleinste war eine Pik-Ass-Spielkarte mit Herz-Dame-Briefmarke. Von den Betreuerinnen war Gisela nicht begeistert. Als ein ihr unbekanntes Lied geübt wurde, sagte eine: »Das müssen Sie doch vom BDM her kennen!«

»Ich war nicht beim BDM«, antwortete sie.

Unter Schwierigkeiten war sie in ihrer Jugend dem BDM entkommen. Auch der Umgangston der alten »BDM-Tanten« gefiel ihr nicht.

Unser Refugium in der Heide

Da ich mein Haus in Sienhachenbach mit Gewinn verkaufen konnte, bekam jedes Kind als Dank, weil sie sich um uns gekümmert hatten, 2.000 Mark. Von dem verbliebenen Geld kauften wir uns im Mai ein Wochenendhaus bei Gifhorn, in der Südheide. Im Juli verbrachten wir dort unseren ersten Familienurlaub.

Meine Station Luftbildauswertung: (v.l.) StUffz Schubert, Uffz Hesse, Uffz Benedikt, Uffz Marquardt, vorne: HptFw Krüger.

2000. Drohnenflug (CL-89)

Am 12. August wurde ein besonderes Jubiläum gefeiert. Nach den erforderlichen Vorbereitungen begann die 4. BeobBtl 13, die den Flug durchführte, auf der Schießbahn 5C in Bergen den Aufbau von Zelten für die zahlreichen Besucher. Flugplanung, Luftbildauswertung und Inst-Fahrzeuge bauten den Gefechtsstand im Kusselgelände hinter der Aussichtsplattform der Schießbahn an den ihnen zugewiesenen Stellungen auf. Dazu wurden die 5 to MAN getarnt, die Auswertegeräte und -mittel aber hinter den Fahrzeugen aufgebaut, um den Besuchern einen Eindruck von der Bildauswertung zu ermöglichen.

Neben den Zelten der Zuschauertribüne waren zwei große Tafeln auf der Besucherplattform der 5C aufgestellt. Auf jeder dieser Tafeln war die Lagekarte mit dem Aufklärungsflug der Drohne grafisch dargestellt. Daneben je zwei Soldaten in Oliv, mit Helm, Gewehr auf dem Rücken und in der Hand einen langen Zeigestock. Durch ein Megafon erschallte eine Stimme, die die Lage erklärte. Die Zeigestöcke der Soldaten folgten den Erklärungen. Die Blicke der Besucher folgten den Zeigestöcken.

Im Vorgelände der 5 Carly wurde fieberhaft am Werferfahrzeug der Drohnenstart vorbereitet. Wie immer gab es kurze Verzögerungen, bevor das

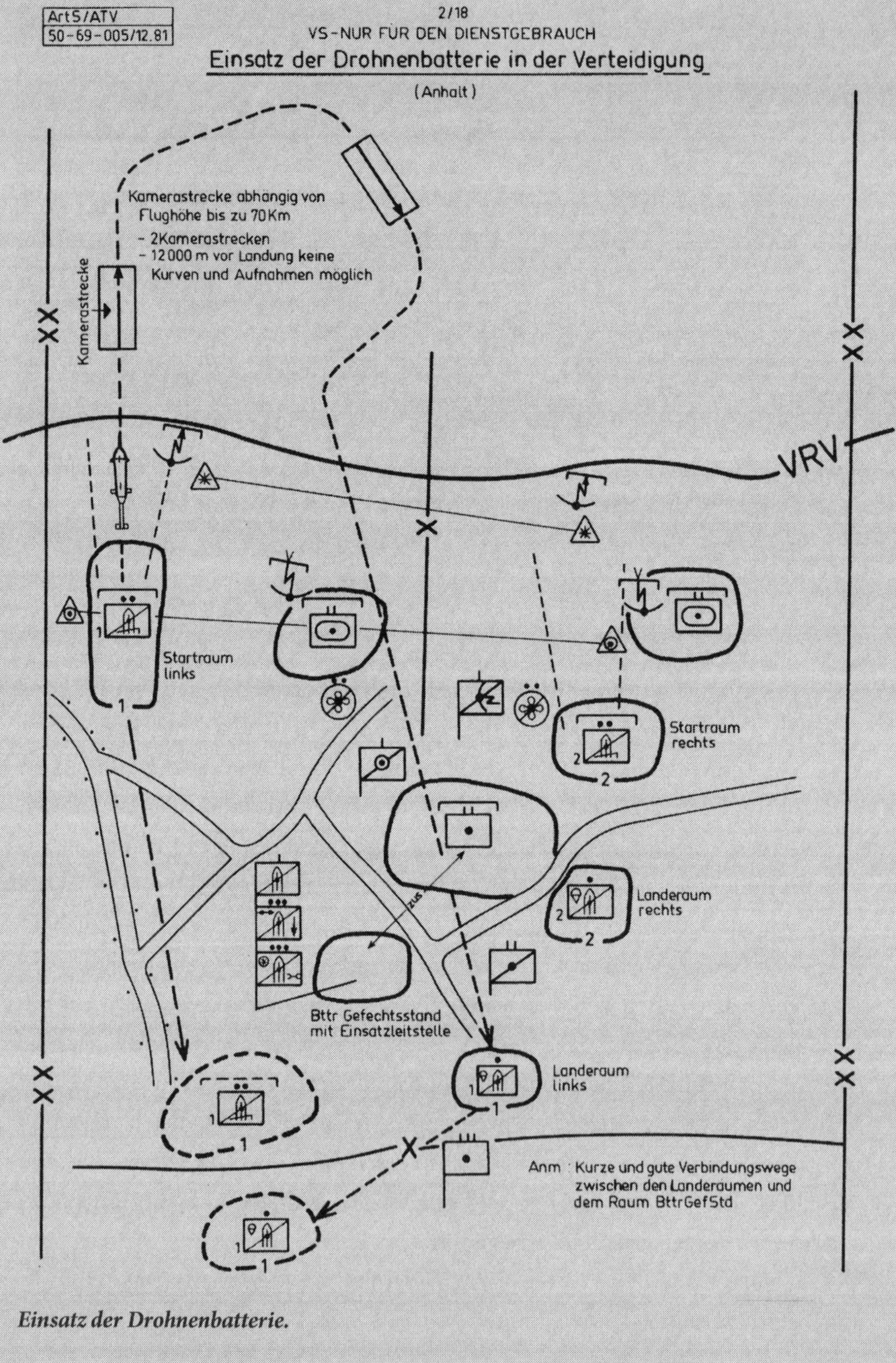

Einsatz der Drohnenbatterie.

Darstellung der Lage für die Gäste auf der Schießbahn 5C.

Die Drohne ist startklar zum 2000. Flug.

Mit dröhnendem Donnern und Zischen des Boosters startet die Drohne.

Drohnenstart.

Zuschauer auf der 5C: (v.l.) OFw Ritscher, HptFw Finger, HptFw Krüger.

Die zivilen geladenen Gäste zum 2000. Drohnenflug.

Grün (Go) auf der Startbox erschien. Dann, mit einem ohrenbetäubenden Zischen, Böllern und Dröhnen, wurde die Drohne mit ihrer Startrakete (Booster), wie auf einem Raketen-Versuchsgelände, in die Luft geschossen und auf Kurs gebracht. Der Werfer wurde von einer dichten Staubwolke des trockenen Heidebodens eingehüllt. Nur Eingeweihte sahen, wie der Booster, einige Sekunden nach dem Start, abgeworfen wurde.

Fallschirmlandung mit den bereits aufgeblasenen Luftkissen.

Während der Flugminuten ertönte wieder die Megafonstimme: »Flughöhe … Fluggeschwindigkeit … erste Bildstrecke …« Viele Zuschauer machten Fotos von dem Bilderbuchstart. Jetzt schauten alle in den Himmel und reckten ihre Hälse. Auch Ferngläser wurden an die spähenden Augen gesetzt. Da! – huschte da nicht etwas Längliches durch den bedeckten Himmel? War sie das?

Man entdeckte den kleinen Bremsfallschirm, dann entfaltete sich der große weiße. Die Drohne schwebte langsam auf dem Boden der Landestelle – radargeleitet, was den Zuschauern natürlich verborgen blieb. Weich schlug sie auf ihren beiden Landekissen auf. Ein Raunen ging durch die Reihen. Das war nun der 2000. Drohnenflug, den unsere Batterie durchzuführen hatte.

Wer in seiner Funktion nicht mehr oder noch nicht gebraucht wurde, hatte sich ebenfalls auf die Besucherplattform begeben, um diesen für die Bundeswehr bedeutenden Flug mitzuerleben. So waren die Dienstgrade der Flugbetriebsgruppe und das technische Personal des Trp und InstZugs angetreten. Man war zufrieden. Es hatte keine größeren Pannen oder Verzögerungen gegeben, wie so oft bei flugtechnischem Gerät.

Nach der Landung begab ich mich zur Luftbildauswertung, die sich in einem getarnten 5 to MAN meiner Luftbildgruppe befand. Gleich würde der

Film von einem Kradmelder gebracht werden. Für die Interessierten war alles, was derzeit für die Luftbildauswertung benötigt wurde, vor dem Fahrzeug aufgebaut. Eine Tafel mit Beispielbildern, Karte und Plot der Bildstrecke, ein Leuchttisch mit aufgelegtem Film, Brückenstereoskop und Lupen.

Die Besucher kamen und ließen sich erklären, wie die vielen Bilder des Negativfilms in die Karte einorientiert wurden, denn ein erkanntes Ziel (Panzer, Gefechtsstände, KFz-Ansammlungen) ohne Koordinaten hatten nur einen narrativen Wert. Die Möglichkeit zur Bildauswertung hinkte dem technischen Aufwand der Drohne hinterher. Das sagte ich den geladenen Zuschauern natürlich nicht.

Unter den geladenen Gästen entdeckte ich alle ehemaligen Chefs der 4. BeobBtl 13. Meiner Bitte nach einer gestellten Gruppenaufnahme verschlossen sie sich nicht. Später schickte ich jedem Chef ein Foto von sich und den anderen BttrChefs. Hptm Gramann sandte mir später einige Dankeszeilen.

In der *Wehrausbildung* Nr. 5/1987 veröffentlichte die Firma Dornier unter der Rubrik »Streiflichter« folgenden Bericht:

Auf dem Truppenübungsplatz Bergen führte Mitte August 1987 die Bundeswehr ihren 2000. Aufklärungsflug mit einer Drohne vom Typ CL-89 durch und bewies damit die langjährige Zuverlässigkeit dieses von Dornier verantwortlich betreuten Aufklärungssystems.

Als unbemannter Aufklärungsflugkörper mit eigenem Turbinen-Triebwerk wird die Drohne zunächst mit einer Feststoffrakete gestartet. Den vorprogrammierten Aufklärungs-Flugkurs legt die Drohne selbstständig zurück. Hat sie das Zielgebiet erreicht, führen verschiedene Sensoren fotografische Aufnahmen durch und speichern diese an Bord auf Filmen.

Nachmittags saßen wir mit unserem BttrChef, OLt Ziegler bei Würstchen und Bier vor der Gaststätte Kohlmann in Bergen. Die Stimmung unter den Kameraden war gut. Abends hatte die Firma Dornier in der Gaststätte zu einem Empfang mit Büfett geladen. Viele Bekannte (in Uniform) und Unbekannte (in Zivil) waren der Einladung gefolgt. Um einen Tisch hatte sich die Flugbetriebsgruppe platziert. Darunter war auch Eggi. Sie tranken »Linie« (Aquavit) zum Bier. Auch Major Weichert (jetzt Oberstleutnant) war von der Artille-

rieschule in Idar-Oberstein angereist. Er war mein früherer Chef bei ATV.

Natürlich wurden dabei Reden gehalten, auch vom Vertreter des Betriebssystems. Wie gut die Zusammenarbeit, wie technisch ausgereift das System sei. Man hoffte auf ebensolche positiven Ergebnisse bei der Weiterentwicklung der Drohne CL-289. Man hörte noch das verhaltene Klappern der Essgeschirre. Was würde die neue Drohne in Zukunft leisten können? Der Aufwand wäre nicht unerheblich. Man dankte allen Beteiligten, erhob die Gläser und trank, weil man Durst hatte.

Rekrutenausbildung

Im IV. Quartal, am 1. Oktober, übernahm ich wieder einmal einen Rekrutenzug. Dazu wurde ich zur 1. BeobBtl 13 kommandiert. Dreißig Soldaten, aufgeteilt in drei Gruppen mit jeweils zwei Ausbildern. Ein Unteroffizier als Gruppenführer und ein Hilfsausbilder, zumeist ein Gefreiter UA, also Uffz-Anwärter.

Ich war mit meinem Zug im Gelände. Vom Marsch erhitzt, öffnete ich meine Panzerkombi und setzte mich ins Gras. Ich konnte die Ausbilder und Rekruten überblicken. Die Uffze hatten ihre Gruppen übernommen und sich »unter Ausnutzung des Geländes« in den notwendigen Gangarten entfernt. Aus der Ferne hörte ich noch Kommandos: »A-B-C-Alaaarm, 1, 2, 3 …!« Der Ausbilder zählte die Sekunden. In acht Sekunden musste die ABC-Schutzmaske (gegen atomare, biologische und chemische Kampfstoffe) aufgesetzt sein. Ich beobachtete die vielen Handgriffe, die dazu erforderlich waren: Waffe zwischen die Knie, Helm abnehmen, Tragetasche aufreißen, Schutzmaske entnehmen, Kopfbänder spreizen, Maske aufstülpen, durch Einatmen die Dichtigkeit prüfen. Der Zug hatte einen guten Ausbildungsstand erreicht. Bei dieser Rekrutenausbildung gab es keine Probleme. Die jungen Wehrpflich-

Links: Der A-B-C-Alarm war eine ständige Übung. In acht Sekunden ist die Maske aufgesetzt!

tigen waren lern- und leistungsbereit, die Ausbilder sachlich und fachlich kompetent. Ein Großteil der von uns ausgebildeten Soldaten verblieb nach der Grundausbildung in unserer Einheit.

Die Kommandostimmen wurden lauter. Eine Gruppe näherte sich dem Sammelplatz. Ich schaute auf meine Taschenuhr, die ich an einer goldenen Kette hervorgezogen hatte. *Noch vierundzwanzig Stunden*, dachte ich gut gelaunt. Daher war ich milde zu den Soldaten, befahl eine längere Pause als notwendig, gestattete das Rauchen und genehmigte Anzugserleichterung.

Ich musste es mir wieder bewusstmachen: Ich war in einer Drohnenbatterie, nicht in einer Ausbildungskompanie. Doch wie ging es mit der Drohne weiter? In die Bundeswehr wurde das neue Drohnensystem Cl-289 eingeführt. Es war mit einem noch größeren technischen Aufwand ausgestattet als das System der CL-89, hatte aber einige taktische Vorteile.

Bad Rothenfelde

Im November fuhr ich mit Gisela nach Bad Rothenfelde, um vor Ort zu klären, ob eine Versetzung auf den Dienstposten dort erstrebenswert war und wie das Umfeld aussah.

Auf der Anfahrt hatte mein Wagen eine Reifenpanne. Kein gutes Zeichen! Auf einem abseitigen Weg wechselte ich den Reifen. Im MobStützpunkt angekommen, empfing uns HptFw Schneider und wies uns in die Gegebenheiten des Standortes ein. Allerdings war er nicht mehr ganz nüchtern. Gisela hatte Bedenken, ich könnte hier zum Alkoholiker werden.

Da das Wetter regnerisch war (ebenfalls kein gutes Zeichen) traten wir bald den Rückweg an. Trotzdem habe ich mich für diese Verwendung beworben. Natürlich wurde sie abgelehnt und ich nach Delmenhorst versetzt.

Rekrutengelöbnis

Rekrutengelöbnis am 20. November in der Rosalies-Kaserne in Braunschweig. Anschließend war unser Zugabend mit den Rekruten des Einsatzleit- und Auswertezuges der 4. Beob Btl 13. Wir hatten auch den neuen Bttr-Chef OLt Ziegler eingeladen, was bei seinem Vorgänger nicht üblich war. Es wurden Dankesreden gehalten und Bier aus Flaschen getrunken. Zur Erinnerung bekam ich als Überraschungsgeschenk von meinem Zug eine Karikatur geschenkt, die mich, ganz in Oliv, vor dem Dienstzimmer zeigt. Kan Sandmann hatte das Bild gezeichnet. Ich freute mich sehr darüber und bedankte mich bei den Soldaten. So etwas war noch nicht vorgekommen. Es war auch unüblich, dass Vorgesetzte von den Rekruten gelobt wurden. An einen Satz kann ich mich deshalb noch gut erinnern: »Ich bin stolz darauf, von Ihnen ausgebildet worden zu sein!«, sagte er und hob sein Glas.

Zugabend: (v.l.) HptFw Grund, HptFw Krüger, als Gast OLt Ziegler. Dazu die Karikatur von mir.

Batteriebefehl

Im November 1987 wurde ich als Batteriefeldwebel, den die Soldaten Spieß nennen, eingesetzt, das heißt befohlen. Am Schwarzen Brett hing ein kleiner Zettel mit großer Wirkung, denn es war ein Befehl:

Batteriebefehl Nr.9/87
HptFw Krüger übernimmt in der Abwesenheit von HptFw Rapzinski die Dienstgeschäfte des Batteriefeldwebels. Ab 30.11.1987 bis voraussichtlich Juli 1988.
Ziegler, Hptm u. BttrChef

Dies geschah, weil sich der reguläre Spieß in der Ausbildung für einen altersgebundenen Dienstposten befand. Urlaub zu bekommen war in dieser Zeit unmöglich, aber auch der OvWa-Dienst entfiel nun für mich. Ich musste mich in die verantwortungsvolle Aufgabe erst einarbeiten und mich um die vielen Dinge kümmern, die den Spieß als Seele einer Einheit ausmachen. Als stellv. Bttr Fw und Führer des Uffz Korps hatte ich jetzt die Möglichkeit zur freien Planung für Fahrten und Veranstaltungen des Uffz Korps. Das wollte ich nutzen. Inzwischen hatte die Batterie einen neuen Chef bekommen. Keinen Hampelmann, sondern einen richtigen Hauptmann, einen Fallschirmjäger. Mit diesem Bttr-Chef, Hptm Ziegler, konnte ich gut zusammenarbeiten.

Als Vertreter des Bttr-Fw (Spieß) mit den Kameraden HptFw Grund, und OFw Güldner.

Die Vorschrift beschrieb meinen neuen Aufgabenbereich: *Der Batteriefeldwebel (KpFw) leitet im Auftrag des Einheitsführers und nach dessen Weisung den Innendienst in der Einheit. Er ist außerdem [...] für den Geschäftsbetrieb, die Personal- und Lehrgangsbearbeitung und für die Durchführung der ihm nach ZDv (Zentrale Dienstvorschrift) [...] Bestimmungen über das Haushalts-, Kassen- und Rechnungswesen bei der Truppe obliegenden Prüfungen in der Einheit verantwortlich. Er steht an der Spitze des Unteroffizierskorps seiner Einheit. Der BttrFw ist im Rahmen seiner Aufgaben nach § 3 VorgV Vorgesetzter mit besonderem Aufgabenbereich gegenüber allen Unteroffizieren und Mannschaften seiner Einheit.*

In einer Schrift über den Spieß hieß es: *Wehrdienst ist kein Abenteuer ohne Pause. Aber weil Liebe erfinderisch macht, und weil es keinen Beruf gibt, dem so viel Einfallsreichtum und Improvisationstalent nachgesagt wird wie dem des Kompaniefeldwebels, wird gerade er bemüht sein, immer neu aus der Routine herauszukommen, Höhepunkte zu schaffen, damit soldatischer Dienst Spaß macht. (Der Spieß, 1984).*

Doch ich hatte auch andere erlebt. Ob ich es besser machen könnte?

Tannenbaumschlagen in der Asse

Ich hatte aus den Fehlern von früher gelernt und wollte nicht die gleichen machen. Ein Landwirt, der Tannenbäume direkt aus seinem Wald anbietet, war leicht gefunden. Ich stellte eine Liste der Weihnachtsbaumbedürftigen auf. Wie immer, wenn das Uffz Korps etwas unternahm, war Hptm Ziegler auch dabei. Als guter Kamerad war er, im Gegensatz zu seinem Vorgänger, ein gern gesehener Gast.

Hinter dem Falkenheim, am Nordrand der Asse, führte uns der Weg zur Fichtenschonung. Dort suchten auch Familien mit Kindern nach dem schönsten Baum des Jahres.

Es war wie bei den Menschen: Trotz gleicher Bodenqualität gab es große und elegante, kurze und dicke, schiefe und gerade. Es konnte sich jeder eine Tanne, ganz nach seinem Geschmack, aussuchen.

Der Tannen- oder Christbaum galt als Baum aus dem Paradiese. Obwohl es einige Protestanten gern so hätten, war Luther wohl nicht sein Erfinder. Egal, ob Evangele oder Katholik, am Weihnachtsabend stand er, festlich geschmückt, in der Wohnstube und verbreitete durch seinen Anblick Freude und Weihnachtsstimmung.

Der Verkäufer vor Ort steckte nicht nur das Geld ein, sondern zwang den Baum auch, zwecks raumsparenden Transports, in ein Netz. Doch erst wurde noch ein Bier oder Glühwein getrunken, der in Kannen, neben den schon gebräunten Bratwürstchen, auf dem Grill stand.

Fahrt mit dem Unteroffizier-Korps

Es fing ganz unkonventionell an. Auf einem Meldeblock beantragte ich beim Bttr-Chef Hptm Ziegler die Planung einer Weiterbildungsfahrt. So unkonventionell war der Schriftverkehr in unserer Bttr. Er antwortete, ebenfalls auf einem Meldeformular, was weiter zu tun war: *Bei S3 (Ausbildung) als staatsbürgerliche Aus- und Weiterbildung deklarieren.* Der Antrag wurde genehmigt.

So fuhr ich am 18. Dezember mit dem Uffz-Korps (alle in Zivil) nach Friedland. Zuerst machten wir eine Gruppenaufnahme vor dem Heimkehrer-Denkmal, bestehend aus vier hohen Betonstelen. Sonst ist man ja nicht hier gewesen. Das Kriegsgefangenen-Denkmal im Museumsbereich kannte ich aus Goslar, vor der Kaiserpfalz. Es standen auch einige »Nissenütten«, das waren Wellblechunterkünfte, in denen die ersten Flüchtlinge untergebracht wurden. Die Heimkehr der letzten deutschen Kriegsgefangenen 1955 aus Russland gab es natürlich nicht umsonst. Bundeskanzler Konrad Adenauer hatte eine Gegenleistung im Gepäck: die Anerkennung der DDR. Von den 100.000 Kriegsgefangenen kehrten jedoch nur die letzten 9.626 heim. 75 Prozent der Bundesbürger sahen diese Befreiung als Adenauers größten Verdienst an.

Silberhochzeit von Eckard und Irmi

Am 19. Dezember luden uns Irmgard und Eckard zu ihrer Silberhochzeit ein. Der Empfang fand um 19.00 Uhr in der Quenstedter Mühle, einem Ortsteil von Bad Zwischenahn statt. Es begann ganz formal mit einem Foto der Gäste neben dem geschmückten Tannenbaum. Wir hatten es zweckmäßig mit einem Besuch bei unserem Sohn Klaus und seiner Frau Heide in Metjendorf verbunden, denn von Metjendorf bis nach Bad Zwischenahn war es nicht weit.

Eckard und Irmi, die lautlos schlicht im Wohnzimmer eines Pastors, in Hamburg, geheiratet hatten, waren nun 25 Jahre verheiratet. Das Ergebnis dieser langen Ehe waren die beiden Töchter Sylvia und Ingrid, beide in Schwarz gekleidet.

An diesem Abend war die Hälfte unserer Kernfamilie anwesend: auch meine Mutter und meine Schwester Anne-Dore nebst damaligen Mann. Die meisten anderen Gäste waren uns jedoch nicht bekannt, bis auf Gerhard, den ältesten Sohn meines Stiefvaters. Als er meine Mutter sah, kam es sofort zu einem unangenehmen Zwischenfall.

Silberhochzeit von Eckard und Irmi.

Zum Glück waren so viele Gäste anwesend, dass wir uns aus dem Wege gehen konnten. Es wurde trotzdem eine lustige Party mit Tanz und Polonaise. Eckard, sonst nur mit Pullover, Weste und Halstuch bekannt, glänzte mit weißem Hemd und Fliege. Irmi, im luftigen rosa Kleid, hatte sich ganz symbolisch einen kleinen silbernen Ring von Lorbeerblättern in die rechte Seite der Frisur gesteckt.

Der nächste Tag waren wir bei Klaus und Heide. Während Klaus das Essen zubereitete, spielte seine Frau mit den beiden großen, schwarzen Hunden Benny und Bea, wobei die Katzen Lilli und Kalle zuschauten. Für Heide waren es ihre Ersatzkinder. Klaus hatte sich inzwischen auf Hochzeitsfahrten spezialisiert. Je nach Wahl fuhr er Hochzeitspaare im Oldtimer Triumph oder Mercedes 600 vom Haus des Brautpaares zur Kirche oder wo immer sich das Paar zeigen wollte.

Weihnachten

In der Stadt knallten die ersten Böller. Es war die Vorstufe der Silvester-Knallerei. So fügte sich das alte christliche Brauchtum an das neuheidnische: die Vertreibung der bösen Dämonen und Geister durch Lärm und Pulverdampf. Die Zeitmarkierung des neuen hoffnungsvollen Jahres durch die bunte Vergänglichkeit eines Feuerwerkes.

DAS JAHR 1988

Seminar des Deutschen BundeswehrVerbandes

Im April fuhr ich mit meinem alten Opel Kadett von der Autobahn Köln-Frankfurt kommend in Richtung Königswinter. Nach der Abfahrt sah ich auf einem grün-bewaldeten Hang das Gästehaus der Bundesregierung auf dem

Petersberg. Da ich mich schon längere Zeit für den BundeswehrVerband engagiert hatte, nahm ich an einem einwöchigen politischen Seminar teil. Ich leitete die Truppen-Kameradschaft in Wolfenbüttel. Das Seminar fand im Zentrum für Arbeitnehmerbildung in Königswinter (kurz ZAK) statt. Thema: »Die Rechtsstellung des Soldaten im freiheitlich-demokratischen Rechtsstaat«.

Das Bundesministerium für Verteidigung (BMVg) verweigerte den Soldaten jene Rechte, die nach dem Grundgesetz jedem Staatsbürger zustanden. Die Stimmung war aufgeheizt. Der BundeswehrVerband hat außergewöhnliche Maßnahmen als legitimes Mittel der Verbandspolitik angekündigt. Protestmärsche oder Streiken ging nicht, denn so etwas war Soldaten verboten. Auf Wandzeitungen, die bis auf Kompanie-Ebene verteilt wurden, war zu lesen:

Soldaten wehren sich gegen 84-Stunden-Woche zum Nulltarif
Trotz unserer Warnungen hatte die Bundesregierung das vom BMVg entwickelte Dienstzeitausgleichsmodell als Gesetzentwurf verabschiedet. Sie hat damit eine Ausnahmeregelung auf den Weg gebracht, welche den Soldaten im Extremfall eine 84-Stunden-Woche zum Nulltarif zumutet.
Außerdem koppelt dieser Gesetzentwurf die Soldaten von der für den übrigen öffentlichen Dienst vereinbarten Arbeitszeitverkürzung ab.
Das ist unsozial, ungerecht und diskriminierend.
Dagegen wehren wir uns mit allen nach Recht und Gesetz zu Gebote stehenden Mitteln.

Es wurde in kleinen Gruppen diskutiert, beraten, verworfen, neu formuliert, geschrieben und umgearbeitet. Nach vier Tagen Diskussion und Beratungen werden die Ergebnisse der Arbeitsgruppen vorgetragen und am 15. April eine Resolution verabschiedet:

Wir sind der Auffassung, dass das Fehlen einer festgeschriebenen Dienstzeitregelung für die Soldaten einen eklatanten Rechtsverstoß in einem freiheitlich-demokratischen Rechtsstaat bedeutet.

Die Begründung, wonach eine Dienstzeitregelung mit den ›Erfordernissen, bzw. Besonderheiten‹ des militärischen Dienstes nicht in Einklang zu bringen ist, können wir nicht nachvollziehen und lehnen sie aus diesem Grunde ab. Wir las-

sen uns nicht in das gesellschaftspolitische Abseits stellen, indem wir als einzige Berufsgruppe [...] keine gesetzliche Dienstzeitregelung haben dürfen.

Das ZAK war ein großzügig angelegter, moderner Bau, mit luxuriösem Interieur. Träger war eine »Stiftung für christliche und soziale Politik und Bildung e. V.«, also eine CDU-nahe Einrichtung.

Im Hauptflur war eine Ausstellung präsentiert. Fotos und Kopien waren auf Stellwänden montiert: Jakob Kaiser (1888–1961). Den Ausstellungskatalog gab es gratis. Initiator war die Konrad-Adenauer-Stiftung. In der nächsten Woche sollten Norbert Blüm und Dr. Manfred Wörner kommen, doch dann waren die aufmüpfigen Soldaten längst abgereist.

Wir Seminarteilnehmer fuhren mit unserer Resolution nach Bonn zum Justizministerium, zuständig für Gesetzesvorlagen. Es war das kleinste Ministerium in Bonn. Das größte war das Verteidigungsministerium. Ein Staatssekretär (Dr. Klaus Kinkel) stellte sich jovial den Fragen der Soldaten und heuchelte sein Erstaunen darüber, Soldaten so unzufrieden zu sehen. Vom Verteidigungsminister Wörner hatte er stets anderes gehört.

Wir Soldaten überreichten unsere Resolution, schilderten die Situation und verlangten eine juristische Prüfung der vom BMVg erarbeiteten Gesetzesvorlage zur Dienstzeitregelung. Unverständnis wurde darüber geäußert, warum das nicht bereits bei der Entstehung der Gesetzesvorlage geschehen war. Kinkel: »Das Justizministerium ist eben das Kleinste in Bonn.«

Die von Wörner und seinem harten Kern erarbeitete Gesetzesvorlage »Alles bleibt beim Alten« war selbst bei Regierungsvertretern auf heftige Kritik gestoßen. Staatssekretär Kinkel sagte eine rasche Prüfung zu. Das Ergebnis sollte dann dem BundeswehrVerband zugeleitet werden. Kinkel entwickelte sich zum Senkrechtstarter der FDP, in die er nur kurz vor seiner Berufung als Justizminister eingetreten war. Was von solchen Zusagen zu halten war, erfuhr ich vier Monate später. Im August bekam ich den Sachstand vom BundeswehrVerband mitgeteilt:

Leider ist, wie schon so oft in der Vergangenheit, aus den hehren Versprechungen des Ministeriums nichts geworden, ich meine damit die Papiere der Verfassungsprüfungskommission, die man uns zusenden wollte.

Nach der sogenannten »Kießling-Affäre« war Wörner in der Regierung Kohl nicht mehr tragbar. Am 15. August wurde Rupert Scholz (vormals Berliner Justizsenator) neuer Bundesminister der Verteidigung. Vorher lief, mit einer Entschuldigung bei dem zu Unrecht in Ungnade gefallenen General Kießling (dem Homosexualität zur Last gelegt wurde) die offizielle Verabschiedung von Wörner ab. Eine Realsatire ersten Ranges. Dabei fiel mir die »Nacht der langen Messer« ein, dem sogenannten Röhm-Putsch.

Dr. Manfred Wörner wurde am 1. Juli 1989 neuer NATO-Generalsekretär. So ging Politik. Ein smarter Staatssekretär hatte uns gezeigt, was von Regierungsvertretern zu halten ist: Alles zusagen, nichts halten!

Ich verlängerte das Seminar um das anschließende Wochenende und rief zu Hause an: »Die Gelegenheit ist günstig … Köln … Dom, gotische Kathedrale … vielleicht auch noch ins Neandertal bei Düsseldorf … liegt fast am Wege … bis Sonntag und mach Dir keine Sorgen!« Ich hing ein.

Das Mädchen hinter der langen Empfangstheke lächelte flüchtig. Neue Seminaristen strömten ins Haus, es waren Gewerkschaftler. Sie werden rauchend und debattierend in den Pausen im Flur herumlaufen, mit der Hoffnung, etwas zum Besseren zu verändern, dachte ich. In der Mittagspause würden sie am Rhein entlang promenieren, dann wieder heftige Debatten führen. Abends würden sie in der kiefernholzgetäfelten Bierstube sitzen und nach Bier verlangen.

Vom Flur aus, halblinks neben dem Seminarraum, lag das Kaminzimmer. Hier hatte ich gestern mit zwei Kameraden zu Abend gesessen, einem Stabsfeldwebel und einem Hauptbootsmann von der Marine. Der Mariner fuhr weiter nach Köln statt nach Kiel, um eine alte Freundin zu besuchen.

Der Stabsfeldwebel hatte Probleme. Auf seiner letzten Kur hatte eine »etwas vermögende« Geschäftsfrau aus Berlin kennengelernt. Der Kurschatten kam immer angeflogen oder er flog nach Berlin. Dort hatte er tolle Tage verlebt. Doch dann ging es zurück zur Ehefrau. Seitdem erpresste ihn seine etwas vermögende Dame mit Selbstmorddrohungen. Er ging wieder zum Telefonieren. An diesem Abend schon das vierte Mal. Fast alle Seminarbesucher vom BundeswehrVerband hatten das ZAK bereits verlassen.

Ich telefonierte mit Gisela. Sie war wütend: »Warum reibst Du Dich für Deinen Beruf so auf? Oder um es anders auszudrücken: warum reißt Du Dir den

Arsch für diesen Verein auf, der weder von der Politik noch von der Bevölkerung akzeptiert wird. Die Zeit von: ›Der schönste Mann im Staate, das ist der Soldate‹ ist endgültig vorbei. Und wenn Du im Dienst verunglückst, ein Bein verlierst oder den Verstand, brauchst Du einen Anwalt, um Deine Rechte einzuklagen. Das ist dann der Dank des Vaterlandes. Du hast doch selbst erlebt, wie sie euch im Ministerium abgebügelt haben! Die Regierung, die Parteien, die Abgeordneten sehen euch Soldaten nur als notwendiges Übel an. Glaube mir, Dein Einsatz ist völlig vergeblich und sinnlos.«

Ich wusste, dass sie recht hatte.

»Was Du sagst, ist richtig, aber es ist mein Auftrag, meine Verantwortung, auf die ich geschworen habe. Und wenn ich in den Krieg ziehen muss, werde ich es tun und fallen, wie mein Vater. Ein Vorgefühl hat mir die Kubakrise 1962 vermittelt. Ich weiß, das klingt alles sehr idealistisch, aber wenn Du nicht davon angefangen hättest, hätte ich nicht davon gesprochen.«

Besuch der ILA

Durch die Firma Dornier wurden wir zur ILA 88 (Internationale Luft- und Raumfahrt Ausstellung) nach Hannover eingeladen, die vom 5. bis 12. Mai lief. Wir, das ist das Offz/Uffz-Führungskorps der 4. BeobBtl 13 aus Wolfenbüttel.

Wir bestaunten den mächtigen Laderaum des großen Transportflugzeuges Transall und sahen uns die vielen Flugzeuge und Exponate an. Vor dem Modell des Jäger 90 wurde das obligatorische Gruppenfoto gemacht. Der Jäger 90 befand sich noch in der Entwicklung und wurde später in Eurofighter Typhoon umbenannt und als Mehrzweck-Kampfflugzeug umgerüstet. Laut Kabinettsbeschluss vom 8. Oktober 1997 waren 180 Maschinen als Nachfolgemodell der Phantom II geplant. Die Indienststellung für die deutsche Luftwaffe erfolgte im Juli 2006. Von der Planung bis zur Auslieferung war es ein langer, schwieriger und teurer Weg.

Geschichtsträchtiger war das Betrachten und Besteigen des Cockpits der alten Tante JU (Junkers Ju 52/3m). Dieses legendäre Verkehrsflugzeug entwickelte sich wie kein anderes Flugzeug seiner Zeit. Es wurde zum Synonym für Zuverlässigkeit und angenehmes Reisen. 1931 eingeführt flog es mit einer Höchstgeschwindigkeit von 265 Stundenkilometer und hatte eine Reichweite von 1000 Kilometern. Einige dieser Maschinen flogen heute noch und wurden für Oldtimer-Flüge genutzt. Im Zweiten Weltkrieg war es das Standardtransportflugzeug der Luftwaffe und wurde als Behelfsbomber eingesetzt. Dabei waren ihre Kurzstart- und Landefähigkeit von Vorteil. Zahlreiche europäische, lateinamerikanische und afrikanische Fluggesellschaften setzten die JU 52 ein.

Auf der ILA in Hannover, am 6. Mai 1988: (v.l.) GefrUA Bringer, StUffz Hesse, Stuffz Haß, Uffz Holzgrebe, Uffz Schelper, StUffz Marquordt, StuUffz Hapke, Stuffz Röhl, OFw Klie, Fw Rabe, Fw Ullmann, OLt Hohlfreld, OFw Pache, Hptm Ziegler, HptFw Krüger, Uffz Stahnke, Uffz Velbinger und Herr Paulissen.

Wildbad, die Zweite

Mai, Monat der Hoffnungen. Die Natur befand sich auf dem Höhepunkt, auch die menschliche. Wildbad im Schwarzwald. Zwei Jahre waren vergangen, seit ich hier war.

Ich erinnerte mich filmhaft: die Forellen in der Enz, die Tagesprofile, die weißen Kittel der Stabsärzte. Diesmal kam ich mit der Bahn angereist. Ich war verärgert über den Zivilfahrer, der nicht pünktlich am Bahnhof erschien, um mich abzuholen. Ich drohte eine Beschwerde an. Die Markstücke zum Telefonieren fielen, bis auf eines, durch den Apparat. Daher ging ich zum Wechseln in die Bahnhofsgaststätte. Ärgerlich und enttäuscht telefonierte ich nach Hause: Der ganze Aufenthalt hier war vergeudete Zeit.

Eine Woche Bundeswehr-Krankenhaus. Die Rektoskopie war unangenehm und schmerzhaft. Zuerst hatte ich die Darmuntersuchung abgelehnt. Der Arzt überredete mich. Ich hätte wohl nur Angst vor dem bisschen Schmerz. Für die Ärzte war es der Schwerpunkt der Untersuchungen. Für die notwendige Darmentleerung wurden Abführmittel verabreicht, immer für sechs Patienten. Es standen aber nur vier Toiletten zur Verfügung, das gab Bauchschmerzen und Gedränge. Es fühlte sich an, als würden Kinder einem Frosch einen Strohhalm hinten hineinstecken und ihn aufblasen. Wurde man im Mittelalter so gepfählt? Ich hasste das Einstechen von Nadeln und Messerchen in mein Fleisch. Unser Blut war Untersuchungsmaterial. Hier herrschten weiße Kittel und Anonymität.

Das Abendessen wurde noch immer, mit Rücksicht auf das Küchenpersonal, zur Kaffeezeit ausgegeben. Ausgang bis 20.00 Uhr gab es nur mit schriftlicher Genehmigung des Arztes. Als wären wir Rekruten. Warmen Tee, der wie eingeschlafene Füße schmeckte, gab es reichlich: Malve oder Minze in stahlblanken Bottichen auf dem Flur. Ich war gereizt, fühlte mich eingesperrt. Alles stand mir feindlich gegenüber. Verbindung zur Außenwelt gab es nur durch die Nabelschnur des Telefons. Die Tage waren lang und freudlos. Entlassungstag: Keine ernsthaften Befunde. Na also!

Patenschaft der 4. Bttr mit der Gemeinde Ahlum

Patenschaften zwischen Bundeswehr-Einheiten und Verbänden mit Städten oder Gemeinden waren in erster Linie Absichtserklärungen, die der Öffentlichkeit durch die Presse bekannt gegeben wurden. Es fand ein Urkundentausch zwischen Btl Kdr und Bürgermeister statt. In einigen Fällen gab es sogar gemeinsame Veranstaltungen von Vereinen und Schulklassen. Für die Bundeswehr sollte der Zusammenhalt zwischen Soldaten und Bevölkerung demonstriert werden. Vorteilhafte Veranstaltungen für beide Seiten waren solche zwischen Uniformträgern wie Soldaten und Feuerwehr, Polizei oder Schützenvereinen. Später kühlte das Verhältnis naturgemäß langsam ab. Doch die attraktiv gestalteten Patenschaftsurkunden blieben lange an der Wand.

»Mit Patenschaft Kontakte festigen« titelte die *Wolfenbütteler Zeitung* am 30. Mai 1988. Der Ursprung der Patenschaft zwischen der Gemeinde Ahlum und der 4. Bttr des Beob Btl 13 lag in den Kontakten der Freiwilligen Feuerwehr Ahlum zur vierten Batterie. »In dieser Patenschaft wollen wir die Identifikation der Bürger mit der Bundeswehr deutlich machen«, so Bürgermeister Schwarz. Als stellvertretender Bttr Fw durfte ich die Patenschaftsurkunde mitunterzeichnen.

Kommandoübergabe

Jeder Bataillonskommandeur wurde nach einigen Dienstjahren abgelöst und durch einen neuen ersetzt. Für die Truppe konnte das erhebliche Folgen haben oder nur als militärisches Zeremoniell der Kommandoübernahme als Führungswechsel spürbar sein. Die Kommandoübergabe fand im Kasernengelände statt. Alle Batterien waren, in ihre Züge gegliedert, angetreten. Die Zugführer meldeten dem BttrChef, der meldete dem stellvertretenden BtlKdr, dieser dem alten Kdr. Es folgten die Ansprachen und die Übergabe vom alten OTL Fleck an den neuen BtlKdr OTL Tedsen.

Unteroffiziere auf der Oker

Eine Uffz-Weiterbildung hieß es offiziell. Der Ausbildungsleiter berichtet: »Zwei vom THW ausgeliehene Schlauchboote wurden von LKWs abgeladen und ›aufgerüstet‹. Im Sichtbereich der alten Königspfalz Werla, von der lediglich noch einige Erdwälle existieren, wurden die Boote zu Wasser gelassen.

Uffz-Weiterbildung auf der Oker.

Die Oker war an dieser Stelle nicht sehr breit und verlief ruhig. Bei gutem Paddelwetter und noch besserer Laune schmeckte nach einem ›Kurzen‹ bereits das erste Wolters-Bier. Die Schwimmwesten, obwohl vorhanden, waren nicht gefragt. Zunächst war eine Untiefe im Bereich einer Eisenbahnbrücke zu überwinden. So verlief die Fahrt in ruhigen Bahnen flussabwärts bis Dorstadt, wo im Gutspark eine Grillstation aufgebaut war. Hier stieß auch Hauptmann Ziegler als Gast zu uns. Er wurde durch eine Besprechung in der Kaserne aufgehalten.

Nach der Stärkung durch Bratwurst, Gegrillten und Wolters ging es mit einem Wettpaddeln weiter. Die Schnapsbuddel, zur Kühlung außenbords an einer Leine hängend, war nach der Rast plötzlich verschwunden. Nachdem uns das zweite Boot überholt hatte, kam es zu gegenseitigen Provokationen, die zuerst durch lautstarke wilde Drohgebärden untermalt, ausgetragen wurden. Der daraufhin erfolgende Einsatz leicht stinkigen Okerwassers ließ die Auseinandersetzung eskalieren.

Mit aller Kraft vorgetragene Rammversuche scheiterten an unserer gezielten Abwehr. Auch der Enterversuch von Fw Friese wurde erfolgreich abgewehrt. Es folgten immer neue Enterversuche und die Überlegung zum Einsatz neuer Waffen. Beim Einsatz von ›Wasserbomben‹ war darauf zu achten, dass der Gegner senkrecht getroffen werden musste.

Die beiden verzahnten Boote trieben unter einem die Oker überspannenden Baumstamm, auf dem sich zwei Gegner zum Entern bereithielten.

Durch geschicktes Manövrieren wurden die beiden ›Piraten‹ gezwungen, ihre Taktik zu ändern. Flankenangriff durch Kampfschwimmer Fw Friese, kombiniert durch Luftlandeangriff vom Pappelbaum durch StUffz Röttger. Durch die erfolgreiche Abwehr übermütig geworden, begann Kommandant, Hfw Krüger, den eigenen Steuermann, Fw Rabe, mit Vorübungen zur Äquatortaufe zu traktieren.

Lautstark vorgetragene Friedensangebote des Kommandanten führten zu keinem Ergebnis. Erneute Spritzangriffe eröffneten eine neue Qualität der Auseinandersetzungen, die eine totale Durchnässung aller Beteiligten zur Folge hatte. Vereinte Anstrengungen ermöglichten eine Entzerrung der beiden Kampfparteien. Dabei war zu bemerken: Bierflaschen müssen, wegen des kostbaren Inhaltes, auch bei Auseinandersetzungen immer senkrecht gehalten werden! Der Feind kam, in Form eines industriell genutzten Seitenarms der Oker, der durch fehlerhafte Navigation des Steuermannes befahren wurde, von außen. Nach lautstarken Auseinandersetzungen mit den Arbeitern des Mühlenpersonals, die sich unserer Durchfahrt mutig entgegenstellten, wurden die unhandlichen Boote mit vereinten Kräften aus der Oker gewuchtet und auf dem Landweg außerhalb des Mühlengeländes gezogen und wieder zu Wasser gelassen.

Nach dem Einlaufen in den Stadtpark von Wolfenbüttel wurden die Boote wieder auf einen LKW verladen. Fw Rabe erregte durch sein entschiedenes Auftreten in Badehose die Aufmerksamkeit der Bürger und des militärischen Wachpersonals.«

Fazit des Unternehmens: Ein Uffz mit Schnittverletzungen, durch eine zerbrochene Bierflasche, musste ärztlich behandelt werden. Eine Brieftasche samt Inhalt ging baden und wurde nicht wiedergefunden. Der Ausbildungsleiter stellte fest, »die Ausbildungsfahrt war ein voller Erfolg!«

Tabula rasa

In Sienhachenbach hatten Gisela und ich uns stark für die SPD engagiert. Für den Ortsverein erarbeiteten wir eine bislang nicht existierende Satzung. Bei der Wahl zum Gemeinderat von Sienhachenbach vor vier Jahren wurde ich zum Ersatzmann für den Gemeinderat gewählt. Wir gründeten, zusammen mit anderen engagierten Mitgliedern, die Bürgerinitiative Lärmschutz. Im Februar 1985 wurde ich vom Landrat zum Beauftragten für Landespflege bestellt. Das war eine Mitteilung im Schulbefehl wert!

Wir gründeten den *SPD Express*, eine Ortsvereins-Zeitung für die Region. Unsere SPD-Initiative Lärmschutz gegen den Fluglärm brachte mir wenig Sympathien bei meiner Dienststelle ein. Sie wurde als Angriff auf die Bundeswehr gewertet.

Wieder in Braunschweig war Gisela in den Bezirksrat gewählt worden und setzte sich dort für die Belange der Bürger ein. Für meinen Entschluss, die SPD zu verlassen, zeigte sie wenig Verständnis. Es kam aber nicht zu bösartigen Auseinandersetzungen.

Was mich besonders erboste, war die Erhöhung der Wahlkosten auf fünf Mark pro Wähler und die Neuregelung der Parteienfinanzierung. Neben einem Sockelbetrag von 3,4 Millionen Mark für alle Parteien des Bundestages, die in der Neufinanzierung enthalten waren. Demnach bekam die SPD 11,8 Millionen, die CDU 11,3 Millionen, die CSU 5,6 Millionen, die FDP 5,5 Millionen und die Grünen 5,3 Millionen.

Diese Selbstbedienungsmentalität, natürlich von allen Parteien gebilligt, brachte bei mir das Fass zum Überlaufen und bewegte mich zum Austritt aus der SPD.

Barbarafeier 1988

Ich hatte meine Versetzung nach Delmenhorst bereits in der Tasche, doch für die Barbarafeier 1988 schrieb ich ein satirisches Stück, was nach Überarbeitung (Zensur) im BtlStab genehmigt wurde und von den Unteroffizieren, Feldwebeln und Offizieren der 4. Bttr aufgeführt wurde. Titel: Die Drohnenbatterie im Einsatz – eine fast wahre Geschichte. Ich glaube, wenn man die Lacher zählte, war es ein guter Erfolg. Die *Braunschweiger Zeitung* vom 7.12.1988 schrieb: »*Die Drohnenbatterie eröffnete das Programm mit einem Beitrag, der sowohl den Befehlsstrang als auch die Batterieführung karikierte […] Die Reaktion der Anwesenden zeigte, dass die ironischen, nicht ganz ernst gemeinten Beiträge gut ankamen.*«

Soldaten luden zum Fest ihrer Schutzpatronin ein

Zu Ehren der heiligen Barbara

Wolfenbüttel (sus/UB).

An dieser Stelle sollte eigentlich der Bericht über die traditionelle Barbarafeier der Wolfenbütteler Artilleristen erscheinen. Allerdings wurden ausdrücklich nur männliche Berichterstatter zu diesem Fest geladen. Da die WaS-Redaktion (zum Glück!) nur aus weiblichen Mitarbeiterinnen besteht, können wir Ihnen, liebe Leserinnen und Leser, keine Augenzeugenberichte liefern. Vielleicht findet sich ja auf diesem Weg ein „Alibi-Mann", der im nächsten Jahr aktuell für Sie vom Geschehen in der Gneisenaukaserne berichten kann.

Protest: Da auf der Barbarafeier nur männliche Journalisten eingeladen wurden, druckte die ausschließlich weibliche Redaktion der Zeitung* Wolfenbüttel am Sonntag *einen leeren Kasten.

Kommandierung zur MobTrpÜb zu SichBtl 118

Im November wurde ich zur Einarbeitung und Dienstleistung nach Delmenhorst kommandiert, zu einer Einheit, die ich später übernehmen sollte. Ich konnte nichts dagegen tun. Bei einer Mob-Übung wurden Reservisten, die dem SichBtl 118 zugeordnet waren, eingezogen. Sie bekamen hier eine Waffe und weitere Ausrüstungsstücke. Einiges, was ihnen als Reservist ausgehändigt wurde, mussten sie mitbringen. Das alles und die militärische Ordnung oblag dem KpFw (GerEinh). Auch den Kdr des Btl und einige Offiziere sah ich das erste Mal. Sie machten hier ihre Wehrübungen, um einen höheren Dienstgrad (d.Res.) zu erreichen. Eine beliebte Karriereleiter, nicht nur für Politiker. Die ganze Übung erschien mir wie ein großes Chaos, doch StFw Bunjes leitete alles sehr souverän.

Jedes Wochenende musste ich 200 Kilometer von Braunschweig nach Delmenhorst fahren. Wieder eine große Belastung. Gisela wollte nicht mehr umziehen. Daraufhin wurde mir das Trennungsgeld gestrichen. Immer die gleichen Probleme!

Die Trennungsgeldfalle

Ja, die Bundeswehr ist eine Parlamentsarmee, woran man sehen kann, wie sie mit ihren Soldaten umgeht und welchen Stellenwert die Bundeswehr im Parlament besitzt.

Beispiel: Wird ein Soldat aus dienstlichen Gründen an einen anderen Standort versetzt, hat er keine rechtlichen Möglichkeiten dagegen Einspruch zu erheben. Um die Kosten für die Fahrten und die doppelte Haushaltsführung abzumildern, hatte er Anspruch auf ein Trennungsgeld.

Am neuen Standort wurde ihm, wenn vorhanden, eine sogenannte Dienstwohnung zugewiesen. Das waren in der Regel Löcher (sonst ständen sie auch nicht zur Verfügung), in die niemand einziehen wollte. Lehnte ein Soldat das als unzumutbar ab, wurde ihm das Trennungsgeld gestrichen. Die andere Variante: Stand keine Dienstwohnung zur Verfügung, musste der Soldat glaubhaft nachweisen, dass er sich um eine private Wohnung bemüht hatte. Mit Angaben, auf welche Anzeigen er wie geantwortet hatte, Gesprächsnotizen und so weiter. Erkannte der Dienstherr, in diesem Fall die Truppenverwaltung, seine Bemühungen nicht oder als unzureichend an, wurde ihm das Trennungsgeld ebenfalls gestrichen.

Die Truppenverwalter waren in der Auslegung der Verordnungen, besonders hier im »Räubernest« Delmenhorst, willige Vollstrecker. Wenn der Versetzte, wie ich, in der Kaserne wohnte, weil er getrennt von seiner Familie lebte, musste er seine Unterkunft natürlich bezahlen, denn schließlich lebten wir privatwirtschaftlich.

Das waren die Trennungsgeld-Fallen, mit denen es der versetzte Soldat zu tun hat. Natürlich alles unter der Tarnbezeichnung »Fürsorge« für die Soldaten. In Wahrheit wurden sie nicht zum Wohle der Soldaten erlassen, sondern im Interesse von Lobbyisten und Interessenvertretern. Bei den Umzügen von Stade nach Braunschweig, Idar-Oberstein und Delmenhorst war ich diesen Vollstreckern der Verordnungen ausgeliefert.

Alles lief auf der Basis von Verordnungen und Gesetzen, die vom Parlament beschlossen wurden. Schließlich war die Bundeswehr ja eine Parlamentsarmee und daran konnte weder der Deutsche BundeswehrVerband noch der Wehrbeauftragte etwas ändern. Daher auch der Spruch: »In Friedenszeiten ersetzen Truppenverwaltung und vorgesetzte Dienststellen den Feind!«

Ein Beispiel, wie es auch anders geht: Der britische Soldat konnte mit einem Koffer an seinen neuen Standort umziehen, wie wir in der Südstadt gesehen haben. Ihm stand alles kostenlos zur Verfügung, eine Dienstwohnung oder ein Haus, immer voll eingerichtet.

Am 1. April 1989 wurde ich von Wolfenbüttel nach Delmenhorst zum Sich Btl 118 versetzt.

Der Mob-Stützpunkt in der Feldwebel-Lilienthal-Kaserne in Delmenhorst.

6. GARNISON

Spielball der Politik: Delmenhorst

1989 bis 1994

Bei der Bundeswehr ist man entweder zu jung oder zu alt. Für eine Beförderung zum OStFw in Idar-Oberstein war ich angeblich noch zu jung, doch nun wurde ich auf einen dienstaltersgebundenen Posten nach Delmenhorst versetzt, da ich für die Truppe zu alt war. Das Personalstammamt gab sich großzügig. Ich konnte meinen Standortwunsch äußern. Ich wünschte Rotenburg und kam nach Delmenhorst.

Die Dienstzeit als KpFw (Ger Einh) war auch wegen der fünf Zivilisten angenehm. Doch dann gerieten wir in die Fänge der Politik. Die Bundeswehr musste jetzt verkleinert werden und mit den Resten der NVA verschmelzen. Die ersten Planungsopfer waren die Sicherungsbataillone, die Geräteeinheiten, auf die man glaubte, verzichten zu können. Also gab es eine erneute Versetzung zum Nachschubbataillon 11, zum Glück in derselben Felwebel-Liliental-Kaserne. Es folgte ein letzter Umzug, zurück nach Braunschweig. Das war mein Leben in Uniform, in der guten, von der Politik ungewollten, Bundeswehr.

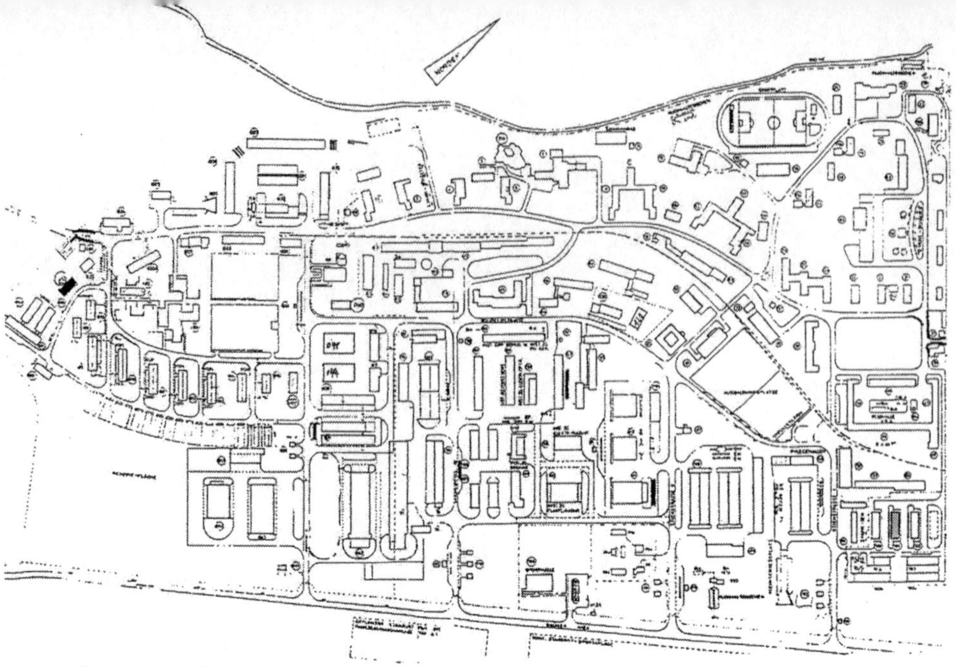

Lageplan Delmenhorst,
Kaserne Adelheide.

In Delmenhorst bekam ich 1988 als »Kistenkommandeur« eine Geräteeinheit – das Sicherungsbataillon 118 – und nach zwei Jahren eine schwere Lungen- und Bauchfellentzündung. Erst nach meinem Krankenhausaufenthalt suchte und bekam ich eine Wohnung in der Mozartstraße. Ein poetischer Name für einen Ort, in dem früher Wegelagerer den reichen Kaufleuten aus Bremen aufgelauert und ausgeplündert hatten. Die Wohnung war, bis auf den Grundriss, mies, feucht und verschimmelt. Gisela war dort im Exil sehr unglücklich und erkrankte an einer Sonnenallergie und schwerem Asthma, das sie erst in den letzten Lebensjahren loswurde.

DAS JAHR 1989

Delmenhorst, diese alte Stadt, ist bis heute ohne Bedeutung – außer vielleicht in der Kriminalstatistik, wo sie recht weit oben angesiedelt ist. Die Stadt liegt an der Bahnstrecke Bremen – Oldenburg – Leer. Die Schienen zertrennten die Stadt in zwei Teile. Das Verkehrsaufkommen an Fußgängern, Rad- und Mopedfahrern wurde direkt durch den Nadelöhr-Bahnhof geleitet, in dem es weder eine Telefonzelle noch eine anständige Toilette gab. Verständlich, denn die Durchfahrtfrequenz der Züge war hoch.

Der Name Delmenhorst kommt von dem Raubvogelhorst, der an einem Fluss liegt, der Delme heißt. Auf einer kleinen Insel in der Delme-Niederung, auf der eine Burg errichtet wurde, residierte von 1440 an der gefürchtete Raubritter Gerd. Er war der Raubvogel in seinem Horst. Im Schatten der Burg entstand eine Siedlung. Die Delmeburg lag strategisch günstig an zwei Handelsstraßen, die ständige Zwangseinnahmen sicherten: die Ostfriesische Straße und die nach Lüneburg führende Flämische Straße, die nach Westfalen und Flandern verlief.

Unter vorhergehender Kommandierung vom 2. Januar bis 31. März, wurde ich am 1. April nach Delmenhorst versetzt.

Gegenwelten sind nicht automatisch die humane Alternative für eine inhumane Welt. Gegenwelten bergen ihr eigenes Maß an Inhumanität in sich. Sie schaffen sich ihre eigenen Zwänge, Mechanismen und Rituale. Jedes Militär, jede Kaserne ist eine Gegenwelt.

Die Kaserne hatte eine Ausdehnung von etwa zwei Kilometern. Es war ein ehemaliger Flugplatz, der später Boelcke-Kaserne hieß, nach dem Fliegerhelden des Ersten Weltkrieges. Jetzt war sie nach dem Panzerjägerfeldwebel Lilienthal, dem Sohn eines Moorbauern, benannt. Diese Kaserne hatte zwei Namen. Der Teil mit den Artillerieeinheiten hieß Barbara-Kaserne, nach St. Barbara, der Schutzpatronin der Artilleristen, Bergleute und Feuerwerker.

In den sechziger Jahren zäunten sich Artilleristen und Panzergrenadiere mit Wachposten in der Kaserne ab. Die Wohnblocks und Dienstgebäude aus den 1936er Jahren wirkten nahezu identisch. Das Stabsgebäude mit den Eingangssäulen war luftwaffenmäßig etwas klotzig ausgefallen. Innerhalb der Feldwebel-Lilienthal-Kaserne bilden drei Lagergebäude und vier Wellblechhallen, die alle umzäunt waren, einen Mobilmachungsstützpunkt. Hier befand sich auch meine Geräteeinheit, das Material für ein

Jeden Tag kommen wichtige und überflüssige Fernschreiben, die alle bearbeitet sein wollen.

Bataillon, fünf zivile Mitarbeiter, dazu ein Wehrpflichtiger, der zur Dienstleistung abgestellt wurde. Ob der es wohl gut getroffen hatte?

In *Informationen für die Truppe* (Herausgeber: Bundesministerium der Verteidigung) stand: *Die gemeinsame Freizeit ist für viele Bundeswehrfamilien kurz bemessen. Der Soldatenberuf bringt besondere Belastungen mit sich, die sich durch häufige Abwesenheit auf Lehrgängen und Truppenübungsplätzen oder durch Nachtausbildung ausdrücken.*

Das stimmt, dachte ich. *Es gibt Bereiche, in denen die Soldaten und ihre Familien Mängel in der Betreuung und Fürsorge empfinden.* Ich schmiss das Informationsheft des Ministeriums in die Ecke, Richtung Papierkorb.

Empfundene Mängel! Eine Unverschämtheit! Eine dreiste Umschreibung und Verharmlosung tatsächlich existierender Missstände! Vom Lesen brannten mir die Augen, die Brille drückte. In diesem Jahr musste ich an den Wochenenden von Delmenhorst nach Braunschweig pendeln.

9. Januar:

Dienstantrittsmeldung bei General Tolksdorf (Kdr der Divisionstruppen) in Oldenburg. Er war mein Disziplinarvorgesetzter. Das Gespräch dauerte eine halbe Stunde. Der General war freundlich und konnte zuhören. Wir sprachen über meinen militärischen Werdegang – die fehlende Wohnung in Delmenhorst – die Auswertung der TrpMobÜbung 88 – Änderung oder Planspiel über Einschleusung bei TrMobÜbungen.

Der General wollte sich um den möglichen Standortwechsel nach Celle-Scheuen, der im Gespräch war, kümmern. Den positiven Inspektionsbericht über SichBtl 118. Die Anwesenheit des KpFw (Ger Einheit) während der TrMobÜb auf dem Übungsplatz. Gab es eine Möglichkeit der Beförderung zum Stabsfeldwebel?

8. März:

Im Unterkunftsblock. Morgens stellte ich fest, dass meine gesamte Verpflegung aus dem Kühlschrank der Gemeinschaftsküche verschwunden war. Die Wurst mit der Kühldose, die Diät-Margarine, Früchtequark und Joghurt, alles weg! Wenn Dinge einfach verschwinden, ist das ein Fall für die Wissenschaft – es sei denn, sie wurden gestohlen. Zum Glück hatte ich noch etwas alten, abgepackten

Kuchen im Spind. Es war das vierte Mal, dass meine Lebensmittel gestohlen wurden. Nach dem dritten Diebstahl hatte ich ein Schild auf eine runde, leere Käseschachtel geklebt: »Bitte Verpflegungsgeld hier einzahlen!« Die Schachtel blieb leer. Nun bewahrte ich meine Lebensmittel im Kühlschrank meiner Dienststelle auf und brachte abends mit, was ich brauchte.

29. März:
Um 19.30 Uhr war die Verabschiedung von StFw Bunjes, von den Mitarbeitern in der Gaststätte Schlachthof. Bunjes: »Den Dienstposten könnte ich machen, bis ich 75 bin!« Es wurde ein ziemliches Besäufnis, das um 1.30 Uhr endete. Am nächsten Tag war die Verabschiedung des versetzten Lagerhelfers G. Brüggemann.

Verabschiedung des StFw Bunjes in den Ruhestand: (v.l.) StFw König, HptFw Krüger, General Tolksdoff, StFw Bunjes.

31. März:
Verabschiedung von StFw Bunjes bei der Division durch General Tolksdorf. Anwesend waren alle KpFw (Ger Einh), die MobVorb.Gruppe und von der Division OFw Blaas, OTL Schulz (S3). Gleichzeitig feierten wir mein 25-jähriges Dienstjubiläum und die Beförderung des HFw Conrad zum StFw. Es gab Sekt im Offz Heim, Ansprachen, eine Übergabe der Urkunden, und ein »kleines Essen« durch StFw Bunjes in der UHG.

Am 1. April feierte ich mein 25-jähriges Dienstjubiläum in der Bundeswehr. Es gab eine Urkunde sowie einen kleinen Geldbetrag. *Wenn auch die Jahre vergehen*, hätte ich singen können. Nun wurde ich sogar per Urkunde an mein Alter erinnert. Im Jahr 1985 gab es die Sonderbriefmarke »30 Jahre Bundeswehr«. Es war die erste Briefmarke zur Bundeswehr überhaupt. Jetzt feierte ich also meine Silberhochzeit mit der Bundeswehr. Allerdings waren hier auch meine zwei Jahre als Z2 in Oldenburg mitgezählt.
Wie hatte ich mich verändert? Und wie hatte sich die Bundeswehr verändert? Sie hatte unter den politischen Einflussnahmen zu leiden. Ich gehörte schon

zu den »Alten«, denen man Befehl und Gehorsam nahegebracht hatte. Erziehung zur Härte dient der Charakterbildung. Die Bundeswehr war noch weitgehend unbeweibt, was sich bald ändern würde. Hoffentlich nicht vor meiner Pensionierung. Ich hatte keine Abneigung gegen das Militär, die Bundeswehr. Die Soldaten waren gut und motiviert, Ich hatte gute Kaneraden, nur die Führung war politisch und militärisch oft opportunistisch und tat zu wenig für die Soldaten.

Frauen in der Bundeswehr

Am 1. Juni traten mit den einberufenen Rekruten die ersten fünfzig weiblichen Sanitätsoffizier-Anwärterinnen ihren Dienst in der Bundeswehr an. Die Stabsoffiziere der MobVorbGrp erzählten es sich hinter vorgehaltener Hand, was natürlich in der Gruppe nicht geheim blieb: Eine Soldatin wurde von mehreren Rekruten betrunken gemacht, sexuell missbraucht und anschließend in einen Putzspind eingeschlossen.

So etwas musste natürlich vor der Öffentlichkeit und der Presse abgedeckelt werden. Ich hatte während meiner gesamten Dienstzeit nichts mit Soldatinnen zu tun gehabt.

Im Garten

»Tag der Deutschen Einheit« im Garten unserer Hütte. Ich lag unter Kiefern in der Sonne und beobachtete die Eichhörnchen dabei, wie sie Nüsse sammelten. Fliegenschnäpper griffen sich wie zwei Jagdflugzeuge an. Eine schwarze Amsel badete aufgeplustert in der Vogeltränke. Dann kam ein Buchfink und trank dreimal, danach eine Meise. Eine Kohlmeise stahl den Eichhörnchen die Nüsse und zupfte für den Nestbau Wollbüschel aus dem Flokati-Teppich. Fliegenschnäpper fütterten unablässig. In derselben Kiefer brütete weiter oben ein Taubenpärchen. Ablösung im Brutgeschäft war gegen 20.00 Uhr.

In dem blauen Stück Himmel zwischen den Kiefern flog ein Rotmilan seine Runden, später ein Falke. Im angrenzenden Wald rief ein Kuckuck. Weiße Segelflugzeuge kreisten geräuschlos am Himmel. In den tütenförmigen Blüten eines Fingerhutes kroch eine Hummel. Abends kam der Marder. Erst sprang er vom Dach, dann lief er – mich anschauend – seitlich an mir vorbei. Er tappte laut über die Holzdecke, blickte über die Regenrinne und sprang. Am nächsten Tag war er verschwunden.

20. Juni:

Der Gisela-Comic ist erfunden! Seit einiger Zeit sammelte ich Geschichten von Gisela, ihren Eigenarten und Merkwürdigkeiten. Es sollten immer vier Szenen auf einer Seite sein. Geplant waren erstmal zehn Folgen für einen Geburtstagsband. In zwei Jahren würde sie sechzig werden.

Der Zeichenstift war noch ziemlich störrisch, denn ich hatte lange nicht mehr gezeichnet. Langsam wurde es besser. Leider hatten die Gesichter wenig Ähnlichkeit, denn ich war kein Karikaturist.

Der Teufel steckt im Detail

Der Tag begann schon mit Regen. Gerd Grund rief mich an und lud mich zum Tag der offenen Tür nach Wolfenbüttel ein. Ich sagte ab.

Unsere Tochter Angela kam mit ihrer Tochter Jasmin. Gisela packte eilig meine Reisetasche. Danach fuhren sie zu unserem Wochenendhaus, um dort eine Woche gemeinsam Urlaub zu machen. Nachdem sie abgefahren waren, suchte ich meine Autoschlüssel. Sie waren weder am Schlüsselbrett noch in meiner Tasche. Im Schlüsselkästchen befand sich zum Glück ein Zweitschlüssel. Ich eilte zum Parkplatz. Der Schlüssel passte nur für die Seitentür. Ich hatte bereits ein neues Zündschloss und neues Türschloss einbauen müssen und benötigte zum Gebrauch meines alten Opels (Baujahr 1976) drei Schlüssel.

Das Telefon in der Hütte war abgemeldet. Ein Rückruf (aus der Telefonzelle) war nicht vereinbart. Daher gab es nur zwei Möglichkeiten, an die Schlüssel, die sich hoffentlich in der Hütte befanden, zu kommen: entweder musste ich ein Taxi nehmen oder unseren Sohn Wolfgang bitten. Ich rief ihn an, denn er war immer hilfsbereit. Eine halbe Stunde später war Wolfgang da. Wir fuhren nach Wilsche. Meine Wagenschlüssel befanden sich in der Seitentasche der Reisetasche, die Gisela mitgenommen hatte. Ich atmete auf.

Wolfgang hielt an der Bushaltestelle am Steinweg in Braunschweig. Nachdem ich mich bedankt hatte, drückte ich ihm 20 Mark Benzingeld in die Hand. Dann ging ich zum Bohlweg, fuhr mit dem Fahrstuhl nach oben, aß schnell eine Kleinigkeit und marschierte mit meinen gepackten Taschen zum Parkplatz, um erleichtert nach Delmenhorst in die Kaserne zu fahren.

Wo es einmal begann

Fahrt von Delmenhorst nach Bremen. Nach 32 Jahren sah ich erstmals das *Schulschiff Deutschland* wieder. Das stolze Schiff lag noch immer hier an der Stephanie-Brücke. Doch nun wirkte es verlassen, es herrschte kein Leben an Bord. Hier begann 1957 mein Berufsleben, während ich in fünf Jahren meine Pensionierung aus der Bundeswehr erleben würde.

Ich hörte in Gedanken das Klatschen der Riemen und die Kommandos von Bootsmann Mau beim Kutterpullen. Das Abfieren des Bootes mit den Davids. Der Blick vom stolzen Großmast auf das schlanke Schiffsdeck mit seinen sauber geschrubbten Planken. In der Mittagspause lagen wir im Sonnenschein

Vor dem **Schulschiff Deutschland** *an der Stephanie-Brücke in Bremen.*

auf der Back, dicht zusammengedrängt wie die Robben auf ihrer Klippe. Mir kamen auch unangenehmen Gedanken an die *Pamir* und das nötige Lernen. Erinnerungen. Das alles war jetzt schon so lange her.

Hier stand ich in Uniform und roten Barett und blickte auf meine Vergangenheit. Was hätte ich anders oder besser machen können? Zurück im Mob-Stützpunkt würde Herr Friedrichs in der Mittagspause Bratwürstchen auf den Grill legen.

Ein intensives Besäufnis

20. Juli, in meiner Kasernenunterkunft. Es war gegen 22.00 Uhr. Ich war dabei, wissenschaftliche Seeigel-Literatur zu lesen, als es klopfte, was ungewöhnlich war. Charly kam herein. Sein Bttr-Chef hatte ab 3.00 Uhr einen Nachtmarsch angesetzt. Danach ging die 2. Bttr BeobBtl 113 geschlossen in den Urlaub.

Wir wollten in der UHG (Uffz-Heim-Gesellschaft) noch ein Bierchen trinken, doch um 22.10 Uhr war die Kasse bereits abgerechnet. Charly legte sich mit der Ordonnanz an, doch Bier gab es trotzdem nicht. Wir versuchen es in der OHG, doch die war ebenfalls geschlossen. Es blieb nur noch das Soldatenheim, außerhalb der Kaserne. Auch dort war um 23.00 Uhr Schluss. Es blieb also nicht viel Zeit, um unseren Durst zu löschen. Charly traf dort noch einen Bekannten. Ich konnte gar nicht so schnell trinken, wie Bier und Korn geordert wurden. Es war ein kurzes, intensives Besäufnis.

Silberne Hochzeit

Am 28. August feierten wir unseren Hochzeitstag. Vor 25 Jahren hatten wir geheiratet. *Eins, zwei, drei, im Sauseschritt, läuft die Zeit; wir laufen mit*, reimte schon Wilhelm Busch, denn auf dem Hochzeitsbild sahen wir noch jung und hübsch aus. Wir wollten keine große Feier veranstalten. Dafür war eine Hochzeitsreise geplant, die seit 25 Jahren ausstand. Wir würden im nächsten Jahr unsere erste Flugreise machen. Das Ziel war Malta.

Heute war das Wetter allerdings schlecht. Den ganzen Tag gab es Regen und Sturm. Die geplante Grillfete in der Hütte wurde abgesagt. Stattdessen trafen wir uns am Spätnachmittag in der Wohnung in Braunschweig.

Doch vorher ging Gisela zum Friseur. Danach zum Fotografen. Später kamen unsere Gäste: Hardy, Wolfgang, Sabine, Dennis, Marvin, Angela und Jasmin. Wir tranken Gin und verlebten einen schönen Abend. Später richtete ich einige Worte an die Familie: »Wie es der Zufall will, fallen in diesem Jahr mein 25-jähriges Dienstjubiläum und unsere Silberhochzeit zusammen. Für

Unsere Silberhochzeit am 28. August 1989.

Ja, an den Ursprung der Europäischen Kultur
...SILBER-HOCHZEITSREISE NACH KRETA ODER MALTA
1
DIE REISE ZUM URSPRUNG DES MATRIACHATS, ZUR GROSSEN GÖTTIN UND UR-MUTTER NACH KRETA
Die dicke Liegende ist aber von Malta
2
KRETA ODER MALTA, DAS IST MIR EGAL ICH WILL BEIDE EINMAL SEHEN
Wohinn denn nun?
3
Ich habe Prospekte über Flugreisen nach Kreta mitgebracht
CHRRR
ICH WILL ABER NACH MALTA!
4 © T.J.K. 6/89

das erste Jubiläum habe ich Geld bekommen, das zweite ist nicht mit Geld zu bezahlen. Zufälle bestimmen unser Leben, mehr als wir glauben. Es gibt aber Leute, die an eine Vorbestimmung, an einen vorgegebenen Weg glauben.« Es folgt der silberne Hochzeitskuss und Zutrunk auf die nächsten 25 Jahre.

Betriebsausflug

Am 12. September fand ein Treffen mit Ehemaligen in Bremen statt. Zielort war das Wochenendhaus von Herrn Wesemann, genannt »Ponderosa«. Dazu hatte ich auch meinen Vorgänger StFw Bunjes, Oberleutnant Taschka vom Gerätedepot Weener, mit dem ich in Verbindung stand, und viele »alte Kameraden« eingeladen. Wir genossen den Tag in Zivil. Das Wetter war sonnig und so konnten wir draußen vor der Ponderosa tafeln. Herr Friederichs machte den Mundschenk, grillte die Würstchen, schenkte Bier ein und bediente uns. Heinz Klatte, der »musikalische Zuschläger«, war früher Schlagzeuger in einer Band und sorgte für gute Stimmung.

Geselliges Beisammensein. Heinz Klatte, der musikalische Zuschläger, sorgt für getrommelte Unterhaltung.

Lehrgang in Bremen

Kein neuer Dienstposten ohne neuen Lehrgang. Vom 11. Oktober bis 3. November musste ich an der Schule der Technischen Truppen in Bremen einen Verwendungslehrgang absolvieren. Das war für den neuen Dienstposten Voraussetzung. Der Lehrgang half mir, meine Gedanken zielgerichtet dem Lehrstoff zuzuwenden und Umgang mit neuen Kameraden zu üben.

Nach Dienstschluss trieb es mich aus der Kaserne. Nachdem ich alle umliegenden Kneipen kennengelernt hatte, in denen sich viele Soldaten tummelten und erfuhr, was angesagt war, entschied ich mich für das Dampfradio.

Es war angenehm und interessant, dort zu sitzen. Das gezapfte Bier dauerte seine acht Minuten. Falls unangenehme Gedanken in meinem Kopf auftauchten, schob ich sie weg. Die Wirtsleute, eine Lebensgemeinschaft, zogen das

Interesse auf sich. Er sah aus wie ein Clown: Groß, wohlgenährt, Bierbauch. Ein dunkler Haarkranz legte sich um seinen glatten, eiförmigen Kopf. Sie war dagegen klein, zierlich und, nach dem Sprachgebrauch, »affengeil« gekleidet.

Nach dem Zapfen trank ich schäumendes Weizenbier aus schlankem Glas, mit drei Reiskörnern, damit es lange perlt und einer Zitronenscheibe, gastronomisch einwandfrei bereitgestellt. Während der Trinkpausen ließ ich ein bellendes Husten hören, konnte mich kaum noch verständlich machen. Seit wann hatte ich diesen Husten? Während der Küchenclown dick und selbstgefällig den äußersten Thekenplatz einnahm, der den kürzesten Weg zur Küche garantierte, ließ er sich dort, mit ständig dampfender Kaffeetasse, von seiner Partnerin bedienen. Sie wieselte mit knabenhaftem Haarschnitt und ebensolcher Figur hinter der Theke und zwischen der Bestuhlung und den Gästen herum. Sie plauderte unverbindlich mit allen. Über das Bumsen ebenso so beiläufig wie andere über Eingemachtes oder Salzgurken. Das war Christel, die Chefin.

Hier lernte ich auch Andrea kennen. Sie saß an der Theke und drehte sich aus schwarzem Tabak weiß umhüllte Zigaretten, während Carlos Santana seine *Samba Pa Ti* zupfte. Eigentlich sollte sie bedienen. Es war ihr erster Tag und sie war zur Probe angestellt. Andrea sah nicht nur aus wie eine Studentin, sie war auch eine Studentin, intelligent und hübsch. Wir unterhielten uns angeregt. Sie war zwanzig, in Trier geboren und hatte zuletzt in Freiburg an der Kunsthochschule studiert. Irgendwas zog sie nach Bremen, wo sie weiter Kunst studieren wollte.

So hockten wir zusammen an der Theke und redeten. Über die Römer in Trier und ihre Baudenkmäler, über Karl Marx und sein Geburtshaus, in der dortigen »sündigen Meile« und über Kunst natürlich, wo auch ich mitreden konnte. Sie drehte Zigaretten, ich trank und bellte in Intervallen meinen Husten. Die Gäste, die Andrea zu bedienen hatte, waren ihr nicht wichtig. Sie trug eine körperbetonte, hautenge, getigerte Hose, die der Chefin nicht gefiel. Ich versuchte mich im Zigarettendrehen und darin, eine gute Figur zu machen. So etwas war immer wichtig. Santana spielte *Black Magic Woman*. Ob wir uns wiedersehen würden? Sie sei von 18.00 bis 22.00 Uhr hier anzutreffen, sagte sie und gab mir ihre Telefonnummer.

Im Lehrgang wurde gemunkelt, ich hätte im Dampfradio eine tolle Bekanntschaft gemacht. Nach einem Wochenende in Braunschweig war Andrea verschwunden. Sie hatte ihre Probezeit nicht bestanden und war von der Chefin gefeuert worden: »Da kann ich ja gleich alles selber machen!« Ich glaubte, es war auch etwas meine Schuld und rief Andrea an, die in einer Wohngemeinschaft lebte, erreichte aber nur den Grillkoch. Der gab Auskunft: »Sie sucht gerade einen neuen Job.«

Im Übersee-Museum

Im Oktober fuhr ich von Delmenhorst nach Bremen, um mir das Übersee-Museum anzusehen. Ich kann mich noch gut an unseren Klassenausflug im Jahre 1955 dorthin erinnern: ein Schrumpfkopf, eine Wunderkugel aus Elfenbein, ein chinesisches Haus. Ein prächtiger Indianerhäuptling mit Federhaube vor seinem Tipi. Als ich mit Gisela Jahre später hier war, schien noch alles unverändert zu sein: die Hütten, Waffen und Boote der Südsee-Insulaner. Ich erzählte ihr von meiner jugendlichen Begeisterung.

Jetzt durchstreifte ich die neu gestalteten Ausstellungsräume und war enttäuscht. Ein neues Ausstellungskonzept hatte alles verändert. Ich suchte nach bekannten Objekten. War dort eine Vitrine von früher? Es war eine Mischung aus enttäuschten Erinnerungen und fehlender Faszination. War ich nun zu alt, um mich begeistern zu können? Hatte ich zu viel gesehen und erlebt, zu viel gelesen und erfahren? Zum Glück gab es eine Cafeteria, in der ich einen belebenden Drink nehmen konnte.

Neben mir saß ein weiterer Besucher. Wir kamen ins Gespräch. Er sah gepflegt aus, in seinem hellen Jackett und sprach in gewählter Ausdrucksweise.

»Alles verändert sich. Ich fand die Ausstellungen früher viel interessanter«, sagte ich.

»Ein Museum ist ja keine Kirche. Die haben Jahrtausende Bestand.« Dann sprach er von Jesus.

»Ich habe mit der Kirche als Institution nicht viel im Sinn«, wandte ich ein.

Er blieb unbeeindruckt, sprach von Sun Myung Moon, dem zweiten Messias, dem Herrn der Wiederkunft. Er schwärmte von ihm als seinem wahren Vater, der ihm so viel gegeben hat.

»Wie kann man einen lebenden Menschen, einen Koreaner, als Messias verherrlichen? Das sieht doch sehr nach Personenkult aus. Das ist doch eine Sekte«, widersprach ich.

»Alle Christen müssen sich zur wahren Familie vereinigen. Ich möchte Ihnen unsere Schrift *Das Göttliche Prinzip* empfehlen. Wenn Sie es gelesen haben, werden Sie ein ganz neues Lebensgefühl und einen anderen Blick auf die Menschheit gewinnen!«

Er warb für die Moon-Sekte, wie sich bald herausstellte. Ich stellte provozierende Fragen, doch er antwortete gleichbleibend freundlich und schwärmte von seiner wahren Familie. Als Spinner wollte ich ihn nicht abtun, also unterhalten wir uns weiter über seinen wahren Vater, bis die Cafeteria schloss. Als wir uns verabschiedeten, überreichte er mir seine weiße Karte. Darauf stand in zierlicher Goldschrift: *Ch. Walter, Delmenhorst.*

Montags-Demonstrationen

Das Radio meldete, dass an den Montags-Demonstrationen in Leipzig immer mehr Menschen teilnahmen, zuletzt 300.000, die für Reformen in der DDR demonstrierten.

Am 4. November fanden sich auf dem Alexanderplatz in Berlin bereits eine halbe Million Personen ein. Solche Massen konnten von der Polizei und dem Staatssicherheitsdienst nicht mehr kontrolliert und aufgelöst werden. Die DDR-Regierung unter Egon Krenz, dem Nachfolger von Erich Honecker, befürchtete einen Bürgerkrieg. Ich drehte das Radio aus.

Unfrieden

Am 6. November, nach meiner Rückkehr vom Lehrgang KpFw (GerEinh) wurden mir von Herrn Friedrichs und Herrn Hanke Unregelmäßigkeiten geschildert, die ich, wenn sie stimmten, nicht hinnehmen konnte. Die Vorwürfe richteten sich gegen den Vorarbeiter, Herrn Wesemann. Herr Hanke berichtete, während Herr Friedrichs zustimmend nickte: »Wesemann hat Bundeswehrmaterial in sein Privatfahrzeug eingeladen: Farbdosen, Pinsel und Kabel. Er hat während der Dienstzeit auch öfter Privatfahrten durchgeführt!« Ich würde das prüfen müssen.

Wesemann hatte offenbar auch häufig mit Frau Stürenberg telefoniert und sie in meiner Abwesenheit auf der Dienststelle eingeladen. Frau Stürenberg war die Vertrauensfrau der Schwerbehinderten.

»Er hat abwertende Äußerungen über seine Arbeitskollegen gemacht und dienstliche Angelegenheiten nach außen getragen«, lauteten weitere Beschuldigungen. Da musste ich eingreifen. *Fünf Zivilisten, das ist ja schlimmer als einen Sack Flöhe hüten*, ging es mir durch den Kopf.

Ich fing mit meiner Untersuchung an: »Herr Klatte, was hat Herr Wesemann zu Ihnen gesagt?« Klatte, der sonst ganz ruhig sprach, war völlig aufgebracht. »Er hat mich angeschrien und als dumm und faul beschimpft. Das muss ich mir nicht gefallen lassen. Der ist doch selbst schwerbehindert. Ich werde mich bei der StOV beschweren!« Ich redete beschwichtigend auf ihn ein: »Ich werde das mit Herrn Wesemann besprechen.«

Ich befragte Herrn Meyer, ob auch er Beschwerden über Herrn Wesemann vorbringen wollte. »Der ist den letzten Wochen ruhiger geworden. Keine Probleme mit ihm.«

Danach sprach ich mit Herrn Wesemann. »Über Ihr Verhalten während meiner Abwesenheit gibt es einige Unklarheiten und Beschwerden. Herr Klatte beschwert sich, Sie hätten ihn beschimpft.«

Wesemann: »Ein Wort gab das andere. Er soll sich nicht so anstellen!«

»Sie haben nicht das Recht, Ihre Kollegen zu beschimpfen. Wir sind nur eine kleine Gruppe mit demselben Auftrag. Also, mäßigen sie sich in Zukunft, verstanden?«

Den Vorwurf, Bundeswehrmaterial in seinen Wagen geladen zu haben, entkräftete er damit, innerhalb der Kaserne Material ins StOV Materiallager transportiert zu haben. Der nächste Punkt war Frau Stürenberg.

»Wie kommen Sie dazu, in meiner Abwesenheit mit dieser Frau hier eine Inspektion durchzuführen?«

»Als Vertrauensfrau der Schwerbehinderten kann und soll sie unsere Interessen wahrnehmen«, erwiderte er.

»Aber doch nicht in solch einer Amtsanmaßung! Oder haben Sie sich dadurch persönliche Vorteile erhofft?«

»Sie hat sich nur den Laden hier einmal angesehen!«

»Dazu hatte sie in meiner Abwesenheit kein Recht«, erklärte ich. »Sie hat eine Mängelliste erstellt, die sie beim Chef des Stabes in Oldenburg vorgetragen hat. Darin steht: ›Keine ausreichende Beschriftung im Chemikalienraum, schlechte Luft dort bei täglicher Messung, eine Waschgelegenheit fehlt, keine Unterrichtung in Erste Hilfe.‹ Dazu waren sie beide nicht berechtigt. Die Beanstandungen hätten mit mir besprochen werden können und wären abgestellt worden.«

»Sie hat sich selber eingeladen.«

Daraufhin belehrte ich den Vorarbeiter Wesemann über seine Treuepflicht und sprach ihm meine Missbilligung aus. Das alles konnte ich so nicht durchgehen lassen. Ich überlegte, was weiter zu tun war.

Der Tag der Grenzöffnung

Der 9. November war oft ein belasteter Schicksalstag in der deutschen Geschichte einige Beispiele:
1918: November-Revolution.
1923: Hitler Putsch, Marsch auf die Feldherrnhalle in München.
1938: Großer Judenpogrom in Deutschland, die sogenannte »Reichskristallnacht«.
1988: Die Rede des Bundestagspräsidenten Philipp Jenninger anlässlich des Jahrestages der Reichspogromnacht führte zu dessen Rücktritt.

Der 9. November 1989 aber war ein erfreulicher Tag, nicht nur für Deutschland und würde es im kollektiven Gedächtnis noch lange bleiben. Die Grenzmauer der DDR öffnete sich.

Günter Schabowski, ein eher farbloses Mitglied des Politbüros der SED, teilte am Ende einer internationalen Pressekonferenz mit, der SED-Ministerrat habe sich entschlossen, eine neue Reiseregelung zu treffen. Dann las er die neue Regelung von einem Zettel ab. DDR-Bürger sollen ständige Ausreisen und Privatreisen ohne Vorlegen der bisher geforderten Voraussetzungen beantragen können. »Wann tritt das in Kraft?«, fragte ein Journalist. Schabowski schaute etwas verwirrt auf seinen Zettel und antwortete: »Sofort, unverzüglich!«

Drei Stunden später erzwangen die heran drängenden Ost-Berliner den ersten Durchbruch. Sechs Stunden später standen alle Grenzübergänge zwischen beiden Stadthälften offen und Tausende von Berlinern tanzten auf der Mauer und vor dem Brandenburger Tor.

Die Bilder gingen um die Welt. Deutschland freute sich. Ich freute mich. Es war unglaublich. Selbst in den kühnsten Träumen hätte ich an so etwas nicht gedacht. Schade, dass meine Großeltern das nicht mehr erleben konnte.

Am 9. November war Gisela mit der Bezirksrats-Fraktion nach Bonn gefahren. Dort hatte sie die freudigen Ereignisse der Grenzöffnung am Bildschirm und unter Parteifreunden miterlebt.

Seit drei Jahren nervst du mich damit
GEHST DU NUN MIT ZUM LÖWENWALL ?
1
Ich lasse dich doch nicht alleine durch den Park gehen!
SO EIN HEIßLUFTBALLON IST EINE ECHTE ALTERNATIVE ZUR SYLVESTERKNALLEREI
2
Ging Gong
Wumm
EIN FROHES NEUES JAHR
3
Knall
Wumm
Peng
SCHÖN WIE DER STEIGT
... und wo ist die Alternative?
4
F.J.K.
8.1.90

Ein paar Tage später spazierte ich mit Gisela durch die Braunschweiger Innenstadt. Wir waren von den Ereignissen sehr berührt. Viele Geschäfte hatten das ganze Wochenende geöffnet. Es war wie ein deutsches Volksfest, die Stadt voller Menschen. Auf dem Kohlmarkt waren zahlreiche Verkaufsbuden aufgebaut. Dazu wurde mit dem Einzug des Prinzen der Karneval eröffnet. Geschmückte Pferdegespanne der Brauerei Feldschlösschen liefen Bierreklame. Es herrschte ein unheimliches Gedrängel.

DAS JAHR 1990

Seit einem Jahr lebte ich nun in einem Appartement im Wohnblock 115 in der Kaserne. *Erlaubnis zum Wohnen in der Gemeinschaftsunterkunft gegen Bezahlung,* hieß es amtlich, wofür eine Unterkunftspauschale von monatlich 173,10 Mark, die jährlich anstieg, erhoben wurde. Eine Wohnung zum Nachzug der Familie aus Braunschweig konnte die sogenannte »Wohnungsfürsorge« der Truppenverwaltung nicht zur Verfügung stellen. Auf dem freien Wohnungsmarkt hatte ich auch keine gefunden, denn es gab keine. Dafür war mir das zustehende Trennungsgeld nach drei Monaten gestrichen worden. So verstand man »Fürsorge« bei der Bundeswehr. Widersprüche und Eingaben an den Wehrbeauftragten wurden abgelehnt, blieben erfolglos. Es sei alles ordnungsgemäß nach den Vorschriften, die er nicht ändern könne, abgelaufen.

Also führte ich seit meiner Versetzung eine Wochenendehe. Eine Änderung war nicht in Sicht. Ich fuhr jedes Wochenende 200 Kilometer nach Braunschweig. Da wir in der City wohnten, begann jedes Mal, im Wochenendverkehr, die Jagd nach einem Parkplatz.

Ich ging durch die Kaserne, zum Offizierheim. Zu betreten war das Appartement durch einen kleinen Flur. Rechtsseitig war ein ganzflächiger Einbauschrank mit Garderobe und vielen Schrankfächern. Geradeaus ein Duschbad mit Waschtisch und Toilette. Links befand sich der Wohnraum mit schlichten Stahlmöbeln in graublau, Spinde, ein verglaster Bücherschrank, ein Schreibtisch, ein Tisch, einige Sessel. An der Fensterseite, winkelig zum Wohnraum, war die Schlafecke, die mit einem blauen Vorhang abgetrennt war. Zwischen Bett und Fenster war noch Platz für eine MobKiste und Sessel.

In den Lichtkegeln des Kasernenhofs hing Nebeldunst. Zwei Streifenposten traten daraus hervor, das Gewehr in Anschlag. Der hintere sicherte den vorderen. Sie folgten der unsichtbaren Linie ihres Kontrollweges von Beobachtungshalt zu Beobachtungshalt. Während sie im durchfeuchteten Oliv fröstelten, sicherten sie den befohlenen Ablösepunkt und träumten vom Wochenendurlaub.

Ich fuhr durch das Haupttor. Es wurde von einem Posten mit einem Gewehr auf dem Rücken aufgeschlossen und geöffnet. Das Soldatenheim lag außerhalb, unmittelbar neben der Kasernenzufahrt. Hell ausgeleuchtete Räume nahmen mich dort auf. Es herrschte eine gedämpfte, ruhige Atmosphäre. In der Eingangshalle spielten einige Wehrpflichtige Billard. Keiner trug Uniform, doch sie waren auch so erkennbar: am Haarschnitt, ihrem Lebensalter, dem Umgang miteinander. Sie tranken Bier aus Flaschen, die irgendwo standen.

Nach Dienstschluss im Apartment lese ich viel und denke darüber nach, was die Politiker aus der deutschen Geschichte lernen könnten.

Die ein- und ausfahrenden Fahrzeuge am Haupttor störten beim Telefonieren erheblich. Bei Nebengeräuschen war mein Gehör besonders empfindlich. Ohrenschützer oder -stöpsel waren in meiner Wehrdienstzeit auf den Schießständen noch unbekannt. Watte im Ohr galt als unmännlich, verweichlicht und wurde verlacht. Das hatte mir zwanzig Prozent meiner Hörfähigkeit genommen und wurde amtsärztlich als »Wehrdienstbeschädigung« festgestellt.

Zurück in die Kaserne. Erneute Ausweiskontrolle am Haupttor. Als ich den Ausweis wieder auf den Weg unter den Schlappmann schicken wollte, warf ich einen Blick auf mein Passbild. Es blickte mich nicht verkniffen und böse, eher neutral oder besser verloren an. Ja, verloren war die richtige Beschreibung. Über der Nasenwurzel grub sich eine Falte ein. Unter den Augen sah man deutliche Halbkreise. Gestern hätte ich sagen können: nur noch fünf Jahre bis zur Pensionierung. Heute aber war die Lage anders, wie ein Fernschreiben erklärte: *Es wird eine spätere Zurruhesetzung per Anordnung erfolgen müssen; sie wird die Mehrzahl der Angehörigen der Geburtsjahrgänge 1940 bis 1944 betreffen.*

Wieder in den Arsch gekniffen, dachte ich. Ich sollte also zwei Jahre länger im Dienst bleiben. Aber es war heute so, morgen so – keiner wusste genau, was Sache war. Die Bundeswehr hatte sich von mir fortentwickelt, war nicht mehr die, in die ich einmal eingetreten war.

Gisela hatte eingewilligt, nun doch zu mir nach Delmenhorst zu ziehen, wenn es ihr auch schwerfiel, ihr geliebtes Braunschweig erneut verlassen zu müssen. Würden wir noch einmal zurückkehren? Die Zukunft war ungewiss. Zum Glück hatten wir das Wochenendhaus in Wilsche. Da konnten wir unsere Urlaubstage und Wochenenden verbringen und uns mit den Kindern treffen. Doch noch wohnten wir in Braunschweig.

Krankenhaustagebuch

Vom 13. bis 26. Februar lag ich im St.-Josef Stift in Delmenhorst.

12. Februar:
In der Nacht habe ich kaum geschlafen. Heftige Schmerzen in der rechten Brusthälfte.

13. Februar:
Zu Dienstbeginn eine Aspirin-Tablette genommen, doch sie hilft nicht. Bis Mittag werden die Schmerzen unerträglich. Um 13.00 Uhr versuche ich vergeblich, den Truppenarzt zu erreichen. Dann, nach Dienstschluss, bekomme ich kolikartige Schmerzen und fahre mit dem Fahrrad zum Sanitätsbereich. Untersuchung durch den Stabsarzt Dr. Kues. Daraufhin werde ich mit dem Krankenwagen in den St.-Josef-Stift gefahren. Erste Untersuchung durch Bereitschaftsärzte. Verdacht auf Gallenkolik. Der Arzt sagt zu mir: »Sie brauchen hier nicht den Indianer zu spielen. Sie können eine Schmerzspritze bekommen.«

Meine Gedanken während ich auf der Untersuchungs-Pritsche liege: Den Schmerz auskosten, alleine kann man so wohlig stöhnen. Später komme ich jedoch auf die Spritze zurück. Die Schmerzen lassen nach. Meine Füße stecken in Plastiktüten, um die Pritsche sauber zu halten. Die Ärzte verhandeln mit dem Stabsarzt der Bw über meine Krankenaufnahme im St.-Josef-Stift. Eine mögliche Verlegung ins Bw-Lazarett Bad-Zwischenahn wird diskutiert.

14. Februar:
Habe viel geschlafen. Die Schmerzen sind nicht mehr so stark. Durch Ankreuzen habe ich meinen »persönlichen Speiseplan« zusammengestellt. Ich telefoniere: Herr Friederichs soll mir Rasier- und Waschzeug aus der Kaserne mitbringen. Nach Dienstschluss besucht mich Herr Hanke und bringt den neuen Spiegel *und Schokolade mit. Abends Gisela angerufen. Therapie: Tropfen, Atemübungen, Hustenlöser, Inhalation.*

15. Februar:
Heute geduscht – ein wunderbares Gefühl! Die Ärztin verordnet, dass ich im St.-Josef-Stift bleibe. Die Telefonate sind hier nicht billig. Mein Bettnachbar Herr Weidemann (88 Jahre alt) wird entlassen. Ziehe nun um, ans Fenster. Rufe Gisela an. Sie hat die Wohnungszuweisung nach Delmenhorst bekommen. Ruhe haben – krank sein – sich auf sich selbst konzentrieren!

16. Februar:
Zum Bettnachbarn Broder gesellt sich ein Herr Molde. Seine Frau bringt ihn. Er hatte einen Herzinfarkt und jetzt stellen sich Unregelmäßigkeiten ein. Ich komme von der Toilette, er liegt im Bett und grüßt mit Handanlegen: »Melde gehorsamst«. Alberner Kerl, denke ich. Er hat erfahren, dass ich Soldat bin. Wir kommen ins Gespräch, wobei er oft ins Plattdeutsche verfällt. Er ist Malermeister von Beruf.

Jetzt sind wir zu dritt in einem Zimmer: Arthur Molde, Broder und ich. Anfangs wusste ich nicht, wie ich Arthur einschätzen soll. Er ist von kleiner, wendiger Statur, hat grauweiße Haare und ein pfiffiges Gesicht mit Brille. Seine Stimme ist nicht besonders tief. Während der Unterhaltung wechselt er oft ins Plattdeutsche, wobei er lustige Sprüche macht.

Broder fehlen Zähne und seine Brille hat keine Bügel mehr, sodass er sie beim Lesen der Bild *mit der Hand halten muss. Arthur sagt von ihm: »He het nix up de Möhl«, was soviel heißen sollte wie: »Mit ihm ist nichts los.«*

Am 20. Februar gegen 18.00 Uhr packt Broder seinen Pappkarton und verschwindet. Er hat »die Schnauze voll von diesem Laden.« Arthur findet das lustig: »Kannst nix an moken.«

Nachdem die Krankenschwester, eine junge, etwas füllige Person, uns die Tabletten verabreicht und meinen Tropf kontrolliert hat, verlässt sie das Zimmer. Arthur: »Die wackelt mit dem Hintern wie eine Kalmücken-Stute. Das ist literarisch«, ergänzte er. »Kannste bei Konsalik nachlesen!« Das Zitat bringt er oft. Wir brauchen nur auf einen runden Schwesternhintern zu sehen, sehen uns an und grinsen. So hat Konsalik seinen Beitrag zum Volkshumor geleistet.

Arthur ist nicht nur Malermeister, sondern auch Kunstmaler. Als ich ihm erzähle, dass ich nach meiner Pensionierung in Braunschweig an der HBK (Hochschule für Bildende Kunst) ein Seniorenstudium beginnen will, ist er begeistert und fängt sofort an, mir die Perspektive zu erklären.

Arthur hatte bereits einen Herzinfarkt erlitten. Als er nach der Reha wieder in seinem Dorf war, begegnete er einer Bäuerin. Sie stemmte die Arme in die Hüften und sagte, über ihn gebeugt: »Mensch Arthur, wat büst Du tosomen schrumpelt!« (... was bist Du zusammengeschrumpft). Sehr ermutigt hat ihn das nicht. Später hatte er wieder Probleme mit dem Herzen bekommen und deshalb ist er hier.

Er wollte wie bisher seine Tabletten nehmen, doch die Ärztin, eine kleine dünne Person, war anderer Meinung und verabreichte ihm neue Medikamente. Darüber lagen beide ständig im Streit. »Lieber mollig und weich als dünn und zickig!« Nach der Kalmücken-Stute war das einer seiner häufig zitierten Sprüche. Oder er sagte: »QRX« (schalte ab wegen Gewitter), was ein Funkcode aus seiner Wehrmachtszeit war.

»QRX, aber ich sag's Dir so: Es war die Zeit so 1934, nach dem angeblichen Röhm-Putsch. Da hing bei meinem Schwager eine Wanduhr mit einem Hitlerbild als Zifferblatt. Meine Mutter, die kein Blatt vor den Mund nahm und nichts mit den Nazis am Hut hatte, sagte zu ihm: »Nu het he bald utklockt!« Was heißen sollte: »Seine Zeit ist auch bald abgelaufen!«

Das Bett unseres Fahnenflüchtigen wird tags darauf neu belegt. Bernhard Knothe wird einquartiert. Ein ruhiger Vertreter, den das Schicksal zweimal geschlagen hat. Nach einer Krebsoperation war ihm der Dickdarm entfernt worden und er hatte einen künstlichen Darmausgang. Das zweite Unglück war seine Frau. Wir lernten sie bald kennen. Eine Jugoslawin, die ihn ständig lautstark beschimpfte oder Anweisungen erteilte. Armer Bernhard!

Als General Tolksdorf, mein Disziplinarvorgesetzter, mich unerwartet in seiner goldbetressten Uniform besucht, ist Arthur ganz hingerissen. Er ist überzeugt, dass ich als KpFw des SichBtl 118 eine wichtige Persönlichkeit bin. Immerhin war es ein Bataillon, wenn auch eine Geräteeinheit.

Arthurs Frau kommt ihn häufig besuchen. Als ich wieder aufstehen kann, drehen wir im Bademantel gemeinsam unsere Runden. Trotz seiner neuen Medikamente geht es ihm nicht gut. Die Ärztin will ihm aber seine alten Medikamente nicht geben. Sie kommt zur Visite. Arthur zu mir: »QRX« und dann: »Je gelehrter, je verkehrter!« Bernhard wird, wenn seine Frau nicht da ist, in unsere Gespräche miteinbezogen. So kennt er bald unsere Geschichten. Ich liege im Bett und er sagt zu Arthur: »Da im Bett liegen 25 Jahre Bundeswehrerfahrung.«

»Wer lang lewt, word alt«, antwortet Arthur.

17. Februar:
Ich habe Probleme mit dem Tropf. Nach einem Tag entzünden sich die Einstichlöcher der Kanülen. Beide Unterarme werden deshalb einbandagiert.

18. Februar:
»Mein Schwager, der mit der Hitleruhr, war Ortsgruppenleiter und streng gläubiger Parteigenosse«, erzählt Arthur. »Der hat mich wegen einer albernen Bemerkung gegen Hitler denunziert. Der Witz ging so: Zwei Irrenärzte begegnen einander. Der eine grüßt: ›Heil Hitler!‹. Darauf der andere: ›Heil Du ihn!‹ Danach wurde ich zur Bewährung an die Front versetzt. So geriet ich, während des Ostfeldzuges 1942, in den Kessel Demjansk. Die Heeresgruppe Nord belagerte Leningrad. Wir wurden mit der JU 88 aus der Luft versorgt und später ausgeflogen.«

Nachmittags kommt Besuch aus Braunschweig: Angela, Gisela und Hardy. Mein Enkel Tobias hat einige bunte Disney-Abziehbilder für mich aufs Papier geklebt. Früher malte man Bildchen.

20. Februar:
Arthurs Frau hat einige Ölbildchen von ihm mitgebracht. Kleine Miniaturen: schöne Landschaften, doch unverkäuflich.

25. Februar:
Wir wandern durch die Flure des Krankenhauses und warten auf unsere Entlassung. Ich habe Arthur auch von unserem baldigen Umzug von Braunschweig

nach Delmenhorst erzählt. Am meisten hat ihn interessiert, wie es bei der Bundeswehr so zugeht. Später haben wir noch mehrfach telefoniert. Eines Tages sagte seine Frau, Arthur habe einen weiteren Herzinfarkt erlitten. Wir sahen uns nie wieder.

Wenn ich Arthur in einem Restaurant oder bei Freunden kennengelernt hätte, hätten wir kein persönliches Verhältnis zueinander bekommen. In der Schicksalsgemeinschaft eines Krankenzimmers, in der jeder mit seinen gesundheitlichen Problemen zu kämpfen hat, kommt man sich dagegen leicht näher.

26. Februar:
Entlassung aus dem St.-Josef-Stift. Gewicht: 66 Kilogramm, Cholesterin: 190, Telefonrechnung: 99,60 Mark. Der Stabsarzt Dr. Kues führt die Nachuntersuchung durch und schreibt mich noch zwei Tage krank. Das geschah auf mein Drängen, da wir unsere Malta-Reise gebucht hatten. Herr Wesemann holt mich mit seinem roten Mercedes vom Krankenhaus ab. Wir fahren zur Dienststelle, wo ich mich von meinen Mitarbeitern verabschiede. Anruf vom Divisionsstab, OFw Blaas: »Der General muss die beiden Tage erst noch genehmigen.« Auch das noch! Anruf beim General Tolksdorf. Die beiden Tage werden genehmigt! Damit ist die Urlaubsreise nach Malta gesichert und ich kann durchatmen!

Noch einmal in der Ponderosa

Am 30. Mai fand ein 2. Kameradschaftstreffen des Sicherungsbataillon 118 in Bremen statt. Da es beim ersten Mal so gut geklappt hat, treffen wir uns wieder in der Ponderosa, dem Wochenendhaus von Herrn Wesemann. Diesmal konnten auch die Pensionäre, der Vorgänger meines Vorgängers, HptFw Franz dabei sein.

Heinz Kladde, der »musikalische Zuschläger«, trommelte zuerst auf der Tischplatte, dann auf einem Kochtopf. Als er die Aufmerksamkeit auf sich gelenkt hatte, erzählte er: »Wir hatten eines Abends einen gut bezahlten Auftritt gehabt. Damit meine Erna nicht mitbekam, was ich verdient hatte, rollte ich einen Hundertmarkschein zusammen und steckte ihn in den Lenker meines Fahrrades. Die Griffe waren abgenützt und seitlich offen.« Es ließ sich erahnen was dann geschah. »Am nächsten Dach heb se mi dat Fahrrad klaut!« Neben schadenfrohen Gelächter gab es gute Ratschläge: »Hast

Du den Fahrraddiebstahl bei der Polizei gemeldet? Hast Du beim Fundbüro nachgefragt?«

»Nee, die olle Gurke war sowieso nichts mehr wert.«

»Aber doch Deine Sparbüchse mit den 100 Mark!«

Da fiel mir eine Anzeige im *Delmenhorster Kreisblatt* ein: »Schicksalsschlag! Erst Ehefrau gestorben, dann Fahrrad gestohlen, Farbe hellblau, mit Einkaufkorb hinten.«

Wir waren zwölf Mann, hatten also die Stärke einer militärischen Gruppe. Zuletzt wurde Kontakt mit dem Grundstücknachbarn aufgenommen, einem »verrenteten« Binnenschiffer. Unter seinem Flaggenmast entstand nach dem Kommando »Alles antreten!« ein Gruppenfoto in fröhlicher Runde.

Teediplom

OLt Taschka lud uns am 27. November nach Weener zur Besichtigung seiner Dienststelle ein, dem Gerätedepot Weener an der Ems, mit anschließendem »Teediplom«, was wir gerne annahmen. Damit waren wir alle diplomierte ostfriesische Teekocher.

Unsere erste Fahrt in die DDR

Nach einem regen Schriftverkehr lud uns mein Fossilienfreund Manfred Kutscher ein, ihn zu besuchen, um seine Rügen-Sammlung anzusehen und am Kreidekliff Fossilien zu sammeln. Auch mein Cousin Uwe Stiller, der in Wolgast wohnte, hatte uns eingeladen. So fuhren wir am 2. Juli, ohne Visum und Zwangsumtausch, in die DDR, die in diesem Jahr noch so hieß, nach Rügen, der Insel, von der ich glaubte, sie nie zu sehen.

Gegen 10.00 Uhr fuhren wir von Delmenhorst los und kamen über Hamburg, Lübeck, nachdem wir vor dem Grenzübergang in Schlutrup getankt hatten, über Wismar, Doberan, Rostock, Stralsund um 17.00 Uhr in Sassnitz an. Kutscher hatte mir eine Skizze geschickt, sodass wir sein Haus leicht finden konnten.

Ab Schlutrup hatte es begonnen zu regnen. Die Grenze existierte faktisch nicht mehr. Beiderseits gab es ein hohes Verkehrsaufkommen und lange Autoschlangen. Es war der erste Tag der »Wirtschafts- und Währungsunion«.

Der Empfang bei Kutschers war herzlich. Sie hatten uns das Zimmer ihrer abwesenden Tochter zur Verfügung gestellt. Im Flur des Hauses fielen mir drei große, aus Holz geschnitzte Trilobiten auf: *Paradoxides*, *Agnostus* und *Asaphus*.

Der Vorgarten war ein Steingarten mit vielen Blumen, Gräsern und sogar Orchideen, darunter das Knabenkraut. Wir hatten bereits jahrelang korrespondiert und Fossilien getauscht. Nun saßen wir uns das erste Mal persönlich gegenüber. Mir fiel auf, dass er mir nicht ins Gesicht blicken konnte. Auch ließ er sich in den folgenden Tagen nicht fotografieren. Nach dem Abendessen bedankte ich mich für seine Gastfreundschaft. Nachdem wir uns erhoben hatten und zur Besichtigung seiner Sammlung gegangen waren, sah ich, wie er die Stühle am Esstisch wieder geraderückte. Ein Pedant?

Der Montag erfreute uns mit Sonnenschein. Mit meinem Opel fuhren wir zur Stubbenkammer, verließen den Wagen und wanderten durch einen lichten Buchenwald zum Kleinen Königsstuhl mit Blick auf den Königsstuhl. Von hier, der »Viktoria-Sicht«, genossen wir den Ausblick auf die beeindruckenden Kreideklippen, von denen ich dachte, sie nie betreten zu dürfen.

Der Rückweg, nicht weit von den Kreidefelsen der Stubbenkammer, fand man noch Teile vom Burgwall der Herthaburg, die vor langer Zeit hier gestanden hat.

Abends zeigte Kutscher mir seine fossilen Schätze, die Rügenfossilien und die Bernsteinsammlung. Die Feuerstein- und Kreidefossilien waren in Schubläden übereinander gepackt. Beim Aufziehen einer anderen Schublade rollten die dort lose liegenden Bernsteine durcheinander.

Nicht ohne Stolz erzählte uns Kutscher, wie er die Sammlung zusammengebracht hatte. Er hatte sie mit Heringen aus seinem Fischkombinat eingetauscht. Auf diese Weise konnte er auch wesentliche Teile seines Hauses finanzieren. Er hatte sich auf Kosten seines Staates bereichert und war auch noch stolz darauf, wie viele andere, die in der Nischengesellschaft Tauschhandel betrieben.

Der nächste Tag sah uns im Fischereihafen von Sassnitz, beim Fischereikombinat, in dem Kutscher arbeitete. Es war aber auch der Marinehafen der Nationalen Volksmarine. So sahen wir neben der Fähre auch einige Kriegsschiffe. Mein Wunsch war es, die berühmte Kreide-Steilküste von der See aus zu sehen. So buchten wir das polnische Fahrgastschiff *Nordwind*, das uns auf See zur Kreideküste bringen würde. Unterwegs kamen uns von Möwen umschwärmte Fischerboote entgegen.

Es war windig, bewölkt, mit Sonnenschein, aber nicht kalt. Gisela sah mit Kopftuch und Sonnenbrille wie eine Diva aus. Mit nördlichem Kurs über die See steuerte unser Schiff vor der Stubbenkammer, der blendend weißen Steilküste zu. Mit vielen Oohs und Aahs wurden Ferngläser und Fotoapparate gezückt: »Von da aus muss Caspar David Friedrich seinen berühmten Kreideblick gemalt haben«, zeigte jemand.

Am Nachmittag besuchten wir die Quoltitzer Kreidebrüche, ein Naturschutzgebiet mit vielen, den Kalkboden liebenden Orchideenarten. Dort sammelten wir einige Flintfossilien.

Abends bei Kutschers sahen wir Fußball-Weltmeisterschaft: Argentinien gegen Italien. Dazu gab es eine Flasche Wein, danach eine Flasche Weinbrand, die wir bis 1.30 Uhr geleert hatten. Die Frauen hatten sich bereits verabschiedet. Bald sprachen wir über die Politik der neuen DDR-Regierung. Wir kamen auf unsere Berufe zu sprechen. Er schimpfte auf die Soldaten der NVA, nannte sie eine »überhebliche, faule Bande«. Er wusste, dass ich Berufssoldat war. Später bemerkte er provozierend: »Deine Frau ist älter als Du?« Ich konnte es nicht leugnen. Es war nicht schwer, in Streit mit ihm zu geraten.

Frühstück in der Küche. Frau Kutscher war schon zur Arbeit. Sie war Laborantin, machte zur Zeit Kurzarbeit. Wir fuhren auf einen Wanderparkplatz in der Stubnitz und stiegen den steilen Abstieg zum Strand hinab. Der Strand bestand unterhalb der Steilküste aus Feuersteingeröllen, gesäumt von einem schmalen Sandstrand bis zum Strandsaum der Ostsee. Wir wanderten von der Piratenschlucht, den Wissower Klinken, bis zum Aufstieg Kollicker Ufer.

Frau Kutscher hatte uns ein Frühstück zubereitet. Um 10.30 Uhr verließen wir das gastliche Haus und warfen den Hausschlüssel durch den Briefkastenschlitz.

In Stralsund tankte ich und fuhr über Greifswald und Chemnitz nach Wolgast. Uwe hatte uns eine Skizze geschickt, so fanden wir leicht den Plattenbau, in dem er wohnte. Edda, Uwes Frau, empfing uns wie alte Bekannte. Sie lud uns zum Mittagessen ein. Uwe kam erst um 14.30 Uhr von seiner Arbeit als Montageschlosser. Wir quatschten bis spät in die Nacht. Seit meinem letzten Besuch bei den Großeltern hatten wir uns nicht gesehen. Es war fast auf den Monat genau 30 Jahre her. Jeder hatte sein wechselvolles Leben, seine Welt gelebt. Uwe war zweimal geschieden. Nun lebte er mit Edda. Er hatte in der Grenztruppe der DDR gedient. Die Großeltern waren gestorben, ihr schönes Haus wurde, in DDR-Zeiten, zu einem Spottpreis verschleudert. Inzwischen mussten sich alle neu orientieren.

Am Vormittag fuhren wir mit Edda und Uwe nach Freest, einem idyllischen Fischerdorf. Hier kam Edda zur Welt. Ihr Vater war Fischer. Zurück in Wolgast gingen wir zum ehemaligen Haus der Großeltern, um es über eine Hecke zu betrachten. Keiner hatte das Bedürfnis, dort zu klingeln und um Einlass zu erbitten. Zu sehr waren unsere Gedanken in der Vergangenheit. Es war einmal.

Nachmittags fuhren wir durch Alt-Wolgast, mit seinen schlechten Straßen und verfallenen Häusern. Ich hatte in der Erinnerung noch den Geruch des Braunkohldunstes in der Nase, der über der Stadt lag. Danach ging es zu Tante Anita, der Schwester meiner Mutter und Onkel Paul. Tante Anita rauchte viel. Sie war stark gealtert. Ich hatte sie als hübsche, dunkelhaarige Frau in Erinnerung. Aber das war vor drei Jahrzehnten. Onkel Paul wurde von ihr dominiert. Man sah ihm sein Alter nicht an. Vielleicht, weil er Nichtraucher war. Bis nach Mitternacht erzählten wir uns Familiengeschichten.

Man kann über alles gut oder schlecht reden. Aber schlecht über seine verstorbenen Eltern zu sprechen, so etwas gab mir doch zu denken. Es wurde auch keine Freude über die Wiedervereinigung geäußert. Zwar fielen negative Äußerungen über die Verhältnisse in der DDR, doch zur Bürgerrechtsbewegung und den Oppositionellen gehörten sie nicht. Bei keiner Demo waren sie auf die Straße gegangen.

Am letzten Tag unserer Reise fuhren wir mit Uwe zu einem ehemaligen Stasi-Gebäude, das jetzt provisorisch in eine Bank umgewandelt wurde. Er tauschte sein Ostgeld in Westmark um.

Ich wollte das Grab unserer Großeltern sehen. Sie waren auf dem alten städtischen Friedhof beerdigt. Meine Enttäuschung war groß: Die Grabumfassung war eine verwilderte Hecke aus Thuja-Sträuchern. Es gab keinen Grabstein; keine Blume war das Andenken unserer Großeltern ihnen wert. Der Zustand zeigte, dass sich niemand um die Grabstätte gekümmert hatte. Vom Erlös des Hauses hätte mindestens ein Grabstein aufgestellt werden können. Ich war traurig. So etwas hatten sie nicht verdient.

Wir fuhren auch nach Pamitz. Hier setzten meine Kindheitserinnerungen ein. In Pamitz versuchte ich vergeblich, die Häuser und alten Straßen wiederzuerkennen. Das Haus an der ausführenden Dorfstraße, in dem unsere Großeltern kurze Zeit wohnten, hatte ich erst nach längerem Suchen erkannt. Das Gebäude, in dem wir von 1945 bis 1949 lebten, stand noch. Die Giebelfront war in einem desolaten Zustand.

Pamitz war ein wichtiger Erinnerungsort meiner Kindheit, der heute keine große Rolle mehr spielt. Aber die Gedanken lassen sich nicht per Knopfdruck abschalten. Ich betrachtete die Erinnerungsbilder wie einen Film aus der Vergangenheit – wenn möglich ohne große Emotionen. Nach der Rückkehr fuhren wir nachmittags zu Tante Anita und Onkel Paul, um uns zu verabschieden.

Umzug von Braunschweig nach Delmenhorst

Am 27. April wurde unser Hab und Gut in einen Umzugswagen verladen. Schon Tage vor dem Umzug lebten wir zwischen aufgestapelten Kartons. Es waren über hundert Umzugskartons, in denen sich Giselas Mineraliensammlungen befanden und meine große Fossiliensammlung, dazu die vielen Bücher. Das war schon viel Arbeit, die uns reizbar machte.

Unsere neue Adresse lautete nun: Delmenhorst, Mozartstraße 6. Den Wohnungsschlüssel musste ich mir vom Hausmeister geben lassen. Eine Wohnungsübergabe fand nicht statt. Aus Lüneburg kam mein Freund Helmut Krock angereist, um uns beim Einzug zu helfen. Er fand die neue Wohnung recht gut zugeschnitten. Als die Grobarbeiten erledigt waren, fuhren wir nach Twistringen, zum Fossiliensammeln.

Windjammer

Segelschiffe, die Fantasie der Nostalgie, so etwas interessierte nicht nur mich; jedenfalls war niemand dagegen. In das Menschengewühl von Bremerhaven wollten wir uns jedoch nicht stürzen. So entschieden wir uns, die Windjammerparade aus der Ferne anzusehen. Wir fuhren nach Blexen und staunten über die vielen Zuschauer, die sich auf und vor dem Deich versammelt hatten.

Leider wurden aus dieser Entfernung Großsegler zu Kleinseglern, bei denen sich bis auf die großflächigen weißen Rahsegel keine Einzelheiten erkennen ließen. Ferngläser hatten wir nicht dabei.

Die* Gorch Fock II *unter vollen Segeln auf hoher See.

Die erste »Sail« fand in Bremerhaven bereits 1986 statt und sollte nun in Intervallen von fünf Jahren stattfinden. Die Presse berichtete ausführlich über das Ereignis und kürte das italienische Vollschiff *Amerigo Vespucci* zum schönsten Segler der Parade. Wahrscheinlich, weil es mit seinem geschnitzten Heck und den Kanonendecks so aus der Zeit gefallen schien. Natürlich führte die *Gorch Fock II* die Parade an. Ich besaß ein eindrucksvolles Foto von ihr, das ich vom Aufklärungsgeschwader 52 aus Leck mitgebracht hatte. Das Luftbild zeigte die Bark unter vollen Segeln auf See.

Wie die Sail 86 wurde auch die Windjammer 90 als großes Ereignis gefeiert. Auch für uns, die Gucker vom Deich, war es das. Die kleinen Großsegler waren auch aus der Ferne, von Blexen aus, schön anzusehen.

Rüstzeit

Vom 15. bis 18. Oktober nahm ich an einer Rüstzeit in Dassel-Solling teil. Im CVJM-Haus kam eine illustre Gesellschaft mir bekannter und unbekannter Kompaniefeldwebel zusammen. Charly Dimke, mein alter Kamerad und StFw König waren auch dabei. Die Rüstzeit wurde vom evangelischen Militärpfarrer Bunnemann und dem katholischen Militärpfarrer Backhaus ausgerichtet.

Unterstützt wurden sie von ihren Pfarrhelfern Sommer und Kramer. Sie diente der geistigen und religiösen Rüstung für die militärischen Alltagsprobleme. Es war aber nicht als Selbsthilfegruppe zu verstehen. Bei so vielen Spießen wurden natürlich auch Sprüche gemacht.

»Was ist das: Zwei Mercedes stoßen zusammen? – Krieg der Sterne!«

»Zwei Trabis stoßen zusammen? – Tupperparty!«

»Die Qualität der Wehrpflichtigen ist quartalsweise unterschiedlich.«

»Besonders die im 1. Quartal!«

»Das Bananenquartal! Mit Anspruch auf artgerechte Ernährung!«

Eine ruhige und entspannte Atmosphäre ließ auch Zeit für lange Spaziergänge in der hügligen Solling-Landschaft.

DAS JAHR 1991

Giselas 60. Geburtstag feierten wir bei unserem Sohn Klaus und seiner Frau Heide in Metjendorf. Hinter ihrem Bungalow hatten sie einen Garten mit schönen Blumenrabatten angelegt. Klaus hatte gerade ein neues Fahrgeschäft begonnen, den »Hans Dampf« einen umgebauten Traktor mit drei Anhängern. Damit fuhr er auf Festveranstaltungen, wie Kirmes, vor allem Kinder. Es kamen noch weitere Gäste angereist. Wolfgang mit Sabine und ihren Kindern Tobias und Marvin, und Angela mit ihrer Tochter Jasmin. So herrschte im Garten eine bunte lebhafte Geburtstagsgesellschaft.

Aus dem TV-Magazin »Panorama«

Der Landtagsabgeordnete Dr. Wolfgang Zessin (CDU) gab eine Erklärung im Fernsehen ab. Er würde nicht einsehen, warum das Volk über die Stasi-Vergangenheit der Volksvertreter unterrichtet sein sollte. »Das ist wie mit einer Ehefrau, die muss auch nicht immer wissen, was der Mann macht oder gemacht hat.«

Dr. Zessin gehörte zu den drei Landtagsabgeordneten von Mecklenburg-Vorpommern, die im Schweriner Landtag beschuldigt wurden, eine Stasi-Vergangenheit zu haben, aber nicht die Konsequenzen ziehen wollen. Sechs Abgeordnete waren bereits zurückgetreten. Ich hatte viele Jahre mit Dr. Zessin korrespondiert. Er hatte paläontologisch über Insekten gearbeitet und 1983 einen meiner Flügelfunde aus dem Lias von Schandelah als *Locustopsis kruegeri* beschrieben.

Aber nicht in Uniform

Die Nachricht traf uns wie ein Hammerschlag: Mein alter Kamerad Wolfhard Hennig war am 23. Juni in einem Krankenhaus in Oldenburg gestorben. Ihm war eine Ader geplatzt, sodass er innerlich verblutete. Der Bruder seiner Frau Marianne hatte es uns mitgeteilt. Die Beisetzung sollte in Oldenburg-Kreyenbrück stattfinden. Ich beriet mich mit Eggi. Wir wollten einen Kranz mit Schleife und Aufdruck kaufen: *Die Kameraden der Drohnenbatterie.* Dazu hatten wir vor ihm, dem guten Kameraden, natürlich in Uniform die letzte Ehre zu erweisen. Der Einspruch von Marianne erstaunte uns sehr. Sie wünschte keine Uniformen bei Wolfhards Beisetzung. Was mochte Wolfhards Vater, der Oberstabsfeldwebel, dabei gefühlt haben? Wir mussten das mürrisch akzeptieren. Eggi kam von Wolfenbüttel nach Delmenhorst angereist und gemeinsam fuhren wir zu Wolfhards Beisetzung nach Oldenburg.

Marianne hatte damals verhindert, dass Wolfhard bei der Bundeswehr blieb. Er hatte als Drohnenstartfeldwebel gute Chancen gehabt, Berufssoldat zu werden. Aber er gab seiner Frau nach und absolvierte erfolgreich eine Ausbildung in der Verwaltung. Wenn unsere Bttr zur Flugperiode in Bergen weilte, kam Wolfhard gerne am Wochenende vorbei, um uns, seine alte Einheit, zu besuchen. Eine Flasche Whisky hatte er auch immer dabei.

Der diesjährige Betriebsausflug

Am 5. Juli reisten wir nach Schwerin, der Landeshauptstadt von Mecklenburg-Vorpommern. Das Schloss von Schwerin lag auf einer Halbinsel und war schon von der Ferne sichtbar. Der Baustil war aus unterschiedlichen Stilelementen zusammengesetzt. Es wurde von außen und innen restauriert. Die Innenräume allerdings nicht immer dem Notwendigen entsprechend. Man erkannte die fehlenden Baumittel.

Nach Besichtigung des Landtages sahen wir uns die Stadt an. Das angenehme Sommerwetter sah uns bald unter Sonnenschirmen auf einer Terrasse das tun, was der Berliner »Konditern« nennt.

Grillabend bei Familie Klatte

Familie Klatte hatte eingeladen. Unsere Belegschaft, mit Ausnahme von Herrn Friederichs, traf sich samt Frauen oder Freundinnen im Hause Klatte, wo auf der Terrasse gegrillt wurde. Herr Hanke machte den Grillmeister. Erna Klatte führte uns ihren dicken Kater Peter vor und Heinz seinen Schwiegervater, der auch dazu kam. Gisela unterhielt sich mit der Freundin von Herrn Wesemann. Die beiden hatten sich bei den Anonymen Alkoholikern kennengelernt und tranken nur Wasser. Dadurch war Wesemann als Schwerbehinderter zum Lagerhelfer und Vorarbeiter geworden. Heinz machte seine Faxen und das Bier perlte im Glas.

Ötzi, der Mann aus dem Eis

Am 19. September wurde in den Ötztaler Alpen (nicht weit von dort, wo wir im Juli 1970, mit dem Ehepaar Schlag, den Geißbach-Gletscher bestiegen hatten) vom Ehepaar Simon am Tisenjoch die Leiche eines Menschen in einem Schmelzwasserloch entdeckt. So begann die Geschichte einer archäologischen Sensation.

Als ich vom Fund der Gletschermumie hörte, war ich wie elektrisiert, aber auch enttäuscht über die Ärzte und Reinhold Messner, die trotz der eindeutigen Befunde die Mumie so falsch gedeutet hatten. Nach dem sensationellen Fund dauerte es nicht lange, bis die ersten Bücher erschienen: über den neuesten Stand der Forschung, über eine angebliche Fälschung und – bereits ein Jahr nach seinem Fund – ein Ötzi-Krimi. Der Krimi war deshalb so interessant, weil er die tatsächlichen Erkenntnisse vorwegnahm, die erst zehn Jahre später durch den Fund einer Flint-Pfeilspitze im Brustkorb der Mumie gewonnen wurden. Ötzis Tod war ein Kriminalfall. Er wurde von hinten mit einem Pfeilschuss getötet und sein Körper zeigte Verletzungen auf, die auf einen Kampf hinwiesen.

Inzwischen gehört Ötzi zu den bekanntesten Mumien der Welt. Das Besondere und Einmalige ist, dass hier ein Mensch mitten aus dem Leben gerissen wurde und mitsamt seiner Kleidung und Ausrüstung im Gletschereis erhalten geblieben ist.

Die jahrelange Erforschung des Fundkomplexes mit modernsten Methoden erbrachte bislang unbekannte Einblicke in das Alltagsleben der frühen Bronzezeit, seiner Umwelt und die Fähigkeiten, sich dieser anzupassen.

Kommandoübergabe

Ein Schauspiel in mehreren Akten

Das hatte ich noch nicht erlebt: Eine Abkommandierung als Fahnenträger der Bataillonsfahne des SichBtl 118 (Geräteeinheit) anlässlich der Korps-Übergabe am 20. September in Münster.

Die weißen Stulpen der großen Lederhandschuhe reichten mir bis über die Ellenbogen. Ungewohntes Koppelzeug, die Schlaufe (Fahnenträger-Bandelier), die beim Kommando »Stillgestanden« und beim Marsch zum Einsetzen des Fahnenstiels diente, baumelte mir vor dem Bauch. Zum Glück war es nicht sehr windig, sonst wäre ich mit der Fahne abgegangen. Solch ein Aufwand war hier noch nie gemacht worden. Jedes Btl des Korps war mit seiner Fahne vertreten, eine ganze Fahnen-Kompanie mit drei Zügen, befehligt von Generälen. Natürlich stand ich im 3. Zug und vor mir war ein OFw, so groß und breit wie ein Uffz-Spind.

Unser Einmarsch: General Riemer (KdrDivTrp) gab die Kommandos. Dann kam der Einmarsch der Musik. »Stillgestanden – Rührt Euch – Stillgestanden – Achtung – präsentiert – Augen geradeaus – Richt Euch – Stillgestanden.« So war das Übergabe-Ritual.

Die Stimme von General Naumann (Übergebender und neuer Generalinspekteur der Bundeswehr) überschlug sich bei den Kommandos unangenehm. Ein General konnte wohl besser Befehle schreiben als Kommandos geben. Dafür war seine Rede markant.

»Zum voraussichtlich letzten Mal treten hier Abordnungen der fünf Divisionen und die Fahnenabordnungen aller 166 aktiven Bataillone des 1. Korps an.« Damit sprach er den begonnenen Abbau und die Umgliederungen in den Streitkräften an. Die Bundeswehr habe ihren Auftrag erfüllt, ohne einen Schuss in einem Gefecht abgegeben haben zu müssen. »Einen schöneren Erfolg kann es für einen Soldaten nicht geben«, betonte General Naumann. Wann immer die Soldaten jedoch gebraucht worden seien, seien sie zur Stelle gewesen. »Verschiedenste Großeinsätze bei Flut- und Schneekatastrophen oder zur Behebung von Erdbebenfolgen seien dafür deutliche Beweise.«

Die »verzagte Jämmerlichkeit einiger weniger, die uns im Frühjahr als repräsentativ vorgegaukelt wurde« entspräche nicht dieser Bundeswehr (damit spielte er auf den Golfkrieg an). Was Abrüstung und Verkleinerung der Streitkräfte konkret bedeutete, wurde der Öffentlichkeit auch optisch demonstriert: Die Truppenfahnen der 72 aufzulösenden Verbände waren herausgehoben platziert.

Hinter mir bemühten sich zwei Sanitäter um einen umgefallenen Oberleutnant. Seine Btl-Fahne lag achtlos am Boden. Ein OFw und ein Fähnrich fielen rechts von mir ebenfalls um. Beim langen Stehen sank der Blutdruck, das Gehirn litt unter Blutmangel und man verlor das Bewusstsein.

Im »Rührt Euch« wurden die Fahnen auf den Boden gestellt und mit der echten Hand gehalten. Auch im »Stillgestanden« ließ sich nahezu jede Bewegung ausführen, den Kopf wenden, die Knie bewegen (was macht der Nachbar?), nur musste jede Bewegung ganz langsam erfolgen, ohne gesehen zu werden, wie bei einem Faultier.

Im Blick nach halbrechts, zwischen den Gliedern hindurch, hatte ich gutes Blickfeld zum Bundesflaggen-geschmückten Rednerpult. Es sprach General Ondorza (der Inspekteur des Heeres). Rechts hinter ihm saß ein Militärbischof im schwarzen, weiten Ornat und karminroten »Käppchen«, wie die Früchte des wohl danach benannten »Pfaffenhütchen«.

Wenn ich meine Fahne etwas nach vorne neigte, fielen die Fahnenbänder und der mit Goldtressen besetzte Fahnenrand trennte wie ein Vorhang im Theater die Szene auf dem Appellplatz. Ich gab ihnen einen Vorhang. Unter dem Schleppdach, hinter den Generälen, saßen die geladenen Gäste. Ich sah englische Uniformen, englische Ladys mit breitrandigen Hüten, Handküsse, daneben Amerikaner, schneidige Figuren mit Gold und vielen bunten Ordensspangen.

Vorhang – Übergabeszene: Der scheidende General ließ zu Ehren aller Einheiten, die aufgelöst wurden, einen Marsch spielen. *Preußens Gloria* – auch für mich!

Man könnte sagen, er hat einen ausgegeben. Vorhang – Bewegungsübungen, ganz langsam, damit das Blut zirkulierte und keine Blutleere im Gehirn entstand, sonst würde auch ich mit der Fahne am Boden liegen. Vorhang – Gen Ondorza schritt mit den beiden Generälen die Front ab: markig, ernst, Auge in Auge und hinterherblickend; am kleinen Finger der linken Hand blitzte ein goldener Ring – danach ruckartig die Augen geradeaus …

Im Heimatstandort folgte die Abgabe der Fahne, laut der Bestandsliste bestehend aus:

- Halterung für Fahnenstiel
- Fahnenstange, Messing, mit Gravur
- Fahnenträger-Bandelier, Leder, schwarz
- Fingerhandschuhe, Männer, weiß, Leder, Kunststoffstulpen

Arbeitstagung »Zusammenwachsen«

Am 21. Oktober nahm ich an der Arbeitstagung »Zusammenwachsen« für KpFw teil. Der Tagungsort war eine alte Villa in Bad Sachsa im romantischen Harz. Unter den 28 Teilnehmern befanden sich auch meine alten Freunde Charly Dimke und Lutz Maaß. Das Thema »Zusammenwachsen« war natürlich politisch gemeint. Was sollte mit den Soldaten der NVA geschehen? Sollte eine Auflösung oder eine Übernahme in die Bundeswehr erfolgen? Wie konnte eine kommunistisch indoktrinierte Bevölkerung in unsere Demokratie eingegliedert werden? Die alten Führungskader würden versuchen, ihren Einfluss auch im Westen zu erhalten und auszuweiten. Und wie sah es mit der Wirtschaft aus? Die Treuhand geriet berechtigt in die Kritik. Bei einem Geldumtausch von 1:1 konnten die Betriebe ihre Kredite nicht bezahlen und gerieten zwangsläufig in die Pleite. Es stellten sich viele Fragen, die ohne Antwort bleiben mussten, während Kanzler Kohl mit aller Energie daran arbeitete, die kommenden Wahlen zu gewinnen.

Wir wanderten auf dem verschneiten Brocken, vorbei an ehemaligen Grenzbefestigungen der DDR. Ein Holzschild gab Auskunft: *Ehemaliger Grenzsicherungszaun*. Der Zaun riegelte den Schutzstreifen ab und befand sich etwa 500 Meter vor der eigentlichen Grenze im Brockengebiet. Ursprünglich waren am Zaun enge Stacheldrahtreihen mit Übersteigschutz und Signalgeräten befestigt. Daneben existierte ein Unterkriechschutz aus eingegrabenen Betongittersteinen. Bis 1984 war der Zaun mit Selbstschussanlagen versehen.

Der größte Teil des Grenzsicherungszaunes wurde 1990 demontiert. Im selben Jahr stellte man Teile der Brockenmauer und des Metallgitterzaunes unter Denkmalschutz.

Während unserer Wanderung mussten wir auf den LKW-Verkehr achten und rechtzeitig zur Seite springen, damit uns die Laster nicht überfuhren. Es waren Kohlen- und Versorgungsgüter, die sie zu den Russen fuhren, die noch immer eine Beobachtungsstation auf dem Brocken unterhielten. Es war eindeutig: Die Fahrer mochten uns nicht. Auf dem Brocken lag Novemberschnee. Beim Brockenwirt gab es heißen Tee, aber auch Bier. Vom Brocken wanderten wir zu Fuß nach Schierke, von wo aus wir mit der Brockenbahn nach Wernigerode fuhren. Während der Bahnfahrt kam es zu unschönen Pöbeleien und Ärgernissen mit einigen Jugendlichen; vermutlich waren es Schüler.

Die Fahrt ging noch weiter bis Mühlhausen, wo 1525 die entscheidende Schlacht der deutschen Bauernkriege tobte und wir die Thomas-Müntzer-Kaserne besuchten. Dort erlebten wir, wie wertvolles NVA-Wehrmaterial sinnlos verschrottet wurde. Welch eine Verschwendung! Es war Material, das noch gut in der Bundeswehr zu gebrauchen gewesen wäre.

Ein Tag, an dem Leben endet und Leben weitergeht

Sie saßen Ende Oktober im Pausenraum. Eine Wand aus zusammengestellten Schränken, rückseitig tapeziert, trennte den Arbeitsraum des Mat Buchhalters vom Besprechungs- und Pausenraum. Es waren drei Mann, sonnenwärts, hinter ihren Kaffeetassen. Sie sprachen Dienstliches und Privates. Ein Soldat, der StFw (Krüger), ein Angestellter (Friedrichs) und ein Lagerhelfer (Hanke).

Der Mat Buchhalter sprach davon, wie besonders ungefährlich ein Mikrowellenherd war und dass er ihn nicht missen mochte.

»Telefon!«, rief der Lagerhelfer zum Stabsfeldwebel. Der stand rasch auf und ging über den Flur zum Apparat in seinem Dienstzimmer.

Er kam zurück und sagte im Stehen: »Meine Herren, ich muss Ihnen die traurige Mitteilung machen, dass Herr Wesemann heute Nacht gestorben ist.« Betretenes Schweigen. Ungläubige Blicke.

Der Lagerhelfer: »Ich kann's nicht glauben!«

»Nein, ist das wahr?«, wunderte sich der Mat Buchhalter und fügte nach einer Pause hinzu: »Wie denn? Woran denn?«

»Heute Nacht, Herzinfarkt«, erklärte der Stabsfeldwebel. »Man fand ihn auf seinem Stuhl sitzend.«

Es folgte ein wirres Durcheinander: »Er wollte Dienstag seine Arbeit wieder aufnehmen.« – »Ich habe noch zwei Leberwürste für ihn im Wagen.« – »Er wollte noch vorbeikommen.« – »Im Kühlschrank steht noch seine Flasche Wasser.«

»Wir müssen es begreifen. Es ist endgültig und in alle Ewigkeit«, unterbrach der Stabsfeldwebel.

»Wenigstens geschah es ohne langes Leiden«, nickte der Lagerhelfer.

Der Mat Buchhalter stimmte zu: »Wenn ich da an meinen Bruder denke … der hatte Krebs und musste lange leiden.«

Ende der Dienstpause.

Der Mat Buchhalter ging zurück an seinen Schreibtisch und ordnete die Belege für die Waffenabgabe. Der Lagerhelfer verschwand ins Materiallager, um die Waffen für die Abgabe bereitzustellen. Die Dienststelle der drei wurde im Rahmen der Truppenreduzierung »vorzeitig« aufgelöst, hatte die Division befohlen. Dies geschah in Absprache Kohls mit Gorbatschow im Kaukasus.

Bis 1994 sollte sich die Bundeswehr von 450.000 auf 370.000 Soldaten reduzieren. Die Geräteeinheiten der Division traf es zuerst. Durch Krankheit und Pflichtabgaben war der Personalbestand des SichBtl 118 von sechs auf drei Mann geschrumpft. Es gab Probleme, um alle Termine und Vorgaben zu erfüllen.

Der Stabsfeldwebel ging in sein Dienstzimmer. Das natürlichste Ereignis des Lebens war der Tod. Gestern war es sein guter Freund und Kamerad Wolfhard in Oldenburg, heute der Vorarbeiter. Der Schwiegersohn des Verstorbenen hatte angerufen. Der StFw hatte um Legitimation gebeten. Missbrauch war nicht auszuschließen.

Sein Blick fiel auf das Farbfoto an der Wand. Damals hockte die ganze Mannschaft vor dem Block auf der Treppe. Der Vorarbeiter saß, wie ein Wikinger, auf dem Geländer. »Heinz fehlt noch!«, hatten alle gerufen. »Wir warten auf Heinz«, befahl der StFw. Heinz kam etwas später.

»Jo jo, ick kom all!«, rief er. Das Warten war beendet und das Foto gemacht.

Das »damals« war jetzt zwei Jahre her. *Was muss ich nun tun?*, dachte der StFw und rief bei der Truppenverwaltung an. Es war schlimm, anderen den Tod eines Menschen mitteilen zu müssen. Er hatte sich ein Sprüchlein zurechtgelegt: »Ich muss Ihnen die traurige Mitteilung machen …« Er starrte in Richtung des Bildes an die Wand. *Wie kann ich das begreifen? Das aus der Zeit, aus der Gegenwart hinaustreten, in die Unendlichkeit?*

Er musste Wesemanns Frau anrufen. Das war das Schlimmste. Er ging ins Lagergebäude und half, die Waffen für die Verladung umzupacken, zu zählen

»Warten auf Heinz«: Die Mannschaft des SichBtl 118 im MobStützpunkt. Oben: (v.l.) Herr Wesemann, HptFw Krüger. Mitte: Die Herren Meier, Friedrichs und ein Wehrpflichtiger. Unten: Die Herren Hanke und Klatte.

und zu registrieren. Das Zubehör musste vollständig sein. Am Dienstag war der Waffentransport. Er benötigt eine Pistole und acht Schuss, um als Begleitkommando den Transport zu sichern. Er dachte an den OstFw der Artillerieschule. Der hatte ihn damals wie einen freundlichen Kameraden begrüßt. Eine Woche später hatte er seine Kinder, seine Frau und sich selbst mit seiner Dienstpistole erschossen.

Er musste die Frau anrufen. Er ging zurück in sein Dienstzimmer. Ihm schauderte vor der Dimension des Todes, vor der Unendlichkeit, wo die Zeitvorstellung versagt. Er musste Ruhe bewahren, notfalls die Probleme aufzeichnen. Eine Skizze auf dem Papier: A + B + ? Leben und Tod und Fragezeichen. Er musste es formulieren: *Die Angst, in den nicht existenten vorgeburtlichen Zustand zurückzufallen, das ist Ewigkeit.* Er korrigierte: *Vorgeburtlichen Sein-Zustand. Quatsch! Einen Nicht-Zustand kann man nicht in den Sein-Zustand verwandeln!* Er zerknüllte das Papier. Er musste sie jetzt anrufen.

Der StFw ließ sich die Vermittlung geben und sprach mit den Hinterbliebenen. Mit dem Schwiegersohn klärte er die Formalitäten. Ein Totenschein war erforderlich. Wo und wann sollte die Trauerfeier stattfinden? Bei bürokratischen Problemen konnte notfalls Hilfe durch Sozialberater geleistet werden. Doch der Dienst musste weitergehen. Erst die Eingänge bearbeiten. Er sah die Fernschreiben durch: *In Schwanewede wurden sechs Handgranaten gestohlen.* Auf einem Weiteren stand: *Von Rückfragen über geplante Verwendung bei der SDH (Stammdienststelle des Heeres) ist abzusehen. Zuständig sind die eingerichteten Steuerköpfe bei der Division.*

Das dritte Fernschreiben war mindestens 60 Zentimeter lang: *Änderungen des Lehrgangkataloges »Lehrgänge für Uffz-Anwärter aus den neuen Bundesländern«* ...

Mit Beteiligung des Personalrates zwischen Weihnachten und Neujahr kann Urlaub eingereicht werden. Die Ansprechbarkeit der Einheit muss sichergestellt werden, lautete die letzte Nachricht. *Bei drei Mann Personal!*, dachte er.

Plötzlich kam ein Anruf von der Division: »Warum haben Sie uns noch nicht gemeldet?« Er informierte den General: »Wir kommen zur Trauerfeier. Es stehen Ihnen 150 Mark für den Kranz, die Traueranzeige und alles andere zur Verfügung. Leiten Sie alles Erforderliche ein.«

Die Sonne schien durch das Fenster. Die Heizung ballerte. Das Thermometer zeigte 25 Grad. Es waren Nachtfröste bis minus 4 Grad zu erwarten, hieß es im Radio. Heute waren die Scheiben vereist. Die Verwaltung schaffte es nicht, die Heizung richtig einstellen zu lassen. Gestern kam ein Rundschreiben: »Es ist uns gelungen, die Heizkosten um 18 Prozent zu senken.« Kein Wunder, gestern waren nur 12 Grad in den Räumen.

Morgen würde er einen Kranz mit Schleife kaufen. Was sollte darauf stehen? Dann kam der Text der Traueranzeige: Es war ein amtlicher Nachruf. Die 150 Mark würden dafür nicht ausreichen. Er musste also eine Sammlung bei den Kollegen durchführen. Alle gemeinsamen Bekannten und ehemaligen Kollegen würden benachrichtigt werden. Eine Trauerkarte mit vorgedrucktem Text reichte nicht. Er würde morgen einen Brief schreiben und alle unterschreiben lassen. Morgen, um 7.30 Uhr, war die Besprechung.

Es wurde Zeit. Zuerst hatte sich der Mat Buchhalter verabschiedet, dann der Lagerhelfer. Der StFw verschloss die Türen der Dienstzimmer. Der Tod war ein latenter Begleiter. Er musste seinen Amtsvorgänger anrufen. Er und Wesemann waren gut, zu gut miteinander bekannt. Der Tod, wir werden uns nie an ihn gewöhnen.

Auflösungsappell des Sich Btl 118 bei der 1. Pz Div in Oldenburg.

Auflösungsappell

Am 23. November kam es zum Auflösungsappell des Sich Btl 118 und aller anderen der Division unterstellten Geräteeinheiten, mit Abgabe der Btl-Fahnen, in Oldenburg. Es herrschte dem Anlass entsprechend ein düsteres, nebeliges Wetter mit Nieselregen.

Das Sicherungsbataillon 118 existierte nicht mehr. Diese Tatsache konnte auch der Einmarsch der Musik nicht verschönern. Meine Aufgabe war es, das noch verbleibende Material und die Liegenschaft an die Standortverwaltung abzugeben.

Jahresabschluss im Soldatenheim

An die im Soldatenheim versammelten Gäste, die zivilen Mitarbeiter mit ihren Frauen: »Sehr verehrte Damen, liebe Mitarbeiter, das Jahr ist noch nicht ganz vollendet, doch bietet unser Zusammensein den Anlass, einen kurzen Blick zurück zu werfen.

Im Januar bekam ich von der MobVGrp das Protokoll einer Dienstbesprechung, die in Bonn stattgefunden hatte. Dabei war erstmalig von der Auflösung nichtaktiver Verbände die Rede. Es konnte also davon ausgegangen werden, dass auch unser Btl, das SichBtl 118, obwohl nicht namentlich genannt, dabei sein würde. Doch im ersten Halbjahr 91 blieb noch alles ruhig. Wir verwalteten, warteten und pflegten das uns anvertraute Gerät und uns selbst.

Am 5. Juli führten wir unseren Betriebsausflug nach Schwerin durch. Eine interessante Fahrt, bei guter Laune und schönem Wetter.

Völlig überraschend für mich kam am 8. August, während einer Dienstbesprechung bei der Div in Oldenburg, meine Beförderung zum Stabsfeldwebel. Einen Tag später fanden wir uns auf einem Grillabend bei Familie Klatte zusammen. Es gab viel zu essen und Getränke für jeden Geschmack. Die angenehme Atmosphäre dieses schönen Festes ist uns allen noch gegenwärtig.

Dann, am 27. August, kam das erste Schreiben der Div über unsere Auflösung mit der Zeitvorgabe erstes Halbjahr 1992.

Der 20. September führte mich als Vertreter des SichBtl 118 mit Truppenfahne zur Übergabe des Korps nach Münster. Der scheidende KorpsKdr, General Naumann, heute Generalinspekteur der Bundeswehr, gab für alle anwesenden Verbände, die aufgelöst werden, einen aus: den Marsch *Preußens Gloria*. Herr Klatte könnte ihn als musikalischer Zuschläger, als den er sich bezeichnete, gleich leicht abtrommeln.

Der Oktober war ein Monat voller Ereignisse. Während Herr Meyer zum FlaRakGeschw 35 abgeordnet wurde, um dort den Busführerschein zu erwerben, erklomm ich, ausgehend von unserem Basislager Bad Sachsa, mit zwanzig weiteren KpFw den Brocken. Wir befanden uns auf einer Arbeitstagung für KpFw.

Plötzlich und unbegreiflich starb am 29. Oktober ihr Vorarbeiter und Kollege, Herr Wesemann. Bei der Trauerfeier waren alle anwesend. Wir werden ihm ein würdiges Andenken bewahren.

Am 23. November fand in Oldenburg-Kreyenbrück der offizielle Appell zur Außerdienststellung für das JgBtl 116, 117 und das SichBtl 118 statt. Wieder wurde uns zu Ehren vom MusikKorps 11 ein Marsch gespielt, der *Revuemarsch*. Anschließend trafen wir noch mit OLt Taschka und HFw Franz, meinem Amts-Vor-Vorgänger im Kasino zusammen.

Bis heute haben wir circa 50 Prozent des Gerätes und der Ausrüstung abgegeben. Was Bekleidung, Betriebstoff, Munition und Vorschriften betrifft sogar 100 Prozent. Bis Mitte 1992 wird unser Btl aufgelöst sein. Sicher wird jeder von Ihnen einen neuen, angemessenen Arbeitsplatz erhalten. Für die kommenden Feiertage wünsche ich ihnen alles Gute und ein gutes neues Jahr 1992!«

Danach wurde, zur Erinnerung, ein in Kupfer gedrücktes Btl-Wappen an Herrn Meyer (der weinte) und Herrn Klatte überreicht. Am 8. Oktober 1992 waren alle Geräte abgegeben.

DIE JAHRE 1992 – 1994

Versetzung zum Nachschub Btl 11

vom 1. Oktober 1992 bis 31. März 1994

Nach der Auflösung des SichBtl 118 wurde ich zur 1. Nachschub-Bataillon 11 versetzt, das sich ebenfalls in der Fw Lilienthal-Kaserne befand. Dort wurde ich als Verschlusssachenverwalter und Mob-Bearbeiter eingesetzt.

Die Soldaten der 98.000 Mann starken Nationalen Volksarmee (NVA) hatten in den Kasernen der DDR einen neuen Fahneneid abgelegt. Bei der Feier sprach der Minister für Abrüstung und Verteidigung Rainer Eppelmann vor seinem Dienstgebäude mit dem neuen Namen Stauffenberg-Haus zu den Soldaten. Demonstranten entrollten Transparente, auf denen stand: *Entmilitarisierung statt wiedervereinigter Armee* sowie *Jede Zeit hat ihren Eid – Seid ihr schon wieder bereit?*

Der alte Fahneneid des SED-Regimes hatte den Soldaten der NVA abverlangt, »an der Seite der Sowjetarmee den Sozialismus gegen alle Feinde zu verteidigen« und ihr Leben »zur Erringung des Sieges einzusetzen«. Die neue Eidesformel endete mit dem Satz: »Ich schwöre, meine ganze Kraft zur Erhaltung des Friedens und zum Schutz der DDR einzusetzen.«

Eppelmann und seine Minister-Kollegen hofften noch auf einen Fortbestand der DDR als zweiten deutschen Staat mit einer eigenen Armee.

Die Zukunft der NVA in einem vereinten Deutschland entwickelte sich zum Streitobjekt. Während Kanzlerberater Horst Teltschik betonte, die NVA werde noch vor Jahresende aufgelöst, forderten DDR-Außenminister Markus Meckel und Rainer Eppelmann den Fortbestand der NVA als eigenständige Armee.

Teltschik sagte, bis zum Ende des Jahres werde es »nicht länger zwei Streitkräfte, sondern selbstverständlich nur noch eine gesamtdeutsche Bundeswehr geben«. In ihr hätten »nur sehr wenige heutige Mitglieder der NVA eine Chance«.

Meckel verwies dagegen auf eine Koalitionsvereinbarung der DDR-Regierung, »wonach die deutschen Streitkräfte, die die heutige DDR stellt, auch bei der Vereinigung nicht in der NATO und nicht Teil der Bundeswehr sein sollten«. Natürlich hat sich Kohl, dessen Berater und Sprachrohr Teltschik war, durchgesetzt.

Kommandierung nach Karow

Vom Nachschubbataillon 11 wurde ich am 15. März 1993, zusammen mit meinem Kameraden, StFw Manfred Krämer, nach Karow, in der ehemaligen DDR kommandiert, um unseren Kameraden von der ehemaligen NVA zu zeigen, wie ein Alarmkalender nach westlichem Muster angelegt und geführt wurde.

Internes Verbandsabzeichen des Nachschubbataillon 141, Damerow-Kaserne in Karow (bei Plau am See) Mecklenburg-Vorpommern.

Mit Rainer Eppelmann hatte man den Bock zum Gärtner gemacht. Dieser Antimilitär, der wie sein Ministerium ein Anachronismus war, kam aus der Bürgerrechtsbewegung und über diese zu seinem Amt. Was in seiner Amtszeit, aus Ignoranz und Unwissen, an brauchbarem Rüstungsmaterial vergeudet und vernichtet wurde, war unglaublich. Wir hatten es mit eigenen Augen in Mühlhausen gesehen, wo wir aus einem großen Haufen verwendungsfähigen Materials einiges mit in unsere Einheiten genommen hatten.

Der Ort Karow lag an der B 192 zwischen Ziesar und Genthin, südwestlich von Plaue, am Plauer See. Die Kaserne, in der wir untergebracht waren, lag in einem Waldstück, nördlich des Ortes. Öffentliche Verkehrsmittel verkehrten am Wochenende nicht, sodass wir zu Fuß nach Plaue spazierten. Da wir keine Gaststätte oder etwas Ähnliches finden konnten, gelang es uns nur mit Mühe, ein Taxi zu finden, das uns nach dem Marsch durchs Dorf wieder in die Kaserne zurückfuhr.

Die Kasernenanlage war trostlos. Zwischen den teilweise verwahrlosten Blocks der ehemaligen NVA, in denen noch Rekruten ausgebildet wurden, erhoben sich Neubauten, die wohl für eine Bw-Zukunft errichtet und bereits bezogen waren. Im Standort herrschte Endzeitstimmung, bei den Küchenfrauen, die die Speisen austeilten, wie bei den aktiven Soldaten. Die ehemaligen NVA-Soldaten, mit denen wir zu tun hatten, trugen natürlich die Bw-Uniform und ließen sich in zwei Kategorien einteilen.

Zur ersten gehörten die Soldaten, die uns wohlwollend gegenüberstanden. Unter der Dusche stellte sich ein nackter Leutnant mit Namen und Handschlag vor. Zur zweiten Kategorie gehörten jene, die sich misstrauisch, zurückhaltend oder zynisch-aggressiv verhielten. Ein Stabsfeldwebel äußerte so laut, dass es nicht zu überhören war, er wolle lieber entlassen werden und auf dem Bau arbeiten, als von der Bundeswehr übernommen zu werden. Er hatte den ideologischen Klassenfeind in seinem Kopf noch nicht überwunden. Von dieser Sorte gab es einige.

Zu dieser Zeit bestand für NVA-Soldaten die Möglichkeit, sich bei der Bundeswehr zu bewerben. Sie konnten dann, wenn keine Stasi-Spitzeltätigkeit nachgewiesen werden konnte, mit einem geringeren Dienstgrad in die Bundeswehr übernommen werden. Ein Leutnant der NVA wurde so zum Feldwebel. Viele empfanden so etwas als Zumutung und Beleidigung. Ich teilte ihre Auffassung, denn viele dieser Offiziere hatten in Moskau studiert und waren keine Dummköpfe. Ideologien hatten dort, wo sie sich als Trugbild erwiesen, keinen Bestand.

In der NVA gab es schon lange Soldatinnen. Ein ehemaliger NVA-Feldwebel erzählte zum Thema »Frauen in den Streitkräften«: »Nachts, wenn wir auf engem Raum auf einer Wache zusammen waren, kam es mitunter auch schon mal zu intimen Beziehungen mit den Genossinnen. Das Rammeln mit der Genossin Leutnant führte bei ihr zu heftigen Lustschreien. Am Tag darauf ging der Dienst normal weiter und jeder tat so, als sei nichts geschehen.«

Eines Tages lief auch ein Gerücht durch die Amtszimmer, dass ein StFw der Einheit entlassen wurde, nachdem seine Stasi-Kontakte bekannt geworden waren. Die herrschende Meinung dazu war: »Die Kleinen hängt man, die Großen lässt man laufen.« Nach Meinung unserer Feldwebel-Kameraden standen alle ehemaligen NVA-Offiziere ab Dienstgrad Major mit der Stasi (Ministerium für Staatssicherheit) in ständiger Verbindung. Ich glaube, sie wussten, wovon sie sprachen. Bei den Unterhaltungen erfuhren wir oft Details, die uns neu waren und erstaunten. So war es in der NVA bei jeder Beförderung üblich zu bekennen: »Ich diene der Deutschen Demokratischen Republik!«

Ein Major lud Manfred und mich zu einem Umtrunk in die Kantine ein, der später in seiner Stube fortgesetzt wurde. Bei Bier und Schnäpsen wurde Herr Major immer vertraulicher. Er erzählte voller Stolz von seinem Sohn, der Pilot bei den »Flieschern« sei. Er sprach auch von den »Jachtflieschern«, wenn er die Luftwaffe meinte.

Das provozierte mich zu der Frage, ob das der offizielle Sprachgebrauch in der NVA sei. Mir schien es doch mehr dem Jargon des Dritten Reichs zu entstammen. Er war sichtlich irritiert und widersprach heftig im breiten Sächsisch. Am nächsten Morgen wurde ich von Manfred wegen meiner Fragen kritisiert. »Warum hast du den Major so provoziert?«

Ein Oberleutnant erzählte von Moskau und dem Leben dort. Er war zum Studium dorthin versetzt worden und hatte Umgang mit russischen Offizieren. Einmal stand er mit einem russischen Hauptmann, natürlich in Uniform, an einer Bushaltestelle. Sie stiegen in den Bus und bemerkten auf dem hinteren Platz eine schöne, elegant gekleidete Frau. Der Hptm sagte: »Um was wollen wir wetten, dass ich die rumkriege?« Er ging zu ihr, stellte sich vor und sprach etwa zehn Minuten mit ihr. Dann gab er ihr einen Zettel und kam lächelnd zurück. »Wir treffen uns heute Abend«, grinste er. An der nächsten Haltestelle stiegen sie aus.

In der NVA/Bw herrschte unter den Offizieren ein Umgangston, der an den zu Recht verrufenen »Kadavergehorsam« in Teilen der alten Wehrmacht erinnerte. Einen solchen Ton kannten wir in der Bundeswehr nicht. Befehle und Anweisungen wurden ausgeführt und akzeptiert, aber ohne unterwürfige Demutsgebärden.

Unsere Ansprechpartner und Bearbeiter in Sachen Mob-Bearbeitung und Alarmkalender waren ein Hauptmann und sein Hauptfeldwebel. Dieser HptFw war uns gegenüber sehr beflissen und kümmerte sich auch nach dem Dienst um uns. Was uns an ihm störte, war seine Unterwürfigkeit den Offizieren gegenüber. Im Umgang mit seinen Vorgesetzten fehlte ihm in Sprache und Körperhaltung jegliches Selbstbewusstsein.

Am letzten Tag unserer Kommandierung hatte Manfred uns alle in ein Café eingeladen. Wir versuchten dem HptFw unsere Position zu erklären. Er solle versuchen, seinen Offizieren mit mehr Selbstbewusstsein gegenüberzutreten. Im täglichen Dienst habe er auch das Recht auf eine eigene Meinung.

Nach einer Woche war unsere Mission in Karow erfüllt. Wir hatten einen kleinen Einblick in eine Armee gewonnen, die zwar Bundeswehr hieß, aber dabei war, sich neu zu erfinden.

Wie man sich keinen Orden verdient

März 1994

Spätestens mit dem Eintritt in den Ruhestand ist im Regelfall das Ehrenkreuz der Bundeswehr fällig. Bereits im Voraus wurde ich von dem S3-Fw gefragt, ob ich die Auszeichnung annehmen würde. Für die Vergabe war, wie in jedem Btl, der S3 zuständig. Da ich kein Hanseat bin, war ich mit dem Vorschlag einverstanden. Über die Bedeutung von Orden und Ehrenzeichen machte ich mir nichts vor. Sie sollten Ansporn sein, zur Nachahmung hervorragender Taten und Leistungen dienen. In der Wehrmacht waren sie Zeichen für Tapferkeit vor dem Feind und Heldenmut. In der DDR gab es über 400 verschiedene Orden und Ehrenzeichen. Eine inflationäre Praxis, die den Wert einer Auszeichnung minderte.

In der Bundeswehr waren Auszeichnungen, die an der Uniform getragen werden durften, eher selten und wurden für sportliche Leistungen vergeben (Sportabzeichen, DLRG-Leistungsabzeichen, Schützenschnur). Später kamen Auszeichnungen für Katastropheneinsätze, das Leistungsabzeichen und Tätigkeitsabzeichen hinzu. Ausnahmen waren die Kriegsauszeichnungen der alten Soldaten, die in der Wehrmacht gedient hatten – allerdings ohne Hakenkreuze.

Besonders die Offiziere, die in NATO-Stäben Dienst taten, fühlten schmerzlich ihre »blanke Brust«, wenn sie mit den bunt geschmückten Amerikanern, Engländern und Franzosen zusammensaßen. Mehrere Versuche des Militärs, Dienstzeitmedaillen einzuführen, wurden von den amtierenden Bundespräsidenten abgelehnt. Erst 1980, unter Kanzler Helmut Schmidt und Bundespräsident Walter Scheel, gelang es, eine Ehrenmedaille und ein Ehrenkreuz in drei Stufen für die Soldaten der Bw zu stiften. Eine bestimmte Anzahl wurde den Verbänden zugeteilt (Kontingentierung), die diese dann vergaben. Natürlich waren die höheren Offiziere und Kommandeure die »Erstempfänger«. Mit den Jahren waren dann auch die Fw und Uffze an der Reihe.

Das NachschubBtl 11 sah sich, wie jedes Btl, nicht im Räderwerk des Ganzen, sondern als wichtigstes Glied des Heeres. Ohne Versorgung läuft nichts. Das war richtig, aber daraus ein Elitebewusstsein abzuleiten, wäre überheblicher Waffenstolz gewesen. Ohne Aufklärung, Artillerie, Panzer oder Infanteristen funktionierte auch nichts. Der Blick auf das Räderwerk einer Uhr lehrt die Bedeutung jedes ihrer Rädchen.

Im Verlauf meiner Restdienstzeit kam es zwischen dem S3-Stabsoffizier (S3 und stellv. Btl Kdr) und mir zu einer unangenehmen Auseinandersetzung: Im Rahmen meiner Tätigkeit als Mob-Bearbeiter und VS-Verwalter ergaben sich Spannungen und ein Kompetenzstreit zwischen dem S1-Fw und mir. Während einer Stabsbesprechung, bei der auch S3-StOffz und der S1-Fw anwesend waren, sprach ich diese Angelegenheit an.

Ich verbat mir »Machenschaften«, wie sie vom S3-Offz gebilligt worden waren und wies auf das darunter leidende Betriebsklima hin. Zum S3 gewandt, sprach ich von Unkameradschaftlichkeit. Daraufhin versteinerte sich sein Gesicht und er wurde förmlich. Bei einer Stabsbesprechung mit vielen Teilnehmern war er solche Kritik von einem Stabsfeldwebel nicht gewohnt, konnte sich aber, um die Form zu wahren, keine Ausfälle erlauben.

Beim Verabschiedungsappell, es war ein trüber Tag mit Nieselregen, hatte ich den Vorfall längst vergessen. Es wurden Reden gehalten und die Entlassungsurkunden verteilt.

Als es hieß: »StFw... (vortreten)«, zuckte bereits mein linkes Bein, doch statt Krüger wurde Schankin aufgerufen und mit dem Ehrenkreuz für langjährige Verdienste ausgezeichnet. Ich war natürlich enttäuscht und wütend.

Mein Kamerad Schankin war ein ausdauernder Besucher der Uffz-Kantine, hatte ein vom Alkohol gerötetes Gesicht und war ein »Icke« aus Berlin.

Ich hätte mein Maul halten sollen! Wie stand schon in meinen früheren Beurteilungen: »Seine Umgangsformen sind korrekt. Bisweilen könnte er umgänglicher und kompromissbereiter sein.« Das zog sich wie ein roter Faden durch alle Beurteilungen.

Wenn das SichBtl 118 nicht frühzeitig aufgelöst worden wäre, würde ich heute Träger des Goldenen Ehrenkreuzes der Bundeswehr sein. Doch einen späteren Anlass zum Tragen der Auszeichnung hätte es nicht mehr gegeben, denn ich habe nie wieder eine Uniform getragen.

Meinem alten Kameraden Schankin gönnte ich das Ehrenkreuz. Konnte er doch nun in geschmückter Uniform nach Berlin fahren, was er jedes Jahr tat, und vor dem Bendlerblock am Stauffenberg-Ehrenmal wiederholt seine Ehrenbezeugung machen. Wie als Fahnenträger des NschBtl 11 konnte er auch hier Flagge zeigen. Am 31. März 1994 bekam ich eine Urkunde ausgehändigt:

Im Namen der Bundesrepublik Deutschland versetze ich den Stabsfeldwebel Fritz-Jürgen Krüger nach Überschreitung der besonderen Altersgrenze seines Dienstgrades mit Ablauf des 31. März 1994 in den Ruhestand. Für die dem Deutschen Volke geleisteten treuen Dienste spreche ich ihm Dank und Anerkennung aus.

Für den Bundesminister der Verteidigung,
der Leiter der Stammdienststelle des Heeres.

Nach dem Appell ging ich ins Geschäftszimmer und holte meine Papiere ab. Das Dienstzeugnis bewertete meine Leistung und Führung als sehr gut.

Zum Abschied hatte mir jemand auf dem Parkplatz eine große Beule in die rechte Tür meines Wagens gerammt. Ob absichtlich oder versehentlich, war unklar. Der Verursacher hatte jedoch keine Anschrift hinterlassen, so neigte ich eher zu Ersteren.

Meine Sachen waren bereits gepackt, fertig zum Auszug aus der Kaserne. Das Wetter war trübe und regnerisch. Es waren die letzten Stunden meiner 30-jährigen Dienstzeit bei der Bw. Ich hätte froh sein können, doch ich war es nicht. Ich hatte meinen Auftrag als Soldat erfüllt.

Hauptsache, man war brauchbar.

Heute bin ich Pensionär, im Amtsdeutsch »Unterhaltsempfänger«, was ein wenig nach Hilfsbedürftigkeit klingt. Über die Zukunft brauche ich mir keine Sorgen zu machen, sofern die Bundesrepublik Deutschland nicht in die Pleite gewirtschaftet wird. Die Kinder sind, bis auf meinen Sohn Hardy, verheiratet.

Doch »Achtung« ist geboten, damit man nicht in das bekannte Loch stürzt, von dem Rentner wie Pensionäre gerne sprechen. Man sollte sich beizeiten ein Hobby zulegen (als würde man sich ein Paar neue Schuhe kaufen), sagen die Lebensberater. Das ist ein neuer Beruf, ähnlich wie die »Beauftragten« für Gleichstellung, Wölfe oder Diskriminierung.

Wie konnte Bismarck nur ohne Beauftragte (wie etwa für deutsch-französische Beziehungen) seine Politik und das Deutsche Reich erschaffen? Ach ja, das endete ja auch in einem Krieg, in dem wir allerdings Sieger waren!

Nach unserer Pensionierung sagte Eggi: »Die Bundeswehr hat mich geprägt!« Und nicht ohne Stolz: »Einen Tag nach meiner Pensionierung fing ich an, bei der Firma Jägermeister in Wolfenbüttel Besucher durch den Betrieb zu führen. Ich zeigte ihnen die Produktionshallen und berichtete von den 56 Kräutern, die in dem Likör verarbeitet wurden. Welche? Das war ein Betriebsgeheimnis. Dazu gab es immer eine Flasche als Deputat.«

Danach arbeiteten Eggi und ich bei der Firma Delta Bauplanung. Da standen wir auf einem mit Kieseln bedeckten Flachdach in Wolfenbüttel und gedachten in einigen Schweigeminuten an unseren ehemaligen Bttr Chef, Hptm Gramann, der im Range eines OTL, wie auch immer verstorben war.

An einem Stammtisch lässt sich gefahrlos über die politische Lufthoheit debattieren. Am besten aber ist es, wenn man den Staat in seinen vielfachen Aufgaben entlastet und eine möglichst soziale Tätigkeit als »Ehrenamtlicher«, also honorarfrei, aufnimmt. Meine leider inzwischen verstorbene Frau Gisela engagierte sich bis zum Schluss in der SPD und suchte Erkenntnisse und Lebensweisheit bei den Rosenkreuzern. Ich schreibe dagegen weiterhin Artikel über Fossilien und erweitere meine Kenntnisse zur Paläontologie und Archäologie durch intensives Selbststudium.

Außerdem sind wir nach Braunschweig zurückgekehrt, zum dritten Mal. Dort habe ich mich der Literatur und Geschichte zugewandt. Dermaßen aufgerüstet trete ich in den letzten Abschnitt meines Lebens, noch gesund und voller Optimismus.

»Verborgen ist das Ziel, das zur Vollendung führt,
doch ahnend wird's in treuer Brust gespürt.«
KANON ZU 3 STIMMEN
Joseph Hayden (1732–1803)

Die Drohne CL-89 auf dem Werfer-Fahrzeug.

POSTSKRIPTUM

Was danach geschah

Die Drohne CL-89 hat über 3000 Flüge absolviert. Die letzten als Flugziele für die Luftwaffe, über der Nordsee. Flugplanungsfeldwebel war HptFw Werner Wels. Eggi war als Prüfer der Flugbetriebsgruppe dabei, um die Flugplanung und Durchführung zu überwachen. Die ausgemusterten Drohnen wurden im Flug von einer Phantom abgeschossen.

1994, im Jahr meiner Pensionierung, wurde das System an die Türkei übergeben. Zu welchen Bedingungen ist nicht bekannt. Hauptfeldwebel Gerd Grund war in der Türkei dabei. Mit großem Erstaunen sah er, wie türkische Soldaten von ihren Unteroffizieren geschlagen wurden. So etwas ist unseren Staatsbürgern in Uniform natürlich erspart geblieben. Gerd erzählte, dass ihr Kommandoführer den Ausbildern sagte, dass sie dies unterlassen sollten, wenn deutsche Soldaten dabei waren – was sie auch taten.

Er erzählte auch folgende Geschichte, die sich in seiner Einheit zugetragen hatte: Ein Stabsunteroffizier der Drohnenbatterie verliebte sich in eine Türkin, die er abends in einer Kneipe kennengelernt hatte. StUffz R. war noch nicht lange verheiratet. Zur Hochzeit hatte er auch Kameraden seiner Einheit eingeladen. Rs Schwiegervater war früher bei der Waffen-SS gewesen, daher schnitt er die Hochzeitstorte mit einem SS-Dolch an. R. war von kleiner, muskulöser Statur, ein Bodybuilder und Karatekämpfer. Anlässlich seiner Hochzeit demonstrierte er seine Schlagkraft, indem er einen Stapel Ziegelsteine mit der Handkante durchschlug. Das hatte er auch seinen Kameraden in der Einheit vorgeführt.

Die Türkin hatte es ihm angetan. Verliebt, wie er war, ließ er sich wieder scheiden und beantragte seine Entlassung aus der Bundeswehr, die auch genehmigt wurde. Um ein Leben in der Türkei zu finanzieren, eröffnete er einen Gebrauchtwagen-Handel: Deutschland–Türkei. Als unliebsame Konkurrenz hatte er so die türkische Gebrauchtwagen-Mafia gegen sich aufgebracht. Mit der Brutalität, mit der hier Konkurrenten aus dem Wege geschafft wurden, hatte er nicht gerechnet.

Auf einer engen Passstraße wurde er mit seinem Wagen von einem LKW über den Straßenrand gedrängt und stürzte in einen tiefen Abgrund. Das war geplanter Mord, ohne Zeugen und Anklage.

Die Drohne CL-289, das Folgemodell der CL-89, wurde von 1992 bis 2009 in den Einheiten der Aufklärenden Artillerie zur Feindaufklärung verwendet. Sie absolvierte über 3000 Flüge und wurde im Juni 1999 im ersten Kriegseinsatz der Bundeswehr im Kosovo eingesetzt. Das System war bei den Panzertruppen weitgehend unbekannt. Welchen Eindruck sie bei den Nachbareinheiten machte, schildert der Hauptfeldwebel Werner Pfeil, 2019 KpFw eines verstärkten Jägerbataillons:

Glück gehabt. Im selben Augenblick dröhnte und zischte es unweit unseres Panzers ohrenbetäubend und drohend. Ein schreckliches, eindringliches Geräusch, wie ein Flattern und Rauschen, das in einem polternden Krachen und Fauchen ertrank. Mitten in meinen Gedanken zuckte ich unter dieser als Bedrohung eingestuften Situation zusammen […] Die Panik ließ den Adrenalinspiegel, der gerade gesunken war, erneut in die Höhe schnellen. Das Herz pochte […] denn es gibt keine bessere Lebensversicherung als die Angst.

»Hey Alter, mach dir nicht ins Hemd. Die haben nur das große allsehende Auge in Form einer unserer Aufklärungsdrohnen in die Luft gebracht«, beruhigte mich Tommi, der den Start aus der vorderen Luke heraus beobachtet hatte. Na klar, der Raketenantrieb oder Booster, der die Drohne auf Höhe bringen sollte, schoss es mir durch den Kopf …

Drohnen sind heute überall einsetzbar, nicht nur militärisch. Als ferngelenktes Spielzeug bis zur Geo-Erkundung und Luftbild-Archäologie, zur Überwachung von Tierwanderungen und Umweltschäden.

Die neue DLRG-Rettungsdrohne bewahrt Menschen vor dem nassen Tod. Rettungsdrohne Hexacopter Typhoon mit Kohlefaser-Karosserie,

Mit Drohnen über dem Kosovo

Neues deutsches Kontingent

Von Wilfried Stolze

Tetovo/Rajlovac. Der erste Drohnenabschuß, den die seit wenigen Tagen in Mazedonien stationierten deutschen Soldaten ihren Besuchern aus Bonn gern vorgeführt hätten, fand dann doch ohne Verteidigungsminister Rudolf Scharping und dessen Begleitung aus Bonn statt. Eine vereiste Landebahn auf dem Flughafen von Skopje machte allen einen Strich durch die Rechnung: der Luftwaffen-Airbus mußte in der bosnischen Hauptstadt Sarajevo landen.

„Schade", kommentierte der Minister die Programmänderung. Er hätte am Tag vor Heiligabend auch gern den Soldaten, die dem nationalen Kontingent der Nato-Luftüberwachungsmission für den Kosovo angehören, persönlich Feiertagsgrüße überbracht. Scharping, der von Generalinspekteur Harthmut Bagger und Heeresinspekteur Helmut Willmann begleitet wurde, hatte auch den früheren Verteidigungsminister Georg Leber eingeladen. Der Pensionär zeigte sich im Feldlager Rajlovac gerührt über die freundliche Aufnahme im Kreis der SFOR-Soldaten. „Seit meinem Ausscheiden aus dem Amt ist dies mein erster Truppenbesuch." Und die Soldaten staunten, wie ungezwungen sich mit dem neuen Verteidigungsminister bei Gulaschsuppe, Glühwein und Pils reden und Skat spielen ließ. „Der ist ja super-locker drauf", berichtete ein junger Sanitätssoldat seinen Freunden am Nebentisch. Als Geschenk hatte Scharping für jeden der 2600 Soldaten eine von der Telekom gesponserte 50-DM-Telefonkarten im Gepäck. Auch Wolfgang Ostermeier, Stellvertreter des DBwV-Bundesvorsitzenden, nutzte die Gelegenheit, mit den SFOR-Soldaten zu reden und sich ein Bild über die sozialen Rahmenbedingungen zu machen.

Während sich die Angehörigen des 2. deutschen SFOR-Kontingents in Rajlovac schon eingelebt haben, müssen ihre Kameraden, die in einer Kaserne in Tetovo (70 Kilometer westlich von der mazedonischen Hauptstadt Skopje gelegen) untergebracht sind, mit allen Widrigkeiten einer provisorisch eingerichteten Unterkunft kämpfen. Vor Weihnachten war ein Großteil des Materials noch auf dem See- und Landweg unterwegs; der Aufbau des Lagers läuft auf Hochtouren. Für den Ausbau der sanitären Anlagen werden zwei Millionen Mark aufgewandt.

Zu dem deutschen Kontingent gehören die Drohnenbatterie 100 aus Coesfeld, die mit ihren unbemannten Aufklärungsflugkörpern an der Nato-Luftüberwachung teilnehmen wird, und die Kräfte für die „Extraction Force", der Notfalltruppe für die zivilen OSZE-Beobachter, zu der Gebirgsjäger aus Mittenwald und Panzeraufklärer aus Ebern gehören. Scharping zeigte sich besorgt über die „zunehmend risikoreiche Lage" im Kosovo. Jugoslawiens Präsident Milosevic lasse nichts unversucht, das Abkommen zum Rückzug serbischer Truppen aus dem Kosovo zu hintertreiben. Er warf Milosevic vor, er habe die von Frankreich, Großbritannien, den Niederlanden, Italien, Kanada und Deutschland gestellte Eingreiftruppe als „Interventionsarmee" bezeichnet. Er gehe davon aus, daß der deutsche SFOR-Einsatz noch mindestens drei Jahre dauert. Doch wichtiger als der Zeitrahmen sei die Erfüllung der politischen Bedingungen.

Abschuß einer Aufklärungsdrohne CL 289 zur Überwachung von Kasernenanlagen und Munitionslagern. Foto: Modes

Aus dem Verbandsmagazin **DIE BUNDESWEHR,** ***Januar 1999.***

sechs Rotoren, mit GPS-Navigation, hochauflösender Kamera, Restlicht-Wärmebild-Kombikamera und LED-Suchscheinwerfer. So weit ist die Technik fortgeschritten. Leider keine Posse aus dem Verteidigungsministerium.

Die Soldaten in Afghanistan warteten damals vergeblich auf die Einführung von Kampfdrohnen. Auch heute gibt es in der Bundeswehr noch immer keine bewaffneten Drohnen. Es ist ein Streit, bei dem sich Befürworter und Gegner unversöhnlich gegenüberstehen. Noch immer verfügt die Bundeswehr lediglich über unbewaffnete Aufklärungsdrohnen.

Nach einem Pressebericht vom 22. Juni 2018 bewilligte der Haushaltsausschuss des Bundestages fast 900 Millionen Euro für die Beschaffung von fünf Systemen der israelischen Drohnen vom Typ Heron TP. Diese Drohnen können bewaffnet werden. Ob das Geld tatsächlich dafür ausgegeben wird, bleibt bei der Regierung aus SPD, FDP und Grünen fraglich.

Schon die damalige Verteidigungsministerin von der Leyen hielt sich extrem zurück. Die Heron TP sollte nur eine Übergangslösung sein, bis zur Entwicklung einer europäischen Drohne. Was das heißt, ist bekannt.

Der Verteidigungsminister de Maizière wäre beinahe über die Aufklärungsdrohne Euro Hawk gestürzt. Die Bestellung beim amerikanischen Hersteller Northrop Grumman musste gekündigt werden. Zurück blieben 500 Millionen Euro Kosten. Grund war die fehlende Zulassung des Fluggerätes für den euro-

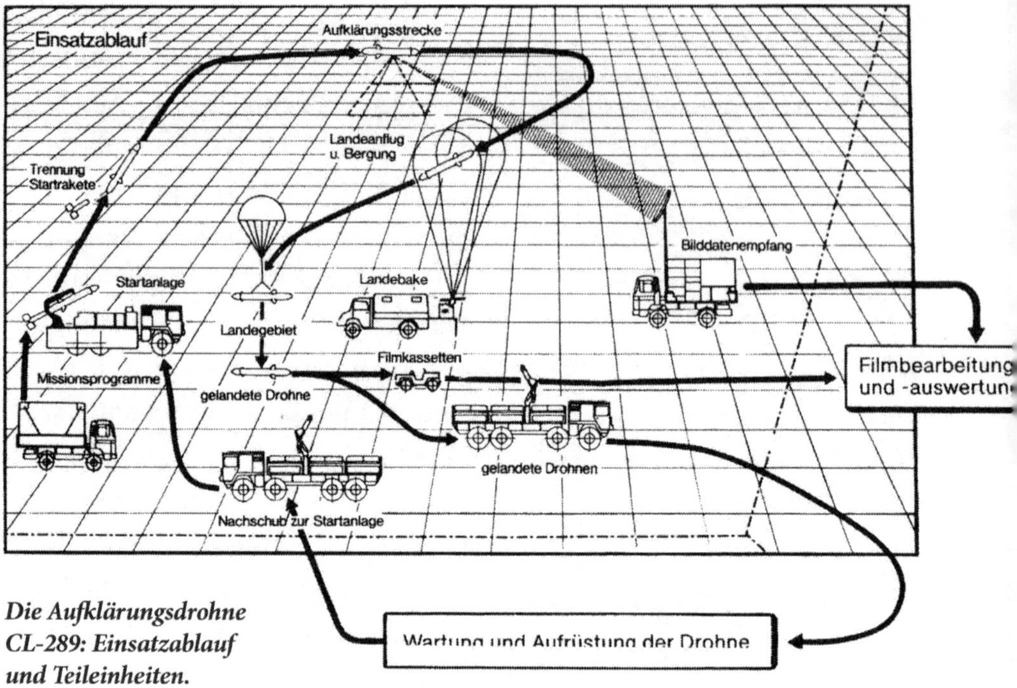

Die Aufklärungsdrohne CL-289: Einsatzablauf und Teileinheiten.

päischen Luftraum. Sie hätten in Deutschland weder starten noch landen können.

Was ist los im Verteidigungsministerium? Wo sind die zahlreichen Flugberichte und Dokumentationen für die Drohnen CL-89 und CL-289 geblieben, die die Einschränkungen belegen? Jeder Unteroffizier, jeder Feldwebel hätte dem Beschaffungsamt über die Einsatzmöglichkeiten einer Drohne in Deutschland Auskunft geben können. Niemand kann heute wissen, ob und wie viele Gelder dabei wohin geflossen sind.

Das Verteidigungsministerium verweist darauf, dass zumindest das Fernaufklärungssystem ISIS, mit dem die Euro Hawk ausgerüstet werden sollte, einsatzfähig ist. Es müsse nur ein neues Trägersystem entwickelt werden. Fünf Jahre nach dem Aus für die Euro Hawk hat die Bundesregierung die Beschaffung von vier Exemplaren der hochfliegenden Aufklärungsdrohne Triton, wieder bei Northrop Grumman, auf den Weg gebracht. Das Projekt »Pegasus« wird mit 2,5 Milliarden Dollar veranschlagt. Die Verhandlungen haben erst begonnen. Es kann noch vieles schiefgehen und vor allem teurer werden.

Der Krieg in der Ukraine begann am 24. Februar 2022 und hat alles verändert. Auch die Einstellung der Ampel-Regierung zur Bundeswehr. Jahrelang verschmäht und kaputtgespart, kommen von den verantwortlichen Politikern nun Zugeständnisse. Unsere »Schrumpf-Armee« hatte früher eine Mannschaftsstärke von 310.000 Personen – heute sind es 180.000. Während wir 4700 Kampfpanzer besaßen, sind es jetzt 300. Die Zahl der 390 Kampfflugzeuge ist auf 230 gesunken. Auch die Zahl der Kriegsschiffe hat sich mit 60 (früher 130) mehr als halbiert. Während die Marine 18 U-Boote unterhielt, sind es heute 6. *(Der Spiegel, 26. Februar 2022)*

Von diesem Bestand müssen zusätzlich alle nicht einsatzbereiten Kampfmittel abgezogen werden. Die Unterstützung des Abwehrkampfes der Ukraine durch die Lieferung von 5000 Stahlhelmen wird einmal zum Treppenwitz in die Geschichte eingehen.

In der Ukraine wird der Einsatz von Drohnen immer wichtiger. Sie sind wendig, billig und tödlich. Während man dort eine eigene Drohneneinheit aufbaut, schicken Partnerstaaten, wie Großbritannien, weiter Tausende dieser kleinen Flugobjekte ins Land. Diese verändern den Kriegsverlauf massiv. Der Krieg in der Ukraine wirkte lange Zeit wie ein Krieg von gestern. Zu Beginn waren es vor allem Haubitzen, Panzer und Flugzeuge, die den Verlauf der Invasion bestimmten. Es war Kriegsgerät, wie im Zweiten Weltkrieg. Doch mittlerweile haben Drohnen diesen Krieg übernommen, denn jede Drohne, selbst die kleinste, kann zur tödlichen Waffe umfunktioniert werden. Drohnen sind billig, leicht zu beschaffen und vielfältig einsetzbar.

Wo kann ich Drohnen sehen und etwas über sie erfahren? Bei Wikipedia gibt es Artikel über die Canadair CL-89 und CL-289. Im Bundesarchiv in Koblenz kann man unter »Drohnensystem« mehr über die Aufklärungsdrohne CL-89 und CL-289 erfahren. Diese Drohnen sind weder im Deutschen Panzermuseum in Munster noch im Militärhistorischen Museum in Dresden vorhanden. Allerdings sind sie im Luftwaffenmuseum in Gatow und im Dornier Zeppelin-Museum Friedrichshafen bei den Luftfahrzeugen ausgestellt.

GEDENKTAFEL VERSTORBENER KAMERADEN

HptFw Buttgereit
Zahlstellen Fw

Hptm Dylla
Chef 1. Bttr *(Verkehrsunfall)*

Hptm Gramann
Chef 4. Bttr

StFw Grape
Radar Inst Zug, Btl

StFw a.D. Gerd Grund
Werferführer

OFw Hennig
Drohnenstart Fw

StFw Menzel
Drohnenstart Fw

StFw Münsterberg
BttrFw 4. Bttr

HptFw Nielebock
Bekleidungskammer

OstFw Rissmann
Fahrschulleiter Btl

StUffz Schulz
Fotolaborant

RÜCKBLICK

Die Geschichte der Luftbildauswertung

Einige der ersten Versuche, Luftbildaufklärung zu betreiben, war neben der Verwendung von Heißluftballonen, der Einsatz von Brieftauben. 1907 entwarf der deutsche Apotheker Julius G. Neubronner eine Miniaturkamera mit Zeitsteuerung, die an Brieftauben befestigt werden konnte und Luftbilder machte.

Auf dieser Bildmeldung von 1915 ist eine feindliche Batteriestellung in einem Waldstück zu erkennen. Bemerkenswert sind die genauen Angaben zu dem Luftbild.

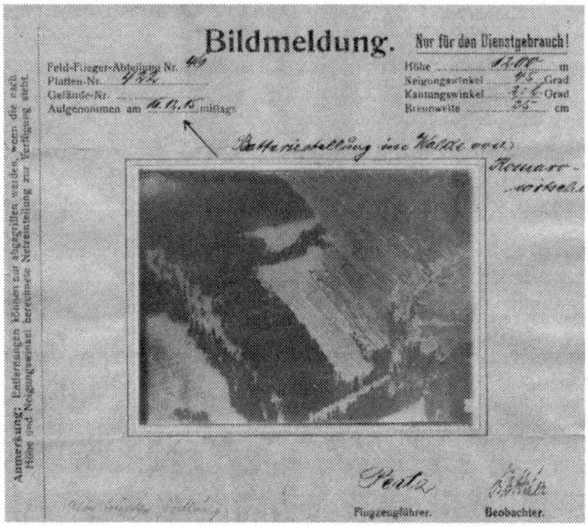

Oben: Im Ersten Weltkrieg gab es mit dem Einsatz von Flugzeugen auch die ersten Luftbilder, die in den Artillerie-Messtrupps ausgewertet wurden. Hier ein Luftbildauswerter mit einem Stereoskop bei der Auswertung.

Oben: Luftbildauswertung im Zweiten Weltkrieg.

Unten: Ein Wirkungs-Luftbild nach einem Angriff.

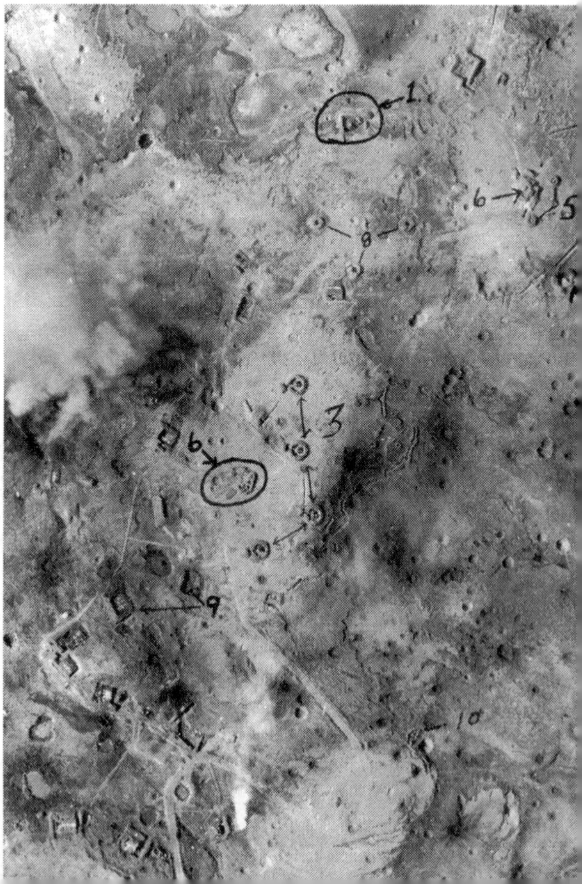

Luftbildaufklärung der Bundeswehr.

Eine Rotte Tornado-Aufklärungsflugzeuge.

DANKSAGUNGEN

Ich möchte mich posthum bei meiner lieben Frau Gisela bedanken, die Freud und Leid mit mir geteilt hat. Auch meinen Kindern, die immer zu uns gehalten haben und für uns da waren, habe ich zu danken. Dieses Buch hätte ohne meinem Freund und Kameraden, den »Drohnenkorrespondenten« Egbert (Eggi) Sendrowski, der viele Jahre als Drohnen-Einsatzleit-Feldwebel eingesetzt war, nicht geschrieben werden können. Weiterhin danke ich meinem im Juli 2024 verstorbenen Kameraden StFw Gerd Grund für seinen Werferbericht.

Ich habe mich bemüht, alle Inhaber von Bild- und anderen Rechten ausfindig zu machen. Sollte mir das nicht gelungen sein, bitte ich die Inhaber dieser Rechte sich mit mir in Verbindung zu setzen.

LITERATUR

von Bredow, Wilfried: *Die Geschichte der Bundeswehr* (2017). Elsengold Verlag, Berlin.

Bundesminister für Verkehr u. a. (Hrsg.): *B 41 – Neubau in Idar-Oberstein* (1986).

Fleckinger, Angelika: *Ötzi, der Mann aus dem Eis* (2007). Folio Verlag, Wien-Bozen.

Autorenkollektiv: *Die Elfte. Im Land von Weser, Ems und Aller. 25 Jahre 11. Panzergrenadierdivision* (1984). *Eine Cronik.* Brune Verlag, Köln.

30 Jahre Bundeswehr Standort Delmenhorst (1985). Verlag Siegfried Rieck, Delmenhorst.

Fraas, Eberhard: *Der Petrefaktensammler. Ein Leitfaden zum Bestimmen von Versteinerungen* (1910). K.G. Lutz Verlag, Stuttgart.

Funcken, Liane u. Fred: *Historische Uniformen: Napoleonische Zeit* (1968). Prisma Verlag, Gütersloh.

Greiner, Karl: *Das Wildbad. Seine Geschichte vom 12. bis 20. Jahrhundert* (1978). Verlag Wilhelm Schlecht'sche Buchdruckerei, Böblingen.

Grunenberg, Peter A. H.: Beobachtungsbataillon 13, vormals 1, Wolfenbüttel 1972 –1993 (2007). Eigenverlag, Wolfenbüttel.

Hahn-Butry, Jürgen: *Das Buch vom deutschen Unteroffizier* (1936). P. Franke Verlag, Berlin.

Hertle, Hans-Hermann: *Chronik des Mauerfalls. Die dramatischen Ereignisse um den 9. November 1989* (1996). Chr. Links Verlag, Berlin

Konsalik, Heinz G.: Der Arzt von Stalingrad (1956). Kindler Verlag, Berlin.

Krüger, Fritz J.: Geologie und Paläontologie: Niedersachsen zwischen Harz und Heide (1983). Frankh'sche Verlagshandlung, Stuttgart

Lahne, Werner: *Unteroffiziere. Werden, Wesen und Wirken eines Berufsstandes* (1965). Südwest-Verlag Neumann & Co., München.

Militärhistorisches Forschungsamt (Hrsg.): *30 Jahre Bundeswehr 1955 – 1985. Friedenssicherung im Bündnis* (1985). v. Hase & Koehler, Mainz.

Militärhistorisches Forschungsamt (Hrsg.): *Grundzüge der deutschen Militärgeschichte, Band I und II* (1993). Rombach Verlag, Freiburg.

Neitzel, Sönke: *Deutsche Krieger. Vom Kaiserreich zur Berliner Republik – eine Militärgeschichte* (2022). Ullstein Verlag, Berlin.

Petershagen, Rudolf: *Gewissen in Aufruhr* (1958). Verlag der Nation, Berlin (DDR).

Pfeil, Werner: *Ein Sommertag im Krieg. Mein D-Day im Kosovo* (2019). Lau-Verlag, Reinbek.

Schultze-Rhonhof, Gerd: *1939. Der Krieg der viele Väter hatte. Der lange Anlauf zum Zweiten Weltkrieg* (2005). Olzog Verlag, München.

Seidler, Franz W.: *Das Militär in der Karikatur. Kaiserliches Heer, Reichswehr, Wehrmacht, Bundeswehr und Nationale Volksarmee im Spiegel der Pressezeichnung* (1982). Bernard & Graefe Verlag, München.

Spindler, Konrad: *Der Mann im Eis. Die Ötztaler Mumie verrät die Geheimnisse der Steinzeit* (1993). Bertelsmann Verlag, München.

Steffelbauer, Ilja: *Der Krieg: Von Troja bis zur Drohne* (2017). Christian Brandstätter Verlag, Wien.

Weidert, Werner K.: *Klassische Fundstellen der Paläontologie, Band 1* (1988). Goldscheck-Verlag, Korb.

Drohnenflug

Die Wettermeldung, die heisst Metta,
verspricht uns heute Drohnenwetter.
Die Drohne ist kein lebendes Insekt,
weil innen sehr viel Technik steckt.
Die lautstark fliegende Zigarre
schießt keiner ab, mit seiner Knarre.
Durch topedohafte Form,
ist ihre Schnelligkeit enorm.

Ihr Auftrag: Bilder von dem Feinde machen
und das Gefechtsfeld überwachen.
Mit Fotos, Lichtblitz, Infrarot,
wer schlecht getarnt gerät in Not.
Wenn er trotz rabenschwarzer Nacht
nicht sofort Stellungswechsel macht.

Ist auf dem Film ein Ziel erkannt,
wird es markiert mit sichrer Hand.
So wird der Koordinatenpunkt
ganz schnell ans Regiment gefunkt.
Ich muß mich sputen, höchste Zeit,
entwickelt liegt ein Film bereit. *(Fritz J. Krüger)*

Druck:
CPI Druckdienstleistungen GmbH
im Auftrag der
Zeitfracht Medien GmbH
Ein Unternehmen der Zeitfracht - Gruppe
Ferdinand-Jühlke-Str. 7
99095 Erfurt